Die Schule der Empfindsamkeit

Der vorliegende Text basiert auf der Übersetzung von Andrew Barbey, München 1923. Die Orthographie (Groß- und Kleinschreibung, Zusammenschreibung) wurde der heutigen Schreibweise angeglichen.

Bonner Str. 126, D-50968 Köln

Herausgegeben von Rolf Toman
Herstellungsleiter: Detlev Schaper
Herstellungsassistenz: Nicola Leurs
Covergestaltung: Peter Feierabend
Satz und Gestaltung: Thomas Paffen, Münster
Printed in Hungary
ISBN 3-8290-2970-5

10 9 8 7 6 5 4 3 2 1

Gustave Flaubert

Die Schule der Empfindsamkeit

Könemann

Erster Teil

I.

Am 15. September des Jahres 1840, gegen 6 Uhr in der Frühe, lag die »Ville de Montereau«, dicke Rauchwolken ausspeiend, zur Abfahrt bereit am Quai Saint Bernard.

Atemlos kamen die Leute angerannt. Fässer, Taue, mit Wäsche gefüllte Körbe hemmten den Verkehr. Die Matrosen des Dampfers gaben niemand Antwort; man rempelte sich an und stieß sich gegenseitig. Zwischen den Radkasten türmte sich das Gepäck auf, und der allgemein herrschende Lärm wurde von dem Zischen des Dampfes übertönt, der sich durch die Fugen der Eisenblechplatten einen Weg bahnte und das ganze Deck in eine weißliche Wolke hüllte. Am Bug läutete unterdessen die Schiffsglocke unaufhörlich.

Endlich fuhr der Dampfer ab, und die beiden Ufer mit ihren Werften, Fabriken und Magazinen glitten dahin wie zwei breite Bänder, die man entrollt.

Unbeweglich, ein Album unter dem Arme, stand am Steuer ein achtzehnjähriger junger Mann mit langem Haar. Durch den Nebel betrachtete er Kirchtürme und Gebäude, deren Namen er nicht kannte; dann umfing er mit einem letzten Blick die »Ile Saint Louis«, die »Cité«, »Notre Dame«, und bald entschwand Paris seinen Augen. Er seufzte tief auf.

Herr Frédéric Moreau hatte soeben sein Examen als Baccalaureus bestanden und kehrte nach Nogent-sur-Seine zurück, wo er zwei öde Monate verbringen sollte, ehe er sich an das Studium der Rechte machen durfte. Seine Mutter hatte ihn mit der erforderlichen Summe nach Le Hâvre zum Besuch eines Onkels geschickt, von dem sie für ihn die Erbschaft erhoffte. Tags zuvor war er erst von dieser Reise zurückgekommen; und da er sich in der Hauptstadt nicht länger aufhalten konnte, entschädigte er sich dadurch, daß er auf dem längsten Wege in seine Provinz zurückkehrte.

Unterdessen war es an Bord ruhiger geworden. Die Passagiere hatten Platz genommen; einige standen wärmebedürftig um die Maschine, deren Schornstein unter langsamem und rhythmischem Röcheln seine schwarze Rauchfahne ausspie. Tautröpfchen rieselten über die Messingbeschläge, das Deck erbebte leicht von der inneren Erschütterung, und die beiden Schaufelräder schlugen in rascher Drehung das Wasser.

Sandiges Ufer säumte den Fluß. Der Dampfer fuhr an großen Holzflößen vorbei, die im Wellenschlag seiner Räder zu schaukeln begannen; auch begegnete man einem Boot ohne Segel, in dem ein Mann saß und fischte. Dann schwanden die schwebenden Nebel und enthüllten die Sonne. Der Hügel, der sich am rechten Seineufer entlang zog, wurde allmählich niedriger, und ein anderer tauchte in größerer Nähe über dem jenseitigen Ufer auf.

Ihn krönten Baumgruppen und niedrige Häuser mit italienischen Dächern, mit sanft abfallenden Gärten, die neuerbaute Mauern voneinander trennten, mit Eisengittern, Rasenplätzen, Treibhäusern und gleichmäßig verteilten Geraniumvasen auf Terrassenbrüstungen, niedrig genug zum Aufstützen der Ellbogen. Mehr als einer unter den Passagieren, der im Vorbeifahren die gefälligen, gemütlichen Häuschen in ihrer Abgeschiedenheit erblickte, wünschte sich, eins zu besitzen, um darin mit einem guten Billard, einem Ruderboot, einer Frau oder irgendeinem anderen Traume seine Tage zu beschließen.

Das ungewohnte Vergnügen einer Wasserfahrt förderte die gegenseitige Offenheit. Schon begannen die Spaßvögel, ihre Witze vom Stapel zu lassen; viele sangen, alle waren lustig, und mancher ließ sich ein Schnäpschen geben.

Frédéric dachte an das Zimmer, das er nun dort bewohnen müsse; er dachte an den Plan eines Dramas, an Vorwürfe für Gemälde, an künftige Leidenschaften. Er fand, daß das Glück, wie er es um seiner vorzüglichen Eigenschaften willen verdiente, wirklich allzusehr auf sich warten ließ. Er sprach melancholische Verse vor sich hin, er ging raschen Schrittes auf dem Deck hin und her, gelangte sogar bis zum äußersten Ende des Schiffes, bis zu jener Stelle, wo die Glocke hing, und – erblickte, inmitten eines Kreises von Passagieren und Matrosen, einen Herrn, der mit einer Bäuerin schäkerte und dabei mit dem goldenen Kreuz spielte, das sie auf dem Busen trug. Der lustige Bruder war ein Vierziger mit einem Krauskopf. Sein kräftiger Oberkörper stak in einem schwarzen Sammetrock; zwei Smaragde leuchteten auf seinem Batisthemd, und sein weißes Beinkleid fiel auf ein Paar sonderbare, rote, juchtenlederne Stiefel mit auffälligen blauen Verzierungen.

Er ließ sich durch Frédérics Gegenwart nicht stören. Zuweilen wandte er sich nach ihm um und zwinkerte ihn Beifall heischend an; dann bot er den Umstehenden Zigarren an. Da ihn jedoch die Gesellschaft augenscheinlich langweilte, suchte er sich einen anderen Platz. Frédéric folgte ihm.

Zuerst drehte sich die Unterhaltung um die verschiedenen Tabaksorten, dann kam von selbst das schönere Geschlecht an die Reihe. Der Herr mit den roten Stiefeln gab dem jungen Manne Ratschläge; er stellte Theorien auf, erzählte Anekdoten, führte sich selbst als Beispiel an, und das alles in einem väterlichen Ton und mit einer Unbefangenheit, die bei der Verderbtheit, die aus seinen Reden sprach, belustigend wirkte.

Er war Republikaner, viel gereist, kannte dieHeimlichkeiten der Theater, Restaurants und Zeitungen und alle berühmten Künstler, die er vertraulich bei ihrem Taufnamen nannte. Bald weihte Frédéric ihn in seine Zukunftspläne ein. Er billigte sie.

Plötzlich unterbrach er sich, um den Schornstein des Dampfers ins Auge zu fassen, dann murmelte er rasch ein langes Rechenexempel vor sich hin, um zu ermitteln, »wieviel jeder Kolben bei soundso viel Hüben in der Minute usw.« Als er das Ergebnis gefunden hatte, bewunderte er die Landschaft sehr. Er pries sich glücklich, daß er den Geschäften entronnen war.

Frédéric empfand eine gewisse Achtung vor ihm und konnte der Begierde, ihn nach seinem Namen zu fragen, nicht widerstehen. In einem einzigen Atemzug antwortete der Unbekannte:

»Jacques Arnoux, Besitzer des ›Kunstgewerbehauses‹, Boulevard Montmartre.«

Ein Diener mit goldbetreßter Mütze erschien und richtete aus:

»Ob der Herr sich nicht hinunterbemühen möchte? Das Fräulein weine.«

Er verschwand.

»Das Kunstgewerbehaus« war ein gemischtes Unternehmen, das die Herausgabe einer Kunstzeitschrift mit einer Gemäldehandlung verband. Frédéric hatte diesen Titel schon öfters in der Auslage des Buchhändlers seiner Heimat auf ungeheuren Ankündigungen gesehen, auf denen sich der Name Jacques Arnoux gewichtig breitmachte.

Die Sonne warf jetzt senkrecht ihre Strahlen auf das Schiff und beleuchtete grell die Platten der Reling, die Eisenringe der Masten und den Wasserspiegel, den der Bug in zwei zum Wiesenufer hin entrollende Bänder zerschnitt. Bei jeder Windung des Flusses erblickte man wieder dieselbe Wand bleicher Pappeln. Die Gegend war völlig öde. Am Himmel standen kleine weiße Wolken, und eine dumpfe Empfindung von langer Weile griff um sich, schien die Fahrt des Schiffes zu hemmen und ließ die Gestalten der Passagiere noch unbedeutender erscheinen.

Außer einigen Bürgersleuten, die erster Klasse fuhren, waren es Arbeiter und Krämer mit ihren Frauen und Kindern. Es war damals üblich, sich für eine Reise recht armselig zu kleiden. Fast alle trugen alte Hauskäppchen oder verschossene Hüte; elende schäbige Fräcke, auf Pulten blank gerieben, oder Leibröcke, deren in allzu langem Ladendienst verschlissene Knöpfe ihr Gehäuse zeigten. Hie und da ließ eine Schalweste ein Kattunhemd sehen, das mit Kaffeeflecken besudelt war: Tombaknadeln staken in zerfetzten Krawatten; festgenähte Stege hielten Hausschuhe an den Füßen fest; zwei oder drei Strolche, die Bambusstöcke mit Lederschlingen in den Händen hielten, warfen verdächtige Blicke umher, während Familienväter ihre Augen aufrissen, wenn sie eine Auskunft verlangten. Sie unterhielten sich stehend oder hockten auf ihrem Gepäck; andere schliefen in den Ecken, mehrere aßen. Das Deck war besudelt mit Nuß- und Birnenschalen, Zigarrenstummeln, Abfällen von Fleischwaren, die man in Papier gewikkelt mitgebracht hatte; drei Kunsttischler in Blusen standen vor der Schenke; ein zerlumpter Harfenist, auf sein Instrument gestützt, ruhte sich aus. Von Zeit zu Zeit vernahm man das Poltern der Steinkohlen, wenn im Kesselraum geschürt wurde, den Lärm von Stimmen, ein Lachen – und auf der Brücke wanderte der Kapitän unaufhörlich von einem Radkasten zum andern. Um an seinen Platz zu gelangen, stieß Frédéric das Gitter zur ersten Klasse auf und störte dabei zwei Jäger mit ihren Hunden.

Da traf es ihn wie eine Erscheinung:

Sie saß mitten auf der Bank ganz allein; wenigstens konnte er sonst niemanden bemerken, so geblendet war er von dem Glanz, der aus ihren Augen brach. In dem Augenblick, als er vorbeiging, hob sie den Kopf; unwillkürlich verneigte er sich; und nachdem er sich in einiger Entfernung auf derselben Seite niedergelassen hatte, betrachtete er sie.

Sie trug einen breiten Strohhut mit rosa Bändern, die hinter ihr im Winde flatterten. Ihre schwarzen Scheitel, deren Rundung fast die Spitzen ihrer langen Augenbrauen berührte, gingen sehr tief herab und schienen sich zärtlich dem Oval des Antlitzes anschmiegen zu wollen. Ihr helles, mit kleinen Punkten gemustertes Musselinkleid bauschte sich in zahlreichen Falten. Sie beschäftigte sich mit einer Stickerei, und ihre gerade Nase, ihr Kinn, ihre ganze Gestalt hob sich scharf von dem blauen Grunde der Luft ab.

Da sie in derselben Stellung verharrte, ging er mehrmals links und rechts vorüber, um sein Manöver zu verbergen. Dann stellte er sich dicht neben ihren Sonnenschirm, der an der Bank lehnte, und gab sich den Anschein, als beobachte er ein Boot auf dem Flusse.

Niemals hatte er eine so herrliche braune Hautfarbe, eine so verführerische Gestalt wie die ihre, niemals solche Zartheit der

Finger gesehen, durch die das Licht hindurchschimmerte. Staunend betrachtete er ihren Arbeitskorb, als ob er ein Wunderding sei. Wie hieß sie, wo wohnte sie, wie war ihr Leben, ihre Vergangenheit? Er wünschte die Möbel ihres Zimmers zu kennen, alle Kleider, die sie getragen, die Leute, mit denen sie verkehrte, und selbst die Begierde des physischen Besitzes wich einem viel tieferen Begehren, einer schmerzlichen Neugier, die keine Grenzen hatte.

Eine Negerin mit einem seidenen Kopftuch erschien, an der Hand ein Kind führend, ein für sein Alter großes Mädchen. Das Kind, aus dessen Augen Tränen rollten, war soeben erwacht. Sie nahm es auf den Schoß. »Das kleine Fräulein war gar nicht artig, und ist doch bald sieben Jahre alt! Mutter wird es nicht mehr liebhaben; seine Launen werden ihm zu leicht verziehen!« Und Frédéric, der all dies mit anhörte, freute sich darüber, als ob er eine Entdeckung, einen guten Kauf gemacht hätte.

Er vermutete, daß sie andalusischer Abkunft sei; vielleicht Kreolin; hatte sie die Negerin von den Inseln mitgebracht?

Ein langer Schal hing hinter ihr über die messingene Reling. Sie mochte sich wohl oftmals auf hoher See, an feuchten Abenden darin eingehüllt, die Füße damit bedeckt, darunter geschlafen haben! Aber durch das Gewicht der Fransen glitt er allmählich herab und wäre ins Wasser gefallen, wenn Frédéric nicht einen Satz gemacht und ihn aufgefangen hätte.

»Ich danke Ihnen, mein Herr«, sagte sie.

Ihre Blicke trafen sich.

»Frau, bist du bereit«, rief Herr Arnoux, der unter dem Dach der Treppe erschien.

Fräulein Martha lief ihm entgegen, umklammerte seinen Hals und zauste an seinem Schnurrbart. Die Klänge einer Harfe ertönten, die Kleine wollte die Musik sehen; bald darauf trat auch der Spieler, von der Negerin geleitet, in die Abteilung der ersten Klasse. Arnoux erkannte in ihm ein früheres Modell; er duzte ihn zum Erstaunen der Umstehenden. Nun warf der Harfenspieler sein langes Haar über die Schultern zurück, streckte die Arme aus und fing an zu spielen.

Es war ein orientalisches Lied, in dem von Dolchen, Blumen und Sternen die Rede war. Der Mann in Lumpen sang es mit scharfer Stimme; das Stoßen der Maschine unterbrach die Melodie in falschem Takt; er schlug die Saiten lauter; sie bebten, ihr metallisches Tönen schien ein Schluchzen auszuhauchen, wie die Klage einer stolzen, sich selbst bezwingenden Liebe. Von den beiden Flußufern senkten sich Wälder bis zum Rande des Wassers; ein frischer Luftzug strich vorüber. Frau Arnoux blickte ungewiß ins Weite. Als die Musik verstummte, bewegte sie ein paarmal, wie aus einem Traum erwachend, die Lider.

Demütig näherte sich ihnen der Harfenist. Während Arnoux Kleingeld hervorsuchte, streckte Frédéric seine geschlossene Hand nach der Mütze aus, öffnete sie verschämt und legte einen Louisdor hinein. Es war nicht die Eitelkeit, die ihn trieb, dieses Almosen vor ihren Augen zu spenden, sondern die Vorstellung einer guten Tat, an der er sie beteiligte, eine fast religiöse Herzensregung.

Arnoux zeigte auf die Treppe und forderte ihn freundlich auf, mit ihm hinunterzugehen. Frédéric versicherte, daß er eben vom Frühstück komme; während er in Wirklichkeit fast vor Hunger verging; dabei hatte er keinen Centime mehr in seiner Börse.

Dann fiel ihm ein, daß er, wie jedermann, das Recht hatte, sich in dem Salon aufzuhalten.

An runden Tischen sitzend, aßen Bürgersleute; ein Café-Kellner ging hin und her. Monsieur und Madame Arnoux hatten rechts im Hintergrund Platz genommen. Frédéric nahm auf der langen Sammetpolsterbank Platz, nachdem er eine Zeitung aufgehoben hatte, die dort lag.

In Montereau wollten sie die Postkutsche nach Chalons nehmen. Ihre Schweizer Reise würde einen Monat währen. Madame Arnoux tadelte ihren Mann wegen seiner Schwäche gegen das Kind. Er flüsterte ihr etwas ins Ohr, offenbar eine Liebenswürdigkeit, denn sie lächelte. Dann bemühte er sich, hinter ihr den Fenstervorhang zu schließen.

Die niedrige, ganz weiße Decke warf ein grelles Licht zurück. Frédéric, der ihr gegenübersaß, konnte den Schatten ihrer Wimpern unterscheiden. Sie nippte an ihrem Glase, brach etwas Brotrinde zwischen den Fingern; zuweilen schlug das Medaillon von Lapislazuli, das mit einem Goldkettchen an ihrem Handgelenk befestigt war, gegen ihren Teller. Die Anwesenden jedoch schienen sie gar nicht zu bemerken.

Zuweilen sah man durch die Bullaugen die Flanke einer Barke vorübergleiten, die das Schiff anlief, um Passagiere aufzunehmen oder abzusetzen. Die Leute an den Tischen neigten sich aus den Bullaugen und nannten die Namen der Ortschaften am Ufer.

Arnoux beklagte sich über die Küche: Er beschwerte sich gewaltig über die Rechnung und ließ sie ermäßigen. Dann führte er den jungen Mann zum Heck, um dort mit ihm Grog zu trinken. Bald kehrte aber Frédéric unter das Zelt zurück, wo Madame Arnoux sich niedergelassen hatte. Sie las in einem dünnen, grau gebundenen Buch. Mitunter zogen sich ihre Mundwinkel empor, und ein Schein von Freude erhellte ihre Stirn. Er war eifersüchtig auf denjenigen, der die Dinge erdacht hatte, mit denen sie beschäftigt schien. Je mehr er sie betrachtete, je mehr fühlte er, daß die Kluft zwischen ihm und ihr sich vertiefe. Er dachte daran, daß er sie nun bald verlassen müsse, unwiderruflich; ohne ihr ein Wort entlockt zu haben; selbst ohne ihr eine Erinnerung zu hinterlassen!

Zur Rechten breitete sich eine Ebene aus; links erstreckten sich Weiden bis zu einem Hügel, auf dem man Reben, Nußbäume und eine Mühle im Grünen erblickte. Weiter zurück gewahrte man kleine Pfade, die auf dem weißen Fels sich dahinschlängelten, der zum Himmelsrand emporragte. Welch ein Glück wäre es, Seite an Seite mit ihr dort hinaufzusteigen, den Arm um sie geschlungen, während ihr Kleid die welken Blätter wegfegte, und ihrer Stimme zu lauschen unter dem Leuchten ihrer Augen! Das Schiff konnte anhalten, sie brauchten nur auszusteigen. Jedoch war diese so einfache Sache nicht leichter ausführbar, als wenn es sich darum gehandelt hätte, die Sonne zu bewegen!

Etwas weiter sah man ein Schloß mit spitzem Dach und eckigen Türmchen. Ein Blumengarten lag davor, und Fahrstraßen, dunklen Gewölben gleichend, verloren sich im Schatten hoher Linden. Er stellte sie sich vor, wie sie an den Lauben entlangschritt. In diesem Augenblick zeigten sich eine junge Dame und ein junger Mann auf dem Altan, zwischen den Orangekübeln. Dann verschwand alles.

Die Kleine spielte um ihn herum. Frédéric wollte sie küssen. Sie verbarg sich hinter ihrer Wärterin; ihre Mutter schalt, weil sie gegen den Herrn, der ihren Schal gerettet, so unfreundlich sei. Sollte dies eine indirekte Einleitung sein?

»Wird sie mich nun endlich ansprechen?« fragte er sich.

Die Zeit drängte. Wie eine Einladung zu Arnoux erhalten? Es fiel ihm nichts Besseres ein, als ihn auf die Herbstfarben aufmerksam zu machen, hinzufügend:

»Nun kommt bald der Winter und mit ihm die Zeit der Bälle und der Gastmahle!«

Arnoux aber war ganz mit seinem Gepäck beschäftigt. Die Küste von Surville tauchte auf, man näherte sich den beiden Brücken, das Schiff fuhr an einer Seilerei vorüber, dann an einer Reihe niedriger Häuser; weiter unten sah man Teerkessel, Holzspäne und Gassenjungen, die im Sande umhersprangen und Rad schlugen.

Frédéric erkannte einen Mann in einem Wams mit Ärmeln; er rief ihm zu:

»Beeile dich.«

Man war nun angekommen und landete. Mit Mühe fand er Arnoux in der Menge der Passagiere, und dieser schüttelte ihm die Hand und sagte:

»Auf Wiedersehen, lieber Herr!«

Als er auf dem Quai angelangt war, drehte sich Frédéric um. Sie stand am Steuer. Er blickte sie an und versuchte, seine ganze Seele in den Blick hineinzulegen – sie jedoch blieb unbeweglich, als ob nichts geschehen sei. Dann, ohne auf seines Dieners Begrüßungen zu achten, sagte er:

»Warum hast du den Wagen nicht bis hierher gefahren?«

Der Alte entschuldigte sich.

»Wie ungeschickt! Gib mir Geld!«

Dann ging er ins Wirtshaus zum Essen.

Eine Viertelstunde später kam ihn die Lust an, wie von ungefähr in den Postkutschenhof zu gehen; vielleicht würde er sie noch einmal sehen?

»Wozu?« dachte er dann.

Und der Wagen trug ihn fort. Nicht beide Pferde gehörten seiner Mutter. Sie hatte Herrn Chambrions, des Steuereinnehmers, Pferd geliehen, um es mit dem ihrigen einzuspannen. Tags zuvor war Isidore aufgebrochen, hatte in Bray bis zum Abend gerastet und in Montereau übernachtet, so daß die wohlausgeruhten Tiere munter drauflostrabten.

Unabsehbar erstreckten sich abgemähte Felder. Auf beiden Seiten war die Landstraße mit Bäumen gesäumt, ein Steinhaufen folgte dem andern, und nach und nach kamen ihm Villeneuve-Saint Georges, Ablon, Châtillon, Corbeil und die anderen Ortschaften, seine ganze Reise in den Sinn; so klar, daß er nun neue Einzelheiten unterschied, intimere Bilder: Unter dem untersten Volant ihres Kleides sah ihr Fuß hervor in einer braunseidenen, dünnen Stiefelette, über ihrem Haupt bildete das Zwillichzelt einen großen Himmel, an dessen Rand die kleinen roten Troddeln unaufhörlich unter der Brise erbebten.

Sie war den Frauen der romantischen Bücher ähnlich. Nichts hätte er ihrer Person hinzufügen, nichts davon wegnehmen wollen. Die Welt hatte sich auf einen Schlag vergrößert. Sie war der lichte Punkt, in den die Gesamtheit der Erscheinungen zusammenfloß – und durch die Bewegung des Wagens geschaukelt, mit halb geschlossenen Lidern, die Blicke in den Wolken verloren, überließ er sich einer unendlichen, träumerischen Freude.

In Bray wartete er nicht, bis die Pferde ihren Hafer bekommen hatten, ganz allein ging er auf der Landstraße zu Fuß voraus. Arnoux hatte sie »Marie!« gerufen! Laut schrie er »Marie!« Seine Stimme verlor sich in der Luft.

Im Westen flammte der Himmel purpurn auf. Große Kornschober, welche sich inmitten der Stoppeln erhoben, warfen gigantische Schatten. In der Ferne bellte der Hund eines Gehöftes. Er schauderte, von einer grundlosen Unruhe befallen.

Als Isidore ihn eingeholt hatte, setzte er sich auf den Bock, um zu lenken. Sein Schwächeanfall war nun vorüber. Er war fest entschlossen, sich auf irgend welche Art bei den Arnoux' Eingang zu verschaffen und mit ihnen Beziehungen anzuknüpfen. Ihr Haus mußte unterhaltend sein, überdies gefiel ihm Arnoux; und dann, wer konnte wissen? Dann stieg ihm eine Blutwelle ins Gesicht; seine Schläfen pochten, er knallte mit der Peitsche, schüttelte die Zügel und fuhr so rasend, daß der alte Kutscher immer wiederholte:

»Sachte, sachte! Sie fahren mir die Pferde zuschanden!«

Nach und nach beruhigte sich Frédéric und hörte dem Plaudern seines Dieners zu.

Man erwartete den jungen Herrn mit großer Ungeduld. Mademoiselle Louise hatte geweint, weil sie nicht hatte mitfahren dürfen.

»Wer ist denn Mademoiselle Louise?«

»Monsieur Roques Töchterchen, Sie wissen doch?«

»Ah! ich vergaß!« erwiderte Frédéric achtlos.

Allein die beiden Pferde waren erschöpft. Sie hinkten, und es schlug neun Uhr von dem Turm von Saint-Laurent, als er auf der Place d'Armes vor dem Hause seiner Mutter anlangte.

Dieses geräumige Haus mit einem nach den Feldern zu gelegenen Garten erhöhte das Ansehen von Madame Moreau, die die angesehenste Person in der Gegend war.

Sie entstammte einer alten, jetzt erloschenen Adelsfamilie. Ihr Gatte, ein Bürgerlicher, den sie auf Wunsch ihrer Eltern hatte heiraten müssen, war infolge eines Degenstoßes während ihrer Schwangerschaft gestorben und hatte sie in zerrütteten Vermögensverhältnissen zurückgelassen. Dreimal wöchentlich empfing sie, und von Zeit zu Zeit gab sie ein gutes Diner. Jedoch war die Zahl der Kerzen im voraus genau bemessen, und mit Ungeduld erwartete sie ihren Pachtzins. Diese wie ein Laster verheimlichten Geldverlegenheiten machten sie ernst. Jedoch war sie tugendhaft, ohne Ziererei oder Bitterkeit. Ihre geringsten Wohltaten schienen großen Almosen gleich. Bei der Wahl von Dienstboten, für die Erziehung der jungen Mädchen und die Kunst des Obsteinmachens fragte man sie um Rat; Monsignore stieg auf seinen bischöflichen Reisen bei ihr ab.

Für ihren Sohn nährte Madame Moreau einen großen Ehrgeiz. In einer Art voraussehender Vorsicht hörte sie es nicht gern, daß man die Regierung tadelte. Er würde zuerst Protektion brauchen, dann, dank ihrer Mittel, Staatsrat, Gesandter und Minister werden. Seine Erfolge auf dem Gymnasium von Sens rechtfertigten diesen Stolz; er hatte den Ehrenpreis davongetragen.

Als er in das Empfangszimmer trat, erhoben sich alle sehr geräuschvoll, man umarmte ihn; dann wurde mit Armsesseln und Stühlen ein großer Halbkreis vor dem Kamin gebildet. Monsieur Gamblin fragte ihn sofort um seine Meinung über Madame Lafarge. Dieser Prozeß, der zu jener Zeit großes Aufsehen erregte, verfehlte nicht, einen heftigen Meinungsaustausch hervorzurufen. Madame Moreau unterbrach ihn zum größten Bedauern von Monsieur Gamblin, der ihn für den jungen Mann in seiner Eigenschaft als zukünftiger Jurist für sehr nützlich hielt; gekränkt verließ Gamblin das Zimmer.

Nichts durfte bei einem Freunde des alten Roque überraschen! Vom alten Roque kam man auf Monsieur Dambreuse zu sprechen, der soeben das Gut la Fortelle erworben hatte. Unterdessen hatte der Steuereinnehmer Frédéric beiseite gezogen, um von ihm zu erfahren, was er von Monsieur Guizots letztem Werke halte. Alle wünschten einen Einblick in seine Angelegenheiten; Madame

Benoît griff es geschickt an, indem sie sich nach seinem Oheim erkundigte. Wie ging es diesem Verwandten? Hatte er nicht einen weitläufigen Vetter in Amerika?

Die Köchin meldete, daß die Suppe für den Herrn aufgetragen sei. Rücksichtsvoll zogen sie sich alle zurück. Dann, sobald beide allein im Speisezimmer waren, sagte seine Mutter leise: »Nun?«

Der Greis hatte ihn sehr herzlich empfangen, ohne jedoch seine Absichten durchblicken zu lassen. Madame Moreau seufzte.

»Wo mag sie nun sein?« dachte er.

Sie lehnte wohl jetzt, in ihren Schal gehüllt, schlummernd den schönen Kopf in das Polster des rollenden Wagens.

Sie waren eben daran, sich auf ihre Zimmer zu begeben, als ein Diener aus dem Cygne de la Croix ein Briefchen brachte.

»Was ist das?'«

»Es ist von Deslauriers, er wünscht mich zu sprechen«, antwortete er.

»Ah, dein Kamerad«, sagte Madame Moreau mit einem verächtlichen Lächeln. »Die Stunde ist gut gewählt, wahrlich!«

Frédéric zögerte. Aber die Freundschaft war stärker. Er nahm seinen Hut.

»Bleibe wenigstens nicht lange!« sagte seine Mutter.

II.

Charles Deslauriers' Vater, ehemaliger Hauptmann der Infanterie, der 1818 seinen Abschied genommen hatte, war nach Nogent zurückgekehrt, um sich dort zu verheiraten. Mit der Mitgift seiner Frau erwarb er das Amt eines Gerichtsvollziehers, dessen Ertrag kaum für seinen Unterhalt hinreichte. Durch lange Ungerechtigkeiten verbittert, an seinen alten Wunden leidend und immer in Trauer um den Kaiser, überschüttete er seine Umgebung mit Wutanfällen, die ihn zu ersticken drohten. Wenige Kinder wurden mehr verprügelt als sein Sohn. Trotz der Hiebe gab der

Junge nicht nach. Wenn seine Mutter versuchte, dazwischenzutreten, wurde sie mißhandelt wie er. Schließlich steckte ihn der ehemalige Hauptmann in seine Kanzlei und ließ ihn den lieben langen Tag, über das Pult gebeugt, Akten abschreiben, wodurch seine rechte Schulter sichtlich kräftiger wurde als die linke.

Im Jahre 1833 mußte der Hauptmann nach Aufforderung durch den Gerichtspräsidenten sein Amt verkaufen. Seine Frau erlag einem Krebsleiden. Er siedelte nach Dijon über; darauf ließ er sich als Seelenverkäufer in Troyes nieder. Nachdem er für Charles ein halbes Stipendium erhalten hatte, brachte er ihn auf das Gymnasium zu Lens, wo Frédéric die Bekanntschaft wieder auffrischte. Aber der eine war zwölf Jahre alt, der andere fünfzehn; übrigens trennten sie tausend Verschiedenheiten des Charakters und der Herkunft.

Frédéric besaß in seiner Kommode allerlei Mundvorrat, dazu besondere Schätze, wie zum Beispiel ein Toiletten-Nécessaire. Er liebte es, morgens lange zu schlafen, die Schwalben zu beobachten, Theaterstücke zu lesen, und fand in Entbehrung der Annehmlichkeiten des Elternhauses das Schulleben hart.

Dem Gerichtvollziehersohn erschien es angenehm. Er arbeitete so tüchtig, daß er am Ende des zweiten Jahres in die dritte Klasse versetzt wurde. Indessen, mochte seine Armut die Ursache sein oder seine Streitsucht, man war ihm insgeheim übelgesinnt. Als ihn aber einmal ein Diener auf offenem Schulhof in der Pause für die Mittelklassen Bettelkind genannt hatte, war er ihm an die Kehle gesprungen und hätte ihn umgebracht, wenn nicht drei Aufsichtslehrer hinzugesprungen wären. Von Bewunderung hingerissen, schloß ihn Frédéric in seine Arme. Von diesem Tage an war die Vertraulichkeit vollkommen. Die Zuneigung eines Großen schmeichelte offenbar des Kleinen Stolz, während der andere die ihm dargebotene Hingebung wie ein Glück entgegennahm.

Während der Ferien ließ ihn sein Vater in der Schule. Eine zufällig aufgeschlagene Übersetzung des Plato begeisterte ihn. Darauf warf er sich auf metaphysische Studien und machte schnelle

Fortschritte, denn er gab sich ihnen mit jungen Kräften hin und mit dem Stolz eines Verstandes, der die Fesseln sprengt. Jouffroy, Cousin, Laromiguière, Malebranche, die Schotten, alles, was die Bibliothek enthielt, kam daran. Er hatte den Bibliothekschlüssel stehlen müssen, um sich Bücher zu verschaffen.

Frédérics Zerstreuungen waren weniger ernst. In der Rue des Trois Rois zeichnete er die Genealogie Christi ab, die in einen Pfosten geschnitzt war, dann das Portal der Kathedrale. Nach den Dramen des Mittelalters ging er zu den Memoiren über: Froissart, Comines, Pierre de l'Estoile, Brantôme.

Die seinem genialen Geist durch diese Lektüren aufgedrängten Bilder verfolgten ihn so stark, daß er das Bedürfnis empfand, sie wiederzugeben. Er hatte das Bestreben, eines Tages Frankreichs Walter Scott zu werden. Deslauriers sann über einem großen System der Philosophie, das die ausgedehnteste Anwendung finden sollte.

Alles dies besprachen sie während der Pausen auf dem Schulhof vor der moralischen Inschrift, die unter die Uhr gemalt war; in der Kapelle flüsterten sie darüber angesichts Ludwigs des Heiligen; sie träumten davon im Schlafsaal, von dem man den Friedhof überblickte. An den Ausgehtagen richteten sie es ein, daß sie hinter all den andern gehen konnten, und ohne Unterlaß unterhielten sie sich.

Sie sprachen darüber, was sie nach der Entlassung aus dem Gymnasium unternehmen würden. Zuerst würden sie eine große Reise unternehmen mit Frédérics Geld, das er von seinem Vermögen erheben sollte, sobald er mündig würde. Dann würden sie nach Paris zurückkehren, würden zusammenarbeiten, sich nie mehr trennen – und dann würden sie zur Erholung Liebschaften mit Prinzessinnen in atlasbekleideten Boudoirs haben oder auch feurige Orgien mit berühmten Courtisanen feiern. Zweifel folgten dem Ungestüm ihrer Hoffnungen. Nach den Anfällen wortreicher Fröhlichkeit verfielen sie in tiefes Schweigen.

Wenn sie an Sommerabenden lange auf steinigen Wegen, die

die Weingärten säumten, oder auf der Landstraße ganz draußen zwischen den Feldern gewandelt waren, während das Korn im Sonnenschein wogte und die süßen Düfte des Angelikastrauches durch die Luft zogen, überfiel sie eine Art Beklemmung, und trunken, wie betäubt, streckten sie sich auf den Rücken aus. Die andern spielten Barlauf in Hemdsärmeln oder ließen Drachen steigen. Dann rief sie der Aufsicht führende Lehrer. Nun ging es wieder heimwärts, an Gärten vorbei, durch die kleine Bäche rieselten, dann an von altem Gemäuer beschatteten Boulevards entlang; die öden Straßen hallten unter ihren Schritten, das Gittertor öffnete sich, sie stiegen die Treppe hinan. Und sie waren traurig und niedergeschlagen, wie man es nach großen Ausschweifungen ist.

Der Herr Studienrat behauptete, daß sie sich gegenseitig aufpeitschten. Jedoch, wenn Frédéric in den höheren Klassen arbeitete, so geschah es dank den Ermahnungen seines Freundes; und in den Ferien 1837 führte er ihn seiner Mutter zu.

Der junge Mann mißfiel Madame Moreau. Er aß außergewöhnlich viel, weigerte sich, sonntags dem Gottesdienst beizuwohnen, hielt republikanische Reden; dann glaubte sie auch zu wissen, daß er ihren Sohn an unschickliche Orte geführt habe. Ihr Verkehr wurde überwacht. Infolgedessen liebten sie sich um so mehr; der Abschied war daher auch schmerzlicher, als Deslauriers im folgenden Jahre das Gymnasium verließ, um in Paris die Rechte zu studieren.

Frédéric hatte sich vorgenommen, ihn dort wiederzutreffen. Seit zwei Jahren hatten sie sich nicht mehr gesehen. Nach den Umarmungen gingen sie auf den Brücken spazieren, um ungestört plaudern zu können.

Der Hauptmann, jetzt Inhaber eines Billardsaals in Villenauxe, war außer sich geraten, als sein Sohn die Vormundschaftsabrechnung verlangte, er hatte ihm einfach jeden Zuschuß schlankweg verweigert. Da er aber die Absicht hatte, sich später um eine Professur an der Hochschule zu bewerben, und kein Geld besaß, nahm Deslauriers die Stelle eines ersten Schreibers bei einem Rechtsanwalt in Troyes an. Durch Einschränkungen würde er viele tausend Francs sparen, und wenn er auch vom mütterlichen Erbteil nichts bekäme, hätte er doch immerhin genug, um während dreier Jahre ungestört zu arbeiten, bis sich eine Anstellung finden würde. Ihr alter Plan, in der Hauptstadt zusammenzuleben, mußte also vorerst wenigstens aufgegeben werden.

Frédéric senkte den Kopf. Der erste seiner Träume war in sich zusammengefallen.

»Tröste dich nur«, sagte der Sohn des Hauptmanns, »das Leben ist lang, wir sind jung. Ich komme dir nach! Denke nicht mehr daran!«

Er schüttelte ihm die Hände und fragte ihn, um ihn zu zerstreuen, über seine Reise aus.

Frédéric hatte nicht viel zu erzählen. Aber bei der Erinnerung an Madame Arnoux schwand sein Kummer. Durch Schamgefühl zurückgehalten, erwähnte er ihrer nicht. Hingegen redete er viel von Arnoux, erzählte von seinen Gesprächen, seiner Art, seinen Verbindungen; Deslauriers riet ihm nachdrücklich, diese Bekanntschaft zu pflegen.

In der letzten Zeit hatte Frédéric nichts geschrieben. Seine literarischen Ansichten hatten sich geändert; vor allem schwärmte er nun für die Leidenschaft: Werther, René, Franck, Lara, Lélia und andere Mittelmäßigere begeisterten ihn fast in gleichem Maße. Zuweilen schien ihm die Musik allein imstande, seinen inneren Aufruhr auszudrücken; dann träumte er Sinfonien; oder auch die äußere Erscheinung der Dinge fesselte ihn, und er wollte malen. Er hatte Verse verfaßt, Deslauriers fand sie sehr schön, ohne jedoch um eine zweite Probe zu bitten.

Was ihn anbetraf, so gab er sich nicht mehr mit Metaphysik ab. Nationalökonomie und die Französische Revolution beschäftigten ihn. Er war jetzt ein langer Kerl von zweiundzwanzig Jahren, hager, mit großem Mund und entschlossenem Aussehen. An diesem Abend trug er einen schlechten Lastingrock, und seine Schuhe waren weiß vom Staub, denn er hatte den Weg von Villenauxe eigens zu Fuß gemacht, um Frédéric zu sehen.

Isidore näherte sich ihnen. Madame bitte den jungen Herrn, zurückzukommen, und besorgt, er könnte sich erkälten, schicke sie ihm seinen Mantel.

»Bleib doch!« sagte Deslauriers.

Und sie fuhren fort, von einem Ende zum andern der beiden Brücken zu spazieren, die sich auf die schmale, von dem Kanal und dem Fluß gebildete Insel stützten.

Wenn sie ihre Schritte gegen Nogent lenkten, hatten sie einen Häuserblock vor sich, der sich ihnen entgegenneigte; rechts sah man die Kirche hinter den hölzernen Mühlen, deren Schleusen gesperrt waren, und links, längs des Flusses, umsäumten Strauchhecken die Gärten, die kaum zu unterscheiden waren. Aber nach Paris zu fiel die Landstraße in gerader Linie herab, und die Wiesen verloren sich in der Ferne, in nächtlichen Dunst gehüllt. Die Nacht war still, licht und weiß. Der Geruch feuchten Laubes stieg zu ihnen empor, der Fall des Wassers, hundert Schritt weiter, murmelte mit jenem sanften und doch kräftigen Geräusch, das den Gewässern in der Dunkelheit eigentümlich ist.

Deslauriers blieb stehen und sagte:

»Die guten Leutchen, die ruhig schlafen; es ist seltsam! Aber Geduld! Ein neues 89 bereitet sich vor! Man ist der Konstitution, der Verfassungsurkunden, der Spitzfindigkeiten, der Lügen überdrüssig! Ach! hätte ich eine Zeitung oder eine Tribüne, wie ich das alles durcheinanderrütteln wollte. Aber, um etwas zu unternehmen, sei es was immer, braucht man Geld! Welch ein Fluch, der Sohn eines Schankwirts zu sein und seine Jugend zu vergeuden, nur um das tägliche Brot zu gewinnen!«

Er senkte den Kopf, biß sich auf die Lippen und zitterte vor Kälte in seinen dünnen Kleidern.

Frédéric warf ihm die Hälfte seines Mantels auf die Schultern. Beide hüllten sich in ihm ein, sie umschlangen sich und wandelten Seite an Seite weiter.

»Wie soll ich ohne dich dort leben?« sagte Frédéric. Die Bitterkeit seines Freundes hatte seine trübe Stimmung wieder erweckt. »Ich hätte mit einer Frau, die mich liebte, etwas erreichen können ... Warum lachst du? Die Liebe ist die Nahrung, ja die eigentliche Atmosphäre des Genies. Ungewöhnliche Erschütterungen erzeugen erhabene Werke. Aber die zu suchen, die ich brauche, darauf verzichte ich! Übrigens, sollte ich sie je finden, sie würde mich zurückweisen! Ich gehöre jenem Stamm der Enterbten an, die, wenn sie sterben, einen Schatz hinterlassen, der entweder aus Rheinkieseln oder aus Diamanten besteht. Was weiß ich.«

Der Schatten eines Menschen wurde auf dem Pflaster sichtbar, und eine Stimme ließ sich vernehmen: »Ihr Diener, meine Herren!«

Der diesen Gruß geboten, war ein kleiner Mann, bekleidet mit einem weiten braunen Überrock, auf dem Kopfe eine Mütze, unter deren Schild eine spitze Nase hervorsah.

»Monsieur Roque?« sagte Frédéric.

»Derselbe!« erwiderte die Stimme.

Der Nogentaner rechtfertigte seine Anwesenheit, indem er erzählte, er komme von einer Besichtigung seiner Wolfseisen in seinem Garten am Ufer.

»Und nun sind Sie wieder zu uns zurückgekehrt? Recht so! ich habe es von meinem Töchterchen gehört. Immer bei guter Gesundheit, hoffe ich? Sie reisen noch nicht ab?«

Und er ging, augenscheinlich durch Frédérics Empfang abgeschreckt.

In der Tat verkehrte Madame Moreau nicht mit ihm; der alte Roque lebte mit seiner Haushälterin im Konkubinat und war wenig geachtet, obwohl er Wahlagent und Verwalter war von Monsieur Dambreuse.

»Der Bankier in der Rue d'Anjou?« fragte Deslauriers. »Weißt du, was du tun müßtest, mein Lieber?«

Isidore unterbrach sie abermals. Er hatte den Auftrag, Frédéric endlich mitzubringen. Madame beunruhigte sich wegen seines Ausbleibens.

»Gut, gut! er kommt schon«, sagte Deslauriers, »er wird nicht außer dem Hause schlafen.«

Und nachdem sich der Diener entfernt hatte:

»Du solltest diesen Alten bitten, dich bei Dambreuse einzuführen; nichts ist nützlicher, als in einem reichen Hause zu verkehren! Da du einen Frack sowie weiße Handschuhe hast, nutze es aus! Du mußt in diesen Kreisen verkehren! Später wirst du mich auch dort einführen. Ein Millionär, bedenke doch! Sieh zu, daß du ihm gefällst, und ebenfalls seiner Frau. Werde ihr Geliebter!«

Frédéric wehrte ab.

»Aber mir scheint, ich sage dir da klassische Dinge? Denke an Rastignac in la Comédie humaine! Du wirst Erfolg haben, ich bin dessen sicher!«

Frédéric hatte so großes Vertrauen zu Deslauriers, daß er schwankend wurde und sich eines Lächelns nicht erwehren konnte. Dabei vergaß er Madame Arnoux oder schloß sie in die Prophezeiung mit ein, die auf eine andere gemünzt war.

Der Schreiber fügte hinzu:

»Noch ein letzter Rat: Mache deine Examina! Ein Titel ist immer gut; und stecke mir endgültig deine katholischen und satanischen Dichter auf, die in der Philosophie ebenso vorgeschritten sind, wie man es im XII. Jahrhundert war. Deine Verzweiflung ist blöd. Manche bedeutende Männer hatten es im Anfang noch schwerer, Mirabeau zum Beispiel. Überdies wird unsere Trennung nicht von langer Dauer sein. Mein Gauner von Vater muß herausrücken mit dem Geld. Es ist Zeit, daß ich gehe, leb wohl! Hast du fünf Francs, damit ich mein Essen bezahlen kann?«

Frédéric gab ihm zehn Francs, den Rest der Summe, die er von Isidore am Morgen in Empfang genommen hatte.

In einiger Entfernung von den Brücken, auf dem linken Ufer, glänzte in dem Dachstübchen eines niedrigen Hauses Licht.

Deslauriers bemerkte es. Da rief er emphatisch, indem er seinen Hut zog:

»Venus, Himmelsgöttin, sei gegrüßt! Aber die Not ist die Mutter der Weisheit! Hat man uns dafür nicht genug verleumdet, daß Gott erbarm!«

Diese Anspielung auf ein gemeinsames Abenteuer stimmte sie froh! Sie lachten laut auf der Straße.

Dann beglich Deslauriers seine Rechnung im Gasthaus und begleitete Frédéric bis zur Straßenkreuzung am Krankenhaus – nach einer langen Umarmung trennten sich die beiden Freunde.

III.

Zwei Monate später, als Frédéric eines Morgens in die Rue Coq-Héron verschlagen war, gedachte er sogleich daran, seinen großen Besuch abzustatten.

Der Zufall war ihm günstig gewesen. Der alte Roque hatte ihm eine Rolle Papiere gebracht und ihn gebeten, sie selber bei Monsieur Dambreuse abzugeben; der Sendung hatte er ein offenes Schreiben beigefügt, in dem er seinen jungen Landsmann empfahl.

Madame Moreau schien über den Schritt überrascht. Frédéric verbarg die Freude, die er ihm machte.

Monsieur Dambreuse hieß eigentlich Graf d'Ambreuse; jedoch schon 1825 hatte er nach und nach seinen Adel sowie seine Partei aufgegeben und sich der Industrie zugewandt. Über alle Ereignisse unterrichtet, die Hand in allen Unternehmungen, immer auf der Lauer nach guten Gelegenheiten, verschlagen wie ein Grieche und arbeitsam wie ein Auvergnat, hatte er ein Vermögen angesammelt, das man für beträchtlich hielt; außerdem war er Offizier der Ehrenlegion, Mitglied des Generalrats des Departements Aube, Deputierter, demnächst Pair von Frankreich; übrigens gern gefällig, belästigte er den Minister durch seine beständigen Bitten um Beistand, um Orden, Tabakverschleiße. In Augenblicken des Trotzes gegen die Regierung neigte er zum linken Zentrum. Seine Frau, die schöne Madame Dambreuse, wurde in den Modejournalen genannt, bei den Wohltätigkeitsversammlungen war sie Vorsitzende. Indem sie den Herzoginnen schmeichelte, beschwichtigte sie den Groll des vornehmen Faubourgs und erweckte den Glauben, daß Monsieur Dambreuse noch in sich gehen könnte und ihm noch Dienste erweisen würde.

Als er zu den Dambreuse ging, war der junge Mann erregt.

»Ich hätte besser getan, meinen Frack anzuziehen. Ohne Zweifel werde ich von ihnen kommende Woche zum Ball eingeladen! Was wird man zu mir sagen?«

Der Mut kehrte ihm bei dem Gedanken zurück, daß Monsieur Dambreuse doch nur ein Bürgerlicher sei, und keck sprang er aus seinem Kabriolett auf das Trottoir der Rue d'Anjou.

Nachdem er eines der beiden Einfahrtstore geöffnet hatte, überschritt er den Hof, stieg die Treppe des Perrons hinauf und trat in eine mit farbigem Marmor ausgelegte Halle.

Eine gerade Doppeltreppe mit einem roten Teppich und Messingstangen lief an den hohen, mit schimmerndem Stuck verzierten Mauern entlang. Am Fuß der Stufen stand ein Bananenbaum, dessen breite Blätter auf das mit Sammet überzogene Geländer fielen. Zwei Bronzekandelaber hielten Porzellanglocken an dünnen Ketten. Die weit geöffneten Luftlöcher der Heizungsanlage strömten eine schwere Luft aus, und man vernahm nur das Ticktack einer großen Standuhr, die am Ende der Halle unter einer Waffensammlung stand.

Eine Glocke erklang; ein Diener erschien und führte Frédéric in einen kleinen Raum, in dem man zwei Geldschränke sowie Fächer voller Kartons gewahrte. In der Mitte des Raumes vor einem Zylinderbüro saß Monsieur Dambreuse und schrieb.

Flüchtig las er den Brief des alten Roque, schnitt mit seinem Federmesser das Leinen auf, das die Papiere enthielt, und prüfte sie.

Aus der Entfernung konnte er bei seiner schmächtigen Gestalt noch jung erscheinen. Aber sein spärliches weißes Haar, seine schwachen Glieder und besonders sein außerordentlich fahles Gesicht verrieten eine zerrüttete Körperbeschaffenheit. Unerbittliche Energie lag in seinen meergrünen Augen, die kälter waren als Glasaugen. Er hatte stark hervorstehende Backenknochen und Hände mit Gichtknoten.

Endlich stand er auf und richtete an den jungen Mann einige Fragen über Leute ihrer Bekanntschaft, über Nogent, über seine Studien; dann verabschiedete er ihn, indem er sich verneigte. Frédéric ging durch einen anderen Gang hinaus und befand sich am untern Ende des Hofes bei den Wagenremisen.

Ein blaues Coupé, mit einem Rappen bespannt, stand an der Freitreppe. Der Schlag wurde geöffnet, eine Dame stieg ein, und der Wagen rollte mit dumpfem Geräusch auf dem Kies dahin.

Frédéric langte zu gleicher Zeit wie der Wagen auf der anderen Seite unter dem Einfahrtstor an. Da der Raum nicht breit genug war, sah er sich gezwungen, zu warten. Die junge Frau neigte sich aus dem Schiebfenster und sprach ganz leise mit dem Hausmeister. Er konnte nur ihren Rücken sehen, den eine violette Mantille bedeckte. Indessen musterte er das Innere des Wagens, das mit blauem Rips und seidenen Passementerien und Fransen ausgestattet war. Die Gewänder der Dame füllten ihn aus; dem kleinen gepolsterten Kasten entströmte Irisparfüm wie ein ungreifbares Fluidum weiblicher Eleganz. Der Kutscher lockerte die Zügel, das Pferd streifte ungestüm den Prellstein, und alles verschwand.

Frédéric ging zu Fuß über die Boulevards zurück. Er bedauerte, daß er Madame Dambreuse nicht zu Gesicht bekommen hatte.

Etwas hinter der Rue Montmartre veranlaßte ihn eine Wagenstockung, den Kopf zu wenden, und gegenüber auf der anderen Seite der Straße las er auf einer Marmortafel:

Jacques Arnoux.

Wie kam es, daß er nicht früher an sie gedacht hatte? Das war Deslauriers' Schuld. Er ging auf den Laden zu, trat jedoch nicht ein; er wartete, daß sie erscheine.

Durch die hohen klaren Spiegelscheiben bot sich dem Blick eine geschmackvolle Anordnung von Statuetten, Zeichnungen, Radierungen, Katalogen und Heften des »Art industriel«. Auf der

Tür, die in der Mitte die Initialen des Herausgebers schmückte, waren die Abonnementspreise nochmals wiederholt. An den Wänden lehnten große Gemälde, deren Firnis glänzte, im Hintergrund sah man zwei Truhen, die mit Porzellan, Bronzen und lockenden Seltenheiten beladen waren; eine Treppe, oben durch eine Sammetportiere geschlossen, trennte sie. Ein alter Meißner Kronleuchter, ein grüner Fußbodenteppich und ein eingelegter Tisch gaben diesem Raum eher das Aussehen eines Salons als eines Ladens.

Frédéric gab sich den Anschein, die Zeichnungen zu mustern. Nach endlosem Zögern trat er ein.

Ein Angestellter hob die Portiere und gab die Auskunft, daß der Herr nicht vor fünf Uhr im Laden sein werde. Aber wenn der Auftrag sich übermitteln ließe ...

»Nein! Ich werde wiederkommen«, entgegnete Frédéric leise.

Die folgenden Tage wurden angewandt, um eine Wohnung zu suchen; und er entschied sich für ein Zimmer im zweiten Stock eines Hotels garni in der Rue Saint Hyacinthe.

Mit einer nagelneuen Mappe unter dem Arm begab er sich zur Eröffnung der Vorlesungen. Dreihundert barhäuptige junge Leute füllten ein Amphitheater, in dem ein Greis in roter Robe mit monotoner Stimme dozierte; Federn hörte man auf dem Papier kratzen. Er fand in diesem Saal den Staubgeruch der Klassen, ein Katheder von gleicher Form, dieselbe Langeweile wieder! Vierzehn Tage lang ging er hin. Aber noch war man nicht bei Artikel 3 angelangt, als er das Studium des Zivilgesetzbuches im Stiche ließ und Justinians Institutionen bei der »Summa divisio personarum« aufgab.

Die Freuden, die er sich versprochen hatte, blieben aus; und als er alle Bücher einer Leihbibliothek gelesen, die Sammlungen im Louvre besehen und verschiedene Male im Theater gewesen war, verfiel er völlig dem Müßiggang.

Tausend neue Dinge vermehrten seine Niedergeschlagenheit. Er mußte seine Wäsche zählen und den Hausmeister, einen Grobian mit dem Aussehen eines Krankenwärters, dulden, der des Morgens kam und, nach Alkohol riechend, unter Gebrumm sein Bett notdürftig machte. Sein Zimmer, das eine Alabasteruhr zierte, mißfiel ihm. Die Wände waren dünn, er hörte die Studenten Punsch bereiten, lachen und singen.

Dieser Einsamkeit überdrüssig, suchte er einen ehemaligen Kameraden namens Baptiste Martinon. Er entdeckte ihn, seine Prozeßordnung ochsend, vor einem Steinkohlenfeuer sitzend, in einer kleinbürgerlichen Pension der Rue Saint Jacques.

Ihm gegenüber stopfte eine Frau in einem Kattunkleid Socken.

Martinon war, was man so einen »schönen Mann« nennt; groß, voll, von regelmäßigen Gesichtszügen und mit bläulichen, etwas hervorstehenden Augen. Sein Vater, ein Großbauer, hatte ihn zum Richterstand bestimmt – und da er schon gesetzt erscheinen wollte, trug er einen Seemannsbart.

Da Frédérics Verdruß keinen vernünftigen Grund hatte und er auch keinerlei Unglück anzuführen wußte, begriff Martinon nichts von seinen Klagen über das Leben. Er selber ging jeden Vormittag zur Universität, machte dann einen Spaziergang im Luxembourg, trank des Abends seine kleine Tasse im Café, und mit fünfzehnhundert Francs jährlichen Einkommens und der Liebe dieser Arbeiterin fühlte er sich vollkommen glücklich.

»Welch ein Glück!« dachte Frédéric bei sich.

Er hatte auf der Schule noch eine andere Bekanntschaft gemacht, die des Monsieur de Cisy, Sohnes einer vornehmen Familie, der in seinen Manieren anmutig war wie ein Mädchen.

Monsieur de Cisy beschäftigte sich mit Zeichnen und liebte die Gotik. Mehrmals gingen sie, zusammen die »Sainte-Chapelle und Notre Dame« zu bewundern. Aber die Vornehmheit des jungen Patriziers verbarg eine höchst dürftige Intelligenz. Alles versetzte ihn in Erstaunen; er lachte laut über den geringsten Scherz und zeigte anfangs eine so vollkommene Naivität, daß Frédéric ihn zuerst für einen Schelm hielt, ihn schließlich aber als Gimpel betrachtete.

Ein Gedankenaustausch war also mit niemand möglich, und er erwartete immer noch die Einladung von Dambreuse.

Am Neujahrstag sandte er ihnen Visitenkarten, allein er erhielt keine. Er war nochmals in »l'Art industriel« gewesen.

Er ging ein drittes Mal hin und sah endlich Arnoux, der sich inmitten von fünf oder sechs Personen herumstritt und seinen Gruß kaum erwiderte; das verletzte Frédéric. Dessenungeachtet überlegte er, wie er zu ihr gelangen könnte.

Zuerst dachte er daran, häufiger vorzusprechen, um Bilder auszusuchen. Dann wieder wollte er in den Briefkasten der Redaktion einige sehr »bedeutende Artikel« einwerfen, durch sie hoffte er Beziehungen anzuknüpfen. Vielleicht war es besser, gerade aufs Ziel loszugehen, seine Liebe zu erklären? Nun verfaßte er einen zwölf Seiten langen Brief, voll lyrischer Ergüsse und Apostrophen; aber er zerriß ihn und tat nichts, versuchte nichts, erstarrt in der Furcht eines Mißerfolges.

Über Arnoux' Laden befanden sich im ersten Stock drei Fenster, die jeden Abend erleuchtet waren. Schatten bewegten sich dahinter, besonders einer, und das war der ihre; und er scheute die Mühe nicht, von weit her zu kommen, um diese Fenster zu betrachten und diesem Schatten mit den Blicken zu folgen.

Eine Negerin mit einem kleinen Mädchen an der Hand, die eines Tags in den Tuilerien an ihm vorüberging, erinnerte ihn an die Negerin der Madame Arnoux. Sie mußte wie die andern hierher kommen; jedesmal, wenn er die Tuilerien durchschritt, klopfte sein Herz in der Hoffnung, ihr zu begegnen. An sonnigen Tagen setzte er seinen Spaziergang bis zu den Champs Elysées fort.

Frauen, deren Schleier im Winde wehten, fuhren an ihm vorüber, nachlässig in die Kaleschen gelehnt. Der feste Tritt der Pferde versetzte die Wagen in ein kaum merkliches Schwanken, das das lackierte Leder knirschen machte. Die Wagen wurden zahlreicher, beim Ausgang am Rond-Point fuhren sie langsamer und nahmen die ganze Straße ein. Mähne war dicht an Mähne, Laterne dicht an Laterne, die stählernen Steigbügel, die silbernen Kinnketten, die Messingschnallen warfen hier und dort leuchtende Punkte unter die Kniehosen, die weißen Handschuhe und das auf das Wappen der Wagenschläge herabfallende Pelzwerk. Er fühlte sich wie verloren in einer fernen Welt. Seine Augen irrten über die Frauenköpfe, und unklare Ähnlichkeiten erinnerten ihn an Madame Arnoux. Er stellte sie sich mitten unter den andern vor in einem dieser kleinen Coupés gleich dem der Madame Dambreuse. – Aber die Sonne ging unter, und der kalte Wind wirbelte den Staub empor. Die Kutscher versenkten das Kinn in ihre Krawatten, die Räder fingen an, sich schneller zu drehen, das Makadam knirschte, und alle Wagen fuhren in scharfem Trabe die lange Avenue hinunter, einander streifend, überholend, ausweichend, um sich dann auf der Place de la Concorde zu zerstreuen. Hinter den Tuilerien nahm der Himmel eine schiefergraue Farbe an. Die Bäume des Gartens bildeten zwei gewaltige, in den Wipfeln ins Violette gefärbte Massen. Die Gasflammen wurden angezündet, und die Seine, grünlich in ihrer ganzen Ausdehnung, brach sich an den Brückenpfeilern in Silberwellen.

Für dreiundvierzig Sous im Abonnement speiste er in einem Restaurant in der Rue de la Harpe.

Mit Verachtung betrachtete er das alte Mahagoni-Büfett, die fleckigen Tischtücher, das schmierige Silberzeug. Alle um ihn her waren Studenten wie er. Sie unterhielten sich von ihren Professoren, ihren Mätressen. Was kümmerten ihn die Professoren! Hatte er eine Mätresse! Um ihrer Fröhlichkeit auszuweichen, kam er so spät wie möglich. Speisereste bedeckten alle Tische. Die beiden ermüdeten Kellner schliefen in den Ecken, und ein Geruch von Speisen, Öllampen und Tabak erfüllte den leeren Saal.

Dann schlenderte er wieder langsam durch die Straßen. Die Laternen schaukelten und ließen auf Kot und Nässe lange gelbliche Reflexe tanzen. Schatten unter Regenschirmen glitten am Rande des Trottoirs dahin. Das Pflaster war schlüpfrig, der Nebel fiel, und ihm war, als ob die feuchte Dunkelheit ihn umhüllte und sich tief in sein Herz hineinsenkte.

Gewissensbisse erfaßten ihn. Er ging wieder in die Vorlesungen. Doch da er nichts von den erläuterten Stoffen wußte, brachten ihn die einfachsten Dinge in Verlegenheit.

Er fing an, einen Roman zu schreiben mit dem Titel: Sylvio, der Sohn des Fischers. Die Geschichte begab sich in Venedig. Der Held war er selber, die Heldin Madame Arnoux. Sie hieß Antonia – und um sie zu besitzen, ermordete er mehrere Edelleute, brannte einen Teil der Stadt nieder und sang unter ihrem Balkon, wo die roten Damastvorhänge vom Boulevard Montmartre in der Brise sich bewegten. Die allzu reichen Erinnerungen, bei denen er sich ertappte, entmutigten ihn; er schrieb nicht weiter, und sein Müßiggang wurde ärger denn zuvor.

Darauf beschwor er Deslauriers, sein Zimmer mit ihm zu teilen. Sie würden es einrichten, mit seinen zweitausend Francs zu leben; alles sei besser als dieses unerträgliche Dasein. Deslauriers konnte Troyes noch nicht verlassen. Er riet ihm, sich zu zerstreuen und mit Sénécal Umgang zu pflegen.

Sénécal war ein Mathematiklehrer, ein Mensch von starkem Geist und republikanischen Überzeugungen, ein zukünftiger Saint-Just, wie der Schreiber sagte. Dreimal hatte Frédéric seine fünf Treppen erstiegen, ohne daß Sénécal den Besuch erwidert hätte. Er ging nicht wieder hin.

Er wollte sich nun amüsieren. Er ging auf die Opernbälle. Diese lärmende Fröhlichkeit erkältete ihn schon gleich am Eingang. Überdies hielt ihn die Furcht vor Geldverlegenheiten zurück, indem er sich einbildete, ein Souper in Gesellschaft eines Dominos ziehe beträchtliche Kosten nach sich und sei ein großes Abenteuer.

Jedoch wollte es ihm scheinen, als ob er geliebt werden müsse. Zuweilen erwachte er mit einem Herzen voller Hoffnungen, kleidete sich sorgfältig wie zu einem Rendezvous an und machte endlose Streifzüge durch Paris. Bei jeder Dame, die vor ihm ging oder ihm entgegenkam, sagte er sich: »Das ist sie!« Es war jedesmal eine neue Enttäuschung. Der Gedanke an Madame Arnoux verstärkte seine Begierde. Vielleicht begegnete er ihr auf seinem Wege; und er erdachte zufällige Schwierigkeiten, um sie ansprechen zu können, dachte an außerordentliche Gefahren, aus denen er sie retten würde.

So vergingen die Tage in der Wiederholung derselben Verdrießlichkeiten und angenommenen Gewohnheiten. Unter den Arkaden des Odeon durchblätterte er Broschüren, ging ins Café, um dort die »Revue des deux Mondes« zu lesen, trat in einen Saal des »Collège de France« und hörte eine Stunde lang Chinesisch oder Staatswirtschaftslehre. Jede Woche schrieb er ausführlich an Deslauriers, speiste zuweilen mit Martinon und sah hin und wieder Monsieur de Cisy.

Er mietete ein Klavier und komponierte deutsche Walzer.

Eines Abends bemerkte er im Theater des Palais Royal Arnoux neben einer Dame in einer Prosceniumloge. War sie es? Der grüne Taffetschirm, der am Rande der Loge hochgezogen war, verdeckte ihr Gesicht. Endlich ging der Vorhang hoch, der Schirm wurde heruntergelassen. Es war eine große verblühte Person, ungefähr dreißig Jahre alt, deren dicke Lippen beim Lachen prachtvolle Zähne enthüllten. Sie sprach vertraulich mit Arnoux und schlug ihm mit dem Fächer auf die Finger. Dann setzte sich ein junges, blondes Mädchen, dessen Lider etwas gerötet waren, als hätte es geweint, zwischen die beiden. Von da ab blieb Arnoux halb auf ihre Schulter geneigt und redete auf sie ein; das Mädchen hörte ihn an, ohne zu antworten. Frédéric zerbrach sich den Kopf, um den Stand dieser Frauen in bescheidenen dunklen Kleidern und glatten Umlegekragen zu erraten.

Am Schluß der Vorstellung stürzte er in die Gänge. Die Menge füllte sie. Vor ihm ging Arnoux die Treppe hinab, Stufe um Stufe den beiden Frauen den Arm reichend.

Plötzlich fiel das Licht einer Gasflamme auf ihn. Er trug einen Flor um seinen Hut. War sie vielleicht gestorben? Dieser Gedanke quälte Frédéric so sehr, daß er am nächsten Morgen nach dem »Art industriel« eilte, und indem er schnell eine der in der Auslage liegenden Radierungen bezahlte, fragte er den Verkäufer, wie es Monsieur Arnoux ging.

Der junge Mann erwiderte:

»Ausgezeichnet!«

Erbleichend fügte Frédéric hinzu:

»Und Madame?«

»Madame ebenfalls.«

Frédéric vergaß, seine Radierung mitzunehmen.

Der Winter ging zu Ende. Im Frühjahr war er weniger schwermütig, begann sein Examen vorzubereiten und reiste, nachdem er es mittelmäßig bestanden hatte, nach Nogent.

Er reiste nicht nach Troyes, um seinen Freund zu besuchen, und entging so den Bemerkungen seiner Mutter. Dann gab er zu Anfang des neuen Semesters seine alte Wohnung auf und mietete auf dem Quai Napoléon zwei Zimmer, die er selbst möblierte. Die Hoffnung, von Dambreuse eine Einladung zu erhalten, hatte er aufgegeben, seine große Leidenschaft für Madame Arnoux begann zu erlöschen.

IV.

Als er eines Morgens im Monat Dezember ins Kolleg ging, glaubte er in der Rue Saint Jacques mehr Lebhaftigkeit denn sonst zu bemerken. Die Studenten kamen aus den Cafés gestürzt oder riefen sich durch die offenen Fenster an; die Ladeninhaber, die mitten auf dem Trottoir standen, blickten unruhig umher; die Fensterläden wurden geschlossen, und als er in die Rue Soufflot kam, bemerkte er einen großen Auflauf um das Panthéon.

Junge Leute in ungleichen Trupps von fünf bis zwölf gingen Arm in Arm umher und sprachen die größeren hier und dort herumstehenden Gruppen an. Im Hintergrunde des Platzes, an den Umzäunungsgittern, eiferten Männer in Blusen, während Polizeidiener, den Zweispitz auf dem Ohr, die Hände auf dem Rükken, an den Mauern entlangschlenderten, so daß die Fliesen unter ihren schweren Stiefeln schallten. Alle hatten eine geheimnisvolle, verdutzte Miene; sichtlich erwartete man etwas; jeder unterdrückte eine Frage, die ihm auf der Zunge lag.

Frédéric stand neben einem jungen blonden Manne mit einnehmendem Gesicht, der Schnurr- und Knebelbart wie ein Stutzer aus der Zeit Ludwigs XIII. trug. Er fragte ihn nach der Ursache der Störung.

»Ich weiß es nicht«, erwiderte der andere, »und sie ebenfalls nicht! Das ist jetzt so ihre Art! Wahrlich ein famoser Ulk!«

Und er brach in Lachen aus.

Die Eingaben um die Reform, die man in der Nationalgarde unterzeichnen ließ, zusammen mit Humanns Volkszählung und noch andere Ereignisse verursachten seit sechs Monaten unerklärliche Zusammenrottungen in Paris; sie wiederholten sich so häufig, daß die Zeitungen sie gar nicht mehr erwähnten.

»Es fehlt an Form und Kolorit«, fuhr Frédérics Nachbar fort. »Mir deucht, mein Herr, daß wir entartet sind! In dem guten Zeitalter Ludwigs des Elften, ja selbst Benjamin Constants gab es mehr Meuterei unter den Scholasten. Ich finde sie friedlich wie die Schafe, blöd wie das Rindvieh und würdig, Gewürzkrämer zu sein, meiner Treu! Und das nennt man die Jugend der Hochschulen!«

Er breitete die Arme weit aus wie Frédéric Lemaître in Robert Macaire.

»Jugend der Hochschulen, ich segne dich!«

Dann einen Lumpensammler anredend, der am Prellstein eines Weinrestaurants in Austernschalen wühlte:

»Gehörst du dazu, du, zu der Jugend der Hochschulen?«

Der Greis erhob ein abschreckendes Gesicht, in dem aus einem grauen Bart eine rote Nase und zwei blöde, vertrunkene Augen hervorsahen.

»Nein! Du scheinst mir eher einer jener Galgenstricke zu sein, die man in verschiedenen Gruppen erblickt, mit vollen Händen

Gold ausstreuend! Oh! Streue, mein Patriarch, streue es aus! Bestich mich mit Albions Schätzen! Are you English? Ich weise die Gaben des Artaxerxes nicht zurück! Laß uns ein wenig vom Zollverein reden.«

Frédéric fühlte, wie jemand seine Schulter berührte; er drehte sich um. Es war Martinon, auffallend blaß.

»Nun!« sagte er tief aufseufzend. »Wieder ein Aufruhr!«

Er fürchtete, kompromittiert zu werden, und jammerte darüber. Männer in Blusen beunruhigten ihn besonders, da sie Geheimbünden angehören sollten.

»Gibt es denn Geheimbünde?« sagte der junge Mann mit dem Schnurrbart. »Das ist eine alte Schnurre von der Regierung, um die Bürger in Angst zu versetzen!«

Aus Furcht vor der Polizei forderte ihn Martinon auf, leiser zu sprechen.

»Sie glauben noch an die Polizei, Sie? Übrigens, mein Herr, wie können Sie wissen, ob ich nicht selbst ein Spitzel bin?«

Und er betrachtete ihn in einer Weise, daß Martinon, sehr beunruhigt, zuerst den Scherz gar nicht verstand. Man drängte gegen sie, und sie waren alle drei gezwungen gewesen, sich auf die kleine Treppe zu flüchten, die durch einen Gang zu dem neuen Amphitheater führte.

Bald teilte sich die Menge von selbst; mehrere Köpfe entblößten sich; man begrüßte den berühmten Professor Samuel Rondelot, der, in seinen dicken Leibrock gehüllt, die silbergefaßte Brille hochhaltend und von Asthma keuchend, ruhigen Schrittes daherkam, um seine Vorlesung zu halten. Dieser Mann war einer der Sterne der Jurisprudenz des 19. Jahrhunderts, ein Rivale von Zachariae und Ruhdorff. Seine neue Würde eines Pair von Frankreich hatte nichts in seinem Wesen geändert. Man wußte, daß er arm war, und zollte ihm große Achtung!

Indessen riefen einige vom Platze her:

»Nieder mit Guizot!«

»Nieder mit Pritchard!«

»Nieder mit den Gekauften!«

»Nieder mit Louis-Philippe!«

Die Menge geriet in Bewegung, drängte gegen das geschlossene Hoftor und verhinderte den Professor am Weitergehen. Er blieb vor der Treppe stehen. Bald erblickte man ihn auf der untersten der drei Stufen. Er sprach; ein Summen übertönte seine Stimme. Obwohl man ihn eben noch geliebt hatte, so haßte man ihn jetzt, denn er stellte die Autorität dar. Bei jedem Versuch, sich Gehör zu verschaffen, begann das Geschrei von neuem. Er machte eine große Geste, die Studenten damit auffordernd, ihm zu folgen. Allgemeines Geschrei antwortete ihm. Verächtlich zuckte er die Achseln und verschwand in dem Gang. Martinon hatte sich seinen Platz zunutze gemacht, um gleichzeitig zu verschwinden.

»Welch ein Feigling!« sagte Frédéric.

»Er ist vorsichtig!« erwiderte der andere.

Die Menge brach in Beifallsbezeugungen aus. Dieser Rückzug des Professors war ein Sieg für sie. Aus allen Fenstern schauten Neugierige. Einige stimmten die Marseillaise an; andere machten den Vorschlag, zu Béranger zu gehen.

»Zu Laffite!«

»Zu Chateaubriand!«

»Zu Voltaire!« brüllte der junge Mann mit dem blonden Schnurrbart.

Die Polizisten versuchten die Menge zum Auseinandergehen zu bewegen, indem sie so sanft wie möglich sagten:

»Gehen Sie, meine Herren, gehen Sie auseinander, ziehen Sie sich zurück!«

Jemand schrie: »Nieder mit den Totschlägern!«

Das war seit den November-Unruhen die gebräuchliche Beleidigung. Alle wiederholten sie. Man verspottete und pfiff die Wächter der öffentlichen Ordnung aus; sie fingen an, blaß zu werden; einer von ihnen konnte nicht an sich halten. Einen jungen Mann, der ihm zu nahe kam und ihm ins Gesicht lachte, stieß er so grob zurück, daß er fünf Schritt weiter vor dem Weinausschank auf den

Rücken fiel. Alle stoben auseinander; aber fast unmittelbar darauf fiel er selbst, von einer Art Herkules zu Boden geschlagen, dessen Haar wie ein Bündel Werg unter einer Wachstuchmütze hervorquoll.

Seit einigen Minuten an der Ecke der Rue Saint Jacques stehend, hatte er sich schnell einer Schachtel, die er trug, entledigt und sich auf den Polizisten gestürzt. Er hielt ihn unter sich fest und bearbeitete sein Gesicht mit wuchtigen Faustschlägen. Die andern Polizisten eilten herbei. Der schreckliche Bursche war so stark, daß vier Mann nötig waren, ihn zu bändigen. Zwei schüttelten ihn am Kragen, zwei andere zogen ihn an den Armen, ein fünfter versetzte ihm mit dem Knie Stöße in den Rücken und alle nannten ihn Strolch, Mörder, Aufwiegler. Mit nackter Brust, die Kleider in Fetzen, beteuerte er seine Unschuld; es war ihm nicht möglich gewesen, mit kaltem Blute zuzusehen, daß man ein Kind schlage.

»Ich heiße Dussardier! Angestellter bei den Gebrüdern Valinçart, Spitzen und Modeneuheiten, Rue de Cléry. Wo ist meine Schachtel? Ich will meine Schachtel!« Er wiederholte: »Dussardier! … Rue de Cléry. Meine Schachtel!«

Aber er beruhigte sich und ließ sich mit stoischem Gleichmut auf die Wache in der Rue Descartes abführen. Eine große Menge folgte ihm. Frédéric und der junge Mann mit dem Schnurrbart gingen, voller Bewunderung für den Kommis und empört über das gewalttätige Vorgehen der Obrigkeit, dicht hinter ihm her.

Je weiter man vorwärtsschritt, desto mehr verlief sich die Menge.

Von Zeit zu Zeit drehten sich die Polizisten mit wütenden Gesichtern um; da es für die Radaumacher nichts mehr zu tun, für die Neugierigen nichts mehr zu sehen gab, zerstreuten sie sich nach und nach. Vorübergehende, denen man begegnete, betrachteten Dussardier und machten laut boshafte, beleidigende Bemerkungen. Eine alte Frau, die unter ihrer Tür stand, rief sogar, er habe einen Laib Brot gestohlen; diese Ungerechtigkeit steigerte den Zorn der beiden Freunde. Endlich langte man vor der Wache an. Es waren nur noch etwa zwanzig Personen da. Der Anblick der Soldaten genügte, sie zu zerstreuen.

Frédéric und sein Kamerad forderten kühn die Herausgabe des Verhafteten. Die Schildwache drohte, sie selber einzustecken, wenn sie weiter darauf drängten. Sie verlangten den wachhabenden Offizier zu sprechen, nannten ihre Namen, gaben ihre Eigenschaft als Studenten der Rechte an und beteuerten, daß der Gefangene ihr Mitschüler sei.

Man ließ sie in einen völlig kahlen Raum eintreten, wo sich vier Bänke längs der verräucherten Gipsmauern hinzogen. Im Hintergrund öffnete sich ein Schiebefenster. Dann erschien Dussardiers kräftiges Gesicht, der mit seinem zerzausten Haar, seinen kleinen freimütigen Augen, seiner an der Spitze vierkantigen Nase dunkel an die Physiognomie eines treuen Hundes erinnerte.

»Du erkennst uns nicht?« sagte Hussonnet. Das war der Name des jungen Mannes mit dem Schnurrbart.

»Aber ...« stammelte Dussardier.

»Spiele doch nicht den Trottel«, entgegnete der andere, »man weiß, daß du wie wir Student der Rechte bist.«

Trotz ihres Augenzwinkerns begriff Dussardier nichts. Er schien sich zu sammeln, dann rief er plötzlich:

»Hat man meine Schachtel gefunden?«

Entmutigt blickte Frédéric auf. Hussonnet erwiderte:

»Ah! Dein Karton, in den du deine Vorlesungsnotizen tust? Ja, ja, beruhige dich.«

Sie verstärkten ihr Mienenspiel. Dussardier verstand endlich, daß sie gekommen waren, um ihm zu helfen, und er schwieg aus Furcht, sie zu kompromittieren. Überdies empfand er eine Art Scham, sich zum sozialen Rang eines Studenten und zum Gefährten dieser jungen Männer, die so weiße Hände hatten, erhoben zu sehen.

»Willst du jemand eine Nachricht zukommen lassen?« fragte Frédéric.

»Nein, danke, niemandem.«

»Aber deine Familie?«

Er senkte den Kopf, ohne zu antworten; der arme Bursche war ein uneheliches Kind. Die beiden Freunde wunderten sich über sein Schweigen.

»Hast du etwas zu rauchen?« fragte Frédéric.

Er betastete sich und zog dann vom Grund seiner Tasche die Trümmer einer Pfeife hervor – einer schönen Meerschaumpfeife mit schwarzem Holzrohr, silbernem Deckel und Bernsteinmundstück.

Seit drei Jahren bemühte er sich, daraus ein Meisterstück zu machen. Er hatte immer die Vorsicht geübt, den Kopf der Pfeife in einem gemsledernen Futteral aufzubewahren, so langsam wie möglich daraus geraucht, sie niemals auf Marmor gelegt und sie jeden Abend am Kopfende seines Bettes aufgehängt. Jetzt schüttete er die Stücke der Pfeife in seine Hand, deren Nägel bluteten, und betrachtete, das Kinn auf die Brust gesenkt, die Augen starr, wie versteinert, die Ruinen seiner Freude mit einem Blick unaussprechlicher Trauer.

»Wenn wir ihm Zigarren gäben, wie?« sagte Hussonnet, ganz leise, indem er sich anschickte, solche aus seiner Tasche zu nehmen.

Frédéric hatte schon eine gefüllte Zigarrentasche auf den Fensterrand gelegt.

»Nimm nur! Lebe wohl, und Mut!«

Dussardier riß die beiden Hände, die sich ihm entgegenstreckten, ungestüm an sich. Er drückte sie leidenschaftlich und sagte mit von Schluchzen erstickter Stimme:

»Wie? … für mich? … für mich?«

Die beiden Freunde entzogen sich seiner Dankbarkeit, gingen hinaus und begaben sich in das Café Tabourey gegenüber dem Luxembourg, um dort ihr Frühstück einzunehmen.

Während er das Beefsteak auseinanderschnitt, teilte Hussonnet seinem Gefährten mit, daß er Mitarbeiter von Mode-Journalen sei und Reklamen für »l'Art industriel« anfertige.

»Bei Jacques Arnoux«, sagte Frédéric.
»Sie kennen ihn?«
»Ja! Nein! ... Das heißt, ich habe ihn gesehen, bin ihm begegnet.«
Nachlässig fragte er Hussonnet, ob er seine Frau zuweilen sehe.
»Von Zeit zu Zeit«, erwiderte der Boheme.
Frédéric wagte es nicht, mehr Fragen zu stellen; dieser Mann hatte soeben einen Platz von unbegrenzter Wichtigkeit in seinem Leben eingenommen. Er bezahlte das Frühstück, ohne daß der andere irgend etwas dagegen eingewendet hätte.
Die Sympathie war eine gegenseitige; sie tauschten ihre Adressen aus, und Hussonnet forderte ihn herzlich auf, ihn bis zur Rue de Fleurus zu begleiten.
Sie waren mitten im Garten, als Arnoux' Angestellter, den Atem anhaltend, sein Gesicht zu einer abscheulichen Grimasse verzog und anfing zu krähen wie ein Hahn. Darauf antworteten ihm alle Hähne in der Umgegend mit langen Kikerikis.
»Das ist ein Signal«, sagte Hussonnet.
Neben dem Theater Bobino blieben sie stehen, vor einem Hause, in das man durch eine Allee gelangte. Im Dachbodenfenster zeigte sich zwischen Kapuzinerkresse und Wicken eine junge Person, barhäuptig, im Korsett, und stützte sich mit beiden Armen auf die Dachrinne.
»Guten Morgen, mein Engel, guten Morgen, mein Herzblatt«, rief Hussonnet, ihr Kußhände zuwerfend.
Mit einem Fußtritt öffnete er die Zauntür und verschwand.
Frédéric erwartete ihn die ganze Woche. Er wagte nicht, zu ihm zu gehen, damit es nicht aussähe, als ob er es eilig habe, daß Hussonnet ihn nun auch zum Frühstück einlade; jedoch suchte er ihn im ganzen Quartier Latin. Eines Abends traf er ihn und nahm ihn mit auf sein Zimmer auf dem Quai Napoléon.
Sie plauderten lange miteinander und schütteten sich ihre Herzen aus. Hussonnet erhoffte Ruhm und Verdienst vom Theater.

Er war Mitarbeiter an abgelehnten Vaudevilles, hatte eine Menge Pläne, drechselte Couplets; er sang einige vor. Dann bemerkte er auf dem Bücherbrett einen Band von Victor Hugo und einen andern von Lamartine und erging sich in Sarkasmen über die romantische Schule. Diese Dichter hätten weder Vernunft noch Sprachgefühl und seien vor allem keine Franzosen. Er rühmte sich, seine Sprache zu meistern, und zerlegte die schönsten Sätze mit jener bissigen Strenge, jener akademischen Art, die launigen Leuten eigen ist, wenn sie über ernste Kunst reden.

Frédéric fühlte sich in seiner Vorliebe für diese Dichter verletzt; er hatte Lust, abzubrechen. Warum sollte er nicht gleich das Wort aussprechen, von dem sein Glück abhing? Er fragte den Literatur-Kellner, ob er ihn bei Arnoux einführen könne.

Die Sache war sehr einfach, und sie verabredeten sich für den nächsten Tag.

Hussonnet versäumte das Rendezvous; er versäumte auch noch drei andere. Eines Sonnabends gegen vier Uhr erschien er. Er nutzte die Gelegenheit, fahren zu können, aus und hielt erst vor dem Theater Français, um ein Logenbillet zu bekommen, ließ bei einem Schneider, bei einer Näherin vorfahren und schrieb bei den Hausmeistern kurze Mitteilungen. Endlich langten sie auf dem Boulevard Montmartre an. Frédéric durchschritt den Laden und stieg die Treppe hinauf. Arnoux erkannte ihn in dem Spiegel, der vor seinem Schreibtisch angebracht war, schrieb aber ruhig weiter und reichte ihm die Hand über die Schulter.

Fünf oder sechs Personen füllten den engen Raum, den ein einziges, auf den Hof gehendes Fenster erhellte; im Hintergrunde nahm ein Sofa mit braunem Damastbezug das Innere eines Alkovens ein zwischen zwei Portieren aus demselben Stoff. Auf dem mit Papieren bedeckten Kamin stand eine Venus aus Bronze; zu beiden Seiten symmetrisch zwei Kandelaber mit rosa Kerzen. Rechts neben einem Mappenständer saß in einem Sessel ein Mann, den Hut auf dem Kopf, und las die Zeitung; die Wände verschwanden unter Stichen und Gemälden, wertvollen Gravüren oder Skizzen zeitgenössischer Meister mit Widmungen, die von aufrichtiger Zuneigung für Jacques Arnoux zeugten.

»Geht's immer gut?« sagte er, sich an Frédéric wendend.

Und ohne eine Antwort abzuwarten fragte er Hussonnet leise:

»Wie heißt Ihr Freund?«

Dann laut:

»Nehmen Sie doch eine Zigarre aus der Kiste auf dem Ständer.«

Im Zentrum von Paris gelegen, war l'Art industriel ein bequemer Versammlungsort, ein neutrales Gebiet, wo auch Nebenbuhler vertraulich miteinander verkehrten. An jenem Tag sah man dort Anténor Braive, den Porträtisten von Königen; Jules Burrieu, der die algerischen Kriege durch seine Zeichnungen volkstümlich zu machen begann; den Karikaturzeichner Sombaz, Vourdat, den Bildhauer, und andere mehr. Keiner aber entsprach den Vorurteilen des Studenten. Ihre Manieren waren schlicht, ihre Gespräche frei. Lovarias der Mystiker gab eine obszöne Erzählung zum besten; und der Erfinder der orientalischen Landschaft, der bekannte Dittmer, trug eine gestrickte Unterjacke unter seiner Weste und nahm den Omnibus, um nach Hause zurückzukehren.

Zuerst war die Rede von einer gewissen Apollonia, einem ehemaligen Modell, das Burrieu in einer Kalesche auf dem Boulevard erkannt zu haben behauptete. Hussonnet erklärte diese Metamorphose durch die stattliche Zahl ihrer Liebhaber.

»Wie dieser Mensch die Pariser Mädchen kennt!« sagte Arnoux.

»Nach Ihnen, wenn etwas übrigbleibt, Sire«, entgegnete der Boheme mit militärischem Gruß, um den Grenadier nachzuahmen, der Napoléon seine Feldflasche anbot.

Darauf disputierte man über einige Bilder, zu denen Apollonias Kopf benutzt worden war. Die abwesenden Kollegen wurden kritisiert. Man staunte über die Preise ihrer Werke, und alle beklagten sich darüber, daß sie nicht genug verdienten, als ein mittelgroßer Mann von etwas närrischem Aussehen, mit lebhaften Augen, den Rock nur mit einem Knopf geschlossen, eintrat.

»Bürgerpack, das ihr seid!« sagte er. »Was tut das, gütiger Gott! Die Alten, die Meisterwerke schufen, sorgten sich nicht um die Million. Correggio, Murillo ...«

»Fügen Sie auch Pellerin hinzu«, sagte Sombaz.

Aber ohne den Stich zu beachten, fuhr er fort, mit einer solchen Heftigkeit zu reden, daß Arnoux genötigt war, zweimal zu wiederholen:

»Meine Frau braucht Sie am Donnerstag. Vergessen Sie es nicht!«

Diese Worte lenkten Frédérics Gedanken auf Madame Arnoux. Zweifelsohne gelangte man zu ihr durch das Kabinett neben dem Diwan. Arnoux hatte es eben geöffnet, um ein Taschentuch zu holen. Frédéric hatte im Hintergrund einen Waschständer bemerkt. Aber eine Art Brummen kam von der Ecke des Kamins; der Mann, der seine Zeitung im Sessel sitzend las, hatte es ausgestoßen. Er war fünf Fuß und neun Zoll groß, hatte etwas schwere Lider, graues Haar, ein majestätisches Aussehen – er hieß Regimbart.

»Was gibt's denn, Bürger«, fragte Arnoux.

»Wieder ein neuer Schurkenstreich der Regierung!«

Es handelte sich um die Absetzung eines Schulmeisters; Pellerin nahm seinen Vergleich zwischen Michelangelo und Shakespeare wieder auf. Dittmer war im Begriffe fortzugehen. Arnoux ging ihm nach, um ihm zwei Banknoten in die Hand zu drücken. Da sagte Hussonnet, der den Augenblick für günstig hielt:

»Könnten Sie mir nicht einen Vorschuß gewähren, mein teurer Prinzipal?«

Aber Arnoux hatte sich wieder gesetzt und schalt einen Greis aus, der schmutzig aussah und eine blaue Brille trug.

»Ja, Sie sind mir ein netter Geselle, Vater Isaak! Jetzt sind glücklich drei Werke in Verruf geraten, sind in der Tat unbrauchbar! Alle Welt macht sich lustig über mich! Man kennt sie jetzt! Was soll ich nun damit anfangen? Ich werde gezwungen sein, sie nach Kalifornien zu schicken ... gehen Sie zum Teufel! Schweigen Sie!«

Die Spezialität dieses Biedermannes bestand darin, die Unterschriften alter Meister unter die Bilder zu setzen. Arnoux weigerte sich, ihn zu bezahlen, und verabschiedete ihn barsch. Dann begrüßte er mit verändertem Benehmen einen steifen Herrn mit Bakkenbart und weißer Halsbinde, der ein Ordensband im Knopfloch trug.

Den Ellbogen auf den Fensterriegel gestützt, unterhielt er sich mit honigsüßer Miene lange mit ihm. Endlich platzte er heraus:

»Eh! Es fällt mir nicht schwer, Herr Graf, Vermittler zu bekommen!«

Nachdem der Edelmann sich in sein Schicksal gefunden, zahlte ihm Arnoux fünfundzwanzig Louisdore aus, und sobald er draußen war:

»Wie unausstehlich sind doch diese großen Herren!«

»Alles Schurken«, murmelte Regimbart.

Als die Zeit vorschritt, verdoppelte sich Arnoux' Geschäftigkeit; er ordnete Artikel, öffnete Briefe, stellte Rechnungen auf, ging, durch den Lärm des Hammers aufmerksam gemacht, ins Magazin, um das Verpacken zu überwachen, nahm dann seine Arbeit wieder auf, ging aber, während seine Stahlfeder auf dem Papier dahineilte, schlagfertig auf jeden Scherz ein. Abends sollte er bei seinem Advokaten speisen und am nächsten Tag nach Belgien fahren.

Die andern unterhielten sich über Tagesfragen; Cherubinis Porträt, das Amphitheater der »Beaux Arts«, die nächste Ausstellung. Pellerin schimpfte auf die Akademie-Klatschereien, Diskussionen kreuzten sich. Der niedrige Raum war so voll, daß man sich kaum rühren konnte, und das Licht der Kerzen schimmerte durch den Zigarrenrauch wie Sonnenstrahlen durch den Nebel.

Die Tür neben dem Diwan ging auf, und eine große, schlanke Person trat ein – sie hatte so brüske Bewegungen, daß alle Berlocken ihrer Uhrkette auf dem schwarzen Taffetkleide aneinanderklirrten.

Es war dieselbe, die er vergangenen Sommer im Palais Royal

gesehen hatte. Einige unter den Anwesenden sprachen sie bei ihrem Namen an und gaben ihr die Hand.

Hussonnet hatte endlich einige fünfzig Francs ergattert; die Uhr schlug sieben; alle gingen.

Arnoux forderte Pellerin auf, zu bleiben, und führte Mademoiselle Vatnaz in das Kabinett.

Frédéric konnte ihr Gespräch nicht verstehen, sie flüsterten. Doch die weibliche Stimme wurde vernehmlich:

»Seit sechs Monaten ist das Geschäft abgeschlossen, und ich warte immer noch!«

Es folgte ein langes Schweigen, Mademoiselle Vatnaz kam wieder zum Vorschein. Arnoux hatte ihr irgendwelche Versprechungen gemacht.

»Oh, oh! später; wir werden sehen!«

»Adieu, glücklicher Mann!« sagte sie, als sie fortging.

Rasch trat Arnoux in das Kabinett zurück, zerdrückte Stangenpomade auf seinem Schnurrbart, zog die Hosenträger herauf, um seine Stege straffer zu ziehen, und sich die Hände waschend, sagte er:

»Ich brauche zwei Supraporten, zu zweihundertfünfzig das Stück, im Stile Bouchers, einverstanden?«

»Meinetwegen«, sagte der Künstler, der rot geworden war.

»Gut, und vergessen Sie nicht meine Frau!«

Frédéric begleitete Pellerin bis oben an den Faubourg Poissonnière und bat ihn um die Erlaubnis, ihn manchmal besuchen zu dürfen, eine Gunst, die ihm freundlichst gewährt wurde.

Pellerin las alle Werke über Ästhetik, um die wahre Theorie des Schönen zu entdecken, überzeugt, Meisterwerke schaffen zu können, wenn er jene gefunden. Er umgab sich mit allen erdenklichen Hilfsmitteln, Zeichnungen, Gipsabgüssen, Modellen, Stichen, und er suchte und quälte sich ab. Er klagte die Zeit, seine Nerven, sein Atelier an, ging auf die Straße, um Inspiration zu suchen, erbebte, wenn er sie festgehalten hatte, ließ aber dann sein Werk im Stich und träumte von einem andern, das viel schöner werden sollte. So von seiner Begierde nach Ruhm gepeinigt, vergeudete er seine Tage in Diskussionen, glaubte an tausend Albernheiten, an Systeme, Kritiken, an die Wichtigkeit einer Vorschrift oder einer Reform in der Kunst und hatte mit fünfzig Jahren noch nichts weiter als Entwürfe hervorgebracht. Sein unerschütterlicher Stolz bewahrte ihn davor, der Mutlosigkeit zu verfallen, aber er war immer gereizt und in jenem zugleich erkünstelten und natürlichen Gefühlsüberschwange, der den Komödianten eigen ist.

Wenn man bei ihm eintrat, fiel der Blick auf zwei große Bilder, auf denen die ersten hier und da aufgesetzten Töne braune, rote und blaue Flecken auf der weißen Leinwand bildeten. Ein Durcheinander von Kreidelinien spannte sich darüber wie die Maschen eines zwanzigmal ausgebesserten Netzes, es war ganz unmöglich, etwas davon zu verstehen. Pellerin erklärte den Gegenstand dieser beiden Entwürfe, indem er mit dem Daumen die fehlenden Teile andeutete. Das eine sollte den Wahnsinn des Nebukadnezar, das andere den Brand Roms unter Nero darstellen. Frédéric bewunderte sie.

Er bewunderte auch wüste Frauenakte, Landschaften, in denen es von im Sturm gepeitschten Bäumen wimmelte, und namentlich phantastische Federzeichnungen, Erinnerungen an Callot, Rembrandt und Goya, deren Modelle er nicht kannte. Pellerin schätzte diese Jugendarbeiten nicht mehr; jetzt war er für den großen Stil; mit großer Beredsamkeit dogmatisierte er über Phidias und Winckelmann. Die Gegenstände um ihn her verstärkten die Kraft seiner Worte; man sah einen Totenschädel auf einem Betstuhl, ein Jatagan und eine Mönchskutte lagen umher; Frédéric zog sie an.

Kam er früh, so traf er ihn auf seiner schlechten Pritsche liegend, die ein Stück Stoff verhüllte, denn Pellerin, der eifrig die Theater besuchte, ging spät zu Bett. Seine bunt zusammengewürfelten Kenntnisse machten, daß seine Gedankensprünge unterhaltend wirkten. Sein Haß gegen das Gewöhnliche und gegen den Spießbürger ergoß sich in Sarkasmen von lyrischer Pracht, und er hatte eine solche Verehrung für die alten Meister, daß sie ihn fast bis zu ihnen emporhob.

Aber warum sprach er niemals von Madame Arnoux? Was ihren Mann anbelangte, so nannte er ihn bald einen guten Kerl, bald einen Scharlatan. Frédéric erwartete vertrauliche Mitteilungen von ihm.

Als er eines Tages in seinen Mappen blätterte, fand er in dem Porträt einer Zigeunerin eine Ähnlichkeit mit Mademoiselle Vatnaz, und da er sich für diese Person interessierte, wollte er ihren Stand wissen.

Sie war früher, wie Pellerin glaubte, Erzieherin in der Provinz gewesen; jetzt gab sie Stunden und versuchte, für kleine Blätter zu schreiben.

Nach ihrem Benehmen Arnoux gegenüber zu schließen, konnte man sie, wie Frédéric meinte, für seine Mätresse halten.

»Ach was! – Er hat andere.«

Da wandte der junge Mann sich ab, über die Niederträchtigkeit seines Gedankens errötend, und sagte forsch:

»Ohne Zweifel vergilt es ihm seine Frau?«

»Ganz und gar nicht! Sie ist anständig!«

Frédéric hatte Gewissensbisse und zeigte sich häufiger auf der Redaktion.

Die großen, den Namen Arnoux bildenden Buchstaben auf der Marmorplatte über dem Laden schienen ihm ganz seltsam und voll von Bedeutung. Wie eine heilige Inschrift. Das breite, leicht abfallende Trottoir erleichterte ihm das Gehen, die Tür öffnete sich fast von selbst, und der Griff, der sich glatt anfühlte, hatte die Weichheit und fast das Verständnis einer Hand, die er in der seinen drücken würde. Nach und nach war er ebenso pünktlich wie Regimbart.

Täglich setzte sich Regimbart in die Kaminecke in seinen Sessel, bemächtigte sich des »National«, gab die Zeitung nicht mehr aus der Hand und drückte seine Gedanken durch Ausrufe oder bloßes Achselzucken aus. Von Zeit zu Zeit trocknete er sich die

Stirn mit seinem wurstförmig gerollten Taschentuch, das er auf der Brust zwischen zwei Knöpfen seines grünen Leibrockes verwahrte. Er trug eine Faltenhose, niedrige Stiefel, eine lange Krawatte, und sein Hut mit hoch aufgeschlagener Krempe machte ihn schon von weitem in der Menge kenntlich.

Um acht Uhr morgens stieg er die Höhen des Montmartre hinunter, um in der Rue Notre-Dame-des-Victoires Weißwein zu trinken. Sein Frühstück, dem mehrere Partien Billard folgten, beschäftigte ihn bis drei Uhr. Darauf begab er sich in die Gegend des »Passage des Panoramas«, um dort seinen Absinth zu nehmen. Nach der Sitzung bei Arnoux ging er in die Kneipe »Zur Stadt Bordeaux«, um dort Wermut zu trinken; dann zog er es oft vor, anstatt zu seiner Frau zurückzukehren, in einem kleinen Café an der »Place Gaillon« allein zu speisen, wo er verlangte, daß man ihm »häusliche Gerichte«, »einfache Kost« vorsetze. Endlich begab er sich in eine andere Billardstube, wo er bis Mitternacht, bis ein Uhr morgens blieb, bis zu dem Augenblick, wo das Gas ausgelöscht, die Fensterläden geschlossen wurden und der erschöpfte Wirt ihn beschwor, zu gehen.

Es war nicht die Liebe zu den Getränken, die Regimbart an diese Orte zog, sondern die alte Gewohnheit, über Politik zu sprechen. Mit dem Alter war seine Begeisterung abgeflaut, und nur eine mürrische Schweigsamkeit war zurückgeblieben. Beim Anblick seines ernsten Gesichtes hätte man glauben können, er wälze die Welt in seinem Kopfe herum. Aber nichts kam dabei heraus; niemand, selbst seine besten Freunde, wußten von einer Berufstätigkeit, obwohl er vorgab, ein Rechtsbureau zu unterhalten.

Arnoux schien ihn unendlich zu schätzen. Eines Tages sagte er zu Frédéric:

»Dieser Mann weiß viel, mein Lieber! Er ist ein bedeutender Mensch!«

Ein anderes Mal breitete Regimbart auf Arnoux' Pult Papiere aus, die Kaolingruben in der Bretagne betrafen; Arnoux verließ sich auf seine Erfahrung.

Frédéric wurde Regimbart gegenüber aufmerksam – er ging so weit, ihm von Zeit zu Zeit ein Glas Absinth zu bezahlen, und obwohl er ihn für dumm hielt, blieb er oft eine volle Stunde in seiner Gesellschaft, nur weil er der Freund von Jacques Arnoux war.

Nachdem er zeitgenössischen Meistern zu ihren ersten Erfolgen verholfen hatte, versuchte der Kunsthändler, ein Mann des Fortschritts, immer unter Wahrung des künstlerischen Scheines, seinen Geschäftsgewinn zu vermehren. Er fahndete nach dem Neuesten in der Kunst, nach Meisterwerken für Spottpreise. Alle Pariser Luxusindustrien unterlagen seinem Einfluß, der für die kleinen Dinge gut, für die großen verderblich war. Mit seiner Sucht, der öffentlichen Meinung zu schmeicheln, lenkte er die begabten Künstler von ihren Wegen ab, verdarb die Starken, erschöpfte die Schwachen und brachte die Mittelmäßigen zum Ruhm; dies alles erreichte er durch seine Beziehungen und seine Zeitung. Die Farbenkleckser strebten ehrgeizig danach, ihre Werke in seinem Schaufenster zu sehen, und die Tapezierer nahmen bei ihm die Modelle für Einrichtungen. Frédéric betrachtete ihn gleichzeitig als Millionär, Kunstkenner sowie als Mann der Tat. Allein vieles setzte ihn doch in Erstaunen, denn Monsieur Arnoux war recht durchtrieben in seinen Geschäften.

Aus Deutschland oder Italien erhielt er ein Bild, das in Paris für fünfzehnhundert Francs gekauft worden war. Nun legte er eine Rechnung vor, aus der ersichtlich war, daß das Bild viertausend gekostet hatte, und aus Gefälligkeit verkaufte er es dann für dreitausendfünfhundert. Einer seiner üblichen Kniffe mit den Malern war, daß er als Zugabe eine Verkleinerung ihres Bildes verlangte unter dem Vorwande, eine Gravüre davon herausgeben zu wollen; er verkaufte dann stets die Verkleinerung, und die Gravüre erschien niemals. Denen, die sich beklagten, ausgebeutet zu werden, antwortete er durch einen Klaps auf den Bauch. Im übrigen war er ein vortrefflicher Mensch, er verschwendete seine Zigarren, duzte die Unbekannten, begeisterte sich für ein Werk oder einen Menschen und zeigte die größte Hartnäckigkeit, scheute nichts, machte zahllose Gänge, schrieb zahllose Briefe und machte große Reklame. Er hielt sich für sehr redlich, und in seinem Bedürfnis, sich auszusprechen, erzählte er naiv seine unsauberen Geschäfte.

Um einen Kollegen zu ärgern, der ein neues Kunstblatt durch einen großen Schmaus einweihte, bat er einmal Frédéric, kurz vor der Stunde der Zusammenkunft unter seinen Augen an die Gäste einige Zeilen zu schreiben, die die Einladung rückgängig machten.

»Das geht nicht gegen die Ehre, verstehen Sie?«

Und der junge Mann wagte es nicht, ihm diesen Dienst abzuschlagen.

Am nächsten Tag, als er mit Hussonnet in sein Bureau trat, sah Frédéric durch jene Tür, die zur Treppe führte, den Saum eines Kleides verschwinden.

»Bitte tausendmal um Entschuldigung!« sagte Hussonnet. »Wenn ich gewußt hätte, daß Damen hier sind …«

»Oh! Diese da, das war meine Frau«, erwiderte Arnoux. »Im Vorübergehen kam sie herauf, mir einen kleinen Besuch abzustatten.«

»Wieso?« sagte Frédéric.

»Nun ja! Sie geht jetzt heim.«

Der Reiz der ihn umgebenden Sachen schwand auf einmal. Jene merkbar empfundene Ausstrahlung war erloschen oder, noch besser, niemals dagewesen. Er empfand ein maßloses Erstaunen und einen Schmerz wie von einem Verrat.

Arnoux, der in seiner Schublade kramte, lächelte. Machte er sich über ihn lustig? Der Kommis legte ein Bündel feuchter Papiere auf den Tisch.

»Ah so! Die Plakate!« rief der Kunsthändler. »Heute abend komme ich nicht so bald zum Essen!«

Regimbart nahm seinen Hut.

»Wie, Sie gehen?«

»Sieben Uhr!« sagte Regimbart.

Frédéric folgte ihm.

An der Ecke der Rue Montmartre drehte er sich um; er blickte zu den Fenstern des ersten Stockes empor und lachte innerlich mitleidig über sich selbst, als er sich erinnerte, mit welcher Liebe er sie oft betrachtet hatte. Wo lebte sie denn? Wie ihr jetzt begegnen? Die Einsamkeit tat sich vor seiner Sehnsucht auf, unermeßlicher als je zuvor!

»Kommen Sie mit, einen nehmen?« sagte Regimbart.

»Wen nehmen?«

»Einen Absinth!«

Und seinen Grübeleien nachhängend, ließ sich Frédéric ganz mechanisch in das Estaminet Bordelais führen.

Während sein Gefährte, auf den Ellbogen gestützt, die Wasserflasche betrachtete, sah Frédéric sich in dem Lokal um. Da gewahrte er Pellerins Profil auf dem Trottoir und klopfte heftig an die Scheibe. Kaum hatte der Maler sich gesetzt, als Regimbart ihn fragte, warum man ihn nicht mehr im »Art industriel« sehe.

»Verrecken will ich, wenn ich wieder dahin gehe! Das ist ein Vieh, ein Bourgeois, ein Lump, ein Gauner!«

Diese Beschimpfungen taten Frédérics Zorn wohl. Indessen verletzten sie ihn, denn ihm schien, daß sie auch Madame Arnoux ein wenig trafen.

»Was hat er Ihnen denn getan?« sagte Regimbart.

Pellerin stampfte mit dem Fuß auf den Boden und schnaufte, anstatt zu antworten.

Er ließ sich zu geheimen Arbeiten herbei, wie Portraits in zweierlei Kreide oder Nachahmungen großer Meister für wenig bewanderte Liebhaber anzufertigen; da diese Arbeiten ihn demütigten, zog er es für gewöhnlich vor, darüber zu schweigen. Aber »Arnoux' Schäbigkeit« machte ihn wild.

Er schaffte sich Luft.

Einem Auftrag zufolge, dessen Zeuge Frédéric gewesen war, hatte er ihm zwei Bilder gebracht. Der Kunsthändler hatte sich alsdann kritische Bemerkungen erlaubt! Er hatte die Komposition getadelt, die Farbe, die Zeichnung, vor allem die Zeichnung; kurz, er hatte die Bilder um keinen Preis gewollt. Aber, durch einen fälligen Wechsel gezwungen, hatte Pellerin die Bilder dem Juden Isaak überlassen, und vierzehn Tage später verkaufte sie Arnoux selber an einen Spanier um zweitausend Francs.

»Nicht einen Sou weniger! Was für eine Schurkerei! Und wahrlich, er verübt noch andere! Wir werden ihn eines Tages vor dem Schwurgericht sehen!«

»Sie übertreiben!« sagte Frédéric mit schüchterner Stimme.

»Meinetwegen, ich übertreibe!« rief der Künstler aus, indem er dem Tisch einen wuchtigen Faustschlag versetzte.

Diese Heftigkeit ließ den jungen Mann seine ganze Sicherheit wiedergewinnen. Ohne Zweifel konnte man anständiger sein, jedoch, wenn Arnoux diese beiden Bilder …

»Schlecht fand! Raus mit dem Wort! Kennen Sie sie? Ist das Ihr Beruf? Merken Sie sich, mein Junge, daß ich Liebhaber nicht gelten lasse!«

»Ach! das geht mich ja alles gar nichts an!« sagte Frédéric.

»Welch Interesse haben Sie dann, ihn zu verteidigen?« entgegnete Pellerin kalt.

Der junge Mann stammelte:

»Nun … weil ich sein Freund bin.«

»Küssen Sie ihn in meinem Namen! Guten Abend!«

Und wütend ging der Maler hinaus, selbstverständlich ohne seine Zeche zu bezahlen.

Frédéric hatte sich durch seine Verteidigung Arnoux' selbst überzeugt. In der Hitze seiner Beredsamkeit ergriff ihn Zärtlichkeit für diesen guten, intelligenten Mann, den seine Freunde verleumdeten und der jetzt ganz verlassen, allein bei der Arbeit saß. Er konnte dem sonderbaren Drang, ihn sofort wiederzusehen, nicht widerstehen. Zehn Minuten später öffnete er die Tür des Ladens.

Arnoux stellte mit seinem Kommis Riesen-Plakate für eine Gemälde-Ausstellung zusammen.

»Nun! was führt Sie nochmals hierher?«

Diese so einfache Frage verwirrte Frédéric, und in der Verlegenheit um eine Antwort fragte er, ob man nicht zufällig sein Notizbuch gefunden habe, ein kleines Notizbuch aus blauem Leder.

»Das, in dem Sie Ihre Damenbriefe aufbewahren?« sagte Arnoux.

Wie ein junges Mädchen errötend, verteidigte sich Frédéric gegen eine solche Vermutung.

»Ihre Gedichte also?« entgegnete der Kunsthändler.

Er hantierte mit den ausgebreiteten Probedrucken, bemängelte deren Form, Farbe, Umrahmung; Frédéric fühlte sich immer mehr und mehr gereizt über Arnoux' nachdenkliches Wesen, aber hauptsächlich reizten ihn seine Hände, die über die Plakate glitten – dicke Hände, ein wenig weichlich, mit flachen Nägeln. Endlich erhob sich Arnoux, und mit einem »Das wäre gemacht« griff er Frédéric vertraulich unter das Kinn. Diese unangebrachte Freiheit mißfiel Frédéric, er wich zurück, dann überschritt er die Schwelle des Bureaus, wie er glaubte, zum letztenmal in seinem Leben. Madame Arnoux selbst schien durch die Gewöhnlichkeit ihres Gatten zu verlieren.

In derselben Woche erhielt er einen Brief, in dem Deslauriers seine Ankunft in Paris für den kommenden Donnerstag anzeigte. Nun warf er sich mit Leidenschaft auf diese tiefere und ernstere Neigung. Ein solcher Mann war mehr wert als alle Frauen. Von nun an würde er weder Regimbart, Pellerin noch Hussonnet mehr brauchen, überhaupt niemand! Um seinen Freund besser unterzubringen, kaufte er ein eisernes Bett, einen zweiten Sessel, verwendete einen Teil seines Bettzeuges für ihn und war am Donnerstagmorgen gerade daran, sich anzukleiden, um Deslauriers abzuholen, als bei ihm geklingelt wurde. Arnoux trat ein.

»Nur ein Wort! Ich erhielt gestern eine schöne Forelle aus Genf, wir zählen auf Sie heute, Punkt sieben Uhr ... Rue de Choiseul 24 b ... Vergessen Sie es nicht!«

Frédéric mußte sich setzen. Seine Knie wankten. Er wiederholte sich: »Endlich! Endlich!« Dann schrieb er an seinen Schneider, an seinen Hutmacher und seinen Schuhmacher, und ließ diese drei Briefchen durch drei verschiedene Dienstmänner fortbringen. Der Schlüssel wurde im Schloß gedreht, und der Hausmeister erschien mit einem Koffer auf der Schulter.

Als Frédéric Deslauriers' ansichtig wurde, fing er an zu zittern wie eine ehebrecherische Frau unter dem Blick ihres Gatten.

»Was hast du denn?« sagte Deslauriers, »du mußt meinen Brief doch erhalten haben?«

Frédéric hatte nicht die Kraft zu lügen. Er breitete die Arme aus und warf sich an seine Brust.

Darauf erzählte der Schreiber seine Geschichte. Sein Vater hatte die Vormundschaftsabrechnungen nicht vorlegen wollen, da er sich einbildete, daß solche Rechnungen nach zehn Jahren verjährt waren. Aber Deslauriers, im Prozeßwesen gut beschlagen, hatte endlich das ganze Erbteil seiner Mutter, bare siebentausend Francs, herausbekommen, die er nun in einer alten Brieftasche bei sich trug.

»Das ist ein Zehrpfennig für den Notfall. Ich muß mich umtun, sie anzulegen, und gleich morgen früh werde ich trachten, mir eine Stellung zu verschaffen. Für heute vollkommen Freiheit und ganz zu deiner Verfügung, alter Junge!«

»Oh! laß dich nicht stören!« sagte Frédéric. »Wenn du heute abend etwas Wichtiges vorhast ...«

»Warum nicht gar! Da wäre ich ja ein schöner Lump!«

Dieser zufällig hingeworfene Ausdruck traf Frédéric mitten ins Herz wie eine beleidigende Anspielung.

Der Hausmeister hatte auf den Tisch, der vor dem im Kamin brennenden Feuer stand, zwei Koteletten, Preßsack, eine Languste, ein Dessert sowie zwei Flaschen Bordeaux gestellt.

»Du traktierst mich wahrhaftig wie einen König!«

Sie plauderten von ihrer Vergangenheit, von der Zukunft; von Zeit zu Zeit reichten sie sich über den Tisch die Hände und sahen sich eine Minute mit Rührung an. Aber ein Dienstmann brachte einen neuen Hut. Deslauriers bemerkte laut, wie glänzend das Futter des Hutes sei.

Darauf brachte der Schneider selber den Frack, den er aufgebügelt hatte.

»Man möchte glauben, du verheiratest dich«, sagte Deslauriers.

Eine Stunde später erschien ein Dritter, der aus einem großen schwarzen Sack ein Paar prachtvolle Lackstiefel zog. Während Frédéric sie anpaßte, betrachtete der Schuhmacher spöttisch die Fußbekleidung des Provinzlers.

»Der Herr braucht nichts?«

»Danke!« erwiderte der Schreiber und zog seine alten Schnürschuhe unter den Stuhl.

Diese Demütigung war Frédéric sehr peinlich. Er hielt mit seinem Geständnis zurück. Als wenn ihm etwas einfiele, rief er endlich aus.

»Ah! sapperlot, ich vergaß!«

»Was denn?«

»Ich bin heute abend zum Diner eingeladen.«

»Bei Dambreuse? Warum erwähntest du sie nie in deinen Briefen?«

Es sei nicht bei Dambreuse, sondern bei Arnoux.

»Du hättest mich benachrichtigen sollen! sagte Deslauriers. »Ich wäre dann einen Tag später gekommen.«

»Unmöglich«, entgegnete Frédéric schroff. »Ich bin erst heute morgen, soeben, eingeladen worden.«

Um sein Vergehen wiedergutzumachen und seinen Freund abzulenken, knüpfte er die verwickelten Schnüre seines Koffers auf und brachte alle seine Sachen in der Kommode unter; er wollte ihm sein eigenes Bett abtreten und selbst in der Kammer schlafen, in der das Holz aufbewahrt wurde. Dann schlug es vier Uhr, und er begann mit den Vorbereitungen zu seiner Toilette.

»Du hast noch lange Zeit!« sagte der andere.

Endlich kleidete er sich an und ging.

»So sind die Reichen!« dachte Deslauriers. Und er ging zum

Abendbrot in die Rue Saint Jacques, zu einem kleinen Gastwirt, den er kannte.

Frédéric blieb mehrmals auf der Treppe stehen, so sehr schlug ihm das Herz. Einer seiner zu engen Handschuhe platzte. Während er den Riß unter seiner Manschette zu verbergen suchte, faßte ihn Arnoux, der hinter ihm heraufkam, beim Arm und ließ ihn eintreten.

Das Vorzimmer war in chinesischem Geschmack ausgestattet. Von der Decke hing eine bemalte Laterne herab, in den Ecken standen Bambusmöbel. Beim Durchschreiten des Salons stolperte Frédéric über ein Tigerfell. Die Kerzen der Armleuchter waren noch nicht angezündet, aber ganz hinten im Boudoir brannten zwei Lampen.

Mademoiselle Marthe kam, um mitzuteilen, daß ihre Mama sich ankleide. Arnoux hob sie bis zu seinem Munde empor, um sie zu küssen. Dann ließ er Frédéric mit dem Kinde allein, da er selbst im Keller gewisse Flaschen Weines auswählen wollte.

Sie war seit der Reise nach Montereau sehr gewachsen. Ihr braunes Haar fiel in langen Locken auf die entblößten Arme herab. Ihr Kleid, bauschiger als das Röckchen einer Tänzerin, ließ ihre rosigen Waden sehen, und das ganze hübsche Persönchen duftete frisch wie ein Blumenstrauß. Sie nahm die Komplimente des Herrn mit der Miene einer Kokette entgegen, heftete ihre tiefen Augen auf ihn und verschwand, zwischen den Möbeln hingleitend, wie eine Katze.

Er empfand keinerlei Verwirrungen mehr. Die mit Papierspitzen verhängten Lampenglocken verbreiteten ein milchiges Licht, das die Malvenfarbe der Seide, mit der die Wände bespannt waren, milderte. Durch die Stäbe des Feuerschutzes, der einem Fächer glich, sah man die Kohlen im Kamin; dicht bei der Uhr stand ein Kästchen mit Silberschließen. Da und dort lagen intime Gegenstände umher: eine Puppe mitten auf dem Kanapee, ein Brusttuch auf der Rücklehne eines Stuhles und auf dem Nähtisch ein wollenes Strickzeug, von dem zwei Elfenbeinnadeln mit den Spitzen nach unten herabhingen. Es war alles in allem ein friedlicher, ehrbarer, gemütlicher Raum.

Arnoux trat ein und durch die andere Portiere Madame Arnoux. Da sie der Schatten umhüllte, unterschied er zunächst nur ihren Kopf. Sie trug ein schwarzes Sammetkleid und ein langes algerisches Haarnetz von roter Seide. Dieser Kopfputz war um ihren Haarkamm geschlungen und fiel auf ihre linke Schulter herab.

Arnoux stellte Frédéric vor.

»Oh! ich erkenne den Herrn recht wohl«, erwiderte sie.

Dann kamen alle Gäste fast zu gleicher Zeit: Dittmer, Lovarias, Burrieu, der Komponist Rosenwald, der Dichter Theophile Lorris, zwei Kunstkritiker, Kollegen Hussonnets, ein Papierfabrikant und endlich der berühmte Pierre-Paul Meinsius, der letzte Vertreter der großen Schule; der fröhlich mit seinem Ruhm seine achtzig Jahre und seinen dicken Bauch trug.

Als man ins Speisezimmer ging, nahm Madame Arnoux seinen Arm. Ein Stuhl war für Pellerin freigeblieben. Arnoux liebte ihn, obwohl er ihn ausbeutete. Überdies fürchtete er seine schreckliche Zunge – und so sehr, daß er zu seiner Besänftigung sein Bild im »Art industriel« veröffentlicht hatte, begleitet von den übertriebensten Lobsprüchen. Pellerin, der für Ruhm empfänglicher war als für Geld, erschien ganz atemlos gegen acht Uhr. Frédéric dachte, daß sie schon längst wieder versöhnt sein müßten.

Die Gesellschaft, die Speisen, alles gefiel ihm. Das Speisezimmer glich einem mittelalterlichen Empfangszimmer und war mit gepreßtem Leder behangen. Eine holländische Etagere stand vor einem Tschibukständer, und mannigfarbige Gläser aus böhmischem Kristall, die unter dem Blumenschmuck und den Früchten auf dem Tische standen, wirkten wie eine Garten-Illumination.

Er konnte unter zehn Senfsorten seine Wahl treffen. Er aß Daspachio, Cari, Ingwer, Amseln aus Korsika, römische Lerchen, er trank außergewöhnliche Weine, Liebfrauenmilch und Tokayer. In der Tat setzte Arnoux seinen Stolz darein, gut zu bewirten. Um sich Feinkost zu verschaffen, machte er all den Postkutschen-Kondukteuren den Hof und stand mit den Köchen großer Herrschaftshäuser auf gutem Fuß, damit sie ihm die Rezepte ihrer Saucen angaben.

Aber besonders gefiel Frédéric die Unterhaltung. Seinem Geschmack an Reisen kam Dittmer entgegen, der vom Orient erzählte; er befriedigte seine Neugierde in Theaterangelegenheiten durch Anhören von Rosenwalds Plaudereien über die Oper; und das schreckliche Leben der Boheme erschien ihm komisch durch Hussonnets Fröhlichkeit, der in pittoresker Art erzählte, wie er einen ganzen Winter zugebracht habe, indem er sich nur von Holländerkäse ernährt hatte. Eine Unterhaltung, die zwischen Lovarias und Burrieu über die florentinische Schule geführt wurde, eröffnete ihm neue Horizonte, er lernte durch sie Meisterwerke kennen, und kaum vermochte er seine Begeisterung zurückzuhalten, als Pellerin ausrief:

»Laßt mich in Ruh mit eurer abscheulichen Wirklichkeit! Was will das sagen, die Wirklichkeit? Die einen sehen schwarz, die anderen blau, die Menge sieht blöd! Nichts weniger natürlich als Michelangelo, nichts stärker! Die Sorge um die äußere Wahrheit kennzeichnet die zeitgenössische Niedrigkeit; und wenn man so fortfährt, wird die Kunst ich weiß nicht was für ein Kram werden, der, was Poesie anlangt, unter der Religion stehen wird, unter der Politik, was das Interesse betrifft. Ihr werdet sie nicht zu ihrem Ziel führen – ja zu ihrem Ziel! –, dieses Ziel ist, in uns mit kleinen Werken eine unpersönliche Begeisterung hervorzurufen, trotz aller eurer technischen Tüfteleien. Nehmen wir zum Beispiel Bassoliers Bilder: Sie sind hübsch, schmuck, sauber gemalt und nicht schwer! So etwas läßt sich in die Tasche stecken und auf die Reise mitnehmen! Die Notare kaufen sie für zwanzigtausend Francs; und für drei Sous Ideen sind darin zu finden, jedoch ohne Idee nichts Großes! Ohne Größe nichts Schönes! Der Olymp ist ein Berg! Die stolzesten Monumente werden immer die Pyramiden sein! Üppigkeit ist mehr wert als Geschmack, die Wüste mehr als ein Trottoir, ein Wilder mehr als ein Friseur!«

Frédéric hörte diese Dinge an und betrachtete dabei Madame Arnoux. Sie sanken in seinen Geist wie das Metall in den Schmelzofen, verstärkten seine Leidenschaft und wurden Ausdruck seiner Liebe.

Er saß drei Plätze entfernt von ihr, auf derselben Seite. Zuweilen neigte sie sich ein wenig vor und wandte den Kopf, um einige Worte an ihr Töchterchen zu richten; da sie dabei lächelte, bildete sich ein Grübchen in ihrer Wange, das ihrem Antlitz das Aussehen noch zarterer Güte verlieh.

Als die Liköre aufgetragen wurden, verschwand sie. Die Unterhaltung wurde sehr frei; Monsieur Arnoux glänzte darin, und Frédéric war erstaunt über den Zynismus dieser Männer. Indessen schuf ihr Vorurteil gegen die Frau etwas wie eine Gleichheit zwischen ihnen und ihm, die ihn in seiner Achtung für sich selbst hob.

Als er wieder in den Salon zurückgekehrt war, nahm er, um sich Haltung zu geben, eins der Albums, die auf dem Tisch umherlagen. Die großen Künstler der Zeit hatten es mit Zeichnungen geschmückt, Prosa, Verse, oder einfach ihre Unterschrift hineingeschrieben; neben berühmten Namen fand man auch viele Unbekannte; eigenartige Gedanken verschwanden unter einer Flut von Albernheiten. Alle enthielten eine mehr oder weniger direkte Huldigung für Madame Arnoux. Frédéric hätte sich gefürchtet, eine Zeile dazuzuschreiben.

Sie ging in ihr Boudoir, um das Kästchen mit den Silberschließen zu holen, das er auf dem Kamin bemerkt hatte. Es war ein Geschenk ihres Gatten, eine Renaissancearbeit. Arnoux' Freunde beglückwünschten ihn, seine Frau dankte ihm; von Rührung ergriffen, gab er ihr vor allen einen Kuß.

Dann plauderten alle, hier und dort in Gruppen verteilt; der alte Meinsius saß mit Madame Arnoux auf einer Bergère, sie neigte sich zu seinem Ohr, ihre Köpfe berührten sich; gerne hätte Frédéric eingewilligt, taub, häßlich und hinfällig zu sein, für einen berühmten Namen und weißes Haar – kurz für eine Eigenschaft, die ihm eine gleiche Intimität gestatten würde. Wütend über seine Jugend, überließ er sich seinem Schmerz.

Nun kam sie in den Winkel des Salons, wo er sich aufhielt, fragte ihn, ob er einige von den Gästen kenne, ob er die Malerei liebe, wie lange er schon in Paris studiere. Jedes Wort aus ihrem Munde schien Frédéric als etwas Neues, als der ureigenste Ausdruck ihres Wesens. Er betrachtete aufmerksam die Fransen ihres Kopfputzes, deren Enden ihre nackten Schultern liebkosten, und er wandte seine Augen nicht mehr davon ab, versenkte seine Seele in die Weiße dieses weiblichen Fleisches, allein er wagte nicht, seine Lider zu heben, um ihr gerade ins Antlitz zu schauen.

Rosenwald unterbrach sie, indem er Madame Arnoux bat, etwas zu singen. Er präludierte, sie wartete, ihre Lippen öffneten sich, und ein reiner, langgezogener Ton stieg empor.

Frédéric verstand nichts von den italienischen Worten.

Es begann mit einem ernsten Rhythmus, wie ein Kirchengesang, wuchs dann im crescendo zu stärkerem Leben, es mehrten sich die sonoren Töne und verhallten plötzlich, klangen wieder auf, noch wärmer erglühend in schwer sich hebender Wallung.

Sie stand dicht bei der Klaviatur, die Arme herabhängend, mit verlorenem Blick. Zuweilen neigte sie die Stirn einen Augenblick und preßte die Lider zusammen, um die Noten zu lesen. Ihr Kontra-Alt nahm in der Tiefe einen düsteren Klang an, der erschreckte; ihr schöner Kopf mit den großen Brauen neigte sich dann auf die Schulter; ihre Brust hob sich, die Arme breiteten sich aus, ihr Hals, dem die Läufe entströmten, bog sich weich, wie unter ätherischen Küssen zurück; sie sang drei hohe Töne, ging wieder ins tiefe Register über, schmetterte einen noch höheren Ton und schloß dann nach einer Pause mit einer Fermate.

Rosenwald verließ das Piano nicht. Er fuhr fort, für sich selber zu spielen. Von Zeit zu Zeit verschwand einer der Gäste. Als die letzten sich um elf Uhr verabschiedeten, ging Arnoux mit Pellerin unter dem Vorwand, ihn begleiten zu wollen, fort. Er gehörte zu denen, die sich krank fühlen, wenn sie nach Tisch nicht ihren kleinen Spaziergang gemacht haben.

Madame Arnoux war in das Vorzimmer getreten. Dittmer und Hussonnet verabschiedeten sich, sie reichte ihnen die Hand; sie reichte sie Frédéric gleichfalls, und er empfand es wie ein Strömen durch alle Poren seiner Haut.

Er verließ seine Freunde; er hatte das Bedürfnis, allein zu sein. Sein Herz floß über. Warum diese dargebotene Hand? War es eine mechanische Bewegung oder eine Ermutigung? »Dummheiten! Ich bin ein Narr!« Was lag übrigens daran, da er sie jetzt ganz nach Belieben besuchen, in ihrer Atmosphäre leben durfte.

Die Straßen waren öde. Zuweilen kam ein schwerer Karren, das Pflaster erschütternd, vorüber. Die Häuser mit ihren grauen Fassaden und geschlossenen Fenstern reihten sich aneinander; und er dachte verächtlich an alle die menschlichen Wesen, die hinter diesen Mauern schliefen, die lebten, ohne sie zu sehen, von denen sogar nicht einer von ihr wußte. Er hatte kein Bewußtsein mehr von Ort und Raum, noch von irgend etwas. Er ging dahin, mit den Absätzen stark auftretend, schlug mit seinem Stock auf die Rolljalousien der Läden, ging aufs Geratewohl immer geradeaus, erregt, überwältigt. Feuchte Luft hüllte ihn ein, er bemerkte, daß er an die Quais gelangt war.

Die Straßenlampen leuchteten in zwei geraden endlosen Reihen, und lange rote Flammen flackerten in der Tiefe des Wassers. Es war schieferfarben, während der klarere Himmel wie gestützt erschien durch die großen Schattenmassen, die sich auf beiden Seiten des Flusses erhoben. Gebäude, die man nicht unterscheiden konnte, vertieften die Dunkelheit. Über ihnen und über den Dächern schwebte ein leuchtender Dunst, alle Geräusche verloren sich in einem einzigen Summen; es wehte ein leichter Wind.

Mitten auf dem Pont-Neuf war er stehengeblieben und atmete mit entblößtem Haupt und nackter Brust die Luft ein. Während er so dastand, fühlte er aus seinem tiefsten Innern etwas Unversiegbares aufsteigen, eine Aufwallung von Zärtlichkeit, die ihn nervös machte wie die Bewegung des Wassers unter seinen Augen. Auf einem Kirchturm schlug es ein Uhr, ganz langsam, wie eine Stimme, die ihn rief.

Da ergriff ihn einer jener seelischen Schauer, bei denen es uns scheint, als ob wir in eine höhere Sphäre versetzt wären. Eine außergewöhnliche Fähigkeit, deren Endziel er nicht kannte, war über ihn gekommen. Ernstlich warf er die Frage auf, ob er nicht ein großer Maler oder ein großer Dichter werden würde – er entschied sich für die Malerei, da die Eigenart dieses Berufes ihm erlauben würde, sich Madame Arnoux zu nähern. Er hatte also seinen Beruf gefunden! Das Ziel seiner Existenz lag klar vor ihm, die Zukunft war nun unfehlbar.

Als er seine Tür wieder geschlossen hatte, hörte er jemand in dem dunklen Kabinett neben dem Zimmer schnarchen. Es war der andere. Er hatte nicht mehr an ihn gedacht.

Zufällig sah er sein Gesicht im Spiegel. Er fand sich schön – und eine Minute blieb er stehen, um sich zu betrachten.

V.

Am nächsten Tag hatte er sich, noch bevor es Mittag schlug, einen Farbenkasten, Pinsel und eine Staffelei gekauft. Pellerin willigte ein, ihm Unterricht zu erteilen, und Frédéric nahm ihn mit in seine Wohnung, um zu sehen, ob nichts unter seinen Malutensilien fehle.

Deslauriers war wieder nach Hause gekommen. Ein junger Mann saß auf dem zweiten Sessel. Der Schreiber sagte, auf ihn weisend: »Das ist er! Da ist er nun! Sénécal!«

Dieser junge Mensch mißfiel Frédéric. Seine Stirn trat unter dem kurzgeschnittenen, aufrecht stehenden Haar stark hervor. Etwas Hartes, Kaltes lag in seinen grauen Augen, und ein langer schwarzer Gehrock, seine ganze Tracht verriet den Pädagogen, den Geistlichen.

Anfangs sprach man über Tagesereignisse, unter anderem von Rossinis Stabat; Sénécal, darüber gefragt, erklärte, daß er niemals ins Theater gehe. Pellerin öffnete den Farbkasten.

»Ist das alles für dich?« sagte der Schreiber.

»Aber selbstverständlich!«

»Ach was! Welch ein Einfall!«

Und er neigte sich über den Tisch, an dem der Mathematiklehrer in einem Bande von Lonis Blanc blätterte. Er hatte ihn selber mitgebracht und las mit leiser Stimme Stellen daraus, während Pellerin und Frédéric zusammen die Palette, den Spachtel, die Blasen untersuchten. Dann fingen sie an, sich über das Diner bei Arnoux zu unterhalten.

»Der Bilderhändler?« fragte Sénécal. »Sauberer Herr, wahrhaftig!«

»Weshalb denn?« sagte Pellerin.

Sénécal erwiderte: »Ein Mensch, der mit politischen Schandtaten Geld macht!«

Und er fing an, von einer sehr bekannten Lithographie zu sprechen, auf der die ganze königliche Familie bei erbaulichen Beschäftigungen dargestellt war. Louis Philippe hielt ein Gesetzbuch, die Königin ein Gebetbuch, die Prinzessinnen stickten, der Herzog von Nemours schnallte sich einen Säbel um, Monsieur de Joinville zeigte seinen jüngeren Brüdern eine Landkarte; im Hintergrunde bemerkte man ein zweiteiliges Bett. Dieses Bild, betitelt »Eine gute Familie«, war das Entzücken der Bürger gewesen, aber auch der Kummer der Patrioten. Pellerin erwiderte in einem ärgerlichen Ton, als wäre er selber der Autor des Bildes, daß alle Meinungen einander wert seien. Sénécal widersprach. Die Kunst solle ausschließlich auf die Moralisierung der Massen abzielen! Es müßten nur Sujets, die zu tugendhaften Handlungen anspornten, dargestellt werden; die anderen wären schädlich.

»Aber das hängt doch von der Ausführung ab!« rief Pellerin aus. »Ich kann Meisterwerke schaffen!«

»Dann um so schlimmer für Sie! Man hat nicht das Recht ...«

»Wie?«

»Nein, mein Herr, Sie haben nicht das Recht, mich für Dinge zu interessieren, die ich mißbillige! Wozu brauchen wir mühselige Nichtigkeiten, aus denen unmöglich ein Nutzen zu ziehen ist, diese Venusbilder zum Beispiel mit all den Landschaften? Ich sehe darin keine Belehrung für das Volk! Zeigen Sie uns lieber sein Elend! Begeistern Sie uns für seine Opfer! Zum Teufel auch! An Sujets ist kein Mangel: der Bauernhof, die Werkstätte ...«

Vor Entrüstung stammelnd und in dem Glauben, ein Argument gefunden zu haben, sagte Pellerin:

»Lassen Sie Molière mitgelten?«

»Meinetwegen«, sagte Sénécal. »Ich bewundere ihn als Vorboten der Französischen Revolution«.

»Ah! Die Revolution! Was für eine Kunst! Nie gab es eine klägliche Zeit!«

»Keine größere, mein Herr!«

Pellerin kreuzte die Arme und sagte, ihm scharf ins Gesicht blickend:

»Sie scheinen mir auch so ein richtiger Bürgerwehrmann zu sein!«

An Diskussionen gewöhnt, erwiderte ihm sein Widersacher:

»Ich bin nicht dabei und verabscheue die Bürgerwehr ebenso wie Sie! Aber mit solchen Grundsätzen verdirbt man die Menge! Das ist übrigens der Regierung ganz recht, sie wäre nicht so stark ohne die Mithilfe eines Haufens von Hanswursten wie dieser Mann.«

Der Maler verteidigte den Kunsthändler; denn die Ansichten Sénécals empörten ihn. Er wagte selbst zu behaupten, Jacques Arnoux habe ein wahres Goldherz, wäre seinen Freunden ergeben und liebe seine Frau zärtlich.

»Oh! Oh! Wenn man ihm eine schöne Summe böte, würde er sich nicht weigern, sie als Modell herzugeben.«

Frédéric wurde fahl.

»Er hat Ihnen wohl großen Schaden zugefügt, mein Herr?«

»Mir? Nein! Ich habe ihn einmal im Café mit einem Freunde gesehen. Das ist alles!«

Sénécal sprach die Wahrheit. Aber er fühlte sich täglich gereizt durch die Reklamen des »Art industriel«. Arnoux war für ihn der Vertreter einer Welt, die er als unheilvoll für die Demokratie betrachtete. Als strenger Republikaner verdächtigte er alles Elegante, dahinter Bestechlichkeit argwöhnend, da er selber gar kein Bedürfnis hatte und von unbeugsamer Geradheit war.

Es war schwer, die Unterhaltung wieder in Gang zu bringen. Der Maler erinnerte sich bald seines Rendezvous, der Lehrer seiner Schüler. Als sie gegangen waren, stellte Deslauriers nach langem Schweigen verschiedene Fragen über Arnoux.

»Du führst mich doch später ein, nicht wahr, alter Junge?«

»Gewiß«, sagte Frédéric.

Darauf beschäftigten sie sich mit ihrer Einrichtung. Deslauriers hatte mühelos eine Stelle als zweiter Schreiber bei einem Rechtsanwalt erhalten, hatte sich an der Universität für Rechtskunde einschreiben lassen, die unentbehrlichen Bücher waren gekauft – und das Leben, das sie so lange erträumt hatten, begann.

Es war voller Zauber, dank ihrer schönen Jugend. Da Deslauriers von keiner pekuniären Übereinkunft gesprochen hatte, sagte Frédéric auch nichts darüber. Er bestritt alle Ausgaben, hielt den Schrank in Ordnung und nahm sich des Haushalts an; aber wenn der Hausmeister einmal heruntergemacht werden mußte, nahm der Schreiber es auf sich und fuhr so fort, wie auf dem Gymnasium, die Rolle des Beschützers und des Älteren zu spielen.

Den ganzen langen Tag hindurch getrennt, fanden sie sich abends wieder zusammen. Jeder nahm seinen Platz am Kamin ein und machte sich an seine Arbeit. Aber bald wurde sie unterbrochen. Es kamen Ergüsse ohne Ende, Fröhlichkeit ohne Grund, zuweilen ein Wortwechsel wegen der Lampe, die qualmte, oder wegen eines verlegten Buches, Zornausbrüche einer Minute, die durch Lachen besänftigt wurden.

Da die Tür zur Holzkammer offen blieb, plauderten sie aus der

Entfernung noch miteinander in ihren Betten. Des Morgens wandelten sie in Hemdsärmeln auf der Terrasse; die Sonne ging auf, leichte Nebel zogen über dem Fluß dahin; vom Blumenmarkte nebenan hörte man Kreischen, und der Rauch ihrer Pfeifen wirbelte in der reinen Luft, die ihre noch verquollenen Augen erfrischte; sie atmeten sie ein im Gefühle unbegrenzter Hoffnungsfreudigkeit.

Am Sonntag gingen sie, wenn es nicht regnete, aus und schlenderten Arm in Arm durch die Straßen. Fast immer kam ihnen gleichzeitig derselbe Gedanke, oder sie plauderten, ohne etwas um sich her zu sehen. Deslauriers strebte nach Reichtum als Mittel zur Macht über die Menschen. Er hätte viele Leute in Bewegung setzen, viel Lärm machen, drei Sekretäre zu seiner Verfügung haben und einmal in der Woche ein politisches Diner geben mögen. Frédéric richtete sich ein Palais in maurischem Stil ein, um hingestreckt auf Kaschmirdiwans, beim Geplätscher eines Springbrunnens, bedient von Negerpagen dahinzuleben; und diese erträumten Dinge wurden schließlich so deutlich, daß sie ihn untröstlich machten, als habe er sie verloren.

»Wozu von alle dem reden«, sagte er, »da wir es doch niemals haben werden!«

»Wer weiß?« sagte Deslauriers.

Trotz seiner demokratischen Ansichten riet er ihm, sich bei Dambreuse Zutritt zu verschaffen. Frédéric wandte seine vergeblichen Versuche ein.

»Pah! Geh nur wieder hin! Sie laden dich schon ein!«

Gegen Mitte des Monats März erhielten sie unter anderen hohen Rechnungen diejenige des Speisewirts, der ihnen ihr Diner schickte. Frédéric, der nicht mehr die genügende Summe besaß, lieh von Deslauriers hundert Taler; vierzehn Tage später wiederholte er dieselbe Bitte, und der Schreiber schalt ihn wegen der Ausgaben, die er bei Arnoux mache.

Er kannte darin tatsächlich kein Maß. Eine Ansicht von Venedig, eine von Neapel und eine andere von Konstantinopel nahmen die Mitte der drei Wände ein, hier und dort Reiterstudien von Alfred de Dreux und eine Gruppe von Pradier auf dem Kamin, Nummern des »Art industriel« auf dem Klavier und Mappen in den Ecken auf dem Boden überfüllten ihre Wohnung derart, daß man kaum Platz hatte, ein Buch abzulegen oder die Arme zu bewegen. Frédéric behauptete, alles das für seine Malerei zu brauchen.

Er arbeitete bei Pellerin. Aber oft war Pellerin unterwegs – er hatte die Gewohnheit, allen Leichenbegängnissen und Ereignissen beizuwohnen, die von den Zeitungen erwähnt wurden –; und Frédéric war stundenlang allein im Atelier. Die Ruhe dieses großen Raumes, in dem man nur das Rascheln der Mäuse vernahm, das von der Decke hereinfallende Licht, ja selbst das Summen des Ofens, alles versenkte ihn anfangs in eine Art geistigen Wohlbefindens. Dann schweiften seine Augen von der Arbeit über die Wände, deren Verputz abgebröckelt war, die Nippsachen auf der Etagere, die Torsos, auf denen der angesammelte Staub wie Sammetfetzen lag; und wie ein Reisender, der sich mitten im Walde verirrt, wo alle Wege immer auf dieselbe Stelle zurückführen, fand er auf dem Grunde jeden Gedankens die Erinnerung an Madame Arnoux.

Er bestimmte Tage, an denen er zu ihr gehen wollte; in der zweiten Etage, vor ihrer Tür angelangt, zögerte er zu klingeln. Schritte näherten sich; es wurde geöffnet, und bei den Worten »Madame ist ausgegangen« war es ihm wie eine Befreiung, wie eine Last, die man von seinem Herzen nahm.

Er traf sie aber doch an. Das erstemal waren drei Damen bei ihr; an einem andern Nachmittag kam der Schreiblehrer der kleinen Marthe dazu. Übrigens machten die Herren, die Madame Arnoux empfing, ihr keine Besuche. Aus Zurückhaltung ging er nicht wieder hin.

Aber er versäumte nicht, sich regelmäßig jeden Mittwoch im »Art industriel« einzufinden, um zu den Donnerstag-Diners eingeladen zu werden – und er blieb länger als alle andern, länger als

Regimbart, bis zur letzten Minute, indem er so tat, als betrachte er eine Gravüre, als blättere er in einer Zeitung. Schließlich sagte Arnoux zu ihm: »Sind Sie morgen abend frei?« Er nahm an, ehe der Satz ausgesprochen war. Arnoux schien Zuneigung zu ihm zu fassen. Er lehrte ihn die Kunst, Weine zu erkennen, Punsch abzubrennen, Schnepfenragout zu bereiten; Frédéric folgte gutwillig seinen Ratschlägen – er liebte ja alles, was im Zusammenhang mit Madame Arnoux stand, ihre Möbel, ihre Dienstboten, ihr Haus, ihre Straße.

Er sprach nicht viel während dieser Diners; er betrachtete sie.

Sie hatte rechts an der Schläfe ein kleines Schönheitsfleckchen; ihre Scheitel waren schwärzer als ihr übriges Haar und immer wie ein wenig feucht am Rande; sie strich bisweilen nur mit zwei Fingern darüber hin. Er kannte die Form eines jeden ihrer Nägel, es war ihm ein Genuß, das Rauschen ihres Seidenkleides zu hören, wenn sie durch die Türen schritt, er sog verstohlen den Duft ihres Taschentuches ein; ihr Kamm, ihre Handschuhe, ihre Ringe waren für ihn ganz besondere Dinge, bedeutend wie Kunstwerke, fast beseelt wie Menschen; alles fesselte sein Herz und vermehrte seine Leidenschaft.

Er hatte nicht die Kraft gehabt, sie vor Deslauriers zu verbergen. Wenn er von Madame Arnoux kam, weckte er ihn wie aus Versehen, um von ihr reden zu können. Deslauriers, der in der Holzkammer nahe bei der Wasserleitung schlief, gähnte laut. Frédéric setzte sich ans Fußende seines Bettes. Zuerst sprach er vom Diner, darauf erzählte er tausend unbedeutende Einzelheiten, in denen er Zeichen von Verachtung oder Zuneigung sah. Einmal zum Beispiel hatte sie seinen Arm zurückgewiesen, um den Dittmers zu nehmen, und Frédéric war untröstlich darüber.

»Ach was! Dummheiten!«

Oder sie hatte ihn einmal ihren »Freund« genannt.

»Na, dann nur lustig drauf los!«

»Aber ich wage es nicht«, sagte Frédéric.

»Nun wohl, dann denke nicht mehr daran! Gute Nacht!«

Deslauriers kehrte sich zur Wand und schlief ein. Er begriff nichts von dieser Liebe, die er als letzte Jünglingstorheit ansah; und da ihm die Intimität mit Frédéric offenbar nicht mehr genügte, nahm er sich vor, ihre gemeinsamen Freunde einmal in der Woche zu vereinigen.

Sie kamen am Sonnabend gegen neun Uhr. Die drei Kattun-Vorhänge waren sorgfältig vorgezogen; die Lampe und vier Kerzen brannten; mitten auf dem Tisch stand der Tabakstopf, ringsum voll Pfeifen gesteckt, zwischen Bierflaschen, der Teekanne, einem Flakon Rum und kleinerem Gebäck. Man diskutierte über die Unsterblichkeit der Seele und zog Parallelen zwischen den Professoren.

Eines Abends führte Hussonnet einen großen jungen Mann in einem Gehrock mit viel zu kleinen Ärmeln und verlegener Haltung ein. Es war der Bursche, den sie im vorigen Jahr auf der Wache reklamiert hatten. Da er seinem Prinzipal den im Getümmel verlorenen Karton mit Spitzen nicht hatte wiedergeben können, hatte dieser ihn des Diebstahls angeklagt und mit dem Gericht gedroht; jetzt war er Kommis in einem Frachtfuhrunternehmen. Hussonnet war ihm morgens an einer Straßenecke begegnet und hatte ihn hergeführt, denn Dussardier wollte aus Dankbarkeit den »andern« sehen. Er reichte Frédéric die noch gefüllte Zigarrentasche, die er, in der Hoffnung, sie zurückgeben zu können, gewissenhaft aufbewahrt hatte. Die jungen Leute forderten ihn auf, wiederzukommen. Er versäumte es nicht.

Alle waren ein Herz und eine Seele. Ihr Haß gegen die Regierung vor allem besaß die Würde eines unanfechtbaren Dogmas. Martinon allein versuchte Louis Philippe zu verteidigen Man überhäufte ihn mit Gemeinplätzen aus den Zeitungen: ganz Paris in die Bastille gesteckt, die Septembergesetze, Pritchard, Lord Guizot – so daß Martinon, in der Furcht, jemanden zu verletzen, verstummte. Während seiner sieben Jahre auf dem Gymnasium hatte er keine Strafarbeit verdient, und auf der Universität wußte er den Professoren zu gefallen. Gewöhnlich war er mit einem dicken, mastixfarbenen Überrock bekleidet und trug Gummischuhe; aber eines Abends erschien er in der Toilette eines Hochzeiters: Schalsammetweste, weiße Halsbinde, Goldkette.

Das Erstaunen verdoppelte sich, als man erfuhr, daß er von Monsieur Dambreuse käme. Die Sache war die, daß der Bankier Dambreuse dem alten Martinon einen beträchtlichen Posten Holz abgekauft hatte; der Alte stellte ihm seinen Sohn vor, und Dambreuse lud beide zum Diner ein.

»Gab es viele Trüffeln?« fragte Deslauriers, »und hast du so zwischen zwei Türen seine Gattin um die Taille gefaßt, sicut decet?«

Nun ging die Unterhaltung auf die Frauen über. Pellerin bestritt, daß es schöne Frauen gebe (er zog die Tiger vor); übrigens sei das Weibchen des Mannes ein minderwertiges Geschöpf in der ästhetischen Rangordnung.

»Was euch betört, ist hauptsächlich das, was sie als Begriff herabwürdigt: Ich meine den Busen, das Haar ...«

»Jedoch«, warf Frédéric ein, »langes schwarzes Haar mit großen schwarzen Augen ...«

»Oho! bekannt!« rief Hussonnet aus. »Genug von Spanien und Kastanien! Antike Dinge! Ich danke! Denn schließlich, Scherz beiseite! Eine Lorette ist unterhaltender als die Venus von Milo! Laßt uns Gallier sein, und zum Teufel, wenn wir können, wollen wir uns nach Art der ›Régence‹ gütlich tun!

Ströme, guter Wein,
Gönnt uns ein Lächeln, ihr Frauen!

Man muß von den Braunen zu den Blonden übergehen! Ist das auch Ihre Meinung, alter Dussardier?«

Dussardier antwortete nicht. Alle drängten ihn, um seine Neigungen kennenzulernen.

»Wohlan!« sagte er errötend. »Ich möchte immer dieselbe lieben, nur die eine!«

Das wurde in solcher Weise gesagt, daß einen Augenblick Stillschweigen herrschte; die einen waren überrascht von dieser Treuherzigkeit, die anderen entdeckten darin vielleicht das geheime Verlangen ihrer Seele.

Sénécal stellte seinen Bierschoppen auf das Sims und erklärte dogmatisch, daß es besser wäre, sich zu enthalten, da die Prostitution eine Tyrannei und die Ehe eine Unsittlichkeit sei. Deslauriers faßte die Frauen nur als Gegenstand der Zerstreuung auf. Monsieur de Cisy hatte in bezug auf sie allerlei Befürchtungen.

Unter der Obhut einer frommen Großmutter erzogen, fand er die Gesellschaft dieser jungen Leute lockend wie einen verrufenen Ort und lehrreich wie eine zweite Sorbonne. Man geizte nicht mit Lehren für ihn, und er zeigte sich voll Eifer, er ging so weit, daß er sogar rauchen wollte, trotz der Übelkeit, die ihn regelmäßig danach quälte. Frédéric überhäufte ihn mit Aufmerksamkeiten. Er bewunderte die Farbe seiner Krawatte, den Pelz seines Mantels und namentlich seine Stiefel, die dünn waren wie Handschuhe und geradezu unverschämt schienen vor lauter Feinheit und Sauberkeit; sein Wagen wartete unten auf der Straße.

Eines Abends, als er eben weggegangen war und es schneite, fing Sénécal an, seinen Kutscher zu bemitleiden. Darauf schimpfte er auf die gelben Handschuhe und auf den Jockey-Club. Ein Arbeiter war ihm mehr wert als diese Herren.

»Ich arbeite wenigstens, ich bin arm!«

»Das sieht man«, sagte endlich Frédéric ungeduldig.

Für dieses Wort grollte ihm der Mathematiker. Regimbart hatte einmal gesagt, daß er Sénécal ein wenig kenne; um sich einem Freunde Arnoux' gegenüber höflich zu zeigen, forderte Frédéric ihn auf, den Sonnabend-Vereinigungen beizuwohnen. Die Begegnung war den beiden Patrioten angenehm.

Jedoch gingen ihre Meinungen auseinander. Sénécal – er hatte einen spitzen Schädelbau – zog nur Systeme in Betracht. Regimbart hingegen sah in den Tatsachen nichts als Tatsachen. Was ihn hauptsächlich beunruhigte, war die Rheingrenze. Er behauptete, sich auf Artillerie zu verstehen, und ließ sich von dem Schneider der Polytechnischen Hochschule kleiden.

Das erstemal, als man ihm Kuchen anbot, zuckte er verächtlich die Achseln und sagte, daß sie für Frauen paßten; die folgenden Male war er auch nicht viel liebenswürdiger. Sobald die Gedanken eine gewisse Höhe erreichten, murmelte er: »Oh! keine Utopien, keine Träume!« In Kunstfragen zeugten seine Ansichten (obwohl er in den Ateliers verkehrte und dort aus Gefälligkeit hin und wieder eine Fechtstunde erteilte) von nichts weniger als von überragenden Ideen.

Er verglich Monsieur Marasts Stil mit dem Voltaires und Mademoiselle Vatnaz mit Madame de Staël, um einer Ode auf Polen willen, »in der Herz war«. Regimbart ödete alle an, besonders Deslauriers, denn der Citoyen war ja ein Vertrauter Arnoux'. In der Hoffnung, nützliche Bekanntschaften zu machen, strebte jedoch der Schreiber danach, in diesem Hause zu verkehren.

»Wann wirst du mich endlich dort einführen?« sagte er. Arnoux sei mit Geschäften überhäuft, oder er verreise; dann war es nicht mehr der Mühe wert, da die Zeit der großen Diners nun bald vorüber sei.

Hätte er für seinen Freund sein Leben aufs Spiel setzen müssen, würde Frédéric es getan haben. Da es ihm nun darum zu tun war, sich im vorteilhaftesten Licht zu zeigen, da er seine Sprache, seine Haltung, seine Kleidung so weit überwachte, daß er immer in makellosen Handschuhen im Büro des »Art industriel« erschien, fürchtete er, daß Deslauriers mit seinem alten schwarzen Rock, seinem Staatsanwaltsaussehen und seinen vorwitzigen Reden Madame Arnoux mißfallen könne; das könnte ihn bloßstellen, ihn in ihren Augen herabsetzen. Er ließ wohl die anderen gelten, aber gerade der eine hätte ihn tausendmal mehr gestört. Der Schreiber merkte, daß er sein Versprechen nicht halten wollte, und Frédérics Schweigen ließ ihm die Beleidigung noch härter erscheinen.

Er hätte ihn gern ganz geleitet, hätte gern gesehen, daß er sich nach dem Ideal ihrer Jugend entwickle, und sein Müßiggang empörte ihn wie ein Ungehorsam und ein Verrat. Außerdem sprach Frédéric, nur von dem Gedanken an Madame Arnoux erfüllt, oft von ihrem Gatten, und Deslauriers verfiel auf eine unerträgliche Neckerei, die darin bestand, wie ein Idiot seinen Namen hundertmal des Tages am Ende eines jeden Satzes zu wiederholen.

Klopfte es an seine Tür, antwortete er: »Herein, Arnoux!« Im Restaurant verlangte er einen »Fromage de Brie nach Arnoux!«, und des Nachts heuchelte er Alpdrücken und weckte seinen Gefährten mit dem Gebrüll: »Arnoux! Arnoux!« Schließlich, der Sache überdrüssig, sagte Frédéric eines Tages mit kläglicher Stimme: »Aber so laß mich doch in Ruhe mit Arnoux!«

»Niemals!« erwiderte der Schreiber.

»Immer er!

Überall, ob glühend oder starr wie Eis.
Das Bild des Arnoux ...«

»So schweige doch!« rief Frédéric und erhob die Faust. Dann fuhr er sanft fort.

»Das ist ein Thema, das mir peinlich ist, du weißt es doch.«

»Oh! ich bitte um Entschuldigung, mein Lieber«, erwiderte Deslauriers, sich sehr tief verneigend, »die Nerven von Mademoiselle sollen hinfort geschont werden! Bitte nochmals um Entschuldigung; tausendmal um Verzeihung!«

So nahm der Scherz ein Ende.

Aber drei Wochen später sagte er eines Abends zu ihm:

»Nun! Heute nachmittag habe ich Madame Arnoux gesehen!«

»Wo denn?«

»Im Justizpalast, mit Balandard, dem Rechtsanwalt; eine brünette Frau, nicht wahr, von mittelgroßer Figur?«

Frédéric gab ein Zeichen der Zustimmung. Er wartete, daß Deslauriers spreche. Bei dem kleinsten Wort der Bewunderung hätte er sein Herz ganz ausgeschüttet und wäre bereit gewesen, ihn innig zu lieben; der andere schwieg noch immer. Schließlich hielt er es nicht mehr aus; scheinbar gleichgültig fragte er ihn, was er von ihr halte.

Deslauriers fand sie »nicht übel, ohne doch etwas Besonderes zu haben«.

»Ah! findest du«, sagte Frédéric.

So kam nun der Monat August heran, die Zeit seines zweiten Examens. Nach der allgemeinen Ansicht sollten vierzehn Tage genügen, um sich den Prüfungsstoff zu eigen zu machen. Frédéric, der an seinen Fähigkeiten nicht zweifelte, verschlang auf einen Sitz die vier ersten Bände der Prozeßordnung, die drei ersten des Strafgesetzbuches, mehrere Abschnitte der Strafprozeßordnung und einen Teil des Code civil mit den Erläuterungen von Poncelet. Tags zuvor nahm Deslauriers mit ihm noch einmal eine Wiederholung vor, die sich bis zum nächsten Morgen ausdehnte. Um auch die letzte Viertelstunde auszunützen, fuhr er fort, ihn unterwegs noch auszufragen.

Da gleichzeitig mehrere Prüfungen stattfanden, waren viele Leute im Hofe, unter anderen Hussonnet und Cisy; man versäumte es nicht, diesen Prüfungen beizuwohnen, wenn es sich um Kameraden handelte. Frédéric zog die vorschriftsmäßige schwarze Robe an, darauf trat er, von der Menge gefolgt, mit drei anderen Studenten in einen großen Raum, den gardinenlose Fenster erhellten. Längs der Wände standen Bänke, in der Mitte, von Lederstühlen umgeben, ein mit einem grünen Teppich belegter Tisch. Er trennte die Kandidaten von den Herren Examinatoren in roten Roben, die alle Hermelinaufschläge auf den Schultern und goldbetreßte Barrets auf den Häupten trugen.

Frédéric war Vorletzter in der Gruppe, ein schlechter Platz.

Bei der ersten Frage über den Unterschied zwischen einer Übereinkunft und einem Kontrakt legte er den einen für die andere aus. Der Examinator, ein freundlicher Herr, sagte zu ihm: »Regen Sie sich nicht auf, mein Herr, fassen Sie sich!« Dann stellte er noch zwei leichte Fragen, auf die er unbestimmte Antworten bekam, und ging endlich zur vierten über. Frédéric war durch diesen kläglichen Anfang entmutigt. Deslauriers, der ihm gegenüber unter den Zuhörern war, machte ihm Zeichen, daß noch nicht alles verloren sei, und bei der zweiten Frage über das Strafrecht zeigte er sich leidlich beschlagen. Allein nach der dritten, das Testamentum mysticum betreffend, verdoppelte sich seine Angst, da der Examinator immer gleich undurchdringlich geblieben war, denn Hussonnet legte die Hände zusammen, wie um zu applaudieren, während Deslauriers die Achseln zuckte. Endlich kam der Moment, wo er auf die Prozeßordnung antworten sollte. Es handelte sich um den Einspruch eines Dritten. Der Examinator, entrüstet, Theorien gehört zu haben, die den seinen widersprachen, fragte ihn in grobem Ton:

»Und Sie, mein Herr, ist das Ihre Ansicht? Wie bringen Sie den Grundsatz des Artikels 1351 des Code civil mit dieser außergewöhnlichen Art des Angriffs in Einklang?«

Frédéric empfand heftige Kopfschmerzen, da er die Nacht schlaflos verbracht hatte. Ein Sonnenstrahl, der durch die Ritze einer Jalousie fiel, traf sein Gesicht. Hinter seinem Stuhl stehend, wiegte er sich hin und her und zupfte an seinem Schnurrbart.

»Ich warte noch immer auf Ihre Antwort!« fing der Mann mit dem goldbetreßten Barett wieder an.

Und da Frédérics Bewegung ihn offenbar reizte:

»In Ihrem Bart werden Sie sie nicht finden!«

Dieser Sarkasmus entlockte den Zuhörern ein Lachen; der Professor, dadurch geschmeichelt, wurde milder. Er stellte noch zwei Fragen über die Vertagung und die Affaires sommaires, neigte dann den Kopf zum Zeichen der Zustimmung, und der öffentliche Akt war beendet. Frédéric trat in das Vestibül zurück.

Während der Gerichtsdiener ihm seine Robe auszog, um sie sofort einem andern anzulegen, umringten ihn seine Freunde und machten ihn vollends wirr mit ihren widersprechenden Ansichten über das Ergebnis der Prüfung. Am Eingang zum Saal wurde bald mit sonorer Stimme ausgerufen: »Der Dritte ist – zurückgestellt!«

»Ausgerutscht!« sagte Hussonnet, »gehen wir!« Vor der Loge

des Hausmeisters kam ihnen Martinon entgegen, rot, bewegt, mit einem Lächeln in den Augen und dem Triumph des Sieges auf der Stirn. Er hatte ohne jeden Zwischenfall sein letztes Examen bestanden.

Nun blieb nur noch die These. Ehe vierzehn Tage vergingen, würde er Lizentiat sein. Seine Familie war mit einem Minister bekannt, eine schöne Laufbahn stand ihm bevor.

»Der stellt dich doch in den Schatten«, sagte Deslauriers. Nichts ist demütigender, als zu sehen, wie Dummköpfen Unternehmungen gelingen, an denen man selbst scheitert.

Geärgert erwiderte Frédéric, daß es ihm gleichgültig sei.

Seine Ansprüche gingen höher. Da Hussonnet sich anschickte wegzugehen, nahm er ihn beiseite und sagte:

»Kein Wort von alle dem bei Arnoux, selbstverständlich!« Es war leicht, das Geheimnis zu bewahren, da Arnoux am nächsten Tage eine Reise nach Deutschland antrat.

Als der Schreiber abends nach Hause kam, fand er seinen Freund seltsam verändert; er tänzelte, pfiff, und da der andere sich über diese Laune wunderte, sagte ihm Frédéric, daß er nicht zu seiner Mutter gehen, sondern während der Ferien arbeiten werde.

Die Nachricht von Arnoux' Abreise hatte ihn mit Freude erfüllt. Er konnte ganz nach Belieben dort vorsprechen, ohne fürchten zu müssen, während seiner Besuche gestört zu werden. Die Überzeugung einer vollkommenen Sicherheit würde ihm Mut verleihen. Und dann würde er nicht fern, nicht von ihr getrennt sein! Etwas, was stärker war als eine eiserne Kette, fesselte ihn an Paris, eine innere Stimme rief ihm zu, zu bleiben.

Hindernisse stellten sich diesem Bleiben entgegen. Er überwand sie, indem er seiner Mutter schrieb. Zuerst bekannte er seinen Mißerfolg, der durch Änderungen im Programm verursacht worden sei – ein Zufall, eine Ungerechtigkeit –; übrigens waren alle großen Advokaten (er nannte deren Namen) bei der Prüfung durchgefallen. Aber er beabsichtige, sich im November nochmals für das Examen zu melden. Nun, da er keine Zeit verlieren dürfe, würde er dieses Jahr nicht nach Hause kommen, er bitte, außer dem Gelde für das Quartal, um zweihundertundfünfzig Francs für einen Repetitor, der sehr nützlich sei. Das Ganze war mit Bedauern, Schmeicheleien und Beteuerungen kindlicher Liebe ausgeschmückt.

Madame Moreau, die ihn am nächsten Tage erwartete, war doppelt bekümmert. Sie hielt den Mißerfolg ihres Sohnes geheim und antwortete ihm dennoch, er solle kommen. Frédéric gab nicht nach. Ein Zerwürfnis entstand zwischen den beiden. Jedoch erhielt er am Ende der Woche das Quartalsgeld nebst der Summe für den Repetitor, welche dazu diente, eine perlgraue Hose, einen weißen Filzhut und ein Spazierstöckchen mit goldenem Knopf zu erstehen. Als all dieses in seinem Besitz war, dachte er:

»Ich habe da vielleicht eine Friseuridee gehabt.« Ein großes Zaudern bemächtigte sich seiner.

Um zu wissen, ob er zu Madame Arnoux gehen sollte, warf er dreimal Geldstücke in die Luft. Jedesmal war das Vorzeichen günstig. Also, das Schicksal gebot es. Er ließ sich in einer Droschke in die Rue de Choiseul fahren. Rasch stieg er die Treppe hinauf, zog an der Klingelschnur; es läutete nicht; eine Schwäche überkam ihn.

Dann riß er wild an der schweren roten Seidenquaste. Die Klingel ertönte, verstummte allmählich; und er hörte nichts mehr. Frédéric wurde es bange.

Er legte sein Ohr an die Tür; kein Laut! Er sah durch das Schlüsselloch und bemerkte im Vorzimmer nichts weiter als zwei Schilfkolben zwischen Papierblumen an der Wand. Schließlich wollte er gehen, besann sich aber eines Besseren. Diesmal klingelte er, und ganz leise. Die Tür öffnete sich, und auf der Schwelle erschien Arnoux selbst mit zerzaustem Haar, karmesinrotem Gesicht und verdrießlicher Miene.

»Sieh da! Was zum Teufel führt Sie her? Treten Sie ein.«

Er führte ihn hinein, aber nicht in das Boudoir oder in sein Zimmer, sondern in das Eßzimmer, wo auf dem Tisch eine Flasche

Champagner und zwei Gläser zu sehen waren. In barschem Tone fragte er: »Sie haben mich etwas zu fragen, lieber Freund?«

»Nein! nichts, gar nichts!« stotterte der junge Mann und suchte nach einem Vorwand für seinen Besuch. Endlich sagte er, daß er gekommen sei, um nach ihm zu sehen, da er ihn in Deutschland glaubte, nach dem, was Hussonnet ihm mitgeteilt habe.

»Durchaus nicht!« erwiderte Arnoux. »Was für ein Dummkopf doch der Bursche ist, er hört alles verkehrt.«

Um seine Befangenheit zu verbergen, ging Frédéric in dem Eßzimmer bald links, bald rechts auf und ab. Da stieß er an den Fuß eines Stuhles, auf dem ein Sonnenschirm lag; der Schirm fiel herunter, und der Elfenbeingriff zerbrach.

»Mein Gott!« rief er aus. »Wie sehr bedaure ich, Madame Arnoux' Sonnenschirm zerbrochen zu haben.« Bei diesen Worten hob der Händler den Kopf und lächelte sonderbar. Frédéric benutzte die Gelegenheit, die sich ihm bot, um von ihr zu sprechen, und fügte schüchtern hinzu: »Könnte ich sie nicht sehen?«

Sie war in ihrer Heimat bei ihrer kranken Mutter. Er wagte nicht zu fragen, wie lange die Abwesenheit dauern würde. Er fragte nur, wo die Heimat Madame Arnoux' sei.

»Chartres! Das überrascht Sie?«

»Ich? Nein! Warum? Ganz und gar nicht!«

Nun hatten sie sich gar nichts mehr zu sagen. Arnoux, der sich eine Zigarette gedreht hatte, ging pustend um den Tisch herum. Frédéric stand am Ofen und betrachtete die Wände, die Etageren, den Fußboden, und verlockende Gesichte zogen in seiner Erinnerung, vielmehr vor seinen Augen vorüber. Endlich brach er auf. Ein Zeitungsfetzen, zu einer Kugel zusammengeballt, lag auf dem Boden des Vorzimmers. Arnoux hob sie auf und steckte sie, auf den Fußspitzen stehend, in die Klingel, um, wie er sagte, seine unterbrochene Siesta fortzusetzen. Dann, indem er ihm die Hand schüttelte: »Benachrichtigen Sie den Hausmeister bitte, daß ich nicht zu sprechen bin.«

Und heftig schlug er die Tür hinter seinem Rücken zu.

Frédéric stieg Schritt für Schritt die Treppe hinunter. Der Mißerfolg dieses ersten Versuches entmutigte ihn im voraus in bezug auf die andern. Nun begannen drei Monate der Langeweile. Da er keinerlei Arbeit hatte, steigerte der Müßiggang seine Schwermut. Er verbrachte Stunden damit, von seinem Balkon aus den Fluß zwischen den grauen Quais dahinfließen zu sehen, die hier und da durch den Ausfluß der Ablaufröhren geschwärzt waren. Oder er betrachtete ein Wäscherinnen-Floß, das am Ufer verankert war und wo Gassenjungen sich zuweilen damit belustigten, daß sie einen Pudel im Schlamm badeten. Sein Blick ließ links die Steinbrücke von Notre Dame unbeachtet wie auch die drei Hängebrücken und richtete sich immer gegen den Quai aux Ormes auf eine Gruppe alter Bäume, die den Linden am Hafen von Montereau glichen. Der Turm Saint Jacques, das Rathaus, Saint Gervais, Saint Louis, Saint Paul erhoben sich ihm gegenüber aus dem Gewirr der Dächer – und der Genius auf der Juli-Säule erstrahlte im Osten wie ein großer goldener Stern, während an der anderen Seite die Kuppel der Tuilerien ihre schwere runde blaue Masse vom Himmel abhob.

Dahinter, auf der gleichen Seite, mußte Madame Arnoux' Haus liegen.

Er trat in sein Zimmer zurück; dann überließ er sich auf dem Diwan wirrem Grübeln über Arbeitspläne, Vorsätze für sein Verhalten, über Zukunftspläne. Schließlich ging er aus, um sich selbst zu vergessen.

Aufs Geratewohl hin schlenderte er in das sonst so lärmende Quartier Latin, das nun verödet dalag, da die Studenten zu ihren Familien gereist waren. Die großen Mauern der Institute hatten, wie durch die Stille ausgedehnt, ein noch düstereres Aussehen. Man hörte allerlei friedliche Geräusche, Flügelschlag in Vogelkäfigen, das Summen einer Drehbank, den Hammer eines Schuhflickers, und die Altkleiderhändler mitten auf der Straße sandten vergebens fragende Blicke zu jedem Fenster hinauf. Hinten in den verlassenen Cafés gähnten Kassiererinnen zwischen den vollen

Flaschen des Schanktisches, die Zeitungen blieben geordnet auf den Tischen der Lesezimmer liegen, in den Plättstuben zitterte die Wäsche unter den warmen Windstößen. Zuweilen blieb er vor der Auslage eines Antiquars stehen, ein Omnibus, der vorüberfuhr und das Trottoir streifte, veranlaßte ihn, sich umzusehen. Wenn er dann am Luxembourg angelangt war, ging er nicht weiter.

Manchmal trieb ihn die Hoffnung auf eine Zerstreuung auf die Boulevards. Nachdem er dunkle Gäßchen, die eine feuchte Frische ausströmten, durchwandert hatte, gelangte er auf große, verödete Plätze, die im Licht erstrahlten und auf denen die Denkmäler gezackte Schattenbilder warfen. Aber dann waren es wieder Karren, Läden, und die Menge betäubte ihn – zumal des Sonntags, wenn von der Bastille bis zur Madeleine ein ungeheurer Strom inmitten von Staub und stetem Getöse auf dem Asphalt dahinflutete. Er fühlte sich angewidert von der Gemeinheit der Gesichter, der Albernheit der Gespräche, der einfältigen Zufriedenheit, die auf den schweißtriefenden Stirnen stand! Jedoch das Bewußtsein, mehr wert zu sein als diese Menschen, verminderte die Qual, sie sehen zu müssen.

Täglich ging er zum »l'Art industriel« – und um zu erfahren, wann Madame Arnoux zurückkehren werde, erkundigte er sich umständlich nach ihrer Mutter. Arnoux' Antwort war stets dieselbe; die Besserung schreite fort, seine Frau nebst der Kleinen würde nächste Woche zurückkehren. Je länger sie die Rückkehr verzögerte, desto mehr zeigte sich Frédéric beunruhigt – so daß Arnoux, gerührt von solch großer Anhänglichkeit, ihn fünf oder sechsmal ins Restaurant zum Diner mitnahm.

In diesen langen Zwiegesprächen erkannte Frédéric, daß der Kunsthändler nicht sehr geistreich war. Arnoux konnte am Ende diese Abkühlung bemerken; dann war es auch nun eine Gelegenheit, ihm seine Aufmerksamkeiten ein wenig zu erwidern.

Da er nun seine Sache gut machen wollte, verkaufte er einem Trödler all seine neuen Anzüge für die Summe von achtzig Francs, vergrößerte die Summe um die hundert anderen Francs, die ihm noch geblieben waren, und ging zu Arnoux, um ihn zum Diner abzuholen. Regimbart war bei Arnoux. Sie gingen in das Restaurant zu den »Trois-Frères-Provençaux«.

Der Citoyen fing damit an, daß er zuerst einen Rock auszog, dann schrieb er, der Achtung der beiden andern gewiß, den Speisenzettel.

Aber trotzdem er sich persönlich in die Küche begab, um selber mit dem Koch zu sprechen, und in den Keller hinunterstieg, wo er jeden Winkel kannte, den Wirt heraufkommen ließ, um ihm einen Rüffel zu erteilen, war er dennoch weder mit den Speisen und Weinen noch mit der Bedienung zufrieden! Bei jedem neuen Gericht, bei jeder neuen Flasche ließ er beim ersten Bissen seine Gabel fallen oder stieß nach dem ersten Schluck sein Glas weit von sich; dann rief er, die Unterarme in ihrer ganzen Länge auf das Tischtuch gestützt, laut, daß man in Paris nicht mehr dinieren könne! Da er nicht mehr wußte, was er für seinen Gaumen ausdenken sollte, bestellte sich Regimbart schließlich Bohnen in Öl, »ganz einfach«, die ihn dann, obwohl die Zubereitung zu wünschen ließ, ein wenig besänftigten. Dann hatte er mit dem Kellner ein Gespräch, das sich um die früheren Kellner der »Provençaux« drehte. Was war aus Antoine geworden? Und aus einem namens Eugène? Und Théodore, der kleine, der immer unten bediente? Zu der Zeit gab es ganz andere ausgesuchte Gerichte und auch Gesichter aus der Bourgogne, die man niemals wiedersehen werde!

Dann ging das Gespräch auf den Wert von Grundstücken im Vorort über, eine unfehlbare Spekulation Arnoux'. Unterdessen aber verlor er seine Zinsen. Da er um keinen Preis verkaufen wollte, sollte ihm Regimbart jemanden ausfindig machen, und mit einem Bleistift machten die beiden Herren Berechnungen bis zum Ende des Nachtisches.

Nun gingen sie in die Passage du Saumon in ein Kaffeehaus im Erdgeschoß, um dort den Kaffee zu trinken. Frédéric wohnte stehend endlosen, von unzähligen Schoppen befeuchteten Billardpartien bei – und er blieb da bis Mitternacht, ohne zu wissen warum, aus Feigheit, aus Dummheit, in der dunklen Hoffnung irgend eines seiner Liebe günstigen Ereignisses.

Wann würde er sie denn wiedersehen? Frédéric verzweifelte. Aber eines Abends gegen Ende November sagte Arnoux zu ihm:

»Meine Frau ist gestern zurückgekehrt!«

Am nächsten Tag um fünf Uhr trat er bei ihr ein. Er fing damit an, sie wegen ihrer Mutter, deren Krankheit so schwer gewesen war, zu beglückwünschen.

»Aber nein! Wer hat Ihnen das gesagt?«

»Arnoux!«

Ihr entschlüpfte ein leises »Ah!« Dann fügte sie hinzu, daß sie anfangs Befürchtungen gehegt habe, jetzt seien sie aber geschwunden.

Sie saß nahe beim Feuer in der gestickten Bergère. Er saß auf dem Kanapee, den Hut zwischen den Knien; die Unterhaltung war mühsam, sie ließ sie ständig fallen, und er fand keinen Weg, um seine Gefühle anzubringen. Aber als er sich beklagte, Rechtsverdrehung studieren zu müssen, erwiderte sie: »Ja ... ich verstehe ... Prozesse ...!«, während sie plötzlich in Nachdenken vertieft das Gesicht senkte.

Ihn verlangte danach, ihre Gedanken zu erfahren, und er dachte an nichts anderes mehr. Die Dämmerung verdichtete die Dunkelheit um sie her.

Sie stand auf, da sie noch einen Gang zu machen hatte, erschien dann wieder in einer Sammetkapotte und schwarzem, mit grauem Pelz verbrämtem Mantel.

Er wagte es, ihr seine Begleitung anzubieten.

Man sah draußen nichts mehr, es war kalt, und ein dichter Nebel, der die Fronten der Häuser verwischte, verpestete die Luft.

Frédéric atmete sie mit Wollust ein, denn er fühlte durch das Wattefutter des Mantels die Form ihres Armes, und ihre Hand in dem zweiknöpfigen Wildlederhandschuh, ihre kleine Hand, die er mit Küssen hätte bedecken mögen, ruhte auf seinem Ärmel. Auf dem schlüpfrigen Pflaster schwankten sie ein wenig, ihm war, als würden sie beide inmitten einer Wolke vom Winde gewiegt.

Der Glanz der Lichter auf den Boulevards versetzte ihn wieder in die Wirklichkeit zurück. Die Gelegenheit war günstig, die Zeit drängte. Er gönnte sich noch Frist bis zur Rue de Richelieu, dann würde er ihr seine Liebe erklären. Aber gleich darauf blieb sie plötzlich vor einem Porzellangeschäft stehen und sagte:

»Nun sind wir angelangt, ich danke Ihnen! Auf Donnerstag, nicht wahr, wie gewöhnlich?«

Die Diners fingen wieder an, und je mehr er bei Madame Arnoux verkehrte, um so mehr steigerte sich sein Sehnen.

Der Anblick dieser Frau entnervte ihn wie der Gebrauch eines starken Parfüms. Das drang in die Tiefe seines Gemüts und wurde beinahe eine neue Art, zu fühlen, eine neue Art, zu leben.

Die Prostituierten, denen er beim Licht der Gasflammen begegnete, die Sängerinnen, die ihre Läufe herausschmetterten, die Reiterinnen auf ihren Pferden im Galopp, die Bürgersfrauen zu Fuß, die Grisetten an ihren Fenstern, alle Frauen erinnerten ihn durch Ähnlichkeiten oder starke Gegensätze an die eine. Wenn er an Läden vorbeikam, sah er sich die Kaschmirs an, die Spitzen, die mit Edelsteinen verzierten Ohrgehänge und stellte sie sich vor um ihre Hüften drapiert, an ihre Taille genäht, in ihrem schwarzen Haar funkelnd. In den Blumenläden entfalteten sich die Blüten, um im Vorübergehen von ihr gewählt zu werden. Die kleinen mit Schwanenpelz eingefaßten Seidenpantöffelchen in den Auslagen der Schuhhändler schienen nur auf ihren Fuß zu warten, alle Straßen führten zu ihrem Hause. Die Wagen standen nur auf den Plätzen, um ihn schneller hinzubringen, Paris war ihm in ihr vereinigt, und die große Stadt mit all ihren Stimmen brauste wie ein unermeßliches Orchester um sie.

Ging er in den Jardin des Plantes, versetzte ihn der Anblick einer Palme in ferne Länder. Sie reisten miteinander auf dem Rükken von Dromedaren, unter dem Palankin der Elefanten, in der Kabine einer Jacht durch blaue Archipele, oder auch sie ritten Seite an Seite auf schellenklingelnden Maultieren, die im Gras über zertrümmerte Säulen strauchelten. Zuweilen blieb er im Louvre vor alten Bildern stehen. Da seine Liebe zu ihr sich sogar bis in entschwundene Jahrhunderte erstreckte, dachte er sie sich an die Stelle der dargestellten Personen. Mit einem Spitzhut auf dem Kopfe kniete sie betend hinter in Blei gefaßten Scheiben. Edeldame von Kastilien oder Flandern, saß sie mit gestärkter Halskrause und bauschiger Schnürbrust da. Dann wieder schritt sie inmitten von Senatoren unter einem Baldachin von Straußenfedern in einem Brokatgewande eine große Porphyrtreppe herab. Ein andermal träumte er sie sich in gelbseidenen Hosen auf den Kissen eines Harems – und alles Schöne, das Funkeln der Sterne, gewisse Melodien, der Klang eines Satzes, ein Umriß rückte sie plötzlich und unvermittelt in seine Gedanken.

Was den Versuch anbetraf, sie zu seiner Mätresse zu machen, so war er sicher, daß alles Bemühen vergeblich sein würde.

Eines Abends küßte Dittmer sie, als er kam, auf die Stirn, Lovarias tat es ebenfalls, indem er sagte:

»Sie gestatten doch, nicht wahr, nach dem Vorrecht der Freunde?«

Frédéric stammelte:

»Es scheint mir, daß wir alle Freunde sind?«

»Nicht alles alte!« erwiderte sie.

Das hieß ihn indirekt von vornherein zurückstoßen. Aber was tun? Ihr sagen, daß er sie liebe? Sie würde ihn zweifelsohne abweisen oder entrüstet ihm ihr Haus verbieten! Er aber zog alle Qualen der furchtbaren Aussicht, sie nicht mehr zu sehen, vor.

Er beneidete die Pianisten um ihr Talent, die Soldaten um ihre Narben. Er wünschte sich eine gefährliche Krankheit in der Hoffnung, auf diese Weise ihre Teilnahme zu wecken.

Eins wunderte ihn, daß er auf Arnoux nicht eifersüchtig war; und er konnte sie sich nur angekleidet vorstellen – so natürlich schien ihm ihre Schamhaftigkeit, die ihr Geschlecht in ein geheimnisvolles Dunkel rückte.

Indessen träumte er von dem Glück, mit ihr zu leben, sie zu duzen, mit der Hand lange über ihre Scheitel zu streichen oder auch vor ihr kniend, die beiden Arme um ihre Taille geschlungen, ihr die Seele aus den Augen zu trinken! Aber dazu hätte er das Schicksal umstoßen müssen, und unfähig, etwas zu tun, Gott lästernd, zieh er sich der Feigheit und umkreiste sein Verlangen wie der Gefangene seine Zelle. Ein beständiges Angstgefühl erstickte ihn. Stundenlang blieb er unbeweglich oder brach in Tränen aus, und eines Tages, als er nicht die Kraft hatte, sich zusammenzunehmen, fragte ihn Deslauriers:

»Aber zum Teufel, was hast du denn?«

Frédéric litt unter seinen Nerven. Deslauriers glaubte es ihm nicht. Gegenüber einem solchen Schmerz fühlte er seine Zuneigung wieder erwachen und tröstete ihn. Ein Mann wie er und sich niederdrücken lassen, welche Dummheit! Das ginge ja noch in der Jugend, aber später heiße das, seine Zeit verlieren.

»Du verdirbst mir meinen Frédéric! Ich will den alten wiederhaben! Kellner, noch eins von demselben! Er gefiel mir! Komm, rauche eine Pfeife, du Vieh! Raffe dich auf, du bringst mich zur Verzweiflung!«

»Es ist wahr«, sagte Frédéric, »ich bin ein Narr!«

Der Schreiber fuhr fort: »Ah, alter Troubadour, ich weiß wohl, was dich betrübt! Das Herzchen? Gestehe es! Bah! Eine verloren, vier gewonnen! Man tröstet sich über tugendhafte Frauen mit den andern. Willst du, daß ich dich mit Weibern bekanntmache? Du brauchst nur in die Alhambra mitzukommen.«

Es war ein kürzlich oben in den Champs Elysées eröffnetes öffentliches Ballhaus, das durch einen für diese Art Unternehmen verfrühten Luxus schon in der zweiten Saison einging.

»Nach dem, was ich gehört habe, unterhält man sich dort vortrefflich. Gehen wir hin! Du nimmst deine Freunde mit, wenn du willst; ich drücke sogar ein Auge zu, wenn Regimbart mitgeht!«

Frédéric lud den Citoyen nicht ein. Deslauriers verzichtete auf Sénécal.

Sie nahmen nur Hussonnet und Cisy nebst Dussardier mit, und dieselbe Droschke setzte sie alle fünf an der Tür der Alhambra ab.

Zwei maurische Galerien zogen sich rechts und links parallel an den Wänden entlang. Gegenüber nahm die Mauer eines Hauses den ganzen Hintergrund ein, während die vierte Seite (die des Restaurants) ein gotisches Kloster mit bunten Scheiben darstellte. Eine Art chinesisches Dach schützte das Podium, auf dem die Musiker spielten, der Boden war ringsum asphaltiert, und die venetianischen Laternen, die an Pfosten aufgehängt waren, bildeten von weitem über den Quadrillen eine Krone bunter Feuer. Hier und dort standen Postamente. Sie trugen Steinschalen, aus denen ein dünner Wasserstrahl emporstieg. In dem Laubwerk bemerkte man Gipsstatuen, Heben oder Cupidos, strotzend von Ölfarbe, und die zahlreichen, mit gelbem, sorgfältig geharktem Sand bedeckten Alleen ließen den Garten noch größer erscheinen, als er war.

Studenten führten ihre Mätressen auf und ab, Kommis von Konfektionshäusern stolzierten einher, einen Spazierstock zwischen den Fingern; Gymnasialschüler rauchten Regalias, alte Hagestolze richteten ihre gefärbten Bärte mit einem Kamm, man sah auch Engländer, Russen, Südamerikaner und drei Orientalen mit Turbanen. Loretten, Grisetten und Dirnen waren in der Hoffnung hingekommen, einen Beschützer, einen Liebhaber, ein Goldstück zu finden, oder auch nur um des Tanzvergnügens willen, und ihre Röcke mit wassergrünen, blauroten oder violetten Überwürfen bewegten sich lebhaft zwischen den Ebenholzbäumen und den Fliederbüschen. Fast alle Männer trugen karierte Stoffe, einige weiße Beinkleider trotz des kühlen Abends. Die Gasflammen wurden angezündet.

Hussonnet kannte durch seine Verbindungen mit den Modezeitungen und den kleinen Theatern viele Weiber; er warf ihnen Kußhände zu und verließ von Zeit zu Zeit seine Freunde, um mit ihnen zu plaudern.

Deslauriers ward eifersüchtig auf dies Gebaren. Zynisch redete er eine in Nanking gekleidete große Blondine an. Nachdem sie ihn mit mürrischer Miene betrachtet hatte, sagte sie:

»Nein! dir trau ich nicht, mein Lieber« und machte kehrt.

Er begann von neuem mit einer dicken Braunen, die offenbar verrückt war, denn beim ersten Wort prallte sie zurück und drohte ihm, falls er fortfahre, die Polizei zu holen. Deslauriers bemühte sich, darüber zu lachen, dann forderte er ein kleines Frauenzimmer, das er abseits unter einer Gaslaterne sitzen sah, zu einem Kontertanz auf.

Die auf dem Podium wie Affen hockenden Musiker kratzten und bliesen ungestüm. Der Dirigent schlug stehend automatenhaft den Takt. Man drängte sich und war vergnügt; die losgeknüpften Hutbänder streiften die Krawatten, die Stiefel verirrten sich unter die Röcke; alle hüpften im Takt. Deslauriers drückte das kleine Frauenzimmer an sich, und vom Delirium des Cancans angesteckt, hopste er inmitten der Quadrillen wie eine große Marionette.

Cisy und Dussardier setzten ihren Rundgang fort, der junge Aristokrat beäugte die Mädchen, wagte aber trotz Dussardiers Ermahnungen nicht, sie anzusprechen, da er sich einbildete, daß bei diesen Frauenzimmern »immer ein Mann mit einer Pistole im Schrank verborgen sei, der daraus hervorkommt, um einen zu zwingen, Wechsel zu unterschreiben«. Sie gingen zu Frédéric zurück. Deslauriers tanzte nicht mehr, und alle fragten sich, wie sie den Abend beschließen sollten, als Hussonnet ausrief:

»Sieh da! die Marquise d'Amaëgui!«

Es war eine blasse Person mit einer Stülpnase. Sie trug bis zu den Ellbogen reichende Mitaines und große schwarze Locken, die ihr gleich Hundeohren an den Wangen herabhingen. Hussonnet sagte zu ihr:

»Wir sollten ein kleines Fest bei dir veranstalten; einen orientalischen Rout? Sieh zu, daß du einige deiner Freundinnen für diese französischen Kavaliere auftreibst! Nun, was stört dich? Solltest du deinen Hidalgo erwarten?«

Die Andalusierin senkte den Kopf; da sie die wenig verschwenderischen Gewohnheiten ihres Freundes kannte, fürchtete sie, für die Erfrischungen aufkommen zu müssen. Endlich, als sie das Wort Geld hingeworfen hatte, schlug Cisy fünf Napoléon vor, seine ganze Barschaft; die Sache war nun geordnet. Aber Frédéric war nicht mehr da.

Er hatte geglaubt, Arnoux' Stimme erkannt zu haben, hatte einen Frauenhut bemerkt, und rasch war er in der nebenan gelegenen Laube verschwunden.

Mademoiselle Vatnaz war allein mit Arnoux.

»Bitte um Entschuldigung! Störe ich Sie?«

»Durchaus nicht!« erwiderte der Kunsthändler. Aus den letzten Worten ihrer Unterhaltung entnahm Frédéric, daß er in die Alhambra geeilt war, um Mademoiselle Vatnaz über eine sehr dringende Angelegenheit zu sprechen. Es schien, als sei Arnoux nicht gänzlich beruhigt, da er sie mit besorgter Miene fragte:

»Sind Sie ganz sicher?«

»Sehr sicher! Sie werden geliebt. Ah! welch ein Mann!«

Und sie machte einen schmollenden Mund, indem sie ihre dikken, vor Röte beinahe blutig erscheinenden Lippen vorschob. Aber sie hatte wunderbare, hellbraune Augen mit Goldpunkten in den Pupillen, Augen voller Geist, Liebe und Sinnlichkeit. Sie erleuchteten wie Lampen den etwas gelben Teint ihres mageren Gesichts. Arnoux schien Gefallen an ihrer Barschheit zu finden.

Er neigte sich zu ihr und sagte:

»Sie sind nett, geben Sie mir einen Kuß!« Sie faßte ihn bei beiden Ohren und küßte ihn auf die Stirn. Nun hörte der Tanz auf, und anstelle des Dirigenten erschien ein schöner junger Mann, reichlich dick und von wächserner Blässe. Er trug lange schwarze Christuslocken, eine azurblaue Sammetweste mit großen goldenen Palmen, sah stolz aus wie ein Pfau und dumm wie ein Truthahn. Er grüßte das Publikum und stimmte eine Chansonnette an. Es handelte sich um einen Bauern, der selbst seine Reise in die Hauptstadt zum besten gibt. Der Künstler sprach niedernormannische Mundart, spielte den Betrunkenen, und der Refrain:

»Ah! j'ai t'y ri, j'ai t'y ri,
Dans ce gueusard de Paris!«

rief ein Trampeln der Begeisterung hervor. Delmas, der »Vortragssänger«, war zu schlau, um sie abflauen zu lassen. Rasch wurde ihm eine Gitarre gereicht, und er stöhnte eine Romanze, die »Der Bruder der Albanesin« betitelt war.

Die Worte erinnerten Frédéric an jene Strophen, die der zerlumpte Mensch zwischen den Radkasten des Schiffes gesungen hatte. Unwillkürlich hefteten sich seine Augen auf den Saum des vor ihm ausgebreiteten Kleides. Nach jedem Couplet gab es eine lange Pause, und das Rauschen des Windes in den Bäumen glich dem Geräusch der Wellen.

Mademoiselle Vatnaz bog nun die Zweige eines Ligusterbusches, die ihr den Ausblick auf das Podium verdeckten, beiseite, und mit aufgeblähten Nasenflügeln und zusammengezogenen Brauen blickte sie unverwandt den Sänger an, wie verloren in aufrichtiger Freude.

»Sehr gut!« sagte Arnoux. »Ich begreife, warum Sie heute abend in der Alhambra sind! Delmas gefällt Ihnen, meine Liebe!«

Sie wollte nichts zugeben.

»Ach wie schamhaft!« Und auf Frédéric deutend:

»Ist es seinetwegen? Da hätten Sie unrecht. Es gibt keinen verschwiegeneren jungen Mann!«

Die anderen, die ihren Freund suchten, traten nun in den Wintergarten. Hussonnet stellte sie vor. Arnoux teilte Zigarren aus und bewirtete die Gesellschaft mit Sorbets.

Mademoiselle Vatnaz war beim Anblick Dussardiers errötet. Alsbald erhob sie sich, und ihm die Hand reichend, sagte sie:

»Sie erinnern sich meiner nicht, Monsieur Auguste?«

»Woher kennen Sie sie?« fragte Frédéric.

»Wir waren zusammen in demselben Hause!« erwiderte er.

Cisy zupfte ihn am Ärmel, sie gingen. Kaum waren sie verschwunden, so begann Mademoiselle Vatnaz ein Loblied auf seinen Charakter. Sie fügte sogar hinzu, daß er das Genie des Herzens habe.

Dann sprach man von Delmas, der als Mime sich auf dem Theater Erfolge erringen könne, darauf folgte eine Diskussion, in die Shakespeare, die Zensur, der Stil, das Volk, die Einnahmen des Theaters an der Porte Saint Martin, Alexandre Dumas, Victor Hugo und Dumersan hineingezogen wurden. Arnoux hatte mehrere berühmte Schauspielerinnen gekannt; die jungen Leute neigten sich vor, um ihm zu lauschen. Aber seine Worte wurden von dem Lärm der Musik übertönt, und sobald die Quadrille oder die Polka beendet war, ließ sich alles an den Tischen nieder, rief die Kellner, lachte. Im Gebüsch knallten die Flaschen Bier und Brauselimonade, Frauenzimmer kreischten wie die Hennen; zuweilen wollten zwei Herren sich duellieren; ein Dieb wurde festgenommen. Im Galopp stürzten die Tänzer in die Alleen. Keuchend, lächelnd und mit roten Gesichtern schwirrten sie im Strudel vorüber, so daß die Kleider und Rockschöße flogen. Die Posaunen dröhnten lauter, der Rhythmus wurde rascher, hinter dem mittelalterlichen Kloster hörte man es prasseln, Frösche platzten, Sonnen fingen an, sich zu drehen, der Schein der bengalischen Feuer erleuchtete eine Minute den Garten smaragdgrün – und nach der letzten Rakete stieß die Menge einen tiefen Seufzer aus.

Langsam verlief sie sich. Eine Pulverdampfwolke schwebte in der Luft. Frédéric und Deslauriers gingen Schritt für Schritt inmitten der Menge, als ein Schauspiel sie zum Stehenbleiben bewog: Martinon ließ sich an der Ausgabestelle der Regenschirme Geld herausgeben. Er begleitete eine häßliche, etliche fünfzig Jahre alte Person, die herrlich gekleidet und gesellschaftlich schwer zu klassifizieren war.

»Dieser Mensch da«, sagte Deslauriers, »ist weniger einfältig, als man es glaubt. Aber wo steckt denn Cisy?«

Dussardier zeigte auf das Café, wo sie den Enkel tapferer Ritter vor einer Schale Punsch in Gesellschaft eines rosa Hutes erblickten.

Hussonnet, der sich vor fünf Minuten entfernt hatte, tauchte in demselben Augenblick wieder auf.

Ein junges Mädchen stützte sich auf seinen Arm und nannte ihn ganz laut »mein Kätzchen«.

»Nicht doch!« sagte er. »Nein, nicht öffentlich! Nenne mich lieber Vicomte! Das gibt einem einen kavaliermäßigen Anstrich, so etwas von Ludwig dem XIII. und weichen Stulpenstiefeln, das habe ich gern! Ja, meine Lieben, eine alte Flamme! Ist sie nicht nett?« Er faßte sie unters Kinn.

»Grüße diese Herren! Das sind alles Söhne von Pairs von Frankreich! Ich verkehre mit ihnen, damit sie mich zum Gesandten ernennen!«

»Wie toll Sie sind!« seufzte Mademoiselle Vatnaz. Sie bat Dussardier, sie bis zu ihrer Wohnung zu begleiten.

Arnoux sah ihnen nach, wie sie sich entfernten, dann wendete er sich zu Frédéric und sagte:

»Würde Ihnen die Vatnaz gefallen? Übrigens sind Sie in diesen Dingen wohl nicht aufrichtig? Ich glaube, Sie verheimlichen Ihre Liebschaften?«

Frédéric wurde fahl und schwor, daß er nichts verheimliche.

»Das kommt daher, daß man keine Mätresse von Ihnen kennt«, fuhr Arnoux fort.

Frédéric hatte Lust, irgendeinen Namen zu nennen. Aber die Sache konnte ihr wiedererzählt werden. Er antwortete, daß er tatsächlich keine Mätresse habe. Der Händler tadelte ihn darum.

»Heute abend war die Gelegenheit günstig! Warum machten Sie es nicht wie die andern, die alle mit einem Mädel fortgehen?«

»Nun! und Sie?« sagte Frédéric, durch diese Beharrlichkeit gereizt.

»Ja! ich, mein Junge! Das ist etwas anderes! Ich gehe zu meiner Frau zurück!«

Er rief ein Kabriolett heran und verschwand. Die beiden Freunde gingen zu Fuß. Der Ostwind blies. Weder der eine noch der andere sprach. Deslauriers bedauerte es, nicht vor dem Direktor einer Zeitung geglänzt zu haben, und Frédéric vertiefte sich in seine Traurigkeit. Endlich sagte er, daß er das Tingeltangel blödsinnig gefunden habe.

»Wer ist daran schuld? Wenn du uns nicht um deinen Arnoux im Stich gelassen hättest!«

»Bah! Alles, was ich hätte tun können, wäre vergebens gewesen!« Aber der Schreiber hatte Theorien. Um Dinge zu erlangen, genüge es, sie sich stark zu wünschen.

»Jedoch, du selber, vor einem Augenblick ...«

»Das war mir doch einerlei!« sagte Deslauriers, die Anspielung kurz abschneidend. »Soll ich mir Weiber auf den Hals laden?«

Und er zog gegen ihre Ziererei, ihre Dummheit los; kurz, sie mißfielen ihm.

»Verstelle dich doch nicht«, sagte Frédéric. Deslauriers schwieg. Dann meinte er plötzlich:

»Willst du hundert Francs wetten, daß ich die erste, die vorübergeht, ›stelle‹.«

»Ja! Angenommen.«

Die erste, die vorbeikam, war eine abschreckende häßliche Bettlerin; und fast hätten sie schon die Hoffnung aufgegeben, als mitten in der Rue de Rivoli ein großes Mädchen auftauchte, das in der Hand einen kleinen Karton trug.

Deslauriers sprach sie unter den Arkaden an. Sie bog jäh nach der Seite der Tuilerien ein und hatte bald die Place du Carrousel erreicht; sie warf Blicke nach rechts und links. Sie lief einer Droschke nach, Deslauriers holte sie ein. Er ging, mit ausdrucksvollen Gebärden sprechend, neben ihr her. Endlich nahm sie seinen Arm, und sie gingen die Quais entlang. Dann, am Châtelet angelangt, gingen sie auf dem Trottoir auf und ab wie zwei Seeleute auf Bordwache. Plötzlich aber gingen sie über den Pont au Change, den Blumenmarkt und den Quai Napoléon. Frédéric trat hinter ihnen ins Haus. Deslauriers gab ihm zu verstehen, daß er sie stören würde und nur seinem Beispiel zu folgen brauche.

»Wieviel hast du noch?«

»Zwei Fünffrancsstücke!«

»Das genügt! Gute Nacht!«

Frédéric befiel ein Erstaunen, wie man es empfindet, wenn man einen Spaß gelingen sieht: »Er macht sich über mich lustig«, dachte er. »Wenn ich wieder hinaufginge?« Deslauriers würde vielleicht glauben, daß er ihn um diese Liebe beneide?

»Als ob ich nicht eine hätte, und eine hundertmal seltenere, edlere, stärkere!« Eine Art Zorn trieb ihn vorwärts. Er langte vor der Tür von Madame Arnoux an.

Keines der äußeren Fenster gehörte zu ihrer Wohnung. Dennoch blieb er, die Augen auf die Fassade geheftet, stehen, als ob er geglaubt hätte, durch dies Schauen die Mauern zerteilen zu können. Jetzt ruhte sie ohne Zweifel, still wie eine schlafende Blume, mit ihrem schönen, schwarzen Haar, die Lippen halb geöffnet, das Haupt auf dem Arm, in den Spitzen ihres Kissens.

Arnoux' Kopf stieg vor seinen Augen auf. Er entfernte sich, um diesem Bild zu entgehen.

Deslauriers' Rat kam ihm ins Gedächtnis, er ekelte sich davor. Darauf wanderte er durch die Straßen.

Kam ihm ein Fußgänger entgegen, so versuchte er sein Gesicht zu unterscheiden. Von Zeit zu Zeit fiel ihm ein Lichtstrahl zwischen die Beine, der auf dem Pflaster einen riesigen Viertelkreis beschrieb, und aus dem Dunkel tauchte ein Mann mit Kiepe und Laterne auf. An gewissen Orten rüttelte der Wind an dem Blechaufsatz eines Schornsteins, ferne Geräusche wurden hörbar und vermischten sich mit dem Summen in seinem eigenen Kopfe, und es schien ihm, als ob er in den Lüften die entfernten Ritornelle der Kontretänze höre. Die Gehbewegung unterhielt diesen Rausch; jetzt befand er sich auf der Place de la Concorde.

Nun erinnerte er sich jenes Abends im vergangenen Winter – jenes Abends, wo er, zum erstenmal von ihr kommend, genötigt gewesen war, stehenzubleiben, weil sein Herz so schnell schlug unter dem Banne seiner Hoffnungen. Jetzt waren alle tot!

Dunkles Gewölk glitt über den Mond. Er betrachtete ihn und

träumte von der erhabenen Größe des Weltalls, von dem Elend des Lebens, der Nichtigkeit aller Dinge. Der Tag graute, seine Zähne klapperten, und halb im Schlaf, vom Nebel durchnäßt, dem Weinen nahe, fragte er sich, warum er nicht ein Ende mache? Das Gewicht seiner Stirn schien ihn nach vorn zu ziehen, er sah seinen Leichnam auf dem Wasser schwimmen; Frédéric beugte sich vor. Die Brüstung war ein wenig breit, und nur seine Müdigkeit hinderte ihn, den Versuch zu machen, hinunterzuspringen.

Ein Grauen erfaßte ihn. Er ging auf die Boulevards zurück und sank dort auf eine Bank. Überzeugt, daß er »zuviel gelumpt habe«, weckten ihn Polizisten. Er ging weiter. Da er aber großen Hunger verspürte und alle Restaurants geschlossen waren, ging er in ein Cabaret bei den Markthallen, um dort zu soupieren. Darauf schlenderte er, da er es noch für zu früh hielt, bis um einviertel nach acht in der Umgebung des Rathauses umher.

Deslauriers hatte schon lange seine Schöne verabschiedet und saß schreibend am Tisch, der in der Mitte des Zimmers stand. Gegen vier Uhr trat Monsieur de Cisy ein.

Am vorhergehenden Abend hatte er sich durch Dussardiers Vermittlung mit einer Dame verabredet. Er hatte sie sogar mit ihrem Gatten im Wagen bis an die Schwelle ihres Hauses begleitet, wo sie ihm ein Rendezvous gegeben hatte. Er kam von dort. Es setzte ihn in Erstaunen, daß man den Namen nicht kannte.

»Was soll denn ich dabei?« sagte Frédéric. Da begann der Junker zu phantasieren, er sprach von Mademoiselle Vatnaz, von der Andalusierin und von allen andern.

Endlich erklärte er mit vielen Umschweifen den Zweck seines Besuches: im Vertrauen auf die Verschwiegenheit seines Freundes bat er ihn, ihm in einer Angelegenheit beizustehen, deren Regelung es ihm gestatten würde, sich endgültig als Mann zu fühlen. Frédéric schlug es ihm nicht ab. Er erzählte Deslauriers die Geschichte, ohne zu verraten, was ihn selber dabei betraf.

Der Schreiber fand, daß »er sich jetzt sehr gut mache«. Diese Willfährigkeit für seine Ratschläge erhöhte seine gute Laune.

Durch diese hatte er Mademoiselle Clémence Davion, Goldstickereien für Militärausrüstungen, das süßeste Wesen der Welt und schlank wie ein Schilfrohr, mit großen immer verwundert dreinblickenden blauen Augen, vom ersten Tage an bezaubert. Der Schreiber mißbrauchte ihre Arglosigkeit so weit, sie glauben zu machen, er sei dekoriert; er schmückte seinen Rock bei ihren Zusammenkünften mit einem roten Bande, verzichtete aber in der Öffentlichkeit darauf, um, wie er sagte, seinen Arbeitgeber nicht zu demütigen. Im übrigen hielt er sie sich fern, ließ sich liebkosen wie ein Pascha und hieß sie zum Scherz »Tochter des Volks«. Jedesmal brachte sie ihm kleine Veilchensträußchen mit. Frédéric hätte von einer solchen Liebe nichts wissen wollen.

Allein, wenn sie Arm in Arm ausgingen, um sich zu Pinson oder Barillet zu begeben, empfand er eine seltsame Traurigkeit. Frédéric ahnte nicht, wie sehr er Deslauriers seit einem Jahr jeden Donnerstag gequält hatte, wenn er sich die Nägel bürstete, ehe er zum Diner in die Rue de Choiseul ging.

Eines Abends, als er sie eben von seinem Balkon hatte fortgehen sehen, gewahrte er Hussonnet von weitem auf dem Pont d'Arcole. Der Boheme begann durch Zeichen ihn zu rufen. Als Frédéric seine fünf Stockwerke heruntergekommen war, sagte Hussonnet:

»Die Sache ist die! Nächsten Sonnabend, den 24., ist Madame Arnoux' Namenstag!«

»Wieso denn, sie heißt doch Marie?«

»Auch Angèle, das hat nichts zu sagen. Er wird in ihrem Landhaus in Saint Cloud gefeiert, und ich bin beauftragt, Sie davon zu benachrichtigen. Um drei Uhr finden Sie eine Fahrgelegenheit von der Redaktion! Also abgemacht! Bitte zu entschuldigen, daß ich Sie gestört habe. Aber ich habe so viele Gänge zu besorgen!«

Frédéric hatte sich noch nicht umgewandt, als der Portier ihm einen Brief überreichte: »Monsieur und Madame Dambreuse bitten Monsieur F. Moreau, ihnen die Ehre zu erweisen, Sonnabend, den 24., mit ihnen zu dinieren. – U. A. w. g.«

»Zu spät«, dachte er.

Nichtsdestoweniger zeigte er Deslauriers den Brief.

»Ah! endlich!« rief dieser aus. »Aber du scheinst nicht erfreut zu sein. Warum denn?«

Nach einigem Zögern sagte Frédéric, daß er für denselben Tag eine andere Einladung habe.

»Tu mir den Gefallen und laß die Rue de Choiseul fahren. Keine Dummheiten! Ich werde für dich antworten, wenn es dir unangenehm ist.«

Und der Schreiber verfaßte eine in der dritten Person gehaltene Zusage.

Da er die Gesellschaft nie anders als durch das Fieber seiner Begierden gesehen hatte, stellte er sie sich wie eine künstliche Schöpfung vor, die aufgrund mathematischer Gesetze arbeitete. Ein Diner auswärts, die Begegnung mit einem Manne, der eine Stellung einnahm, das Lächeln einer schönen Frau konnte durch eine Reihe Handlungen, von der eine sich aus der anderen ergab, gigantische Folgen haben. Gewisse Pariser Salons waren wie jene Maschinen, in die man den Rohstoff hineingibt, um ihn dann in hundertfältigem Wert daraus wieder zu erhalten. Er glaubte an Courtisanen, die Diplomaten beraten, an reiche, durch Intrigen zustandegekommene Heiraten, an das Genie von Galeerensträflingen, die Gefügigkeit des Schicksals unter starken Händen. Schließlich hielt er den Umgang mit den Dambreuse für äußerst nützlich; er sprach so gut, daß Frédéric nicht mehr wußte, wozu er sich entscheiden solle.

Dessenungeachtet mußte er doch Madame Arnoux zu ihrem Namenstag ein Geschenk überreichen. Um seine Ungeschicklichkeit wiedergutzumachen, dachte er natürlich daran, ihr einen Sonnenschirm zu schenken. Nun aber entdeckte er einen Knikker von taubenhalsfarbiger Seide mit einem kleinen Griff von geschnitztem Elfenbein. Der Schirm kam aus China. Aber er kostete einhundertundfünfundsiebzig Francs, und er hatte keinen Sou, sündigte sogar schon auf den nächsten Quartalswechsel hin. Allein, er wollte ihn haben, ihm lag daran, und trotz seines Widerwillens nahm er seine Zuflucht zu Deslauriers.

Deslauriers erwiderte ihm, daß er kein Geld habe.

»Ich brauche es«, sagte Frédéric, »brauche es sehr notwendig!« Als der andere dieselbe Entschuldigung wiederholte, wurde er hitzig.

»Du könntest wohl bisweilen ...«

»Was denn?«

»Nichts!«

Der Schreiber hatte verstanden. Er entnahm seiner Reserve die gewünschte Summe. Nachdem er sie Stück für Stück aufgezählt hatte, sagte er:

»Ich verlange keine Quittung von dir, da ich ja auf deine Kosten lebe!«

Frédéric warf sich ihm mit tausend zärtlichen Beteuerungen in die Arme. Deslauriers blieb kalt. Am nächsten Morgen bemerkte er den Schirm auf dem Klavier:

»Ah! Dafür war es also!«

»Ich schicke ihn vielleicht hin«, sagte Frédéric feige.

Der Zufall half ihm, denn er erhielt abends einen schwarzgeränderten Brief, in dem Madame Dambreuse ihm den Verlust eines Oheims anzeigte und sich entschuldigte, das Vergnügen, seine Bekanntschaft zu machen, auf später hinausschieben zu müssen.

Schon um zwei Uhr war er im Redaktionsbureau. Anstatt ihn zu erwarten, um ihn in seinem Wagen mitzunehmen, war Arnoux, der dem Bedürfnis nach frischer Luft nicht länger widerstehen konnte, tags zuvor hinausgefahren.

Jedes Jahr, wenn sich das erste Grün zeigte, brach er mehrere Tage hintereinander morgens auf, machte weite Spaziergänge über Feld, trank Milch in den Bauernhöfen, tändelte mit den Dorfschönen, erkundigte sich nach den Ernten und brachte in seinem Taschentuch Salatköpfe mit nach Haus. Endlich hatte er einen alten Traum verwirklicht und ein Landhaus gekauft.

Während Frédéric mit dem Kommis sprach, kam Mademoiselle

Vatnaz hinzu und war enttäuscht, Arnoux nicht anzutreffen. Er würde vielleicht noch zwei Tage dort bleiben. Der Kommis riet ihr »dorthin« zu fahren – sie konnte nicht –, einen Brief zu schreiben – sie fürchtete, er könne verlorengehen. Frédéric erbot sich, ihn selbst mitzunehmen Rasch schrieb sie einen und beschwor Frédéric, ihn ohne Zeugen abzugeben.

Vierzig Minuten später landete er in Saint-Cloud.

Das Haus, das hundert Schritt von der Brücke stand, befand sich auf halber Höhe des Hügels. Die Gartenmauern waren durch zwei Reihen Linden verdeckt, und ein breiter Rasen erstreckte sich bis zum Ufer des Flusses. Da die Tür des Gitters offenstand, trat Frédéric ein.

Arnoux lag im Grase und spielte mit jungen Katzen. Diese Zerstreuung schien ihn tief in Anspruch zu nehmen. Mademoiselle Vatnaz' Brief riß ihn aus seiner Versunkenheit.

»Zum Teufel auch! Zum Teufel; das ist unangenehm! Sie hat recht! Ich muß fort!«

Dann stopfte er das Schreiben in seine Tasche und machte sich ein Vergnügen daraus, sein Besitztum zu zeigen. Er zeigte alles, den Stall, den Schuppen, die Küche. Zur Rechten lag der Salon. Er führte auf der Paris zugewandten Seite auf einen von Klematis überrankten Altan. Aber über ihren Köpfen erklang plötzlich ein Laut; Madame Arnoux, die sich allein glaubte, vertrieb sich die Zeit mit Singen. Sie sang Tonleitern, Triller, gebrochene Akkorde. Lang gehaltene Triller schienen sich schwebend zu halten, andere fielen sich überstürzend wie Tropfen eines Wasserfalles, und ihre durch die Jalousie dringende Stimme unterbrach die tiefe Stille und stieg zum blauen Himmel empor.

Als Monsieur und Madame Oudry, zwei Nachbarn, sich einfanden, hörte sie plötzlich auf.

Darauf erschien sie selber oben auf der Freitreppe. Als sie die Stufen hinabschritt, sah er ihren Fuß. Sie trug kleine niedrige, goldkäferfarbige Lederschuhe mit drei Querlaschen, die ein Goldgitterwerk auf ihre Strümpfe zeichneten.

Die Gäste langten an. Außer Monsieur Lefaucheur, dem Advokaten, waren es die Donnerstags-Gäste. Jeder hatte ein Geschenk mitgebracht. Dittmer eine syrische Schärpe, Rosenwald ein Liederalbum, Burieu ein Aquarell, Sombaz seine eigene Karikatur und Pellerin eine Kohlezeichnung, eine Art Totentanz darstellend, eine scheußliche Phantasie von mittelmäßiger Ausführung.

Hussonnet hatte sich jedes Geschenkes enthalten. Frédéric wartete, um das seine nach den anderen zu überreichen.

Sie dankte ihm vielmals dafür. Dann sagte er:

»Aber ... es ist fast eine Schuld! Ich war so ärgerlich.«

»Worüber denn?« fragte sie. »Ich verstehe nicht!«

»Zu Tisch!« rief Arnoux, ihn beim Arm fassend, dann raunte er ihm ins Ohr: »Sie sind wenig aufgeweckt, Sie!«

Nichts war gefälliger als das in wassergrüner Farbe gehaltene Speisezimmer. An einem Ende tauchte eine Nymphe ihre Zehe in ein muschelförmiges Bassin. Durch die geöffneten Fenster sah man den ganzen Garten und den langen Rasenplatz mit einer alten, zum größten Teile kahlen schottischen Kiefer. Blumenbeete durchsetzten den Rasen in ungleichmäßigen Abständen. Und jenseits des Flusses dehnten sich in einem weiten Halbkreis der Bois de Boulogne, Neuilly, Sèvres und Meudon aus. Gegenüber vor dem Gitter kreuzte ein Segelboot.

Zuerst sprach man über die Aussicht, dann von der Landschaft im allgemeinen; und die Diskussionen begannen, als Arnoux seinem Diener den Auftrag gab, den Wagen gegen einhalb zehn Uhr anzuspannen. Ein Brief seines Kassierers rief ihn zurück.

»Soll ich mit dir zurückkehren?« sagte Madame Arnoux.

»Aber gewiß!« Und indem er ihr eine tiefe Verbeugung machte, fügte er hinzu:

»Sie wissen, Madame, daß man ohne Sie nicht leben kann.«

Alle beglückwünschten sie zu einem solchen Gatten.

»Ah! ich bin nicht allein!« erwiderte sie sanft, auf ihr Töchterchen weisend.

Dann kam die Unterhaltung wieder auf die Malerei, man sprach von einem Ruysdael, von dem Arnoux beträchtliche Summen erwartete, und Pellerin fragte ihn, ob es wahr sei, daß der berühmte Saul Mathias aus London im vorigen Monat gekommen sei, ihm dreiundzwanzigtausend Francs dafür zu bieten.

»Nichts ist wahrer!« Und sich an Frédéric wendend:

»Es ist derselbe Herr, den ich neulich in der Alhambra herumführte, sehr wider meinen Willen, das dürfen Sie mir glauben, denn diese Engländer sind nichts weniger als unterhaltend!«

Frédéric, der in dem Brief von Mademoiselle Vatnaz eine Weibergeschichte argwöhnte, hatte die Geschicklichkeit des Herrn Arnoux bewundert, mit der er einen anständigen Ausweg gefunden hatte, sich aus dem Staube zu machen, aber seine neue, vollständig überflüssige Lüge ließ ihn große Augen machen.

In harmlosem Tone fügte der Händler hinzu:

»Wie heißt doch Ihr Freund, der große junge Mann?«

»Deslauriers«, sagte Frédéric lebhaft.

Und um das Unrecht wiedergutzumachen, dessen er sich ihm gegenüber schuldig fühlte, rühmte er ihn als einen besonders großen Geist.

»Ah! tatsächlich? Aber er scheint nicht ein so guter Kerl zu sein wie der andere, der Kommis des Rollfuhrunternehmers.«

Frédéric verwünschte Dussardier. Sie würde glauben, daß er mit gewöhnlichen Leuten verkehre.

Dann sprach man von den Verschönerungen der Hauptstadt, von neuen Stadtteilen, und der alte Oudry nannte unter anderen großen Spekulanten auch Monsieur Dambreuse.

Um sich geltend zu machen, ergriff Frédéric die Gelegenheit und sagte, daß er ihn kenne. Aber nun erging sich Pellerin in spöttischen Reden gegen die Krämer, Kerzenhändler oder Geldhändler, er machte zwischen ihnen keinen Unterschied. Dann unterhielten sich Rosenwald und Burieu über Porzellan; Arnoux sprach mit Madame Oudry über Gärtnerei; Sombaz, Spaßmacher von der alten Schule, belustigte sich damit, ihren Gatten aufzuziehen. Er nannte ihn Odry wie den Schauspieler, erklärte, daß er von Oudry, dem Hundemaler, abstammen müsse; denn das Talent zur Tiermalerei sei ja auf seine Stirne geschrieben. Er wollte sogar seinen Schädel betasten, der andere weigerte sich wegen seiner Perücke, und der Nachtisch endete mit Ausbrüchen von Lachen.

Nachdem man rauchend unter den Linden den Kaffee eingenommen und einige Rundgänge im Garten gemacht hatte, wurde ein Spaziergang den Fluß entlang unternommen.

Die Gesellschaft machte bei einem Fischer halt, der in einem Fischkasten Aale reinigte. Mademoiselle Marthe wollte sie sehen. Er leerte seinen Kasten auf das Gras; das kleine Mädchen warf sich auf die Knie, um sie wieder einzufangen, lachte vor Freude und schrie vor Schreck. Alle gingen verloren. Arnoux bezahlte sie.

Er verfiel sodann auf den Gedanken, eine Bootsfahrt zu machen.

Eine Seite des Horizontes begann zu erblassen, während sich die andere orangefarben überzog, purpurn erglühend gegen die schwarz beschatteten Kuppen der Hügel. Madame Arnoux saß mit diesem Feuerschein hinter sich auf einem großen Stein. Die anderen schlenderten umher, während Hussonnet am Rande des Ufers Kiesel flach über das Wasser warf.

Arnoux kam nun mit einer alten Schaluppe zurück. Trotz der sehr verständigen Vorstellungen packte er seine Gäste hinein. Sie sank, es mußte gelandet werden.

In dem mit buntem Stoff bespannten Salon brannten schon die Kerzen in den Kristallwandleuchtern. Die alte Oudry schlief langsam in einem Armstuhl ein, und die anderen hörten Monsieur Lefaucheux zu, der sich über die Zierden der Advokatur ausließ. Madame Arnoux stand allein am Fenster; Frédéric trat zu ihr.

Sie plauderten über den Gegenstand der Unterhaltung. Sie bewunderte die Redner, er zog den Ruhm der Schriftsteller vor. »Aber«, fuhr sie fort, »man müsse doch einen stärkeren Genuß haben, selbst unmittelbar die Menge zu bewegen, zu trachten, daß man die Gefühle der eigenen Seele in die ihre überleiten könne.«

Diese Triumphe lockten Frédéric nicht, der gar keinen Ehrgeiz besaß.

»Ah! warum?« sagte sie. »Man muß doch ein wenig davon haben!«

Sie standen dicht nebeneinander in der Fensternische. Vor ihnen breitete sich die Nacht wie ein dunkler, ungeheurer, silberdurchwirkter Schleier aus. Es war das erstemal, daß sie sich nicht über gleichgültige Dinge unterhielten. Er lernte sogar ihre Antipathien und ihren Geschmack kennen; gewisse Parfüms waren ihr unangenehm, geschichtliche Werke interessierten sie; sie glaubte an Träume. Er berührte das Kapitel der empfindsamen Abenteuer. Sie beklagte die Mißgeschicke der Leidenschaft, war aber empört über heuchlerische Schändlichkeiten, und diese Geradheit des Geistes stimmte so gut mit der regelmäßigen Schönheit ihres Antlitzes überein, daß sie davon abhängig schien.

Zuweilen lächelte sie und heftete ihre Augen einen Augenblick auf ihn. Dann spürte er, wie diese Blicke in seine Seele drangen, wie jene großen Sonnenstrahlen, die bis auf den Grund des Wassers hinabtauchen. Er liebte sie ohne Hintergedanken, ohne Hoffnung auf Gegenliebe, uneingeschränkt, und in seiner stummen Verzückung, wie in einer Aufwallung von Dankbarkeit, hätte er ihre Stirne mit einer Flut von Küssen bedecken mögen. Jedoch schien ihm, als ob ein innerer Hauch ihn wie aus sich selbst heraus entführe; es war ein Verlangen, sich selbst zu opfern, ein Bedürfnis unmittelbarer Hingabe, das um so stärker war, als er es nicht befriedigen konnte.

Er und Hussonnet gingen nicht mit den anderen fort. Sie sollten mit dem Wagen zurückkehren, der schon am Fuß der Treppe wartete, als Arnoux in den Garten hinunterging, um Rosen zu pflücken. Als er den Strauß, aus dem die Stiele ungleich hervorragten, mit einem Faden umwunden hatte, kramte er in seiner mit Papier gefüllten Tasche, nahm aufs Geratewohl ein Blatt heraus, umhüllte sie damit, befestigte sein Werk mit einer starken Stecknadel und bot es seiner Frau mit einer gewissen Gerührtheit an.

»Hier nimm, Liebling, verzeih, daß ich dich vergessen hatte!«

Aber sie stieß einen leisen Schrei aus; die ungeschickt gesteckte Nadel hatte sie verletzt, und sie ging wieder in ihr Zimmer hinauf. Fast eine Viertelstunde wurde auf sie gewartet. Endlich erschien sie wieder, hob Marthe in die Höhe und warf sich in den Wagen.

»Und dein Strauß?« sagte Arnoux.

»Nein! nein! es ist nicht der Mühe wert!«

Frédéric lief, um ihn zu holen, sie rief ihm zu:

»Ich will ihn nicht!«

Aber bald brachte er ihn und sagte, daß er ihn wieder in die Hülle getan habe, da er die Blumen auf dem Boden gefunden. Sie versenkte sie in die Lederschutzdecke an dem Sitz, und sie fuhren ab.

Frédéric, der neben ihr saß, bemerkte, daß sie furchtbar zitterte. Als man über die Brücke gefahren war und Arnoux nach links einbog, rief sie: »Nicht doch! Du irrst dich! dorthin, rechts!«

Sie schien gereizt, alles mißfiel ihr.

Schließlich zog sie, als Marthe die Augen geschlossen hatte, den Strauß hervor und schleuderte ihn zum Schlag hinaus, dann faßte sie Frédéric am Arm und machte ihm dabei Zeichen mit der andern Hand, niemals davon zu sprechen.

Darauf drückte sie ihr Taschentuch an die Lippen und rührte sich nicht mehr.

Die beiden andern auf dem Bock unterhielten sich über Druckerei, Abonnenten. Arnoux, der unaufmerksam lenkte, verirrte sich in der Mitte des Bois de Boulogne. Dann schlugen sie Nebenwege ein. Das Pferd ging Schritt, die Zweige der Bäume streiften das Schutzdach.

Frédéric sah nichts von Madame Arnoux als ihre beiden Augen im Schatten; Marthe hatte sich auf ihr ausgestreckt, und er stützte ihren Kopf.

»Sie ermüdet Sie!« sagte die Mutter.

»Nein! o nein!« erwiderte er.

Langsam wirbelte Staub auf, sie fuhren durch Auteuil, alle Häuser waren geschlossen; hier und dort erhellte eine Gaslampe einen Mauerwinkel, dann tauchte man wieder in die Finsternis; einmal bemerkte er, daß sie weinte.

War es ein Gewissensbiß? Ein Verlangen? Was nur? Dieser Kummer, den er nicht kannte, interessierte ihn wie etwas Persönliches, jetzt gab es zwischen ihnen ein neues Band, eine Art Mitschuld, und er sagte mit einer so liebevollen Stimme, wie er nur konnte:

»Sie leiden?«

»Ja, ein wenig«, erwiderte sie.

Der Wagen rollte weiter, Geißblatt und Flieder überwucherten die Gartenzäune, erschlaffende Düfte in die Nacht ausströmend. Die zahlreichen Falten des Kleides bedeckten ihre Füße. Es schien ihm, als ob er mit ihrer ganzen Person durch den Kinderkörper, der zwischen ihnen ausgestreckt lag, in Verbindung stände. Er beugte sich über das kleine Mädchen, und ihr schönes braunes Haar beiseite streichend, küßte er es sanft auf die Stirn.

»Sie sind gut!« sagte Madame Arnoux.

»Warum?«

»Weil Sie Kinder lieben!«

»Nicht alle!«

Er fügte nichts hinzu, aber er streckte seine weit geöffnete Linke nach ihrer Seite hin aus – indem er sich einbildete, daß sie es vielleicht wie er machen würde und er die ihrige finden werde. Dann schämte er sich und zog seine Hand zurück.

Bald kam man aufs Pflaster. Der Wagen fuhr schneller, die Gaslaternen wurden zahlreicher, man war in Paris. Vor der königlichen Gerätekammer sprang Hussonnet vom Bock herunter. Frédéric wartete mit dem Aussteigen, bis sie im Hof waren; dann stellte er sich an der Ecke der Rue de Choiseul auf die Lauer und sah Arnoux langsam die Boulevards hinaufgehen.

Vom nächsten Tage an begann er mit aller Kraft zu arbeiten.

Er sah sich in einem Schwurgericht an einem Winterabend, am Schluß der Verteidigungsreden, wenn die Geschworenen bleich sind und die Schranken des Gerichtssaales unter dem Druck der atemlosen Menge zu krachen anfangen, sah sich schon seit vier Stunden sprechen, alle seine Beweise kurz zusammenfassend, neue entdeckend, und fühlte bei jedem Satz, jedem Wort, jeder Geste das hinter ihm schwebende Fallbeil der Guillotine sich heben. Dann sah er sich auf der Tribüne der Kammer als Redner, an dessen Lippen das Heil eines ganzen Volkes hängt, der seine Gegner durch die Bildkraft seiner Rede schlägt, sie mit schlagfertiger Logik zermalmt, mit Donnergrollen und melodischen Aufklängen der Stimme, ironisch, pathetisch, wild, erhaben. Sie würde da sein, irgendwo mitten unter den anderen, würde die Tränen der Begeisterung unter ihrem Schleier verbergen; nachher würden sie sich wiederfinden; und die Entmutigungen, die Verleumdungen und Beleidigungen würden ihm nichts anhaben, wenn sie ihm mit ihren leichten Händen über die Stirn striche und sagte: »Ah, das ist schön!«

Diese Bilder erstrahlten wie Leuchtfeuer am Horizont seines Lebens. Sein angefeuerter Geist wurde gewandter und stärker. Bis zum Monat August schloß er sich ein und bestand dann sein letztes Examen.

Deslauriers, der so viel Mühe gehabt hatte, ihm Ende Dezember nochmals das zweite und im Februar das dritte einzupauken, wunderte sich über seinen Eifer. Nun erwachten die alten Hoffnungen wieder. In zehn Jahren würde Frédéric Deputierter sein, in fünfzehn Jahren Minister, warum nicht? Mit seinem Erbteil, das ihm bald zur Verfügung stehen würde, konnte er erst eine Zeitung gründen; das wäre der Anfang, dann würde das Weitere sich schon finden. Er selbst strebte unablässig nach einer Professur an der Akademie der Rechte. Er verteidigte seine Doktorthese in so bemerkenswerter Weise, daß sie ihm das Lob der Professoren eintrug.

Drei Tage später bestand Frédéric die gleiche Prüfung. Ehe er in die Ferien abreiste, hatte er den Gedanken, als Abschluß der Sonnabends-Vereinigungen ein Essen zu geben.

Er zeigte sich dabei in heiterer Stimmung. Madame Arnoux war jetzt bei ihrer Mutter in Chartres. Aber bald würde er sie wiedersehen und schließlich ihr Geliebter werden.

Deslauriers, der am selben Tage zum Diskutierklub d'Orsay zugelassen worden war, hatte dort eine Rede gehalten, die sehr starken Beifall fand. Obwohl mäßig, berauschte er sich und sagte beim Nachtisch zu Dussardier:

»Du bist ehrlich! Wenn ich reich sein werde, setze ich dich als Verwalter ein.«

Alle waren glücklich; Cisy wollte sein Rechtsstudium nicht beenden; Martinon würde seine Ausbildung in der Provinz fortsetzen, wo er dann zweiter Staatsanwalt werden würde; Pellerin bereitete sich auf ein großes Bild vor, das den Genius der Revolution darstellen sollte; Hussonnet sollte kommende Woche dem Direktor der »Délassements« den Plan eines Stückes vorlesen und zweifelte nicht an dem Erfolg.

»Denn die dramatische Gestaltungskraft gesteht man mir zu! Auf die Leidenschaften verstehe ich mich, ich habe mich genug herumgetrieben, was den Witz betrifft, so ist das mein Beruf!« Er machte einen Sprung, fiel auf beide Hände und ging eine Weile mit den Beinen in der Luft um den Tisch. Aber diese Knabenhaftigkeit heiterte Sénécal nicht auf. Er war aus seiner Pension hinausgesetzt worden, weil er den Sohn eines Adeligen geschlagen hatte. Sein Elend nahm zu, und er schrieb dies auf das Konto der sozialen Ordnung. Er verfluchte die Reichen und schüttete sein Herz in Regimbarts Busen aus, der immer mehr verbittert, enttäuscht und angewidert war. Der Citoyen wandte sich jetzt mehr den Budgetfragen zu und beschuldigte die Kamarilla, Millionen in Algerien zu verlieren.

Da er nicht schlafen konnte, ohne das Café Alexandre besucht zu haben, verschwand er, sobald es elf Uhr war. Die anderen gingen erst später; als Frédéric von Hussonnet Abschied nahm, erfuhr er, daß Madame Arnoux am vorhergehenden Abend zurückgekehrt sein sollte.

Er ging darum zur Post, um seinen Platz für den nächstfolgenden Tag umzutauschen, und gegen sechs Uhr abends begab er sich zu ihr. Der Hausmeister teilte ihm mit, daß ihre Rückkehr um acht Tage verschoben worden sei. Frédéric speiste allein und schlenderte dann auf den Boulevards umher.

Rosige Wolkenschärpen breiteten sich über den Dächern; die Sonnenzelte der Läden wurden hochgezogen, Sprengwagen schütteten einen Regen auf den Staub, und eine unerwartete Frische mischte sich mit den Ausdünstungen der Cafés, die durch ihre offenen Türen zwischen Silberzeug und Vergoldungen in hohen Spiegeln vervielfältigte Blumensträuße sehen ließen.

Die Menge bewegte sich langsam vorwärts. Männer standen in Gruppen mitten auf dem Trottoir und plauderten miteinander, Frauen gingen vorüber mit einem weichen Glanz in den Augen und jenem Kamelienteint, den die große Hitze dem erschlafften weiblichen Körper verleiht. Etwas Ungeheures breitete sich aus. hüllte die Häuser ein. Niemals war ihm Paris so schön erschienen. Er sah in der Zukunft nur eine endlose Folge von Jahren der Liebe.

Vor dem Theater der Porte Saint Martin blieb er stehen und betrachtete den Anschlag; aus Langeweile nahm er einen Platz.

Es wurde eine alte Zauberposse gegeben. Die Zuschauer waren nicht zahlreich. Durch die Dachfenster des Paradieses fiel das Tageslicht in kleinen blauen Vierecken herein, während die Lampen der Rampe eine einzige Linie von gelben Lichtern bildeten. Die Bühne stellte einen Sklavenmarkt in Peking dar mit Glöckchen, Tamtam, Sultanen, spitzen Mützen und Wortspielen. Als der Vorhang gefallen war, irrte er einsam im Foyer umher und bewunderte auf dem Boulevard am Fuße der Freitreppe einen großen grünen Landauer mit zwei Schimmeln, auf dem Bock ein Kutscher in Kniehosen. Er begab sich auf seinen Platz zurück, als ein Herr und eine Dame in die Proszeniumsloge des ersten Ranges traten. Der Mann hatte jenes eisige Aussehen, das man den Diplomaten zuschreibt; sein Gesicht war blaß, von einem schmalen grauen Bart umrahmt. Er trug die Rosette der Offiziere der Ehrenlegion.

Seine Frau, die zum mindesten um zwanzig Jahre jünger war als er, war weder groß noch klein, weder hübsch noch häßlich und trug ihr blondes Haar auf englische Art in langen gedrehten Lokken, ein Kleid mit flacher Taille und einen großen, schwarzen Spitzenfächer.

Daß Leute aus solchen Kreisen zu dieser Jahreszeit das Schauspiel besuchten, ließ einen Zufall oder die Furcht vor der Langeweile eines tête-à-tête verbrachten Abends vermuten. Die Dame kaute an ihrem Fächer, und der Herr gähnte. Frédéric konnte sich nicht erinnern, wo er dies Gesicht gesehen hatte.

Im nächsten Zwischenakt begegnete er den beiden, als er gerade einen Gang durchschritt. Er grüßte flüchtig, Monsieur Dambreuse erkannte ihn, kam auf ihn zu und entschuldigte sich sogleich wegen seiner unverzeihlichen Nachlässigkeit. Dies war eine Anspielung auf die zahlreichen auf den Rat des Schreibers geschickten Visitenkarten.

Jedoch verwechselte er die Zeiten, glaubte, daß Frédéric erst in seinem zweiten Studienjahr sei. Dann beneidete er ihn, daß er aufs Land gehen könne. Auch er hätte der Ruhe bedurft, jedoch hielten ihn die Geschäfte in Paris fest.

Madame Dambreuse, die sich auf seinen Arm stützte, neigte leicht den Kopf; die geistreiche Anmut ihres Gesichts stand in starkem Gegensatz zu dem mürrischen Ausdruck, den es vorher gehabt hatte.

»Man findet dort jedoch recht hübsche Zerstreuungen!« sagte sie bei den letzten Worten ihres Gatten. »Wie dumm dieses Stück ist! Nicht wahr, mein Herr?«

Und alle drei blieben stehen und unterhielten sich über die Theater und neue Stücke.

Frédéric, der die Ziererei der Damen der Provinz gewohnt war, hatte noch bei keiner Frau eine solche gefällige Haltung, eine solche Einfachheit kennengelernt, jene äußerste Verfeinerung, die naiven Menschen als der Ausdruck ungekünstelter Herzlichkeit erscheint.

Sobald er zurückgekehrt wäre, rechneten sie auf ihn; Monsieur Dambreuse trug ihm Grüße an den alten Roque auf.

Als er nach Hause kam, versäumte Frédéric es nicht, Deslauriers von dieser Begegnung zu verständigen.

»Ausgezeichnet!« erwiderte der Schreiber, »und laß dich von deiner Mama nicht herumkriegen! Komm sogleich zurück!«

Am nächsten Tag nach seiner Ankunft führte Madame Moreau nach dem Déjeuner ihren Sohn in den Garten.

Sie pries sich glücklich, daß er nun einen Beruf habe, da sie nicht so vermögend seien, wie man annehme. Der Boden gab wenig Ertrag, die Pächter zahlten schlecht, und sie war sogar gezwungen gewesen, ihren Wagen zu verkaufen. Schließlich schilderte sie ihm ihre Lage.

In den ersten Schwierigkeiten ihres Witwentums hatte ein verschlagener Mensch, Monsieur Roque, ihr Geld vorgestreckt, die Darlehen erneuert, verlängert, alles gegen ihren Willen. Plötzlich war er gekommen, sie zurückzufordern, und sie war gezwungen gewesen, auf seine Bedingungen einzugehen. Um einen Spottpreis mußte sie ihm den Hof von Presles überlassen. Zehn Jahre später ging ihr Kapital bei dem Bankerott eines Bankiers in Melun verloren. Aus Furcht vor Hypotheken und um die Zukunft ihres Sohnes durch den äußeren Schein zu wahren, hatte sie sich abermals in die Hände des alten Roque begeben, als er ihr wieder seine Dienste anbot. Aber nun hatte sie ihre Schulden abgetragen! Kurz und gut, es blieben ihnen ungefähr zehntausend Francs Zinsen, davon zweitausenddreihundert für ihn als Erbteil.

»Das ist unmöglich!« rief Frédéric aus.

Sie machte eine Kopfbewegung, die andeutete, daß es sehr möglich sei.

Aber sein Oheim würde ihm etwas hinterlassen?

Nichts war weniger sicher.

Schweigend machten sie einen Gang durch den Garten. Dann

zog sie ihn an ihr Herz und sagte mit tränenerstickter Stimme: »Ach, mein armer Junge! Ich mußte viele Träume aufgeben!«

Er setzte sich auf die Bank im Schatten der hohen Akazie. Sie riet ihm, als Schreiber bei dem Rechtsanwalt Prouharam einzutreten, der ihm dann seine Kanzlei übergeben würde. Wenn er sie dann recht in die Höhe bringen könnte, würde er sie wieder verkaufen und eine gute Partie machen.

Frédéric hörte nichts mehr. Mechanisch blickte er über die Hecke in den andern Garten, gegenüber. Ein rothaariges kleines Mädchen von etwa zwölf Jahren befand sich allein darin. Sie hatte sich Ohrgehänge von Ebereschenbeeren gemacht, ihr Leibchen von grauer Leinwand ließ die von der Sonne leicht goldig gebräunten Schultern bloß; ihr weißer Unterrock war besudelt von Marmeladenflecken – über dem ganzen Geschöpf lag die Anmut eines jungen, wilden, nervösen und doch zarten Tieres. Die Gegenwart eines Unbekannten überraschte es offenbar, denn es war mit einer Gießkanne in der Hand jäh stehengeblieben und heftete seine klaren, grünlich blauen Augen auf ihn.

»Das ist Monsieur Roques Tochter«, sagte Madame Moreau. »Er hat erst kürzlich seine Dienstmagd geheiratet und sein Kind anerkannt.«

VI.

Ruiniert, ausgeraubt, verloren?

Wie durch einen Schlag betäubt, war er auf der Bank sitzen geblieben. Er fluchte dem Schicksal, hätte jemand verprügeln mögen, und um seine Verzweiflung noch zu steigern, fühlte er, wie eine Art Schmach, eine Entbehrung ihn niederdrückten. Frédéric hatte sich eingebildet, daß sein väterliches Vermögen eines Tages bis zu fünfzehntausend Francs Zinsen kommen würde, und dies hatte er den Arnoux auf indirekte Weise zu verstehen gegeben. Er würde nun als Prahler, Schurke, obskurer Lump dastehen, der sich in der Hoffnung auf irgendwelchen Nutzen bei ihnen eingeführt hatte! Und sie, Madame Arnoux, wie sie jetzt wiedersehen? Da er nur dreitausend Francs Rente hatte, war dies übrigens ja doch vollkommen unmöglich. Er konnte nicht immer im vierten Stock wohnen, den Hausmeister zum Diener haben, sich in armseligen, schwarzen, an den Spitzen bläulichen Handschuhen, einem fettigen Hut, und das ganze Jahr hindurch in demselben Rock zeigen. Nein! Nein! niemals! Jedoch war das Leben ohne sie unerträglich. Es lebten doch viele, ohne daß sie ein Vermögen hatten; unter anderen auch Deslauriers – und er fand sich feig, untergeordneten Dingen eine solche Wichtigkeit beizumessen. Das Elend würde vielleicht seine Fähigkeiten ums Hundertfache steigern, er geriet in Ekstase bei dem Gedanken an große Männer, die in Dachstuben wohnen und arbeiten. Eine Seele wie die von Madame Arnoux mußte bei so einem Anblick bewegt werden, und sie würde gerührt sein. So war denn diese Katastrophe ein Glück trotz allem; wie jene Erdbeben, die Schätze bloßlegen, so hatte sie ihm die geheimen Reichtümer seiner Natur gezeigt. Es gab aber in der Welt nur einen Ort, um sie zur Geltung zu bringen: Paris! Denn nach seiner Meinung hingen die Kunst, die Wissenschaft und die Liebe (diese drei Antlitze Gottes, wie sich Pellerin ausgedrückt haben würde) lediglich von der Hauptstadt ab.

Er erklärte abends seiner Mutter, daß er dahin zurückkehren werde. Madame Moreau war erstaunt und empört. Es sei eine Torheit, eine Verrücktheit. Er würde besser fahren, ihren Ratschlägen zu folgen, das heißt, bei ihr zu bleiben, in einer Kanzlei. Frédéric zuckte die Achseln: »Genug davon!« Er fühlte sich durch diesen Vorschlag beleidigt.

Nun wandte die gute Frau ein anderes Verfahren an. Mit weicher Stimme und kleinen Schluchzern sprach sie ihm von ihrer Einsamkeit, ihrem Alter, von den Opfern, die sie ihm gebracht. Nun, da sie noch unglücklicher geworden sei, verlasse er sie. Dann auf ihr nahe bevorstehendes Ende anspielend:

»Ein wenig Geduld, mein Gott! bald wirst du frei sein.«

Diese Klagereden wiederholten sich zwanzigmal des Tages während dreier Monate, und gleichzeitig verwöhnten ihn die Annehmlichkeiten der Häuslichkeit. Er genoß es, ein weicheres Bett, Handtücher ohne Löcher zu haben, so daß er sich, mürbe geworden und entnervt, endlich durch diese schrecklichen sanften Gewalten besiegt, eines Tages zu Rechtsanwalt Prouharam führen ließ. Dort zeigte er weder Wissen noch Fähigkeiten. Man hatte ihn bis dahin für einen hochbegabten jungen Mann gehalten, der die Zierde des Departements werden würde. Es war eine öffentliche Enttäuschung.

Anfangs hatte er sich gesagt: »Madame Arnoux muß benachrichtigt werden«, und eine Woche lang hatte er dithyrambische Briefe und kurze Mitteilungen in lapidarem, erhabenem Stil ersonnen. Die Furcht, seine Lage einzugestehen, hielt ihn zurück. Dann dachte er, es wäre besser, an ihren Mann zu schreiben. Arnoux kannte das Leben und würde ihn verstehen. Endlich, nachdem er vierzehn Tage gezögert hatte:

»Bah! ich darf sie nicht wiedersehen! Sie soll mich vergessen! Wenigstens werde ich in ihrer Erinnerung nicht gesunken sein! Sie wird mich tot glauben und mich vermissen ... vielleicht.« Da übertriebene Entschlüsse ihn wenig kosteten, hatte er sich geschworen, nie wieder nach Paris zurückzukehren, ja sogar sich nie nach Madame Arnoux erkundigen zu wollen.

Allein seine Sehnsucht erstreckte sich sogar auf den Gasgeruch und den Lärm der Omnibusse. Er träumte von all den Worten, die sie zu ihm gesprochen, von dem Klang ihrer Stimme, dem Glanz ihrer Augen – und da er sich als einen toten Mann betrachtete, tat er nichts mehr, durchaus nichts.

Er stand sehr spät auf und beobachtete durch sein Fenster die Gespanne der Rollfuhrkutscher, die vorbeikamen. Die ersten sechs Monate waren besonders scheußlich. An gewissen Tagen jedoch überkam ihn eine Entrüstung über sich selber. Dann ging er aus. Er wanderte über die während des Winters durch das Austreten der Seine bis zur Hälfte überschwemmten Wiesen.

Pappelreihen teilen sie ab. Hier und dort erhebt sich eine kleine Brücke. Er strich bis zum Abend umher, gelbe Blätter raschelten unter seinen Schritten. Er sog den Nebel ein, setzte über Gräben, und wenn es in seinen Adern stärker zu pochen begann, dann rissen ihn rasende Wünsche nach Taten mit sich fort. Er wollte Trapper in Amerika werden, in den Dienst eines Paschas im Orient treten, sich als Matrose einschiffen; er strömte seine Schwermut aus in langen Briefen an Deslauriers.

Dieser setzte alles daran, um vorwärtszukommen. Die feige Haltung seines Freundes und seine ewigen Klagen schienen ihm dumm. Ihr Briefwechsel hörte bald ganz auf. Frédéric hatte Deslauriers, der die Wohnung beibehielt, alle seine Möbel gegeben. Von Zeit zu Zeit sprach seine Mutter von ihnen, und schließlich gestand er ihr eines Tages sein Geschenk. Sie schalt ihn darum, als er einen Brief bekam:

»Was gibt's denn?« sagte sie. »Du zitterst?«

»Es ist nichts«, erwiderte Frédéric.

Deslauriers teilte ihm mit, daß er Sénécal aufgenommen habe; und seit vierzehn Tagen wohnten sie zusammen. Sénécal machte sich inmitten der Sachen, die von Arnoux stammten, breit! Er konnte sie verkaufen, Bemerkungen darüber machen, darüber scherzen. Frédéric fühlte sich bis tief in die Seele hinein verletzt. Er ging in sein Zimmer hinauf. Er hatte Lust zu sterben.

Seine Mutter rief ihn. Sie wollte ihn wegen einer Anpflanzung im Garten zu Rate ziehen.

Dieser Garten, in der Art englischer Parks angelegt, war in der Mitte durch einen Zaun von Holzstäben abgeteilt, die Hälfte gehörte dem alten Roque, der noch einen Gemüsegarten am Ufer des Flusses besaß. Die beiden entzweiten Nachbarn vermieden es, sich zu denselben Stunden darin aufzuhalten. Aber seit Frédérics Rückkehr ging der Alte öfter darin spazieren und kargte nicht mit Zuvorkommenheiten gegen den Sohn der Madame Moreau. Er bedauerte ihn, in einer kleinen Stadt wohnen zu müssen. Eines Tages erzählte er, daß Monsieur Dambreuse sich nach ihm erkundigt habe. Ein andermal ließ er sich über die Bräuche der Champagne aus, wo es, um Edelmann zu sein, genügte, von einer Adligen geboren zu sein.

»In jener Zeit wären Sie von Adel gewesen, da ja Ihre Mutter de Fouvens hieß. Man hat gut reden, glauben Sie mir! Es ist etwas um einen Namen! Übrigens«, fügte er hinzu, indem er ihn pfiffig dabei ansah, »das hängt vom Siegelverwalter ab.«

Diese aristokratischen Ansprüche standen in sonderbarem Gegensatz zu seiner Person. Da er klein war, schien die Länge seines Oberkörpers durch seinen großen kastanienbraunen Rock übertrieben. Wenn er seine Mütze abnahm, sah man ein fast weibliches Gesicht mit einer ungemein spitzen Nase; sein gelbes Haar glich einer Perücke, er grüßte die Leute sehr tief und drückte sich dabei an die Mauern.

Bis zu seinem fünfzigsten Jahre hatte er sich mit den Diensten der Katherine, einer sehr blatternarbigen Lothringerin seines Alters, begnügt. Aber gegen 1834 brachte er aus Paris eine schöne Blondine mit einem Schafsgesicht und der Haltung einer Königin mit. Man sah sie bald mit großen Ohrringen einherstolzieren, und alles erklärte sich durch die Geburt eines Mädchens, das unter dem Namen Elisabeth Olympe Louise Roque angemeldet wurde.

In ihrer Eifersucht dachte Katherine, daß sie das Kind verabscheuen würde. Im Gegenteil, sie liebte es. Sie überhäufte es mit Fürsorge, Aufmerksamkeiten und Liebkosungen, um die Mutter zu verdrängen und sie ihm verhaßt zu machen, ein leichtes Unternehmen, da Madame Eléonore das Kind vollständig vernachlässigte und es vorzog, bei den Lieferanten zu schwatzen. Am Tage nach ihrer Heirat machte sie einen Besuch in der Sous-Préfecture, duzte die Dienstboten nicht mehr und gedachte, da der gute Ton es so verlange, Strenge gegen ihr Kind zu zeigen. Sie wohnte dem Unterricht bei; der Lehrer, ein alter Bureaukrat vom Rathaus, verstand es nicht so recht anzugreifen. Die Schülerin wurde aufsässig, erhielt Ohrfeigen und lief davon, um auf Katherines Schoß zu weinen. Darauf gerieten die beiden Weiber in Streit; Monsieur Roque brachte sie zum Schweigen. Er hatte sich aus Zärtlichkeit für seine Tochter verheiratet und wollte nicht, daß man sie quäle.

Oft trug sie ein weißes Kleid, das in Fetzen hing, und ein mit Spitzen besetztes Höschen.

An großen Festtagen ging sie wie eine Prinzessin gekleidet, um die Bürgersleute etwas zu demütigen, die es ihren Kleinen wegen der außerehelichen Geburt verboten, mit ihr zu verkehren.

Sie lebte allein in ihrem Garten, schwang sich auf der Schaukel, lief hinter den Schmetterlingen her, um dann plötzlich stehenzubleiben und Käfer zu betrachten, die sich auf die Rosensträucher niederließen. Es waren offenbar diese Gewohnheiten, die ihrem Gesicht einen Ausdruck der Kühnheit und zugleich der Träumerei verliehen. Zudem war sie von der Größe Marthes, so daß Frédéric sie beim zweiten Zusammensein fragte:

»Erlauben Sie mir, Sie zu küssen, Mademoiselle?«

Die kleine Person hob den Kopf und antwortete:

»Gern!«

Aber der Staketenzaun trennte sie.

»Sie müssen heraufsteigen«, sagte Frédéric.

»Nein, hebe mich hoch!«

Er beugte sich über den Zaun und faßte sie an den Händen, küßte sie auf beide Wangen und setzte sie dann auf demselben Wege wieder ab. Dies wiederholte sich bei späteren Gelegenheiten. Ohne mehr Zurückhaltung, als ein vierjähriges Kind sie hat, stürzte sie ihrem Freunde entgegen, sobald sie ihn kommen hörte, oder sie verbarg sich hinter einem Baum, wo sie wie ein Hund bellte, um ihn zu erschrecken.

Eines Tages, als Madame Moreau ausgegangen war, nahm er sie mit hinauf auf sein Zimmer. Sie öffnete sämtliche Parfüm-Fläschchen und pomadisierte sich reichlich das Haar, dann legte sie sich ganz unbefangen auf sein Bett, wo sie lang ausgestreckt und wach liegen blieb:

»Ich denke mir, daß ich deine Frau bin«, sagte sie.

Am nächsten Tag traf er sie ganz in Tränen. Sie gestand, daß sie »über ihre Sünden weine«. Als er versuchte, über diese etwas zu erfahren, antwortete sie und senkte den Blick dabei.

»Frage mich nicht weiter!«

Die erste Kommunion nahte, sie war am Morgen zur Beichte geführt worden. Das Sakrament machte sie nicht sonderlich verständiger. Sie verfiel zuweilen in wahrhafte Wutanfälle, Monsieur Frédéric mußte geholt werden, um sie zu beruhigen. Oft nahm er sie auf seine Spaziergänge mit. Während er im Gehen träumte, pflückte sie Mohnblumen am Rande der Kornfelder, und wenn sie bemerkte, daß er trauriger war als sonst, versuchte sie ihn durch zärtliche Worte zu trösten. Sein um Liebe betrogenes Herz warf sich nun auf diese Kinderfreundschaft; er zeichnete ihr Männchen, erzählte ihr Geschichten und fing an, ihr vorzulesen.

Er begann mit den »Annales romantiques«, einer damals berühmten Sammlung von Vers und Prosa. Dann, da ihre Klugheit ihn so entzündete, daß er ihr Alter darüber vergaß, las er ihr nacheinander Atala, Cinq-Mars und les Feuilles d'automne vor. Aber eines Nachts (an demselben Abend hatten sie Macbeth in der einfachen Letourneurschen Übersetzung gelesen) erwachte sie und schrie: »Der Fleck! der Fleck!« Ihre Zähne schlugen aufeinander, sie zitterte, und die entsetzten Augen auf ihre Hand heftend, rieb sie diese und sagte: »Immer ein Fleck!« Endlich kam der Arzt, der verordnete, daß Gemütsbewegungen vermieden werden sollten.

Die Bürger sahen darin nur ein ungünstiges Vorzeichen für ihre sittliche Entwicklung. Man sagte, daß »der junge Moreau« später eine Schauspielerin aus ihr machen wolle.

Bald aber war die Rede von einem andern Ereignis, nämlich von der Ankunft des Onkels Barthélemy. Madame Moreau trat ihm ihr Schlafzimmer ab und trieb ihre Gefügigkeit so weit, daß sie an den Fasttagen Fleisch auftischte.

Der Greis war nur mäßig liebenswürdig. Es gab ewige Vergleiche zwischen Le Havre und Nogent, dessen Luft er dumpf, dessen Brot er schlecht, dessen Straßen er übel gepflastert, dessen Essen er mittelmäßig und dessen Bewohner er faul fand. »Welch einen armseligen Handel habt ihr hier!« Er tadelte die Extravaganzen seines verstorbenen Bruders, während er siebenundzwanzigtausend Francs Rente angesammelt habe! Endlich reiste er am Ende der Woche ab. Auf dem Wagentritt stehend, ließ er die wenig beruhigenden Worte fallen:

»Es ist mir sehr lieb, euch in einer guten Lage zu wissen.«

»Du wirst nichts erhalten!« sagte Madame Moreau, als sie wieder in den Saal trat.

Er war nur auf ihr Bitten gekommen, und acht Tage lang hatte sie vielleicht allzu deutlich eine offene Aussprache herbeizuführen gesucht. Sie bereute ihre Handlungsweise und saß nun in ihrem Lehnstuhl mit gesenktem Haupt und fest verschlossenen Lippen. Frédéric saß ihr gegenüber und beobachtete sie, und wie vor fünf Jahren, bei der Rückkehr von Monterau, schwiegen beide. Diese Übereinstimmung, die sich ihm aufdrängte, erinnerte ihn an Madame Arnoux.

In diesem Augenblick ertönte Peitschenknallen unter dem Fenster und zugleich eine Stimme, die ihn rief.

Es war der alte Roque, allein in seinem Wagen. Er war auf dem Weg nach la Fortelle, wo er den ganzen Tag bei Herrn Dambreuse zubringen sollte. Herzlich lud er Frédéric ein, mit ihm zu kommen. »Seien Sie nur ohne Furcht, mit mir bedürfen Sie keiner Einladung!«

Frédéric hatte Lust anzunehmen. Wie sollte er aber seinen endgültigen Aufenthalt in Nogent erklären? Er hatte keinen passenden Sommeranzug; und was würde seine Mutter dazu sagen? Er lehnte ab.

Von nun an zeigte sich der Nachbar weniger freundlich. Louise wuchs heran, Madame Eléonore wurde schwer krank, und die Beziehungen lösten sich zu Madame Moreaus größter Freude, da sie solchen Verkehr in einer Zeit, wo ihr Sohn sich selbständig machen sollte, fürchtete. Sie dachte daran, ihm den Posten eines Gerichtssekretärs zu kaufen; Frédéric wies diese Idee nicht ganz zurück. Jetzt begleitete er sie zur Messe, spielte abends seine Partie Imperiale, er gewöhnte sich an die Provinz, versank darin – und sogar seine Liebe hatte eine süße Trauer, einen einschläfernden Reiz angenommen. Dadurch, daß er seinen Schmerz in seinen Briefen ausgeschüttet, ihn in seine Lektüre gemischt, ihn auf seinen Spaziergängen mit sich herumgetragen, hatte er ihn fast erschöpft. Madame Arnoux war für ihn nur wie eine Tote, deren Grab er zu seiner Verwunderung nicht kannte, so ruhig und ergeben war diese Liebe geworden.

Eines Tages, am 12. Dezember 1845, gegen neun Uhr morgens, brachte ihm die Köchin einen Brief auf sein Zimmer. Die Adresse, in großen Buchstaben geschrieben, war von unbekannter Hand, und Frédéric, der noch im Halbschlummer lag, beeilte sich nicht, ihn zu öffnen. Endlich las er:

»Friedensgericht von Le Havre, III. Bezirk.

Mein Herr!

Da Ihr Onkel, Herr Moreau, ab intestat gestorben ist …«

Er erbte!

Als ob ein Brand hinter der Wand ausgebrochen sei, so sprang er aus dem Bett, barfuß, im Hemd. Er strich sich mit der Hand über das Gesicht, wollte seinen Augen nicht trauen, glaubte, daß er noch träume, und um sich an der Wirklichkeit zu versichern, öffnete er ganz weit das Fenster.

Es hatte geschneit, die Dächer waren weiß – er erkannte auch auf dem Hof einen Waschzuber, über den er am vorhergehenden Abend gestolpert war.

Dreimal hintereinander las er den Brief durch, nichts wirklicher! Des Onkels ganzes Vermögen! Siebenundzwanzigtausend Francs Zinsen – und eine unsinnige Freude peitschte ihn auf bei dem Gedanken, daß er Madame Arnoux wiedersehen werde. Mit der Klarheit einer Halluzination sah er sich bei ihr, neben ihr. Er brachte ihr ein Geschenk, das in Seidenpapier eingehüllt war, während an der Tür sein Tilbury, nein, lieber ein Coupé, auf ihn wartete! Ein schwarzes Coupé mit einem Diener in brauner Livree; er hörte das Pferd stampfen, hörte das Klirren der Kinnkette, das sich mit dem Lispeln ihrer Küsse vermischte. Und das würde sich unbegrenzt, jeden Tag wiederholen. Er würde sie bei sich empfangen, in seinem Hause. Das Speisezimmer würde in rotem Leder gehalten sein, das Boudoir in gelber Seide, überall Diwans! und was für Wandbretter! was für chinesische Vasen! welche Teppiche! Diese Bilder drängten sich ihm so stürmisch auf, daß ihm schwindelte. Nun fiel ihm seine Mutter ein; er ging hinunter mit dem Brief, den er noch immer in der Hand hielt.

Madame Moreau bemühte sich, ihrer Erregung Herr zu werden, und bekam einen Schwächeanfall. Frédéric schloß sie in seine Arme und küßte sie auf die Stirn:

»Gute Mutter, nun kannst du deinen Wagen wieder zurückkaufen; lache doch, weine nicht mehr, sei glücklich!«

Zehn Minuten später war die Nachricht schon bis zu den Vorstädten gedrungen. Nun eilten Benoist, der Rechtsanwalt, Monsieur Gamblin, Monsieur Chambion, alle Freunde herbei. Frédéric entschlüpfte eine Minute, um an Deslauriers zu schreiben. Andere Besucher kamen. Der Nachmittag verstrich mit Beglückwünschungen. Man vergaß darüber ganz die Frau Roque, mit der es indessen »sehr schlecht stand«.

Am Abend, als sie beide allein waren, riet Madame Moreau ihrem Sohn, sich in Troyes als Advokat niederzulassen. Da er in seiner Heimat bekannter sei als in anderen Gegenden, könnte er dort viel leichter eine vorteilhafte Partie machen.

»Ah! das ist doch zu stark!« rief Frédéric aus.

Kaum hielt er sein Glück in Händen, so wollte man es ihm rauben. Er teilte ihr seinen ausdrücklichen Entschluß mit, nach Paris zu ziehen.

»Um was dort zu tun?«

»Nichts!«

Madame Moreau, die seine Art überraschte, fragte ihn, was er denn werden wolle.

»Minister!« erwiderte Frédéric.

Er versicherte, daß er keineswegs scherze, daß er die Absicht habe, sich der Diplomatie zu widmen, da seine Studien, seine Neigungen ihn dazu trieben. Zuerst würde er durch Herrn Dambreuses Protektion in den Staatsdienst eintreten.

»Ja, kennst du ihn denn?«

»Aber ja, durch Monsieur Roque!«

»Das ist sonderbar«, sagte Madame Moreau.

Er hatte in ihrem Herzen die alten ehrgeizigen Träume wieder erweckt. Sie überließ sich ihnen und sprach nicht mehr von den andern.

Hätte er seiner Ungeduld gefolgt, wäre Frédéric auf der Stelle abgereist. Am nächsten Tage waren alle Plätze in den Postkutschen besetzt, er quälte sich bis sieben Uhr abends am übernächsten Tage.

Sie setzten sich zu Tisch, als von der Kirche her drei lange Glokkenschläge ertönten und das eintretende Dienstmädchen verkündete, daß Madame Eléonore soeben verschieden sei. Dieser Tod war übrigens für niemand ein Unglück, nicht einmal für ihr Kind. Dem kleinen Mädchen würde es darum später nur besser gehen.

Da die beiden Häuser aneinanderstießen, hörte man ein lebhaftes Kommen und Gehen, Geräusch von Stimmen, und der Gedanke an diese Leiche in ihrer Nähe warf dunkle Schatten auf ihre Trennung. Zwei- oder dreimal trocknete sich Madame Moreau die Augen. Frédéric war beklommen ums Herz.

Nach der Mahlzeit hielt ihn Katherine zwischen Tür und Angel auf. Mademoiselle wollte ihn durchaus sehen. Sie wartete auf ihn im Garten. Er ging hinaus, stieg über die Hecke und schlug, sich ein wenig an den Bäumen stoßend, den Weg zu Monsieur Roques Haus ein. Lichter brannten hinter einem Fenster des zweiten Stockes, dann erschien eine Gestalt in der Finsternis, und eine Stimme flüsterte: »Ich bin es!«

Sie schien ihm größer als sonst, wahrscheinlich wegen ihres schwarzen Kleides. Da er nicht wußte, wie er sie anreden sollte, begnügte er sich damit, ihre Hände zu fassen und zu seufzen: »Ach! meine arme Louise!«

Sie antwortete nicht. Sie schaute ihn lange und tief an. Frédéric war besorgt, den Wagen zu versäumen, er glaubte ganz in der Ferne ein Rollen zu vernehmen, und um ein Ende zu machen, sagte er: »Katherine hat mir mitgeteilt, daß du mir etwas ...«

»Ja, es ist wahr! Ich wollte Ihnen sagen ...«

Dieses »Ihnen« überraschte ihn, und da sie immer noch schwieg:

»Nun, was denn?«

»Ich weiß es nicht mehr. Ich habe es vergessen. – Ist es wahr, daß Sie abreisen?«

»Ja, jetzt gleich!«

Sie wiederholte:

»Ach, jetzt gleich? ... Für ganz? ... wir werden uns nicht wiedersehen?«

Schluchzen erstickte sie.

»Adieu! Adieu! So küsse mich doch!«

Und leidenschaftlich preßte sie ihn in ihre Arme.

Zweiter Teil

I.

Als er auf seinem Platz saß, einem Rücksitz des Coupés, und fünf zugleich ausgreifende Pferde die Postkutsche in Bewegung setzten, überkam es ihn wie ein Rausch. Wie ein Baumeister, der den Plan zu seinem Palaste entwirft, baute er sich im voraus sein Leben auf. Er gab ihm als Inhalt eine Fülle von Zartheit und Glanz, bis zum Himmel stieg es empor, ein verschwenderisches Maß der Gestaltungen erschuf er darin und war so tief versunken in diese Bilder, daß die Außenwelt für ihn verschwand.

Am Fuße der Anhöhe von Sourdun wurde er sich bewußt, wo sie waren. Man hatte höchstens fünf Kilometer zurückgelegt. Er war empört. Er klappte das Guckfenster herunter, um die Landschaft zu sehen. Ein paar Male verlangte er vom Kondukteur genau zu wissen, wie lange man noch brauche, bis man an Ort und Stelle sei. Indes beruhigte er sich und verharrte in seiner Ecke mit offenen Augen.

Die am Sitz des Postillons hängende Laterne beleuchtete die Hinterteile der Deichselpferde. Weiter vorn sah er nur die Mähnen der anderen Pferde, die sich wie weiße Wogen bewegten, ihr Atem dampfte zu beiden Seiten des Gespanns; die Eisenketten klirrten, die Scheiben zitterten in ihrem Rahmen, und in regelmäßiger Bewegung rollte der schwere Wagen auf dem Pflaster dahin. Hier und dort konnte man die Mauer einer Scheune unterscheiden oder ein einsames Wirtshaus. Beim Durchfahren eines Dorfes warf zuweilen der Ofen eines Bäckers einen Feuerschein, während die ungeheuren Schatten der Pferde auf dem gegenüberliegenden Haus dahinglitten.

Wenn auf den Poststationen ausgespannt wurde, herrschte für eine Minute lautlose Stille. Oben auf dem Wagendach stampfte jemand unter der Plane, während auf der Schwelle einer Tür eine Frau stand, die die Flamme ihres Talglichtes mit der Hand beschirmte. Dann schwang sich der Kondukteur auf den Tritt, und die Postkutsche fuhr weiter.

In Mormans hörte man, wie es ein Viertel nach ein Uhr schlug.

»Also heute«, dachte er, »heute, bald!«

Aber nach und nach gingen seine Hoffnungen, seine Erinnerungen, Nogent, die Rue de Choiseul, Madame Arnoux, seine Mutter, alles durcheinander.

Ein dumpfes Poltern von Brettern weckte ihn, man fuhr über die Brücke von Charenton, sie waren in Paris. Nun nahmen seine beiden Reisegefährten, der eine seine Mütze, der andere sein Seidentuch vom Kopfe, setzten ihre Hüte auf und fingen an zu plaudern. Der erste, ein dicker roter Mensch in einem Leibrock aus Sammet, war ein Großkaufmann, der zweite kam in die Hauptstadt, um einen Arzt aufzusuchen. – In der Befürchtung, ihn während der Nacht gestört zu haben, entschuldigte sich Frédéric bei ihm aus freiem Antrieb: So sehr war seine Seele durch sein Glück erweicht.

Da der Quai des Bahnhofes offenbar überschwemmt war, fuhr man geradeaus weiter und kam so wieder aufs Land hinaus. In der Ferne rauchten die hohen Fabrikschornsteine. Dann bog die Kutsche nach Ivry ein. Man fuhr eine Straße hinauf; plötzlich erblickte er die Kuppel des Panthéon.

Die zerwühlte Ebene glich einem gespenstischen Ruinenfeld. Der Gürtel der Festungswerke bildete eine horizontale Schwellung; auf den ungepflasterten Fußwegen zu beiden Seiten der Straßen standen kleine, astlose Bäumchen, die durch nägelbespickte Latten geschützt waren. Fabriken chemischer Produkte wechselten ab mit den Lagern der Holzhändler. Hohe Tore, wie man sie bei Gehöften antrifft, ließen durch ihre halbgeöffneten Flügel das Innere häßlicher Höfe sehen, voller Unrat, mit Lachen schmutzigen Wassers in der Mitte. Langgestreckte Wirtshäuser, die ochsenblutfarben gestrichen waren, zeigten am ersten Stockwerk zwischen den Fenstern zwei gekreuzte Billardqueues in einem Kranz gemalter Blumen; hier und dort stand verlassen eine zur Hälfte vollendete Baracke. Dann zeigte die Doppelreihe der Häuser keine Lücken mehr. Von Zeit zu Zeit sah man aus den kahlen Fassaden eine riesige Zigarre aus Blech hervorstehen, die anzeigte, daß dort ein Tabakverschleiß sei. Hebammenschilder stellten eine Matrone mit ihrer Haube dar, die einen Säugling im spitzengesäumten Kissen wiegte. Anschläge bedeckten die Ecken der Mauern und flatterten halb abgerissen im Wind wie Lumpen. Arbeiter in Blusen gingen vorüber, Bierwagen, Wäscherinnenkarren, Fleischerwagen fuhren vorbei, ein feiner Regen rieselte hernieder, es war kalt, der Himmel fahl, aber zwei Augen, die für ihn die Sonne ersetzten, erstrahlten hinter dem Nebel.

Man mußte lange an der Schranke halten, da Eierhändler, Fuhrleute und eine Schafherde den Verkehr störten. Die Schildwache ging, um sich zu erwärmen, mit heruntergelassenen Mantelschößen vor ihrem Schilderhaus auf und ab. Der Stadtzollbeamte kletterte auf das Wagendach, und eine Hornfanfare ertönte. Man fuhr nun den Boulevard in scharfem Trab hinab mit klappernden Ortscheiten und losen Zügeln. Die Treibschnur der langen Peitsche knallte in der feuchten Luft. Der Kondukteur ließ seinen sonoren Schrei »Paßt auf! Paßt auf, ohé!« ertönen, die Straßenkehrer traten zur Seite, die Fußgänger sprangen zurück, der Kot spritzte gegen die Guckfenster; man begegnete Karren, Kabriolets und Omnibussen. Endlich begann das Gitter des Jardin des Plantes.

Das gelbliche Wasser der Seine berührte beinahe die Brückenbahn. Frische entströmte dem Fluß. Frédéric sog sie mit allen Kräften ein, er genoß diese gute Luft, die ihm Liebesduft und geistigen Anhauch von Paris auszuströmen schien; er ward beim Anblick der ersten Droschke gerührt. Und er liebte sogar die Schwellen der mit Stroh ausgelegten Weinschenken, die Stiefelputzer mit ihren Kasten, sogar die Spezereigehilfen, die ihre Kaffeeröster schüttelten. Frauen unter Regenschirmen trippelten einher, er beugte sich vor, um ihre Gesichter zu unterscheiden; ein Zufall konnte es gefügt haben, daß Madame Arnoux ausgegangen war.

Die Läden zogen vorbei, die Menge wurde größer, der Lärm

stärker. Nach dem Quai Saint Bernard, dem Quai de la Tournelle und dem Quai de Montebello fuhr die Kutsche über den Quai Napoléon; er wollte seine Fenster sehen, sie waren zu weit weg. Dann fuhr der Wagen abermals über die Seine, über den Pont-Neuf, dann hinunter bis zum Louvre und durch die Rue Saint Honoré, Croix des Petits-Champs und du Bouloi erreichte man die Rue Coq-Héron und fuhr in den Hof des Gasthauses ein.

Um sein Vergnügen so lange wie möglich auszudehnen, zog sich Frédéric so langsam an, als es nur irgend gehen wollte; er begab sich sogar zu Fuß auf den Boulevard Montmartre. Der Gedanke, daß er nun bald den geliebten Namen auf der Marmorplatte wieder lesen werde, brachte ein Lächeln auf seine Lippen – er hob die Augen, keine Glaskästen, keine Bilder, nichts mehr!

Er lief dann nach der Rue de Choiseul – Monsieur und Madame Arnoux wohnten nicht mehr dort. Eine Nachbarin hütete die Hausmeister-Loge. Frédéric wartete auf ihn; endlich erschien er, er war nicht mehr der alte. Ihre Adresse kannte er nicht.

Frédéric begab sich in ein Café; während er frühstückte, suchte er den Handels-Almanach durch. Er fand dreihundert Arnoux, aber nicht Jacques Arnoux! Wo mochten sie wohl wohnen? Pellerin mußte es wissen.

Nun begab er sich ganz hinaus in den Faubourg Poissonnière, nach Pellerins Atelier. Da die Tür weder Klingel noch Türklopfer hatte, bearbeitete er sie wuchtig mit Füßen und Faustschlägen; er rief, er schrie. Die Leere allein antwortete ihm.

Dann dachte er an Hussonnet. Aber wo einen solchen Menschen ausfindig machen? Einmal hatte er ihn bis zum Hause seiner Mätresse in der Rue de Fleurus begleitet. Als er in der Rue de Fleurus angelangt war, bemerkte Frédéric, daß er den Namen des Mädchens vergessen hatte. Nun nahm er die Polizeipräfektur zu Hilfe. Er irrte von Treppe zu Treppe, von Bureau zu Bureau. Das Auskunftsbureau wurde gerade geschlossen. Man sagte ihm, daß er am nächsten Tage wieder vorsprechen solle.

Nun ging er zu jedem Bilderhändler hinein, den er nur ausfindig machen konnte, um sich zu erkundigen, ob man Arnoux nicht kenne. Monsieur Arnoux sei nicht mehr kaufmännisch tätig.

Zu guter Letzt ging er in sein Hotel zurück, entmutigt, erschöpft, krank, und legte sich zu Bett. In demselben Augenblick, wo er sich auf seinem Laken ausstreckte, ließ ihn ein Einfall vor Freude emporschnellen.

»Regimbart, Dummkopf, der ich bin, daß ich nicht früher an ihn gedacht habe!«

Am nächsten Tag, früh sieben Uhr, stand er in der Rue Notre Dame des Victoires vor dem Laden eines Budikers, bei dem Regimbart gewöhnlich seinen Weißwein trank. Der Laden war noch nicht offen; er streifte in der Umgegend umher und stellte sich nach einer halben Stunde wieder ein.

Regimbart war soeben weggegangen. Frédéric stürzte auf die Straße hinaus. Es schien ihm sogar, als ob er in der Ferne seinen Hut erblickte. Ein Leichenwagen und Trauerkutschen fuhren vorüber. Als die Störung aufgehört hatte, war die Vision verschwunden.

Glücklicherweise erinnerte er sich, daß der Citoyen jeden Tag Schlag elf Uhr in einem kleinen Restaurant der Place Gaillon frühstückte. Es handelte sich nun nur darum, etwas Geduld zu haben. Nach einem endlosen Bummel von der Börse bis zur Madeleine und von der Madeleine zum Gymnase trat Frédéric Schlag elf Uhr in das Restaurant der Place Gaillon, sicher, nun doch seinen Regimbart anzutreffen.

»Kenne ich nicht!« sagte der Garküchenbesitzer in patzigem Ton.

Da Frédéric in ihn drang, fuhr er fort: »Ich kenne ihn nicht mehr, mein Herr!«, und das mit einem majestätischen Hochziehen der Augenbrauen und Hin-und-Herwiegen des Kopfes, das auf ein Geheimnis schließen ließ. Bei ihrer letzten Zusammenkunft hatte der Citoyen von der Kneipe Alexander gesprochen. Frédéric verschlang ein Stück Gebäck, sprang dann in ein Kabriolett und erkundigte sich bei dem Kutscher, ob nicht irgendwo auf der Höhe von Sainte-Geneviève ein gewisses Café Alexandre sei. Der Kutscher fuhr ihn in die Rue des Francs-Bourgeois-Saint-Michel, in der sich ein Lokal dieses Namens befand. Bei seiner Frage »Monsieur Regimbart bitte?« antwortete ihm der Besitzer mit einem ganz besonders süßen Lächeln:

»Wir haben ihn heute noch nicht gesehen, mein Herr«, während er zu gleicher Zeit seiner Frau, die an der Kasse saß, einen Blick des Einverständnisses zuwarf.

Dann drehte er sich um, sah nach der Uhr und sagte:

»Aber ich hoffe, daß er in zehn Minuten, höchstens in einer Viertelstunde hier sein wird; Célestin, rasch die Zeitungen! – Was wünscht der Herr zu trinken?«

Obwohl er kein Bedürfnis empfand, etwas zu sich zu nehmen, verschluckte Frédéric dennoch ein Glas Rum, dann ein Glas Kirschwasser, dann ein Glas Curaçao, dann verschiedene Grogs, sowohl kalte wie warme. Er las den ganzen Siècle des Tages, las ihn dann nochmals; er untersuchte die Karikaturen im Charivari bis auf die Körnung des Papiers; zu guter Letzt wußte er die Inserate auswendig. Von Zeit zu Zeit hörte man Stiefel auf dem Trottoir erschallen, das mußte er sein! und das Bild eines Menschen zeichnete sich in den Scheiben ab; aber immer ging der Betreffende vorüber!

Um sich die Zeit zu vertreiben, wechselte Frédéric seinen Platz; er setzte sich nun ganz hinten in das Lokal, dann rechts, später links, und so blieb er mit ausgestreckten Armen mitten auf der gepolsterten Bank sitzen. Eine Katze jedoch, die mit sanften Pfoten den Sammet der Lehne betrat, schreckte ihn auf, da sie plötzlich einen Satz machte, um die Sirupflecken auf dem Tisch abzulecken, und das Kind des Wirts, ein widerlicher Balg von vier Jahren, spielte mit einer Knarre auf den Stufen der Kasse. Seine Mutter, eine kleine, blasse Frau mit schadhaften Zähnen, schmunzelte blödsinnig. Wo mochte wohl Regimbart sein? Frédéric erwartete ihn in maßloser Verzweiflung.

Draußen klirrte der Regen wie Hagel auf das Schirmdach des

Kabriolets. Durch die Spalte des Musselinsvorhanges sah er auf der Straße das arme Pferd, das unbeweglicher dastand als ein Pferd aus Holz. Das Wasser in der Rinne war gewaltig angeschwollen, es floß zwischen zwei Speichen der Räder dahin, und der Kutscher, der sich mit der Decke zu schützen suchte, schlummerte. Jedoch in der Furcht, sein Fahrgast könnte ausreißen, öffnete er, triefend vor Nässe, von Zeit zu Zeit die Tür. Wenn Blicke die Gegenstände abnützen könnten, hätte Frédéric sicherlich durch sein fortwährendes Auf-die-Uhr-Sehen sie zu nichts aufgelöst. Jedoch sie ging.

Der Herr Alexandre spazierte auf und ab, indem er immer wiederholte: »Er wird schon kommen! Ganz sicher wird er kommen!« Um ihn zu zerstreuen, redete er mit ihm, sprach über Politik. Er ging in seiner Zuvorkommenheit so weit, daß er ihm sogar eine Partie Domino vorschlug.

Endlich um halb fünf sprang Frédéric, der seit 12 Uhr da war, mit einem Satze auf und erklärte, daß er nicht länger warten wolle.

»Ich kann das nicht begreifen«, erwiderte treuherzig der Wirt, »es ist das erstemal, daß Monsieur Ledoux ausbleibt!«

»Wieso Monsieur Ledoux?«

»Aber gewiß doch, mein Herr!«

»Ich sagte Regimbart!« rief Frédéric außer sich.

»Bitte tausendmal um Entschuldigung! Sie irren sich! – Nicht wahr, Madame Alexandre, der Herr hat gesagt: Monsieur Ledoux?« Und sich an den Kellner wendend: »Sie haben es ja auch gehört?«

Jedenfalls, um sich an seinem Herrn zu rächen, antwortete der Kellner nur durch ein Lächeln.

Frédéric ließ sich auf die Boulevards zurückfahren, empört über die verlorene Zeit, wütend auf den Citoyen, seine Gegenwart erflehend wie die eines Gottes und fest entschlossen, ihn, sei es auch aus den abgelegensten Kellern, ans Tageslicht zu befördern. Sein Wagen ärgerte ihn, er schickte ihn fort; seine Gedanken verwirrten sich, dann zuckten die Namen von all den Cafés, die er von diesem Idioten hatte nennen hören, in seinem Gedächtnis auf wie die tausend Stücke eines Feuerwerks: Café Gascard, Café Grimbert, Café Halbout, Estaminet Bordelais, Havanais, Bœuf à la mode, Brasserie Allemande, Mère Morel. Nacheinander begab er sich in all diese Lokale, aber in dem einen war Regimbart gerade weggegangen, in einem anderen sagte man ihm, daß er vielleicht kommen werde, in einem dritten, daß man ihn seit sechs Monaten nicht mehr gesehen habe, wieder in einem anderen hatte er gestern eine Hammelkeule für Sonnabend bestellt. Endlich bei Vautier, dem Limonadier, stieß Frédéric, als er die Tür öffnete, auf den Kellner.

»Kennen Sie Monsieur Regimbart?«

»Und ob ich ihn kenne, mein Herr! Ich habe die Ehre, ihn bedienen zu dürfen. Er ist oben; er beendet gerade sein Diner!«

Die Serviette unter dem Arm, kam der Besitzer des Restaurants daher, er sprach Frédéric an:

»Sie fragten nach Monsieur Regimbart, mein Herr? Soeben war er noch hier.«

Frédéric stieß einen Fluch aus, aber der Wirt schwor ihm, daß er ihn unfehlbar bei Boutteviliain treffen werde. »Ich gebe Ihnen mein Ehrenwort darauf! Er ging etwas früher, als es seine Gewohnheit ist, da er mit einigen Herren geschäftlich zu tun hat. Aber ich wiederhole Ihnen nochmals, daß Sie ihn bei Boutteviliain, Rue Saint Martin 92, zweiter Perron links, hinten im Hof, Hochparterre, rechte Tür, finden werden!«

Endlich sah er ihn durch den Pfeifenrauch allein hinter dem Billardzimmer sitzen. Ein Glas Bier stand vor ihm, den Kopf geneigt, in Gedanken versunken saß er da.

»Ah! Sie suche ich schon lange!«

Ohne sich irgendwie aufzuregen, streckte ihm Regimbart zwei Finger hin, und gerade so, als ob er ihn erst den Tag vorher gesehen habe, ließ er einige bedeutungslose Sätze vom Stapel über die Eröffnung der Session. Frédéric unterbrach ihn, indem er so natürlich, als er konnte, sagte:

»Geht's Arnoux gut?«

Die Antwort ließ lange auf sich warten, Regimbart gurgelte mit seinem Getränk. »Ja, nicht schlecht!«

»Aber wo wohnt er denn jetzt?«

»Nun – Rue Paradis-Poissonnière«, antwortete erstaunt der Citoyen.

»Welche Hausnummer?«

»Siebenunddreißig, wahrhaftig, Sie sind sonderbar!«

Frédéric erhob sich.

»Wie, Sie gehen?«

»Ja, ja, ich habe eine Besorgung, ein Geschäft, das ich vergaß! Adieu!« Frédéric ging von der Kneipe zu Arnoux. Er war wie von einem lauen Wind getragen und fühlte jene erstaunliche Leichtigkeit, wie man sie im Traume verspürt.

Bald war er in einem zweiten Stock angelangt und stand vor einer Tür, deren Klingel hallte; ein Dienstmädchen erschien; eine zweite Tür öffnete sich; Madame Arnoux saß am Kaminfeuer. Arnoux machte einen Satz und umarmte ihn.

Auf ihrem Schoß hielt sie einen ungefähr drei Jahre alten Knaben, ihre Tochter, jetzt ebenso groß wie sie, stand an der anderen Seite des Kamins.

»Gestatten Sie mir, Ihnen diesen Herrn vorzustellen«, sagte Arnoux und faßte dabei seinen Sohn unter den Achseln.

Und nun unterhielt er sich damit, das Kind hoch in die Luft zu schleudern und es dann in seinen emporgereckten Armen wieder aufzufangen.

»Du wirst ihn töten! ach! mein Gott! so höre doch auf!« rief Madame Arnoux. Arnoux aber beteuerte, daß keinerlei Gefahr vorliege, fuhr mit dem Spiel fort und fing sogar an, ihm in seinem Marseiller Dialekt Zärtlichkeiten zuzulispeln.

»Ah! tapferer Bursche, mein kleines Nachtigallchen!« Nun fragte er Frédéric, warum er ihnen so lange keine Nachricht habe zukommen lassen, was er dort getrieben, was ihn hierher zurückführe.

»Ich, mein lieber Freund, bin jetzt Fayence-Händler. Aber laßt uns von Ihnen reden!«

Frédéric schützte einen langen Prozeß und das Befinden seiner Mutter vor; er verweilte eingehend dabei, um sich interessant zu machen. Kurz, er sagte, daß er nun endgültig in Paris seinen Wohnsitz nehme, und erwähnte nichts von der Erbschaft – er fürchtete, seiner Vergangenheit zu schaden.

Die Vorhänge waren aus braunem Wolldamast, den auch die Möbel aufwiesen; zwei Kopfkissen lagen dicht nebeneinander auf dem Polster, in der Glut des Kamins wurde die Bettflasche gewärmt. Der Schirm der Lampe, die auf dem Rand der Kommode stand, verdunkelte das Zimmer. Madame Arnoux trug einen dunkelblauen Schlafrock aus Merino. Den Blick auf die Asche des Kamins gerichtet und eine Hand auf der Schulter des Kleinen, löste sie mit der anderen das Schnürband seines Leibchens; der kleine Kerl im Hemd weinte und kraute sich den Kopf wie der Sohn des Monsieur Alexandre.

Frédéric hatte Freudenausbrüche erwartet – aber die Leidenschaften verblassen, wenn man sie verpflanzt. Da er Madame Arnoux nicht in der gleichen Umgebung wiederfand, in der er sie gekannt hatte, so schien es ihm, als ob sie etwas verloren habe, als ob sie sozusagen erniedrigt, kurz, nicht mehr dieselbe sei. Er wunderte sich, wie ruhig er blieb. Er erkundigte sich nach den alten Freunden, unter anderen nach Pellerin.

»Ich sehe ihn nicht oft«, sagte Arnoux.

Sie setzte hinzu:

»Wir empfangen nicht mehr wie früher!«

Sollte dies ein Wink für ihn sein, daß man ihn nicht mehr einladen werde? Arnoux aber fuhr in seiner herzlichen Weise fort und machte ihm einen Vorwurf daraus, daß er nicht ohne Einladung zu ihnen gekommen sei, um mit ihnen zu speisen. Dann erklärte er, warum er seinen Beruf gewechselt habe.

»Was wollen Sie in einer Zeit des Verfalls, wie die unsrige, anfangen? Die große Malerei ist aus der Mode gekommen! Übrigens kann man Kunst in alles hineinbringen. Sie wissen es ja, ich liebe das Schöne! Ich muß Sie doch einmal in diesen Tagen durch meine Fabrik führen.«

Und sofort wollte er ihm in seinem Laden, der im Zwischenstock lag, einige seiner Erzeugnisse zeigen.

Platten, Suppenschüsseln, Teller und Waschschüsseln bedeckten den Boden. Rings an den Wänden waren große Kacheln für Bade- und Waschräume aufgestellt, die im Stil der Renaissance mythologische Vorgänge abbildeten. In der Mitte stand ein doppeltes, bis zur Decke reichendes Gestell, angefüllt mit Eis- und Blumenkübeln, Kandelabern, kleinen Jardinieren, großen bunten Statuetten, die einen Neger darstellten oder eine Pompadourschäferin. Arnoux' Erklärungen langweilten Frédéric, der fror und hungrig war.

Er eilte ins Café Anglais und soupierte dort glänzend. Während er aß, sagte er sich:

»Wie dumm war ich zu Haus mit meinem Schmerz! Kaum daß sie mich erkannte! Was für eine Spießbürgerin!« Und dann, in einer plötzlichen Aufwallung des Lebensgefühls, faßte er egoistische Entschlüsse. Er empfand, daß sein Herz erstarrt war zur Härte des Tisches, auf dem seine Ellbogen ruhten. Nun konnte er sich ohne Furcht in den Strudel des Lebens stürzen. Da fielen ihm die Dambreuse ein, er würde sie für seine Zwecke gebrauchen; dann dachte er an Deslauriers. »Ach was! es ist ja alles einerlei!«

Jedoch sandte er ihm durch einen Dienstmann ein paar Zeilen, um ihn für den nächsten Tag zum Essen ins Palais Royal einzuladen.

Jenem war das Glück nicht so hold gewesen.

Er hatte zur Bewerbung um eine Professur eine Abhandlung über das Recht letztwilliger Verfügungen vorgetragen, in der er den Standpunkt vertrat, daß dieses Recht so viel als tunlich einzuschränken sei – und als sein Gegner ihn reizte, um ihn dazu zu bringen, Dummheiten zu sagen, hatte er deren viele vorgebracht, jedoch ohne daß die Examinatoren mit der Wimper gezuckt hätten. Dann hatte es der Zufall gewollt, daß er als Thema der Aufgabe die Verjährung loste. Nun hatte sich Deslauriers zu den kläglichsten Theorien hinreißen lassen; verjährte Streitigkeiten müßten wie neue vorgebracht werden, warum sollte der Eigentümer seines Besitzes beraubt werden, weil er die Urkunden erst nach Ablauf von einunddreißig Jahren vorzeigen könne? Das heiße, die Sicherheit des ehrlichen Mannes dem Erben des bereicherten Diebes zuteilen. Alle Ungerechtigkeiten würden durch eine Erweiterung jenes Rechtes bestätigt, das Tyrannei bedeute, einen Mißbrauch der Macht! Er hatte sogar ausgerufen:

»Schaffen wir es ab, und die Franken werden nicht mehr die Gallier bedrücken, die Engländer nicht die Irländer, die Yankees nicht die Rothäute, die Türken nicht die Araber, die Weißen nicht die Neger, Polen ...«

Der Präsident hatte ihn unterbrochen: »Gut! gut! mein Herr, wir haben mit Ihren politischen Anschauungen nichts zu tun, Sie werden sich später noch einmal zu stellen haben!«

Deslauriers wollte sich jedoch nicht noch einmal stellen. Aber dieser verhängnisvolle Artikel XX des dritten Buches des Code civil war für ihn ein Berg des Anstoßes geworden. Er arbeitete ein großes Werk aus, das von der »Verjährung als Grundlage des Zivilrechts und des natürlichen Rechts der Völker« handelte, und hatte sich zu dem Zweck in Dunod, Rogerius, Balbus, Merlin, Vazeille, Savigny, Troplong und andere bedeutende Schriftsteller vertieft. Um sich dieser Arbeit besser widmen zu können, hatte er seine Stellung als Schreiber aufgegeben. Er lebte vom Stundengeben und von der Anfertigung von Thesen und erschreckte bei den Sitzungen des Diskutierklubs durch seine Heftigkeit die konservative Partei, alle die jungen Doktrinäre, die aus Monsieur Guizots Schule hervorgegangen waren. So kam es denn, daß er in gewissen Kreisen eine Art Berühmtheit genoß, der ein wenig Mißtrauen gegen seine Person beigemischt war.

Er erschien zu der Zusammenkunft in einem dicken, mit rotem Flanell gefütterten Mantel, wie ihn früher Sénécal trug.

Die Scheu vor den Vorübergehenden hielt sie von allzu stürmischer Begrüßung ab, und Arm in Arm, vor Freude lächelnd, aber doch eine verborgene Träne im Auge, gingen sie zu Véfour. Sobald sie allein waren, rief Deslauriers aus:

»Ah! Zum Teufel, nun wollen wir uns recht angenehm damit einrichten!«

Frédéric gefiel diese Art, sich sogleich an seinem Vermögen beteiligen zu wollen, durchaus nicht. Sein Freund bezeugte zuviel Freude für sie beide und nicht genug für ihn allein.

Dann erzählte Deslauriers von seiner Niederlage und nach und nach von seinen Arbeiten, seinem Leben, indem er von sich stoisch und von den anderen mit Bitterkeit sprach. Alles mißfiel ihm. Kein Mensch, der eine Stellung innehatte, der nicht ein Simpel oder ein Schurke war. Wegen eines schlecht gespülten Glases fuhr er den Kellner an, und auf Frédérics sanften Vorwurf erwiderte er:

»Ich werde solche Kerle doch nicht mit Handschuhen anfassen, die jährlich ihre sechs- bis achttausend Francs verdienen, die Wähler sind, vielleicht sogar wählbar! Nein! Nein!«

Dann sagte er heiter:

»Aber ich vergesse, daß ich mit einem Kapitalisten spreche, mit einem Mondor, denn du bist jetzt ein Mondor!«

Dann kam er auf die Erbschaft zurück und äußerte die Ansicht, daß die Erbschaften in den Seitenlinien (in sich eine Ungerechtigkeit, obwohl er sich über diese freue) eines Tages bei der nächsten Revolution abgeschafft werden würden.

»Glaubst du das?« fragte Frédéric.

»Verlaß dich darauf!« erwiderte er. »Das kann nicht so weitergehen! man leidet zu viel! Wenn ich Leute wie Sénécal im Elend sehe!«

»Immer der Sénécal«, dachte Frédéric.

»Übrigens, was gibt's Neues? Bist du noch in Madame Arnoux verliebt? Das ist vorbei, wie?« Da Frédéric nicht wußte, was er antworten solle, schloß er die Augen und senkte den Kopf.

Arnoux betreffend teilte Deslauriers ihm mit, daß dessen Zeitung nun Hussonnet gehöre, der sie umgewandelt habe. Jetzt heiße sie »L'art, literarisches Institut, Aktiengesellschaft zu hundert Francs die Aktie, Geschäftskapital: vierzigtausend Francs«, mit der Möglichkeit für jeden Aktionär, seine Arbeiten dort anzubringen; denn »der Zweck der Gesellschaft sei, Werke von Anfängern zu veröffentlichen, Talenten, vielleicht Genies, die schmerzlichen Prüfungen zu ersparen, die verbittern usw. ... du siehst, was für ein Schwindel!« Jedoch sei etwas zu machen, nämlich den Ton besagten Blattes zu heben, dann plötzlich, unter Beibehaltung derselben Redakteure und dem Versprechen der Fortsetzung des Feuilletons, den Abonnenten eine politische Zeitung aufzutischen, die zu leistenden Vorschüsse würden nicht übermäßig sein.

»Nun, wie denkst du darüber! Willst du dich daran beteiligen?«

Frédéric wies den Vorschlag nicht zurück, aber er müsse abwarten, bis seine Angelegenheiten geregelt seien.

»Aber wenn du etwas brauchst ...«

»Danke, mein Lieber!« sagte Deslauriers. Auf das Sammetpolster des Fensterrandes gestützt, rauchten sie nun »Puros«. Die Sonne schien, die Luft war mild, flatternde Vogelscharen ließen sich im Garten nieder, die Stein- und Bronzestatuen, vom Regen gewaschen, erglänzten, Kindermädchen mit Schürzen saßen plaudernd auf Stühlen, und man vernahm das Lachen der Kinder und das fortwährende Plätschern des Wasserstrahls im Springbrunnen.

Deslauriers' Bitterkeit hatte Frédéric verstimmt, aber unter dem Einfluß des Weines, der in seinen Adern kreiste, halb im Schlaf, benommen, die volle Sonne im Gesicht, empfand er nichts mehr als ein ungeheures, wollüstig-dumpfes Wohlbehagen – wie eine von Hitze und Feuchtigkeit gesättigte Pflanze. Mit halbgeschlossenen Lidern blickte Deslauriers traumverloren in die Ferne. Seine Brust hob sich, und er sagte:

»Ja! es war schöner, als Camille Desmoulins dort unten auf einem Tische stand und das Volk nach der Bastille trieb! In jener

Zeit lebte man, konnte man sich betätigen, seine Kraft beweisen! Einfache Advokaten erteilten Generälen Befehle, arme Teufel schlugen Könige, während jetzt ...«

Er schwieg, dann plötzlich:

»Bah! die Zukunft ist groß!«

Und den Sturm auf den Scheiben trommelnd, deklamierte er die Verse von Barthélemy:

> Elle reparaîtra, la terrible Assemblée
> Dont, après quarante ans, votre tête est troublée,
> Colosse qui sans peur marche d'un pas puissant.

»Den Schluß weiß ich nicht mehr! Es ist spät, wollen wir gehen?« Auf der Straße fuhr er fort, seine Theorien auseinanderzusetzen. Ohne ihm zuzuhören, betrachtete Frédéric in den Schaufenstern die Stoffe und Möbel, die für seine Einrichtung passen würden, und vielleicht war es der Gedanke an Madame Arnoux, der ihn veranlaßte, vor der Auslage eines Trödlers stehenzubleiben, in der er drei Fayenceteller erblickt hatte. Sie waren mit gelben Arabesken von metallischem Glanz geschmückt und kosteten hundert Taler das Stück. Er ließ sie für sich beiseitestellen.

»Ich an deiner Stelle kaufte mir lieber Silberzeug«, sagte Deslauriers und verriet durch diese Vorliebe für Prunk den Menschen von niedriger Herkunft.

Sobald er allein war, begab sich Frédéric zu dem berühmten Pomadère, bei dem er sich drei Beinkleider, zwei Fräcke, einen Pelzmantel sowie fünf Westen bestellte. Dann ging er zu einem Schuhmacher, einem Hemdenmacher, einem Hutmacher, überall das Verlangen stellend, daß man sich möglichst beeile.

Drei Tage später, am Abend seiner Rückkehr von Le Havre, fand er seine vollständige Garderobe zu Hause vor. In seiner Ungeduld, sich ihrer zu bedienen, entschloß er sich, auf der Stelle bei Dambreuse Besuch zu machen. Aber es war noch zu früh, kaum acht Uhr.

»Wenn ich zu den anderen ginge?« sagte er sich.

Arnoux war allein und im Begriffe, sich vor seinem Spiegel zu rasieren. Er schlug ihm vor, ihn an einen Ort zu führen, wo er sich unterhalten würde, und bei dem Namen Dambreuse sagte er:

»Ah! das trifft sich gut! Sie werden dort Freunde von ihm sehen; kommen Sie nur mit, das gibt Spaß!«

Frédéric suchte Ausflüchte, Madame Arnoux erkannte seine Stimme und wünschte ihm durch die Wand einen guten Tag, da ihre Tochter nicht wohl, sie selber leidend sei. Und man hörte das Klirren eines Löffels gegen ein Glas und das leise Beben vorsichtig berührter Gegenstände, wie es in einem Krankenzimmer üblich ist. Dann verschwand Arnoux, um sich von seiner Frau zu verabschieden. Er gab eine Menge Gründe an:

»Du weißt wohl, daß es wichtig ist! Ich muß hingehen, es ist notwendig, ich werde erwartet ...!«

»Geh! geh nur, mein Freund, und amüsiere dich!«

Arnoux rief eine Droschke herbei.

»Palais Royal! Galerie Montpensier, 7.«

Er ließ sich auf die Polster fallen:

»Ach! wie bin ich müde, mein Lieber! Ich werde noch daran verrecken. Übrigens kann ich es Ihnen wohl sagen.«

Er neigte sich zu seinem Ohr und flüsterte geheimnisvoll:

»Ich versuche es, das Kupferrot der Chinesen wiederzufinden.«

Und er erklärte, was Glasur und langsames Feuer sei.

Bei Chevet angelangt, brachte man ihm einen großen Korb, den er in die Droschke stellen ließ. Darauf wählte er für »seine arme Frau« Weintrauben, Ananas, verschiedene Leckerbissen und ordnete an, daß sie am nächsten Morgen zeitig hingeschickt würden.

Dann gingen sie zu einem Kostümverleiher, denn es handelte sich um einen Ball. Arnoux wählte eine blaue Sammethose, ebensolche Jacke und eine rote Perücke; Frédéric einen Domino; und sie stiegen Rue de Laval vor einem im zweiten Stock mit farbigen Laternen beleuchteten Hause aus.

Schon unten an der Treppe hörte man die Violinen.

»Wo zum Teufel führen Sie mich hin?« fragte Frédéric.

»Zu einem guten Mädel! Fürchten Sie nichts!«

Ein Groom öffnete ihnen die Tür, und sie traten in das Vorzimmer, wo Überzieher, Mäntel und Schals sich auf Stühlen häuften. Eine junge Person im Kostüm eines Dragoners aus der Zeit Ludwigs XV. durchschritt es in diesem Augenblick. Es war Mademoiselle Rose-Annette Bron, die Herrin des Hauses.

»Nun?« sagte Arnoux.

»Es ist erledigt«, antwortete sie.

»Ach! Ich danke dir, mein Engel!«

Und er wollte sie küssen.

»Sieh dich vor, Dummkopf! Du verwischst meine Schminke!«

Arnoux stellte Frédéric vor.

»Treten Sie dort ein, Monsieur, und seien Sie willkommen!«

Sie schlug eine Portière, die hinter ihr war, auseinander und rief emphatisch:

»Der Herr Arnoux, Küchenjunge, und ein Prinz, sein Freund!«

Anfangs war Frédéric durch die Lichter geblendet, er sah nur Seide, Sammet, nackte Schultern, eine Menge Farben, die sich zum Klange eines von grünen Pflanzen verdeckten Orchesters wiegten, zwischen mit gelber Seide bespannten Wänden, an denen man hier und dort Pastellporträts und Kristallwandleuchter im Stile Louis XVI. bemerkte. Hohe Lampen, deren matte Glocken Schneebällen glichen, überragten auf Konsolen gestellte Blumenkörbe in den Ecken; und gegenüber, hinter einem kleinen Zimmer, erblickte man in einem dritten ein Bett mit gedrehten Säulen und einem venetianischen Spiegel am Kopfende.

Der Tanz hörte auf, und beim Anblick Arnoux', der mit seinem Korb auf dem Kopf daherkam, in dessen Mitte die Eßwaren sich häuften, erhob sich ein Beifallsklatschen und lärmende Freude.

»Obacht, der Kronleuchter!« Frédéric blickte auf, es war der Altmeißner Kronleuchter, der früher den Laden des »Art industriel« schmückte; die Erinnerung an alte Tage kam ihm in den Sinn. Aber ein Linieninfanterist in Interimsuniform mit jener albernen Miene, die für Rekruten traditionell ist, pflanzte sich vor ihm auf und breitete, um sein Erstaunen auszudrücken, beide Arme aus. Trotz des fürchterlichen, entstellenden, extra spitz gedrehten schwarzen Schnurrbartes erkannte er seinen alten Freund Hussonnet. Der Boheme redete ihn mit Oberst an und überhäufte ihn mit Glückwünschen in einem Kauderwelsch, halb Elsässisch, halb Negersprache. Durch die vielen Menschen aus der Fassung gebracht, wußte Frédéric nichts zu erwidern. Ein Bogen klopfte auf ein Pult, und Tänzer und Tänzerinnen begaben sich auf ihre Plätze.

Es waren etwa sechzig an der Zahl, die Frauen meist als Bäuerinnen oder Marquisen, und die Männer, fast alle reifen Alters, in Kostüm von Fuhrleuten, Schiffsladern oder Matrosen.

Frédéric lehnte sich an die Wand und sah der Quadrille zu.

Ein alter Stutzer, als venetianischer Doge gekleidet, tanzte in langem Talar aus purpurroter Seide mit Madame Rosanette, die einen grünen Rock, Trikothosen und weiche Stulpenstiefel mit goldenen Sporen trug.

Gegenüber tanzten ein mit Yatagans überladener Arnaute und eine blauäugige Schweizerin, weiß wie Milch und mollig wie eine Wachtel, in Hemdsärmeln und rotem Mieder. Um ihr Haar, das bis zu ihren Kniekehlen herabfiel, zur Geltung zu bringen, war eine große Blondine, Statistin an der Oper, als Wilde erschienen. Über ihrem braunfarbigen Trikot trug sie nichts als einen Lederschurz, Armbänder aus Glasperlen und ein Flitterdiadem, aus dem ein hoher Büschel Pfauenfedern hervorragte. Vor ihr schlug ein Pritchard mit den Ellbogen den Takt auf seiner Tabakdose; schwarz war sein Frack und von grotesker Weise. Ein kleiner Watteau-Hirt, himmelblau und silbern wie Mondschein, schlug mit seinem Hirtenstab gegen den Thyrsus einer Bacchantin, die, mit Trauben bekränzt, ein Leopardenfell um die linke Hüfte trug und Kothurne mit goldenen Bändern. Auf der anderen Seite schwenkte eine Polin in hellrotem Sammetspenser ihr Gazeröckchen über ihren perlgrau seidenen Strümpfen, die in rosafarbenen, mit weißem Pelz eingefaßten Stiefelchen steckten. Sie lächelte einem dickbäuchigen Vierziger zu, der, als Chorknabe verkleidet, sehr hohe Sprünge machte und dabei mit einer Hand sein Chorhemd aufhob, während er mit der anderen das rote Käpplein festhielt. Der Stern, die Königin des Abends, war aber Mademoiselle Loulou, die berühmte Tänzerin der öffentlichen Bälle. Da sie jetzt reich war, trug sie einen breiten Spitzenkragen auf ihrer schwarzen glatten Sammetjacke, und ihre weite, hinten eng anliegende, an der Taille von einer Kaschmirschärpe festgehaltene Pluderhose aus hochroter Seide war längs der Außennähte mit kleinen, weißen, frischen Kamelien besetzt. Ihr blasses, etwas aufgeschwemmtes Gesicht mit der aufgeworfenen Nase schien durch die struppige Perücke, auf der ein grauer, von einem Fauststoß aufs rechte Ohr gedrückter Männerfilzhut saß, noch frecher. Bei den Sprüngen, die sie machte, berührten ihre mit Diamantenschnallen geschmückten Tanzschuhe fast die Nase ihres Nachbarn, eines großen Barons aus dem Mittelalter, der in einer eisernen Rüstung ganz eingepfercht war. Auch ein Engel war da, mit einem goldenen Schwert in der Hand, zwei Schwanenflügel am Rücken, der nichts von den Figuren verstand, den Kontertanz in Verwirrung brachte und fortwährend seinen Kavalier, einen Ludwig XIV., verlor. Beim Anblick dieser bunten Gestalten überkam Frédéric ein Gefühl der Verlassenheit, ein Mißbehagen. Er dachte wieder an Madame Arnoux, und ihm schien, daß er an etwas Feindlichem, das man gegen sie ausheckte, teilnähme.

Als die Quadrille beendet war, trat Madame Rosanette zu ihm. Sie war ein wenig außer Atem, und ihr spiegelblankes Halsschild hob sich leicht unter dem Kinn.

»Und Sie, mein Herr«, sagte sie, »Sie tanzen nicht?«

Frédéric entschuldigte sich, er könne nicht tanzen.

»Wirklich! aber mit mir? sicher!«

Und auf eine Hüfte gestützt, das andere Knie etwas eingedrückt, betrachtete sie ihn eine Minute mit halb bittender, halb spöttischer Miene, während sie mit der linken Hand den Perlmutterknauf ihres Degens streichelte. Schließlich sagte sie »Guten Abend«, drehte sich auf den Hacken und verschwand.

Mit sich selber unzufrieden, wußte Frédéric nichts anzufangen und irrte im Ballsaal umher.

Er trat in das Boudoir, das mit blaßblauer, mit Feldblumenbuketts gemusterter Seide ausgeschlagen war. An der Decke tauchten in einem vergoldeten Holzkranz Amoretten aus einem azurblauen Himmel hervor und schäkerten auf Wolken, die Deckbetten glichen.

Diese Eleganz, die heute für Damen vom Schlage der Rosanette Ärmlichkeit bedeuten würde, blendete ihn, und er bewunderte alles: die künstlichen Winden, die die Spiegelrahmen schmückten, die Kaminvorhänge, den türkischen Diwan, und in einer Wandnische eine Art Zelt, mit rosa Seide ausgeschlagen und darüber weißer Musseline. Schwarze Möbel mit Messingeinlagen statteten das Schlafzimmer aus, wo sich auf einer mit Schwanendaunen bedeckten Erhöhung das große Bett mit einem Baldachin und Straußenfedern erhob. In Nadelkissen staken Nadeln, deren Kopf mit Steinen verziert war, in Schalen lagen Ringe umher, und im Halbdunkel bei dem Scheine, den eine an drei Kettchen hängende böhmische Ampel verbreitete, konnte man Medaillons in Goldreifen und silberne Kästchen unterscheiden. Durch eine kleine halbgeöffnete Tür sah man ein die ganze Breite eines Altans einnehmendes Treibhaus, während das andere Ende durch ein Vogelhaus seinen Abschluß fand.

Dieses Milieu war dazu angetan, ihm zu gefallen. In einer heftigen Aufwallung seiner Jugend schwor er sich, es zu genießen, er faßte Mut; dann kehrte er zum Eingang des Salons zurück, in dem jetzt viel mehr Menschen waren (alles bewegte sich wie in einer Art leuchtenden Staubes); er blieb stehen, um den Quadrillen zuzuschauen, wobei er die Augen zukniff, um besser sehen zu können – und atmete den weichen Duft der Frauen ein, der wie ein unermeßlicher Kuß in der Luft zu schweben schien.

Aber in seiner Nähe, an der anderen Seite der Tür, sah er Pellerin – Pellerin in großer Toilette, den linken Arm in den Rock geschoben und in der Rechten seinen Hut und einen zerrissenen weißen Handschuh haltend.

»Ah! es ist lange her, seit man Sie zuletzt gesehen hat! Wo zum Teufel waren Sie denn? Auf Reisen, in Italien? Schablonenhaft, Italien, wie? Nicht so toll, wie man sagt? Einerlei! Bringen Sie mir nächstens einmal Ihre Skizzen!«

Ohne seine Antwort abzuwarten, fing dann der Künstler an, von sich selber zu sprechen.

Er hatte viele Fortschritte gemacht, indem er nun endgültig den Unsinn der Linie erkannt habe. Man solle bei seiner Arbeit nicht so sehr auf Schönheit und Einheit sehen als auf den Charakter und die Mannigfaltigkeit der Dinge.

»Denn alles besteht in der Natur, also ist alles berechtigt, alles plastisch. Es handelt sich nur darum, den Ton zu treffen, das ist es. Ich habe das Geheimnis entdeckt, sehen Sie! Zum Beispiel sehen Sie einmal die kleine Person mit der Sphinx-Frisur an, die mit einem russischen Postillon tanzt, das ist einfach, klar, bestimmt, alles in Halbflächen und grellen Tönen: Indigo unter den Augen, ein Zinnoberfleck auf der Wange, Nußbraun auf den Schläfen; piff! paff!« Und mit dem Daumen warf er es wie Pinselstriche in die Luft

»Dagegen die Dicke dort draußen«, fuhr er fort, auf eine Fischhändlerin weisend, die einen kirschroten Rock, ein goldenes Kreuz um den Hals und ein im Rücken verschlungenes Linontuch trug, »nichts als Rundungen, die Nasenflügel blähen sich wie die Flügel ihrer Haube, ihre Mundwinkel gehen in die Höhe, das Kinn senkt sich, alles ist fett, verschmolzen, massig, ruhig und sonnig, ein wahrer Rubens! Und doch sind sie vollkommen! Wo ist denn nun der Typus?« Er ereiferte sich: »Was ist eine schöne Frau? Was ist das Schöne? Ah! das Schöne! werden Sie sagen …« Frédéric unterbrach ihn, um zu erfahren, wer ein Pierrot mit einem Ziegenbockprofil sei, der mitten in einer Pastourelle anfing, alle Tänzer zu segnen.

»Gar nichts! ein Witwer, Vater von drei Knaben. Er läßt sie zerlumpt herumlaufen, verbringt sein Leben im Klub und schläft mit seinem Dienstmädchen.«

»Und der da im Kostüm eines Gerichtsamtmanns, der in der Fensternische mit einer Marquise Pompadour spricht?«

»Die Marquise ist Madame Vandaël, die ehemalige Schauspielerin des Gymnase, die Mätresse des Dogen, Grafen de Palazot. Es sind jetzt zwanzig Jahre, daß sie miteinander leben; man weiß nicht, warum. Hatte diese Frau einst schöne Augen! Was den Citoyen neben ihr anbelangt, so heißt man ihn den Kapitän d'Herbigny, Veteran der alten Garde, der als ganzes Vermögen nur sein Kreuz der Ehrenlegion und seine Pension besitzt, den Grisetten bei Feierlichkeiten als Oheim dient, Duelle arrangiert und sich zu Diners einladen läßt.«

»Ein Schurke?« sagte Frédéric.

»Nein, ein ehrlicher Mann!«

»Ah!«

Der Künstler nannte ihm noch andere.

Als er einen Herrn bemerkte, der, wie Molières Ärzte, eine lange, aber von oben bis unten weit offene Robe aus schwarzer Serge trug, um alle seine Berlocken zu zeigen, sagte er:

»Dieser hier ist der Doktor des Rogis, der wütend ist, weil er keinen Ruhm genießt. Er hat ein Buch über medizinische Pornographie geschrieben, leistet der vornehmen Welt gern Dienste und ist verschwiegen; die Damen beten ihn an. Er und seine Gattin (die magere Burgfrau dort im grauen Kleide) sind zusammen an allen öffentlichen und anderen Orten zu sehen. Trotz der Dürftigkeit des Paares hält es doch einen »Empfangstag« ab – künstlerische Tees, bei denen Verse vorgetragen werden.«

»Achtung!«

In der Tat trat der Doktor zu ihnen; und bald bildeten alle drei am Eingang des Saales eine Gruppe von Plaudernden, zu der sich Hussonnet gesellte und dann der Geliebte der Wilden, ein junger Dichter, der unter einem Mäntelchen à la Franz I. die armseligste

Anatomie aufwies, und endlich ein geistvoller, als Phantasietürke verkleideter junger Mann. Aber sein mit gelben Tressen besetztes Wams war so viel auf den Rücken umherziehender Zahnkünstler herumgereist, seine faltigen Pluderhosen von so verblichenem Rot, sein Turban glich so sehr einem Aal à la Tartare und war so jämmerlich, sein ganzes Kostüm endlich so erbärmlich und eben darum gelungen, daß die Frauen darüber ihren Abscheu nicht verhehlten. Der Doktor tröstete ihn mit großen Lobreden über seine Mätresse, die als Lastträgerin verkleidet war. Dieser Türke war der Sohn eines Bankiers.

Zwischen zwei Quadrillen lenkte Rosanette ihre Schritte nach dem Kamin, wo sich in einem Sessel ein kleiner, beleibter Greis in kastanienbraunem Rock mit goldenen Knöpfen niedergelassen hatte. Trotz seiner welken, auf die hohe, weiße Krawatte herabhängenden Wangen, gaben ihm seine noch blonden, wie eine Pudelmähne natürlich gekräuselten Haare etwas Übermütiges.

Zu seinem Gesicht herabgeneigt, hörte sie ihm zu. Dann bereitete sie ihm ein Glas Sirup, und nichts war reizender als ihre Hände in den Spitzenärmeln, die aus den Aufschlägen des grünen Uniformrockes hervorlugten. Als der Alte getrunken hatte, küßte er sie.

»Aber das ist ja Monsieur Oudry, Arnoux' Nachbar!«

»Er hat ihn verloren!« sagte Pellerin lachend.

»Wieso?«

Ein Postillon von Longjumeau faßte sie um die Taille, ein Walzer begann. Darauf erhoben sich nacheinander schnell alle Frauen, die rings an den Wänden des Saales auf den Bänken saßen, und ihre Röcke, ihre Schärpen, ihre Kopfbedeckung begann sich zu drehen.

Sie tanzten so dicht an ihm vorbei, daß Frédéric die Tröpfchen auf ihren Stirnen sehen konnte – und diese in schwindelerweckender Drehung immer mehr an Leben und Gleichmaß gewinnende Bewegung übermittelte sich seinen Gedanken wie eine Art Rausch und löste andere Bilder in ihnen aus, während alle im tollen Wirbel an ihm vorüberzogen und jede einen anderen Reiz je nach ihrer Schönheit auf ihn ausübte. Die Polin in ihrer schmachtenden Hingabe weckte die Lust in ihm, sie an sein Herz zu drücken und mit ihr in einem Schlitten über eine verschneite Ebene zu fahren. Horizonte ruhiger Wollust am Ufer eines Sees in einem Schweizerhäuschen eröffneten sich beim Anblick der Schweizerin, die mit geradem Oberkörper und gesenkten Augenlidern walzte. Dann plötzlich weckte in ihm die Bacchantin, den braunen Kopf zurückgeneigt, die Ahnung von Liebkosungen verzehrender Glut in Oleanderhainen, bei Gewitter und gedämpftem Tamburinenschall. Laut lachte die Fischhändlerin, vom schnellen Tempo außer Atem gebracht, und er hätte gerne in den Porcherons mit ihr getrunken und mit begehrender Hand ihr Brusttuch zerknittert (wie in der guten alten Zeit). Die Lastträgerin wieder, deren leichte Zehen kaum den Fußboden streiften, schien in der Geschmeidigkeit ihrer Glieder und dem Ernst ihres Gesichtes alle Verfeinerungen moderner Liebe zu vereinen, die die Genauigkeit einer Wissenschaft und die Beweglichkeit eines Vogels hat. Die Faust auf der Hüfte, drehte sich Rosanette; ihre Perücke, die auf den Rockkragen aufschlug, streute Irispuder um sie. Bei jeder Tour hätte sie beinahe Frédéric mit den Spitzen ihrer goldenen Sporen gestreift.

Beim Schlußakkord des Walzers erschien Mademoiselle Vatnaz. Sie hatte ein algerisches Tuch auf dem Kopf, auf der Stirn viele Piaster, Antimon an den Augenrändern und eine Art Paletot von schwarzem Kaschmir, der über einen hellen, mit Silberlamellen besetzten Rock fiel; in der Hand hielt sie eine baskische Trommel.

Hinter ihr schritt ein großer junger Mann im klassischen Dantekostüm, der (sie verhehlte es jetzt nicht mehr länger) der ehemalige Sänger aus der Alhambra war, der Auguste Delamare hieß, sich ursprünglich Anténor Dellamarre, dann Delmas, darauf Belmar und zuletzt Delmar nennen ließ und somit seinem wachsenden Ruhm gemäß seinen Namen änderte und vervollkommnete, denn er hatte das Tingel-Tangel mit dem Theater vertauscht und eben sogar im Ambigu in Gaspardo de Pêcheur rauschend debütiert.

Als Hussonnet ihn bemerkte, runzelte er die Stirn. Seitdem sein Stück zurückgewiesen worden war, verabscheute er die Schauspieler. Man könne sich die Eitelkeit dieser Menschen nicht vorstellen, namentlich dieses Herrn da! »Welch ein Laffe, sehen Sie ihn doch an!«

Nach einem flüchtigen Gruß für Rosanette hatte sich Delmar an den Kamin gelehnt. Die Hand auf dem Herzen, den linken Fuß vorgestellt, die Augen gen Himmel gerichtet, blieb er unbeweglich stehen, mit seinem Kranz von vergoldetem Lorbeer auf der Kapuze. Zugleich bemühte er sich, viel Poesie in seinen Blick zu legen, um die Damen zu bezaubern. Von fern bildete man einen großen Kreis um ihn.

Die Vatnaz küßte Rosanette innig und kam dann zu Hussonnet, um ihn zu bitten, eine Arbeit über Erziehung: »La Guirlande des jeunes Personnes«, eine literarisch-moralische Sammlung von Literatur und Moral, die sie veröffentlichen wollte, auf den Stil hin durchzusehen. Der Schriftsteller versprach ihr seine Hilfe. Dann fragte sie ihn, ob er nicht in einem der Blätter, in denen er mitzureden hätte, ihren Freund ein wenig herausstreichen und vielleicht sogar ihm später eine Rolle anvertrauen könne. Hussonnet vergaß darüber, ein Glas Punsch zu trinken. Arnoux hatte ihn selbst zubereitet. Gefolgt vom Groom des Grafen, der ein leeres Servierbrett trug, bot er ihn mit Genugtuung an.

Als er bei Monsieur Oudry vorüberkam, hielt ihn Rosanette an.

»Nun, und jene Angelegenheit?«

Er errötete ein wenig; endlich sich an den Alten wendend:

»Unsere Freundin teilte mir mit, daß Sie die Liebenswürdigkeit haben würden ...«

»Aber gewiß doch, Herr Nachbar! Ganz zu Ihrer Verfügung.«

Und der Name Dambreuse wurde erwähnt; da sie sich halblaut unterhielten, verstand Frédéric sie nur undeutlich, er begab sich an die andere Ecke des Kamins, wo Rosanette und Delmar plauderten.

Der Komödiant hatte ein gewöhnliches Gesicht, wie Theaterdekorationen, die darauf berechnet sind, aus der Ferne gesehen zu werden, dicke Hände, große Füße, einen derben Kiefer, und er verlästerte die berühmtesten Schauspieler, behandelte die Dichter von oben herab und sagte: »Mein Organ, meine Erscheinung, meine Mittel«, indem er seine Rede mit ihm selber wenig verständlichen Worten, die er aber liebte, ausschmückte, wie »Morbidezza, analog, Homogenität«.

Rosanette hörte ihm zu und nickte zuweilen beifällig. Man sah die Bewunderung unter der Schminke ihrer Wangen aufleuchten, und wie ein feuchter Schleier glitt es über ihre hellen Augen von unbestimmter Farbe. Wie konnte ein solcher Mann sie entzükken? Frédéric steigerte sich innerlich in noch größere Verachtung gegen ihn hinein, vielleicht um eine Art Neid, den er gegen ihn hegte, zu verscheuchen.

Mademoiselle Vatnaz war nun mit Arnoux zusammen; während sie von Zeit zu Zeit laut lachte, warf sie einen Blick auf ihre Freundin, die Monsieur Oudry nicht aus den Augen ließ.

Dann verschwanden Arnoux und die Vatnaz; der Alte trat heran und sprach leise mit Rosanette.

»Nun ja! es ist ausgemacht! Lassen Sie mich in Ruhe!«

Und sie bat Frédéric, in die Küche zu gehen, um nachzusehen, ob Monsieur Arnoux nicht da sei.

Ein Bataillon von halbgefüllten Gläsern bedeckte den Fußboden; und die Kasserollen, Töpfe, Bratpfannen und der Steinbuttkessel tanzten umher.

Arnoux kommandierte die Dienstboten herum, duzte sie, rührte die Remulade, kostete die Saucen und schäkerte mit der Zofe.

»Gut«, sagte er, »melden Sie ihr, daß ich auftragen lasse.«

Es wurde nicht mehr getanzt, die Frauen hatten sich wieder gesetzt, die Männer gingen umher. Mitten im Salon blähte sich einer der Fenstervorhänge im Winde, und trotz der Bemerkungen der anderen setzte die Sphinx ihre schweißfeuchten Arme dem Luftzug aus. Aber wo war denn Rosanette? Frédéric suchte sie überall, selbst im Boudoir und im Zimmer. Einige, die allein oder zu zweien sein wollten, hatten sich dorthin geflüchtet. Das Dunkel mischte sich mit dem Geflüster. Man vernahm leises Lachen hinter Taschentüchern, und der Blick erhaschte am Rande der Taillen Fächerbeben, langsam und sanft wie Flügelzucken eines verwundeten Vogels.

Als er in den Wintergarten trat, sah er Delmar unter den breiten Blättern einer Caladium flach auf dem Bauche auf dem leinenüberzogenen Sofa liegen; Rosanette, die neben ihm saß, hatte ihre Hand in seinem Haar, und beide blickten sich an. In demselben Augenblicke trat Arnoux von der anderen Seite ein, wo sich das Vogelhaus befand. Mit einem Satz erhob sich Delmar und ging dann, ohne sich umzusehen, ruhigen Schrittes hinaus, blieb sogar in der Nähe der Tür stehen, um eine Hibiskusblüte zu pflücken, mit der er sein Knopfloch schmückte. Rosanette senkte den Kopf; Frédéric, der sie im Profil sah, bemerkte, daß sie weinte.

»Nun! was hast du denn?« fragte Arnoux.

Sie zuckte die Achseln, ohne zu antworten.

»Ist es seinetwegen?« fuhr er fort.

Sie schlang die Arme um seinen Hals, küßte ihn auf die Stirn und sagte langsam:

»Du weißt gut, daß ich dich immer lieben werde, mein Dicker! Wir wollen nicht mehr daran denken! Laß uns soupieren!«

Ein Messingkronleuchter erhellte mit vierzig Kerzen den Saal, dessen Wände unter alten Fayencen verschwanden; das von oben herabfallende grelle Licht ließ einen riesenhaften Steinbutt noch weißer erscheinen, als sie war; sie nahm die Mitte der Tafel ein, umgeben von Beigerichten und Früchten; am Rande des Tisches standen Teller mit Kraftsuppe. Mit einem Knistern der Stoffe rafften die Frauen ihre Röcke, Schärpen und Ärmel zusammen, eine neben der anderen nahmen sie Platz; die Männer, die standen, verteilten sich in die Ecken. Pellerin und Monsieur Oudry wurden neben Rosanette gesetzt; Arnoux saß gegenüber. Palazot und seine Freundin waren soeben gegangen.

»Glückliche Reise!« sagte sie. »Greifen wir zu!«

Der Chorknabe, der ein Schalk war, schlug ein großes Kreuz und begann das Benedicite.

Die Damen waren entrüstet, besonders die Fischhändlerin, Mutter einer Tochter, aus der sie eine anständige Frau machen wollte. Arnoux seinerseits »liebte dergleichen ebenfalls nicht«, er meinte, daß man die Religion achten müsse.

Eine deutsche Kuckucksuhr schlug zwei und gab den Anlaß zu vielen Scherzen über den Kuckuck. Alle Arten der Unterhaltung lösten einander ab; Wortspiele, Anekdoten, Prahlereien, Wetten, Lügen, die für Wahrheiten gehalten wurden, unbeweisbare Behauptungen, ein Wirrsal von Worten, das sich bald in Einzelunterhaltungen auflöste. Weine wurden herumgereicht, die Gerichte folgten einander, der Doktor schnitt vor. Man warf sich von weitem eine Orange, einen Korken zu, verließ seinen Platz, um mit jemandem zu plaudern.

Rosanette wandte sich häufig an Delmar, der unbeweglich hinter ihr stand; Pellerin schwatzte, Monsieur Oudry lächelte. Mademoiselle Vatnaz verspeiste fast ganz allein die Krebspyramide, und die Schalen krachten unter ihren langen Zähnen. Der Engel saß auf dem Klaviersessel (der einzige Platz, wo seine Flügel ihm zu sitzen gestatteten) und kaute gemächlich und ununterbrochen.

»Welch ein Appetit!« sagte mehrmals verblüfft der Chorknabe. »Welch ein Appetit!«

Die Sphinx aber trank Branntwein, schrie aus vollem Halse und gebärdete sich wie ein Dämon. Plötzlich blähten sich ihre Wangen auf, und da sie das Blut, das sie zu ersticken drohte, nicht länger zurückdrängen konnte, führte sie ihre Serviette an die Lippen und warf diese dann unter den Tisch.

Frédéric hatte es bemerkt. »Es hat nichts zu bedeuten!«

Und auf sein Bitten, doch fortzugehen und sich zu schonen, entgegnete sie langsam:

»Bah! wozu? Lieber dies als etwas anderes! Das Leben ist nicht so lustig!«

Da erschauerte er unter eisiger Traurigkeit, als habe er Welten von Elend und Verzweiflung gesehen, eine Holzkohlenpfanne neben einem Gurtbett, und die Leichen der »Morgue« mit ihren Lederschürzen und dem Hahn, aus dem kaltes Wasser über ihr Haar fließt.

Der Wilden zu Füßen hockend, kreischte Hussonnet mit heiserer Stimme, um den Schauspieler Grassot nachzuahmen:

»Sei nicht grausam, o Celuta! Dies kleine Familienfest ist reizend! Berauscht mich mit Wollust, meine Geliebten! Freut euch des Lebens! Freut euch des Lebens!«

Er fing nun an, die Frauen auf die Schultern zu küssen. Sie erschauerten unter dem Kitzeln seines Schnurrbarts. Dann verfiel er darauf, einen Teller auf seinem Kopf zu zerschlagen, indem er ihn leicht aufstieß. Andere machten es ihm nach; die Fayencescherben flogen umher wie Dachschiefer im Sturm, und die Lastträgerin rief:

»Tut euch nur keinen Zwang an! Es kostet nichts! Der Bürger, der sie herstellt, gibt uns mehr davon!«

Aller Augen richteten sich auf Arnoux. Er erwiderte: »Oh! aber gegen Rechnung, bitte!«, offenbar, um nicht oder nicht mehr als Rosanettes Liebhaber zu gelten.

Aber zwei wütende Stimmen erhoben sich:

»Idiot!«

»Gassenjunge!«

»Zu Ihren Diensten!«

»Zu den Ihren!«

Es waren der mittelalterliche Ritter und der russische Postillon, die sich stritten; dieser hatte behauptet, daß Rüstungen Tapferkeit unnötig machten, der Ritter hatte das als eine Beleidigung aufgefaßt. Er wollte sich duellieren, alle legten sich ins Mittel, und mitten in dem Tumult versuchte der Hauptmann, sich Gehör zu verschaffen.

»Meine Herren, hören Sie mich an! Ein Wort! Ich habe Erfahrung, meine Herren!«

Rosanette schlug mit ihrem Messer an ein Glas und erlangte schließlich Ruhe; dann wandte sie sich an den Ritter, der seinen Helm auf dem Kopfe behielt, und darauf an den Postillon, der eine langhaarige Mütze trug:

»Nehmen Sie einmal zuerst Ihre Kasserolle vom Kopf! das macht mich hitzig! – und Sie dort drüben, herunter mit Ihrem Spinnenkopf! – Wollt Ihr mir wohl gehorchen, zum Teufel! Seht meine Epauletten! Ich bin eure Marschallin!«

Sie bequemten sich dazu, und alle applaudierten und schrien:

»Es lebe die Marschallin! es lebe die Marschallin!«

Nun ergriff sie eine Flasche Champagner, die auf dem Ofen stand, und goß ihn hoch von oben in die Schalen, die man ihr entgegenhielt. Da der Tisch zu breit war, kamen die Gäste, besonders die Frauen, auf ihre Seite, hoben sich auf die Fußspitzen und stiegen auf die Querstangen der Stühle. Da entstand für eine Minute eine Pyramide von Frisuren, nackten Schultern, ausgestreckten Armen und vorgeneigten Körpern – und dazwischen leuchteten lange Strahlen von Wein, da der Pierrot und Arnoux, an zwei Ecken des Saales, jeder eine Flasche auslaufen ließen und die Gesichter bespritzten. Die kleinen Vögel des Vogelhauses, dessen Tür man offen gelassen hatte, drangen ganz erschrocken in den Saal, flatterten um den Kronleuchter und schlugen mit den Köpfen an die Scheiben, an die Möbel. Einige, die sich auf die Köpfe gesetzt hatten, wirkten mitten im Haar wie große Blumen.

Die Musikanten waren fortgegangen. Man zog das Piano vom Vorzimmer in den Saal. Die Vatnaz setzte sich daran, und von dem Chorknaben, der die baskische Trommel schlug, begleitet, begann sie einen ungestümen Kontertanz, schlug auf die Tasten wie ein Pferd, das stampft, und wiegte sich in den Hüften, um den Takt besser anzugeben. Die Marschallin zog Frédéric mit sich, Hussonnet schlug Rad, die Lastträgerin verrenkte sich wie ein Clown, der Pierrot gebärdete sich wie ein Orang-Utan, die Wilde ahmte mit ausgebreiteten Armen die Schwankungen einer Schaluppe nach. Schließlich konnten alle nicht mehr und hielten inne; ein Fenster wurde geöffnet.

Der helle Tag und die Frische des Morgens drangen herein. Ein Ausruf des Staunens ertönte, darauf erfolgte Stille. Die gelben Flammen der Kerzen flackerten, zuweilen barsten einige der Lichtmanschetten. Bänder, Blumen, Perlen bedeckten den Fußboden, die Konsolen waren klebrig von Punsch und Likörflaschen, die Wandbehänge beschmutzt, die Kostüme zerknittert, verstaubt; die Zöpfe hingen auf die Schultern herab, und die vom Schweiß aufgelöste Schminke enthüllte fahle Gesichter mit blinzelnden, geröteten Lidern.

Die Marschallin hatte, frisch wie nach einem Bade, rosige Wangen, glänzende Augen. Sie warf ihre Perücke weit von sich, und ihr Haar fiel wie ein Vlies um sie, daß von ihrem ganzen Anzug nichts als die Hose zu sehen war, ein komischer und zugleich reizender Anblick.

Die Sphinx, deren Zähne vor Fieber aufeinanderschlugen, brauchte einen Schal.

Rosanette eilte in ihr Zimmer, um ihn zu holen, und als die andere ihr folgte, schlug sie ihr die Tür heftig vor der Nase zu.

Der Türke bemerkte laut, daß man Monsieur Oudry nicht habe fortgehen sehen. Niemand rügte diese Bosheit, so ermüdet waren alle.

Während dann auf die Wagen gewartet wurde, hüllten sich alle in ihre Mäntel und Kapuzen ein. Es schlug sieben Uhr. Der Engel saß noch immer im Saal bei Tisch, vor einem Gemisch von Butter und Sardinen, und die Fischhändlerin an seiner Seite rauchte Zigaretten und gab ihm Ratschläge fürs Leben.

Endlich waren die Droschken gekommen, und die Geladenen gingen. Hussonnet, der als Korrespondent für die Provinz angestellt war, mußte vor seinem Frühstück dreiundvierzig Zeitungen lesen; die Wilde hatte eine Probe in ihrem Theater, Pellerin ein Modell, der Chorknabe drei Stelldicheins. Aber der Engel, den die ersten Anzeichen einer Verdauungsstörung überkamen, konnte sich nicht erheben. Der mittelalterliche Baron trug ihn bis zur Droschke.

»Gib acht auf seine Flügel!« schrie die Lastträgerin zum Fenster hinunter.

Auf dem Flur sagte Mademoiselle Vatnaz zu Rosanette:

»Adieu, meine Liebe! Deine Soiree war sehr schön.«

Darauf, sich zu ihrem Ohr neigend:

»Behalte ihn!«

»Bis zu besseren Zeiten«, erwiderte die Marschallin und wandte sich langsam zum Gehen.

Arnoux und Frédéric gingen zusammen, wie sie gekommen waren. Der Fayencehändler blickte so düster drein, daß Frédéric glaubte, er sei unpäßlich.

»Ich? Nicht im geringsten!«

Er kaute an seinem Schnurrbart und zog die Brauen zusammen. Frédéric fragte ihn, ob ihn etwa seine Geschäfte beunruhigten.

»Keineswegs!«

Dann plötzlich:

»Sie kannten ihn doch, den alten Oudry?«

Und mit einem Ausdruck des Grolls:

»Er ist reich, der alte Lump!«

Darauf sprach Arnoux von einem Brand, der heute in seiner Fabrik beendet werden sollte. Er wollte das Ergebnis sehen. Der Zug ging in einer Stunde.

»Allein, ich muß erst meine Frau umarmen.«

»Ja! seine Frau!« dachte Frédéric.

Dann legte er sich mit einem unerträglichen Schmerz im Hinterkopf zu Bett und trank eine Karaffe Wasser, um seinen Durst zu löschen.

Ein anderer Durst war in ihm erwacht, ein Durst nach Weibern, nach Luxus – nach allem, was das Pariser Leben mit sich bringt. Er fühlte sich ein wenig benommen, wie ein Mensch, der ein Schiff verläßt; und im Wachtraum des ersten Schlafes sah er fortwährend die Schultern der Fischhändlerin, die Lenden der Lastträgerin, die Waden der Polin, das Haar der Wilden. Dann erschienen zwei große schwarze Augen, die nicht auf dem Balle waren, leicht wie Schmetterlinge, feurig wie Fackeln kamen sie und gingen, flatterten, stiegen bis zum Sims, dann wieder herab bis zu seinem Munde. Frédéric strengte sich an, diese Augen zu erkennen, doch ohne daß es ihm gelang. Aber schon hatte der Traum ihn umfangen, ihm war, als ob er mit Arnoux an die Deichsel einer Droschke gespannt sei und die Marschallin rittlings auf ihm, mit ihren goldenen Sporen ihm den Leib zerfleischend.

II.

Frédéric fand an der Ecke der Rue Rumfort ein kleines Haus und kaufte, alles auf einmal, das Coupé, das Pferd, die Möbel und von Arnoux zwei Jardinièren, die er zu beiden Seiten der Tür in seinem Salon aufzustellen beabsichtigte. An den Salon schloß sich ein Zimmer und ein Kabinett. Da kam ihm der Gedanke, Deslauriers dort einzuquartieren. Aber wie würde er sie, seine zukünftige Geliebte, empfangen? Die Gegenwart des Freundes würde stören. Er ließ die Wand herausnehmen, um den Salon zu vergrößern, und machte aus dem Kabinett ein Rauchzimmer.

Er kaufte die Werke der Dichter, die er liebte, Reisebeschreibungen, Atlanten, Wörterbücher, denn er hatte Arbeitspläne ohne Zahl; er drängte die Handwerker und lief in die Läden. In seiner Ungeduld, zu genießen, nahm er alles, ohne zu feilschen.

Nach den eingelaufenen Rechnungen der Lieferanten sah Frédéric, daß er in kurzem etwa vierzigtausend Francs zu zahlen haben würde, nicht inbegriffen die Abgaben für die Erbschaft, die siebenunddreißigtausend Francs überstiegen. Da sein Vermögen in Grundstücken bestand, schrieb er an seinen Notar in Havre, er solle einen Teil davon verkaufen, damit er seine Schulden begleichen könne und auch etwas flüssiges Geld zu seiner Verfügung habe. Um endlich dieses ungewisse, schillernde, unbestimmbare Etwas, das man Welt nennt, kennenzulernen, fragte er dann durch einige Zeilen bei Dambreuse an, ob sie ihn empfangen konnten.

Madame antwortete, daß sie am folgenden Tage auf seinen Besuch hofften.

Es war Empfangstag. Wagen standen im Hof. Zwei Diener stürzten ihm unter dem Portal entgegen, und ein dritter, oben auf der Treppe, schickte sich an, ihm voranzugehen.

Er ging durch ein Vorzimmer, ein zweites Zimmer, dann einen großen Salon mit hohen Fenstern, wo auf einem monumentalen Kamin eine Standuhr in Form einer Himmelskugel stand neben zwei ungeheuren Porzellanvasen, aus denen zwei Bündel Lichthülsen wie goldene Büschel starrten. An der Wand hingen Gemälde in der Manier des Spagnoletto; majestätisch wallten die schweren, gestickten Vorhänge herab, die Armsessel, Konsolen, Tische, die ganze Einrichtung hatte in ihrem Empirestil etwas Gebietendes, Diplomatisches. Frédéric lächelte wider Willen vor Vergnügen.

Endlich gelangte er in ein ovales Zimmer, das mit Rosenholz getäfelt und mit zierlichen Möbeln überfüllt war. Ein einziges großes, auf den Garten gehendes Spiegelfenster erhellte es. Madame Dambreuse saß neben dem Kamin, etwa ein Dutzend Personen bildeten einen Kreis um sie. Mit einem liebenswürdigen Wort wies sie ihm einen Platz, aber ohne überrascht zu erscheinen, ihn seit so langer Zeit nicht mehr gesehen zu haben.

Als er eintrat, pries man die Beredsamkeit des Abbé Cœur. Dann wurde über die Verderbtheit der Dienstboten geklagt anläßlich eines Diebstahls, den ein Kammerdiener begangen hatte; der Tratsch nahm seinen Fortgang. Die alte Madame de Sommery hatte einen Katarrh, Mademoiselle de Turvisot verheiratete sich, die Montcharrons würden vor Ende Januar nicht wiederkommen, Bretancourts auch nicht, man bliebe jetzt viel länger auf dem Lande. Diese Armseligkeit der Gespräche wurde durch den Luxus der Gegenstände ringsum sozusagen noch erhöht; aber was gesagt wurde, war noch weniger stumpfsinnig als die Art, so zwecklos, ohne Zusammenhang und ohne Belebung zu plaudern. Und doch waren Männer hier anwesend, die vom Leben etwas wußten, ein ehemaliger Minister, der Geistliche eines großen Sprengels, zwei oder drei hohe Regierungsbeamte; sie alle hielten sich an die abgedroschensten Gemeinplätze. Einige der Herren sahen aus wie müde Witwen vom Stande, andere wie Roßkämme, und Greise begleiteten ihre Frauen, deren Großväter sie hätten sein können.

Madame Dambreuse empfing alle mit Anmut. Sobald man von einem Kranken sprach, zog sie die Brauen schmerzlich zusammen; sie nahm eine heitere Miene an, wenn von Bällen oder Soireen die Rede war. Sie würde bald gezwungen sein, sich solche zu versagen, denn sie wollte eine Nichte ihres Mannes, eine Waise, die aus der Pension komme, zu sich nehmen. Man rühmte ihre Aufopferung, das hieße sich als wahre Familienmutter zeigen.

Frédéric beobachtete sie. Die matte Haut ihres Gesichts schien gespannt und von einer Frische ohne Schmelz, wie die einer eingemachten Frucht. Aber ihr Haar, auf englische Art in langen, gedrehten Locken, war feiner als Seide, ihre Augen von glänzendem Azur, alle ihre Bewegungen zart. Auf einer Causeuse im Hintergrund sitzend, streichelte sie die Seidenbüschel eines japanischen Wandschirmes, offenbar um ihre Hände, lange schmale, ein wenig magere Hände, mit hoch gebogenen Fingerspitzen zur Geltung zu bringen. Sie trug ein graues Moirékleid mit hoher Taille, wie eine Puritanerin.

Frédéric fragte sie, ob sie in diesem Jahr nicht nach la Fortelle käme. Madame Dambreuse wußte es noch nicht. Er konnte das übrigens verstehen: Nogent mußte sie langweilen. Die Besuche wurden zahlreicher. Es war ein fortwährendes Rauschen von Kleidern auf den Teppichen, die auf dem Rande der Stühle sitzenden Damen kicherten, sagten zwei oder drei Worte und gingen nach Verlauf von fünf Minuten mit ihren jungen Töchtern fort. Bald wurde es unmöglich, der Unterhaltung zu folgen, und

Frédéric war im Begriff, sich zurückzuziehen, als Madame Dambreuse zu ihm sagte:

»Jeden Mittwoch, nicht wahr, Monsieur Moreau?« Sie wog durch diesen Satz wieder auf, was sie an Gleichgültigkeit gezeigt hatte.

Er war zufrieden. Nichtsdestoweniger atmete er auf der Straße tief auf. In dem Verlangen nach einem weniger künstlichen Milieu erinnerte er sich, daß er der Marschallin einen Besuch schuldig war.

Die Tür des Vorzimmers war offen. Zwei Havaneserhündchen liefen herbei. Eine Stimme rief:

»Delphine! Delphine! – Sind sie es, Felix?«

Er war stehengeblieben, die beiden Hündchen kläfften immer noch. Endlich erschien Rosanette, in eine Art spitzenbesetzten Morgenrock von weißem Musseline gehüllt, die nackten Füße in türkischen Pantoffeln.

»Ach! verzeihen Sie, mein Herr! Ich dachte, es sei der Friseur. Eine Minute! ich komme sogleich!«

Er blieb allein im Eßzimmer.

Die Jalousien waren heruntergelassen. Frédéric blickte sich um und dachte an den Lärm jener Nacht, als er mitten auf dem Tisch einen Männerhut bemerkte, einen alten verbeulten, fettigen, scheußlichen Filzhut. Wem mochte dieser wohl gehören? Schamlos das abgetragene Hutfutter zeigend, schien er zu sagen:

»Übrigens ist es mir gleich! Ich bin der Herr!«

Die Marschallin kam jetzt zurück. Sie ergriff den Hut, öffnete den Wintergarten, warf den Filz hinein und schloß die Tür wieder (gleichzeitig wurden andere Türen geöffnet und geschlossen). Dann führte sie Frédéric durch die Küche und ließ ihn in ihr Ankleidezimmer treten. Man sah sofort, daß dies der meistbenutzte Raum des Hauses war, gleichsam sein eigentlicher moralischer Mittelpunkt. Wände, Sessel und den breiten Diwan bedeckte Leinwand mit buntem, großem Blattmuster; auf einem weißen Marmortisch standen zwei Waschbecken aus blauer Fayence,

Kristalltafeln bildeten darüber ein Wandbrett und waren überladen mit Fläschchen, Bürsten, Kämmen, Stangenpomade und Puderschachteln. Das Feuer spiegelte sich in einem hohen Ankleidespiegel, aus einer Badewanne hing ein Bettuch, und ein Geruch von Mandelpaste und Benzoe erfüllte den Raum.

»Sie werden die Unordnung verzeihen! Ich bin heute abend zum Diner eingeladen.«

Als sie sich umdrehte, hätte sie beinahe eins der Hündchen zertreten, die Frédéric entzückten. Sie hob beide auf und streckte ihm ihre schwarzen Schnauzen hin.

»Nun, macht schön, gebt dem Herrn einen Kuß!«

Ein Mann in einem schmutzigen Überrock mit Pelzkragen trat plötzlich ein.

»Felix, mein Guter«, sagte sie, »Ihre Sache wird ganz bestimmt nächsten Sonntag geregelt.«

Der Mann begann sie zu frisieren. Er teilte ihr Neuigkeiten über ihre Freundinnen mit: Madame de Rochegune, Madame de Saint-Florentin, Madame Lombard, lauter Namen von Klang, wie im Haus Dambreuse. Dann sprach er vom Theater, abends würde im Ambigu eine Sondervorstellung stattfinden.

»Gehen Sie hin?«

»Ach nein! Ich bleibe zu Hause!«

Delphine erschien. Rosanette schalt sie, daß sie ohne Erlaubnis ausgegangen war. Das Mädchen beteuerte, daß sie »vom Markt zurückkäme«.

»Schon gut, bringen Sie mir Ihr Buch! – Sie gestatten, nicht wahr?«

Halblaut das Heft durchlesend, machte Rosanette Bemerkungen über jeden Gegenstand. Es war falsch zusammengerechnet.

»Geben Sie mir vier Sous heraus!«

Delphine gab sie zurück, dann wurde sie entlassen.

»Ach! heilige Jungfrau! Wie unglücklich ist man doch mit diesen Leuten!«

Frédéric war von dieser Anklage peinlich berührt. Sie erinnerte ihn zu sehr an die anderen und schuf zwischen den beiden Häusern gewissermaßen eine unliebsame Übereinstimmung.

Delphine, die wieder eingetreten war, näherte sich der Marschallin, um ihr ein Wort ins Ohr zu raunen.

»Aber nein! ich will nicht!«

Delphine erschien abermals.

»Madame, sie drängt darauf.«

»Ach, wie widerwärtig! Wirf sie hinaus!«

Im gleichen Augenblicke öffnete eine alte, schwarzgekleidete Dame die Tür. Frédéric sah nichts, verstand nichts. Rosanette war ihr ins Zimmer entgegengestürzt.

Als sie wieder erschien, hatte sie rote Wangen. Ohne zu sprechen, setzte sie sich in einen der Armstühle. Eine Träne rollte über ihre Wange, dann sagte sie leise, zu dem jungen Mann gewandt:

»Wie ist Ihr Vorname?«

»Frédéric.«

»Ach! Federico! Es macht Ihnen nichts aus, daß ich Sie so nenne?« Und sie sah ihn liebkosend, fast verliebt an. Plötzlich stieß sie beim Anblick von Mademoiselle Vatnaz einen Freudenschrei aus.

Die Künstlerin hatte keine Zeit zu verlieren, da sie Punkt sechs Uhr ihrer Table d'hôte vorstehen mußte, sie rang nach Atem und konnte nicht mehr weiter. Zuerst zog sie aus ihrem Korb eine Uhrkette mit einem Papier, dann verschiedene Gegenstände, alles Einkäufe.

»Du mußt wissen, daß es Rue Joubert prachtvolle schwedische Handschuhe zu sechsunddreißig Sous gibt! Dein Färber bittet noch um acht Tage. Wegen der Guipure sagte ich, daß man noch einmal vorbeikommen würde. Bugneaux hat die Abschlagszahlung erhalten. Mir scheint, das ist nun alles? Du schuldest mir hundertundfünfundachtzig Francs!«

Rosanette entnahm zehn Napoléon einer Schublade; keine von beiden hatte Kleingeld, Frédéric bot ihnen welches an.

»Ich gebe es Ihnen wieder!« sagte die Vatnaz, indem sie die fünfzehn Francs in ihren Beutel stopfte. »Aber Sie sind ein Bösewicht. Ich mag Sie nicht mehr, Sie haben mit mir neulich nicht ein einziges Mal getanzt! – Ach! meine Liebe, ich habe in einem Laden des Quai Voltaire einen Glaskasten mit ausgestopften Kolibris entdeckt, wahre Amoretten. An deiner Stelle würde ich sie mir leisten. Sieh! Wie findest du das?«

Und sie zeigte einen alten Coupon rosa Seide, die sie im Temple gekauft hatte, um für Delmar ein mittelalterliches Wams daraus zu machen.

»Nicht wahr, er ist heute gekommen?«

»Nein!«

»Das ist sonderbar!«

Und einen Augenblick darauf:

»Wohin gehst du heute abend?«

»Zu Alphonsine«, sagte Rosanette; dies war die dritte Version über die Art, wie sie den Abend verbringen würde.

Mademoiselle Vatnaz fuhr fort:

»Und was gibt es Neues vom Alten vom Berge?« Aber durch einen lebhaften Augenwink gebot die Marschallin ihr Schweigen; sie begleitete Frédéric bis ins Vorzimmer, um zu erfahren, ob er Arnoux bald sehen werde.

»Bitten Sie ihn doch zu kommen; aber selbstverständlich nicht vor seiner Gattin!« – Oben an der Treppe stand ein Regenschirm neben einem Paar Überschuhen an die Wand gelehnt.

»Die Gummischuhe der Vatnaz«, sagte Rosanette. »Welch ein Fuß! Meine kleine Freundin ist kräftig!«

Und mit einem melodramatischen Ton, wobei sie das R rollte:

»Der ist nicht zu trrrauen!«

Durch diese Art Vertrauen kühn gemacht, wollte Frédéric sie auf den Hals küssen.

Sie sagte kalt: »O! Tun Sie es nur; das kostet nichts!«

Ihm war leicht zumute, als er fortging, und er zweifelte nicht daran, daß die Marschallin bald seine Mätresse werden würde. Dieser Wunsch erweckte einen anderen; und trotz einer Art von

Groll, den er gegen sie hegte, verlangte es ihn, Madame Arnoux zu sehen.

Übrigens mußte er wegen Rosanettes Auftrag hingehen.

»Aber jetzt«, dachte er (es schlug sechs Uhr), »ist Arnoux sicherlich zu Hause.«

Er verschob seinen Besuch auf den folgenden Tag.

Sie saß in derselben Stellung wie das erstemal und nähte an einem Kinderhemdchen. Zu ihren Füßen spielte der Kleine mit einer Menagerie aus Holz. In einiger Entfernung saß Marthe und schrieb.

Er fing damit an, ihr über ihre Kinder Komplimente zu machen. Sie antwortete ohne eine einzige der Übertreibungen törichter Mütter.

Das Zimmer machte einen friedlichen Eindruck. Heller Sonnenschein fiel durch die Scheiben und ließ die Kanten der Möbel erglänzen. Da Madame Arnoux am Fenster saß, durchleuchtete ein breiter Sonnenstrahl, der die Nackenlöckchen streifte, ihre Bernsteinhaut mit einem Strom von Gold. Dann sagte er:

»Diese junge Dame hier ist in den drei Jahren sehr gewachsen! Erinnern Sie sich, Mademoiselle, wie Sie im Wagen auf meinen Knien schliefen?« Marthe erinnerte sich nicht. »Eines Abends bei der Rückkehr von Saint-Cloud?«

Madame Arnoux blickte seltsam traurig. War es, um ihm jede Anspielung auf ihre gemeinsame Erinnerung zu verbieten? Ihre schönen schwarzen Augen, deren Augäpfel glänzten, bewegten sich leise unter ihren ein wenig schweren Lidern, und in der Tiefe ihrer Pupillen lag eine unendliche Güte. Eine grenzenlose Liebe, stärker denn je, ergriff ihn wieder: Es war ein Anblick, bei dem er sich erschlaffen fühlte. Er schüttelte jedoch diese Benommenheit ab. Wie sich zur Geltung bringen? Durch welche Mittel? Und nachdem er lange gesucht hatte, fand Frédéric nichts Besseres als das Geld. Er begann vom Wetter zu sprechen, das weniger kalt sei als in Le Havre.

»Sie sind dort gewesen?«

»Ja, wegen einer … Familienangelegenheit … eine Erbschaft.«

»Ah! das freut mich sehr!« erwiderte sie mit einem Ausdruck so wahrer Freude, daß er davon gerührt war wie von einer großen Gefälligkeit. Dann fragte sie ihn, was er zu tun beabsichtige, ein Mann müsse sich mit etwas beschäftigten. Er erinnerte sich seiner Lüge und sagte, daß er hoffe, durch den Deputierten Monsieur Dambreuse in den Staatsrat zu kommen.

»Sie kennen ihn wohl?«

»Nur dem Namen nach.«

Darauf mit leiser Stimme:

»›Er‹ hat sie neulich auf den Ball geführt, nicht wahr?«

Frédéric schwieg.

»Das wollte ich nur wissen, danke.«

Darauf stellte sie ihm zwei oder drei diskrete Fragen über seine Familie und seine Provinz. Es sei sehr liebenswürdig von ihm, sie nach so langer Abwesenheit nicht vergessen zu haben.

»Aber … konnte ich denn?« erwiderte er. »Zweifelten Sie daran?«

Madame Arnoux erhob sich.

»Ich glaube, daß Sie wahre, gute Freundschaft für uns hegen. – Adieu … auf Wiedersehen!«

Und sie reichte ihm freimütig und herzlich die Hand. War das nicht eine Verpflichtung, ein Versprechen? Frédéric fühlte sich ganz von Lebensgefühl durchströmt, er mußte an sich halten, um nicht zu singen, er hatte das Bedürfnis, sich zu betätigen, Wohltaten und Almosen zu spenden. Er blickte um sich, ob nicht jemand da wäre, dem er helfen könnte. Kein Bettler kam vorüber, und seine Opferfreudigkeit schwand dahin, denn er war nicht der Mensch, die Gelegenheiten dazu in der Ferne zu suchen.

Dann erinnerte er sich seiner Freunde. Der erste, an den er dachte, war Hussonnet, der zweite Pellerin. Dussardiers untergeordnete Stellung erheischte selbstverständlich Vorsicht; was Cisy anbetraf, so freute er sich, ihn ein wenig sein Vermögen sehen zu lassen. So schrieb er denn an alle vier und lud sie für den kommenden Sonntag, Punkt elf Uhr, zu einem Einweihungsschmaus. Deslauriers wurde beauftragt, Sénécal mitzubringen.

Der Repetitor war aus seinem dritten Pensionat entlassen worden, weil er keine Preisverteilung dulden wollte, einen Brauch, den er für verderblich für die Gleichheit hielt. Er war jetzt bei einem Maschinenbauer und wohnte seit sechs Monaten nicht mehr bei Deslauriers.

Ihre Trennung hatte nichts Peinliches gehabt. In der letzten Zeit empfing Sénécal Männer in Blusen, alles Patrioten, alles Arbeiter, alles brave Leute, deren Gesellschaft aber dem Advokaten langweilig schien. Übrigens mißfielen ihm gewisse als Kriegswaffe vortreffliche Ideen seines Freundes. Aus Ehrgeiz schwieg er darüber, wollte ihn schonen, um ihn zu leiten, denn er erwartete mit Ungeduld einen großen Umsturz, wobei er darauf zählte, auch durchzubrechen und einen Platz zu erhalten.

Sénécals Überzeugungen waren uneigennütziger. Jeden Abend, wenn seine Arbeit beendet war, suchte er seine Mansarde auf und suchte in den Büchern die Rechtfertigung seiner Träume. Er hatte Randbemerkungen zum Contrat social gemacht. Er verschlang die Revue Indépendante. Er kannte Mably, Morelly, Fourier, Saint-Simon, Comte, Cabet, Louis Blanc, die ganze schwere Wagenladung der sozialistischen Schriftsteller, diejenigen, die für die Menschheit das Niveau der Kaserne beanspruchen, die sie in einem Freudenhaus unterhalten möchten oder an Verkaufstische fesseln, und aus der Mischung von all diesem hatte er sich ein Ideal von tugendhafter Demokratie geschaffen, das zu gleicher Zeit einem Pachtgut und einer Spinnerei glich, einer Art amerikanischem Lazedämonien, wo der einzelne nur dazu da sein würde, um der Gesellschaft zu dienen, die allmächtiger, absoluter, unfehlbarer und göttlicher ist als die Groß-Lamas und Nebukadnezars.

Er hatte auch nicht einen einzigen Zweifel an der Möglichkeit baldiger Verwirklichung dieses Traumbildes. Alles, was er ihr als feindlich erachtete, griff Sénécal mit dem Zahlenverstand eines

Geometers und dem guten Glauben eines Inquisitors an. Die Adelstitel, Orden, Federbüsche und besonders die Livreen, aber auch jede allzu strahlende Berühmtheit empörten ihn – um so mehr, als seine Studien wie seine Leiden täglich seinen gründlichen Haß gegen jede Auszeichnung, Autorität entfachten.

»Was schulde ich denn diesem Herrn, daß ich gegen ihn höflich sein sollte? Wenn er etwas von mir will, mag er kommen!«

Deslauriers nahm ihn mit sich. Sie fanden ihren Freund in seinem Schlafzimmer. Stores und doppelte Vorhänge, venetianische Spiegel, nichts fehlte. Frédéric in einer Sammetjoppe saß in einer Bergère zurückgelehnt und rauchte Zigaretten von türkischem Tabak.

Sénécals Gesicht verfinsterte sich wie das eines Muckers, den man an einen Vergnügungsort führt. Deslauriers umfaßte alles mit einem einzigen Blick; dann, sich sehr tief verneigend:

»Euer Gnaden, ich bringe Euch meine Hochachtung dar!«

Dussardier fiel ihm um den Hals.

»Sie sind also jetzt reich? Ah, um so besser, Donnerwetter, um so besser!«

Cisy erschien mit einem Trauerflor an seinem Hut. Seit dem Tode seiner Großmutter erfreute er sich eines beträchtlichen Vermögens und sah weniger darauf, sich zu amüsieren, als sich vor den anderen hervorzutun, nicht wie alle Leute zu sein, kurz »Schliff« zu haben. Das war sein Wahlspruch.

Indes war es jetzt 12 Uhr, und alle gähnten. Frédéric erwartete noch jemanden. Bei dem Namen Arnoux schnitt Pellerin eine Grimasse. Er betrachtete ihn als einen Abtrünnigen, seitdem er der Kunst entsagt.

»Wenn man auf ihn verzichtete? Was meinen Sie dazu?«

Alle stimmten bei.

Ein Diener in langen Gamaschen öffnete die Tür, und man sah den Speisesaal mit seinem hohen Eichengetäfel und vergoldetem Schnitzwerk sowie die beiden mit Geschirr beladenen Kredenzen. Die Weinflaschen standen auf dem Ofen, um sie zu erwärmen; die Klingen der neuen Messer blinkten neben den Austern. In dem milchigen Ton der mattgeschliffenen Kristallgläser lag es wie einladende Süße, und die Tafel verschwand unter Wildbret, Früchten und erlesenen Dingen. Diese Aufmerksamkeiten waren für Sénécal verloren.

Er verlangte vor allem einfaches Hausbrot (so fest wie möglich), sprach bei dieser Gelegenheit von den Mordtaten von Buzançais und der Nahrungsmittelkrise.

Es wäre niemals so weit gekommen, wenn man den Ackerbau mehr unterstützt, wenn man nicht alles der Konkurrenz, der Anarchie, dem erbärmlichen Grundsatz des »Gehenlassens« überliefert hätte! So kam die Feudalherrschaft des Geldes ans Ruder, die schlimmer sei als die andere! Aber man sei auf der Hut! Schließlich werde es dem Volke zu dumm, und es könne die Kapitalisten seine Leiden entweder durch blutigen Zwang oder Plünderung ihrer Häuser entgelten lassen.

Wie durch einen Blitz erleuchtet, sah Frédéric einen Strom von Männern mit bloßen Armen in den großen Salon von Madame Dambreuse eindringen und die Spiegel mit Pickenstößen zertrümmern.

Sénécal fuhr fort: In Anbetracht der unzulänglichen Löhne sei der Arbeiter unglücklicher als der Helot, der Neger und der Paria, zumal wenn er Kinder habe.

»Soll er sich der Kinder erledigen, indem er sie erstickt, wie es ihm, ich weiß nicht welcher englische, aus der Schule von Malthus hervorgegangene Arzt rät?«

Und sich an Cisy wendend:

»Werden wir gezwungen sein, zu den hassenswürdigen Lehren des Malthus zurückzukehren?«

Cisy, der von der Infamie und selbst von der Existenz des Malthus nichts wußte, erwiderte, daß man doch vielem Elend abhelfe und daß die höheren Klassen …

»Ah! die höheren Klassen!« sagte hohnlachend der Sozialist. »Erstens gibt es keine höheren Klassen, nur das Herz adelt! Wir wollen keine Almosen, verstehen Sie, sondern wir wollen die Gleichheit, die gerechte Verteilung der Produkte!«

Was er forderte, war, daß der Arbeiter Kapitalist werden könne, wie der Soldat Oberst. Die Zünfte wenigstens verhinderten durch die Einschränkung der Zahl der Lehrlinge einen allzu großen Zudrang von Arbeitern, und das Gefühl der Brüderlichkeit werde durch die Feste und Banner erhalten.

Als Dichter bedauerte Hussonnet den Verlust der Banner, Pellerin ebenfalls. Die Vorliebe dafür war ihm im Café Dagneaux gekommen, wenn er Bewohnern der Phalansteren zuhörte. Er erklärte, Fourrier sei ein großer Mann.

»Ach was!« sagte Deslauriers. »Ein altes Viech, das in dem Sturze großer Staaten die Wirkungen göttlicher Rache erblickt! Das ist gerade wie der Herr Saint-Simon und seine Kirche, mit seinem Haß der Französischen Revolution: ein Haufen Possenreißer, die uns den Katholizismus wieder neu gestalten wollen!«

Monsieur de Cisy, offenbar um sich aufzuklären oder eine gute Meinung von sich zu erwecken, sagte nun mit weicher Stimme:

»Diese beiden Gelehrten teilen also nicht die Ansicht Voltaires?«

»Den überlasse ich Ihnen!« erwiderte Sénécal.

»Wie? Ich, ich glaube ...«

»Nein doch! Er liebte das Volk nicht!«

Dann kam das Gespräch auf zeitgenössische Ereignisse: die spanischen Heiraten, Rocheforts Verschwendungen, das neue Domkapitel von Saint-Denis, was eine Verdoppelung der Steuern herbeiführen würde. Nach Sénécal zählte man deren doch sicher schon genug.

»Und wofür, mein Gott? Um den Affen des Museums neue Paläste zu erbauen, auf unseren Plätzen glänzende Generalstäbe paradieren zu lassen oder unter den Schloßbedienten eine altmodische Etikette aufrechtzuerhalten!«

»Ich habe in ›la Mode‹ gelesen«, sagte Cisy, »daß am St. Ferdinandstage auf dem Tuilerienball alle als ›chicards‹ verkleidet kamen.«

»Ist das nicht jämmerlich«, rief der Sozialist mit verächtlichem Achselzucken.

»Und das Museum von Versailles!« rief Pellerin aus. »Sprechen wir davon! Diese Idioten haben einen Delacroix beschnitten und einen Gros verlängert! Im Louvre wurden alle Gemälde so schön restauriert, abgekratzt und vermanscht, daß vielleicht in zehn Jahren nicht eines mehr übrig sein wird. Was die Irrtümer im Katalog betrifft, so hat ein Deutscher ein ganzes Buch darüber geschrieben. Auf mein Wort! die Ausländer machen sich über uns lustig!«

»Ja, wir sind das Gespött Europas«, sagte Sénécal.

»Das kommt, weil die Kunst vollständig in der Gewalt der Krone ist.«

»Solange ihr nicht das allgemeine Stimmrecht habt ...«

»Erlauben Sie!« Denn der Künstler, seit zwanzig Jahren von allen Salons zurückgewiesen, war auf die Regierung wütend. »Ach! man lasse uns in Frieden! Ich für mein Teil verlange nichts! Aber die Kammern sollten für die Interessen der Kunst etwas tun. Es sollte ein Lehrstuhl für Ästhetik geschaffen werden, deren Professor zugleich ein ausübender Künstler sowie ein Philosoph sein müßte. Ich hoffe, daß es ihm dann gelingen wird, die Menge zusammenzuhalten. Sie täten gut, Hussonnet, ein Wort darüber in Ihrer Zeitung zu bringen!«

»Sind die Zeitungen denn frei? Sind wir es denn?« sagte Deslauriers aufbrausend. »Wenn man bedenkt, daß es bis zu achtundzwanzig Formalitäten erheischt, um einen kleinen Ewer auf einem Fluß fahren zu dürfen, so macht mir dies Lust, bei den Menschenfressern zu leben! Die Regierung verschlingt uns! Alles gehört ihr, die Philosophie, das Recht, die Künste, Gottes freie Luft, und Frankreich, entnervt, röchelt unter dem Stiefel des Gendarmen und der Soutane des Pfaffen!«

So schüttete der zukünftige Mirabeau seine Galle gründlich aus. Schließlich ergriff er ein Glas, erhob sich, und die Faust auf die Hüfte gestemmt, sagte er mit glühenden Augen:

»Ich trinke auf die vollständige Zerstörung der jetzigen Zustände, das heißt alles dessen, was man Privilegium, Monopol, Direktion, Hierarchie, Autorität, Staat nennt!«, und mit erhobener Stimme: »die ich zerbrechen möchte wie dieses!«, wobei er das schöne Fußglas auf den Tisch schleuderte, daß es in tausend Stücke zerschellte.

Alle applaudierten, besonders Dussardier.

Die Vorstellung all der Ungerechtigkeiten brachte ihn außer sich. Barbès beunruhigte ihn, denn er gehörte zu denen, die sich unter Wagen werfen, um gestürzten Pferden zu Hilfe zu kommen. Sein Wissen beschränkte sich auf zwei Werke, das eine »Verbrechen der Könige« betitelt, das andere »Geheimnisse des Vatikans«. Er hatte dem Advokaten mit offenem Munde, mit Wollust zugehört. Schließlich konnte er nicht mehr an sich halten:

»Was ich Louis-Philippe vorwerfe, ist, daß er die Polen im Stiche läßt!«

»Einen Augenblick!« sagte Hussonnet. »Erstens gibt es kein Polen; das ist eine Erfindung Lafayettes! Die Polen, das ist die allgemeine Regel, stammen alle aus dem Faubourg Saint-Marceau, da die wirklichen mit Poniatowsky ertrunken sind.« Kurz und gut, »er gehe nicht mehr auf den Leim«, er wäre »von dem allen abgekommen!« – Es sei wie die Seeschlange, die Aufhebung des Edikts von Nantes, und der alte Blödsinn von der Bartholomäusnacht.

Ohne die Polen zu verteidigen, berichtigte Sénécal die letzten Worte des Literaten. Man hätte die Päpste verleumdet, die, trotz allem, das Volk verteidigen, und er nannte die Liga »das Morgenrot der Demokratie, eine große Gleichheitsbewegung gegen den Individualismus der Protestanten«.

Frédéric war über diese Anschauungen etwas erstaunt. Wahrscheinlich langweilten sie Cisy, denn er brachte das Gespräch auf die lebenden Bilder des Gymnase, die zur Zeit ein großes Publikum anzogen.

Sénécal bedauerte dies. Derartige Schauspiele verderben die

Töchter des Proletariers, man sähe sie danach einen frechen Luxus zur Schau tragen. Darum pflichtete er auch den bayerischen Studenten bei, die die Lola Montez beschimpft hatten. Gleichwie Rosseau machte er mehr Aufhebens von der Frau eines Köhlers als von der Mätresse eines Königs.

»Ihr tut, als läge euch an den Trüffeln nichts!« entgegnete Hussonnet würdevoll. Und er ergriff die Verteidigung dieser Damen zugunsten Rosanettes. Als er dann von ihrem Ball und dem Kostüm Arnoux' sprach, sagte Pellerin:

»Man behauptet, daß es bei ihm wackle!«

Der Kunsthändler hatte eben einen Prozeß wegen seiner Grundstücke in Belleville gehabt und war augenblicklich mit anderen Windbeuteln seiner Art Teilhaber von einer Kaolin-Gesellschaft in der Nieder-Bretagne. Dussardier wußte mehr darüber, denn sein Chef, Monsieur Moussinot, habe bei dem Bankier Oscar Lefevre Erkundigungen über Arnoux eingezogen. Der Bankier habe erwidert, daß er ihn für wenig sicher halte, da er um einige seiner Wechselverlängerungen wußte.

Der Nachtisch war beendet, und man begab sich in den Salon, der, wie jener der Marschallin, mit gelbem Damast bespannt und im Stile Ludwigs des XVI. gehalten war.

Pellerin tadelte Frédéric, nicht lieber den neugriechischen Stil gewählt zu haben; Sénécal rieb Streichhölzer an der Wandbespannung an, Deslauriers enthielt sich jeglicher Bemerkung. Er machte aber eine in der Bibliothek, die er eine Bibliothek für kleine Mädchen nannte. Die Mehrzahl der zeitgenössischen Schriftsteller befand sich darin. Es war unmöglich, von ihren Werken zu sprechen, denn Hussonnet erzählte gleich Anekdoten über ihre Persönlichkeit, kritisierte ihre Gesichter, ihre Sitten, ihr Kostüm, pries die Geister fünfzehnten Ranges, verleumdete die ersten Ranges, und selbstverständlich beklagte er den modernen Verfall. Ein Volksliedchen enthalte in sich allein mehr Poesie als alle Lyriker des XIX. Jahrhunderts zusammen; Balzac würde überschätzt, Byron sei abgetan, Hugo verstehe nichts vom Theater usw.

»Warum haben Sie denn nicht die Werke unserer Arbeiterdichter?« fragte Sénécal.

Und Monsieur de Cisy, der sich mit Literatur beschäftigte, wunderte sich, auf Frédérics Tisch nicht einige jener neuen Physiologien zu sehen wie die Physiologie des Rauchers, des Anglers, des Stadtzollbeamten.

Sie brachten es fertig, ihn derartig zu reizen, daß er Lust verspürte, sie bei den Schultern zu nehmen und hinauszuwerfen. »Aber ich werde ja blödsinnig!« Jetzt nahm er Dussardier beiseite und fragte ihn, ob er ihm mit etwas dienen könne.

Der gute Bursche war gerührt. Mit seiner Stellung als Kassierer brauchte er nichts.

Nun führte Frédéric Deslauriers in sein Zimmer, entnahm seinem Schreibtisch zweitausend Francs und sagte:

»Hier, mein Lieber, steck ein! Das ist der Rest meiner alten Schulden.«

»Aber ... und die Zeitung?« sagte der Advokat. »Ich habe Hussonnet davon gesprochen, wie du wohl weißt!«

Als Frédéric darauf erwiderte, »er sei augenblicklich etwas knapp daran«, hatte der andere ein böses Lächeln.

Nach den Likören wurde Bier getrunken, nach dem Bier Grog, man rauchte wieder Pfeifen. Endlich, um fünf Uhr abends, gingen alle. Sie schritten, ohne zu sprechen, nebeneinander, als Dussardier bemerkte, daß Frédéric sie ganz ausgezeichnet bewirtet hätte. Alle stimmten darin überein.

Hussonnet meinte, daß Frédérics Déjeuner etwas zu schwer gewesen sei. Sénécal tadelte die Seichtheit seiner Einrichtung. Cisy dachte ebenso. Sie ließe jeden eigenen »Schliff« vermissen.

»Ich finde«, sagte Pellerin, »daß er bei mir wohl ein Bild hätte bestellen können.«

Deslauriers schwieg und hielt in der Hosentasche seine Banknoten fest.

Frédéric war allein geblieben. Er dachte an seine Freunde und hatte das Gefühl, als ob ein tiefer, dunkler Graben sie trenne. Er hatte ihnen doch die Hand entgegengestreckt, und sie hatten die Freimütigkeit seines Herzens nicht erwidert.

Er erinnerte sich der Bemerkungen Pellerins und Dussardiers über Arnoux. Es war ohne Zweifel eine Erfindung, eine Verleumdung. Aber warum? Und er sah Madame Arnoux vor sich, ruiniert, weinend, im Begriff, ihre Möbel zu verkaufen. Dieser Gedanke peinigte ihn die ganze Nacht; am nächsten Tag sprach er bei ihr vor.

Da er nicht wußte, wie er es anfangen sollte, ihr mitzuteilen, was er erfahren, fragte er sie gesprächsweise, ob Arnoux noch seine Grundstücke in Belleville besäße.

»Ja, immer noch.«

»Er ist jetzt in einer Gesellschaft beteiligt, die Porzellanerde in der Bretagne gräbt?«

»Ja.«

»Seine Fabrik geht sehr gut, nicht wahr?«

»Nun ... ich vermute es.«

Und da er zögerte:

»Was haben Sie denn? Sie ängstigen mich!«

Nun erzählte er ihr die Geschichte von den verlängerten Wechseln. Sie senkte den Kopf und sagte: »Ich habe es vermutet!«

In der Tat hatte Arnoux, um eine gute Spekulation zu machen, sich geweigert, seine Grundstücke zu verkaufen, hatte reichlich Geld darauf aufgenommen und, da er keine Käufer fand, sich durch Gründung einer Fabrik abzuhelfen geglaubt. Die Kosten hatten die Anschläge überstiegen. Mehr wußte sie nicht, er weiche jeder Frage aus und versichere immer, daß »es sehr gut gehe«.

Frédéric versuchte sie zu beruhigen. Vielleicht wären es nur vorübergehende Verlegenheiten. Übrigens, wenn er etwas erführe, wolle er es ihr mitteilen.

»Ach ja! nicht wahr?« sagte sie mit einer reizend flehenden Miene, beide Hände faltend.

Also konnte er ihr doch nützlich sein. Nun nahm er einen Platz in ihrem Dasein, in ihrem Herzen ein!

Arnoux erschien.

»Ach wie nett von ihnen, mich zum Diner abzuholen!«

Frédéric erstarb das Wort auf den Lippen. Arnoux sprach von gleichgültigen Dingen und verkündete dann seiner Frau, daß er sehr spät zurückkommen werde, da er eine Zusammenkunft mit Monsieur Oudry habe.

»Bei ihm?«

»Aber gewiß, bei ihm.«

Als sie die Treppe hinuntergingen, gestand er, daß sie, da die Marschallin frei sei, zusammen einen feinen Abend im Moulin-Rouge verbringen wollten, und da er immer jemand brauchte, dem er sein Herz ausschütten konnte, ließ er sich von Frédéric bis zur Tür begleiten.

Anstatt einzutreten, ging er auf dem Trottoir auf und ab, indem er die Fenster des zweiten Stockwerkes beobachtete. Plötzlich teilten sich die Vorhänge.

»Ah! bravo! der alte Oudry ist nicht mehr da. Guten Abend!«

Also war es der alte Oudry, der ihren Unterhalt bestritt? Frédéric wußte nicht, was er denken sollte. Von diesem Tage an war Arnoux noch herzlicher als ehedem, er lud ihn zum Diner zu seiner Mätresse, und bald ging Frédéric in beiden Häusern aus und ein.

Rosanettes Haus amüsierte ihn. Abends nach dem Theater oder nach dem Klub ging man hin, trank eine Tasse Tee, spielte eine Partie Lotto; am Sonntag wurden Scharaden aufgeführt. Rosanette, ausgelassener als die anderen, zeichnete sich durch drollige Einfälle aus, wie auf allen vieren zu laufen oder sich mit einer Schlafmütze zu vermummen. Um zum Fenster hinaus nach den Vorübergehenden zu sehen, setzte sie einen Lederhut auf, rauchte Tschibuks und fing zu jodeln an.

Des Nachmittags schnitt sie zum Zeitvertreib Blumen aus einem Stück persischer Leinwand, klebte sie selber auf ihre Scheiben, beschmierte ihre beiden kleinen Hunde mit Schminke, verbrannte Räucherkerzen oder legte sich die Karten. Unfähig, sich einen Wunsch zu versagen, vernarrte sie sich in eine Nippsache, die sie gesehen hatte, schlief nicht ihretwillen, lief hin, sie zu kaufen, tauschte sie gegen eine andere um, verdarb die Stoffe, verlor ihren Schmuck, verpraßte ihr Geld und hätte ihr Hemd für eine Proszeniumsloge verkauft. Oftmals bat sie Frédéric um die Erklärung eines Wortes, das sie gelesen, hörte aber nicht auf die Antwort, denn sie sprang schnell zu einem anderen Gedanken über, indem sie ihre Fragen häufte. Nach Anfällen von Fröhlichkeit kam es zu kindlichen Zornesausbrüchen, oder sie träumte, auf dem Fußboden vor dem Kamin sitzend, den Kopf gesenkt, das Knie in beiden Händen, vor sich hin, unbeweglicher als eine erstarrte Natter. Ohne sich um ihn zu kümmern, kleidete sie sich vor ihm an, zog gemächlich ihre seidenen Strümpfe hoch, wusch sich dann das Gesicht unter großer Wasserverschwendung, wobei sie sich hintenüberbeugte wie eine fröstelnde Najade; und das Lachen ihrer weißen Zähne, das Funkeln ihrer Augen, ihre Schönheit, ihr Frohsinn blendeten Frédéric und peitschten seine Nerven auf.

Madame Arnoux fand er fast immer dabei, ihren kleinen Jungen lesen zu lehren, oder hinter Marthes Stuhl stehend, während sie Tonleitern auf ihrem Klavier übte. Wenn sie an einer Näherei arbeitete, so war er glücklich, zuweilen ihre Schere aufheben zu dürfen. All ihre Bewegungen waren von einer majestätischen Ruhe, ihre kleinen Hände schienen geschaffen, um Almosen zu verteilen, Tränen zu trocknen, und ihre Stimme, von Natur etwas dumpf, hatte einschmeichelnde Klänge und schien leicht wie ein Windhauch. Sie schwärmte keineswegs für Literatur, aber ihr Geist bezauberte durch einfache, eindringliche Worte. Sie liebte es, zu reisen, den Wind im Walde rauschen zu hören und unbedeckten Kopfes im Regen zu gehen.

Frédéric lauschte mit Entzücken diesen lieblichen Dingen und glaubte schon zu bemerken, daß sie aus sich herausging.

Der Umgang mit diesen beiden Frauen brachte in sein Leben gleichsam eine Musik doppelter Art: die eine mutwillig, wild, unterhaltend; die andere ernst, beinahe religiös; und zu gleicher Zeit schwingend, steigerten sie sich immer mehr, um dann nach und nach ineinander zu verschmelzen. Denn wenn ihn Madame Arnoux nur mit dem Finger streifte, stieg sogleich das Bild der anderen vor seinem Verlangen auf, weil seine Aussichten bei dieser weniger unbestimmt waren – und in Gesellschaft Rosanettes gedachte er, sobald er innerlich bewegt war, sofort seiner großen Liebe.

Diese Verwirrung wurde durch Ähnlichkeiten zwischen den beiden Wohnungen hervorgerufen. Eine der Truhen, die vormals im Boulevard Montmartre zu sehen gewesen, schmückte jetzt Rosanettes Eßzimmer, die andere den Salon von Madame Arnoux. In den beiden Häusern war das gleiche Tafelgeschirr, und man fand sogar dieselben Sammethauskäppchen, die auf den Bergères herumlagen. Dann waren es eine Menge kleiner Geschenke, Kaminfeuerschirme, Kästchen, Fächer, die von der Mätresse zur Gattin wanderten, da Arnoux ohne die geringste Scheu sehr oft der einen einen Gegenstand wieder nahm, den er ihr geschenkt, um ihn der anderen zu geben.

Die Marschallin lachte mit Frédéric über seine schlechten Manieren. Eines Sonntags nach dem Diner führte sie ihn hinter die Tür und zeigte ihm in Arnoux' Überrocktasche eine Tüte mit Kuchen, die er von der Tafel hatte verschwinden lassen, offenbar um seine kleine Familie damit zu traktieren. Monsieur Arnoux' Eulenspiegeleien streiften dicht an Gaunereien. So war es für ihn eine Pflicht, den Stadtzoll zu betrügen, nie ging er für Geld ins Theater; mit einem Billet für den zweiten Sitz versuchte er immer auf den ersten zu gelangen, und als einen ausgezeichneten Witz erzählte er, daß er in der Badeanstalt immer einen Hosenknopf statt eines Zehnsousstücks in die Wärterbüchse werfe, was aber die Marschallin nicht hinderte, ihn doch zu lieben.

Allein eines Tages, als sie von ihm sprach, sagte sie:

»Ah! er ödet mich jetzt doch an! Ich bin ihn satt! Komme was mag, ich werde schon einen andern finden!«

Frédéric glaubte, der andere sei schon gefunden und heiße Monsieur Oudry.

»Nun«, sagte Rosanette, »was tut das?«

Dann mit Tränen in der Stimme:

»Und doch verlange ich gewiß wenig von ihm, und er will nicht, der Esel! Er will nicht! Was seine Versprechungen anbetrifft, oh! das ist etwas anderes.«

Er hatte ihr sogar ein Viertel seines Gewinns an den berühmten Kaolin-Gruben versprochen, aber es zeigte sich kein Gewinn, ebensowenig wie der Kaschmir, mit dem er sie seit sechs Monaten köderte.

Sofort dachte Frédéric daran, ihn ihr zu schenken. Arnoux mochte eine Lehre daraus ziehen und sich ärgern.

Doch er war gutmütig, seine Frau selber sagte es. Aber so töricht! Anstatt jeden Tag Gäste zum Diner zu sich einzuladen, bewirtete er nun seine Bekannten im Restaurant. Er kaufte vollkommen unnütze Dinge, wie goldene Ketten, Stutzuhren, Haushaltungsgeräte. Madame Arnoux zeigte sogar Frédéric auf dem Flur einen riesigen Vorrat von Kochkesseln, Fußwärmern und Samowars. Endlich, eines Tages gestand sie ihm ihre Beunruhigung: Arnoux hatte sie einen Wechsel auf Ordre von Monsieur Dambreuse mitunterzeichnen lassen.

Frédéric betrachtete es sich selbst gegenüber als eine Art Ehrensache, an seinen literarischen Plänen festzuhalten. Er hatte die Absicht, eine Geschichte der Ästhetik zu schreiben, das Ergebnis seiner Unterhaltungen mit Pellerin; dann verschiedene Zeiten der Französischen Revolution zu dramatisieren und, indirekt durch Deslauriers und Hussonnet beeinflußt, eine große Komödie zu verfassen. Mitten in seiner Arbeit zog oft das Antlitz der einen oder der anderen an ihm vorüber; er kämpfte gegen die Lust, sie zu sehen, unterlag ihr aber bald und war noch niedergeschlagener, wenn er von Madame Arnoux zurückkam.

Eines Morgens, als er schwermütig an der Kaminecke vor sich hinbrütete, trat Deslauriers ein. Sénécals Brandreden hatten seinen Brotgeber beunruhigt, und er befand sich wieder einmal ohne Mittel.

»Was soll ich dabei tun?« fragte Frédéric.

»Nichts, du hast ja kein Geld, das weiß ich. Es dürfte dir jedoch nicht viel Mühe machen, ihm eine Stellung zu verschaffen, sei es bei Dambreuse oder bei Arnoux.«

Dieser mußte für seine Fabrik Ingenieure brauchen. Frédéric hatte einen guten Gedanken: Sénécal konnte ihn von der Abwesenheit des Gatten benachrichtigen, Briefchen besorgen, ihm bei tausend Gelegenheiten behilflich sein, die sich bieten würden. Unter Männern leistet man sich immer solche Dienste. Übrigens könnte er Mittel finden, ihn zu benutzen, ohne daß er es ahnte. Der Zufall bot ihm einen Mithelfer, das war ein gutes Zeichen, er mußte festgehalten werden. Gleichgültigkeit heuchelnd, erwiderte er, daß in der Sache sich vielleicht etwas machen lasse und daß er sich ihrer annehmen werde.

Er tat es sofort. Arnoux gab sich in seiner Fabrik viel Mühe. Er suchte das Kupferrot der Chinesen, aber seine Farben verdunsteten beim Brennen. Um das Springen seiner Fayencen zu vermeiden, mischte er Kalk in den Ton, aber die meisten der Stücke platzten. Die Emaille seiner Malereien auf dem Ungebrannten warf Blasen, seine großen Kacheln verbogen sich, und da er seine Mißerfolge der schlechten Anlage seiner Fabrik zuschrieb, wollte er sich neue Reibmühlen, andere Trockenkammern einrichten lassen. Frédéric entsann sich einiger dieser Dinge und ging zu Arnoux, um ihm mitzuteilen, daß er einen sehr tüchtigen Menschen entdeckt habe, der fähig sei, sein berühmtes Rot zu finden. Arnoux machte aus Freude über diese Mitteilung einen Satz, dann, als er ihm zugehört, erwiderte er, daß er niemand brauche.

Frédéric pries Sénécals erstaunliche Kenntnisse aufs höchste, da er Ingenieur, Chemiker und zugleich Kaufmann wäre, ein Mathematiker erster Güte.

Der Fabrikant willigte ein, ihn zu sehen.

Die beiden stritten sich wegen des Gehaltes. Frédéric legte sich ins Mittel und brachte es am Ende der Woche dahin, daß sie einen Vergleich schlossen.

Aber da die Fabrik in Creil lag, konnte ihm Sénécal in keiner Weise dienen. Diese sehr einfache Erwägung entmutigte Frédéric wie ein Mißgeschick.

Er überlegte sich: Je mehr Arnoux von seiner Frau entfremdet würde, desto mehr hätte er Aussichten bei ihr. Nun fing er an, Rosanette fortwährend zu verteidigen, er stellte ihm all sein Unrecht ihr gegenüber vor, erzählte von den unbestimmten Drohungen, die sie erst neulich ausgestoßen, und sprach sogar von dem Kaschmir, ohne zu verschweigen, daß sie ihn des Geizes bezichtige.

Arnoux, durch dieses Wort verletzt und außerdem argwöhnisch geworden, brachte Rosanette den Kaschmir, schalt sie aber, sich bei Frédéric beklagt zu haben. Als sie einwandte, sie hätte ihn hundertmal an sein Versprechen erinnert, behauptete er, es darum immer vergessen zu haben, weil er so sehr beschäftigt sei.

Frédéric fand sich am nächsten Tag bei ihr ein. Obwohl es zwei Uhr war, lag die Marschallin noch zu Bett, und an dem Kopfende vor einem Tischchen sitzend, verspeiste Delmar eine Schnitte Gänseleberpastete. Von weitem schon rief sie: »Ich habe ihn, ich habe ihn«; dann ihn bei den Ohren fassend, küßte sie ihn auf die Stirn, dankte ihm vielmals, duzte ihn und wollte ihn sogar auf ihrem Bett sitzen haben. Ihre schönen, sanften Augen funkelten, ihr feuchter Mund lächelte, ihre beiden runden Arme kamen aus ihrem ärmellosen Hemd hervor, und ab und zu fühlte er durch den Batist die festen Umrisse ihres Körpers. Währenddessen rollte Delmar seine Augen.

»Aber wirklich, meine Freundin, meine liebe Freundin …«

Die folgenden Male war es ebenso. Sobald Frédéric eintrat, stieg sie auf ein Kissen, daß er sie besser küssen konnte, nannte ihn ihren Liebling, einen Liebsten, steckte ihm eine Blume ins Knopfloch, ordnete seine Krawatte. Diese Liebkosungen verdoppelten sich stets, wenn Delmar zugegen war.

War das ein Entgegenkommen? Frédéric glaubte es. Galt es einen Freund zu hintergehen, so hätte Arnoux an seiner Stelle sich keinen Zwang auferlegt, und er hatte wohl das Recht, mit seiner Mätresse nicht tugendhaft zu sein, da er es immer bei seiner Frau gewesen; denn er glaubte es gewesen zu sein oder hätte es sich wenigstens gern eingeredet, um seine unglaubliche Feigheit zu rechtfertigen. Er fand jedoch, daß er einfältig sei, und beschloß, sich beherzt an die Marschallin heranzumachen.

Eines Nachmittags nun, als sie sich vor ihre Kommode bückte, näherte er sich ihr und machte eine Gebärde von so zweifelloser Deutlichkeit, daß sie sich ganz purpurrot aufrichtete. Er wiederholte sie noch einmal; nun brach sie in Tränen aus, sagte, sie wäre sehr unglücklich und daß das kein Grund sei, sie zu verachten.

Er wiederholte seine Versuche. Da verfiel sie auf eine andere Art, die darin bestand, daß sie beständig lachte. Er hielt sich für schlau, indem er auf ihren Ton einging und ihn übertrieb. Aber er zeigte sich zu lustig, als daß sie ihn für aufrichtig halten konnte, und ihre Kameradschaft verhinderte den Ausbruch jeden ernsten Gefühls. Endlich erwiderte sie eines Tages, daß sie sich nicht mit dem zufriedengebe, was eine andere übriggelassen.

»Welche andere?«

»Nun ja! geh doch zu Madame Arnoux zurück!«

Frédéric sprach oft von ihr, Arnoux hatte ebenfalls diese Manie, sie wurde schließlich ungeduldig, immer diese Frau rühmen zu hören, und ihre Anspielung war eine Art Rache.

Frédéric trug ihr das nach.

Übrigens fing sie an, ihm stark auf die Nerven zu gehen. Manchmal sprach sie, sich als Sachverständige aufspielend, wegwerfend von der Liebe mit einem skeptischen Lächeln, das einen reizte, sie zu ohrfeigen. Eine Viertelstunde darauf erklärte sie sie für das einzige, was es auf Erden gäbe, und die Arme über der Brust kreuzend, wie um jemand zu umarmen, murmelte sie mit halbgeschlossenen Lidern und fast trunken vor Wonne: »Oh! ja, das ist gut! das ist so gut!« Es war unmöglich, klug aus ihr zu werden, zum Beispiel zu wissen, ob sie Arnoux liebte, denn sie machte sich über ihn lustig und schien eifersüchtig auf ihn. Ebenso mit der Vatnaz, die sie eine Elende nannte und dann wieder ihre beste Freundin. Es lag überhaupt über ihrer ganzen Person und bis in das Heraufstecken ihres Chignons etwas Unaussprechliches, das einer Herausforderung glich – und er begehrte sie hauptsächlich, um das Vergnügen zu haben, sie zu bezwingen und zu beherrschen.

Wie das aber angreifen? Denn oft schickte sie ihn ohne Umstände fort, erschien eine Minute zwischen zwei Türen, um zu flüstern: »Ich bin beschäftigt; auf heute abend!«; oder er traf sie auch unter einem Dutzend Menschen, und waren sie allein, so hätte man auf eine Wette geschworen, so prompt löste ein Hindernis das andere ab. Er lud sie zum Diner ein, immer schlug sie es ab; einmal nahm sie an, kam aber nicht.

Ein machiavellistischer Gedanke kam ihm in den Sinn. Da er durch Dussardier wußte, daß Pellerin sich über ihn beklagt hatte, dachte er daran, bei ihm das Porträt der Marschallin zu bestellen, ein Porträt in Lebensgröße, das viele Sitzungen erforderte. Er würde nicht eine einzige Sitzung versäumen, des Künstlers Unpünktlichkeit sollte ihr intimes Zusammensein erleichtern. Er forderte nun Rosanette auf, sich malen zu lassen. Sie nahm es an, denn sie sah sich schon im großen »Salon« auf dem Ehrenplatz, eine Menge würde vor ihrem Bild stehen, die Zeitungen darüber schreiben und sie mit einem Schlage »gemacht« sein.

Was Pellerin anbelangt, so nahm er natürlich den Vorschlag gierig an. Dieses Porträt sollte ihn zum großen Mann machen, sollte ein Meisterwerk werden. Er ließ im Geiste alle Meisterporträts, die er kannte, an sich vorüberziehen und entschied sich schließlich für einen Tizian, der durch Beiwerk à la Veronese noch ausgeschmückt werden sollte. Demgemäß werde er seinen Vorwurf ohne künstliche Schatten anlegen, in einem vollen Licht, das das Fleisch in einem einzigen Ton erhelle und die Nebendinge aufleuchten lasse.

»Wenn ich ihr«, dachte er, »ein rosaseidenes Kleid und einen orientalischen Burnus gäbe? o nein! abgeschmackt, der Burnus! oder wenn ich sie eher in blauen Sammet kleidete auf grauem, sehr farbigem Hintergrund? Man könnte ihr auch eine Halskrause von weißer Guipure sowie einen schwarzen Fächer geben und einen scharlachroten Vorhang dahinter?«

Und indem er so überlegte, erweiterte er jeden Tag seine Bildidee und war entzückt davon.

Er empfand Herzklopfen, als Rosanette, in Frédérics Begleitung, zur ersten Sitzung zu ihm kam. Er hieß sie sich mitten im Raum auf eine Art Tritt stellen, und indem er sich über das Licht beklagte, den Verlust seines alten Ateliers bedauerte, mußte sie sich zuerst mit den Armen auf einen Sockel aufstützen, dann in einem Fauteuil Platz nehmen; und indem er sich abwechselnd von ihr entfernte und wieder näherte, um mit einem Strich die Falten ihres Kleides zu verbessern, betrachtete er sie durch die halbgeschlossenen Lider und fragte Frédéric um Rat.

»Und doch nicht!« rief er aus. »Ich komme zu meiner Idee zurück, ich haue Sie als Venetianerin hin!«

Sie sollte ein Gewand aus hochrotem Sammet mit einem goldgeschmiedeten Gürtel haben, und der breite, mit Hermelin ausgefütterte Ärmel würde ihren nackten Arm sehen lassen, der sich auf das Geländer einer hinter ihr aufsteigenden Treppe stützte. Zu ihrer Linken sollte eine große Säule Gebälkteile tragen, auf denen ein Bogen aufsetzte. Darunter erblickte man, nur angedeutet, Orangenbäume in Beeten angepflanzt, fast schwarz, von denen sich ein blauer, von weißen Wolken durchzogener Himmel abheben sollte. Auf dem mit einem Teppich behangenen Geländer müßte eine Silberschüssel stehen, in der sich ein Blumenstrauß, ein Bernsteinrosenkranz, ein Dolch und ein Kästchen aus altem vergilbtem Elfenbein befinden sollten, das mit Zechinen überfüllt sei. Einige davon sollten, da und dort auf den Boden gefallen, eine Reihe glänzender Flecken bilden, damit das Auge auf ihre Fußspitze gelenkt werde, denn sie sollte, in ganz natürlicher Bewegung und in vollem Licht, auf der vorletzten Stufe ruhen.

Er holte eine Bilderkiste herbei, die er auf den Tritt stellte, um die Stufe darzustellen, dann legte er als Requisiten auf ein Tabouret, das das Geländer vorstellen sollte, seine Joppe, einen Schild, eine Sardinenbüchse, einen Pack Federn, ein Messer; und nachdem er vor Rosanette ein Dutzend großer Sous geworfen hatte, ließ er sie die Stellung einnehmen.

»Stellen Sie sich vor, daß diese Dinge hier Reichtümer, kostbare Geschenke seien. Den Kopf ein wenig nach rechts! Ausgezeichnet! und rühren Sie sich nicht! Diese majestätische Stellung paßt sehr gut zu Ihrer Art von Schönheit!«

Sie trug ein schottisches Kleid und einen großen Muff und hielt an sich, um nicht zu lachen.

»Was die Frisur anbelangt, so werden wir eine Perlenschnur hineinverschlingen, das sieht in rotem Haar immer gut aus.«

Die Marschallin widersetzte sich und sagte, sie habe doch kein rotes Haar.

»Lassen Sie's doch gut sein! Das Rot der Maler ist nicht das der Bourgeois!«

Nun begann er die Massen zu skizzieren, und die großen Künstler der Renaissance beschäftigten ihn so sehr, daß er von ihnen sprach. Während einer Stunde träumte er laut von diesen herrlichen Existenzen, voll Genie, Ruhm und Pracht, mit Triumpheinzügen in den Städten, Festen bei Fackelschein inmitten halbnackter Frauen, schön wie die Göttinnen.

»Sie hätten in jener Zeit leben sollen, Sie sind wie geschaffen dazu. Ein Geschöpf Ihres Schlages hätte eine Durchlaucht verdient.«

Rosanette fand seine Komplimente reizend. Der Tag für die nächste Sitzung wurde festgesetzt, Frédéric übernahm es, die Requisiten mitzubringen.

Da die Hitze des Ofens ihr den Kopf etwas benommen hatte, kehrten sie zu Fuß durch die Rue du Bac zurück und kamen auf den Pont Royal.

Das Wetter war prächtig und kalt. Die Sonne ging unter, einige Scheiben an den Häusern der »Cité« glänzten in der Ferne wie

Goldplatten, während sich dahinter rechts die Türme von Notre-Dame schwarz vom blauen Himmel abhoben, der fern am Horizont weich in grauen Dunst gehüllt war. Der Wind wehte, und nachdem Rosanette erklärt hatte, daß sie hungrig sei, traten sie in die englische Konditorei ein.

Am Marmorbüffet, wo sich unter Glasglocken die Teller mit Gebäck dicht aneinanderdrängten, standen junge Damen mit ihren Kindern und aßen Kuchen. Rosanette verschlang zwei Sahnetörtchen. Der Staubzucker bildete in ihrem Mundwinkel zwei Schnurrbärte. Von Zeit zu Zeit zog sie, um sie abzuwischen, ihr Taschentuch aus dem Muff, und ihr Gesicht glich unter ihrem grünseidenen Kapotthut einer aufgeblühten Rose in ihren Blättern.

Sie setzten ihren Weg fort; in der Rue de la Paix blieb sie vor einem Juwelierladen stehen, um ein Armband zu betrachten, Frédéric wollte es ihr schenken.

»Nein«, sprach sie, »behalte dein Geld.«

Das Wort verletzte ihn.

»Was hat denn mein Kleiner? Wir sind traurig?«

Und nachdem die Unterhaltung wieder angeknüpft war, kam er, wie gewöhnlich, auf Liebesbeteuerungen.

»Du weißt doch, daß es unmöglich ist!«

»Warum denn?«

»Ah! weil ...«

Sie gingen Seite an Seite, sie auf seinen Arm gestützt, und die Volants ihres Kleides schlugen ihm an die Beine. Da erinnerte er sich einer Dämmerstunde im Winter, wo auf demselben Trottoir Madame Arnoux an seiner Seite gegangen war; diese Erinnerung nahm ihn so in Anspruch, daß er Rosanette nicht mehr bemerkte, nicht mehr an sie dachte.

Sie blickte ohne Ziel vor sich hin, indem sie sich wie ein träges Kind ein wenig ziehen ließ. Es war die Zeit, wo man vom Spaziergang zurückkehrte, und Equipagen fuhren in scharfem Trab auf dem trockenen Pflaster vorüber. Offenbar kamen ihr die

Schmeicheleien Pellerins ins Gedächtnis, sie stieß einen Seufzer aus.

»Ah! es gibt Glückliche! Ich bin entschieden für einen reichen Mann geschaffen.«

Er erwiderte in brutalem Ton:

»Sie haben ja doch einen!« Denn Monsieur Oudry galt für einen dreifachen Millionär.

Nichts wäre ihr lieber, als ihn loszuwerden.

»Wer hindert Sie daran?«

Und er erging sich in bittern Scherzen über diesen alten Spießbürger mit der Perücke, erklärte ihr, daß ein solches Verhältnis unwürdig sei und daß sie es lösen sollte!

»Ja«, erwiderte die Marschallin, wie zu sich selber sprechend. »Das werde ich schließlich auch ohne Zweifel tun!«

Frédéric war über diese Uneigennützigkeit entzückt. Sie ging langsamer, er glaubte, sie sei müde. Sie bestand darauf, keinen Wagen zu wollen, und verabschiedete ihn vor ihrer Tür, indem sie ihm eine Kußhand zuwarf.

»Ah! wie schade! Und zu denken, daß Dummköpfe mich für reich halten!«

Mit düsterer Miene langte er zu Hause an. Hussonnet und Deslauriers erwarteten ihn. Der Boheme saß an seinem Tisch und zeichnete Türkenköpfe, und der Advokat schlummerte in kotigen Stiefeln auf dem Diwan.

»Ah! endlich«, rief er aus. »Aber welch wildes Gesicht! Kannst du mich anhören?«

Sein Ruf als Repetitor schwand, da er seine Schüler mit Theorien vollpfropfte, die für ihre Examina sehr nachteilig waren. Er hatte zwei- oder dreimal plaidiert, hatte verloren, und jede neue Enttäuschung trieb ihn immer stärker zu seinem alten Traum zurück: eine Zeitung, in der er sich ergehen könnte, sich rächen, seine Galle ausspeien und seine Gedanken. Vermögen sowie Ansehen würden folgen. In dieser Hoffnung hatte er den Boheme für sich gewonnen, da Hussonnet ein Blatt besaß.

Augenblicklich ließ er es auf rosa Papier drucken; er erfand Enten, verfaßte Rebusse, versuchte Polemiken einzuleiten und wollte selbst (trotz des Lokals) Konzerte veranstalten! Das Jahresabonnement gab Anrecht auf einen Sperrsitz in einem der Haupttheater von Paris, noch mehr, die Verwaltung des Blattes übernahm es, den verehrlichen Fremden alle wünschenswerten künstlerischen und anderen Auskünfte zu erteilen. Jedoch der Drucker drohte, man schuldete dem Hauseigentümer drei Quartale, allerlei Schwierigkeiten häuften sich, und Hussonnet hätte »L'Art« ohne die Ermahnungen des Advokaten, der ihm täglich eindringlich zuredete, eingehen lassen. Er hatte ihn mitgenommen, um dem Schritt, den er unternahm, mehr Nachdruck zu verleihen.

»Wir kommen wegen der Zeitung«, sagte er.

»Wie, du denkst noch daran?« entgegnete Frédéric in zerstreutem Ton.

»Gewiß denke ich daran!«

Und von neuem setzte er seinen Plan auseinander. Durch Börsenberichte würden sie sich mit Geldleuten in Verbindung setzen und so die hunderttausend Francs unentbehrlicher Kaution erhalten. Aber, um das Blatt in eine politische Zeitung umzuwandeln, sei es notwendig, vorher einen großen Leserkreis zu haben und sich für diesen Zweck zu einigen Ausgaben zu entschließen, um die Papier-, Druck- und Bürokosten zu bestreiten; kurz, eine Summe von fünfzehntausend Francs sei erforderlich.

»Ich habe kein Geld«, sagte Frédéric.

»Und wir!« sagte Deslauriers die Arme kreuzend.

Durch diese Geste verletzt, entgegnete Frédéric:

»Ist das meine Schuld?«

»Ah! sehr gut! Sie haben Holz in ihrem Kamin, Trüffeln auf ihrem Tisch, ein gutes Bett, eine Bibliothek, einen Wagen, alle Annehmlichkeiten! Daß aber einem andern unterm Schieferdach die Zähne klappern, er für zwanzig Sous zu Mittag speist, wie ein Galeerensträfling arbeitet und im Elend verkommt! ist das Ihre Schuld?«

Und er wiederholte dieses »Ist das Ihre Schuld?« mit einer ciceronischen Ironie, die nach dem Gerichtshof schmeckte. Frédéric wollte sprechen.

»Übrigens begreife ich, man hat ... aristokratische Bedürfnisse, denn ohne Zweifel ... irgendeine Frau ...«

»Nun wohl, wenn dem so wäre? – Bin ich nicht frei?«

»Oh! sehr frei!«

Und nach einer Minute des Schweigens:

»Versprechungen sind so bequem!«

»Mein Gott, ich leugne sie nicht!« sagte Frédéric.

Der Advokat fuhr fort:

»Auf dem Gymnasium schwört man, eine Gemeinschaft zu gründen, es den ›Dreizehn‹ Balzacs gleichzutun! Dann, wenn man sich wiedertrifft: Nichts zu machen, geh zum Teufel, alter Junge! Denn wer dem andern dienen könnte, behält sorgsam alles für sich allein!«

»Wieso?«

»Ja, du hast uns nicht einmal bei den Dambreuse eingeführt!«

Frédéric sah ihn an; mit seinem armseligen Gehrock, seinen trüben Brillengläsern und seinem fahlen Gesicht machte ihm der Advokat den Eindruck eines solchen Schulfuchsers, daß er ein verächtliches Lächeln auf seinen Lippen nicht unterdrücken konnte. Deslauriers bemerkte es und errötete.

Er hatte bereits seinen Hut ergriffen, um zu gehen. Sehr beunruhigt versuchte Hussonnet ihn durch flehende Blicke zu besänftigen, und da machte er, zu Frédéric, der ihm den Rücken zukehrte, gewandt, noch einen Versuch:

»Höre, mein Lieber! Sei mein Mäzen! Fördere die Künste!«

In einem plötzlichen Gefühl der Ergebung nahm Frédéric ein Blatt Papier, kritzelte einige Zeilen darauf und reichte es ihm dann hin. Das Gesicht des Boheme erhellte sich. Dann gab er den Brief an Deslauriers weiter und sagte: »Bitten Sie ab, mein Herr!«

Ihr Freund beschwor seinen Notar, ihm so rasch als möglich fünfzehntausend Francs zu senden.

»Ah! daran erkenne ich dich wieder!« sagte Deslauriers.

»Beim Ehrenwort eines Edelmanns!« fügte der Boheme hinzu, »Sie sind ein Tapferer, Sie werden in der Galerie der nützlichen Menschen aufgenommen werden!«

Der Advokat fuhr fort:

»Du wirst nichts dabei verlieren, die Spekulation ist ausgezeichnet.«

»Bei Gott!« rief Hussonnet aus, »ich würde meinen Kopf dafür aufs Schafott legen.«

Und er schwatzte solchen Unsinn, versprach so viele Wunder (an die er vielleicht selber glaubte), daß Frédéric nicht wußte, ob es geschah, um sich über die anderen oder über sich selbst lustig zu machen.

An diesem Abend erhielt er von seiner Mutter einen Brief.

Sie wunderte sich, daß er noch nicht Minister war, und neckte ihn ein wenig damit. Dann sprach sie von ihrem Befinden und teilte ihm mit, daß Monsieur Roque jetzt bei ihr verkehre. »Seitdem er Witwer ist, halte ich es nicht für anstößig, ihn zu empfangen. Louise hat sich sehr zu ihrem Vorteil verändert.« Und eine Nachschrift: »Du sagst mir nichts von deiner vornehmen Bekanntschaft mit Monsieur Dambreuse, an Deiner Stelle würde ich sie ausnützen.«

Warum nicht? Seinen Ehrgeiz nach geistigen Leistungen hatte er aufgegeben, und sein Vermögen (er sah es wohl ein) war unzureichend. In der Tat, wenn seine Schulden beglichen und die versprochene Summe den andern ausgehändigt sein würde, so wären seine Einkünfte um viertausend Francs verringert! Außerdem fühlte er das Bedürfnis, diese Lebensweise aufzugeben, sich an etwas anzuklammern. Am nächsten Tag, als er bei Madame Arnoux speiste, sagte er, daß seine Mutter ihn dränge, einen Beruf zu ergreifen.

»Aber ich glaubte«, entgegnete sie, »daß Monsieur Dambreuse Sie in den Staatsrat hätte bringen sollen? Das würde gut für Sie passen.«

Sie wollte es also. Er gehorchte.

Der Bankier saß wie das erstemal an seinem Schreibtisch und bat ihn mit einer Gebärde, einige Minuten zu warten, da ein Herr, der den Rücken der Tür zukehrte, ernste Dinge mit ihm bespräche. Es handelte sich um Steinkohlen und um eine Fusion, die zwischen verschiedenen Gesellschaften vorzunehmen wäre.

Die Bildnisse des Generals Foy und Louis-Philippes hingen als Pendants zu beiden Seiten des Spiegels, Regale für Geschäftspapiere stiegen an dem Getäfel bis zur Decke empor, und es standen sechs Rohrstühle da, denn Monsieur Dambreuse brauchte für seine Geschäfte kein schöneres Zimmer; es glich jenen dunklen Küchen, in denen große Festessen vorbereitet werden. Besonders fielen Frédéric zwei ungeheure Geldschränke auf, die in den Ecken aufgestellt waren. Er fragte sich, wieviele Millionen sie wohl fassen könnten. Der Bankier öffnete den einen, die Eisenplatte drehte sich und ließ als Inhalt nur Hefte von blauem Papier sehen.

Endlich ging der Besucher an Frédéric vorüber. Es war der alte Oudry. Beide grüßten sieh errötend, was Monsieur Dambreuse zu überraschen schien. Übrigens zeigte er sich äußerst liebenswürdig. Nichts sei leichter als seinen jungen Freund dem Siegelbewahrer zu empfehlen. Man würde sehr glücklich sein, ihn zu haben, und er schloß seine Höflichkeiten damit, daß er Frédéric zu einer Abendgesellschaft einlud, die er in einigen Tagen geben werde.

Frédéric stieg eben in sein Coupé, um sich dahin zu begeben, als ein Briefchen von der Marschallin eintraf. Beim Laternenschein las er:

»Lieber, ich habe Ihre Ratschläge befolgt. Soeben habe ich meinen Osage an die Luft befördert. Von morgen abend ab, Freiheit! Sagen Sie nun, daß ich nicht tapfer bin.«

Weiter nichts! Aber das war eine Aufforderung für ihn, den freigewordenen Platz einzunehmen. Ein Ausruf entfuhr ihm, er steckte das Briefchen in die Tasche und fuhr davon.

Zwei Mann der Stadtgarde zu Pferde hielten auf der Straße. Eine Reihe von Lämpchen brannte auf den beiden Einfahrtstoren, und die Diener im Hof riefen die Wagen heran bis zum Fuße der Freitreppe unter das Schutzdach. Dann verstummte der Lärm plötzlich im Vestibül.

Große Bäume füllten das Treppenhaus, die Porzellanglocken verbreiteten ein Licht, das sich wie weißer Seidenmoiré auf den Wänden wellte.

Behende erstieg Frédéric die Stufen. Ein Lakai rief seinen Namen, Monsieur Dambreuse reichte ihm die Hand, fast im selben Augenblick erschien Madame Dambreuse.

Sie trug ein malvenfarbiges, mit Spitzen besetztes Kleid, eine reichere Fülle von Locken als sonst und kein einziges Schmuckstück.

Sie beklagte sich über seine seltenen Besuche und fand die Möglichkeit, etwas zu sagen. Die Gäste kamen, als Gruß neigten sie ihren Oberkörper seitwärts oder machten eine große Verbeugung, oder sie neigten nur den Kopf; dann ging ein Ehepaar oder eine Familie vorüber, und alle zerstreuten sich in dem bereits gefüllten Saal.

Unter dem Kronleuchter in der Mitte stand auf einem enormen Puff eine Jardinière, deren Blumen, gleich Federbüschen niederhängend, die Köpfe der ringsherum sitzenden Damen überdachten, während andere in Bergèren saßen, die zwei gerade Linien bildeten, die symmetrisch von hellroten Sammetfenstervorhängen und den hohen, mit Goldleisten verzierten Türöffnungen unterbrochen wurden.

Die auf dem Parkett umherstehende Menge der Herren mit ihren Hüten in der Hand schien von weitem eine einzige schwarze Masse, die durch die Ordensbänder hie und da wie mit roten Punkten durchsetzt war, aber durch die monotone Weiße der Krawatten noch düsterer schien. Außer den ganz jungen Leuten mit keimendem Bart schienen sich alle zu langweilen; einige Dandys wippten mit verdrießlicher Miene auf den Absätzen. Graue Häupter, Perücken waren zahlreich vertreten, hier und dort leuchtete ein Kahlkopf auf, und die Gesichter, purpurrot oder sehr fahl, ließen in ihrer Welkheit die Spuren ungeheurer Müdigkeit erkennen – die Leute, die da waren, gehörten alle der Politik oder der Geschäftswelt an. Monsieur Dambreuse hatte auch einige Gelehrte eingeladen, Richter, zwei oder drei berühmte Ärzte, und in demütiger Haltung wehrte er die Schmeicheleien über seinen Gesellschaftsabend und die Anspielungen auf seinen Reichtum ab, die ihm gesagt wurden.

Überall gingen Bediente mit breiten Goldtressen umher. Die großen Kandelaber entfalteten sich wie Feuergarben auf der Wandbespannung. Sie wiederholten sich in den Spiegeln, und im Hintergrund des Speisesaals, den ein Jasmingitter zierte, glich das Büfett dem Hochaltar einer Kathedrale oder einer Ausstellung der Goldschmiedekunst – so viele Schüsseln, Glocken, Bestecke und Löffel von Silber und vergoldetem Silber standen und lagen mitten unter geschliffenem Kristall, das irisierende Strahlen über die verschiedenen Fleischgerichte verbreitete. Die drei anderen Salons waren überfüllt mit Kunstgegenständen: Landschaften berühmter Meister an den Wänden, Elfenbein und Porzellan auf den Tischen, chinesische Kunstsachen auf den Konsolen, Lackschirme entfalteten sich vor den Fenstern, Büschel von Kamelien erhoben sich auf den Kaminen, und eine leichte Musik ertönte von fern wie Bienengesumm.

Die Beteiligung an den Quadrillen war nicht groß, und mit der nachlässigen Art, mit der sie ihre Tanzschuhe nachschleppten, schienen die Tänzer nur eine Pflicht zu erfüllen. Frédéric vernahm Fragen wie diese:

»Waren Sie auf dem letzten Wohltätigkeitsfest im Hause Lambert, mein Fräulein?«

»Nein, mein Herr!«

»Es wird hier bald sehr heiß werden!«

»Oh! es ist wahr, zum Ersticken!«

»Von wem ist denn diese Polka?«

»Mein Gott! ich weiß nicht, Madame!«

Und hinter ihm flüsterten drei alte Soldaten, die in einer Türöffnung standen, obszöne Bemerkungen; andere sprachen über Eisenbahnen, Freihandel; ein Sportsmann erzählte eine Jagdgeschichte; ein Legitimist diskutierte mit einem Orleanisten.

Von Gruppe zu Gruppe irrend, gelangte er in den Spielsaal, wo er in einem Kreise ernster Männer Martinon erkannte, der jetzt im Dienste »der Gerichte der Hauptstadt« stand.

Sein volles, wachsfarbenes Gesicht füllte seinen Seemannsbart anständig aus, ein wahres Wunder, so schön gleichmäßig waren dessen schwarze Haare gekämmt, und indem er den richtigen Mittelweg einhielt zwischen der durch sein Alter bedingten Eleganz und der durch seine Stelle erforderten Würde, steckte er nach Brauch der Stutzer den Daumen in das Westenloch und darauf den Arm in die Weste nach Art der Doktrinäre. Obwohl er extra glänzende Lackstiefel trug, waren seine Schläfen rasiert, um eine Denkerstirn zu markieren.

Nach einigen kalt hingeworfenen Worten wandte er sich wieder an seine Genossen. Ein Hausbesitzer sagte:

»Das ist eine Klasse von Männern, die von der Umwälzung der Gesellschaft träumt!«

»Sie fordern die Organisation der Arbeiter!« sagte ein anderer. »Ist so was zu begreifen?«

»Was wollen Sie!« sagte ein Dritter, »wenn man Monsieur de Genoude dem ›Siècle‹ die Hand reichen sieht!«

»Und Konservative, die sich selbst als Fortschrittler bezeichnen! Um was für uns herbeizuführen? Die Republik! als ob sie in Frankreich möglich wäre!«

Alle erklärten, daß die Republik in Frankreich unmöglich sei.

»Tut nichts«, bemerkte ganz laut ein Herr, »man beschäftigt sich zu viel mit der Revolution, es werden darüber eine Unmasse von Geschichten, von Büchern veröffentlicht!«

»Ohne zu bedenken«, sagte Martinon, »daß es vielleicht viel ernstere Stoffe des Studiums gibt!«

Ein Ministerialbeamter fiel über die Theaterskandale her:

»So zum Beispiel übersteigt das neue Drama ›La Reine Margot‹ wirklich alle Grenzen! War es etwa notwendig, uns von den Valois zu sprechen? Das alles zeigt uns das Königtum in einem ungünstigen Licht! Und so mit Ihrer Presse! Man kann sagen, was man will, aber die Septembergesetze sind viel zu mild! Ich für meinen Teil wünschte Kriegsgerichte, um die Journalisten knebeln zu können! Bei der geringsten Unverschämtheit, marsch vors Kriegsgericht!«

»Oh! sachte, mein Herr, sachte!« sprach ein Professor, »greifen Sie unsere kostbaren Errungenschaften von 1830 nicht an! Ehren wir unsere Freiheiten. Man sollte vielmehr dezentralisieren, den Überschuß der Städte auf das Land verteilen.«

»Aber sie sind verderbt!« rief ein Katholik. »Sorgt dafür, daß die Religion wieder gefestigt wird!«

Martinon beeilte sich zu sagen:

»In der Tat, sie ist eine Bremse!«

Das ganze Übel kommt von der modernen Sucht, sich über seine Klasse zu erheben, im Luxus leben zu wollen.

»Jedoch«, warf ein Industrieller ein, »der Luxus begünstigt den Handel. So kann ich zum Beispiel dem Herzog von Nemours nur beipflichten, daß er für seine Soireen die Kniehose vorschreibt.«

»Monsieur Thiers ging in langen Hosen hin. Sie kennen seine Bemerkung?«

»Ja, reizend! Aber er wird tatsächlich Demagoge, und seine Rede in der Frage der Unvereinbarkeiten ist nicht ohne Einfluß auf das Attentat vom 12. Mai gewesen.«

»Ach was!«

»Ei! Ei!«

Der Kreis wurde gezwungen, sich zu öffnen, um einen Diener mit einem Servierbrett durchzulassen, der versuchte, in den Speisesaal zu gelangen.

Unter den grünen Schirmen der Kerzen bedeckten Reihen von Karten und Goldstücken den Tisch. Frédéric blieb vor einem derselben stehen, verlor die fünfzehn Napoléon, die er in der Tasche hatte, drehte sich auf dem Absatz um und befand sich auf der Schwelle des Boudoirs, in dem sich Madame Dambreuse zur Zeit aufhielt.

Es war vollkommen von Damen mit Beschlag belegt, die nebeneinander auf Sitzen ohne Lehnen saßen. Ihre langen Röcke bauschten sich um sie und schienen wie Wogen, aus denen ihre Büste emportauchte, und aus den Ausschnitten der Taillen boten sich die Busen den Blicken dar. Fast alle hatten ein Veilchenbukett in der Hand. Der matte Ton ihrer Handschuhe hob die körperliche Weiße ihrer Arme; Fransen, Gräser, hingen ihnen auf die Schultern herab; und man glaubte zuweilen, bei gewissen Schauern, daß das Kleid herabfallen würde. Aber der Anstand der Gesichter milderte das herausfordernde Kostüm; einige zeigten sogar eine fast tierische Friedsamkeit, und diese Ansammlung halbnackter Frauen gemahnte an das Innere eines Harems; dem jungen Manne kam noch ein derberer Vergleich in den Sinn. In der Tat waren da alle Arten von Schönheiten zu sehen: Engländerinnen mit »keepsake«-Profilen, eine Italienerin, deren schwarze Augen wie ein Vesuv glühten, drei blau gekleidete Schwestern, drei Normanninnen, frisch wie die Apfelblüten im April, eine große Rothaarige mit einem Amethystschmuck – und das weiße Glitzern der Diamanten, die als Aigretten in den Haaren zitterten, die leuchtenden Punkte der über die Busen ausgebreiteten Edelsteine, der sanfte Glanz der Perlen, verbunden mit den Gesichtern, vermischten sich mit dem Flimmern der goldenen Ringe, der Spitzen, dem Puder, den Federn, dem Zinnoberrot der Mündchen, dem Schmelz der Zähne. Die Decke, kuppelförmig gerundet, gab dem Boudoir das Aussehen eines Korbes, und ein Strom parfümierter Luft verbreitete sich durch das Schlagen der Fächer.

Frédéric mit seinem Monokel im Auge stand hinter ihnen und fand nicht alle Schultern tadellos, er dachte an die Marschallin, was seine Gelüste zurückdrängte oder ihn darüber tröstete.

Indessen betrachtete er Madame Dambreuse, und er fand sie

reizend, trotz ihres etwas zu großen Mundes und ihrer zu großen Nüstern. Aber sie hatte eine eigene Grazie. Ihre Locken gaben ihr etwas leidenschaftlich Schmachtendes, und ihre achatfarbene Stirn schien vielerlei zu bergen und verriet Überlegenheit.

Neben ihr saß die Nichte ihres Mannes, eine junge, ziemlich häßliche Person. Von Zeit zu Zeit erhob sich Madame Dambreuse, um die Eintretenden zu empfangen; und das zunehmende Gemurmel der weiblichen Stimmen glich Vogelgezwitscher.

Es war die Rede von den tunesischen Gesandten und ihren Kostümen. Eine Dame hatte der letzten Aufnahme in der Akademie beigewohnt, eine andere sprach von Molières Don Juan, der kürzlich im »Théâtre Français« aufgeführt worden war. Aber mit einem Blick auf ihre Nichte weisend, legte Madame Dambreuse einen Finger auf ihre Lippen, und ein Lächeln, das ihr entschlüpfte, widerlegte diese Strenge.

Plötzlich erschien Martinon gegenüber in der andern Tür. Sie erhob sich. Er bot ihr den Arm. Um ihn seine Galanterien fortsetzen zu sehen, ging Frédéric an den Spieltischen vorüber und holte sie im großen Salon ein. Madame Dambreuse verließ sogleich ihren Kavalier und unterhielt sich vertraulich mit ihm.

Sie begriff, daß er nicht spielte, nicht tanzte:

»In der Jugend ist man schwermütig!«

Darauf mit einem Blick den ganzen Ball umfassend:

»Übrigens ist all dies nichts weniger denn lustig! wenigstens für gewisse Naturen nicht!«

Und sie blieb vor den Fauteuilreihen stehen, ließ da und dort ein liebenswürdiges Wort fallen, während die alten Herren mit ihren Lorgnetten herankamen, um ihr den Hof zu machen. Sie stellte Frédéric einigen vor. Monsieur Dambreuse berührte ihn leise am Ellbogen und führte ihn auf die Terrasse hinaus.

Er hatte den Minister gesprochen. Die Sache wäre nicht leicht. Bevor man als Beisitzer beim Staatsrat eingeführt werde, müsse man ein Examen machen. Von einem unerklärlichen Vertrauen beseelt, erwiderte Frédéric, daß er dessen Stoff beherrsche.

Der Geldmann war nach den Lobreden, die Monsieur Roque über ihn gehalten hatte, nicht darüber erstaunt.

Bei diesem Namen sah Frédéric die kleine Louise, sein Haus, sein Zimmer wieder vor sich; und er erinnerte sich ähnlicher Nächte, die er am Fenster verbrachte und den vorüberfahrenden Fuhrleuten lauschte. Die Erinnerung an diese traurige Zeit leitete seine Gedanken auf Madame Arnoux; schweigend ging er auf der Terrasse auf und ab. Die Fenster erhoben sich inmitten der Finsternis wie lange rote Platten, der Lärm des Balles ward schwächer, die Wagen begannen davonzufahren.

»Warum eigentlich«, fing Monsieur Dambreuse wieder an, »wollen Sie in den Staatsrat?«

Und im Tone eines Liberalen versicherte er, daß öffentliche Tätigkeit zu nichts führe, er wisse es aus Erfahrung; Geschäfte seien mehr wert. Frédéric wandte die Schwierigkeit ein, sie zu erlernen.

»Ah! bah! in kurzer Zeit würde ich Sie einführen!«

Wollte er ihn an seinen Unternehmungen beteiligen?

Wie ein Blitz durchzuckte es den jungen Mann, daß ein ungeheures Vermögen daraus kommen würde.

»Gehen wir wieder hinein«, sagte der Bankier. »Sie werden das Souper mit uns einnehmen, nicht wahr?«

Es war drei Uhr, die Geladenen gingen. Im Speisesaal erwartete ein gedeckter Tisch die Intimen.

Monsieur Dambreuse bemerkte Martinon, näherte sich seiner Frau und sagte leise:

»Sie haben ihn eingeladen ?«

Sie erwiderte trocken:

»Aber ja!«

Die Nichte war nicht da. Man trank gut, lachte laut, und niemand nahm zweifelhafte Scherze übel; alle empfanden die Erleichterung, die einem etwas lang währenden Zwange folgt. Nur Martinon blieb ernst; er weigerte sich, Champagner zu trinken wegen des guten Tones, war aber sonst sehr geschmeidig und sehr höflich, denn als Monsieur Dambreuse, der engbrüstig war, sich über Beklemmung beklagte, erkundigte er sich wiederholt nach seinem Befinden; dann richtete er seine bläulichen Augen auf Madame Dambreuse.

Sie fragte Frédéric, welche jungen Damen ihm gefallen hätten. Es sei ihm keine besonders aufgefallen, und überdies zöge er dreißigjährige Frauen vor.

»Das ist vielleicht gar nicht so dumm!« entgegnete sie.

Dann, als Pelze und Paletots angezogen wurden, sagte Monsieur Dambreuse zu Frédéric: »Besuchen Sie mich an einem dieser Tage, wir reden dann miteinander!«

Am Fuß der Treppe zündete Martinon eine Zigarre an, und er bot, als er daran zog, ein derartig massiges Profil, daß seinem Gefährten der Ausruf entschlüpfte: »Du hast aber einen Kopf, auf mein Wort!«

»Er hat schon manche Köpfe verdreht!« erwiderte der junge Richter mit einer überzeugten und zugleich geärgerten Miene.

Beim Schlafengehen überdachte Frédéric den Abend nochmals. Zuerst seine Toilette (er hatte sich mehrmals in den Spiegeln beobachtet) ließ vom Schnitt seines Frackes bis zur Schleife seiner Tanzschuhe nichts zu wünschen übrig, er hatte mit bedeutenden Männern gesprochen, hatte reiche Frauen in der Nähe gesehen. Monsieur Dambreuse war liebenswürdig gewesen, Madame Dambreuse fast verbindlich. Er erwog jedes einzelne ihrer Worte, ihrer Blicke, tausend unanalysierbare und doch ausdrucksvolle Dinge. Es wäre doch etwas Schönes, eine solche Mätresse zu haben! Übrigens, warum nicht? Er war gerade soviel wert wie ein anderer! Vielleicht war sie gar nicht so anspruchsvoll? Darauf fiel ihm Martinon ein, und als er einschlief, lächelte er mitleidig über diesen guten Jungen.

Der Gedanke an die Marschallin weckte ihn, die Worte in ihrem Briefchen »Von morgen abend ab« bedeuteten ja ein Rendezvous für den heutigen Tag. Er wartete bis um neun Uhr und eilte dann zu ihr.

Jemand, der vor ihm die Treppe hinaufging, schloß die Tür. Er zog die Glocke, Delphine öffnete und versicherte, daß Madame nicht zu Hause sei.

Frédéric drang, bat. Er habe ihr etwas sehr Ernstes mitzuteilen, nur ein Wort. Endlich wurde das Argument eines Fünffrancsstückes ausschlaggebend, und die Jungfer ließ ihn im Vorzimmer allein.

Rosanette erschien. Sie war im Hemd, das Haar aufgelöst, und den Kopf schüttelnd, machte sie von weitem mit beiden Armen eine Geste, die ausdrückte, daß sie ihn nicht empfangen könne.

Langsam ging Frédéric die Treppe hinunter. Diese Laune überstieg alle anderen. Er begriff nicht.

Vor der Hausmeisterloge hielt ihn Mademoiselle Vatnaz an.

»Hat sie Sie empfangen?«

»Nein.«

»Man hat Ihnen die Tür gewiesen?«

»Woher wissen Sie das?«

»Das sieht man! Aber kommen Sie! Geben wir hinaus! Ich ersticke!«

Sie führte ihn auf die Straße. Sie keuchte. Er fühlte ihren mageren Arm auf dem seinen zittern. Plötzlich rief sie aus:

»Ah! der Elende!«

»Wer denn?«

»Er doch! er! Delmar!«

Diese Eröffnung demütigte Frédéric, er erwiderte:

»Sind Sie dessen gewiß?«

»Aber wenn ich Ihnen sage, daß ich ihm gefolgt bin!« schrie die Vatnaz, »ich sah ihn hineingehen! Begreifen Sie jetzt? Ich hätte übrigens darauf gefaßt sein müssen, ich selber habe ihn in meiner Dummheit bei ihr eingeführt; und wenn Sie wüßten, mein Gott! Ich habe ihn aufgenommen, ihn ernährt, gekleidet, und alle meine Bemühungen mit den Zeitungen! Ich liebte ihn wie eine Mutter!« Dann mit Hohnlächeln: »Ah! der Herr muß jetzt Sammetkleider haben! eine Spekulation seinerseits, wie Sie denken können! Und sie! Wenn man denkt, daß ich sie als Wäschenäherin gekannt habe! Ohne mich wäre sie mehr als zwanzigmal in den Kot geraten. Aber ich werde sie hineinstoßen, o ja! Ich will, daß sie im Hospital verreckt! Alles soll man erfahren!«

Und wie ein Spülwasserstrom, der den Kehricht mitreißt, wühlte ihre Wut die Schändlichkeiten ihrer Rivalin vor Frédéric auf.

»Sie hat mit Jumillac, mit Flacourt, dem kleinen Allard, mit Bertinaux und Saint Valéry, dem Blatternnarbigen, nein! mit dem andern! es sind zwei Brüder, ganz gleich, geschlafen! Und wenn sie in Verlegenheit war, ordnete ich alles. Und was hatte ich davon? Sie ist so geizig! Und dann müssen Sie schon zugeben, daß es eine große Gefälligkeit war, mit ihr zu verkehren, denn schließlich, wir gehören ja nicht denselben Kreisen an! Bin ich eine Dirne? Verkaufe ich mich? Ohne in Betracht zu ziehen, daß sie strohdumm ist! Sie schreibt Kategorie mit einem ›th‹. Übrigens passen sie gut zusammen, sie sind sich ebenbürtig, obwohl er sich Künstler nennt und sich für ein Genie hält! Aber mein Gott! wenn er Verstand besäße, hätte er nicht eine solche Infamie begangen! Man verläßt nicht eine überlegene Frau um einer Dirne willen! Übrigens pfeife ich darauf! Er wird häßlich! Ich verabscheue ihn! Wenn ich ihm begegnen würde, wahrhaftig, ich spuckte ihm ins Gesicht.«

Sie spie aus. »Ja, so viel mache ich mir jetzt aus ihm! Und Arnoux, wie? Ist es nicht abscheulich? Er hat ihr so oft verziehen! Man kann sich gar keine Vorstellung von seinen Opfern machen! Sie müßte ihm die Füße küssen! Er ist so großmütig, so gut!«

Frédéric tat es wohl, Delmar herunterreißen zu hören. Mit Arnoux war er einverstanden gewesen. Diese Falschheit der Rosanette schien ihm anormal, ungerecht, und von der Bewegung der alten Jungfer ergriffen, fühlte er eine Art Rührung für ihn. Plötzlich befand er sich vor Arnoux' Tür, Mademoiselle Vatnaz war mit ihm, ohne daß er es bemerkt hatte, den Faubourg Poissonnières hinuntergegangen.

»Nun sind wir angelangt«, sagte sie. »Ich kann nicht hinauf. Aber Sie, nichts hält Sie ab!«

»Wozu?«

»Nun, um ihm alles zu sagen!«

Wie plötzlich aus dem Schlafe auffahrend, erkannte Frédéric die Gemeinheit, zu welcher er getrieben wurde.

»Nun?« fuhr sie fort.

Er blickte zum zweiten Stock empor. Madame Arnoux' Lampe brannte. In der Tat hielt ihn nichts ab, hinaufzugehen.

»Ich erwarte Sie hier. So gehen Sie doch!«

Dieser Befehl kühlte ihn gänzlich ab, und er sagte:

»Ich werde lange oben bleiben. Sie tun besser daran, umzukehren. Morgen spreche ich bei Ihnen vor.«

»Nein, nein!« erwiderte die Vatnaz und stampfte mit dem Fuß. »Nehmen Sie ihn mit, führen Sie ihn hin, sehen Sie zu, daß er sie überrascht!«

»Aber Delmar wird nicht mehr dort sein!«

Sie senkte den Kopf.

»Ja, das ist vielleicht richtig!«

Und sie blieb schweigend mitten auf der Straße zwischen den Wagen stehen, dann heftete sie ihre Wildkatzenaugen auf ihn und sagte:

»Ich kann mich auf Sie verlassen, nicht wahr? Wir sind in dieser Sache jetzt auf Gedeih und Verderb verbunden! Also gehen Sie. Auf morgen!«

Frédéric hörte, als er den Korridor durchschritt, zwei Stimmen, die sich antworteten. Madame Arnoux' Stimme sagte:

»Lüge nicht! so lüge doch nicht!«

Er trat ein. Sie verstummten.

Arnoux ging auf und ab, Madame saß auf dem kleinen Stuhl am Kamin; sie war außerordentlich blaß, das Auge starr. Frédéric machte eine Bewegung, wie um sich zurückzuziehen. Arnoux ergriff seine Hand, glücklich über die Hilfe, die ihm kam.

»Aber ich fürchte ...« sagte Frédéric.

»Bleiben Sie doch!« flüsterte ihm Arnoux ins Ohr.

Madame fuhr fort:

»Sie müssen nachsichtig sein, Monsieur Moreau! Das sind Dinge, die in Familien zuweilen vorkommen.«

»Das kommt daher, daß man sie hineinbringt«, sagte Arnoux schalkhaft. »Die Frauen haben manchmal Einfälle! Dieser hier zum Beispiel ist zwar nicht schlecht. Nein, im Gegenteil! Nun, seit einer Stunde macht sie sich das Vergnügen, mich mit einem Haufen Geschichten zu necken.«

»Sie sind wahr!« antwortete Madame Arnoux ungeduldig. »Denn du hast ihn doch gekauft.«

»Ich?«

»Ja, du selbst! im Geschäft zum ›Perser‹!«

»Den Kaschmir!« dachte Frédéric.

Er fühlte sich schuldig, und ihm ward angst.

Sofort fügte sie hinzu:

»Es war im vorigen Monat, ein Sonnabend, der 14.!«

»Ah! An dem Tage gerade war ich in Creil! Da siehst du also!«

»Durchaus nicht! Denn wir waren am 14. bei den Bertins zu Tisch!«

»Am 14. …?« sagte Arnoux und blickte auf, wie nach einem Datum suchend.

»Und der Kommis, der ihn verkaufte, war blond.«

»Wie kann ich mich denn des Kommis entsinnen!«

»Jedoch hat er unter deinem Diktat die Adresse geschrieben: 18 Rue de Laval.«

»Woher weißt du das?« fragte Arnoux bestürzt.

Sie zuckte die Achseln.

»Oh! das ist sehr einfach: Ich war dort, um meinen Kaschmir ausbessern zu lassen, und der Abteilungsleiter teilte mir mit, daß soeben ein gleicher an Madame Arnoux geschickt worden sei.«

»Kann ich dafür, wenn in derselben Straße eine Madame Arnoux wohnt?«

»Ja! aber nicht Jacques Arnoux«, erwiderte sie.

Nun fing er an abzuschweifen und beteuerte seine Unschuld. Es sei ein Irrtum, ein Zufall, eines jener unerklärlichen Dinge, wie sie vorkommen. Man dürfe niemand auf den bloßen Argwohn, auf schwache Verdachtsgründe hin verurteilen, und er zitierte das Beispiel des unglücklichen Lesurques.

»Kurz, ich versichere dir, daß du dich irrst! Willst du, daß ich auf mein Wort schwöre?«

»Das ist nicht der Mühe wert!«

»Warum?«

Sie sah ihm, ohne etwas zu sagen, ins Gesicht, dann streckte sie die Hand aus, nahm das silberne Kästchen vom Kamin und reichte ihm eine entfaltete Rechnung. Arnoux wurde rot bis über die Ohren, und seine entstellten Züge schwollen an.

»Nun?«

»Aber ...« erwiderte er langsam, »was beweist das?«

»Ah!« sagte sie mit seltsamem Klang voll Schmerz und Ironie in der Stimme. »Ah!«

Arnoux behielt die Rechnung in den Händen und drehte sie, indem er die Augen nicht davon wandte, als hätte er darin die Lösung eines großen Rätsels finden müssen.

»Oh! ja, ich erinnere mich«, sagte er endlich. »Es war ein Auftrag. – Das müssen Sie doch wissen, Frédéric?« Frédéric schwieg. »Ein Auftrag, der mir gegeben wurde ... vom ... alten Oudry.«

»Und für wen?«

»Für seine Mätresse!«

»Für die Ihrige!« rief Madame Arnoux aus, sich gerade aufrichtend.

»Ich schwöre dir ...«

»Fangen Sie nicht wieder an. Ich weiß alles!«

»Ah! sehr gut! man spioniert mich also aus?«

Sie erwiderte kalt: »Das verletzt vielleicht Ihr Zartgefühl?«

»Von dem Augenblick an, wo man sich hinreißen läßt«, entgegnete Arnoux, seinen Hut suchend, »nützt es nichts, weiterzureden!«

Dann mit einem tiefen Seufzer:

»Verheiraten Sie sich nicht, mein armer Freund, nein, glauben Sie mir!«

Und er machte sich aus dem Staub, um Luft zu schöpfen.

Ein tiefes Schweigen entstand darauf, und alles im Zimmer schien unbeweglicher. Ein leuchtender Kreis erhellte die Decke über der Carcel-Lampe, während der Schatten sich in den Ecken wie übereinandergelegte schwarze Gaze verbreitete; man vernahm das Ticktack der Uhr und das Prasseln des Feuers.

Madame Arnoux hatte sich an der andern Seite des Kamins in den Fauteuil gesetzt; fröstelnd biß sie sich auf die Lippen, ihre beiden Hände erhoben sich, ein Schluchzen entrang sich ihr, sie weinte.

Er setzte sich auf den kleinen Stuhl, und mit einschmeichelnder Stimme, wie man mit einem Kranken spricht, sagte er:

»Sie zweifeln nicht daran, daß ich Anteil nehme …?«

Sie antwortete nichts, fuhr aber laut in ihren Betrachtungen fort:

»Ich lasse ihm doch seine Freiheit! Er hatte es nicht nötig, zu lügen!«

»Gewiß«, sagte Frédéric.

Das war wahrscheinlich die Folge seiner Gewohnheiten, er hatte nicht daran gedacht, und vielleicht, daß in ernsteren Dingen …

»Was sehen Sie denn Ernsteres?«

»Ah! nichts!«

Frédéric verneigte sich mit einem gehorsamen Lächeln. Arnoux besäße jedoch gewisse Eigenschaften, er liebe seine Kinder.

»Ah! er tut alles, um sie zu ruinieren!«

Das käme von seiner zugänglichen Gemütsart, er sei doch ein guter Mensch.

Sie rief aus:

»Aber was soll das heißen, ein guter Mensch?«

So verteidigte er ihn auf die unbestimmteste Art, die er finden konnte, und während er sie bedauerte, freute und ergötzte er sich im Grund seiner Seele. Aus Rache oder aus Bedürfnis nach Liebe würde sie sich zu ihm flüchten. Seine übermäßig gesteigerte Hoffnung erhöhte seine Liebe.

Niemals war sie ihm so fesselnd, so überaus schön erschienen. Ab und zu hob ein Atemzug ihre Brust, ihre starren Augen schienen durch eine innere Vision erweitert, und ihr Mund war halb geöffnet, als ob sie ihre Seele hätte geben mögen. Zuweilen preßte sie ihr Taschentuch darauf, er hätte dieses Stückchen von Tränen getränkter Batist sein mögen. Wider Willen sah er nach dem Bett im Hintergrund des Alkovens und stellte sich ihren Kopf auf dem Kissen vor; und er sah es so deutlich, daß er an sich halten mußte, um sie nicht in die Arme zu schließen.

Beruhigt, wie leblos, schloß sie die Lider. Da näherte er sich ihr und prüfte, über sie gebeugt, begehrlich ihr Gesicht.

Ein Geräusch von Tritten ertönte im Flur, es war der andere.

Sie hörten ihn die Tür seines Zimmers schließen. Frédéric fragte Madame Arnoux durch ein Zeichen, ob er hinübergehen solle.

Sie erwiderte auf dieselbe Weise »ja«, und dieser stumme Gedankenaustausch war wie ein Einverständnis, ein Beginn von Ehebruch.

Arnoux, im Begriff, schlafen zu gehen, knöpfte seinen Gehrock auf.

»Nun, wie geht es ihr?«

»Oh! besser!« sagte Frédéric. »Das wird schon vorübergehen.«

Aber Arnoux war bedrückt.

»Sie kennen sie nicht! Sie ist jetzt nervös ...! Esel von Kommis. Das kommt davon, wenn man zu gut ist! Hätte ich doch der Rosanette diesen verwünschten Schal nicht geschenkt!«

»Bedauern Sie es nicht, Sie ist Ihnen äußerst dankbar!«

»Glauben Sie?«

Frédéric zweifelte nicht daran. Der Beweis dafür sei, daß sie den alten Oudry verabschiedet habe.

»Ach, armer Schatz!«

Und im Übermaß seiner Bewegung wollte Arnoux zu ihr eilen.

»Es lohnt die Mühe nicht! Ich komme von ihr, sie ist krank!«

»Um so mehr!«

Eilig zog er den Gehrock wieder an und nahm seinen Wachsstock. Frédéric verwünschte sich ob seiner Dummheit und stellte ihm vor, daß er anstandshalber diesen Abend bei seiner Frau bleiben müsse. Er dürfe sie nicht verlassen, das wäre sehr unrecht!

»Frei heraus gesagt, Sie würden unrecht tun! Nichts drängt dort! Sie werden morgen hingehen! Hören Sie, tun Sie es mir zulieb.«

Arnoux stellte seinen Wachsstock wieder hin und sagte, ihn umarmend:

»Sie sind gut, Sie!«

III.

Nun begann für Frédéric ein elendes Leben. Er wurde der Hausparasit.

War jemand unpäßlich, so kam er dreimal des Tages, um sich zu erkundigen, ging zum Klavierstimmer, erfand tausend Zuvorkommenheiten, ertrug es mit zufriedener Miene, wenn Mademoiselle Marthe trotzig war und der kleine Eugène ihm mit seinen schmutzigen Händen liebkosend ins Gesicht fuhr. Er nahm an den Diners teil, bei denen das Ehepaar, ohne ein Wort zu wechseln, einander gegenübersaß oder Arnoux gar seine Frau durch abgeschmackte Bemerkungen reizte. Nach der Mahlzeit spielte dieser im Zimmer mit seinem Sohn, versteckte sich hinter die Möbel oder trug ihn auf seinem Rücken, wobei er wie Heinrich IV. auf allen vieren kroch. Endlich ging er – Arnoux –, und sofort kam sie auf den ewigen Gegenstand ihrer Klagen: Arnoux.

Es war nicht sein leichtsinniges Leben, was sie empörte. Aber sie schien in ihrem Stolz zu leiden und zeigte ihren Widerwillen gegen diesen Mann, der weder Zartgefühl noch Würde oder Ehre besaß.

»Er ist eher ein Narr!« sagte sie.

Geschickt entlockte ihr Frédéric vertrauliche Eröffnungen. Bald kannte er ihr ganzes Leben.

Ihre Eltern waren kleine Bürgersleute in Chartres. Eines Tages, als Arnoux am Ufer des Flusses zeichnete (er hielt sich damals für einen Maler), hatte er sie bemerkt, wie sie aus der Kirche kam, und um ihre Hand angehalten; seines Vermögens wegen hatte man nicht gezögert. Überdies liebte er sie glühend. Sie fügte hinzu:

»Mein Gott, er liebt mich noch! auf seine Weise!«

Die ersten Monate waren sie in Italien gereist.

Arnoux hatte trotz seiner Begeisterung über die Landschaft und die Werke der Meister nichts getan als über den Wein gestöhnt und, um sich zu zerstreuen, mit Engländern Picknicks veranstaltet. Er hatte ein paar Bilder günstig wiederverkauft und war so dem Kunsthandel verfallen. Dann hatte er einen Narren an einer Fayence-Fabrik gefressen. Augenblicklich lockten ihn andere Unternehmungen, dabei werde er immer gröber und nehme kostspielige und niedrige Gewohnheiten an. Sie habe ihm weniger seine Laster als alle seine Taten vorzuwerfen. Keine Änderung könne man erhoffen, ihr Unglück sei endgültig besiegelt.

Frédéric versicherte, daß auch sein Leben verfehlt sei. Doch sei er noch sehr jung. Warum verzweifeln? Und sie gab ihm gute Ratschläge:

»Arbeiten Sie! Verheiraten Sie sich!« Er antwortete mit einem bitteren Lächeln, denn anstatt den wahren Grund seines Kummers zu gestehen, heuchelte er einen anderen, erhabenen, spielte ein wenig den Antony, den Ausgestoßenen – Redensarten, die übrigens seinem Gedankengang nicht ganz widersprachen.

Die Tat ist für gewisse Männer um so unausführbarer, je stärker das Verlangen ist. Das Mißtrauen gegen sich selbst setzt sie in Verlegenheit; die Furcht, zu mißfallen, erschreckt sie; überdies gleichen tiefe Neigungen ehrbaren Frauen, sie fürchten sich, entdeckt zu werden, und gehen gesenkten Blicks durchs Leben.

Obwohl er Madame Arnoux nun näher kannte (vielleicht gerade darum), war er noch feiger als früher. Jeden Morgen schwor er sich, kühn zu sein. Eine unbesiegbare Scham hinderte ihn daran, und er konnte sich nach keinem Vorbild richten, da sie von allen anderen verschieden war. Kraft seiner Träume hatte er sie über das Menschliche hinausgehoben. Er fühlte sich neben ihr von geringerer Bedeutung für die Welt als die Seidenschnitzel, die von ihrer Schere fielen.

Dann kam er auf absurde, ungeheuerliche Dinge, wie nächtliche Überraschungen mit Betäubungsmitteln und Nachschlüsseln – alles schien ihm leichter als sich ihrer Geringschätzung auszusetzen.

Übrigens bildeten die Kinder, die zwei Dienstmädchen, die Anordnung der Zimmer unüberwindbare Hindernisse. Dann faßte er den Entschluß, sie für sich allein besitzen zu wollen und recht weit weg mit ihr zusammenzuleben; er überlegte sogar, welcher See blau genug, welches Gestade mild genug sei, ob es Spanien, die Schweiz oder der Orient werden solle; er suchte die Tage, an denen sie besonders ärgerlich schien, dafür aus, um ihr zu erklären: sie müsse von hier fort, sie müsse ein Mittel dazu erfinden, er sähe kein anderes als die Scheidung. Allein, aus Liebe zu ihren Kindern würde sie niemals zu einem solchen verzweifelten Entschluß kommen. Soviel Tugend erhöhte seine Achtung.

Seine Nachmittage vergingen mit der Erinnerung an den Besuch des vorigen Tages und dem Verlangen nach dem des heutigen Abends. Wenn er nicht mit ihnen speiste, stellte sich Frédéric gegen neun Uhr an die Straßenecke, stieg, sobald Arnoux die Haustür geschlossen hatte, schnell die beiden Stockwerke hinauf und fragte das Mädchen mit unbefangener Miene:

»Ist der Herr zu Haus?«

Dann stellte er sich überrascht, ihn nicht zu treffen.

Oft kehrte Arnoux unerwartet zurück. Dann mußte er ihn in ein kleines Café in der Rue Sainte Anne begleiten, in dem Regimbart jetzt verkehrte.

Der Citoyen begann damit, eine neue Beschwerde gegen die

Krone vorzubringen. Dann plauderten sie, indem sie sich in aller Freundschaft Beleidigungen sagten, denn der Fabrikant hielt Regimbart für einen Denker hohen Ranges, und voll Kummer, soviel Begabung verlorengehen zu sehen, neckte er ihn wegen seiner Faulheit. Der Citoyen sah in Arnoux einen Mann von viel Herz und Phantasie, der aber entschieden zu unmoralisch sei; daher behandelte er ihn auch ohne jegliche Nachsicht und weigerte sich sogar, bei ihm zu speisen, weil »die Zeremonie ihn anöde«.

Zuweilen wurde Arnoux im Augenblicke des Abschieds von Heißhunger befallen. Er »mußte« eine Omelette oder Pellkartoffeln essen, und da diese Speisen in dem Lokal nicht zu haben waren, ließ er sie holen. Man wartete. Regimbart ging nicht fort und aß schließlich brummend etwas mit.

Nichtsdestoweniger war er verstimmt; er saß stundenlang mit demselben halbgefüllten Glase vor sich. Da die Vorsehung die Dinge keineswegs nach seinen Ideen lenkte, wurde er zum Hypochonder, wollte nicht einmal die Zeitungen lesen und brüllte bei dem bloßen Namen »England« wie ein Löwe. Bei einer Gelegenheit, als der Kellner ihn schlecht bediente, rief er aus:

»Haben wir nicht schon genug an den Kränkungen des Auslandes!«

Abgesehen von diesen Krisen verhielt er sich schweigend und dachte über einen »unfehlbaren Coup nach, um die ganze Bude in die Luft zu sprengen.«

Während er in seine Gedanken versunken war, erzählte Arnoux mit eintöniger Stimme und etwas verglasten Augen unglaubliche Anekdoten, in denen er dank seines sicheren Auftretens immer geglänzt hatte, und Frédéric empfand (ohne Zweifel infolge starker Seelenverwandtschaft) eine gewisse Begeisterung für ihn. Er machte sich Vorwürfe wegen dieser Schwäche und fand, daß er ihn im Gegenteil hassen müsse.

Arnoux jammerte bei ihm über die Stimmung seiner Frau, über ihren Eigensinn, ihre ungerechten Voreingenommenheiten. Sie war nicht wie früher.

»An Ihrer Stelle«, sagte Frédéric, »würde ich ihr eine Pension aussetzen und allein leben.«

Arnoux erwiderte nichts und fing einen Augenblick später an, sie zu loben. Sie sei gut, aufopfernd, gescheit, tugendsam. Auf ihre körperlichen Vorzüge übergehend, erging er sich in Enthüllungen mit der Unbesonnenheit jener Leute, die ihre Schätze in den Herbergen ausbreiten.

Eine Katastrophe brachte ihn aus seinem Gleichgewicht.

Er war als Mitglied des Aufsichtsrates in eine Kaolingesellschaft eingetreten. Aber da er sich auf alles verließ, was ihm gesagt wurde, hatte er unwahre Berichte unterzeichnet und ohne Nachprüfung die jährlichen Inventare gutgeheißen, die der betrügerische Geschäftsführer aufgestellt hatte. Nun war aber die Gesellschaft zusammengebrochen und Arnoux, nach dem Zivilrecht verantwortlich, eben mit den anderen zur Leistung des Schadenersatzes verurteilt worden. Dies bedeutete für ihn einen Verlust von ungefähr dreißigtausend Francs, der sich durch die Begründung des Urteils noch verschärfte.

Frédéric las dies in einer Zeitung und stürzte in die Rue de Paradis.

Er wurde in dem Zimmer von Madame empfangen. Es war um die Zeit des ersten Frühstücks. Schalen mit Kaffee und Milch standen auf einem Tischchen beim Kaminfeuer. Pantoffeln lagen in Unordnung auf dem Teppich umher, Kleider auf den Sesseln. Arnoux in Unterhosen und Trikotjacke hatte rote Augen und zerzaustes Haar, der kleine Eugène weinte wegen seines Ziegenpeters und knabberte dabei doch an seiner belegten Brotschnitte, seine Schwester aß gelassen, Madame Arnoux, ein wenig bleicher als sonst, bediente sie alle drei.

»Nun«, sagte Arnoux und stieß einen tiefen Seufzer aus, »Sie wissen!« Und als Frédéric eine Gebärde des Mitgefühls machte: »Da sehen Sie's! Ich war das Opfer meines Vertrauens.«

Dann schwieg er, und seine Niedergeschlagenheit war so groß, daß er das Frühstück zurückwies. Madame Arnoux blickte auf und zuckte die Achseln. Er strich sich mit den Händen über die Stirn.

»Schließlich bin ich nicht schuldig. Ich habe mir nichts vorzuwerfen. Es ist ein Unglück! Man wird schon drüber hinwegkommen! Ah was! macht nichts!«

Schließlich gab er den Bitten seiner Frau nach und schnitt einen Butterstollen an.

Abends wollte er mit ihr allein im »Cabaret particulier« der Maison d'Or speisen. Madame Arnoux hatte gar kein Verständnis für diese Herzensregung und war sogar beleidigt, daß sie wie eine Lorette behandelt werden sollte, obwohl es von Arnoux als ein Beweis der Zärtlichkeit gemeint war. Dann ging er, da er sich langweilte, zur Marschallin, um sich zu zerstreuen.

Bisher hatte man ihm wegen seines gutmütigen Charakters vieles durchgehen lassen. Sein Prozeß versetzte ihn unter die anrüchigen Leute. Er wurde gemieden.

Frédéric machte es sich zur Ehrensache, mehr als je mit ihnen zu verkehren. Er mietete eine Parterreloge im »Théâtre Italien« und führte sie jede Woche dahin. Jedoch waren sie an jenem Punkt angelangt, wo in unharmonischen Ehen eine unüberwindliche Ermüdung aus den gegenseitig gemachten Zugeständnissen entsteht und das Leben unerträglich macht. Madame Arnoux hielt an sich, um nicht aufzufahren, und Arnoux ward immer verstimmter. Der Anblick dieser beiden Unglücklichen betrübte Frédéric.

Da er ihr Vertrauen besaß, hatte sie ihn beauftragt, sich über Arnoux' Angelegenheiten zu unterrichten. Aber er schämte sich, es war ihm peinlich, Arnoux' Diners anzunehmen, während er seine Frau begehrte. Er tat es aber doch, indem er sich damit entschuldigte, sie beschützen zu müssen, auch könne sich eine Gelegenheit bieten, ihr nützlich zu sein.

Acht Tage nach dem Ball hatte er Monsieur Dambreuse einen Besuch gemacht. Der Bankier hatte ihm einige zwanzig Aktien von seinem Kohlenunternehmen angeboten. Frédéric war nicht wieder hingegangen. Deslauriers schrieb ihm Briefe, er ließ sie unbeantwortet. Pellerin hatte ihn aufgefordert, zu kommen, um das Porträt anzusehen; er versetzte ihn immer. Doch gab er Cisy nach, der ihn plagte, ihn mit Rosanette bekannt zu machen.

Sie empfing ihn sehr freundschaftlich, ohne ihm jedoch um den Hals zu fallen wie sonst. Sein Begleiter war glücklich, bei einer Unreinen Zutritt zu haben und namentlich mit einem Schauspieler zu plaudern; Delmar befand sich bei ihr.

Ein Drama, in dem er einen Bauern dargestellt hatte, der Ludwig dem XIV. gute Lehren gibt und das Jahr 89 prophezeit, hatte ihn so in den Vordergrund gerückt, daß nun immer dieselbe Rolle für ihn zugestutzt wurde. Seine Aufgabe bestand jetzt darin, die Monarchen aller Länder zu verhöhnen. Als englischer Brauer schmähte er Karl I., verwünschte als Student von Salamanca Philipp II. oder entrüstete sich als gefühlvoller Pater über die Pompadour, das war das schönste! Die Gassenbuben erwarteten ihn am Ausgang der Bühne, um ihn zu sehen, und seine Biographie, die in den Zwischenakten verkauft wurde, schilderte ihn, wie er seine alte Mutter pflegte, das Evangelium las, den Armen beistand, alles in allem in der Beleuchtung eines heiligen Vincent de Paul, vermischt mit Brutus und Mirabeau. Man sagte: Unser Delmar. Er hatte eine Mission, er wurde Christus.

Dies alles hatte Rosanette geblendet, und sie hatte sich, da sie nicht habsüchtig war, von dem alten Oudry befreit, ohne sich die geringste Sorge zu machen. Arnoux, der sie kannte, hatte es sich lange Zeit zunutze gemacht, um sie ohne große Kosten zu unterhalten. Dann war der Alte erschienen, und alle drei hatten Sorge getragen, sich nicht deutlich über die Lage auszulassen. Dann hatte Arnoux, im Glauben, daß sie den anderen um seinetwillen allein verabschiede, ihre Pension erhöht. Aber ihre Forderungen erneuten sich mit einer unerklärlichen Häufigkeit, denn sie führte eine viel weniger kostspielige Lebensweise, sie hatte sogar den Kaschmirschal veräußert, um sich von ihren alten Schulden zu befreien, wie sie sagte; und er gab unaufhörlich, sie verhexte ihn, nutzte ihn erbarmungslos aus. Natürlich regnete es nur so Rechnungen und Stempelpapier ins Haus. Frédéric fühlte die nahe Krisis kommen.

Eines Tages stellte er sich ein, um Madame Arnoux zu besuchen. Sie war ausgegangen. Der Herr arbeitete unten im Geschäft.

In der Tat bemühte sich Arnoux mitten unter seinem Porzellanzeug, neuvermählten Bürgersleuten aus der Provinz etwas aufzuschwatzen. Er sprach vom Drehen und der Arbeit auf der Scheibe, vom Getupften und Glasierten; die anderen, die nicht verraten wollten, daß sie nichts davon verstanden, stimmten allem bei und kauften.

Als die Käufer sich entfernt hatten, erzählte er, daß er morgens mit seiner Frau eine kleine Auseinandersetzung gehabt habe. Um den Bemerkungen über die Ausgaben zuvorzukommen, hatte er versichert, daß die Marschallin nicht mehr seine Mätresse sei.

»Ich habe ihr sogar gesagt, daß sie die Ihre wäre.«

Frédéric war entrüstet, aber Vorwürfe konnten ihn verraten; er stammelte: »Ah! das war unrecht, sehr unrecht von Ihnen!«

»Was tut das?« sagte Arnoux. »Worin bestünde denn die Schande, als ihr Liebhaber zu gelten? Ich bin es doch auch, ich! Würden Sie sich nicht geschmeichelt fühlen, es zu sein?«

Hatte sie gesprochen? War das eine Anspielung? Frédéric beeilte sich, zu antworten:

»Nein! ganz und gar nicht! im Gegenteil!«

»Nun also?«

»Ja, es ist wahr! es tut nichts.«

Arnoux fuhr fort:

»Warum kommen Sie nicht mehr hin?«

Frédéric versprach, sich wieder dort sehen zu lassen.

»Ah! ich vergaß! Sie sollten ... indem Sie von Rosanette sprechen ... meiner Frau gegenüber ein Wort fallen lassen ... ich weiß nicht wie, aber Sie werden es schon finden ... eben etwas, das sie überzeugt, daß Sie Rosanettes Geliebter sind. Ich bitte Sie darum als um einen Dienst, he?«

Statt jeder Antwort machte der junge Mann eine zweideutige Grimasse.

Durch diese Verleumdung war er verloren. Noch am selben Abend ging er zu ihr und schwor, daß Arnoux' Angaben unwahr seien.

»Wirklich?«

Er schien aufrichtig. Sie atmete tief und sagte mit einem schönen Lächeln: »Ich glaube Ihnen.« Dann senkte sie den Kopf, und ohne ihn anzusehen: »Übrigens, niemand hat ein Recht auf Sie!«

Sie ahnte also nichts und verachtete ihn, da sie nicht daran dachte, er könne sie genug lieben, um ihr treu zu bleiben! Frédéric, der seine Versuche bei der andern vergaß, fand ihr Zugeständnis beleidigend. Dann ersuchte sie ihn, zuweilen zu dieser »Person« zu gehen, um sich ein wenig auf dem laufenden zu halten.

Arnoux kam hinzu und wollte ihn fünf Minuten später zu Rosanette mitschleppen.

Die Lage wurde unerträglich.

Ein Brief seines Notars, der ihm am nächsten Tag fünfzehntausend Francs schicken sollte, lenkte ihn ab. Er wollte seine Nachlässigkeit Deslauriers gegenüber wiedergutmachen und ging zu ihm, um ihm diese gute Nachricht mitzuteilen.

Der Advokat wohnte Rue des Trois Maries im fünften Stock auf den Hof hinaus. Sein Bureau, ein kleiner viereckiger Raum mit Steinfliesen und graufarbiger Tapete, hatte als Hauptschmuck eine goldene Medaille, seinen Doktorpreis, in einem Ebenholzrahmen neben dem Spiegel. Ein Mahagonibücherschrank barg hinter Glasscheiben hundert Bände. Der mit braunem Leder überzogene Schreibtisch nahm die Mitte des Zimmers ein. Vier alte, grüne Sammetfauteuils standen in den Ecken, Späne flammten im Kamin, und daneben lag immer ein Reisigbündel bereit, um, wenn es klingelte, angezündet zu werden. Es war seine Sprechstunde: Der Advokat trug eine weiße Krawatte.

Bei der Ankündigung der fünfzehntausend Francs (er hatte zweifellos nicht mehr darauf gerechnet) grinste er vor Vergnügen.

»Das ist schön, mein Lieber, das ist schön, sehr schön!« Er warf Holz ins Feuer, setzte sich wieder und sprach sofort von der Zeitung. Das erste, was zu tun sei, wäre, sich Hussonnets zu entledigen.

»Dieser blödsinnige Kerl langweilt mich! Wenn man Ansichten heruntermachen will, so ist es meiner Meinung nach am besten und am klügsten, selbst keine zu haben.«

Frédéric schien erstaunt.

»Aber in allem Ernst. Es wäre an der Zeit, die Politik wissenschaftlich zu behandeln. Die Alten des 18. Jahrhunderts hatten damit begonnen, als Rousseau und die Literaten zur großen Freude der Katholiken die Philanthropie, die Poesie und anderen Blödsinn hineinbrachten, eine überdies ganz natürliche Verbindung, da die modernen Reformatoren (ich kann es beweisen) alle an die Offenbarung glauben. Aber wenn ihr für Polen Messen singt, wenn ihr an Stelle des Gottes der Dominikaner, der ein Henker war, den Gott der Romantiker nehmt, der ein Tapezierer ist, wenn ihr endlich vom Absoluten keinen weiteren Begriff habt als eure Ahnen, dann wird die Monarchie unter euren republikanischen Formen durchbrechen, und eure rote Mütze wird nie etwas anderes sein als ein Priesterkäppchen! Nur wird die Einzelhaft die Folter ersetzt haben, die Beschimpfung der Religion das Sakrileg, das europäische Konzert die Heilige Allianz; und in diesem schönen Zustand, den man bewundert, der aus Trümmern der Zeit Ludwigs XIV., Bruchstücken Voltaires mit kaiserlicher Tünche und Fragmenten der englischen Konstitution besteht, wird man erleben, wie die Stadträte versuchen, den Bürgermeister zu schikanieren, die Generalräte ihren Präfekten, die Kammern den König, die Presse die Regierung, die Verwaltung alle Welt! Aber die guten Seelen sind in Verzückung über das Zivilgesetzbuch, ein Werk, das, was man auch sagen mag, in einem kleinlichen tyrannischen Geiste verfaßt ist, da der Gesetzgeber, anstatt seinen Beruf auszuüben, der darin besteht, die Gebräuche zu regeln, danach trachtete, die Gesellschaft zu modeln wie ein Lykurg! Warum beschränkt das Gesetz den Familienvater in Testamentssachen? Warum erschwert es die Zwangsversteigerung von Grundstücken und Immobilien? Warum bestraft es die Landstreicherei, die nicht einmal eine Übertretung sein sollte, als Vergehen? Und andere Fälle! Ich kenne sie! Ich werde aber auch einen kleinen Roman mit dem Titel ›Geschichte der Rechtsidee‹ schreiben, der spaßhaft sein wird! Aber ich habe einen schauderhaften Durst! und du?«

Er beugte sich aus dem Fenster und rief dem Hausmeister zu, Grog aus dem Wirtshaus zu holen.

»Kurz gesagt, ich sehe drei Parteien – nein! drei Gruppen –, von denen mich keine interessiert: diejenigen, die besitzen, diejenigen, die nichts mehr haben, und diejenigen, die versuchen, zu Besitz zu gelangen. Aber alle stimmen in der blödsinnigen Abgötterei mit der Autorität überein! Beispiele: Mably empfiehlt, daß man die Philosophen an der Veröffentlichung ihrer Lehrsätze verhindere, Monsieur Wronski, der Geometer, nennt die Zensur in seiner Sprache ›kritische Unterdrückung der spekulativen Spontaneität‹, Pater Enfantin segnet die Habsburger dafür, ›eine wuchtige Hand über die Alpen gestreckt zu haben, um Italien im Zaume zu halten‹, Pierre Leroux will uns zwingen, einen Redner anzuhören, und Louis Blanc neigt zu einer Staatsreligion; eine solche Sucht nach Gängelung hat dies Vasallenvolk! Indessen ist nicht einer legitim trotz ihrer ewigen Prinzipien. Aber da Prinzip Ursprung bedeutet, muß man immer wieder eine Revolution ins Auge fassen, eine Gewalttat, eine vorübergehende Tat. So ist das Prinzip der unsrigen die nationale Oberherrschaft in parlamentarischer Form, obwohl das Parlament es nicht einräumt! Aber inwiefern wäre die Oberherrschaft des Volkes heiliger als das göttliche Recht? Eins wie das andere sind Erfindung! Genug der Metaphysik und der Gespenster! Es sind keine Dogmen nötig, um die Straßen kehren zu lassen! Man wird sagen, daß ich die Gesellschaft stürze! Nun, und wenn? Wo läge das Unrecht? In der Tat, sie ist sauber, deine Gesellschaft.«

Frédéric hätte ihm vielerlei darauf erwidern können. Da er ihn aber weitab von Sénécals Theorien sah, war er voller Nachsicht. Er begnügte sich damit, zu entgegnen, daß ein solches System sie nur allgemein verhaßt machen würde.

»Im Gegenteil, da wir jeder Partei ein Pfand des Hasses gegen ihren Nachbarn gegeben haben, werden alle zu uns stehen. Du wirst dich auch daranmachen und uns transzendente Kritik liefern.«

Die überkommenen Ideen müßten angegriffen werden, die Akademie, die »Ecole normale«, das Konservatorium, die Comédie Française, alles, was einer Institution gleiche. Dadurch würden sie ihrer Zeitschrift eine einheitliche Richtung geben. Wenn sie dann erst gut eingeführt sein werde, müsse das Blatt plötzlich täglich erscheinen; dann würden sie die Personen angreifen.

»Und man wird uns respektieren, verlaß dich darauf!«

Deslauriers sah nun seinen alten Traum sich verwirklichen: Schriftleiter! Das heißt, das unaussprechliche Glück, andere zu leiten, ihre Artikel nach Belieben zurechtzustreichen, zu bestellen oder abzuweisen. Seine Augen sprühten hinter der Brille, er ereiferte sich und trank Zug um Zug mechanisch ein Gläschen Grog nach dem andern.

»Du wirst dann wöchentlich einmal ein Diner geben müssen. Das ist unerläßlich, und sollte die Hälfte deines Einkommens daraufgehen! Man wird sich dazu drängen, es wird ein Mittelpunkt für die anderen, ein Hebel für dich sein; und wenn wir die öffentliche Meinung bei beiden Enden packen und in der Gewalt haben, Literatur sowie Politik, so wirst du erleben, daß wir, ehe sechs Monate verfließen, in Paris in der ersten Reihe stehen.«

Frédéric empfand beim Zuhören ein Gefühl der Verjüngung, wie ein Mensch, der nach langem Aufenthalt im Zimmer ins Freie gebracht wird. Diese Begeisterung nahm ihn gefangen.

»Ja, ich bin ein Faulenzer gewesen, ein Tor, du hast recht!«

»Das ist schön!« rief Deslauriers, »ich finde meinen Frédéric wieder!«

Und ihm die Faust unter die Kinnlade haltend:

»Ach! wie hast du mich leiden machen. Aber es tut nichts! ich habe dich doch lieb.«

Sie standen da, sahen einander gerührt an und waren nahe daran, sich zu umarmen.

Eine Frauenhaube erschien auf der Schwelle des Vorzimmers.

»Was führt dich her?« fragte Deslauriers. Es war Mademoiselle Clemence, seine Mätresse. Sie antwortete, daß sie beim zufälligen Vorübergehen an seiner Wohnung dem Wunsch, ihn zu sehen, nicht habe widerstehen können. Um gemeinsam einen kleinen Imbiß zu nehmen, bringe sie Kuchen für ihn mit, die sie auf den Tisch legte.

»Gib auf meine Papiere acht!« rief der Advokat barsch. »Übrigens ist es das dritte Mal, daß ich dir verbiete, während meiner Sprechstunde zu kommen.«

Sie wollte ihn küssen.

»Schon gut! sieh zu, daß du weiterkommst!«

Er stieß sie zurück, sie schluchzte auf.

»Ach! du fällst mir beschwerlich, begreife doch!«

»Weil ich dich liebe!«

»Ich verlange nicht, daß man mich liebt, sondern daß man meine Wünsche achtet!«

Bei diesen harten Worten versiegten Clemences Tränen. Sie stellte sich ans Fenster und blieb dort, die Stirn an die Scheibe gedrückt, reglos stehen.

Ihre Haltung und ihr Schweigen reizten Deslauriers.

»Wenn du fertig bist, bestellst du deinen Wagen, nicht wahr?«

Sie drehte sich um, auffahrend:

»Du schickst mich fort?«

»Ganz richtig!«

Sie heftete ihre blauen Augen auf ihn, zweifellos in einer letzten Bitte, schlug dann die Enden ihres schottischen Schals übereinander, wartete noch einen Augenblick und ging.

»Du solltest sie zurückrufen«, sagte Frédéric.

»Bewahre!«

Da er ausgehen mußte, begab sich Deslauriers in die Küche, die sein Ankleidezimmer war. Auf dem Ausguß standen neben einem Paar Stiefel die Überbleibsel eines mageren Mittagsmahles. In einer Ecke am Boden sah man eine Matratze und eine Decke, zusammengerollt.

»Dies hier beweist dir«, sagte er, »daß ich wenig Marquisen empfange! Es ist leicht, darauf zu verzichten, glaube mir, und auf die anderen auch. Die einem nichts kosten, nehmen einem die Zeit, das ist Geld in einer anderen Form; nun bin ich aber nicht reich! Und dann sind sie alle so dumm! so dumm! Kannst du mit einer Frau reden?«

Sie trennten sich an der Ecke des Pont-Neuf.

»Also abgemacht! Du bringst mir das Ding morgen, sobald du es hast!«

»Abgemacht!« sagte Frédéric.

Am nächsten Morgen erhielt er beim Erwachen durch die Post eine Anweisung über fünfzehntausend Francs auf die Bank.

Dieser Papierfetzen stellte für ihn fünfzehn große Geldsäcke dar, und er sagte sich, mit einer solchen Summe könne er erstens seinen Wagen auf drei Jahre behalten, anstatt ihn zu verkaufen, wozu er in nächster Zeit gezwungen sein würde, oder sich zwei schöne damaszierte Rüstungen kaufen, die er am Quai Voltaire gesehen hatte, dann noch eine Anzahl anderer Dinge, Gemälde, Bücher und wie viele Blumensträuße, Geschenke für Madame Arnoux! Alles schließlich schien ihm besser als so viel Geld aufs Spiel zu setzen oder an diese Zeitung zu verlieren! Deslauriers schien ihm anmaßend, seine Herzlosigkeit am vorigen Tage kühlte ihn gegen ihn ab, und Frédéric überließ sich seiner Reue, als er zu seiner Überraschung Arnoux eintreten sah, der sich schwer auf den Rand seines Lagers setzte, wie ein mutloser Mensch.

»Was gibt's denn?«

»Ich bin verloren!«

Er sollte am gleichen Tage in der Kanzlei des Monsieur Beauminet, Notar in der Rue Sainte Anne, achtzehntausend Francs einzahlen, die er von einem gewissen Vanneroy entliehen hatte.

»Es ist eine unerklärliche Katastrophe! Ich habe ihm eine Hypothek gegeben, die ihn doch beruhigen konnte! Aber er droht mir mit einem Zahlungsbefehl, wenn ich ihn nicht heute nachmittag zufriedenstelle!«

»Und dann?«

»Dann, nun, das ist sehr einfach! Er wird mein Haus zwangsweise veräußern lassen. Der erste Anschlagzettel ruiniert mich, das ist alles! Ach! wenn ich jemand fände, der mir diese verwünschte Summe vorstrecken könnte, er nähme die Stelle von Vanneroy ein, und ich wäre gerettet! Sie könnten es zufällig nicht?«

Die Anweisung war auf dem Nachttisch neben einem Buche liegengeblieben. Frédéric hob den Band auf und legte ihn darauf, indem er erwiderte:

»Mein Gott, nein, lieber Freund!«

Aber es wurde ihm schwer, es Arnoux zu verweigern.

»Wie, Sie finden niemand, der Ihnen ...?«

»Niemand! Und wenn ich denke, daß ich bis heute in acht Tagen Zahlungen erwarte! Man schuldet mit etwa ... fünfzigtausend Francs, die Ende des Monats fällig sind!«

»Könnten Sie Ihre Schuldner nicht bitten, das Geld vorzustrecken?«

»Das wäre so was!«

»Aber Sie haben doch irgendwelche Werte, Wechsel?«

»Nichts!«

»Was tun?« sagte Frédéric.

»Das frage ich mich auch«, fuhr Arnoux fort.

Er verstummte und ging im Zimmer auf und ab.

»Mein Gott! es ist ja nicht meinetwegen, sondern für meine Kinder, für meine arme Frau!« Dann, jedes Wort einzeln betonend:

»Gut ... ich werde stark sein ... ich lasse alles im Stich ... und ich werde mein Glück versuchen ... ich weiß nicht wo!«

»Unmöglich!« rief Frédéric aus.

Gelassen antwortete Arnoux:

»Wie meinen Sie, daß ich jetzt in Paris leben soll?«

Langes Schweigen folgte.

Endlich sagte Frédéric:

»Wann würden Sie das Geld zurückbezahlen?«

Nicht, daß er es hätte! ganz im Gegenteil! Aber nichts hindere ihn, Freunde aufzusuchen, Schritte zu tun. Und er klingelte seinem Diener, um sich anzukleiden. Arnoux dankte ihm.

»Es sind achtzehntausend Francs, die Sie brauchen, nicht wahr?«

»Oh! ich würde mich mit sechzehntausend begnügen! Aus meinem Silberzeug werde ich wohl zweitausendfünfhundert bis dreitausend erlösen, wenn Vanneroy sich bis morgen gedulden will, und ich wiederhole Ihnen: Sie können dem Verleiher versichern, schwören, daß in acht Tagen, vielleicht schon in fünf oder sechs Tagen der Betrag zurückbezahlt werde. Überdies bietet ja die Hypothek Sicherheit. Also keine Gefahr, verstehen Sie?«

Frédéric versicherte, daß er verstehe und sogleich ausgehen werde.

Er blieb aber zu Hause, verwünschte Deslauriers, dem er Wort halten wollte, während er doch auch Arnoux gefällig zu sein wünschte.

»Wenn ich mich an Monsieur Dambreuse wendete? Aber unter welchem Vorwand Geld verlangen? Im Gegenteil ist es an mir, ihm Geld für seine Kohlenaktien zu überbringen! Ach was! geh er zum Teufel mit seinen Aktien! Ich schulde sie ja nicht!«

Und Frédéric freute sich über seine Unabhängigkeit, als ob er Monsieur Dambreuse soeben einen Dienst abgeschlagen hätte.

»Nun«, sagte er sich darauf, »da ich jetzt hier einen Verlust habe, denn ich könnte mit fünfzehntausend Francs hunderttausend verdienen ... Das sieht man ja zuweilen an der Börse ... Also, wenn ich den einen im Stich lasse, bin ich nicht frei? ... Übrigens, wenn Deslauriers warten würde! – Nein, nein, das ist unrecht, ich gehe hin!«

Er sah nach der Stutzuhr.

»Ach! es eilt nicht! die Bank schließt erst um fünf.«

Als er um halb fünf sein Geld abgehoben hatte:

»Jetzt ist es nutzlos! Ich treffe ihn doch nicht mehr an. Ich gehe heute abend hin!« Er gab sich so die Möglichkeit, auf seinen Entschluß zurückzukommen, denn es bleibt im Gewissen immer etwas von den Sophismen zurück, die man ihm eingeflößt hat, es behält davon einen Nachgeschmack wie von schlechtem Likör.

Er ging auf den Boulevards spazieren und speiste allein im Restaurant. Dann hörte er sich einen Akt im Vaudeville an, um sich zu zerstreuen. Aber seine Banknoten störten ihn, als habe er sie gestohlen. Ihr Verlust hätte ihn nicht betrübt.

Als er nach Hause zurückkehrte, fand er einen Brief, der folgende Worte enthielt: »Was gibt's Neues? Meine Frau schließt sich mir in der Hoffnung an, lieber Freund ... usw. Ihr ...«

Dann sein Namenszug.

»Seine Frau! sie bittet mich!«

Im gleichen Augenblick erschien Arnoux, um zu hören, ob er die so dringend notwendige Summe aufgetrieben habe.

»Hier ist Sie!« sagte Frédéric.

Und vierundzwanzig Stunden später schrieb er an Deslauriers: »Ich habe nichts erhalten.«

Der Advokat kam drei Tage hintereinander. Er drang in ihn, an den Notar zu schreiben, bot ihm sogar an, nach Le Havre zu reisen.

»Nein! es ist unnötig! ich gehe selbst hin!«

Am Ende der Woche bat Frédéric Arnoux schüchtern um seine fünfzehntausend Francs.

Arnoux vertröstete ihn auf den nächsten, dann auf den übernächsten Tag. Frédéric wagte erst auszugehen, wenn es Nacht war, weil er fürchtete, von Deslauriers überrascht zu werden.

Eines Abends stieß ihn jemand an der Ecke der Madeleine an. Es war Deslauriers.

»Ich hole es«, sagte er.

Und Deslauriers begleitete ihn bis zur Tür eines Hauses im Faubourg Poissonnière.

»Warte auf mich!«

Er wartete. Endlich, nach dreiundvierzig Minuten, kam Frédéric mit Arnoux heraus und machte ihm ein Zeichen, sich noch etwas zu gedulden. Der Fayencehändler und sein Begleiter gingen Arm in Arm die Rue Hauteville hinauf und bogen dann in die Rue de Chabrol ein.

Die Nacht war dunkel, ein lauer Wind wehte stoßweise. Arnoux ging langsam und sprach von den »Galeries du Commerce«: einer Reihe gedeckter Passagen, die vom Boulevard Saint-Denis nach dem Châtelet führen sollten, eine großartige Spekulation, an der sich zu beteiligen er große Lust hatte. Von Zeit zu Zeit blieb er stehen, um durch die Schaufenster der Läden das Gesicht einer Grisette zu betrachten; dann fuhr er in seiner Rede fort.

Frédéric vernahm Deslauriers Schritte hinter sich wie Vorwürfe, wie Schläge, die an sein Gewissen pochten. Aber aus falscher Scham und in der Furcht, daß es unnütz sein möchte, wagte er nicht, seine Forderung auszusprechen. Der andere näherte sich. Er faßte seinen Entschluß.

Arnoux sagte leichthin, daß er, da seine Zahlungen nicht eingegangen wären, die fünfzehntausend Francs jetzt nicht zurückbezahlen könne.

»Ich denke, Sie brauchen sie doch nicht?«

In diesem Augenblick sprach Deslauriers Frédéric an und zog ihn beiseite:

»Sei offen, hast du sie, ja oder nein?«

»Nun denn, nein!« sagte Frédéric. »Ich habe sie verloren!«

»Ah! und wodurch?«

»Beim Spiel!«

Deslauriers erwiderte kein Wort, grüßte sehr tief und ging. Arnoux hatte die Gelegenheit benützt, um sich in einem Tabakladen eine Cigarre anzuzünden. Er kam zurück und fragte, wer der junge Mann sei.

»Ach nichts! ein Freund!«

Dann, drei Minuten später vor der Tür der Rosanette.

»Kommen Sie doch mit herauf«, sagte Arnoux, »sie wird sich freuen, Sie zu sehen. Wie menschenscheu Sie jetzt sind!«

Eine Straßenlaterne, die gegenüber stand, beleuchtete ihn, und mit seiner Zigarre zwischen den weißen Zähnen und dem fröhlichen Gesichtsausdruck hatte er etwas Unerträgliches an sich.

»Ah! übrigens, mein Notar war heute morgen bei dem Ihren wegen der Eintragung der Hypothek. Meine Frau hat mich daran erinnert.«

»Eine verständige Frau«, sagte Frédéric mechanisch.

»Das will ich meinen!«

Und Arnoux begann wieder mit seiner Lobrede auf sie. Sie hatte, was Geist, Herz, Sparsamkeit anlangt, nicht ihresgleichen, und mit leiser Stimme, die Augen rollend, fügte er hinzu:

»Und der Körper!«

»Adieu!« sagte Frédéric.

Arnoux machte eine Bewegung.

»Nun, warum?«

Und ihm die Hand halb entgegenstreckend, ganz verblüfft über den Zorn in seinem Gesicht, blickte er ihn an.

Frédéric wiederholte trocken:

»Adieu!«

Wie ein Stein, der ins Rollen gerät, ging er die Rue de Bréda hinunter, wütend auf Arnoux. Außer sich, tief verletzt, tat er das Gelübde, weder ihn noch sie jemals wiederzusehen. Anstatt des Bruches, den er erwartet hatte, fing der andere im Gegenteil nun an, sie zärtlich zu lieben, von den Spitzen des Haares bis zum Grunde der Seele. Die Gemeinheit dieses Mannes brachte Frédéric außer sich. Sollte jenem denn alles gehören? Er sah ihn wieder auf der Schwelle der Lorette; und die kränkende Vorstellung eines Bruches verband sich mit der Wut über seine Ohnmacht. Außerdem demütigte ihn Arnoux' Ehrlichkeit, ihm eine Sicherheit für sein Geld anzubieten, er hätte ihn erdrosseln mögen. Über seinem Kummer breitete sich in seiner Seele wie ein Nebel das Gefühl der Feigheit seinem Freunde gegenüber. Tränen erstickten ihn.

Vor Entrüstung laut fluchend, stürmte Deslauriers die Rue des Martyrs hinunter; denn sein Projekt erschien ihm jetzt wie ein umgestürzter Obelisk von außerordentlicher Größe. Ihm war, als sei er bestohlen worden, als habe er einen großen Schaden erlitten. Seine Freundschaft für Frédéric war erloschen, und er empfand Freude darüber; es war wie ein Ausgleich! Ein Haß gegen die Reichen überkam ihn. Er neigte sich den Ansichten Sénécals zu und nahm sich vor, für sie einzutreten.

Indessen saß Arnoux bequem am Feuer in einer Bergère, schlürfte seine Tasse Tee und hatte die Marschallin auf dem Schoß.

Frédéric ging nicht wieder zu ihnen und ergriff, um sich in seiner unheilvollen Leidenschaft zu zerstreuen, den ersten Gedanken, der sich ihm bot. Er beschloß, eine Geschichte der Renaissance zu verfassen. Durcheinander stapelte er auf seinem Tisch die Humanisten, die Philosophen und die Dichter auf. Er ging ins Kupferstichkabinett, um die Stiche des Mark-Anton zu sehen, er versuchte es, Machiavelli zu verstehen. Allmählich besänftigte ihn die Ruhe der Arbeit. Indem er sich in die Persönlichkeit anderer versenkte, vergaß er seine eigene, was vielleicht die einzige Möglichkeit ist, nicht unter ihr zu leiden.

Eines Tages, als er in Ruhe seine Notizen machte, öffnete sich die Tür, und der Diener meldete Madame Arnoux.

Sie war es wirklich! Allein? Nicht doch! Sie hatte den kleinen Eugène an der Hand, von seinem Kindermädchen in weißer Schürze begleitet. Sie setzte sich und sagte nach einem Räuspern:

»Es ist lange her, seit Sie nicht mehr zu uns gekommen sind.«

Da Frédéric keine Ausrede einfiel, fuhr sie fort:

»Das geschieht aus Zartgefühl Ihrerseits!«

Er erwiderte:

»Aus Zartgefühl, weswegen?«

»Weil Arnoux in Ihrer Schuld ist.«

Frédéric machte eine Bewegung, die bedeutete:

»Was kümmert mich das! es war für Sie!«

Sie schickte ihr Kind in den Salon, dort mit dem Kindermädchen zu spielen. Sie wechselten zwei oder drei Worte über ihr Befinden, dann stockte die Unterhaltung.

Sie trug ein Kleid aus brauner Seide, von der Farbe eines spanischen Weines, und einen schwarzen Sammetpaletot mit Marder verbrämt. Dieses Pelzwerk erweckte die Lust, mit der Hand darüberzustreichen, und ihr langes glatt gescheiteltes Haar lockte die Lippen an. Aber eine Erregung verwirrte sie, und sie wandte die Augen der Türe zu: »Es ist hier etwas warm!«

Frédéric erriet die vorsichtige Absicht ihres Blickes.

»Verzeihen Sie! die beiden Flügel sind nur angelehnt.«

»In der Tat, es ist wahr!«

Und sie lächelte, wie um zusagen: »Ich fürchte nichts.«

Er fragte sie sogleich, was sie hierher geführt.

»Mein Mann«, erwiderte sie mit Anstrengung, »hat mich aufgefordert, zu Ihnen zu gehen, da er selber nicht wagte, den Schritt zu tun.«

»Und warum?«

»Sie kennen doch Monsieur Dambreuse, nicht wahr?«

»Ja, ein wenig!«

»Ah! ein wenig.« – Sie schwieg.

»Das hat nichts zu sagen! Fahren Sie fort!«

Nun erzählte sie, daß Arnoux vor zwei Tagen vier Wechsel über tausend Francs an Order des Bankiers Dambreuse, die er sie hatte unterschreiben lassen, nicht einlöste. Sie bereute es, das Vermögen ihrer Kinder aufs Spiel gesetzt zu haben. Aber alles sei besser als Schande, und wenn Monsieur Dambreuse die Klage zurückziehe, würde er bald bezahlt werden, ganz gewiß. Sie sei im Begriff, in Chartres ein kleines Haus zu verkaufen, das sie dort besitze.

»Arme Frau!« murmelte Frédéric. »Ich werde zu ihm gehen, verlassen sie sich auf mich.«

»Ich danke Ihnen!«

Und sie erhob sich, um zu gehen.

»Oh! Sie haben es doch nicht so eilig!«

Sie blieb stehen, betrachtete die an der Decke aufgehängten Trophäen – mongolische Pfeile –, die Bibliothek, die Einbände, alles Schreibgerät; sie hob die Bronzeschale auf, in der die Federn lagen, ihre Absätze berührten an verschiedenen Stellen den Teppich. Sie war mehrmals zu Frédéric gekommen, aber immer mit Arnoux. Jetzt waren sie allein – allein in seinem eigenen Hause –; es war ein außerordentliches Ereignis, fast ein unverhoffter Glückszufall.

Sie wollte sein Gärtchen sehen; er bot ihr den Arm, um ihr seinen Besitz zu zeigen, dreißig Fuß Land, von Häusern eingeschlossen, in den Ecken mit Sträuchern besetzt und ein Blumenbeet in der Mitte.

Es war in den ersten Tagen des April. Der Flieder war schon grün, ein reiner Hauch atmete ihnen entgegen, kleine Vögel zwitscherten, und ihr Gesang wechselte ab mit dem fernen Geräusch der Schmiede eines Wagenbauers.

Frédéric holte eine Feuerschaufel, und während sie nebeneinander auf und ab wandelten, schaufelte das Kind Sandhaufen im Baumgang.

Madame Arnoux glaubte nicht, daß es später eine große Phantasie zeigen werde, aber es sei zärtlichen Gemüts. Seine Schwester dagegen habe eine natürliche Trockenheit, die sie zuweilen verletzte.

»Das wird schon anders werden«, sagte Frédéric. »Man darf nie verzagen!«

Sie wiederholte:

»Man darf nie verzagen!«

Diese mechanische Wiederholung seines Ausspruches schien ihm wie eine Art Ermutigung, er pflückte eine Rose, die einzige im Garten.

»Erinnern Sie sich … ein gewisser Rosenstrauß, eines Abends, im Wagen?«

Sie errötete ein wenig und sagte in einem Tone scherzhaften Mitleids: »Ach! ich war damals sehr jung!«

»Und diese«, fuhr Frédéric mit leiser Stimme fort, »wird es ihr ebenso ergehen?«

Sie antwortete und drehte dabei den Stengel zwischen den Fingern wie den Faden einer Spindel:

»Nein, ich werde sie aufbewahren!«

Sie winkte dem Kindermädchen, die den Kleinen auf den Arm nahm. Auf der Schwelle der Haustür sog Madame Arnoux den Duft der Blume ein und neigte dabei den Kopf auf die Schulter, mit einem Blick, der süßer war als ein Kuß.

Als er wieder in sein Arbeitszimmer hinaufgegangen war, betrachtete er den Armstuhl, in dem sie gesessen, und alle Gegenstände, die sie berührt hatte. Ein Hauch ihres Wesens war geblieben. Der Zauber ihrer Gegenwart hielt an.

»Also sie ist hierhergekommen!« sagte er sich. Und unendliche Zärtlichkeit überkam ihn.

Am folgenden Tage um elf Uhr fand er sich bei Monsieur Dambreuse ein. Er wurde im Speisesaal empfangen. Der Bankier saß beim Frühstück seiner Frau gegenüber. Ihre Nichte saß neben ihr, und auf der andern Seite die Erzieherin, eine stark blatternarbige Engländerin.

Monsieur Dambreuse forderte seinen jungen Freund auf, sich zu ihnen zu setzen. Er lehnte ab.

»Mit was kann ich Ihnen dienen? Ich höre.«

Mit erkünstelter Gleichgültigkeit gestand Frédéric, daß er mit einer Bitte für einen gewissen Arnoux gekommen sei.

»Ah! ah! der ehemalige Kunsthändler«, sagte der Bankier mit einem lautlosen Lachen, das sein Zahnfleisch entblößte. »Oudry sprach früher für ihn gut, sie haben sich zerworfen.«

Und er begann die Briefe und Zeitungen durchzusehen, die neben seinem Gedeck lagen.

Zwei Diener servierten geräuschlos, und der hohe Saal mit seinen drei gestickten Portieren und den beiden Fontainen aus weißem Marmor, der Glanz der Schüsselwärmer, die Anordnung der Nebengerichte und selbst die steifen Falten der Servietten, all dieser luxuriöse Wohlstand ließ Frédéric den Gegensatz zu einem anderen Frühstück bei Arnoux empfinden. Er wagte nicht, Monsieur Dambreuse zu unterbrechen.

Madame Dambreuse bemerkte seine Verlegenheit.

»Sehen Sie unsern Freund Martinon zuweilen?«

»Er wird heute abend kommen«, sagte das junge Mädchen lebhaft.

»Ah! du weißt es?« erwiderte ihre Tante und heftete einen kalten Blick auf sie.

Dann, als einer der Bedienten sich zu ihrem Ohr neigte:

»Deine Schneiderin, mein Kind! ... Miß John!«

Und die Erzieherin verschwand gehorsam mit ihrem Zögling.

Durch das Rücken der Stühle gestört, fragte Monsieur Dambreuse, was es gebe.

»Madame Regimbart ist da!«

»Halt! Regimbart! Den Namen kenne ich. Ich habe die Unterschrift schon gesehen.«

Endlich kam Frédéric auf die Angelegenheit zurück. Arnoux verdiene Interesse; nur darauf bedacht, seinen Verpflichtungen nachzukommen, wolle er sogar ein Haus seiner Frau verkaufen.

»Sie gilt für sehr schön«, sagte Madame Dambreuse. In gutmütigem Ton fügte der Bankier hinzu:

»Sind Sie der ... intime Freund des Ehepaars?«

Ohne bestimmt zu antworten, sagte Frédéric, daß er ihm sehr dankbar sein würde, wenn er berücksichtige ...

»Nun, da es Ihnen Freude macht, sei es! man wird warten! Ich habe noch Zeit. Wie wär's, wenn wir in mein Büro hinuntergingen, wollen Sie?«

Das Frühstück war beendet. Madame Dambreuse verneigte sich leicht mit einem seltsamen Lächeln, zugleich voller Höflichkeit und Ironie. Frédéric blieb keine Zeit, darüber nachzudenken, denn sobald sie allein waren, begann Monsieur Dambreuse:

»Sie haben Ihre Aktien nicht geholt.«

Und ohne ihm eine Entschuldigung zu gestatten:

»Gut! gut! es ist ganz in der Ordnung, daß Sie etwas mehr über die Sache erfahren.«

Er bot ihm eine Zigarre an und begann:

Die »Allgemeine Union französischer Kohlenwerke« sei gegründet, es würde nur noch die Bestätigung erwartet. Die Tatsache der Fusion allein vermindere die Aufsichtskosten und Arbeitslöhne, vermehre die Einnahmen. Außerdem beabsichtige die Gesellschaft eine Neuerung, und zwar, die Arbeiter an dem Unternehmen zu interessieren. Sie wolle ihnen Häuser bauen, gesunde Wohnungen; endlich wolle sie die Lieferantin ihrer Angestellten sein und ihnen alles zum Selbstkostenpreis liefern.

»Und diese werden dabei gewinnen, mein Herr, es ist tatsächlich ein Fortschritt, eine siegreiche Antwort auf ein gewisses republikanisches Geschrei. Wir haben in unserm Aufsichtsrat«, er zeigte einen Prospekt, »einen Pair von Frankreich, einen Gelehrten vom ›Institut‹, einen pensionierten Pionieroffizier, bekannte Namen! Derartige Elemente beruhigen die furchtsamen Kapitalisten und ziehen die Intelligenten an! Die Gesellschaft wird die Aufträge des Staats erhalten, dann die der Eisenbahnen, der Dampfschiffahrt, der Schwerindustrie, der Gasanstalten und der Kleinverbraucher. So werden wir also heizen, beleuchten, bis zum Herd der bescheidensten Haushaltung vordringen. Aber wie können wir den Verkauf sichern, werden Sie mich fragen? Mit Hilfe von Monopolrechten, lieber Herr, und wir werden sie bekommen, das ist unsere Sache! Ich bin übrigens offener Anhänger des Einfuhrverbotes! Das Vaterland über alles!« Er sei zum Direktor ernannt, aber ihm fehle die Zeit, sich mit gewissen Einzelheiten zu beschäftigen, mit Schriftwechsel und Presse unter anderem. »Ich stehe mit meinen Autoren auf etwas gespanntem Fuß, habe mein Griechisch vergessen! Ich werde jemand nötig haben … der meine Gedanken übertragen kann.« Und plötzlich: »Wollen Sie dieser Mann sein mit dem Titel eines Generalsekretärs?«

Frédéric wußte nicht, was er antworten sollte.

»Nun, was hindert Sie?«

Seine Tätigkeit würde sich darauf beschränken, jedes Jahr einen Bericht für die Aktionäre zu schreiben. Er würde täglich in Beziehung zu den bedeutendsten Persönlichkeiten von Paris treten. Als Vertreter der Gesellschaft bei den Arbeitern würden diese ihn natürlich vergöttern, ein Umstand, der ihm später zustatten kommen werde, um sich in den Generalrat oder als Deputierter wählen zu lassen.

Frédéric klangen die Ohren. Was sollte dieses Wohlwollen? Er erschöpfte sich in Danksagungen.

Der Bankier sagte aber, daß er von niemand abhängig sein dürfe. Der beste Weg sei, Aktien zu nehmen. »Übrigens eine prachtvolle Anlage, da Ihr Kapital Ihre Stellung sichert sowie Ihre Stellung Ihr Kapital.«

»Wieviel müßte es etwa betragen?« fragte Frédéric.

»Mein Gott, soviel Ihnen beliebt, ich vermute vierzig- bis sechzigtausend Francs.«

Diese Summe war für Monsieur Dambreuse so unbedeutend, seine Autorität so groß, daß der junge Mann sich sofort entschloß, einen Hof zu verkaufen. Er nahm an. In nächster Zeit würde Monsieur Dambreuse eine Zusammenkunft anberaumen, um ihre Unterhandlungen ganz abzuschließen.

»Also, ich kann Jacques Arnoux sagen ...?«

»Alles, was Sie wollen! Der arme Kerl! Alles, was Sie wollen!«

Frédéric schrieb den Arnoux', daß sie sich beruhigen könnten, und ließ den Brief durch seinen Diener hinbringen, der mit einem »sehr gut!« entlassen wurde:

»Sehr gut!« Seine Fürsprache hätte indes Besseres verdient. Er erwartete einen Besuch oder wenigstens einen Brief. Beide blieben aus.

War das Vergeßlichkeit oder Absicht ihrerseits? Da ja Madame Arnoux schon einmal gekommen war, was hinderte sie, ihn wieder aufzusuchen? Die Art heimlicher Gewährung, das halbe Geständnis, das sie ihm gemacht, war also ein Manöver aus Eigennutz? »Haben sie mich hintergangen? Ist sie mitschuldig?« Eine Art Scham hinderte ihn, trotz seines Verlangens, wieder zu ihnen zu gehen.

Eines Morgens (drei Wochen nach ihrer Zusammenkunft) schrieb ihm Monsieur Dambreuse, daß er ihn eine Stunde nach Empfang seines Briefes erwarte.

Unterwegs überkam ihn von neuem der Gedanke an die Arnoux. Da er keinen Grund für ihr Benehmen finden konnte, überfiel ihn Angst, eine düstere Vorahnung. Um sich davon zu befreien, winkte er ein Kabriolett heran und ließ sich nach der Rue Paradis fahren.

Arnoux sei auf Reisen.

»Und Madame?«

»Auf dem Lande, in der Fabrik!«

»Wann kommt Monsieur zurück?«

»Bestimmt morgen!«

Er würde sie allein antreffen; der Augenblick war gekommen. Gebieterisch rief etwas in ihm: »Geh hin!«

Aber Monsieur Dambreuse? »Ach was, einerlei! Ich sage, ich sei krank gewesen.«

Er eilte auf den Bahnhof, dann im Eisenbahnwagen:

»Vielleicht tat ich unrecht? Oh! was tut's!«

Zur Rechten und zur Linken dehnten sich grüne Ebenen, der Zug rollte dahin; die Wärterhäuschen glitten vorüber wie Theaterdekorationen, die Lokomotive sandte immer auf dieselbe Seite ihre Rauchwolken, die eine Weile über dem Grase tanzten und sich dann zerstreuten.

Allein auf seiner Polsterbank, schaute Frédéric ihnen aus Langeweile zu, mit jener Müdigkeit, die ein Übermaß selbst der Ungeduld verursacht. Aber jetzt erschienen Krane, Lagerhäuser. Das war Creil.

Die Stadt, am Abhang zweier niedriger Hügel erbaut (von denen der eine kahl, der andere oben bewaldet ist), mit ihrem Kirchturm, ihren ungleichen Häusern, ihrer Steinbrücke, hatte für ihn etwas Heiteres, Verschwiegenes und Gutes. Ein großes flaches Boot glitt den Strom hinab, der unter Windstößen rauschte, am Fuße des Wegkreuzes pickten Hühner im Stroh, eine Frau mit feuchter Wäsche auf dem Kopf ging vorüber.

Nach der Brücke gelangte er auf eine Insel, wo man zur Rechten die Ruinen einer Abtei sieht. Eine Mühle drehte sich und versperrte in ihrer ganzen Breite den zweiten Arm der Oise, über die die Fabrik ragte. Der bedeutende Umfang diese Anlage überraschte Frédéric in hohem Maße. Arnoux stieg dadurch in seiner Achtung. Drei Schritte weiter bog er in ein Gäßchen ein, das am Ende durch ein Gitter abgeschlossen war.

Er war eingetreten, die Pförtnerin rief ihn zurück und fragte:

»Haben Sie Erlaubnis?«

»Wozu?«

»Die Fabrik zu besichtigen!«

In grobem Ton antwortete Frédéric, daß er Monsieur Arnoux besuchen wolle.

»Aber wer ist Monsieur Arnoux?«

»Aber der Besitzer, der Chef, der Herr natürlich!«

»Nein, mein Herr, dies ist die Fabrik der Herren Lebœuf und Milliet!«

Die gute Frau scherzte wohl. Arbeiter kamen, er redete zwei oder drei an, ihre Antwort war dieselbe.

Schwankend wie ein Betrunkener verließ Frédéric den Hof, und er sah so bestürzt aus, daß ein Bürger, der auf dem »Pont de la Boucherie« seine Pfeife rauchte, ihn fragte, ob er etwas verloren habe. Der Mann kannte die Fabrik Arnoux'. Sie befand sich in Montataire.

Frédéric erkundigte sich nach einem Wagen, es gab deren nur an dem Bahnhof. Er kehrte dorthin zurück. Eine klapperige Kalesche, mit einem alten Gaul davorgespannt, dessen zerrissenes Zaumzeug über die Gabeldeichsel hing, stand einsam vor dem Gepäckraum.

Ein Junge erbot sich, »Vater Pilon« zu suchen. Nach Verlauf von zehn Minuten kam er zurück. »Vater Pilon« frühstückte. Frédéric, den es nicht länger duldete, ging. Aber die Schranke des Übergangs war geschlossen. Er mußte warten, bis zwei Züge vorübergefahren waren. Endlich stürmte er davon.

In ihrem eintönigen Grün glich die Landschaft einem ungeheuren Billardtuch. Eisenschlacken waren zu beiden Seiten der Landstraße wie Schotterhaufen aufgeschichtet. Etwas weiter standen nebeneinander rauchende Fabrikschlote. Vor ihm erhoben sich auf einem runden Hügel ein kleines Schloß mit Türmchen und der viereckige Glockenturm einer Kirche. Unterhalb bildeten lange Mauern unregelmäßige Linien zwischen den Bäumen, und ganz unten erstreckten sich die Häuser des Dorfes.

Sie haben nur einen Stock mit einer Treppe von drei Stufen aus Quadern ohne Mörtel. Dann und wann vernahm man die Glocke eines Krämerladens. Schwere Tritte versanken in dem schwarzen Kot, ein feiner Regen rieselte herab und schraffierte tausendfältig den fahlen Himmel.

Frédéric hielt sich in der Mitte des Pflasters, dann stieß er zur Linken, am Anfang eines Weges, auf einen großen Holzbogen, auf dem in Goldbuchstaben stand: Fayencen.

Jacques Arnoux hatte nicht ohne Absicht die Nachbarschaft von Creil gewählt. Indem er seine Fabrik so nahe wie möglich bei der andern (seit lange wohlbekannten) errichtete, rief er beim Publikum einen ihm günstigen Irrtum hervor.

Der Hauptteil des Gebäudes grenzte an das Ufer des Flusses, der die Wiese durchschnitt. Das Herrschaftshaus, von einem Garten umgeben, zeichnete sich durch seine mit vier kakteenstarrenden Vasen geschmückte Freitreppe aus. Haufen weißer Erde trockneten in Schuppen, andere in freier Luft, und in der Mitte des Hofes stand Sénécal in seinem ewigen blauen, rot gefütterten Paletot.

Der ehemalige Repetitor reichte ihm seine kalte Hand.

»Besuchen Sie den Alten? Er ist nicht da.«

Aus der Fassung gebracht, erwiderte Frédéric einfältig:

»Ich wußte es.« Doch gleich besann er sich wieder: »Es ist eine Angelegenheit, die Madame Arnoux betrifft. Kann sie mich empfangen?«

»Ich habe sie seit drei Tagen nicht mehr gesehen«, sagte Sénécal.

Und er hub an mit einem Klagegesang. Als er die Bedingungen des Fabrikanten angenommen, hatte er darunter verstanden, daß er in Paris wohnen könne und sich nicht auf das Land verkriechen müsse, fern von seinen Freunden, ohne Zeitungen. Das tue aber nichts, er habe sich darüber hinweggesetzt! Aber Arnoux scheine sein Verdienst gar nicht zu würdigen. Zudem sei er beschränkt, Rückschrittler, unwissend wie kein anderer. Anstatt künstlerische Vervollkommnungen zu erstreben, wäre es besser gewesen, Kohlen- und Gasheizung einzuführen. Der »Alte« sei in der Tinte, Sénécal betonte dieses Wort. Kurz, seine Tätigkeit mißfiel ihm, und er befahl beinahe Frédéric, zu seinen Gunsten zu sprechen, damit sein Gehalt erhöht würde.

»Seien Sie dessen sicher!« sagte der andere.

Auf der Treppe begegnete er niemandem. Im ersten Stock steckte er den Kopf in einen leeren Raum, es war der Salon. Er rief sehr laut. Niemand antwortete, wahrscheinlich waren die Köchin und das Mädchen ausgegangen; als er endlich im zweiten Stock angelangt war, öffnete er eine Tür. Madame Arnoux stand allein vor einem Spiegelschrank. Der Gürtel ihres offenen Morgenrockes hing ihr über die Hüften. Eine Seite ihres Haares flutete schwarz über ihre rechte Schulter, sie hatte beide Arme erhoben und hielt mit einer Hand ihren Nackenknoten, während sie mit der andern eine Nadel hineinsteckte. Sie stieß einen Schrei aus und verschwand.

Dann kam sie sorgfältig angekleidet wieder herein. Ihre Figur, ihre Augen, das Rascheln ihres Kleides, alles entzückte ihn. Frédéric hielt an sich, um sie nicht mit Küssen zu bedecken.

»Ich bitte Sie um Entschuldigung«, sagte sie, »aber ich konnte nicht …«

Er hatte die Kühnheit, sie zu unterbrechen:

»Aber ... Sie sahen eben ... sehr gut aus!«

Sie fand das Kompliment etwas plump, denn ihre Wangen röteten sich. Er fürchtete, sie verletzt zu haben. Sie fuhr fort:

»Welch glücklicher Zufall hat Sie hergeführt?«

Er wußte nichts zu antworten, und nach einem Lächeln, das ihm Zeit gab, zu überlegen, sagte er:

»Wenn ich es Ihnen sagte, würden Sie mir glauben?«

»Warum nicht?«

Frédéric erzählte nun, daß er in der vorigen Nacht einen schrecklichen Traum gehabt habe:

»Mir träumte, Sie seien ernstlich krank, dem Tode nahe.«

»Oh! weder ich noch mein Mann sind jemals krank!«

»Mir hat nur von Ihnen geträumt«, sagte er.

Sie blickte ihn ruhig an.

»Träume verwirklichen sich nicht immer.«

Frédéric stammelte, suchte nach Worten und stürzte sich schließlich in eine lange Periode über die Seelenverwandtschaft. Es bestehe eine Kraft, die zwei Personen durch den Raum miteinander verbinden, ihnen mitteilen könne, was sie empfinden, und imstande sei, sie zu vereinen.

Gesenkten Hauptes hörte sie ihm zu, während ihr schönes Lächeln um ihren Mund spielte. Er beobachtete sie mit einem frohen Seitenblick und scheute keinen Gemeinplatz, um seiner Liebe Ausdruck zu geben. Sie schlug vor, ihm die Fabrik zu zeigen; sie bestand darauf, und er willigte ein.

Um ihn zuerst durch etwas Unterhaltendes zu zerstreuen, zeigte sie ihm eine Art Museum, das die Treppe schmückte. Die an den Wänden aufgehängten oder auf kleine Regale gestellten Stükke zeugten von den wechselnden Bemühungen und Launen Arnoux'. Nachdem er das Kupferrot der Chinesen gesucht hatte, wollte er Majoliken, Fayencen, Geschirr im Stil der Etrusker und Orientalen machen, einige der Verbesserungen versuchen, die ihm später gelangen. Daher bemerkte man auch in der Serie dicke, mit Mandarinen bedeckte Vasen, Schalen von schillernder Goldkäferfarbe, Töpfe mit arabischen Schriftzeichen, Kannen im Renaissancestil und große Teller mit zwei Figuren, die wie mit Rötel gezeichnet schienen, in zierlicher, duftiger Art. Jetzt stellte er Schilderbuchstaben her, Schilder für Weinkaraffen; aber er sei nicht verständnisvoll genug, um sich bis zur Kunst emporzuschwingen, und auch nicht spießerhaft genug, um ausschließlich den Nutzen im Auge zu behalten, so daß er sich zugrunderichte, ohne jemand zufriedenzustellen. Alle beide erwogen diese Tatsache, als Mademoiselle Marthe vorüberkam.

»Erkennst du ihn denn nicht?« sagte die Mutter.

»Oh doch!« erwiderte sie und begrüßte ihn. Dabei schien ihr heller, argwöhnischer Blick, ihr jungfräulicher Blick leise zu fragen: »Was hast du denn hier zu tun?« Und den Kopf ein wenig über die Schulter gewendet, stieg sie die Stufen hinauf.

Madame Arnoux führte Frédéric auf den Hof, dann erklärte sie ihm ernsthaft, wie man die Erde zermahlt, reinigt und siebt.

»Das wichtigste ist die Zubereitung des Breies.« Und sie führte ihn in einen mit Bottichen angefüllten Saal, in denen sich eine senkrechte Achse mit waagerechten Armen um sich selbst drehte. Frédéric war auf sich selbst zornig, daß er vorhin ihren Vorschlag nicht kurzerhand abgeschlagen hatte.

»Das sind die Rührschaufeln«, sagte sie.

Das Wort klang ihm lächerlich, wie unpassend aus ihrem Munde.

Breite Treibriemen liefen von einem Ende der Decke zum andern und rollten über Trommeln. Alles bewegte sich so unablässig, so mathematisch, daß es einen ärgerte.

Sie gingen hinaus und kamen an einer zerfallenen Hütte vorüber, die ehemals dazu gedient hatte, Gartengeräte aufzubewahren.

»Sie wird nicht mehr benutzt«, sagte Madame Arnoux.

Mit bebender Stimme entgegnete er:

»Das Glück hätte darin Platz!«

Der Lärm des Gebläses erstickte seine Worte, und sie traten in den Formsaal ein.

An einem schmalen Tische saßen Männer und legten vor sich auf eine Scheibe, die sich drehte, einen Klumpen der Masse, ihre linke Hand kratzte das Innere, die Rechte glättete die Außenfläche, und man sah Vasen emporwachsen wie Blumen, die sich entfalten.

Madame Arnoux ließ die Formen für die schwierigen Arbeiten zeigen.

In einem andern Raum wurden die Fadenverzierungen, die Kerbungen, die erhabenen Linien gemacht. Im oberen Stockwerk entfernte man die Nähte und kittete die kleinen Löcher, die die vorhergehenden Arbeiten hinterlassen hatten, mit Gips zu.

Auf Gittern, in den Ecken, mitten in den Gängen, überall standen reihenweise Töpfereien.

»Es ermüdet Sie vielleicht«, sagte sie.

In der Furcht, hierauf etwa seinen Besuch abkürzen zu müssen, stellte er sich im Gegenteil sehr begeistert. Er bedauerte es sogar, sich nicht dieser Industrie gewidmet zu haben.

Sie schien überrascht.

»Sicher! ich hätte in Ihrer Nähe leben können!«

Als er ihren Blick suchte, nahm Madame Arnoux, um ihm auszuweichen, von einer Konsole Kugeln der Masse, die von fehlerhaften Stücken übriggeblieben waren, plättete sie zu einem flachen Kuchen und drückte ihre Hand darauf ab.

»Darf ich das mitnehmen?« sagte Frédéric.

»Mein Gott, sind Sie ein Kind!«

Er wollte antworten. Sénécal trat ein.

Der Herr Subdirektor bemerkte schon auf der Schwelle eine Übertretung der Vorschriften. Die Werkstätten sollten jede Woche gekehrt werden; heute war Sonnabend, und da die Arbeiter es nicht getan hatten, erklärte ihnen Sénécal, daß sie eine Überstunde machen müßten.

»Um so schlimmer für euch!«

Ohne Murren beugten sie sich über ihre Arbeit, aber man erriet ihren Zorn an ihren rauhen Atemzügen. Sie waren übrigens nicht leicht zu leiten, alle waren schon aus der großen Fabrik weggejagt worden. Der Republikaner behandelte sie mit Härte. Als Theoretiker zog er nur die Massen in Betracht und war unbarmherzig gegen den einzelnen.

Durch seine Gegenwart gestört, fragte Frédéric Madame Arnoux leise, ob es nicht möglich sei, die Öfen zu sehen. Sie gingen in das Erdgeschoß, und sie war im Begriff, den Gebrauch der Kassetten zu erklären, als Sénécal, der ihnen gefolgt war, zwischen sie trat.

Er fuhr von selbst mit der Beschreibung fort, verbreitete sich über die verschiedenen Arten von Brennstoffen, das Einschießen, die Pyroskope, die Brennöfen, die Schmelzer, die Glasur und die Metalle, wobei er mit chemischen Ausdrücken wie Chlor, Sulfur, Borax, Karbonat nur so um sich warf.

»Sie hören nicht zu«, sagte sie. »Und doch ist Monsieur Sénécal sehr klar. Er weiß alle diese Dinge viel besser als ich.«

Durch dieses Lob geschmeichelt, schlug nun der Mathematiker vor, das Aufsetzen der Farben anzusehen. Frédéric sandte Madame Arnoux einen fragenden Blick zu. Sie blieb unbeweglich, da sie wahrscheinlich weder mit ihm allein sein noch ihn verlassen wollte. Er bot ihr seinen Arm.

»Nein! danke sehr! die Treppe ist zu eng!«

Als sie oben angelangt waren, öffnete Sénécal die Tür eines Raumes voller Frauen.

Sie hantierten mit Pinseln, Fläschchen, Muscheln, Glasplatten. An der Wand längs des Gesimses standen gravierte Tafeln, Fetzchen feinen Papiers flatterten umher, und ein gußeiserner Ofen strömte eine Übelkeit erregende Hitze aus, die sich mit dem Terpentingeruch vermischte.

Fast alle Arbeiterinnen hatten schmutzige Kleider an. Doch war eine darunter, die ein Kopftuch aus indischem Mull und lange Ohrringe trug; zart und voll zugleich, hatte sie große schwarze Augen und die fleischigen Lippen einer Negerin. Ihre volle Brust sprang unter ihrem Hemd hervor, das durch das Rockband um die Taille festgehalten wurde. Einen Ellbogen auf dem Werktisch, während der andere Arm herabhing, blickte sie ziellos in die Ferne. Neben ihr stand eine Flasche Wein, kalter Aufschnitt lag dabei.

Aus Rücksicht auf die Sauberkeit der Arbeit und die Gesundheit der Arbeiter verboten die Vorschriften, in den Werkstätten zu essen.

Aus Pflichtgefühl oder einer despotischen Laune rief Sénécal von weitem, indem er auf einen eingerahmten Anschlag wies.

»He! Sie da unten, die Bordelaiserin! Lesen Sie mir laut den Paragraphen 9 vor.«

»Gut, und was dann?«

»Dann, mein Fräulein? Dann haben Sie drei Francs Strafe zu zahlen!«

Sie blickte ihm unverschämt ins Gesicht.

»Was liegt mir daran? Der Chef wird die Strafe schon wieder aufheben, wenn er wieder da ist. Ich pfeif' auf Sie, mein Lieber!«

Sénécal, der mit den Händen hinter dem Rücken wie ein Aufsichtslehrer im Schulzimmer auf und ab ging, begnügte sich damit, zu lächeln.

»Paragraph 13 – Gehorsamsverweigerung –, 10 Francs!«

Die Bordelaiserin nahm ihre Arbeit wieder auf. Madame Arnoux sagte anstandshalber nichts, aber sie zog ihre Brauen zusammen. Frédéric murmelte:

»Oh! Für einen Demokraten sind Sie sehr hart!«

Der andere erwiderte in schulmeisterlichem Ton:

»Die Demokratie ist nicht die Verliederlichung des Individualismus. Sie ist die Gleichheit vor dem Gesetz, die Verteilung der Arbeit, die Ordnung!«

»Sie vergessen die Menschlichkeit!« sagte Frédéric.

Madame Arnoux nahm seinen Arm. Sénécal, über dies stillschweigende Einverständnis vielleicht verletzt, ging fort.

Frédéric empfand darüber eine ungeheure Erleichterung. Seit dem Morgen suchte er eine Gelegenheit, sich zu erklären; nun war sie gekommen. Zudem schien ihm die freiwillige Bewegung Madame Arnoux' eine Versprechung zu enthalten, und er bat, wie um sich die Füße zu erwärmen, ob sie nicht in ihr Zimmer hinaufgehen wollten. Doch als er neben ihr saß, begann seine Verlegenheit, er konnte den Anfang nicht finden. Zum Glück fiel ihm Sénécal ein.

»Nichts alberner«, sagte er, »als diese Strafen!«

Madame Arnoux antwortete:

»Es gibt unvermeidliche Härten!«

»Wie, Sie, die doch so gut sind! Oh! ich täusche mich, denn Sie lieben es zuweilen, leiden zu machen!«

»Ich verstehe keine Rätsel, mein Freund!«

Und ihr strenger Blick hielt ihn noch mehr zurück als ihr Wort. Frédéric war entschlossen, weiter zu gehen. Ein Band von Musset lag zufällig auf der Kommode. Er blätterte ein paar Seiten um und fing dann an, von Liebe zu sprechen, von ihren Qualen, von ihren Leidenschaftlichkeiten.

Nach Madame Arnoux war alles das sündhaft oder erkünstelt.

Der junge Mann fühlte sich durch diese Ablehnung verletzt und nannte, um sie zu widerlegen, als Beweis die Selbstmorde, von denen man in den Zeitungen lese, pries die großen literarischen Typen, Phädra, Dido, Romeo, Desgrieux. Er verwickelte sich.

Das Feuer im Kamin war erloschen, der Regen peitschte die Scheiben. Madame Arnoux saß, ohne sich zu regen, die Hände auf den Armlehnen ihres Sessels, die Bänder ihrer Haube fielen wie Binden einer Sphinx herab, ihr reines Profil hob sich blaß von der Dunkelheit ab.

Er hatte Lust, sich ihr zu Füßen zu werfen. Es knarrte im Gang, er wagte es nicht.

Auch hielt ihn eine Art religiöser Furcht zurück. Dies im Dunkel verschwindende Kleid schien ihm unermeßlich, unendlich, unantastbar, und gerade deshalb verdoppelte sich sein Verlangen. Aber die Furcht, zu viel oder nicht genug zu tun, nahm ihm alle Urteilsfähigkeit.

»Wenn ich ihr mißfalle«, dachte er, »soll sie mich fortjagen! Wenn sie mich will, soll sie mich ermutigen!«

Seufzend sagte er:

»Also Sie geben nicht zu, daß man eine … Frau lieben kann?«

Madame Arnoux erwiderte:

»Ist sie ledig, vermählt man sich mit ihr, gehört sie einem andern, zieht man sich zurück.«

»So ist also das Glück unmöglich?«

»Nein! aber man findet es niemals in Lügen, Angst und Gewissensbissen.«

»Was tut's! wenn es durch himmlische Wonnen belohnt wird?«

»Das Experiment ist zu gewagt!«

Er wollte sie mit Ironie angreifen:

»Tugend wäre demnach nichts als Feigheit?«

»Sagen Sie lieber Scharfblick. Selbst für diejenigen, die die Pflicht oder die Religion vergessen, kann der einfache, gesunde Verstand genügen. Der Egoismus gibt eine solide Grundlage für die Weisheit.«

»Ach! was für spießbürgerliche Grundsätze Sie haben!«

»Aber ich rühme mich ja nicht, eine große Dame zu sein!«

In diesem Augenblicke kam der kleine Knabe herbeigelaufen.

»Mama, kommst du zum Mittagessen?«

»Ja, gleich.«

Frédéric erhob sich, zu gleicher Zeit erschien Marthe.

Er konnte sich nicht entschließen, zu gehen, und mit einem inständig bittenden Blick sagte er:

»Die Frauen, von denen Sie sprechen, sind wohl sehr gefühllos?«

»Nein! aber taub, wenn es nötig ist!«

Sie blieb auf der Schwelle ihres Zimmers stehen, die beiden Kinder neben sich. Er verneigte sich ohne ein Wort. Sie erwiderte stumm seinen Gruß.

Seine erste Empfindung war ein maßloses Erstaunen. Diese Art, ihm das Vergebliche seiner Hoffnung zu verstehen zu geben, vernichtete ihn. Er fühlte sich verloren wie ein Mensch, der in einen Abgrund gestürzt ist und weiß, daß er nicht gerettet werden kann und sterben muß.

So ging er nun, ohne etwas zu sehen, aufs Geratewohl; er stieß sich an den Steinen, irrte sich im Weg. Ein Geräusch von Holzschuhen tönte an sein Ohr; es waren die Arbeiter, die aus der Gießerei kamen. Da fand er sich zurecht.

Am Horizont zeichneten die Eisenbahnlaternen eine Feuerlinie. Er kam an, als ein Zug abging, ließ sich in ein Abteil stoßen und schlief ein.

Eine Stunde später auf den Boulevards rückte ihm die Fröhlichkeit des abendlichen Paris seine Reise plötzlich in weite Ferne. Er wollte stark sein und erleichterte sein Herz, indem er Madame Arnoux mit beleidigenden Ausdrücken schlechtzumachen suchte:

»Sie ist dumm, eine Pute, eine Gans, denken wir nicht mehr daran.«

Zu Haus angekommen, fand er in seinem Arbeitszimmer einen acht Seiten langen Brief auf blau glasiertem Papier und den Initialen R. A. Er begann mit freundschaftlichen Vorwürfen: »Was ist denn mit Ihnen, mein Lieber? Ich langweile mich.«

Aber die Schrift war so abscheulich, daß Frédéric daran war, den ganzen Brief wegzuwerfen, als er eine Nachschrift bemerkte: »Ich zähle darauf, daß Sie mich morgen zum Rennen begleiten!«

Was bedeutete diese Einladung? War das wieder ein Einfall der Marschallin? Aber man hält nicht zweimal ohne Grund denselben Mensch zum Narren. Neugierig geworden, las er den Brief aufmerksam durch.

Frédéric entzifferte: »Mißverständnis ... falschen Weg eingeschlagen ... Enttäuschungen ... Arme Geschöpfe, die wir sind! ... Wie zwei Flüsse, die sich vereinigen ...« usw.

Dieser Stil stach gegen die gewöhnliche Sprache der Lorette ab. Welche Veränderung mochte wohl eingetreten sein?

Lange behielt er die Blätter zwischen seinen Fingern. Sie dufteten nach Iris, und in der Form der Buchstaben und dem ungleichen Zwischenraum der Zeilen war etwas wie eine Unordnung in der Kleidung, die ihn verwirrte.

»Warum sollte ich nicht hingehen?« sagte er sich endlich. »Aber wenn Madame Arnoux es erführe? Ach! mag sie es wissen! Um so besser! und mag sie darüber eifersüchtig werden! Das wird mich rächen!«

IV.

Die Marschallin war bereit und erwartete ihn. »Das ist lieb, das!« sagte sie und ließ ihre schönen, zärtlichen und zugleich frohen Augen auf ihm ruhen.

Nachdem sie ihre Hutbänder geknüpft hatte, setzte sie sich auf den Diwan und schwieg.

»Wollen wir gehen?« fragte Frédéric.

Sie sah auf die Stutzuhr.

»Oh! nein! nicht vor halb zwei Uhr«, als ob sie im Innern selbst ihrer Ungewißheit diese Grenze gesetzt hätte.

Als endlich die Uhr geschlagen hatte:

»Nun, andiamo, caro mio!«

Sie strich noch ein letztes Mal über ihre Scheitel und gab Delphine Verhaltungsmaßregeln.

»Kommt Madame zum Diner zurück?«

»Wozu denn? Wir essen irgendwo zusammen, im Café Anglais, wo Sie wollen!«

»Gut!«

Ihre kleinen Hündchen kläfften um sie herum.

»Man kann sie mitnehmen, nicht wahr?«

Frédéric trug sie selbst zum Wagen. Es war eine Mietskutsche mit zwei Postpferden und einem Postillon, seinen Diener hatte er hinten aufsitzen lassen. Die Marschallin schien zufrieden mit seinen Aufmerksamkeiten; sobald sie Platz genommen hatte, fragte sie ihn, ob er kürzlich bei Arnoux gewesen sei.

»Seit einem Monat nicht«, sagte Frédéric.

»Ich bin ihm vorgestern begegnet, er wäre auch heute gekommen. Aber er hat allerlei Verlegenheiten; wieder einen Prozeß, ich weiß nicht was. Welch ein sonderbarer Mensch!«

Gleichgültig fügte Frédéric hinzu:

»Apropos, sehen Sie noch immer ... wie nennen Sie ihn doch? ... den ehemaligen Sänger ... Delmar?«

Sie entgegnete trocken: »Nein! das ist aus!«

Im Schritt fuhren sie das Quartier Breda hinunter; wegen des Sonntags waren die Straßen leer, und hinter Scheiben erschienen Gesichter. Der Wagen schlug jetzt ein rascheres Tempo an; das Geräusch der Räder veranlaßte die Vorübergehenden, sich umzudrehen; das Leder des zurückgeschlagenen Verdeckes glänzte, der Diener saß in straffer Haltung, und die beiden Havaneser, die nebeneinander auf dem Wagenpolster lagen, sahen aus wie zwei Hermelinmüffe. Frédéric gab sich dem Wiegen der Hangriemen hin. Die Marschallin wandte den Kopf lächelnd nach rechts und links.

Ihr perlmutterfarbener Strohhut war mit schwarzen Spitzen verziert. Die Kapuze ihres Burnus flatterte im Winde, und sie schützte sich gegen die Sonne mit einem Sonnenschirm von lila Atlas, der oben wie eine Pagode spitz zulief.

»Welch süße kleine Fingerchen!« sagte Frédéric und nahm sanft ihre Hand, die linke, die mit einem goldenen Kettenarmband geschmückt war. »Sieh da! das ist reizend, woher ist es?«

»Oh! ich habe es schon lange«, sagte die Marschallin.

Der junge Mann wandte nichts gegen diese heuchlerische Antwort ein. Er wollte lieber »den Augenblick nutzen«. Und indem er ihr Handgelenk immer noch hielt, drückte er seine Lippen zwischen Handschuh und Krause darauf.

»Hören Sie doch auf, man wird uns bemerken!«

»Ach was! was tut's!«

Nach der Place de la Concorde fuhren sie über den Quai de la

Conférence und den Quai de Billy, wo man eine Zeder in einem Garten bemerkt. Rosanette glaubte den Libanon in China gelegen; sie lachte selbst über ihre Unwissenheit und bat Frédéric, ihr Geographieunterricht zu erteilen. Dann ließen sie den Trocadéro zur Linken liegen, fuhren über den Pont d'Iéna und hielten mitten auf dem Champ de Mars, neben den andern Wagen, die schon auf dem Rennplatz standen.

Die Rasenhügel waren von Leuten aus dem Volk besetzt. Man sah Neugierige auf dem Balkon der Militärschule, und die beiden Pavillons außerhalb des Wiegeplatzes, die beiden Tribünen, die in der Einfriedigung standen nebst einer dritten vor der Königstribüne, waren mit einer eleganten Menge angefüllt, die durch ihre Haltung ihre Achtung für dieses noch neue Vergnügen bezeigte. Das Publikum der Rennen jener Zeit war gewählter und hatte ein weniger gewöhnliches Aussehen. Es war die Zeit der Steghosen, der Sammetkragen und weißen Handschuhe. Die Damen waren in leuchtende Farben gekleidet und trugen Kleider mit langen Taillen. Auf den Stufensitzen der Estraden sitzend, wirkten sie wie mächtige Blumenbeete, hier und dort schwarz getupft durch die dunklen Anzüge der Herren. Aber alle Blicke waren auf den berühmten Algerier Bu-Maza gerichtet, der, unbeweglich, in einer der Sondertribünen zwischen zwei Stabsoffizieren saß. Die Tribüne des Jockey-Klubs war ausschließlich von ernst aussehenden Herren besetzt.

Die am meisten Begeisterten hatten unten an der Rennbahn Platz genommen, die durch zwei Reihen mit Stricken verbundener Pfähle geschützt war. In dem ungeheuren Oval, das die Pfostenreihe beschrieb, rührten die Kokoshändler ihre Klappern, andere verkauften das Programm für das Rennen, wieder andere riefen Zigarren aus, ein großes Gesumme erhob sich, die Soldaten der Stadtgarde gingen auf und ab. Eine Glocke, die an einem mit Zahlen bedeckten Pfahl hing, ertönte. Fünf Pferde erschienen, und man begab sich wieder auf die Tribünen.

Allein schwere Wolken ragten mit ihren Ballungen über die

Wipfel der gegenüberstehenden Ulmen. Rosanette fürchtete Regen.

»Ich habe Regenschirme«, sagte Frédéric, »und alles Nötige, sich zu zerstreuen«, fügte er hinzu und hob den Deckel des Wagenkastens auf, in dem sich ein Korb mit Mundvorrat befand.

»Wir verstehen uns!«

»Und wir werden uns noch besser verstehen, nicht wahr?«

»Das könnte sein!« erwiderte sie errötend.

Die Jockeys in ihren Seidenjacken versuchten ihre Pferde schnurgerade aufzustellen und hielten sie mit beiden Händen zurück. Jemand senkte eine rote Fahne. Dann neigten sich alle fünf über die Mähnen und ritten davon. Anfangs bildeten sie alle eine geschlossene Masse, bald aber zog sie sich in die Länge, zerriß. Der in der gelben Jacke wäre bei der ersten Runde beinahe gestürzt, lange schwankte es zwischen Filly und Tibi, dann kam Tom-Pouce an die Spitze, aber Clubstick, der seit dem Start hinten war, holte sie ein und kam als erster an, indem er Sir Charles um zwei Längen schlug. Das war eine Überraschung, alles schrie, die Bretterhallen erzitterten unter dem Gestampfe.

»Wir unterhalten uns!« sagte die Marschallin. »Ich liebe dich, mein Liebling!«

Frédéric zweifelte nicht mehr an seinem Glück, dies letzte Wort der Rosanette bestätigte es ihm.

Hundert Schritte von ihm entfernt erschien in einem Kabriolett eine Dame. Sie beugte sich über den Wagenschlag und zog sich dann lebhaft wieder zurück; das wiederholte sich mehrmals; Frédéric konnte ihr Gesicht nicht erkennen. Ein Argwohn stieg in ihm auf, es schien ihm, als sei es Madame Arnoux. Allein, unmöglich! Warum wäre sie hierhergekommen?

Unter dem Vorwand, sich auf dem Wiegeplatz umschauen zu wollen, stieg er aus dem Wagen.

»Sie sind nicht sehr galant!« sagte Rosanette.

Er hörte auf nichts und ging weiter. Das Kabriolett wandte um und setzte sich in Trab.

Im selben Augenblick wurde Frédéric von Cisy erwischt.

»Guten Tag, Lieber! Wie geht es Ihnen? Hussonnet ist dort drüben! Hören Sie doch!«

Frédéric versuchte loszukommen, um das Kabriolett einzuholen. Die Marschallin gab ihm Zeichen, er solle zu ihr zurückkommen. Cisy bemerkte sie und wollte sie durchaus begrüßen.

Seitdem er die Trauer um seine Großmutter abgelegt hatte, verwirklichte er sein Ideal; es gelang ihm, »seinen eigenen Stil« zu haben. Schottische Weste, kurzer Frack, breite Schleifen auf den Schuhen und die Eintrittskarte im Hutband; es fehlte tatsächlich nichts an seinem »Chic«, wie er es selber nannte, dem Chic eines Anglomanen und Leibgardisten. Er begann damit, sich über den Champ de Mars als einen erbärmlichen Rennplatz zu beklagen, sprach dann von dem Rennen von Chantilly und den tollen Späßen, die dort gespielt werden, schwor, zwölf Glas Champagner während der zwölf Mitternachtschläge trinken zu können, schlug der Marschallin vor, zu wetten, liebkoste sanft ihre beiden Hündchen und fuhr fort, den andern Ellbogen auf den Wagenschlag gestützt, den Knopf seines Stockes im Munde, breitbeinig, mit straff gespanntem Kreuz seine Albernheiten herzusagen. Frédéric neben ihm rauchte, wobei er zu entdecken suchte, was aus dem Kabriolett geworden war. Als die Glocke wieder ertönte, ging Cisy zu Rosanettes großer Freude, da er sie sehr langweilte, wie sie sagte.

Das zweite Rennen brachte nichts Besonderes, das dritte auch nicht, außer einem Manne, der auf einer Tragbahre weggeschafft wurde. Das vierte, in dem acht Pferde um den Preis der Stadt stritten, war interessanter.

Die Tribünenzuschauer waren auf die Bänke geklettert. Die andern folgten, in den Wagen stehend, mit Lorgnetten in den Händen, den Bewegungen der Jockeys. Man sah sie dahineilen als rote, gelbe, weiße und blaue Flecken längs der Menge, die die Rennbahn säumte. Von fern nahm sich ihre Schnelligkeit nicht außergewöhnlich aus, am andern Ende des Champ de Mars schienen sie sich zu verlangsamen und nur durch eine Art Gleiten weiterzukommen, wobei der Bauch der Pferde den Boden berührte, ohne daß ihre gestreckten Beine sich bogen. Aber als sie sich rasch wieder näherten, wurden sie größer, ihr Vorbeisausen benahm den Atem, der Boden zitterte, die Kiesel flogen, die Luft, die sich in den Jacken der Jockeys fing, blähte sie wie Segel, mit weit ausholenden Hieben ihrer Reitpeitschen trieben sie ihre Tiere an, um den Pfahl zu erreichen, der das Ziel bezeichnete. Die Zahlen wurden entfernt, andere aufgehißt, und mitten unter dem Beifallklatschen schleppte das siegreiche Pferd sich schweißtriefend mit steifen Gelenken und gesenktem Halse bis zum Wiegeplatz, während sein Reiter sich, wie in den letzten Zügen liegend, im Sattel die Seiten hielt.

Ein Streit verzögerte das letzte Rennen. Die Menge langweilte und zerstreute sich. Männer plauderten in Gruppen unten an den Tribünen. Die Reden waren sehr frei, Damen der guten Gesellschaft fuhren, empört über die Nachbarschaft der Loretten, davon.

Es waren auch Berühmtheiten der öffentlichen Bälle, Schauspielerinnen des Boulevards anwesend; und es waren die Schönsten nicht, denen die meisten Huldigungen dargebracht wurden. Die alte Georgine Aubert, die ein Vaudeville-Dichter den Ludwig XI. der Prostitution nannte, lag scheußlich geschminkt und von Zeit zu Zeit eine Art Grunzen für ein Lachen ausstoßend, ganz ausgestreckt in ihrer langen Kalesche, bedeckt mit einem Marderpelzkragen wie mitten im Winter. Madame de Remoussot, durch ihren Prozeß in Mode gekommen, thronte in Gesellschaft von Amerikanern auf dem Bock eines Breaks, und Thérèse Bachelu mit ihrer Miene einer gotischen Madonna füllte mit ihrem Dutzend Falbeln das Innere eines Wagens, der anstatt des Schutzleders eine Jardinière voller Rosen zeigte. Die Marschallin war eifersüchtig auf diese Berühmtheiten; um bemerkt zu werden, begann sie, lebhafte Gebärden zu machen und sehr laut zu sprechen.

Herren erkannten sie und grüßten. Sie erwiderte die Grüße und nannte Frédéric ihre Namen. Es waren alles Grafen, Vicomtes, Herzöge und Marquis; er warf sich in die Brust, denn alle Augen drückten einen gewissen Respekt über sein glückliches Los aus.

Cisy sah in dem Kreise gereifter Männer, der ihn umgab, nicht minder glücklich aus. Sie lachten über ihre Krawatten hinweg, wie wenn sie sich über ihn lustig machten, endlich schlug er in die Hand des ältesten und ging auf die Marschallin zu.

Sie aß mit gezierter Begier eine Schnitte Leberpastete, Frédéric machte es ihr aus Gefälligkeit nach und hielt eine Flasche Wein auf den Knien.

Das Kabriolett erschien abermals, es war Madame Arnoux. Sie wurde außerordentlich blaß.

»Gib mir Champagner!« sagte Rosanette. Und ihr Glas möglichst hoch hebend, rief sie:

»Holla da drüben! ihr anständigen Frauen, die Gattin meines Beschützers, he, holla!«

Lachen ertönte um sie her, das Kabriolett verschwand. Frédéric zupfte sie am Kleide, er wollte aufbrausen. Aber Cisy stand in derselben Haltung da wie vorher, und mit übergroßer Sicherheit lud er Rosanette zum Diner für denselben Abend ein.

»Unmöglich!« erwiderte sie. »Wir gehen zusammen ins Café Anglais.« Frédéric blieb stumm, als habe er nichts gehört, und Cisy verließ die Marschallin mit enttäuschter Miene.

Während er am rechten Wagenschlag stand und mit ihr redete, war Hussonnet von der linken Seite gekommen; er fing das Wort Café Anglais auf und meinte:

»Das ist ein hübsches Lokal! Wollen wir dort einen Imbiß nehmen?«

»Wie Sie wünschen«, sagte Frédéric, der, in die Ecke des Wagens gedrückt, das Kabriolett am Horizont verschwinden sah und das Gefühl hatte, als sei etwas nie wieder Gutzumachendes geschehen, als habe er seine große Liebe verloren. Und da, neben ihm, war die andere, die fröhliche, leichtherzige Liebe! Aber abgespannt, voll sich widersprechender Wünsche, wußte er nicht mehr, was er wollte, und empfand eine maßlose Traurigkeit, eine Lust zu sterben.

Ein lautes Geräusch von Schritten und Stimmen veranlaßte ihn, den Kopf zu heben, die Straßenjungen stiegen über die Stricke der Rennbahn, um sich die Tribünen anzusehen; man brach auf. Einige Regentropfen fielen. Das Gedränge der Wagen wurde größer. Hussonnet war darin verlorengegangen.

»Nun! um so besser!« sagte Frédéric.

»Du ziehst es vor, allein zu sein?« erwiderte die Marschallin und legte ihre Hand auf die seine.

Da fuhr ein prachtvoller Landauer mit spiegelndem Messing und Stahl an ihnen vorüber, mit vier Pferden à la Daumont bespannt und von zwei Jockeys in kurzen Sammetjacken mit goldenen Fransen gelenkt. Madame Dambreuse saß neben ihrem Gatten, Martinon gegenüber auf dem anderen Sitz; alle drei machten erstaunte Gesichter.

»Sie haben mich erkannt!« sagte sich Frédéric.

Rosanette wollte halten lassen, um das Vorbeifahren der Wagen besser zu sehen. Madame Arnoux konnte sich wieder zeigen. Er rief dem Postillon zu:

»Vorwärts! Vorwärts! Fahr zu!«

Und der Wagen stürmte die Champs-Elysées entgegen, mitten unter die anderen Gefährte, Kaleschen, Britschkas, Tandems, Tilburys, Dogcarts, Kremser mit Ledervorhängen, in denen etwas angeheiterte Arbeiter lustig sangen, Einspänner, von Familienvätern vorsichtig selbst gelenkt. In offenen, mit Menschen vollgepfropften Wagen ließen einige junge Leute, die auf den Füßen der anderen saßen, ihre Beine nach außen hängen. In großen Coupés mit tuchbezogenen Böcken fuhren schlummernde Witwen spazieren, auch kam wohl ein herrlicher Traber vorbei vor einer Chaise, die einfach und gefällig gebaut war wie der Frack eines Stutzers. Indes wurde der Platzregen stärker. Man holte die Regenschirme, Sonnenschirme und Gummimäntel hervor. Von weitem rief man sich zu: »Guten Tag! – Geht's gut? – Ja! – Nein! – Bis nachher!«, und die Gesichter folgten sich geschwind wie in einem chinesischen Schattenspiele. Frédéric und Rosanette unterhielten sich nicht, da sie eine Art Benommenheit empfanden, die durch das unablässige Drehen all dieser Räder in ihrer Nähe verursacht wurde.

Zuweilen hielten die Ketten der zu sehr zusammengedrängten Wagen alle zugleich nebeneinander in mehreren Reihen. Dann blieb einer nahe beim andern stehen, und man musterte sich gegenseitig. Über den Rand der wappengeschmückten Wagenschläge fielen gleichgültige Blicke auf die Menge, Augen voller Neid funkelten im Innern der Droschken, verächtliches Lächeln antwortete auf hochmütige Gebärde, weit geöffnete Münder verrieten einfältige Bewunderung, und hier und da sprang ein Spaziergänger mitten auf der Straße mit einem Satze zurück, um einem Reiter auszuweichen, der zwischen den Wagen galoppierte und es fertigbrachte, sich herauszuarbeiten. Dann setzte sich alles wieder in Bewegung, die Kutscher lockerten die Zügel und senkten ihre langen Peitschen, die Pferde schüttelten neu belebt ihre Kinnketten und warfen Schaum um sich, ihre Kruppen und ihr feuchtes Geschirr dampften in dem Wasserdunst, den die untergehende Sonne durchbrach. Als sie durch den Arc de Triomphe fuhren, warf die Sonne in Manneshöhe ein rötliches Licht, in dem Radnaben, Wagengriffe, Deichselspitzen und Geschirringe funkelten, und auf beiden Seiten der Avenue – die einem Flusse glich, auf dem Mähnen, Kleider, Menschenköpfe dahinfluteten – erhoben sich wie zwei grüne Mauern die vom Regen schimmernden Bäume. Die Bläue des Himmels, die hier und da schon wieder hervorblickte, hatte den weichen Schimmer von Atlas.

Jetzt erinnerte sich Frédéric der schon fernen Tage, an denen er das unaussprechliche Glück ersehnt hatte, sich in einem dieser Wagen neben einer dieser Frauen zu sehen. Jetzt besaß er dieses Glück, aber er war darum nicht fröhlicher.

Der Regen hatte aufgehört. Die Fußgänger, die zwischen den

Säulen der Königlichen Gerätekammer Zuflucht gesucht hatten, gingen weiter. Spaziergänger in der Rue Royale schlenderten dem Boulevard zu. Vor dem Gebäude des Ministeriums des Auswärtigen stand eine Anzahl Müßiggänger umher.

Bei dem Chinesischen Bad verlangsamte der Wagen seine Fahrt, da im Pflaster Löcher waren. Ein Mann in haselnußbraunem Überrock ging am Rande des Trottoirs. Etwas Straßenkot, der unter den Rädern aufspritzte, traf ihn am Rücken. Der Mann drehte sich wütend um. Frédéric erbleichte, er hatte Deslauriers erkannt.

Am Café Anglais angelangt, schickte er den Wagen fort. Rosanette war vor ihm hinaufgegangen, während er den Postillon bezahlte.

Er traf sie auf der Treppe wieder, wo sie mit einem Herrn plauderte. Frédéric nahm ihren Arm. Aber mitten im Gang hielt sie ein zweiter Herr an.

»Geh nur weiter!« sagte sie. »Ich komme gleich!« Und er trat allein in das Kabinett. Durch die beiden offenen Fenster sah man die Menschen drüben an den Fenstern der gegenüberliegenden Häuser.

Feuchte Bänder zeichneten sich wie große Wellen zitternd über dem trocknenden Asphalt ab, und eine Magnolie, die auf dem Rande des Balkons blühte, sandte balsamischen Duft ins Zimmer. Dieser Wohlgeruch und die Frische der Luft beruhigten seine Nerven; er sank auf den roten Diwan unter dem Spiegel.

Die Marschallin kam nun zurück, küßte ihn auf die Stirn und sagte:

»Hat mein armer Kleiner Kummer?«

»Vielleicht!« erwiderte er.

»Du bist nicht der einzige, glaube mir!« Was soviel hieß wie: »Mag jeder den seinen in gemeinsamem Glück vergessen!«

Dann nahm sie ein Blumenblatt zwischen die Lippen und bot es ihm zum Abbeißen. Diese Bewegung in ihrer sinnlichen Anmut, ja fast zärtlichen Milde rührte Frédéric.

»Warum bereitest du mir Kummer?« sagte er und dachte an Madame Arnoux.

»Ich, Kummer?«

Und sie stand vor ihm, betrachtete ihn mit halbgeschlossenen Lidern, ihre beiden Hände auf seinen Schultern.

All seine Tugend, all sein Groll versanken in bodenloser Feigheit. Er fuhr fort: »Weil du mich nicht lieben willst!«, und zog sie auf seine Knie.

Sie ließ es geschehen, er umschlang ihre Taille mit beiden Armen, das Rascheln ihres Seidenkleides erregte ihn.

»Wo sind sie?« sagte Hussonnets Stimme auf dem Gang.

Die Marschallin erhob sich jäh, ging ans andere Ende des Zimmers und kehrte der Tür den Rücken.

Sie verlangten Austern, und sie setzten sich zu Tisch.

Hussonnet war nichts weniger als unterhaltend. Durch all das tägliche Geschreibe über die erdenklichsten Dinge, das viele Zeitunglesen, das Anhören von Diskussionen und das Aufstellen von verblüffenden Paradoxen hatte er schließlich das sichere Urteil verloren, weil er sich mit seinen schwachen Leuchtraketen selbst blendete. Die Schwierigkeiten eines früher leichten, jetzt schweren Lebens hielten ihn fortwährend in Aufregung. Seine Ohnmacht, die er sich nicht eingestehen wollte, machte ihn bissig und sarkastisch. Anläßlich eines neuen Balletts »Ozai« ereiferte er sich gegen den Tanz, und anläßlich des Tanzes gegen die Oper, dann von der Oper ausgehend, gegen die Italiener, die jetzt durch eine Truppe spanischer Schauspieler ersetzt waren, »als ob man die Kastilier nicht satt hätte!« Frédéric war in seiner romantischen Vorliebe für Spanien verletzt; um die Unterhaltung abzubrechen, erkundigte er sich nach dem Collège de France, aus dem man Edgar Quinet und Mickiewicz kürzlich ausgestoßen hatte. Aber Hussonnet, der ein Verehrer von Xavier de Maistre war, erklärte sich für die Autorität und den Spiritualismus. Er zweifelte jedoch an den erwiesensten Tatsachen, leugnete die Geschichte, stellte die greifbarsten Dinge in Abrede, ging sogar so weit, beim Wort Geometrie auszurufen: »Welch ein Schwindel ist die Geometrie!« Alles dies war mit schauspielerischen Posen untermischt. Sainville war vor allem sein Vorbild.

Diese Flausen langweilten Frédéric tödlich. In einer Bewegung der Ungeduld traf er mit seinem Stiefel eins der Hündchen unter dem Tisch.

Alle beiden erhoben ein widerliches Gekläff.

»Sie sollten sie wegschaffen lassen!« sagte er barsch.

Rosanette hatte zu niemandem Vertrauen.

Da wandte er sich an den Boheme:

»Nun, Hussonnet, bringen Sie das Opfer!«

»Ach ja, mein Kleiner! Das wäre sehr liebenswürdig!«

Hussonnet ging, ohne sich bitten zu lassen.

Wie würde man seine Gefälligkeit belohnen? Frédéric dachte nicht weiter daran. Er begann sogar sich über das Tête-à-tête zu freuen, als ein Kellner eintrat.

»Madame, es wünscht Sie jemand zu sprechen!«

»Wie, schon wieder?«

»Ich muß doch nachsehen!« sagte Rosanette.

Ihn dürstete, verlangte nach ihr. Dies Verschwinden schien ihm wie eine Pflichtvergessenheit, fast eine Grobheit. Was wollte sie denn eigentlich? War es nicht genug, Madame Arnoux beleidigt zu haben? Um so schlimmer übrigens für diese. Jetzt haßte er alle Frauen, und Tränen erstickten ihn, denn seine Liebe war verkannt und seine Begierde genarrt.

Die Marschallin trat wieder ein, sie stellte ihm Cisy vor und sagte: »Ich habe den Herrn eingeladen. Es war doch recht, nicht wahr?«

»Aber gewiß!« Mit dem Lächeln eines, der hingerichtet werden soll, forderte Frédéric den Edelmann auf, Platz zu nehmen.

Die Marschallin fing an, die Speisekarte zu überfliegen, und verweilte bei den sonderbaren Namen.

»Wenn wir zum Beispiel einen ›Turban de lapins à la Richelieu‹ und einen Pudding à la d'Orléans äßen?«

»Oh! nicht Orléans!« rief Cisy aus. Er war Legitimist und glaubte witzig zu sein.

»Ziehen Sie einen Steinbutt à la Chambord vor?« erwiderte sie.

Diese Höflichkeit empörte Frédéric.

Die Marschallin entschied sich für ein einfaches Tournedos, Krebse, Trüffeln, Ananassalat und Vanillesorbet.

»Wir werden dann später sehen, was wir noch nehmen. Gehen Sie indes. Ah so! ich vergaß! Bringen Sie mir eine Wurst! ohne Knoblauch!«

Und sie nannte den Kellner »junger Mann«, schlug mit dem Messer an ihr Glas und warf die Brotkrumen an die Decke. Sie wollte gleich anfangen, Burgunder zu trinken.

»Man trinkt ihn nicht zu Beginn der Mahlzeit«, sagte Frédéric.

Der Vicomte sagte, daß man es zuweilen doch tue.

»Aber nein! niemals!«

»Doch! ich versichere es Ihnen!«

»Ah! siehst du!« Der Blick, mit dem sie diese Worte begleitete, sollte sagen: »Der da ist ein reicher Mann, höre auf ihn!«

Indessen wurde die Tür jeden Augenblick geöffnet, die Kellner kreischten, und auf einem höllischen Klavier hackte man im Kabinett nebenan einen Walzer herunter. Dann kamen sie durch das Rennen auf die Reitkunst und zwei rivalisierende Systeme zu sprechen. Cisy verteidigte Baucher, Frédéric den Comte d'Aure, als Rosanette die Achseln zuckte:

»Genug, mein Gott! er versteht sich besser darauf als du!«

Den Ellbogen auf den Tisch gestützt, biß sie in einen Granatapfel, vor ihr zitterten die Kerzenflammen des Kandelabers im Luftzuge, das weiße Licht durchleuchtete ihre Haut in perlmutternen Tönen, breitete über ihre Lider einen rosigen Hauch und machte ihre Augäpfel glänzen. Die Röte der Frucht verschmolz mit dem Purpur ihrer Lippen, ihre feinen Nasenflügel bebten, und ihre ganze Person hatte etwas so Freches, Trunkenes, Verschwimmendes, das Frédéric sehr erbitterte und doch die tollsten Begierden in seinem Herzen weckte.

Dann fragte sie mit ruhiger Stimme, wem der große Landauer mit kastanienbrauner Livree gehöre.

»Der Comtesse Dambreuse«, erwiderte Cisy.

»Sie sind sehr reich, nicht wahr?«

»Oh! sehr reich! obwohl Madame Dambreuse, die ein ganz einfaches Fräulein Boutron, Tochter eines Präfekten war, nur ein mäßiges Vermögen besitzt.«

Ihr Gatte dagegen würde mehrere Erbschaften machen. Cisy zählte sie auf; da er bei den Dambreuse verkehrte, kannte er ihre Angelegenheiten.

Um ihm zuwider zu sein, versteifte sich Frédéric darauf, ihm zu widersprechen. Er behauptete, daß Madame Dambreuse de Boutron heiße, und verbürgte ihren Adel.

»Das ist alles ganz gleich! ich möchte nur ihre Equipage haben!« sagte die Marschallin und lehnte sich in ihren Armstuhl zurück.

Der Ärmel ihres Kleides, der ein wenig heraufglitt, entblößte an ihrem linken Handgelenk ein mit drei Opalen geschmücktes Armband.

Frédéric bemerkte es.

»Sieh da! aber ...«

Sie sahen sich alle drei an und erröteten.

Die Tür wurde diskret zur Hälfte geöffnet, der Rand eines Hutes erschien, darauf Hussonnets Profil.

»Verzeihung, wenn ich euch störe, ihr Verliebten!«

Aber erstaunt, Cisy zu sehen, der seinen Platz eingenommen hatte, hielt er inne.

Es wurde noch ein Gedeck gebracht. Da er großen Hunger hatte, nahm er aufs Geratewohl von den Resten des Diners, Fleisch von einer Platte, eine Frucht aus einem Korbe, führte mit einer Hand sein Glas zum Munde, legte sich mit der anderen vor und erzählte dabei von seiner Mission. Die beiden Wauwaus waren nach Hause gebracht. Nichts Neues war dort vorgekommen. Er hatte die Köchin mit einem Soldaten gefunden, eine Lüge, die nur erfunden war, um Eindruck zu machen.

Die Marschallin nahm ihren Hut vom Kleiderhalter. Frédéric stürzte sich auf die Klingel und rief dabei dem Kellner von weitem zu: »Einen Wagen!«

»Ich habe meinen«, sagte der Vicomte.

»Aber mein Herr!«

»Indessen mein Herr!«

Beide sahen sie sich in die Augen, bleich, mit zitternden Händen.

Schließlich nahm die Marschallin Cisys Arm, zeigte auf den Boheme am Tisch und sagte:

»Geben Sie auf ihn acht, er erstickt. Ich möchte nicht, daß seine Aufopferung für meine Köter ihm den Tod bringe!«

Die Tür fiel zu.

»Nun?« sagte Hussonnet.

»Nun? Was?«

»Ich glaubte ...«

»Was glaubten Sie?«

»Wollten Sie nicht ...?«

Er vervollständigte seinen Satz durch eine Gebärde.

»Ach! wieso denn! nie im Leben!«

Hussonnet drang nicht weiter in ihn.

Er hatte ein Ziel im Auge, indem er sich zum Diner einlud. Sein Blatt, das nicht mehr »L'Art« hieß, sondern »Le Flambart«, mit dem Sinnspruch »Kanoniere, an die Geschütze!«, kam nicht fort, er verspürte Lust, es in eine Wochenschrift umzuwandeln, allein ohne Deslauriers' Beihilfe. Er sprach wieder über das Projekt und setzte seinen neuen Plan auseinander.

Frédéric, der offenbar kein Verständnis dafür hatte, antwortete unbestimmt. Hussonnet raffte mehrere Zigarren von dem Tisch, sagte: »Adieu! mein Lieber!« und verschwand.

Frédéric verlangte die Rechnung. Sie war lang, der Kellner wartete mit der Serviette unter dem Arm auf sein Geld, als ein zweiter kam, ein fahler Mensch, der Ähnlichkeit mit Martinon hatte und sagte:

»Bitte um Verzeihung, man hatte an der Kasse vergessen, die Droschke mit aufzuschreiben.«

»Welche Droschke?«

»Die der Herr nahm für die kleinen Hunde.«

Und der Kellner machte ein langes Gesicht, als bedauere er den armen jungen Mann. Frédéric hatte Lust, ihn zu ohrfeigen. Er ließ die zwanzig Francs, die er herausbekam, als Trinkgeld zurück.

»Danke, gnädiger Herr!« sagte der Mensch mit der Serviette und verbeugte sich tief.

Frédéric verbrachte den folgenden Tag damit, über seinen Zorn und seine Demütigung zu grübeln. Er machte sich Vorwürfe, Cisy nicht geohrfeigt zu haben. Was die Marschallin anbetraf, so schwor er sich, sie nicht wiederzusehen; es fehlte nicht an anderen, die ebenso schön waren; da man Geld brauchte, um diese Weiber zu besitzen, wollte er an der Börse mit dem Erlös seines Landgutes spekulieren; er würde reich werden, er würde mit seinem Luxus die Marschallin und jedermann ausstechen. Als es Abend geworden war, überraschte es ihn, daß er nicht an Madame Arnoux gedacht hatte.

»Um so besser, wozu auch?«

Am übernächsten Tag besuchte ihn Pellerin schon um 8 Uhr. Er begann mit Lobpreisungen auf seine Einrichtung, mit Schmeicheleien. Dann fragte er plötzlich:

»Sie waren am Sonntag auf dem Rennen?«

»Ja, leider!«

Da fing der Maler an, über die Anatomie der englischen Pferde zu schimpfen, pries die Pferde des Géricault, die Pferde des Parthenon. »Rosanette war mit Ihnen?«

Und geschickt begann er ihr Lob zu singen.

Frédérics Kälte brachte ihn aus der Fassung. Er wußte nicht, wie er auf das Porträt zu sprechen kommen sollte.

Seine erste Absicht war gewesen, im Stile Tizians zu malen. Allein, nach und nach hatten ihn die verschiedenen Fleischtöne seines Modelles verlockt, und er hatte frisch darauflosgearbeitet und

Farbe auf Farbe, Licht auf Licht gesetzt. Rosanette war anfangs entzückt, ihre Zusammenkünfte mit Delmar hatten die Sitzungen unterbrochen, und Pellerin hatte reichlich Zeit gehabt, sich bezaubern zu lassen. Als dann die Bewunderung sich gelegt hatte, fragte er sich, ob es seiner Malerei nicht an Größe fehle. Er hatte sich die Tizians wieder angesehen, sah den Abstand ein und erkannte seinen Fehler. Da begann er damit, einfach den Umriß neu zu überarbeiten. Dann hatte er versucht, durch Abtönen die Farben des Kopfes und des Hintergrundes ineinander zu verschmelzen, überfließen zu lassen; so hatte das Gesicht an Ausdruck, der Schatten an Tiefe gewonnen; alles erschien viel kräftiger. Endlich war die Marschallin wiedergekommen. Sie hatte sich sogar Einwände erlaubt, der Künstler war natürlich standhaft geblieben. Nach heftigen Zornesausbrüchen über ihre Torheit hatte er sich gesagt, daß sie vielleicht recht haben könne. Dann war die Zeit der Zweifel und geistiger Unruhe über ihn gekommen, die Magenkrämpfe, Schlaflosigkeit, Fieber und Überdruß mit sich bringt. Er hatte es gewagt, zu ändern, aber ohne Lust und in dem Gefühl, daß seine Arbeit schlecht sei.

Er beklagte sich allein darüber, vom Salon zurückgewiesen worden zu sein, und machte dann Frédéric Vorwürfe, daß er nicht gekommen war, das Bild der Marschallin anzusehen.

»Ich pfeife auf die Marschallin!«

Eine solche Erklärung ermutigte ihn.

»Wollen Sie glauben, daß dieses Luder es jetzt nicht mehr haben will?«

Was er nicht sagen wollte, war, daß er tausend Taler von ihr verlangt hatte. Die Marschallin ihrerseits hatte sich aber wenig darum gekümmert, wer es bezahlen sollte, und hatte, da sie vorzog, Arnoux für dringendere Dinge in Anspruch zu nehmen, das Bild ihm gegenüber überhaupt nicht erwähnt.

»Nun, und Arnoux?« fragte Frédéric.

Sie hatte ihn an jenen gewiesen. Der ehemalige Bilderhändler habe keine Verwendung für das Bild.

»Er behauptet, daß es Rosanette anginge.«

»Allerdings ist es ihre Angelegenheit.«

»Wie! gerade sie ist es, die mich zu Ihnen schickt!« entgegnete Pellerin.

Hätte er sein Bild für vorzüglich gehalten, wäre es ihm vielleicht nicht eingefallen, Kapital daraus zu schlagen. Aber eine Summe (und zwar eine beträchtliche Summe) würde ein Beweis gegen die Kritik, eine Stärkung für ihn sein. Um ihn loszuwerden, erkundigte sich Frédéric höflich nach seinen Bedingungen.

Die übertriebene Höhe der Summe empörte ihn, er erwiderte:

»Nein, ach nein!«

»Sie sind aber doch ihr Liebhaber, Sie haben es bei mir bestellt!«

»Erlauben Sie, ich war nur Vermittler!«

»Aber ich kann doch nicht darauf sitzenbleiben!«

Der Künstler wurde ärgerlich.

»Ah! ich hielt Sie nicht für so geldgierig.«

»Noch ich Sie für so geizig! Diener!«

Eben war er gegangen, als Sénécal sich einstellte. Frédéric war verwirrt, er machte eine Bewegung der Unruhe.

»Was gibt's?«

Sénécal erzählte seine Geschichte.

»Sonnabend gegen neun Uhr hatte Madame Arnoux einen Brief erhalten, der sie nach Paris rief. Da zufällig niemand da war, einen Wagen aus Creil zu holen, hatte sie die Absicht, mich es tun zu lassen. Ich habe mich geweigert, denn das gehört nicht zu meinen Obliegenheiten. Sie fuhr fort und kam Sonntagabend zurück. Gestern morgen erscheint Arnoux plötzlich in der Fabrik. Die Bordelaiserin hat sich beklagt. Ich weiß nicht, was zwischen ihnen vorgeht, aber er hat vor allen andern ihre Strafe aufgehoben. Wir haben heftige Worte miteinander gewechselt. Kurz, er hat mich ausbezahlt, und hier bin ich!«

Dann mit Nachdruck:

»Übrigens bereue ich nichts, ich habe meine Pflicht erfüllt. Schadet nichts, es ist Ihretwegen.«

»Wieso?« rief Frédéric, der fürchtete, Sénécal könnte ihn durchschaut haben.

Sénécal hatte nichts durchschaut, denn er erwiderte:

»Das heißt, daß ich ohne Sie vielleicht Besseres gefunden hätte.«

Frédéric empfand etwas wie Gewissensbisse.

»Worin könnte ich Ihnen jetzt zu Diensten sein?«

Sénécal verlangte irgendeine Beschäftigung, eine Stellung.

»Das ist Ihnen ein leichtes. Sie kennen so viele Leute, Monsieur Dambreuse unter anderem, wie mir Deslauriers sagte.«

Die Erinnerung an Deslauriers war Frédéric unangenehm. Es lag ihm nach der Begegnung auf dem Champ de Mars nicht viel daran, wieder zu den Dambreuse zu gehen.

»Ich bin nicht intim genug in dem Hause, um jemand zu empfehlen.«

Stoisch ertrug der Demokrat diese abschlägige Antwort. Dann, nach einer Minute des Schweigens, sagte er:

»Ich bin sicher, daß alles dies von der Bordelaise und auch von Ihrer Madame Arnoux kommt.«

Dieses ›Ihre‹ nahm Frédéric den Rest guten Willens, den er noch im Herzen bewahrte. Aus Zartgefühl indessen holte er den Schlüssel zu seinem Schreibtisch.

Sénécal kam ihm zuvor.

»Danke!«

Dann vergaß er sein Mißgeschick und sprach über die Angelegenheiten des Vaterlandes, über die verschwenderischen Verleihungen von Ehrenkreuzen an Königs Geburtstag, über einen Kabinettwechsel, über die Prozesse Drouillard und Bénier, die Skandale des Tages, eiferte gegen die Bourgeois und weissagte eine Revolution.

Ein japanischer Dolch, der an der Wand hing, zog seine Augen auf sich. Er nahm ihn, versuchte den Griff und warf ihn dann mit einer Miene des Ekels auf das Sofa.

»Also leben Sie wohl! Ich muß nach Notre Dame de Lorette.«

»Ei! wozu denn?«

»Es ist heute die Jahresfeier für Godefroy Cavaignac. Er starb für das Werk! Aber alles ist noch nicht zu Ende! ... Wer weiß?«

Und Sénécal reichte ihm tapfer die Hand.

»Wir sehen uns vielleicht nie wieder! Leben Sie wohl!«

Dieses zweimal wiederholte »Leben Sie wohl«, das Runzeln seiner Brauen, als er den Dolch betrachtete, seine Ergebung und namentlich seine Feierlichkeit machten Frédéric nachdenklich, bald aber dachte er nicht mehr daran.

In derselben Woche sandte ihm sein Notar in Le Havre die Summe von einhundertvierundsiebzigtausend Francs. Er machte zwei Teile daraus, legte die eine Hälfte in Staatspapieren an, und brachte die andere zu einem Wechselmakler, um sie auf der Börse zu wagen.

Er speiste in den Lokalen, die in Mode waren, ging viel in die Theater und versuchte sich zu zerstreuen, als Hussonnet ihm einen Brief sandte, in dem er lustig erzählte, daß die Marschallin Cisy gleich am Tage nach dem Rennen wieder verabschiedet habe. Frédéric war darüber erfreut und suchte nicht zu ergründen, warum der Boheme ihm diese Geschichte mitteilte.

Der Zufall wollte, daß er Cisy drei Tage später begegnete. Der Edelmann behielt seine Fassung und lud ihn sogar für den folgenden Mittwoch zum Diner ein.

Am Morgen dieses Tages erhielt Frédéric durch den Gerichtsvollzieher eine Bekanntmachung, in der Monsieur Charles Jean Baptiste Oudry ihm mitteilte, daß er nach Gerichtsbeschluß Erwerber einer zu Belleville gelegenen Besitzung geworden sei, die dem Herrn Jacques Arnoux gehöre, und daß er bereit sei, die zweihundertdreiundvierzigtausend Francs, den Betrag des Verkaufspreises, zu bezahlen. Aber wie aus demselben Akt hervorgehe, übersteige die Summe der Hypotheken, die das Grundstück belasteten, den Ankaufspreis, und somit sei Frédérics Schuldforderung vollständig verloren.

Das ganze Unheil käme daher, daß er nicht rechtzeitig eine hypothekarische Eintragung erneuert habe. Arnoux hatte die Angelegenheit übernommen, sie aber dann vergessen. Frédéric war über ihn aufgebracht, dann, als sein Zorn verraucht war:

»Und was weiter? Wenn es ihn retten kann, um so besser! ich sterbe nicht daran! ich will nicht mehr daran denken!«

Als er aber in seinen Papieren auf dem Tisch kramte, fiel ihm Hussonnets Brief wieder in die Hände, und er bemerkte die Nachschrift, die er das erstemal ganz übersehen hatte. Der Boheme bat um genau fünftausend Francs, um die Zeitungsangelegenheit in Gang zu bringen.

»Ach! der Mensch ödet mich an!« Und er schlug es grob mit ein paar Zeilen ab. Darauf zog er sich an, um sich in die »Maison d'or« zu begeben.

Cisy stellte seine Gäste vor, indem er mit dem ehrwürdigsten, einem beleibten Herrn mit weißem Haar, begann:

»Marquis Gilbert des Aulnays, mein Pate. Monsieur Anselme de Forchambeaux«, sagte er nun (dieser war ein junger, blonder, schmächtiger, bereits kahlköpfiger Mann); dann, auf einen Vierziger von einfachen Manieren weisend: »Joseph Boffreu, mein Vetter; und hier mein ehemaliger Lehrer, Monsieur Vezou«, ein Mensch, halb Fuhrmann, halb Seminarist, mit dichtem Backenbart und einem langen Gehrock, der unten mit einem einzigen Knopf geschlossen war, so daß er sich über der Brust wie ein Schal bauschte.

Cisy erwartete noch jemand, den Baron de Comaing, »der vielleicht noch kommt, es ist aber nicht sicher«. Jede Minute lief er hinaus, schien unruhig; um acht Uhr begab man sich endlich in einen prächtig erleuchteten und für die Zahl der Gäste viel zu geräumigen Saal. Cisy hatte ihn eigens gewählt, um zu blenden.

Ein Tafelaufsatz aus vergoldetem Silber, mit Blumen und Früchten beladen, nahm die Mitte der Tafel ein, die nach altem französischem Brauch mit Silbergeschirr reich besetzt war; nachenförmige Schüsseln mit Eingesalzenem und Gewürzen umrahmten es; Krüge mit rosenrotem, in Eis gekühltem Wein standen in gleichen Abständen voneinander; fünf Gläser von verschiedener Höhe reihten sich vor jedem Gedeck aneinander zusammen mit Dingen, deren Gebrauch man nicht kannte, tausenderlei sinnreichen Speisegerätschaften – und allein als ersten Gang gab es: Störkopf in Champagner, Yorker Schinken in Tokayer, Drosseln mit gerösteten Bröseln, gebratene Wachteln, ein »Vol-au-vent Béchamel«, gebackene Rebhühner und schließlich noch mit Trüffeln vermischte Kartoffelschnitten. Eine Krone und Armleuchter erhellten den in rotem Damast gehaltenen Saal. Vier Diener in schwarzen Fräcken standen hinter den Saffianfauteuils. Bei diesem Anblick protestierten alle Gäste, namentlich der Lehrer.

»Auf mein Wort! unser Gastgeber hat wahrhafte Tollheiten gemacht. Es ist zu schön!«

»Dies?« sagte der Vicomte de Cisy. »Ach! gehen Sie!«

Und, sogleich nach dem ersten Löffel: »Nun, mein alter des Aulnays, haben Sie sich im Palais Royal ›Père und Portier‹ angesehen?«

»Du weißt gut, daß ich keine Zeit habe!« erwiderte der Marquis.

Seine Vormittage waren durch einen Kursus über Baumzucht in Anspruch genommen, seine Abende durch den Klub der Landwirte und alle seine Nachmittage durch Studien in den Fabriken für Ackerbaugeräte. Drei Viertel des Jahres wohnte er in der Saintonge, und seine Reisen in die Hauptstadt nutzte er aus, um sich zu unterrichten; sein breitkrempiger Hut, der auf einer Konsole stand, war mit Broschüren angefüllt.

Cisy hatte bemerkt, daß Monsieur de Forchambeaux den Wein zurückwies. »Trinken Sie doch, zum Donnerwetter! Sie sind für Ihr letztes Junggesellenmahl nicht übermütig genug!«

Bei diesen Worten verneigten sich alle und beglückwünschten ihn.

»Und die junge Dame«, sagte der Lehrer, »ist sicherlich reizend!«

»Meiner Treu!« rief Cisy. »Doch immerhin, er hat unrecht; zu heiraten ist eine Dummheit!«

»Du sprichst leichtfertig, mein Freund!« entgegnete Monsieur des Aulnays, und eine Träne schimmerte bei der Erinnerung an seine verstorbene Frau in seinen Augen, Forchambeaux wiederholte mehrmals höhnisch:

»Sie kommen selbst auch noch dazu. Sie kommen auch noch dazu!«

Cisy erhob Einspruch. Er zöge es vor, sich zu unterhalten, wollte im Stil der Regentschaft leben. Er wollte das Boxen erlernen, um die Gaunerspelunken der »Cité« zu besuchen, wie der Prince Rodolphe in den »Geheimnissen von Paris«, zog einen Tonpfeifenstummel aus seiner Tasche, fuhr die Diener an und trank übermäßig; um von sich eine günstige Meinung zu geben, schimpfte er über alle Gerichte. Er schickte sogar die Trüffeln zurück, und der Lehrer, der sich daran wohltat, sagte aus Liebedienerei: »Die Milcheier mit Schnee Ihrer Frau Großmutter waren besser!«

Dann fing er wieder an, sich mit seinem Nachbarn, dem Agronomen, zu unterhalten, der in dem Landaufenthalt viele Vorteile sah, wären es auch nur die, seine Töchter in einfachem Geschmack erziehen zu können. Der Lehrer pflichtete diesen Anschauungen bei und schmeichelte ihm, da er glaubte, daß Monsieur des Aulnays auf seinen ehemaligen Schüler einen Einfluß ausübe, und er im Geheimen den Wunsch hatte, dessen Sachverwalter zu werden.

Frédéric war voll Mißmut gegen Cisy gekommen; seine Albernheit hatte ihn entwaffnet. Aber seine Gebärden, sein Gesicht, seine Person, die ihn an das Diner im Café Anglais erinnerten, reizten ihn mehr und mehr; und er lauschte den unfreundlichen Bemerkungen, die der Vetter Joseph, ein guter Mann ohne Vermögen, Jagdfreund und Stipendiat, mit halblauter Stimme machte. Cisy nannte ihn scherzend einigemal »Dieb«, dann plötzlich:

»Ah! der Baron!«

Ein lustiger Kerl von dreißig Jahren mit einer gewissen Roheit in den Zügen und gelenkigen Gliedern, den Hut auf dem Ohr und eine Blume im Knopfloch, trat jetzt in den Saal. Er war das Ideal des Vicomte. Entzückt, ihn dazuhaben, und durch seine Anwesenheit begeistert, versuchte er sogar ein Wortspiel zu machen, als ein Coq de Bruyère (Auerhahn) gereicht wurde:

»Dies ist der beste der ›Charaktere‹ von La Bruyère.«

Dann richtete er eine Menge Fragen an Monsieur de Comaing über Personen, die den Gästen unbekannt waren, und rief plötzlich, wie wenn ihm etwas einfiele:

»Sagen Sie mal! Haben Sie an mich gedacht?«

Der andere zuckte die Achseln.

»Sie haben nicht das Alter dazu, mein Kleiner, unmöglich!«

Cisy hatte ihn gebeten, ihn in seinem Klub aufzunehmen. Aber der Baron schien Mitleid mit seiner Eigenliebe zu haben:

»Ach! Ich vergaß! Tausend Glückwünsche zu Ihrer Wette, mein Lieber!«

»Welche Wette?«

»Die Sie beim Rennen eingingen, noch an demselben Abend zu jener Dame zu gehen.«

Frédéric hatte ein Gefühl wie von einem Peitschenschlag. Er beruhigte sich jedoch auf der Stelle beim Anblick von Cisys fassungslosem Gesicht.

In der Tat hatte die Marschallin schon am nächsten Tage es bereut, als Arnoux, ihr erster Liebhaber, ihr Mann, sich am selben Tag einfand. Alle beide hatten dem Vicomte zu verstehen gegeben, daß er »störe«, und hatten ihn ohne große Umstände an die Luft gesetzt.

Er stellte sich taub. Der Baron fügte hinzu:

»Wie steht's denn mit ihr, der guten Rose? ... hat sie immer noch so schöne Beine?« und gab durch diese Bemerkungen zu verstehen, daß er sie intim kannte.

Frédéric ärgerte sich über diese Entdeckung.

»Da gibt's nichts zu erröten«, begann der Baron wieder, »das ist eine gute Sache!«

Cisy schnalzte mit der Zunge.

»Pah! nicht so sehr gut!«

»Ah!«

»Mein Gott ja! Erstens finde ich an ihr nichts Außergewöhnliches, und zweitens kann man von dieser Sorte haben, so viele man will, denn schließlich ... ist sie käuflich!«

»Nicht für jedermann!« entgegnete Frédéric scharf.

»Er hält sich für anders als andere!« fiel Cisy ein. »Possen!«

Ein Lachen ertönte ringsum.

Frédéric fühlte sein Herz zum Ersticken klopfen. Er stürzte zwei Glas Wasser hintereinander hinunter.

Aber der Baron hatte Rosanette noch in gutem Andenken:

»Lebt sie noch immer mit einem gewissen Arnoux?«

»Ich weiß es nicht«, sagte Cisy. »Ich kenne diesen Herrn nicht!«

Nichtsdestoweniger behauptete er, daß er eine Art Betrüger sei.

»Einen Augenblick!« rief Frédéric.

»Übrigens ist die Sache offenkundig! Er hat sogar einen Prozeß gehabt!«

»Das ist nicht wahr!«

Frédéric begann Arnoux zu verteidigen. Er stand für seine Rechtschaffenheit ein, glaubte schließlich selbst daran, erfand Zahlen, Beweise. Der Vicomte hielt, voller Groll und zudem berauscht, an seiner Behauptung fest, so daß Frédéric ihn erst fragte: »Wollen Sie mich damit beleidigen, mein Herr?«

Und er sah ihn mit Augen an, die so glühten wie seine Zigarre.

»Oh! durchaus nicht! Ich gestehe Ihnen sogar zu, daß er etwas sehr Hübsches hat: seine Frau!«

»Sie kennen Sie?«

»Meiner Treu! Sophie Arnoux, jedermann kennt sie.«

»Sie sagen?«

Cisy, der sich erhoben hatte, wiederholte stotternd:

»Jedermann kennt sie!«

»Schweigen Sie, sie gehört nicht zu jenen, mit denen Sie verkehren.«

»Dessen schmeichle ich mir!«

Frédéric schleuderte ihm seinen Teller nach dem Gesicht.

Wie ein Blitz flog er über den Tisch, warf zwei Flaschen um, zertrümmerte eine Kompottschüssel und traf, am Tafelaufsatz in drei Stücke brechend, den Leib des Vicomte.

Alle erhoben sich, um ihn zurückzuhalten. Er sträubte sich wie ein Rasender. Monsieur des Aulnays wiederholte ein Mal über das andere:

»Beruhigen Sie sich! Hören Sie, liebes Kind!«

»Aber das ist ja schrecklich!« schrie der Lehrer.

Forchambeaux wurde fahl und zitterte; Joseph erhob ein schallendes Gelächter, die Kellner trockneten den Wein auf, sammelten die Scherben am Boden, und der Baron schloß das Fenster, denn der Lärm konnte trotz des Wagengerassels auf dem Boulevard gehört werden.

Da alle in dem Augenblick, als der Teller geschleudert wurde, durcheinandersprachen, war es unmöglich, die Ursache der Beleidigung festzustellen, ob es wegen Arnoux, Madame Arnoux, Rosanette oder eines andern wegen geschah. Gewiß war nur die unqualifizierbare Roheit Frédérics; er weigerte sich entschieden, die geringste Reue darüber zu zeigen.

Monsieur des Aulnays versuchte ihn zu besänftigen, ebenso der Vetter Joseph, der Lehrer, selbst Forchambeaux. Der Baron tröstete indes Cisy, der infolge einer nervösen Schwäche Tränen vergoß. Frédéric wurde im Gegenteil immer gereizter, und sie wären bis zum Morgen dageblieben, wenn der Baron nicht, um ein Ende zu machen, gesagt hätte:

»Der Vicomte wird morgen seine Sekundanten zu Ihnen schikken, mein Herr!«

»Ihre Zeit?«

»Um zwölf Uhr, wenn es Ihnen paßt!«

»Vollkommen, mein Herr!«

Draußen angelangt, atmete Frédéric tief auf. Zu lange schon hatte er sich Zwang angetan. Endlich durfte er sich gehenlassen; er empfand etwas wie Mannesstolz, eine Überfülle innerer Kraft, die ihn berauschte. Er brauchte zwei Sekundanten. Der erste, an den er dachte, war Regimbart, und er begab sich sogleich in eine Tabagie in der Rue Saint-Denis. Die Läden waren schon geschlossen. Aber hinter einer Scheibe über dem Eingang sah man noch Licht. Die Tür wurde geöffnet. Er bückte sich tief unter das Schutzdach und trat ein.

Ein Talglicht am Rande des Zahltisches erhellte den leeren Raum. Alle Stühle waren mit den Beinen nach oben auf den Tischen aufgestapelt. Der Wirt und die Wirtin nahmen mit dem Kellner ihre Abendmahlzeit im Winkel neben der Küche ein, und Regimbart, mit dem Hut auf dem Kopfe, teilte ihr Mahl und störte dabei den Kellner, der gezwungen war, sich bei jedem Bissen ein wenig zur Seite zu wenden. Nachdem Frédéric ihm die Sache kurz erzählt hatte, bat er ihn um seinen Beistand. Der Citoyen fing damit an, daß er keine Antwort gab. Er rollte die Augen, sah aus, als überlege er, ging mehrmals durch den Saal und sagte endlich:

»Ja, gern!«

Und ein mörderisches Lächeln erhellte seine Züge, als er erfuhr, daß der Gegner ein Adeliger sei.

»Wir werden ihm eine ordentliche Abfuhr beibringen, seien Sie unbesorgt! Vor allem ... mit dem Degen ...«

»Aber vielleicht«, warf Frédéric ein, »habe ich nicht das Recht ...«

»Ich sage Ihnen, Sie müssen Degen wählen!« entgegnete der Citoyen grob. »Können Sie fechten?«

»Ja, ein wenig!«

»Ah! ein wenig! So sind sie alle! Und dann haben Sie die Sucht, zu fechten? Was beweist der Fechtboden? Hören Sie mich an: Halten Sie guten Abstand, und schließen Sie sich stets in Kreise ein, und dann parierend zurückweichen! zurückweichen! Es ist gestattet. Ermüden Sie ihn! Dann machen Sie getrost einen Ausfall! Und namentlich keine Hinterlist, keine Stöße à la Fougère! Nein, einfache, eins, zwei, die Klinge vom Gegner los! So, sehen Sie? indem man das Handgelenk dreht, wie um ein Schloß aufzusperren. – Père Vauthier, geben Sie mir doch Ihren Spazierstock! Ah! das genügt.«

Er ergriff den Stecken, der zum Anzünden der Gasflammen diente, rundete den linken Arm, bog den rechten und begann Stöße gegen die Wand zu führen. Er stampfte mit dem Fuß, wurde hitzig, tat, als habe er Schwierigkeiten zu überwinden, und schrie dazu: »Bist du dabei? Bist du dabei?« Und seine ungeheure Silhouette mit dem Hut, der bis an die Decke zu reichen schien, zeichnete sich auf der Wand ab. Der Wirt rief von Zeit zu Zeit: »Bravo! sehr gut!« Seine Frau, obwohl erregt, bewunderte ihn ebenfalls, und Théodore, ein ehemaliger Soldat, der überdies für Regimbart schwärmte, saß wie angenagelt vor Staunen.

Früh am nächsten Morgen eilte Frédéric in Dussardiers Geschäft. Am Ende einer Flucht von Räumen, die mit Stoffen angefüllt waren, in Regalen oder quer über die Tische gebreitet, während da und dort Schals auf Holzpflöcken hingen, bemerkte er ihn in einem vergitterten, käfigartigen Gelaß, wo er, mitten unter Kontobüchern stehend, an einem Pulte schrieb. Der brave Bursche verließ sofort seine Arbeit.

Die Sekundanten erschienen vor zwölf Uhr. Frédéric glaubte aus Taktgefühl nicht an der Besprechung teilnehmen zu dürfen.

Der Baron und Monsieur Joseph erklärten, sich mit den einfachsten Entschuldigungen begnügen zu wollen. Aber Regimbart, der das Prinzip hatte, niemals nachzugeben, und darauf bestand, die Ehre Arnoux' zu verteidigen (Frédéric hatte ihm weiter nichts erzählt), forderte, daß der Vicomte sich entschuldige. Monsieur de Comaing war empört über diese Anmaßung. Der Citoyen wollte nicht davon abstehen. Da eine Versöhnung unmöglich war, sollten sie sich duellieren.

Andere Schwierigkeiten kamen hinzu, denn die Wahl der Waffen stand gesetzlich Cisy, dem Beleidigten, zu. Aber Regimbart behauptete, daß er durch die Herausforderung der Beleidiger sei. Cisys Sekundanten erhoben Einspruch, da eine Ohrfeige die schlimmste aller Beleidigungen wäre. Der Citoyen bekrittelte jedes Wort, ein Schlag sei keine Ohrfeige. Schließlich kamen sie überein, die Meinung von Militärpersonen einholen zu wollen, und die vier Sekundanten gingen weg, um sich mit Offizieren in irgendeiner Kaserne zu beraten.

Sie entschieden sich für die am Quai d'Orsay gelegene. Monsieur de Comaing setzte zwei Hauptleuten, die er angesprochen hatte, den Streit auseinander.

Verwirrt durch die Zwischenrufe des Citoyen verstanden die beiden Hauptleute nicht das geringste von dem Streit. Kurz, sie rieten den Herren, alles zu Protokoll zu bringen, dann würden sie sich entscheiden. Nun begaben sie sich alle in ein Café. Um die Angelegenheit mit der nötigen Verschwiegenheit zu behandeln, bezeichneten sie Cisy durch ein H. und Frédéric durch ein K.

Dann ging es wieder in die Kaserne zurück. Die beiden Offiziere waren ausgegangen. Sie erschienen wieder und erklärten, daß die Wahl der Waffen offenbar Monsieur H. zustehe. Alle gingen nun zu Cisy. Regimbart und Dussardier blieben auf der Straße.

Als der Vicomte das Ergebnis erfuhr, überfiel ihn eine so heftige Bestürzung, daß er es sich mehrmals wiederholen ließ, und als Monsieur de Comaing die Ansprüche Regimbarts erwähnte, murmelte er ein »aber« und war in seinem Herzen nahe daran, einzuwilligen. Dann ließ er sich in ein Fauteuil fallen und erklärte, daß er sich nicht duellieren werde.

»Wie beliebt? Was sagen Sie?« rief der Baron.

Nun erging sich Cisy in einer Flut von wirren Reden. Er wollte sich auf Blunder mit ihm schlagen, ganz nahe mit nur einer Pistole. »Oder man könnte auch Arsenik in ein Glas tun, das dann ausgelost wird. Das geschieht zuweilen, ich habe es gelesen!«

Der Baron, von Natur aus wenig geduldig, schnauzte ihn an.

»Die Herren warten auf Ihre Antwort. Das wird nachgerade unanständig! Was wählen Sie? Ist es der Degen?«

Durch ein Kopfnicken sagte der Vicomte »Ja«, und die Zusammenkunft wurde für den folgenden Tag an der Porte Maillot, pünktlich um sieben Uhr bestimmt.

Da Dussardier genötigt war, in sein Geschäft zurückzukehren, ging Regimbart, Frédéric zu benachrichtigen.

Man hatte ihn den ganzen Tag ohne Bescheid gelassen, seine Ungeduld war unerträglich geworden.

»Um so besser!« rief er aus.

Der Citoyen war mit seiner Haltung zufrieden.

»Wollen Sie glauben, daß man von uns Entschuldigungen verlangte? Es war nichts, nur ein einfaches Wort! Ich habe sie schön abfallen lassen! Wie es meine Pflicht ist, nicht wahr?«

»Zweifellos«, sagte Frédéric, wobei er dachte, er hätte besser getan, sich einen andern Sekundanten zu wählen. Dann, als er allein war, wiederholte er sich mehrmals ganz laut:

»Ich werde mich schlagen. Ei, ich werde mich schlagen! Das ist sonderbar!«

Und wie er durchs Zimmer schritt und am Spiegel vorbeikam, bemerkte er, daß er bleich war. »Habe ich etwa Furcht?«

Eine grenzenlose Angst überkam ihn bei dem Gedanken, auf dem Kampfplatz Furcht zu zeigen.

»Wenn ich aber getötet werde? Mein Vater ist auf dieselbe Art gestorben. Ja, ich werde getötet werden!«

Dann sah er plötzlich seine Mutter in schwarzem Kleide vor sich; unzusammenhängende Bilder entrollten sich vor seinem Geiste, seine eigene Feigheit brachte ihn auf. Ihn überkam ein Paroxysmus von Tapferkeit, ein gieriger Blutdurst. Ein Bataillon hätte ihn nicht in die Flucht getrieben. Nachdem sich dieses Fieber gelegt hatte, fühlte er zu seiner Freude, daß er nun unerschütterlich sei. Um sich zu zerstreuen, ging er in die Oper, wo ein Ballett gegeben wurde. Er hörte der Musik zu, betrachtete die Tänzerinnen durch sein Glas und trank im Zwischenakt ein Glas Punsch. Doch als er wieder nach Haus zurückkehrte, überfiel ihn eine Schwäche beim Anblick seiner Möbel, seines Zimmers, wo er vielleicht zum letztenmal weilte.

Er ging in seinen Garten hinunter. Die Sterne funkelten, er blickte zu ihnen empor. Der Gedanke, sich für eine Frau zu schlagen, erhöhte ihn in seinen Augen, adelte ihn. Dann legte er sich ruhig schlafen.

Mit Cisy verhielt es sich nicht so. Nachdem der Baron fortgegangen war, versuchte Joseph seine moralische Kraft aufzufrischen. Als der Vicomte kalt blieb, sagte er:

»Aber, mein Lieber, wenn du es vorziehst, es dabei bewenden zu lassen, werde ich hingehen und es sagen.« Cisy wagte nicht, »gewiß« zu antworten, aber er zürnte seinem Vetter, daß er ihm den Liebesdienst nicht leistete, ohne davon zu sprechen.

Er wünschte sehnlichst, daß Frédéric in der Nacht an einem Schlaganfall sterbe oder daß durch einen plötzlichen Aufruhr bis zum nächsten Morgen genug Barrikaden entstanden seien, um alle Zugänge zum Bois de Boulogne zu versperren, oder daß ein Zwischenfall einen der Sekundanten verhinderte, sich an Ort und Stelle zu begeben, denn dann würde das Duell aus Mangel an Sekundanten nicht stattfinden. Er verspürte Lust, mit einem Expreßzug irgendwohin zu fliehen. Er bedauerte, nicht Medizin studiert zu haben, um etwas einnehmen zu können, das, ohne sein Leben zu gefährden, an seinen Tod glauben ließe. Ja, zuletzt wünschte er sogar, schwer krank zu sein.

Um einen Rat, eine Hilfe zu haben, schickte er nach Monsieur des Aulnays. Der vortreffliche Mann war infolge einer Depesche, die ihn von der Erkrankung einer seiner Töchter benachrichtigte, nach der Saintonge zurückgekehrt. Das schien Cisy von schlechter Vorbedeutung. Glücklicherweise besuchte ihn sein ehemaliger Hofmeister, Monsieur Vezou. Da schüttete er sein Herz aus.

»Was fang' ich an, mein Gott! Was fang' ich an!«

»Ich an Ihrer Stelle, Herr Graf, ich bezahlte einen Markthallenlastträger und ließe ihm eine ordentliche Tracht Prügel verabreichen!«

»Er würde doch wissen, woher es kommt!« antwortete Cisy.

Von Zeit zu Zeit ächzte er dann:

»Aber ist es denn erlaubt, sich zu duellieren?«

»Es ist ein Überrest von Barbarei! Was wollen Sie?«

Aus Gefälligkeit lud der Pädagoge sich selbst zum Diner ein. Sein Schüler aß nichts und fühlte nach der Mahlzeit das Bedürfnis, einen kleinen Spaziergang zu machen. Als sie an einer Kirche vorüberkamen, sagte er:

»Wenn wir ein wenig hineingingen ... sie uns anzusehen?«

Monsieur Vezou wollte nichts lieber und bot ihm sogar das Weihwasser.

Es war der Marienmonat, Blumen bedeckten den Altar, Stimmen sangen, die Orgel ertönte. Aber es war ihm unmöglich zu beten, der Pomp der Religion erweckte in ihm die Vorstellung von Leichenbegängnissen, ihm war, als vernähme er die Klänge des De profundis.

»Lassen Sie uns gehen! Ich fühle mich nicht wohl!«

Sie verbrachten die ganze Nacht mit Kartenspiel. Der Vicomte bemühte sich, zu verlieren, um das Unglück zu bannen, so daß Monsieur Vezou den Vorteil hatte. Bei Morgengrauen sank Cisy, dessen Kraft zu Ende war, schließlich auf das grüne Tuch und fiel in einen Schlaf voll häßlicher Träume.

Wenn jedoch der Mut darin besteht, seine Schwäche zu beherrschen, war der Vicomte mutig, denn beim Anblick seiner Sekundanten, die ihn abholten, straffte er sich mit aller Kraft, da seine Eitelkeit ihm keinen Zweifel darüber ließ, daß er bei einem Rückzug verloren sei. Monsieur de Comaing machte ihm Komplimente über sein gutes Aussehen.

Doch unterwegs wurde er durch das Schwanken der Droschke und die Hitze der Morgensonne schwach. Seine Energie hatte ihn wieder verlassen. Er unterschied nicht einmal mehr, wo sie sich befanden. Der Baron belustigte sich damit, seine Furcht zu steigern, indem er von der »Leiche« sprach und der Art, sie heimlich in die Stadt zu bringen. Joseph gab die Antworten; beide fanden die ganze Sache lächerlich und waren überzeugt, daß sie geschlichtet würde. Cisy hielt den Kopf auf die Brust gesenkt, er erhob ihn ein wenig und machte darauf aufmerksam, daß man keinen Arzt mitgenommen hatte.

»Es ist unnötig«, sagte der Baron.

»Also hat es keine Gefahr?«

Joseph erwiderte in ernstem Ton:

»Hoffen wir es!«

Keiner im Wagen sprach mehr.

Um sieben Uhr zehn Minuten langten sie vor der Porte Maillot an. Frédéric und seine Sekundanten, alle drei schwarz gekleidet, waren schon da. Anstatt der Krawatte trug Regimbart einen Roßhaarkragen um den Hals wie ein Soldat. Er hielt eine Art langen Violinkastens, der für Abenteuer dieser Art am Platze ist. Ein kalter Gruß wurde gewechselt. Dann gingen sie auf dem Madrider Weg tief in den Bois de Boulogne hinein, um dort einen passenden Platz zu finden. Regimbart sagte zu Frédéric, der zwischen ihm und Dussardier ging:

»Nun, wie steht es mit der Angst? Wenn Sie etwas bedürfen, tun Sie sich keinen Zwang an, ich kenne das! Die Furcht ist dem Menschen eigen.«

Dann mit leiser Stimme:

»Rauchen Sie nicht mehr, das macht schlaff!«

Frédéric warf seine Zigarre fort, die ihm lästig war, und ging festen Schrittes weiter. Hinter ihnen folgte der Vicomte, auf den Arm seiner beiden Sekundanten gestützt.

Vereinzelte Fußgänger begegneten ihnen. Der Himmel war blau, und zeitweise hörte man Kaninchen davonspringen. Eine Frau mit Kopftuch plauderte an einer Biegung des Weges mit einem Mann in einer Bluse, und in der großen Avenue unter den Kastanienbäumen bewegten Diener in Leinenkitteln ihre Pferde.

Cisy gedachte der glücklichen Tage, wo er, das Monokel im Auge, auf seinem Fuchs neben dem Schlag der Kaleschen geritten war; diese Erinnerungen steigerten seine Angst, ein unerträglicher Durst verzehrte ihn, das Summen der Fliegen vermischte sich mit dem Pochen seiner Adern, seine Füße versanken im Sande, und es schien ihm, als sei er schon endlos lange unterwegs.

Die Sekundanten spähten, ohne sich aufzuhalten, nach beiden

Seiten der Straße; sie beratschlagten, ob sie zur Croix Catelan oder bis unter die Mauern von Bagatelle gehen sollten. Endlich bogen sie rechts ein und hielten in einer Art Kreuzpflanzung zwischen Föhren.

Die Stelle wurde so gewählt, daß die Höhe des Geländes für beide Gegner gleich war. Die beiden Stellen, wo diese sich hinstellen sollten, wurden bezeichnet. Dann öffnete Regimbart seinen Kasten. Er enthielt auf einer Polsterung von rotem Leder vier reizende Degen mit Blutrinne, deren Griffe Filigranarbeit zierte. Ein Lichtstrahl, der durch das Laub brach, fiel darauf, und sie schienen Cisy zu glänzen wie silberne Vipern in einer Blutlache.

Der Citoyen zeigte, daß sie von gleicher Länge waren, er nahm den dritten für sich selber, um die Kämpfenden zu trennen, wenn es nötig sein sollte. Monsieur de Comaing trug einen Stock. Es herrschte Schweigen. Man sah einander an. Alle Gesichter hatten etwas Verstörtes oder Grausames.

Frédéric hatte Gehrock und Weste abgelegt. Joseph half Cisy, das gleiche tun; als er seine Krawatte abgenommen hatte, bemerkte man eine geweihte Medaille an seinem Hals. Das entlockte Regimbart ein mitleidiges Lächeln.

Dann versuchte Monsieur de Comaing (um Frédéric noch einen Augenblick der Überlegung zu lassen), durch allerlei Schikanen einen Streit heraufzubeschwören. Er forderte das Recht, einen Handschuh anzuziehen, den Degen des Gegners in der linken Hand zu fassen; Regimbart, der es eilig hatte, verweigerte es nicht. Schließlich wandte der Baron sich an Frédéric.

»Alles hängt von Ihnen ab, mein Herr! Es ist durchaus nicht unehrenhaft, sein Unrecht einzugestehen!«

Dussardier stimmte ihm mit einer Gebärde bei. Der Citoyen war entrüstet.

»Glauben Sie, daß wir hier sind, um Enten zu rupfen, zum Teufel? ... In Stellung!«

Die Gegner standen sich gegenüber, ihre Sekundanten zu beiden Seiten.

Er rief das Kommando:

»Los!«

Cisy wurde erschreckend bleich. Seine Klinge zitterte an der Spitze wie eine Reitpeitsche. Sein Kopf fiel zurück, seine Arme breiteten sich aus, und er fiel ohnmächtig auf den Rücken. Joseph hob ihn auf, und während er ihm ein Flakon unter die Nase hielt, schüttelte er ihn tüchtig. Der Vicomte öffnete wieder die Augen, dann stürzte er sich plötzlich wie ein Rasender auf seinen Degen. Frédéric hatte den seinen behalten und erwartete ihn starren Auges mit erhobener Hand.

»Haltet ein! Haltet ein!« schrie eine Stimme, die zugleich mit einem Geräusch eines galoppierenden Pferdes vom Wege her erscholl, und das Schutzdach eines Kabrioletts brach die dünnen Zweige ab. Ein Mann, der sich herausneigte, winkte mit seinem Taschentuch und schrie fortwährend: »Haltet ein! haltet ein!«

Monsieur de Comaing, der an ein Einschreiten der Polizei glaubte, erhob seinen Stock:

»Hören Sie doch auf! Der Vicomte blutet!«

»Ich?« sagte Cisy.

Er hatte sich in der Tat bei seinem Sturze den Daumen der linken Hand geritzt.

»Aber das geschah im Fallen«, fügte der Citoyen hinzu.

Der Baron tat, als höre er es nicht.

Arnoux war aus dem Kabriolett gesprungen.

»Ich komme zu spät! Nein! Gott sei Dank!«

Er hielt Frédéric umschlungen, betastete ihn, bedeckte sein Gesicht mit Küssen.

»Ich kenne den Grund, Sie wollten Ihren alten Freund verteidigen! Das ist schön von Ihnen, sehr schön! Das vergesse ich Ihnen nie! Oh! liebes Kind!«

Er betrachtete ihn, grinste dabei vor Glück und vergoß Tränen. Der Baron wandte sich an Joseph.

»Ich glaube, wir sind überflüssig bei diesem kleinen Familienfest. Es ist zu Ende, nicht wahr, meine Herren? – Vicomte, legen

Sie Ihren Arm in die Binde; hier, nehmen Sie mein Foulard.« Dann mit einer gebieterischen Gebärde: »Nun! keinen Groll mehr! Das gehört sich so!«

Die beiden Gegner schüttelten sich lässig die Hände. Der Vicomte, Monsieur de Comaing und Joseph verschwanden nach einer Seite, und Frédéric ging mit seinen Freunden nach der andern.

Da das Restaurant de Madrid nicht weit war, schlug Arnoux vor, dort ein Glas Bier zu trinken.

»Man könnte sogar frühstücken«, sagte Regimbart.

Da aber Dussardier keine Zeit hatte, begnügten sie sich mit einer Erfrischung im Garten. Alle empfanden jenes Wohlbehagen, das glücklichen Lösungen zu folgen pflegt. Der Citoyen jedoch war ärgerlich, daß man das Duell im besten Augenblick unterbrochen hatte.

Arnoux hatte durch einen gewissen Compain, Regimbarts Freund, Kenntnis davon erhalten; in stürmischer Aufwallung war er herbeigeeilt, um es zu verhindern, zumal er überdies die Ursache dazu zu sein glaubte. Er bat Frédéric, ihm einige Einzelheiten mitzuteilen. Gerührt durch die Beweise seiner Zärtlichkeit, trug Frédéric Bedenken, ihn in seiner Illusion zu bestärken.

»Ich bitte Sie, sprechen wir nicht mehr davon!«

Arnoux fand diese Zurückhaltung sehr taktvoll. Dann ging er mit seiner gewohnten Leichtfertigkeit auf etwas anderes über.

»Was gibt's Neues, Citoyen?«

Und sie begannen über Wechsel und Verfalltage zu sprechen. Um ungestörter zu sein, gingen sie abseits an einen andern Tisch, um dort zu flüstern.

Frédéric unterschied die Worte: »Sie werden für mich unterschreiben. – Ja! Aber Sie wohlverstanden ... – Ich habe ihn endlich für dreihundert angebracht! – Schöne Provision, meiner Treu!« Kurz, es war klar, daß Arnoux mit dem Citoyen allerlei Geldgeschäfte machte.

Frédéric dachte daran, ihn an seine fünfzehntausend Francs zu erinnern. Aber sein Verhalten soeben verbot jeden, auch den sanftesten Vorwurf. Überdies fühlte er sich ermüdet. Der Ort war nicht geeignet. Er verschob es auf einen andern Tag.

Arnoux, der im Schatten einer Rainweide saß, rauchte mit heiterer Miene. Er blickte nach den Türen der Kabinetts, die alle auf den Garten gingen, und sagte, daß er früher sehr oft hierher gekommen sei.

»Wahrscheinlich nicht allein?« erwiderte der Citoyen.

»Bei Gott! Das will ich meinen!«

»Welch ein Schlingel Sie sind! Ein verheirateter Mann!«

»So, und Sie etwa nicht?« erwiderte Arnoux, und mit einem nachsichtigen Lächeln: »Ich bin sicher, daß dieser Halunke da irgendwo ein Zimmer hat, in dem er kleine Mädels empfängt!«

Der Citoyen gestand mit einem einfachen Emporziehen der Brauen, daß es wahr sei. Dann ließen sich beide Herren über ihren Geschmack aus: Arnoux zog jetzt die Jugend vor, die Arbeiterinnen; Regimbart haßte die »Zierpüppchen« und war vor allem für das Positive. Der Schluß, zu dem der Fayencehändler kam, war, daß man Weiber nicht ernsthaft behandeln dürfe.

»Dennoch liebt er seine Frau!« dachte Frédéric, indem er wegging, und er fand, daß Arnoux ein unredlicher Mensch sei. Er zürnte ihm wegen dieses Duells, als hätte er eben seinetwegen sein Leben gewagt.

Aber er war Dussardier dankbar für seine Ergebenheit; der Kommis kam auf seine dringenden Bitten bald jeden Tag, ihn zu besuchen.

Frédéric lieh ihm Bücher: Thiers, Dulaure, Barante, les Girondins von Lamartine. Der gute Bursche hörte ihm andächtig zu und nahm seine Ansichten wie die eines Lehrers an.

Eines Abends kam er ganz verstört zu Frédéric.

Morgens auf dem Boulevard war ein Mann, der außer Atem angerannt kam, gegen ihn geprallt; er erkannte einen Freund von Sénécal, der ihm zurief:

»Er wurde soeben verhaftet, ich mache mich davon!«

Es war nur zu wahr. Dussardier hatte den Tag damit verbracht,

Erkundigungen einzuholen. Sénécal war hinter Schloß und Riegel, eines politischen Attentates verdächtig.

Als Sohn eines Werkführers in Lyon geboren, hatte er zum Lehrer einen früheren Anhänger Chaliers gehabt. Gleich bei seiner Ankunft in Paris war er der Familiengenossenschaft beigetreten; seine Gewohnheiten waren bekannt, die Polizei überwachte ihn. Er hatte bei dem Putsch vom Mai 1839 mitgekämpft und hielt sich seitdem im Hintergrund, aber er steigerte sich in immer größere Hitze, war ein fanatischer Anhänger von Alibaud und verband seinen Groll gegen die Gesellschaft mit dem des Volkes gegen die Monarchie. Jeden Morgen erwachte er in der Hoffnung auf eine Revolution, die in vierzehn Tagen oder einem Monat die Welt umwandeln sollte. Schließlich hatte er sich, angeekelt durch die Lauheit seiner Genossen, wütend über die Hemmnisse, die man seinen Träumen entgegenstellte, und an seinem Vaterland verzweifelnd, als Chemiker an der Brandbombenverschwörung beteiligt. Man hatte ihn beim Transport von Pulver überrascht, das er eben in Montmartre als äußerstes Mittel versuchen wollte, um die Republik zu begründen.

Dussardier hing nicht weniger an ihr, da sie, wie er meinte, Befreiung und allgemeines Glück bedeute. Eines Tages hatte er – fünfzehn Jahre alt -, in der Rue Transnonain vor dem Laden eines Spezereihändlers Soldaten mit blutgeröteten Bajonetten und mit Gewehrkolben, an denen Haar klebte, gesehen; seit jener Zeit empörte ihn die Regierung als die Verkörperung der Ungerechtigkeit, Mörder und Gendarmen waren für ihn fast gleichbedeutend; ein Spitzel war in seinen Augen soviel wie ein Vatermörder. Alles Übel auf Erden schrieb er naiv der Regierung zu, und er haßte sie mit einem tiefen, andauerndem Haß, der sein Herz ganz erfüllte und seine Empfindsamkeit läuterte. Sénécals Reden hatten ihn geblendet, mochte er schuldig sein oder nicht und sein Vorhaben hassenswert; das war nicht von Belang! Von dem Momente an, wo er das Opfer der Obrigkeit wurde, mußte man ihm helfen.

»Die Pairs werden ihn sicherlich verurteilen! Er wird in einem

Zellenwagen weggeführt werden wie ein Galeerensträfling, wird auf dem Mont Saint-Michel eingesperrt werden, wo die Regierung ihn umkommen läßt! Austen wurde irrsinnig! Steuben beging Selbstmord! Um Barbès in einen Kerker zu bringen, hat man ihn an den Haaren und Beinen geschleift. Sie traten ihn mit Füßen, und sein Kopf schlug die ganze Treppe hinunter auf jeder Stufe auf. Welch ein Greuel! Die Schurken!«

Zorniges Schluchzen erstickte ihn, und er ging, wie von einer großen Angst ergriffen, im Zimmer hin und her.

»Es sollte etwas unternommen werden! Doch was? Ich weiß es nicht! Wenn wir es versuchten, ihn zu befreien, wie? Während er in den Luxembourg geführt wird, könnte man sich in den Gängen auf die Bedeckung stürzen! Ein Dutzend entschlossener Männer kommt überall durch.«

Seine Augen flammten so, daß Frédéric erzitterte.

Sénécal erschien ihm größer, als er gedacht. Er erinnerte sich seiner Leiden, des harten Lebens, das er führte, ohne Dussardiers Begeisterung zu teilen, jedoch empfand er nichtsdestoweniger jene Bewunderung, die jeder Mensch einflößt, der sich ganz einer Idee opfert. Er sagte sich, daß Sénécal nicht so weit gekommen wäre, wenn er ihm beigestanden hätte, und die beiden Freunde suchten eifrig nach Mitteln und Wegen, ihn zu retten.

Es ward ihnen unmöglich, bis zu ihm zu gelangen.

Frédéric unterrichtete sich in den Zeitungen über sein Geschick und besuchte drei Wochen lang die Lesezimmer.

Eines Tages fielen ihm mehrere Exemplare des »Flambard« in die Hände. Der Leitartikel war unveränderlich dazu bestimmt, irgendeine hervorragende Persönlichkeit herunterzureißen. Dann kamen Neuigkeiten aus der großen Welt, Klatschereien. Darauf machte man sich über das Odéon lustig, über Carpentras, die Fischzucht und die zum Tode Verurteilten, wenn es solche gab. Das Verschwinden eines Postschiffes lieferte für ein Jahr Stoff zu Späßen. In der dritten Spalte wurden in einer Kunstkorrespondenz in Gestalt von Anekdoten oder Ratschlägen Schneiderreklamen, Berichte über Abendgesellschaften, Verkaufsanzeigen, Analysen von Werken gebracht und in einem Atem ein Band Verse und ein Paar Stiefel besprochen. Der einzige ernsthafte Teil war die Kritik der kleinen Theater, in der man auf zwei oder drei Direktoren herumhackte, und die Kunstinteressen wurden bei Gelegenheit der Ausstattung des »Théâtre des Funambules« oder einer Liebhaberin der »Délassements« erörtert.

Frédéric war im Begriff, das alles beiseite zu werfen, als sein Blick auf einen Artikel mit dem Titel »Une poulette entre trois cocos« fiel. Es war die Geschichte seines Duells, in einem übermütigen derben Stil erzählt. Er erkannte sich ohne Mühe, denn er war durch ein öfter wiederholtes Wortspiel als »Ein junger Mann vom Gymnasium von Sens« bezeichnet, »an dem (= sens) es ihm aber selber mangelt.« Man stellte ihn sogar als einen armen Teufel aus der Provinz hin, einen obskuren Einfaltspinsel, der es versuchte, mit vornehmen Herren in Verkehr zu treten. Dem Vicomte dagegen war die schöne Rolle zugeteilt, zuerst beim Souper, zu dem er sich mit Gewalt einführte, dann bei der Wette, wo er die Dame mitnahm, und schließlich auf dem Kampfplatz, wo er sich wie ein Edelmann benahm. Die Tapferkeit Frédérics wurde zwar nicht geleugnet, aber man gab zu verstehen, daß eine Mittelsperson, der Gönner, selbst gerade zur rechten Zeit dazwischengekommen war. Das Ganze schloß mit folgendem Satz, der vielleicht von Bosheit strotzte:

»Woher kommt ihre Zuneigung? Rätsel! und, wie Bazile sagt, wer zum Teufel wird hier betrogen?«

Dies war ohne den geringsten Zweifel eine Rache Hussonnets gegen Frédéric wegen der verweigerten fünftausend Francs.

Was tun? Wenn er Rechenschaft von ihm verlangte, würde der Boheme seine Unschuld beteuern, und er gewönne nichts dabei. Am besten war es, das Ganze stillschweigend herunterzuschlukken. Übrigens las ja niemand den »Flambard«.

Als er das Lesezimmer verließ, bemerkte er Leute vor dem Laden eines Bilderhändlers. Sie betrachteten ein Frauenbild, unter dem folgende Notiz in schwarzen Buchstaben stand: »Mademoiselle Rose-Annette Bron, Eigentum des Monsieur Frédéric Moreau aus Nogent.«

Sie war es – oder wenigstens beinahe –, en face, der Busen entblößt, aufgelöstes Haar, in der Hand eine rote Sammetbörse, während hinter ihr ein Pfau seinen Schnabel gegen ihre Schulter vorstreckte und die Wand mit seinem großen, zum Rad entfalteten Schweif verdeckte.

Pellerin hatte diese Ausstellung veranlaßt, um Frédéric zum Zahlen zu zwingen, und in dem Wahn, berühmt zu sein, glaubte er, ganz Paris werde sich zu seinen Gunsten empören und sich mit dieser Lappalie beschäftigen.

War das eine Verschwörung? Hatten der Maler und der Journalist die Sache zusammen abgekartet?

Sein Duell hatte nichts verhindert. Er wurde lächerlich gemacht, alle Welt machte sich über ihn lustig.

Drei Tage später, es war Ende Juni, machte er, da die Aktien der Nordbahn um fünfzehn Francs gestiegen waren und er im vorhergehenden Monat zweitausend davon gekauft hatte, einen Gewinn von dreißigtausend Francs. Diese Gunst des Glücks gab ihm wieder Vertrauen. Er sagte sich, daß er niemand brauche, daß alle seine Verlegenheiten von seiner Schüchternheit, seiner Unschlüssigkeit kämen. Er hätte mit der Marschallin gleich brutal beginnen müssen, Hussonnet vom ersten Tage abweisen, sich mit Pellerin nicht einlassen dürfen. Um zu zeigen, daß ihn gar nichts anfechte, begab er sich zu Madame Dambreuse zu einem ihrer gewöhnlichen Abende.

Martinon, der zugleich mit ihm gekommen war, wandte sich mitten im Vorzimmer um.

»Wie, du kommst hierher, du?« sagte er mit erstaunter, ja sogar ärgerlicher Miene, ihn zu sehen.

»Warum nicht?«

Und indem er noch über die Ursache eines solchen Benehmens nachsann, ging er in den Salon.

Der Raum war wenig erhellt trotz der Lampen, die in den Ecken standen; denn die weitgeöffneten drei Fenster bildeten drei große gleichlaufende dunkle Schattenvierecke. Unter den Gemälden bedeckten in Manneshöhe Jardinièren die Wandfläche, eine silberne Teekanne mit einem Samowar spiegelte sich im Hintergrunde in einem Spiegel. Ein Gemurmel leiser Stimmen erhob sich. Man hörte Lackschuhe auf dem Teppich knarren.

Er unterschied schwarze Fräcke, dann einen runden Tisch unter dem Lichtkreis eines großen Lampenschirms, sieben oder acht Frauen in Sommer-Toiletten und ein wenig weiter Madame Dambreuse in einem Schaukelstuhl. Ihr Kleid von lila Taffet hatte geschlitzte Ärmel mit Bauschen von Musseline, der weiche Ton des Stoffes verschmolz mit der Farbe ihres Haares, und sie hielt sich etwas hintenübergelehnt, die Fußspitze auf einem Kissen – ruhig wie ein zartes Kunstwerk, wie eine Blume von edler Zucht.

Monsieur Dambreuse und ein Greis mit weißem Haar schritten die ganze Länge des Saales auf und ab. Einige unterhielten sich, hier und dort auf dem Rande der kleinen Diwans sitzend, die anderen bildeten, in der Mitte stehend, einen Kreis.

Sie sprachen von Abstimmungen, Abänderungsvorschlägen, von Zusätzen zu den Abänderungsvorschlägen, von Monsieur Grandins Rede und von Monsieur Benoists Erwiderung. Die dritte Partei ginge entschieden zu weit! Das linke Zentrum hätte ein wenig mehr an seinen Ursprung denken sollen! Das Ministerium sei schwer getroffen worden! Was jedoch beruhigte, sei, daß man keinen Nachfolger dafür sähe. Kurz, die Lage sei vollkommen die gleiche wie 1834.

Da diese Dinge Frédéric langweilten, näherte er sich den Frauen. Martinon stand bei ihnen, den Hut unter dem Arm, das Gesicht etwas zur Seite gewandt, makellos wie eine Figur aus Sèvresporzellan. Er nahm ein Heft der »Revue des deux Mondes«, das zwischen einer »Nachfolge Christi« und einem »Gothaischen Almanach« auf dem Tisch lag, und beurteilte einen berühmten Dichter von oben herab, sagte, daß er die Konferenzen in Saint-

François besuche, beklagte sich über seinen Kehlkopf, schluckte von Zeit zu Zeit eine Gummipastille und sprach dabei über Musik, spielte den Plauderer. Mademoiselle Cécile, Monsieur Dambreuses Nichte, die an einem Paar Manschetten stickte, sah ihn von unten mit ihren blaßblauen Augen an, und Miß John, die plattnasige Erzieherin, hatte ihre Stickerei fallen lassen; alle beide schienen innerlich auszurufen:

»Wie schön er ist!«

Madame Dambreuse wandte sich zu ihm.

»Reichen Sie mir doch meinen Fächer dort von der Konsole. Nein, den andern!«

Sie erhob sich, und als er zurückkam, begegneten sie sich mitten im Salon; sie richtete lebhaft einige Worte an ihn, Vorwürfe vermutlich, nach dem hochmütigen Ausdruck ihres Gesichts zu urteilen. Martinon versuchte zu lächeln, dann mischte er sich unter die Versammlung der ernsten Männer. Madame Dambreuse nahm ihren Platz wieder ein. Über die Lehne ihres Fauteuils gelehnt, sagte sie zu Frédéric:

»Ich habe vorgestern jemand gesehen, der von Ihnen gesprochen hat, Monsieur de Cisy, Sie kennen ihn, nicht wahr?«

»Ja ... ein wenig!«

Plötzlich rief Madame Dambreuse:

»Herzogin, Ah! welch eine Auszeichnung!«

Und sie ging bis zur Tür einer alten kleinen Dame entgegen, die ein karmeliterbraunes Taffetkleid und eine Guipurehaube mit langen Bändern trug. Als Tochter eines Verbannungsgefährten des Grafen von Artois und Witwe eines kaiserlichen Marschalls, der 1830 zum Pair von Frankreich ernannt war, hielt sie zum alten wie zum neuen Hof und konnte eine Menge Dinge durchsetzen. Die Plaudernden traten zur Seite und nahmen dann ihre Diskussion wieder auf.

Jetzt drehte sie sich um den Pauperismus, der nach der Meinung dieser Herren stark übertrieben dargestellt werde.

»Jedoch«, warf Martinon ein, »besteht das Elend, das müssen

wir zugeben! Aber das Heilmittel hängt weder von der Wissenschaft noch von der Regierung ab. Es ist eine rein individuelle Frage. Wenn die niederen Klassen sich von ihren Lastern lossagen werden, dann schwinden auch ihre Bedürfnisse. Das Volk soll moralischer werden, dann wird es weniger arm sein!«

Nach der Meinung von Monsieur Dambreuse war ohne einen Überfluß von Kapital nichts Gutes zu erreichen. Das einzig mögliche Mittel sei also, »die Sache des Fortschritts, wie es übrigens auch die Saint-Simonisten wollen (mein Gott, sie hatten ihr Gutes! Man muß gegen alle gerecht sein), denen anzuvertrauen, anzuvertrauen sage ich, die das öffentliche Vermögen vermehren können«. Unmerklich kam man nun auf große industrielle Unternehmungen zu sprechen, Eisenbahnen, Kohlen. Monsieur Dambreuse wendete sich zu Frédéric und sagte ganz leise:

»Sie sind zu unserer geschäftlichen Besprechung nicht gekommen.«

Frédéric schützte Krankheit vor; da er aber fühlte, daß diese Entschuldigung zu einfältig war:

»Überdies brauchte ich mein Geld.«

»Um einen Wagen zu kaufen?« warf Madame Dambreuse ein. Sie ging mit einer Tasse Tee in der Hand an ihm vorüber und betrachtete ihn eine Minute, den Kopf ein wenig über die Schulter gewendet.

Sie glaubte, daß er Rosanettes Liebhaber sei, die Anspielung war deutlich. Frédéric schien es sogar, als blickten von fern alle Damen flüsternd nach ihm. Um besser zu sehen, was sie dachten, näherte er sich ihnen nochmals.

An der andern Seite des Tisches blätterte Martinon neben Mademoiselle Cécile in einem Album. Es waren Lithographien, die spanische Trachten darstellten. Er las laut die Erklärungen: »Frau aus Sevilla – Gärtner aus Valencia – andalusischer Picador«; und als er einmal bis zum Ende der Seite las, fuhr er in einem Atem fort: »Jacques Arnoux, Verleger ... Einer deiner Freunde, nicht?«

»Jawohl«, sagte Frédéric, durch seine Art verletzt.

Madame Dambreuse fuhr fort: »Freilich, Sie kamen eines Morgens ... wegen ... eines Hauses, glaube ich? Ja, eines Hauses, das seiner Frau gehörte.« (Das hieß soviel wie: »Sie ist Ihre Mätresse.«)

Er errötete bis über die Ohren; Monsieur Dambreuse, der in demselben Augenblick hinzukam, sagte noch:

»Sie schienen sich sogar sehr für sie zu interessieren.«

Diese letzten Worte brachten Frédéric gänzlich aus der Fassung. Seine Verwirrung, die, wie er meinte, offenkundig sei, mußte den Verdacht bestätigen, als Monsieur Dambreuse sich ihm näherte und mit ernster Stimme sagte:

»Sie machen doch nicht etwa Geschäfte mit ihm, hoffe ich?«

Er verneinte durch wiederholtes Kopfschütteln, ohne die Absicht des Kapitalisten zu begreifen, der ihm einen guten Rat geben wollte.

Er hatte Lust, fortzugehen. Die Furcht, feige zu erscheinen, hielt ihn zurück. Ein Diener räumte die Teetassen ab; Madame Dambreuse plauderte mit einem Diplomaten in blauem Frack, zwei junge Mädchen steckten die Köpfe zusammen und betrachteten einen Ring; die andern saßen im Halbkreis auf Fauteuils und bewegten leise ihre weißen, von blondem oder schwarzem Haar umrahmten Gesichter, schließlich kümmerte sich niemand um ihn. Frédéric machte kehrt. Auf langem Zickzackwege hatte er fast die Türe erreicht, als er im Vorbeigehen auf einer Konsole zwischen einer chinesischen Vase und der Holztäfelung eine zusammengefaltete Zeitung bemerkte. Er zog sie ein wenig hervor und las die Worte: Le Flambard.

Wer hatte sie gebracht? Cisy! kein anderer offenbar. Was machte es übrigens! Sie würden an den Artikel glauben, taten es vielleicht schon jetzt. Warum diese Hartnäckigkeit? Eine stillschweigende Ironie nahm ihn gefangen, er fühlte sich verloren wie in einer Wüste. Aber die Stimme Martinons erhob sich:

»Bei Arnoux übrigens fällt mir ein, daß ich unter den Angeklagten des Bombenattentats den Namen Sénécal, eines Angestellten, gelesen habe. Ist das der unsere?«

»Er ist's«, sagte Frédéric.

Martinon wiederholte sehr laut:

»Wie, unser Sénécal! Unser Sénécal!«

Darauf fragte man ihn nach der Verschwörung; durch seine Stellung beim Gericht mußten ihm Einzelheiten darüber bekannt sein.

Er sagte, daß er nichts wisse. Zudem kannte er den Menschen sehr wenig, hatte ihn nur zwei- oder dreimal gesehen. Eigentlich halte er ihn für einen ziemlich üblen Gesellen. Frédéric rief entrüstet:

»Durchaus nicht! Er ist ein sehr ehrlicher Bursche!«

»Aber, mein Herr«, sagte ein Gutsbesitzer, »man ist nicht ehrlich, wenn man konspiriert!«

Die meisten der anwesenden Männer hatten wenigstens vier Regierungen gedient; und sie hätten Frankreich verkauft oder die Menschheit, um ihr Vermögen zu sichern, sich ein Mißbehagen, eine Verlegenheit zu ersparen, oder auch einfach aus Niederträchtigkeit in instinktiver Anbetung der Macht. Alle erklärten politische Vergehen für unentschuldbar. Es müßte viel eher Gnade finden, wen die Not zum Verbrechen geführt habe. Und man versäumte es nicht, das ewige Beispiel des Familienvaters anzuführen, der das ewige Stück Brot bei dem ewigen Bäcker stiehlt. Ein Administrator rief sogar:

»Mein Herr, wenn ich erführe, daß mein Bruder an einer Verschwörung teilnähme, so würde ich ihn anzeigen!«

Frédéric berief sich auf das Recht der Selbstbehauptung, und da er sich einiger Sätze erinnerte, die ihm Deslauriers gesagt hatte, zitierte er Desolmes, Blackstone, die Rechtsbill in England und den Artikel 2 der Konstitution von 91. Es war sogar aufgrund dieses Gesetzes geschehen, daß Napoleon seines Thrones verlustig erklärt wurde; es war 1830 anerkannt worden, in der Verfassungsurkunde obenan verzeichnet.

»Wenn übrigens der Herrscher wider den Vertrag handelt, verlangt die Gerechtigkeit, daß er gestürzt werde.«

»Aber das ist ja abscheulich!« rief die Frau eines Präfekten.

Alle verstummten, halb erschreckt, als hätten sie schon die Kugeln pfeifen hören. Madame Dambreuse wiegte sich in ihrem Sessel und hörte ihm lächelnd zu.

Ein Industrieller, ehemaliger Carbonaro, versuchte ihm zu beweisen, daß die Orléans von guter Art seien; es seien zwar Mißbräuche ...

»Na ja, also?«

»Aber man sollte nicht davon sprechen, lieber Herr! Wenn Sie wüßten, wie all dies Gezänk der Opposition dem Geschäft schadet!«

»Ich pfeife aufs Geschäft!« erwiderte Frédéric.

Die Verderbtheit dieser Alten empörte ihn. Von jener Tapferkeit hingerissen, die zuweilen die Schüchternsten überkommt, griff er die Geldleute, die Deputierten, die Regierung, den König an, übernahm die Verteidigung der Araber und redete viel Unsinn. Einige ermutigten ihn spöttisch: »Weiter! Fahren Sie fort!«, während andere murmelten: »Teufel auch! Welche Überspanntheit!«

Endlich hielt er es für angemessen, sich zurückzuziehen, und als er sich zu gehen anschickte, sagte Monsieur Dambreuse zu ihm, auf die Sekretärstelle anspielend:

»Noch ist nichts entschieden! Aber beeilen Sie sich!«

Und Madame Dambreuse:

»Bald wieder einmal, nicht wahr?«

Frédéric hielt ihren Abschied für einen letzten Spott. Er war entschlossen, niemals wieder in dieses Haus zu kommen, mit all diesen Leuten nicht mehr zu verkehren. Er glaubte, sie verletzt zu haben, denn er wußte nicht, welch hohen Grad von Gleichgültigkeit die Welt besitzt! Diese Weiber empörten ihn ganz besonders. Nicht eine einzige, die ihn unterstützt hätte, nicht einmal durch einen Blick. Er trug es ihnen nach, daß er sie nicht hatte rühren können. Was Madame Dambreuse betraf, so fand er sie ein wenig schmachtend und zugleich wieder trocken Das machte es ihm unmöglich, sie auf eine Formel zu bringen. Hatte sie einen

Liebhaber? Und welchen? War es der Diplomat oder ein anderer? Vielleicht Martinon? Unmöglich! Jedoch empfand er eine gewisse Eifersucht auf ihn, und ihr gegenüber eine unerklärliche feindliche Gesinnung.

Dussardier, der diesen Abend wie gewöhnlich gekommen war, wartete auf ihn. Frédéric war's schwer ums Herz, er teilte sich ihm mit, und sein freilich unbestimmter und schwer zu begreifender Kummer betrübte den ehrlichen Kommis; er beklagte sich sogar über seine Vereinsamung. Dussardier schlug etwas zögernd vor, Deslauriers aufzusuchen.

Frédéric empfand bei der Erwähnung des Advokaten das dringendste Bedürfnis, ihn wiederzusehen. Seine geistige Vereinsamung war sehr groß und die Gesellschaft Dussardiers ungenügend. Er erwiderte ihm, er solle es einrichten, wie er wolle.

Auch Deslauriers entbehrte seit ihrem Bruch etwas in seinem Leben. Er ging ohne Mühe auf ein herzliches Entgegenkommen ein.

Beide umarmten sich und begannen dann von gleichgültigen Dingen zu reden.

Deslauriers' Zurückhaltung rührte Frédéric. Um ihm eine Art Genugtuung widerfahren zu lassen, erzählte er ihm am nächsten Tag von seinem Verlust der fünfzehntausend Francs, ohne zu sagen, daß diese Summe ursprünglich für ihn bestimmt war. Nichtsdestoweniger zweifelte der Advokat nicht daran. Dieses Mißgeschick, das ihm in seinem Vorurteil gegen Arnoux recht gab, entwaffnete seinen Groll gänzlich, und er sprach nie wieder von dem alten Versprechen.

Durch sein Schweigen getäuscht, glaubte Frédéric, daß er es vergessen hätte. Einige Tage darauf fragte er ihn, ob es kein Mittel gebe, um wieder zu seinem Geld zu gelangen.

Man könne die bevorrechteten Hypotheken beanstanden, Arnoux als Hypothekenschwindler angreifen, eine Klage gegen die Frau anstrengen.

»Nein! Nein! nicht gegen sie!« rief Frédéric aus, und indem er auf die Fragen des früheren Schreibers einging, gestand er ihm die Wahrheit. Deslauriers war überzeugt, daß er sie nicht ganz sage, wahrscheinlich aus Zartgefühl. Dieser Mangel an Vertrauen verletzte ihn.

Jedoch waren sie so vertraut wie früher und hatten ein solches Vergnügen daran, wieder beisammenzusein, daß Dussardiers Gegenwart sie störte. Sie schützten Verabredungen vor, und es gelang ihnen, so allmählich sich seiner zu entledigen. Es gibt Menschen, die unter den anderen nur die Aufgabe haben, als Vermittler zu dienen; man schreitet über sie hinweg wie über eine Brücke und geht weiter.

Frédéric verbarg seinem alten Freunde nichts. Er erzählte ihm von der Kohlenangelegenheit und von Monsieur Dambreuses Vorschlag. Der Advokat wurde nachdenklich.

»Aber du könntest mir helfen«, erwiderte Frédéric.

»Ja ... übrigens ... zum Teufel! gewiß!«

In derselben Woche zeigte er ihm einen Brief von seiner Mutter. Madame Moreau klagte sich an, Monsieur Roque falsch beurteilt zu haben, der für seine Handlungsweise befriedigende Erklärungen abgegeben habe. Dann sprach sie von seinem Vermögen und der Möglichkeit einer späteren Heirat mit Louise.

»Das wäre vielleicht gar nicht so dumm!« sagte Deslauriers.

Frédéric wies es weit von sich; übrigens sei Roque ein alter Gauner. Das hätte, meinte der Advokat, nichts zu sagen.

Ende Juli trat eine unerklärliche Baisse der Aktien der Nordbahn ein. Frédéric hatte die seinen nicht verkauft und verlor mit einem Schlage sechzigtausend Francs. Seine Einkünfte waren dadurch empfindlich vermindert, er mußte entweder seine Ausgaben einschränken, einen Beruf ergreifen oder eine gute Heirat machen.

Da sprach ihm Deslauriers von Mademoiselle Roque. Nichts hindere ihn, sich die Verhältnisse einmal selbst anzusehen. Frédéric war ein wenig matt, die Provinz und das mütterliche Haus würden ihn wieder auffrischen. Er reiste ab.

Der Anblick der Straßen von Nogent, die er im Mondschein durchschritt, weckte alte Erinnerungen in ihm, und er empfand eine Art Bangigkeit, wie einer, der nach langen Reisen heimkehrt.

Bei seiner Mutter fand er all die alten Bekannten wieder: Messieurs Gamblin, Heutras und Chambrion, die Familie Lebrun, »die Fräulein Auger«, außerdem den alten Roque und, Madame Moreau gegenüber, an einem Spieltisch, Mademoiselle Louise, die jetzt erwachsen war. Sie erhob sich mit einem Schrei. Alle fuhren auf. Sie war reglos stehengeblieben, und die vier silbernen Armleuchter auf dem Tisch erhöhten ihre Blässe.

Als sie wieder zu spielen begann, zitterte ihre Hand. Diese Erregung schmeichelte Frédéric, dessen Stolz krankhaft war, maßlos, er sagte sich: »Du wirst mich lieben!« Und aus Rache für die Verdrießlichkeiten, die er in Paris hatte durchmachen müssen, begann er jetzt den Löwen des Salons, den Pariser zu spielen, brachte Neuigkeiten über die Theater, erzählte Anekdoten aus der vornehmen Welt, die kleinen Zeitungen entnommen waren, mit einem Wort, er blendete seine Landsleute.

Am nächsten Morgen verbreitete sich Madame Moreau über die Eigenschaften Louisens und zählte dann die Wälder und die Güter auf, die sie besitzen würde. Monsieur Roques Vermögen war beträchtlich.

Er hatte es durch Geldanlagen für Monsieur Dambreuse erworben, denn er lieh an Leute, die gute hypothekarische Sicherheit boten, so daß er Nachzahlungen oder Provisionen fordern konnte. Das Kapital lief, dank einer scharfen Aufsicht, keine Gefahr. Außerdem schreckte der alte Roque niemals vor einer Pfändung zurück; er kaufte dann zu einem niedrigen Preise die gepfändeten Güter auf, und da Monsieur Dambreuse seine Gelder eingehen sah, fand er seine Geschäfte sehr gut geleitet.

Aber diese außergesetzlichen Handlungen verpflichteten ihn seinem Verwalter gegenüber. Er konnte ihm nichts abschlagen. Es geschah auf Drängen des alten Roque, daß er Frédéric so gut aufgenommen hatte.

In der Tat hegte der alte Roque auf dem Grunde seiner Seele einen Ehrgeiz. Er wollte seine Tochter Comtesse werden sehen. Um das zu erreichen, ohne das Glück seines Kindes aufs Spiel zu setzen, wußte er keinen andern jungen Mann als Frédéric.

Durch die Protektion des Monsieur Dambreuse würde man ihm den Titel seines Urgroßvaters verschaffen, da Madame Moreau die Tochter eines Comte de Fouvens war und außerdem verwandt mit den ältesten Familien der Champagne, wie den Lavernades und d'Etrignys. Was den Namen Moreau anbetraf, so sprach eine gotische Inschrift in der Nähe der Mühlen von Villeneuve-l'Archevêque von einem Jacques Moreau, der sie im Jahre 1596 wiederaufgebaut hatte, und das Grab seines Sohnes Pierre Moreau, erster königlicher Stallmeister unter Ludwig XIV., befand sich in der Kapelle Saint-Nikolas.

Als Sohn eines ehemaligen Dieners wurde Monsieur Roque von solch edler Abkunft geblendet. Wenn die gräfliche Krone nicht zu erlangen war, würde er sich mit etwas anderem darüber trösten, denn Frédéric konnte Deputierter werden, wenn Monsieur Dambreuse die Pairswürde verliehen bekäme. Er könnte ihm dann in seinen Geschäften behilflich sein, ihm Lieferungen, Konzessionen verschaffen.

Persönlich gefiel ihm der junge Mann. Endlich wollte er ihn zum Schwiegersohn, weil er schon lange in diese Idee verliebt war, die immer mehr Wurzel faßte.

Jetzt besuchte er die Kirche – Madame Moreau hatte er besonders durch die Hoffnung auf den Titel bestochen. Sie hatte sich indes gehütet, eine endgültige Antwort zu geben.

So galt Frédéric acht Tage später, ohne daß irgendwelche bindende Zusage stattgefunden hätte, als der »Zukünftige« von Mademoiselle Louise; und der alte Roque, der wenig bedenklich war, ließ sie manchmal allein.

V.

Deslauriers hatte von Frédéric eine Abschrift der Einsetzungsurkunde mitgenommen nebst einer regelrechten Vollmacht, die ihn ermächtigte, für ihn zu handeln. Doch als er seine fünf Stockwerke erstiegen hatte und in seinem trübseligen Kabinett allein im Ledersessel saß, ekelte ihn geradezu der Anblick des Stempelpapiers an.

Er war dieser Dinge, der Restaurants zu zweiunddreißig Sous, der Omnibusfahrten, seines Elends und seiner Mühen überdrüssig. Er nahm die Papierwische nochmals auf, andere lagen daneben; es waren die Prospekte der Kohlengesellschaft mit der Liste der Gruben und den Einzelheiten ihres Ertrages, denn Frédéric hatte ihm alles übergeben, um seine Ansicht darüber zu hören.

Ihm kam ein Einfall: Er wollte sich bei Monsieur Dambreuse vorstellen und um die Sekretärstelle bitten. Sicher war diese Stellung nicht ohne Ankauf einer gewissen Anzahl von Aktien zu haben. Er erkannte die Torheit seines Vorhabens und sagte sich:

»Nein! Nein! das wäre unrecht.«

Dann dachte er darüber nach, wie die fünfzehntausend Francs einzutreiben wären. Eine solche Summe galt Frédéric nichts! Aber wenn er sie gehabt hätte, er selber, welch ein Hebel! Und der ehemalige Schreiber war empört über das große Vermögen des andern.

»Er macht einen erbärmlichen Gebrauch davon. Er ist ein selbstsüchtiger Mensch. Oh! ich pfeife auf seine fünfzehntausend Francs!«

Warum hatte er sie ausgeliehen? Wegen Madame Arnoux' schöner Augen. Sie war seine Mätresse! Deslauriers zweifelte nicht daran. »Das sind auch Dinge, zu denen man Geld braucht!« Gehässige Gedanken stiegen in ihm auf.

Dann dachte er an Frédéric selber. Seine Persönlichkeit hatte auf ihn immer einen fast weiblichen Reiz ausgeübt, und bald konnte er nicht umhin, ihn wegen eines Erfolges zu bewundern, dessen er sich nicht fähig fühlte.

Ist indes nicht der Wille die Haupttriebfeder aller Unternehmungen? Und da man mit ihm über alles den Sieg davonträgt …

»Ah! das wäre lustig!«

Doch er schämte sich dieser Hinterlist, und eine Minute später:

»Ach was! sollte ich mich fürchten?«

Da er so viel von ihr hatte reden hören, trug er schließlich in seiner Vorstellung von Madame Arnoux ein lebendiges Bild. Die Beharrlichkeit dieser Liebe ärgerte ihn wie ein Rätsel. Ihre ein wenig theatralische Strenge langweilte ihn jetzt. Überdies blendete die Frau von Welt (oder was er dafür hielt) den Advokaten als das Symbol und der Inbegriff von tausend unbekannten Freuden. Da er arm war, gelüstete es ihn nach Luxus in seiner äußersten Form.

»Sollte er sich übrigens ärgern, um so schlimmer! Er hat sich zu schlecht gegen mich benommen, als daß ich mir einen Zwang auferlegen würde! Nichts gibt mir Sicherheit, daß sie seine Geliebte ist! Er hat es geleugnet, folglich bin ich frei!«

Das Verlangen nach diesem Abenteuer verließ ihn nicht mehr. Er wollte daran seine Kraft erproben – so daß er eines schönen Tages plötzlich seine Stiefel wichste, sich weiße Handschuhe kaufte und sich auf den Weg machte. Er versetzte sich an Frédérics Stelle und glaubte beinahe, jener zu sein, dank einer sonderbaren geistigen Begriffsübertragung, die gemischt war aus Rache und Sympathie, Nachahmung und Kühnheit.

Er ließ sich als »Doktor Deslauriers« melden. Madame Arnoux war erstaunt, da sie keinen Arzt hatte rufen lassen.

»Ah! bitte tausendmal um Entschuldigung! Doktor der Rechte. Ich komme in Herrn Moreaus Angelegenheit.«

Dieser Name schien sie zu verwirren.

»Um so besser!« dachte der ehemalige Schreiber. »Da sie schon mit ihm zufrieden war, wird sie mich auch wollen!« Und er ermutigte sich durch die feststehende Ansicht, daß es leichter sei, einen Liebhaber als einen Gatten zu verdrängen.

Er hatte einmal das Vergnügen gehabt, ihr im Justizpalast zu begegnen, er nannte sogar das Datum. So viel Gedächtnis überraschte Madame Arnoux. Er fuhr in süßlichem Tone fort:

»Sie hatten schon ... einige Schwierigkeiten ... in Ihren Geschäften!«

Sie erwiderte nichts, also war es wahr!

Er begann nun von diesem und jenem zu reden, von der Wohnung, der Fabrik, dann, als er neben dem Spiegel Medaillons erblickte:

»Ah ! Ohne Zweifel, Familienbilder?«

Er bemerkte das Bild einer bejahrten Frau, Madame Arnoux' Mutter.

»Sie muß eine vortreffliche Dame sein, ein südlicher Typus.«

Und auf die Einwendung, daß sie aus Chartres sei:

»Chartres! eine schöne Stadt!«

Er lobte ihre Kathedrale und Pasteten, dann kam er auf das Bild zurück, in dem er Ähnlichkeit mit Madame Arnoux fand, und sagte ihr indirekte Schmeicheleien. Sie war nicht darüber erzürnt. Er faßte Vertrauen und sagte, daß er Monsieur Arnoux seit langem kenne.

»Er ist ein braver Mensch! aber er bringt sich ins Gerede. Mit dieser Hypothek zum Beispiel, dieser unglaubliche Leichtsinn ...«

»Ja, ich weiß«, sagte sie achselzuckend.

Dieser unfreiwillige Beweis von Verachtung veranlaßte Deslauriers fortzufahren:

»Seine Kaolingeschichte wäre beinahe schiefgegangen, das wissen Sie vielleicht nicht, und selbst sein Ruf ...«

Ein Zusammenziehen ihrer Augenbrauen gebot ihm Schweigen.

Nun wandte er sich wieder allgemeinen Dingen zu und beklagte die armen Frauen, deren Gatten das Vermögen vergeuden ...

»Aber es ist ja das seine, mein Herr, ich selbst besitze nichts!«

Das habe nichts zu sagen! Man könne nicht wissen ... Eine erfahrene Kraft könne nützlich sein. Er bot sich als ergebenen Helfer an, übertrieb seine eigenen Verdienste und sah ihr durch seine spiegelnden Brillengläser gerade ins Gesicht.

Eine dumpfe Betäubung kam über sie, aber plötzlich:

»Bitte, worum handelt es sich?«

Er zeigte die Akten. »Dies ist Frédérics Vollmacht. Mit einem solchen Schriftstück in der Hand eines Gerichtsvollziehers, der einen Zahlungsbefehl erläßt – nichts einfacher: in vierundzwanzig Stunden …« (Sie blieb unbeweglich, er änderte sein Verhalten.) »Übrigens begreife ich nicht, was ihn veranlaßt, diese Summe zurückzufordern, denn eigentlich braucht er sie ja gar nicht!«

»Wie! Monsieur Moreau hat sich so gütig gezeigt …«

»Oh! gewiß!«

Und Deslauriers begann ihn anfangs zu loben, dann ging er allmählich dazu über, ihn zu verleumden, ihn als vergeßlich, geizig, eigensüchtig hinzustellen.

»Ich glaubte, er sei Ihr Freund, mein Herr?«

»Das hindert mich nicht, seine Fehler zu sehen. So erkennt er sehr wenig … wie soll ich sagen? die Sympathien an …«

Madame Arnoux wandte die Blätter des dicken Hefts um. Sie unterbrach ihn, um sich ein Wort erklären zu lassen.

Er neigte sich über ihre Schulter und so dicht über sie, daß er ihre Wange streifte. Sie errötete; dies Erröten entflammte Deslauriers, er küßte ihr gierig die Hand.

»Was tun Sie, mein Herr?«

Und an die Wand gelehnt, hielt sie ihn mit ihren großen, schwarzen, erzürnten Augen in Bann.

»Hören Sie mich an! Ich liebe Sie!«

Sie brach in lautes Lachen aus, ein schrilles, verzweifeltes, grausames Lachen. Deslauriers war so wütend, daß er sie hätte erdrosseln mögen. Er bezwang sich und bat mit der Miene eines Unterlegenen um Gnade: »Ah! Sie haben unrecht! Ich würde es nicht wie jener machen …«

»Von wem sprechen Sie denn?«

»Von Frédéric!«

»Oh! um Monsieur Moreau beunruhige ich mich wenig, ich habe es Ihnen schon gesagt!«

»Oh! bitte um Entschuldigung! … Verzeihen Sie!«

Dann mit ätzender Stimme und in lang gedehnten Sätzen:

»Ich glaubte sogar, daß Sie sich genügend für seine Person interessierten, um mit Vergnügen zu hören …«

Sie wurde ganz bleich. Der ehemalige Schreiber fuhr fort:

»Er wird sich verheiraten.«

»Er!«

»Spätestens in einem Monat, mit Mademoiselle Roque, der Tochter des Verwalters von Monsieur Dambreuse. Er ist allein deswegen nach Nogent gereist.«

Sie legte die Hand aufs Herz, wie unter einem schweren Schicksalsschlage, aber gleich darauf zog sie die Klingel. Deslauriers wartete nicht darauf, daß man ihn vor die Tür setzte. Als sie sich wieder umwandte, war er verschwunden.

Madame Arnoux fühlte sich etwas beklommen. Sie trat ans Fenster, um Atem zu schöpfen.

Auf der andern Seite der Straße, auf dem Trottoir, nagelte ein Packer in Hemdsärmeln eine Kiste. Droschken fuhren vorüber. Sie schloß das Fenster und setzte sich wieder. Da die hohen Nachbarhäuser die Sonne abhielten, fiel ein kaltes Licht ins Zimmer. Ihre Kinder waren ausgegangen, nichts regte sich um sie her. Es war wie eine grenzenlose Öde.

»Er wird sich verheiraten! Ist es möglich!«

Und ein nervöses Zittern überkam sie.

»Warum nur? Liebe ich ihn denn?«

Dann plötzlich:

»Freilich, ich liebe ihn! … ich liebe ihn!«

Es schien ihr, als sinke sie in eine Tiefe, die bodenlos war. Die Uhr schlug drei. Sie lauschte den verhallenden Schwingungen der Uhr und blieb auf dem Rande ihres Sessels sitzen, die Augen erstarrt und unaufhörlich lächelnd.

An demselben Nachmittag, im gleichen Augenblick, wandelten Frédéric und Mademoiselle Louise im Garten des Monsieur Roque, am Ende der Insel. Die alte Katherine bewachte sie von fern; sie gingen nebeneinander, und Frédéric sagte:

»Erinnern Sie sich, wie ich Sie aufs Land hinaus mitnahm?«

»Wie gut Sie zu mir waren!« erwiderte sie. »Sie halfen mir Sandkuchen formen, meine Gießkanne füllen und schaukelten mich!«

»Was ist aus all Ihren Puppen geworden, die sämtlich Namen von Königinnen oder Marquisen hatten?«

»Das weiß ich wirklich nicht!«

»Und Ihr Mops Moricaud!«

»Er ist er trunken, der arme Liebling!«

»Und der Don Quichotte, dessen Bilder wir zusammen angemalt haben?«

»Ich habe ihn noch!«

Er erinnerte sie an den Tag ihrer Kommunion, an dem sie beim Vespergottesdienst mit ihrem weißen Schleier und ihrer großen Wachskerze so hübsch ausgesehen hatte, als sie alle durch den Chor schritten und die Glocke läutete.

Diese Erinnerungen hatten für Mademoiselle Roque zweifellos wenig Reiz; sie wußte nichts zu antworten. Eine Minute darauf sagte sie:

»Böser! mir nicht ein einzigesmal Nachricht von sich zu geben!«

Frédéric schützte seine vielen Arbeiten vor.

»Was tun Sie denn?«

Die Frage setzte ihn in Verlegenheit, dann sagte er, daß er Politik studiere.

»Ah!«

Und ohne weiter zu fragen:

»Das nimmt Sie in Anspruch, aber ich ...!«

Dann erzählte sie ihm von der Öde ihres Lebens, da sie niemand habe, den sie besuchen könne, nicht das geringste Vergnügen, die geringste Zerstreuung! Sie wollte gern reiten.

»Der Vikar behauptet, es sei unschicklich für ein junges Mädchen; wie albern diese Schicklichkeit! Früher ließ man mich alles tun, was ich wollte; jetzt nichts!«

»Aber der Vater liebt Sie dennoch!«

»Ja, aber ...«

Sie stieß einen Seufzer aus, der sagten sollte:

»Das genügt nicht zu meinem Glück.«

Dann war Schweigen zwischen ihnen. Sie vernahmen nichts als das Knirschen des Sandes unter ihren Füßen und das Murmeln des Wasserfalls, denn die Seine teilt sich oberhalb von Nogent in zwei Arme. Der eine, der die Mühlen treibt, ergießt an dieser Stelle die große Überfülle seiner Fluten, um sich weiter unten wieder mit dem natürlichen Flußlauf zu vereinen; und wenn man von den Brücken herkommt, bemerkt man rechts am andern Ufer eine Rasenböschung, überragt von einem weißen Hause. Zur Linken ziehen sich Pappeln auf der Wiese hin, und der Horizont gegenüber ist von einer Biegung des Flusses begrenzt. Er war glatt wie ein Spiegel, große Insekten glitten über das stille Wasser. Schilf und Binsengruppen säumten es unregelmäßig, allerlei Arten von Pflanzen, die dort gediehen, entfalteten ihre goldenen Knospen, ließen gelbe Dolden herabhängen, streckten spindelförmige, amarantfarbene Blüten empor und gestalteten sich wie grüne Raketen. In einer Bucht des Flußufers blühten Wasserrosen, und eine Reihe alter Weiden, die die Wolfseisen verdeckten, waren an dieser Seite die einzige Schutzwehr des Gartens.

Diesseits, im Innern, schlossen vier mit Schieferhauben versehene Mauern den Gemüsegarten ein, wo eben frisch umgegrabene Beete braune Flecken bildeten. Melonenglocken leuchteten reihenweise auf ihren schmalen Beeten; Artischocken, Bohnen, Spinat, Mohrrüben und Tomaten folgten abwechselnd bis zu einer Spargelpflanzung, die einem kleinen Federwald glich.

Dieses ganze Grundstück war unter dem Directoire eine sogenannte »Marotte« gewesen. Die Bäume waren seitdem übermäßig gewachsen. Klematis überwucherte die Lauben, die Alleen waren mit Moos bedeckt, überall wucherten die wilden stacheligen Gebüsche. Verstümmelte Statuen zerbröckelten ihren Gips im Grase. Im Gehen verfing man sich in Reste einstiger Drahtzäune. Von dem Pavillon war nichts geblieben als zwei Zimmer im Erdgeschoß mit Fetzen blauer Tapete. Vor der Fassade zog sich nach italienischer Art ein Rebengang entlang, auf Backsteinpfeilern ruhte ein Gitterwerk aus Latten, das Rebenzweige trug.

Sie gelangten beide darunter. Das Licht fiel durch die ungleichen Lücken im Laube, und Frédéric, der mit Louisen sprach, beobachtete von der Seite den Schatten des Laubes auf ihrem Gesicht.

In dem Knoten ihres roten Haares steckte eine Nadel mit einer Glaskugel, die einen Smaragd nachahmte, und trotz ihrer Trauer (so naiv war ihr schlechter Geschmack) trug sie mit rosa Atlas verzierte Strohpantoffeln, eine gewöhnliche Kuriosität, die sie offenbar auf irgendeinem Jahrmarkt erstanden hatte.

Er bemerkte sie und machte ihr spöttische Komplimente darüber.

»Machen Sie sich nicht lustig über mich!« erwiderte sie.

Dann betrachtete sie ihn von oben bis unten, von seinem grauen Filzhut bis herab zu seinen seidenen Socken.

»Wie eitel Sie sind!«

Darauf bat sie ihn, ihr Werke zum Lesen anzugeben. Er nannte mehrere, und sie sagte:

»Oh! wie gelehrt Sie sind!«

In früher Jugend hatte sie jene Kinderliebe erfaßt, die die Reinheit eines Gläubigen mit leidenschaftlichem Begehren vereint. Er war ihr Kamerad gewesen, ihr Bruder, hatte ihr Herz erregt und wider seinen Willen in ihrem tiefsten Innern eine verborgene und beständige Begeisterung wachgehalten. Dann hatte er sie gerade an einem tragischen Wendepunkt verlassen, als ihre Mutter kaum gestorben war und die Verzweiflung über beides sie gleichzeitig erfaßte. Die Abwesenheit hatte ihn in ihrer Erinnerung idealisiert, und bei seiner Rückkehr umgab ihn eine Art Nimbus; sie überließ sich harmlos dem Glück, ihn zu sehen.

Zum erstenmal in seinem Leben fühlte Frédéric sich geliebt, und dieses neue Vergnügen, das den Zustand angenehmer Gefühle nicht überstieg, brachte ihn in eine so gehobene Stimmung, daß er beide Arme ausbreitete und den Kopf zurückwarf.

Eine große Wolke zog am Himmel hin.

»Sie zieht auf Paris zu«, sagte Louise. »Sie möchten ihr wohl gern folgen, nicht wahr?«

»Ich! warum?«

»Wer weiß?«

Und ihn mit einem scharfen Blick durchbohrend:

»Vielleicht haben Sie dort ...« (sie suchte nach dem Wort) »... irgendeine Neigung?«

»Oh! ich habe keine Neigung!«

»Wirklich?«

»Gewiß, mein Fräulein, gewiß!«

In weniger als einem Jahr war mit dem jungen Mädchen eine außerordentliche Veränderung vor sich gegangen, die Frédéric überraschte. Nach einer Minute des Schweigens setzte er hinzu:

»Wir sollten uns duzen wie früher, wollen Sie?«

»Nein.«

»Warum?«

»Darum!«

Er bestand darauf. Den Kopf senkend, erwiderte sie:

»Ich wage es nicht.«

Sie waren bis zum Ufer des Livon am Ende des Gartens gekommen. Frédéric begann aus Übermut Kieselsteine flach auf das Wasser zu werfen. Sie forderte ihn auf, sich zu setzen. Er gehorchte; dann, während er dem Fall des Wassers zuschaute:

»Das ist wie der Niagara!«

Er begann von fernen Ländern und großen Reisen zu sprechen. Der Gedanke, solche zu machen, entzückte sie. Sie würde sich vor nichts fürchten, weder vor Stürmen noch vor Löwen.

Nebeneinander saßen sie da, griffen Hände voll Sand und ließen ihn dann beim Plaudern durch die Finger rieseln – und der heiße

Wind, der über die Ebenen kam, trug ihnen stoßweise Lavendelduft herüber, zugleich mit dem Teergeruch einer Barke, die hinter der Schleuse lag. Die Sonne schien auf den Wasserfall, die grünlichen Blöcke, über die das Wasser floß, waren anzusehen wie unter einer sich beständig aufrollenden Silbergaze. Unten fiel ein langer Schaumstreifen im Takt immer wieder zurück. Es bildeten sich dann Strudel, Wirbel, tausend Gegenströmungen, die sich schließlich zu einer einzigen klaren Wasserfläche vereinigten.

Louise murmelte vor sich hin, daß sie die Fische um ihr Dasein beneide.

»Es muß so wohl tun, sich da drin nach Belieben umhertreiben zu lassen, sich überall geliebkost zu fühlen.«

Und sie erschauderte unter Bewegungen von schmeichlerischer Sinnlichkeit.

Doch eine Stimme rief: »Wo bist du?«

»Ihr Mädchen ruft Sie!« sagte Frédéric.

»Gut! Gut!«

Louise rührte sich nicht.

»Sie wird böse werden«, fuhr er fort.

»Das ist mir gleichgültig! übrigens ...« Mademoiselle Roque machte eine Gebärde, die ihm zu verstehen gab, daß sie jener sicher war.

Sie erhob sich jedoch und beklagte sich dann über Kopfweh. Als sie vor einem großen Schuppen, der Reisig enthielt, vorüberkamen, sagte sie:

»Wenn wir uns darunter setzten zum Ulk?«

Er tat, als verstehe er dies im Dialekt gesprochene Wort nicht, und neckte sie wegen ihres Akzents. Da zog sie allmählich die Mundwinkel herab, biß sich in die Lippen und entfernte sich schmollend.

Frédéric holte sie ein, schwor, er habe sie nicht verletzen wollen, und er habe sie lieb.

»Ist das wahr?« rief sie und betrachtete ihn mit einem Lächeln, das ihr ganzes, ein wenig sommersprossiges Gesicht verklärte.

Er konnte dieser Tapferkeit des Herzens, der Frische ihrer Jugend nicht widerstehen und erwiderte:

»Warum sollte ich dich belügen? … du zweifelst daran … wie?« und legte dabei den linken Arm um ihre Taille.

Ein Schrei, zart wie das Gurren einer Taube, entrang sich ihrer Kehle, ihr Kopf sank hintenüber, sie wurde halb ohnmächtig, er stützte sie. Und die Bedenken seiner Rechtschaffenheit waren unnötig; vor dieser Jungfrau, die sich ihm ergab, empfand er Furcht. Sanft half er ihr dann, einige Schritte zu machen. Er hielt mit zärtlichen Worten zurück, wollte nur noch von unbedeutenden Dingen mit ihr reden und sprach von Leuten der Gesellschaft von Nogent.

Plötzlich stieß sie ihn zurück, und mit bitterem Ton:

»Du hättest nicht den Mut, mich mitzunehmen!«

Sprachlos blieb er unbeweglich stehen. Sie brach in Schluchzen aus und barg den Kopf an seiner Brust:

»Kann ich denn ohne dich leben?«

Er versuchte, sie zu beruhigen. Sie legte ihm beide Hände auf die Schultern, um ihm besser ins Gesicht zu sehen, und blickte ihn mit ihren grünen, fast wilden, feuchten Augen durchbohrend an.

»Willst du mein Gatte sein?«

»Aber …« erwiderte Frédéric, nach einer Antwort suchend. »Natürlich, … nichts begehre ich mehr.«

In diesem Augenblicke erschien die Mütze des Monsieur Roque hinter einem Fliederbusch.

Er nahm seinen »jungen Freund« für zwei Tage auf eine kleine Reise in die Umgegend, auf seine Besitzungen mit. Als er zurückkam, fand Frédéric drei Briefe bei seiner Mutter vor.

Der erste war eine Einladung von Monsieur Dambreuse, am vorhergehenden Dienstag bei ihm zu speisen.

Weshalb diese Aufmerksamkeit? Hatte man ihm also seine ausfallenden Reden verziehen?

Der zweite war von Rosanette. Sie dankte ihm dafür, sein Leben für sie aufs Spiel gesetzt zu haben. Frédéric verstand anfangs nicht, was sie damit sagen wollte, schließlich, nach vielen Umschweifen, beschwor sie ihn auf den Knien, wie sie sagte, indem sie sich auf seine Freundschaft berief, im Vertrauen auf sein Zartgefühl, angesichts dringender Notwendigkeit, wie man um Brot bittet, ihr eine kleine Unterstützung von fünfhundert Francs zukommen zu lassen. Er beschloß sogleich, sie zu schicken.

Der dritte Brief war von Deslauriers, sprach von der Vollmacht und war lang und dunkel. Der Advokat hatte noch keinen Entschluß gefaßt. Er forderte ihn auf, sich nicht stören zu lassen: »Es ist unnötig, daß du zurückkommst!« Er legte sogar mit auffallender Beharrlichkeit Nachdruck darauf.

Frédéric verlor sich in allerlei Vermutungen und hatte Lust, zurückzukehren; diese Anmaßung, sein Verhalten beeinflussen zu wollen, empörte ihn.

Zudem begann das Heimweh nach dem Boulevard sich zu regen, auch drängte ihn seine Mutter sehr, Monsieur Roque machte sich so viel um ihn zu schaffen, und Mademoiselle Louise liebte ihn so innig, daß er nicht länger bleiben konnte, ohne sich zu erklären. Er mußte überlegen, er würde die Dinge aus der Ferne besser beurteilen können.

Um seine Reise zu rechtfertigen, erfand Frédéric eine Geschichte und reiste ab, indem er allen sagte und es selbst glaubte, daß er bald zurückkehren werde.

VI.

Seine Rückkehr nach Paris verursachte ihm keine Freude. Es war abends, Ende August, der Boulevard schien leer, die Passanten folgten einander mit verdrossenen Gesichtern, hie und da rauchte ein Asphaltkessel, an vielen Häusern waren die Jalousien ganz herabgelassen.

Er kam nach Hause, Staub bedeckte die Wandbespannung, und als er ganz allein speiste, wurde Frédéric von einem seltsamen

Gefühl der Verlassenheit ergriffen; da dachte er an Mademoiselle Roque.

Der Gedanke, sich zu verheiraten, schien ihm nicht mehr außergewöhnlich. Sie würden reisen, nach Italien, in den Orient gehen! Und er sah sie auf einem Hügel vor sich stehen und die Landschaft betrachten, oder auch auf seinen Arm gestützt, in einer florentinischen Galerie vor den Bildern stehen bleibend. Welche Wonne würde es sein, dieses gute, kleine Geschöpf vor den Herrlichkeiten der Kunst und der Natur sozusagen aufblühen zu sehen. Aus ihrer Umgebung entfernt, würde sie in kurzer Zeit eine reizende Gefährtin abgeben. Zudem lockte ihn das Vermögen des Monsieur Roque. Indes widerstrebte ihm ein solcher Entschluß als eine Schwäche, eine Erniedrigung.

Aber er war fest entschlossen (was er auch unternehmen möge), ein anderes Leben zu beginnen, das heißt, sein Herz nicht mehr an unfruchtbare Leidenschaften zu verlieren, und er zögerte sogar, den Auftrag auszuführen, den Louise ihm gegeben hatte. Er bestand darin, für sie bei Arnoux zwei große polychrome Negerstatuetten wie die auf der Präfektur von Troyes zu kaufen. Sie kannte das Warenzeichen des Fabrikanten und wollte kein anderes Fabrikat. Frédéric fürchtete, wenn er zu ihnen zurückkehrte, noch einmal seiner alten Liebe zu verfallen.

Diese Gedanken beschäftigten ihn den ganzen Abend; er wollte gerade zu Bett gehen, als eine Dame eintrat.

»Ich bin es«, sagte lachend Mademoiselle Vatnaz. »Ich bin von Rosanette geschickt.«

Sie hatten sich also versöhnt?

»Mein Gott, ja! Ich bin nicht boshaft, das wissen Sie wohl. Übrigens, das arme Ding … Es würde zu lange dauern, Ihnen das zu erzählen!«

Kurz, die Marschallin wünschte ihn zu sehen, sie erwarte eine Antwort, da ihr Brief von Paris nach Nogent gewandert sei. Mademoiselle Vatnaz wußte nicht, was er enthielt. Da erkundigte sich Frédéric nach der Marschallin.

Sie hielt es jetzt mit einem sehr reichen Mann, einem Russen, dem Fürsten Tzernukoff, der sie im vorigen Sommer bei den Rennen auf dem Champ de Mars gesehen hatte.

»Man hat drei Wagen, Reitpferd, Livree, Groom in englischem Chic, Landhaus, Loge in der italienischen Oper und eine Menge anderer Dinge dazu. So, mein Lieber!«

Und die Vatnaz schien, als hätte sie einen Vorteil aus diesem Glückswechsel gezogen, viel heiterer, ganz glücklich. Sie zog ihre Handschuhe aus und betrachtete die Möbel und Nippsachen im Zimmer. Sie schätzte sie auf ihren genauen Preis ab wie ein Trödler. Er hätte sie zu Rate ziehen sollen, um sie billiger zu erstehen, und sie beglückwünschte ihn zu seinem guten Geschmack.

»Ah! das ist allerliebst, außerordentlich hübsch! Nur Sie können solche Einfälle haben.«

Dann, als sie am Kopfende des Alkovens eine Tür bemerkte:

»Da läßt man wohl die kleinen Mädchen hinaus, he?«

Und freundschaftlich faßte sie ihn unter das Kinn. Er erzitterte bei der Berührung ihrer mageren, langen und doch zugleich weichen Hände. Um die Handgelenke hatte sie einen Spitzenbesatz und auf der Taille ihres grünen Kleides Schnüre wie ein Husar. Ihr schwarzer Tüllhut verdeckte mit dem herabfallenden Rand ein wenig ihre Stirn; ihre Augen leuchteten darunter hervor, ein Duft von Patschuli entströmte ihrem gescheitelten Haar; die Lampe auf einem Tischchen beleuchtete sie von unten, wie vor einer Theaterrampe, und ließ ihre Kinnlade hervortreten – und plötzlich empfand Frédéric vor dieser häßlichen Person, deren Taille eine pantherartige Geschmeidigkeit zeigte, eine rasende Begierde, ein tierisches Wollustverlangen.

Sie sagte mit einer salbungsvollen Stimme, indem sie drei viereckige Papiere aus ihrem Portemonnaie zog:

»Das werden Sie mir abnehmen!«

Es waren drei Plätze für eine Vorstellung zu Delmars Benefiz.

»Wie, er?«

»Gewiß!«

Ohne sich weiter zu erklären, fügte Mademoiselle Vatnaz hinzu, daß sie ihn mehr vergöttere als je. Der Komödiant war jetzt, wenn man ihr glauben wollte, entschieden zu den »Sternen seiner Zeit« zu rechnen. Und er stellte nicht etwa diese oder jene Persönlichkeit dar, sondern das Genie von Frankreich selbst, das Volk! Er war »eine Seele voller Menschenliebe, er verstand das Heilige in der Kunst«! Um ihre Lobpreisungen nicht mehr anhören zu müssen, gab Frédéric ihr das Geld für die drei Plätze.

»Nicht nötig, daß sie dort davon sprechen! – Mein Gott, schon so spät! Ich muß fort. Ah! ich vergaß die Adresse: Es ist Rue Grange-Batelière 14.«

Und auf der Schwelle:

»Adieu, geliebter Mann!«

»Von wem geliebt?« fragte sich Frédéric. »Welch sonderbare Person!«

Und er entsann sich, daß Dussardier ihm eines Tages in bezug auf sie gesagt hatte: »Oh! sie ist nicht viel wert!«, wie wenn er auf wenig ehrenhafte Geschichten anspielte.

Am nächsten Morgen begab er sich zur Marschallin. Sie bewohnte ein neues Haus, dessen Rouleaus auf die Straße vorstanden. Auf jedem Treppenabsatz war ein Spiegel an der Wand, ein ländlicher Blumenständer vor den Fenstern, die ganzen Stufen hinauf ein weißer Leinenteppich, und wenn man von draußen kam, erquickte die Kühle des Treppenhauses.

Ein Bedienter öffnete, ein Lakai in roter Weste. Im Vorzimmer warteten auf der einen Bank eine Frau und zwei Männer, augenscheinlich Lieferanten, wie im Vestibül eines Ministers. Zur Linken bemerkte man durch die angelehnte Tür des Speisezimmers leere Flaschen auf den Buffets, Servietten auf den Stuhllehnen, und parallel zu dem Zimmer zog sich eine Galerie entlang, an der vergoldete Stäbe ein Rosenspalier stützten. Unten im Hofe putzten zwei Burschen mit nackten Armen einen Landauer. Man hörte ihre Stimmen bis oben, abwechselnd mit dem Geräusch eines Striegels, der gegen einen Stein geklopft wurde.

Der Bediente kam zurück. »Madame lasse den Herrn bitten!«, und er führte ihn durch ein zweites Vorzimmer, dann durch einen großen Saal, mit gelbem Brokatell bespannt, mit gewundenen Schnüren in den Ecken, die in der Mitte der Decke zusammenliefen und durch das rankenartige Laubwerk des Kronleuchters fortgesetzt zu werden schienen. Augenscheinlich hatte man die vorige Nacht hier getafelt. Zigarrenasche lag auf den Konsolen.

Endlich trat er in eine Art Boudoir, das durch farbige Scheiben spärlich erleuchtet war. In Holz geschnitzte Kleeblätter schmückten die Türgesimse, hinter einer Balustrade bildeten drei Purpurpolster einen Diwan, auf dem der Schlauch eines Platinnargilehs lag. Der Kamin trug anstatt des Spiegels eine Etagere in Gestalt einer Pyramide, auf deren Brettern sich eine ganze Sammlung von Kuriositäten darbot: alte silberne Uhren, Vasen aus böhmischem Kristall, mit Edelsteinen verzierte Agraffen, Jadeknöpfe, Emaillen, groteske Porzellanfiguren, eine kleine byzantinische Muttergottes in einem Chormantel aus vergoldetem Silber, und all dies verschmolz in einer goldenen Dämmerung mit dem bläulichen Ton des Teppichs, dem Perlmutterreflex der Taburetts, dem falben Ton der mit kastanienbraunem Leder bespannten Wände. In den Ecken standen auf Fußgestellen Bronzevasen mit Blumensträußen, die einen schweren Dunst ausströmten.

Rosanette erschien in einer Jacke aus rosa Atlas, einer weißen Kaschmirhose, einem Piasterhalsband und rotem, von einem Jasminzweig umwundenem Käppchen.

Frédéric machte eine Bewegung des Erstaunens und sagte dann, daß er »das Bewußte« bringe, womit er ihr die Banknote überreichte.

Sie blickte ihn sehr verdutzt an. Er hielt den Schein immer noch in der Hand, ohne zu wissen, wohin er ihn legen sollte, und sagte: »Nehmen Sie ihn doch!«

Sie tat es und warf ihn auf den Diwan:

»Sie sind sehr liebenswürdig.«

Sie brauchte das Geld, um damit ein Grundstück in Bellevue abzuzahlen, das sie so durch Jahresraten erwarb. Diese Ungeniertheit verletzte Frédéric. Übrigens um so besser! Das rächte ihn für die Vergangenheit.

»Setzen Sie sich!« sagte sie. »Da, näher.« Und in ernstem Ton: »Vor allem, mein Lieber, habe ich Ihnen dafür zu danken, daß Sie Ihr Leben aufs Spiel gesetzt haben.«

»O! das hat nichts zu sagen!«

»Aber doch, es ist sehr schön!«

Und die Marschallin bezeigte ihm eine peinliche Dankbarkeit; denn sie mußte glauben, er habe sich ausschließlich für Arnoux geschlagen, nachdem dieser, der es sich jedenfalls einbildete, dem Verlangen, es auszusprechen, hatte nachgeben müssen.

»Vielleicht macht sie sich über mich lustig«, dachte Frédéric.

Er hatte nun nichts mehr zu tun, schützte eine Verabredung vor und erhob sich.

»Ach nein! bleiben Sie!«

Er setzte sich wieder und machte ihr Komplimente über ihr Kostüm.

Sie erwiderte mit niedergeschlagener Miene:

»Ich tue es, weil der Fürst mich darin gerne sieht! Und ich muß aus solchem Zeug rauchen«, fügte Rosanette auf das Nargileh deutend hinzu. »Wenn wir davon kosteten? Wollen Sie?«

Es wurde Feuer gebracht; da im Tombakgefäß der Tabak sich schwer entzündete, stampfte sie vor Ungeduld mit den Füßen. Dann überkam sie eine Art Mattigkeit, und mit einem Kissen unter der Achselhöhle, den Körper ein wenig verdreht, ein Knie gebogen, das andere Bein ganz gerade, blieb sie unbeweglich auf dem Diwan. Die lange Schlange aus rotem Saffian, die Ringe auf dem Boden bildete, rollte sich um ihren Arm. Sie drückte das Bernsteinmundstück an die Lippen und blickte Frédéric mit zwinkernden Augen durch den Rauch an, dessen Wolken sie einhüllten. Die Atemzüge ihrer Brust machten das Wasser gurgeln, und sie murmelte von Zeit zu Zeit:

»Der arme Liebling! Das arme Herzblatt!«

Er versuchte einen angenehmen Gesprächsstoff zu finden; da fiel ihm die Vatnaz ein. Er sagte, sie sei ihm sehr elegant vorgekommen.

»Das will ich meinen!« erwiderte die Marschallin. »Die ist froh, mich zu haben!« ohne ein Wort weiter hinzuzufügen, soviel Zurückhaltung hemmte das Gespräch.

Alle beide empfanden einen Zwang, ein Hindernis. In der Tat hatte das Duell, für dessen Ursache sich Rosanette hielt, ihrer Eigenliebe geschmeichelt. Dann war sie sehr erstaunt gewesen, daß er nicht zu ihr geeilt war, um den Lohn seiner Tat zu ernten. Um ihn zum Wiederkommen zu zwingen, hatte sie vorgegeben, diese fünfhundert Francs zu brauchen. Wie kam es, daß Frédéric als Lohn nicht ein wenig Zärtlichkeit beanspruchte! Das war eine Feinfühligkeit, die sie in Erstaunen setzte, und mit plötzlicher Wärme sagte sie zu ihm:

»Wollen Sie mit uns ins Seebad gehen?«

»Wieso ›mit uns‹?«

»Mit mir und meinem Alten; ich führe Sie als meinen Vetter ein, wie in den alten Komödien.«

»Danke sehr!«

»Nun, so nehmen Sie eine Wohnung in der Nähe der unsrigen.«

Der Gedanke, sich vor einem reichen Manne zu verbergen, demütigte ihn.

»Nein, das ist unmöglich!«

Rosanette wandte sich mit einer Träne an den Wimpern ab. Frédéric bemerkte es, und um ihr Teilnahme zu bezeigen, gab er seiner Freude Ausdruck, sie in so ausgezeichneter Lage zu sehen.

Sie zuckte die Achseln.

Wer betrübe sie denn? Werde sie vielleicht zufällig nicht geliebt?

»Oh! ich werde immer geliebt!«

Sie fügte hinzu:

»Es kommt nur darauf an, auf welche Art!«

Indem sie sich beklagte, vor Hitze zu ersticken, zog die Marschallin ihre Jacke aus, und ohne ein anderes Kleidungsstück um die Hüften als ihr seidenes Hemd, neigte sie ihren Kopf auf die Schulter mit der Miene einer Sklavin, aber voller Herausforderung.

Ein Mann mit weniger vorsichtiger Berechnung hätte nicht daran gedacht, daß der Vicomte, Monsieur de Comaing oder ein anderer dazwischenkommen könne. Aber Frédéric war zu oft von diesen Blicken übertölpelt worden, um sich einer neuen Demütigung auszusetzen.

Sie wollte von seinen Verbindungen, seinen Vergnügungen etwas hören, fragte ihn sogar nach seinen Geschäften und bot ihm Geld an, wenn er welches brauchte.

Frédéric, der es nicht mehr aushalten konnte, griff nach seinem Hut.

»Also, meine Liebe, viel Vergnügen da unten, auf Wiedersehen!«

Sie riß die Augen auf, dann in trockenem Ton:

»Auf Wiedersehen!«

Er ging durch den gelben Salon und das zweite Vorzimmer zurück. Auf dem Tisch stand zwischen einer mit Visitenkarten gefüllten Schale und einem Schreibzeug ein ziseliertes, silbernes Kästchen. Es war das der Madame Arnoux! Da überkam ihn Rührung, und zugleich empfand er die Schmach einer Entweihung. Er verspürte Lust, es zu berühren, es zu öffnen. Er fürchtete, bemerkt zu werden, und ging.

Frédéric war tugendhaft. Er ging nicht wieder zu Arnoux. Er schickte seinen Diener, um die beiden Neger zu besorgen, nachdem er ihm alle notwendigen Weisungen gegeben hatte, und die Kiste ging am gleichen Abend nach Nogent ab.

Als er sich am nächsten Tag zu Deslauriers begab, sah er sich an der Ecke der Rue Vivienne und des Boulevard Madame Arnoux gegenüber.

Ihre erste Bewegung war ein Zurückweichen, dann trat beiden dasselbe Lächeln auf die Lippen, und sie gingen aufeinander zu. Während einer Minute sprach keiner von beiden.

Sie stand in voller Sonne – und ihr ovales Gesicht, ihre langen Brauen, ihr schwarzer Spitzenschal, der die Form ihrer Schultern abzeichnete, ihr taubenhalsfarbiges Seidenkleid, das Veilchenbukett an der Seite ihres Kapotthutes, alles schien ihm von unvergleichlicher Pracht. Unendliche Milde entströmte ihren schönen Augen, und aufs Geratewohl hin die ersten Worte stammelnd, die ihm in den Sinn kamen, fragte er: »Wie geht es Arnoux?«

»Ich danke Ihnen!«

»Und Ihren Kindern?«

»Es geht ihnen sehr gut!«

»So! ... So! – Was für schönes Wetter wir haben, nicht wahr?«

»Herrlich, wirklich!«

»Sie machen Besorgungen?«

»Ja!«

Und mit einer langsamen Kopfneigung:

»Adieu!«

Sie hatte ihm nicht die Hand gereicht, hatte nicht ein herzliches Wort gesagt, ihn nicht einmal aufgefordert, sie zu besuchen, und dennoch, er hätte diese Begegnung nicht für das schönste Abenteuer hingegeben. Er genoß ihre Süßigkeit, während er seinen Weg fortsetzte.

Überrascht, ihn zu sehen, verbarg Deslauriers seinen Ärger; denn er bewahrte aus Eigensinn noch einige Hoffnung in bezug auf Madame Arnoux. Er hatte Frédéric geschrieben, er solle fortbleiben, um freier in seinem Vorhaben zu sein.

Er sagte indessen, daß er bei ihr vorgesprochen habe, um in Erfahrung zu bringen, ob ihr Heiratsvertrag Gütergemeinschaft einschließe; so hätte man sich an die Frau halten können; »und sie hat ein recht sonderbares Gesicht gemacht, als ich ihr von deiner Heirat sprach.«

»Ei! Was für ein Einfall!«

»Es mußte sein, um zu zeigen, daß du deine Gelder brauchst! Eine gleichgültige Person wäre nicht von so einer Art Ohnmacht befallen worden wie Sie!«

»Wirklich?« rief Frédéric aus.

»Ah! Du Halunke, du verrätst dich! Sei doch aufrichtig!«

Eine unendliche Feigheit ergriff den Verehrer der Madame Arnoux.

»Nicht doch! ... Ich versichere dir! ... Mein Ehrenwort!«

Dieses schwache Leugnen überzeugte Deslauriers vollends. Er machte ihm Komplimente. Bat ihn um »Einzelheiten«. Frédéric gab keine und widerstand selbst der Lust, solche zu erfinden.

Hinsichtlich der Hypothek bat er ihn, nichts zu unternehmen, zu warten. Deslauriers fand, daß er unrecht habe, und wurde sogar grob in seinen Vorstellungen.

Er war übrigens finsterer, böswilliger und gereizter denn je. Wenn sich das Glück nicht binnen eines Jahres wende, werde er sich nach Amerika einschiffen oder eine Kugel durch den Kopf schießen. Schließlich schien er so wütend gegen alles und von einem solch absoluten Radikalismus, daß Frédéric sich nicht enthalten konnte, ihm zu sagen:

»Jetzt bist du ja wie Sénécal!«

Bei dieser Gelegenheit sagte ihm Deslauriers, daß Sénécal aus Sainte-Pélagie entlassen sei, da die Untersuchung wahrscheinlich nicht genügende Beweise erbracht habe, um ihn zu verurteilen.

Vor Freude über diese Befreiung wollte Dussardier »einen Punsch spendieren« und bat Frédéric »mitzumachen«, indem er ihn jedoch darauf vorbereitete, daß er Hussonnet antreffen werde, der sich vortrefflich gegen Sénécal benommen habe.

Tatsächlich hatte »Le Flambard« sich eben eine Geschäftskanzlei zugelegt. Auf den Prospekten stand: »Kontor der Weinlande. – Annoncenannahmestelle. – Büro für Auskünfte und Schuldeneintreibung usw.« Aber da der Boheme fürchtete, daß sein Geschäft seinem schriftstellerischen Ansehen Abbruch tun könne, hatte er den Mathematiker angestellt, um die Bücher zu führen. Es war zwar eine mittelmäßige Stellung, aber Sénécal wäre ohne sie Hungers gestorben. Da Frédéric den guten Kommis nicht verletzen wollte, nahm er seine Einladung an.

Drei Tage vorher hatte Dussardier die roten Fliesen seiner Dachkammer selbst gewachst, den Lehnstuhl geklopft und den Kamin abgestaubt, auf dem man unter einer Glasglocke eine Alabasteruhr zwischen einem Stalaktit und einer Kokosnuß erblickte. Da seine zwei Leuchter und sein Wachsstock nicht ausreichten, hatte er vom Hausmeister zwei Armleuchter entliehen, und die fünf Lichtspender leuchteten auf der Kommode, die mit drei Servietten bedeckt war, damit sich die Makronen, Biskuits, der Stollen und ein Dutzend Flaschen Bier besser ausnahmen. Gegenüber enthielt ein kleiner Mahagonibücherschrank an der gelbtapezierten Wand die Fabeln von Lachambeaudie, die »Geheimnisse von Paris«, und den »Napoléon« von Norvins; und mitten im Alkoven lächelte in einem Rahmen aus Palisanderholz das Antlitz Bérangers!

Die Gäste waren (außer Deslauriers und Sénécal) ein eben zugelassener Apotheker, der aber nicht die nötigen Mittel besaß, um sich selbständig zu machen, ein junger Mann aus seinem Hause, ein Weinagent, ein Architekt und ein Herr, der im Versicherungswesen angestellt war. Regimbart hatte nicht kommen können. Man vermißte ihn.

Sie empfingen Frédéric mit dem Ausdruck großer Sympathie, da alle durch Dussardier seine Rede bei Monsieur Dambreuse kannten. Sénécal begnügte sich damit, ihm mit würdiger Miene die Hand zu reichen.

Er stand am Kamin. Die anderen saßen mit der Pfeife im Munde und hörten seine Auseinandersetzung über das allgemeine Wahlrecht an, aus dem sich der Triumph der Demokratie, die Anwendung der Grundsätze des Evangeliums ergeben würde. Übrigens, der Augenblick komme; die Banketts der Reformisten mehrten sich in den Provinzen; Piemont, Neapel, Toskana …

»Es ist wahr«, sagte Deslauriers, ihm kurz das Wort abschneidend, »es kann nicht mehr so weitergehen!«

Er begann ein Bild der Lage zu entwerfen.

»Wir haben Holland geopfert, um von England die Anerkennung Louis Philipps zu erlangen, und diese berühmte englische Allianz ist dank der spanischen Heiraten verloren! In der Schweiz hält Monsieur Guizot im Schlepptau Österreichs die Verträge von 1815 aufrecht. Preußen mit seinem Zollverein bereitet uns Schwierigkeiten. Die Orientfrage bleibt ungelöst.

Es ist kein Grund, sich auf Rußland zu verlassen, weil der Großfürst Konstantin Monsieur d'Aumale Geschenke sendet. Was die inneren Zustände betrifft, so hat man niemals soviel Verblendung, soviel Dummheit gesehen! Nicht einmal ihre Majorität hält sich mehr! Überall ist schließlich nach dem bekannten Wort ›nichts! nichts! nichts!‹ Und angesichts so schmählicher Zustände«, fuhr der Advokat, die Fäuste in die Seiten stemmend, fort, »erklären sie sich zufrieden!«

Diese Anspielung auf eine berühmte Abstimmung rief Beifall hervor. Dussardier entkorkte eine Flasche Bier, der Schaum bespritzte die Gardinen, er achtete dessen nicht; er stopfte die Pfeifen, zerschnitt den Stollen, reichte ihn herum und war einige Male hinuntergegangen, um zu sehen, ob der Punsch käme. Und bald ereiferten sie sich einmütig, da alle gegen die Regierung von derselben Erbitterung erfüllt waren. Sie war heftig aus keinem andern Grunde als dem Haß der Ungerechtigkeit, und sie warfen berechtigte Beschwerden mit den dümmsten Vorwürfen durcheinander.

Der Apotheker jammerte über den bedauernswürdigen Zustand unserer Flotte. Der Versicherungsagent wollte die beiden Schildwachen des Marschalls Soult nicht dulden. Deslauriers klagte über die Jesuiten, die sich eben öffentlich in Lille niedergelassen hatten. Noch mehr verabscheute Sénécal Monsieur Cousin, denn der Eklektizismus, der Gewißheit aus der Vernunft zu folgern lehrt, entwickle Eigennützigkeit, zerstöre die Solidarität. Der Weinagent, der wenig von diesen Materien verstand, äußerte ganz laut, daß er noch viele andere Niederträchtigkeiten vergesse.

»Der königliche Wagen auf der Nordbahn soll achtzigtausend Francs kosten! Wer bezahlt ihn?«

»Ja, wer bezahlt ihn?« wiederholte der Handlungsgehilfe wütend, als habe man das Geld aus seiner Tasche genommen.

Dann folgten Beschuldigungen gegen die Wucherer der Börse und die Verderbtheit der Beamten. Man müsse nach Sénécals Ansicht viel weiter zurückgreifen und vor allem die Fürsten anklagen, die die Sitten der Regentschaft wiederaufleben ließen.

»Sahen Sie neulich nicht die Freunde des Herzogs von Monpensier aus Vincennes zurückkommen, ohne Zweifel in angetrunkenem Zustande, und die Arbeiter des Faubourg Saint-Antoine durch ihre Lieder in Aufruhr bringen?«

»Man schrie sogar: Nieder mit den Dieben!« sagte der Apotheker. »Ich war dabei, ich habe mitgeschrien!«

»Um so besser! Das Volk beginnt seit dem Prozeß Teste-Cubières endlich aufzuwachen.«

»Mir hat dieser Prozeß weh getan«, sagte Dussardier, »weil so etwas einen alten Soldaten entehrt.«

»Wissen Sie«, fuhr Sénécal fort, »daß man bei der Herzogin von Praslin entdeckt hat ...«

Aber mit einem Fußtritt wurde die Tür geöffnet. Hussonnet trat ein.

»Seien Sie gegrüßt, gnädige Herren!« sagte er und setzte sich auf das Bett.

Es fiel keine Anspielung auf seinen Artikel, den er übrigens bereute, denn die Marschallin hatte ihn tüchtig deswegen gescholten.

Er kam aus dem Theater, wo er den Chevalier de Maison-Rouge von Dumas gesehen hatte; er fand es »anödend«.

Ein solches Urteil erstaunte die Demokraten – da dieses Drama durch seine Tendenz, mehr noch durch seine Ausstattung ihren Leidenschaften schmeichelte. Sie widersprachen. Sénécal fragte, um ein Ende zu machen, ob das Stück der Demokratie diene.

»Ja ... vielleicht, aber in einem Stil ...«

»Nun, dann ist es gut; was heißt Stil? Auf die Gedanken kommt es an!«

Und ohne Frédéric zu Worte kommen zu lassen:

»Ich behauptete also, daß in dem Fall Praslin ...«

Hussonnet unterbrach ihn.

»Ah! Das ist wieder so abgedroschenes Zeug! Wie mich das langweilt!«

»Und andere auch!« erwiderte Deslauriers. »Sie hat nicht weniger als fünf Zeitungen beschlagnahmen lassen! Hört diese Notiz einmal an.«

Er zog sein Notizbuch hervor und las:

»Wir haben seit der Gründung der besten der Republiken zwölfhundertneunundzwanzig Presseprozesse überstanden, aus denen sich für die Schriftleiter ergaben: Dreitausendeinhunderteinundvierzig Jahre Gefängnis nebst der kleinen Summe von sieben Millionen einhundertzehntausendfünfhundert Francs Geldstrafen. – Ganz nett, was?«

Alle lachten mit bitterem Hohn. Erregt wie die andern, begann Frédéric:

»La Démocratie pacifique hat einen Prozeß wegen ihres Feuilletons, eines Romans mit dem Titel ›Der Anteil der Frauen‹.«

»So ist's recht!« sagte Hussonnet. »Wenn man uns nun unsern Anteil an den Frauen verbietet!«

»Aber wird denn nicht alles verboten?« rief Deslauriers. »Es ist verboten, im Luxembourg zu rauchen, verboten, die Hymne auf Pius IX. zu singen!«

»Und das Bankett der Buchdrucker wird untersagt!« sagte nachdrücklich eine dumpfe Stimme.

Es war die des Architekten, der bis jetzt schweigend im Schatten des Alkovens versteckt gesessen hatte. Er fügte hinzu, daß man in der vorigen Woche einen gewissen Rouget wegen Majestätsbeleidigung verurteilt habe.

»Rouget ist geliefert!« sagte Hussonnet.

Dieser Scherz schien Sénécal so unpassend, daß er ihm vorwarf, »den Jongleur des Rathauses, den Freund des Verräters Dumouriez«, zu verteidigen.

»Ich? Im Gegenteil!«

Er finde Louis Philipp abgeschmackt, ein spießerhafter Stadtgardist und schlafmützig wie nur einer! Dann legte der Boheme die Hand aufs Herz und sagte die bekannten feierlichen Sätze her: »Es geschieht immer mit erneuter Freude ... Die polnische Nationalität wird nicht untergehen ... Unsere großen Werke werden fortgesetzt werden ... Gebt mir Geld für meine kleine Familie ...« Alle lachten unbändig und nannten ihn einen köstlichen Kerl, und so geistreich! Die Freude steigerte sich beim Anblick der Punschbowle, die ein Schankwirt brachte.

Die Glut des Alkohols und die der Kerzen heizten bald das Zimmer. Das Licht der Mansarde, das über den Hof fiel, erhellte gegenüber den Rand eines Daches mit einem Schornstein, der sich schwarz gegen die Nacht erhob. Alle sprachen sehr laut durcheinander; sie hatten ihre Röcke ausgezogen, stießen an die Möbel und ließen die Gläser klingen.

Hussonnet rief:

»Laßt vornehme Damen heraufkommen, daß es hier mehr Tour de Nesle-artig wird, Lokalfarbe, rembrandtsch, zum Teufel!«

Der Apotheker, der unaufhörlich den Punsch umrührte, stimmte aus voller Kehle an:

»Zwei große Ochsen hab' ich im Stall,
Ochsen groß und weiß ...«

Sénécal legte ihm die Hand auf den Mund, er liebte den Lärm nicht, und die Mieter erschienen an ihren Fenstern, überrascht durch das ungewohnte Gepolter in der Wohnung Dussardiers.

Der gute Bursche war glücklich und sagte, daß die Erinnerung an ihre kleinen Abende früher am Quai Napoléon in ihm wieder wach werde, jedoch fehlten mehrere, »z. B. Pellerin«.

»Wir können ihn entbehren«, sagte Frédéric.

Deslauriers erkundigte sich nach Martinon.

»Was macht denn dieser interessante Herr?«

In seinem Groll gegen ihn griff Frédéric sogleich seinen Verstand, seinen Charakter, seine falsche Eleganz, den ganzen Menschen an. Das sei das richtige Muster des emporgekommenen Bauern! Die neue Aristokratie, das Bürgertum, komme der alten, dem Adel, nicht gleich. Er behauptete dies, und die Demokraten stimmten ihm bei – als ob er zu der einen gehörte und sie mit der anderen verkehrten. Sie waren entzückt von ihm. Der Apotheker verglich ihn sogar mit Monsieur d'Alton-Shée, der die Sache des Volkes verteidige, obwohl er Pair von Frankreich sei.

Die Stunde des Abschieds war gekommen. Alle trennten sich nach kräftigem Händeschütteln; aus Zuneigung begleitete Dussardier Frédéric und Deslauriers.

Sobald sie auf der Straße waren, schien der Advokat zu überlegen, und nach einem kurzen Schweigen:

»Du zürnst also Pellerin sehr?«

Frédéric verbarg seinen Groll nicht.

Der Maler hatte jedoch das berüchtigte Bild aus dem Schaufenster entfernen lassen. Man dürfe sich nicht um Lappalien entzweien! Wozu sich einen Feind machen?

»Er hat sich von einer Laune hinreißen lassen. Das ist bei einem Menschen, der keinen Sou hat, zu entschuldigen. Das kannst du natürlich nicht begreifen!«

Als Deslauriers dann in seine Wohnung hinaufgegangen war, ließ der Kommis Frédéric nicht mehr locker, er riet ihm sogar, das Bild zu kaufen. In der Tat hatte Pellerin, als er die Hoffnung aufgeben mußte, Frédéric einzuschüchtern, die jungen Leute für sich gewonnen, damit er es durch ihre Vermittlung nehme.

Deslauriers fing auch wieder davon an, drängte. Die Ansprüche des Künstlers seien annehmbar.

»Ich bin überzeugt, daß mit fünfhundert Francs vielleicht ...«

»Ach! gib sie ihm! da hast du sie!« sagte Frédéric.

Am selben Abend wurde das Bild gebracht. Es schien ihm noch scheußlicher als das erstemal. Die Halbtöne und Schatten waren durch zahlreiche Retuschen bleiern geworden und schienen verdunkelt im Gegensatz zu den hellen Teilen, die hier und dort noch aufleuchteten und dadurch vom Ganzen grell abstachen.

Frédéric rächte sich durch herben Tadel für die Ausgabe. Deslauriers glaubte ihm aufs Wort und stimmte seiner Haltung bei, denn er hatte immer noch den Ehrgeiz, eine Gemeinschaft zu gründen, deren Leiter er sein würde. Gewisse Menschen haben Freude daran, ihre Freunde zu Dingen zu veranlassen, die ihnen unangenehm sind.

Zu den Dambreuse war Frédéric jedoch nicht mehr gegangen. Ihm fehlte es an Kapitalien. Es wäre zu endlosen Erklärungen gekommen; er schwankte, sich zu entscheiden. Ob er wohl recht handelte? Jetzt sei nichts sicher, die Kohlenangelegenheit so wenig wie eine andere; er müßte es aufgeben, in solchen Kreisen zu verkehren. Endlich brachte ihn Deslauriers von dem Unternehmen ab. Vor lauter Haß ward er tugendsam, und dann zog er es vor, daß Frédéric in der Mittelmäßigkeit verbleibe. Auf diese Art blieb er seinesgleichen und in intimerem Verkehr mit ihm.

Der Auftrag für Mademoiselle Roque war sehr schlecht ausgeführt worden. Ihr Vater teilte es ihm mit unter genauesten Erklärungen und schloß seinen Brief mit dem Scherz: »Auf die Gefahr hin, Ihnen eine Negerkrankheit zu verschaffen.«

Frédéric blieb nichts anderes übrig, als wieder zu Arnoux zu gehen. Er ging in das Magazin hinauf und fand niemanden. Da das Geschäft zusammenbrach, ahmten die Angestellten die Nachlässigkeit ihres Prinzipals nach.

Er schritt an dem langen, mit Fayencen beladenem Gestell entlang, das von einem Ende zum andern die Mitte des Raumes einnahm, dann, hinten vor dem Zahltisch angelangt, trat er fester auf, um sich bemerkbar zu machen.

Die Portière wurde zurückgeschlagen, Madame Arnoux erschien. »Wie, Sie hier? Sie!«

»Ja«, stammelte sie ein wenig verlegen. »Ich suchte …«

Er bemerkte ihr Taschentuch neben dem Pult und erriet, daß sie zu ihrem Manne heruntergekommen war, um sich Klarheit zu verschaffen, sich wahrscheinlich über irgend etwas beruhigen zu lassen.

»Aber ... Sie wünschen vielleicht etwas?« sagte sie.

»Eine Kleinigkeit, Madame!«

»Diese Angestellten sind unerträglich, sie entfernen sich fortwährend.«

Sie seien nicht zu tadeln. Im Gegenteil, er beglückwünsche sich zu diesem glücklichen Zufall.

Sie betrachtete ihn spöttisch.

»Nun, und die Heirat?«

»Welche Heirat?«

»Die Ihre!«

»Ich? Nie im Leben!«

Sie machte eine Gebärde des Zweifels.

»Und wenn dem so wäre? Man flüchtet zum Mittelmäßigen, aus Verzweiflung, weil das Schöne, von dem man träumte, nicht erreichbar ist!«

»Nicht alle Ihre Träume jedoch waren ... so rein!«

»Was wollen Sie damit sagen?«

»Wenn Sie mit ›Personen‹ zu den Rennen gehen ...!«

Er verwünschte die Marschallin. Da fiel ihm etwas ein.

»Aber Sie selbst haben mich doch früher gebeten, sie im Interesse Arnoux' aufzusuchen!«

Sie schüttelte den Kopf und sagte:

»Und Sie benützen die Gelegenheit, um sich zu amüsieren.«

»Mein Gott! vergessen wir diese Dummheiten.«

»Ganz richtig, da Sie sich verheiraten werden!«

Und sie unterdrückte einen Seufzer, indem sie sich auf die Lippen biß.

Da rief er aus: »Aber ich wiederhole Ihnen nochmals, daß es nicht wahr ist! Können Sie glauben, daß ich mit meinem Bedürfnis nach Intelligenz, mit meinen Gewohnheiten mich in der Provinz begraben würde, um Karten zu spielen, Maurer zu beaufsichtigen und in Holzschuhen einherzuspazieren? Zu welchem

Zweck denn? Man hat Ihnen erzählt, daß sie reich sei, nicht wahr? Ach! was liegt mir am Geld! Sollte ich, nachdem ich das Schönste, Zarteste, Bezauberndste ersehnt habe, eine Art Paradies in menschlicher Gestalt, und nachdem ich das Ideal endlich gefunden, nachdem diese Vision alle anderen vor mir verbirgt ...«

Und er nahm ihren Kopf in seine beiden Hände, küßte ihre Lider und wiederholte: »Nein! Nein! Nein! Niemals werde ich mich verheiraten! Nie! Nie!«

Sie nahm seine Zärtlichkeit hin, gelähmt durch Überraschung und Entzücken.

Die Tür zur Treppe des Magazins fiel zu. Sie sprang beiseite und blieb mit ausgestreckter Hand stehen, wie um ihm Schweigen zu gebieten.

Schritte näherten sich.

Dann sagte draußen jemand: »Ist Madame da?«

»Herein!«

Madame Arnoux stützte den Ellbogen auf den Schreibtisch und drehte gelassen eine Feder zwischen den Fingern, als der Buchhalter die Portière zurückschlug.

Frédéric erhob sich:

»Madame, ich habe die Ehre, mich Ihnen zu empfehlen. Das Service wird bereit sein, nicht wahr? Ich kann mich darauf verlassen?«

Sie erwiderte nichts. Aber dieses stillschweigende Einverständnis entflammte auf ihrem Antlitz die verräterischen Spuren des Ehebruchs.

Am nächsten Tag ging er wieder zu ihr; er wurde empfangen. Um seinen Vorteil sogleich auszunutzen, begann Frédéric sofort, ohne Umschweife sich wegen der Begegnung auf dem Champ de Mars zu rechtfertigen. Der Zufall allein hätte ihn mit dieser Person zusammengeführt. Angenommen auch, sie sei hübsch (das sei aber nicht der Fall), wie könne sie seine Gedanken fesseln, wenn auch nur für einen Augenblick, da er eine andere liebe!

»Sie wissen es wohl, ich habe es Ihnen gesagt.«

Madame Arnoux senkte den Kopf.

»Es tut mir leid, daß sie es mir sagten.«

»Warum?«

»Der einfachste Anstand erfordert jetzt, daß ich Sie nicht mehr wiedersehe!«

Er beteuerte die Reinheit seiner Liebe. Die Vergangenheit müsse ihr für die Zukunft bürgen, er habe sich selber gelobt, ihr Leben nicht zu stören, sie nicht mit Klagen bestürmen zu wollen.

»Allein gestern floß mein Herz über.«

»Wir dürfen an diesen Augenblick nicht mehr denken, mein Freund!«

Jedoch was sei denn Schlimmes daran, wenn zwei arme Geschöpfe ihren Kummer vereinten?

»Denn Sie sind auch nicht glücklich! Oh! Ich kenne Sie; Sie haben niemand, der Ihrem Verlangen nach Zärtlichkeit, nach Hingebung entgegenkäme. Ich werde alles tun, was Sie wollen! Ich werde Sie nicht verletzen! ... Ich schwöre es Ihnen.«

Wider seinen Willen sank er auf die Knie, von einer inneren, zu schweren Last niedergedrückt.

»Stehen Sie auf!« sagte sie, »ich will es!«

Und gebieterisch erklärte sie ihm, daß, wenn er nicht gehorche, er sie niemals wiedersehen würde.

»Oh! Ich ließe es darauf ankommen, ob Sie das tun würden!« erwiderte Frédéric. »Was habe ich denn in der Gesellschaft zu suchen? Andere mühen sich ab, um Ruhm, Reichtum, Macht zu erlangen! Ich, ich habe keinen Beruf, Sie allein füllen mein ganzes Wesen aus, Sie sind mein ganzes Vermögen, das Endziel, der Mittelpunkt meines Daseins, meiner Gedanken. Ich kann ohne Sie ebensowenig leben wie ohne die Luft des Himmels! Fühlen Sie denn nicht das Sehnen meiner Seele nach der Ihren, nicht, daß sie sich vereinen müssen, daß ich daran sterbe?«

Madame Arnoux begann an allen Gliedern zu zittern.

»Oh! Gehen Sie! Ich bitte Sie darum!«

Der verstörte Ausdruck ihres Gesichts hielt ihn zurück.

Dann machte er einen Schritt. Aber sie wich ihm aus mit gefalteten Händen.

»Lassen Sie mich! Um des Himmels willen! Barmherzigkeit!«

Frédéric liebte sie so sehr, daß er das Zimmer verließ.

Bald zürnte er sich selber, nannte sich einen Esel, und vierundzwanzig Stunden später kam er wieder.

Madame sei nicht da. Er blieb auf dem Treppenabsatz stehen, außer sich vor Wut und Entrüstung. Arnoux erschien und teilte ihm mit, daß seine Frau an diesem Morgen abgereist sei, um sich in einem kleinen Landhaus einzurichten, das sie in Auteuil gemietet hatten, da sie das in Saint-Cloud nicht mehr besaßen.

»Das ist wieder eine ihrer Launen! Schließlich, da es ihr paßt! Mir übrigens paßt's auch, um so besser! Speisen wir heute abend zusammen?«

Frédéric schützte ein dringendes Geschäft vor, dann eilte er nach Auteuil.

Madame Arnoux entschlüpfte ein Freudenschrei. Da schwand auch all sein Groll dahin.

Er sprach nicht von seiner Liebe. Um ihr mehr Vertrauen einzuflößen, übertrieb er sogar seine Zurückhaltung, und als er fragte, ob er wiederkommen dürfe, antwortete sie: »Aber selbstverständlich!«, indem sie ihm die Hand reichte, die sie aber gleich wieder zurückzog.

Von nun an kam Frédéric sehr oft. Er versprach dem Kutscher reiche Trinkgelder. Doch oft machte ihn die Langsamkeit des Pferdes ungeduldig, und er stieg aus; dann kletterte er außer Atem in einen Omnibus, und wie musterte er verächtlich die Leute, die ihm gegenübersaßen und die nicht zu ihr gingen!

Er erkannte von fern ihr Haus an einem mächtigen Kaprifolium, das an einer Seite die Planken des Daches völlig verdeckte. Es war eine Art Schweizerhaus, rot gestrichen, mit einem Balkon ringsum. Im Garten standen drei alte Kastanienbäume und in der Mitte, auf einer Anhöhe, ein schirmförmiges Strohdach, das von einem Baumstamm gehalten wurde. Unter den Schiefern der Mauern hingen hier und dort die schlecht befestigten Zweige einer dicken Rebe wie ein verfaultes Tau herunter. Die Glocke am Gitter, ein wenig schwer zu ziehen, läutete lange, und es währte immer eine Weile, ehe geöffnet wurde. Jedesmal empfand er eine Angst, eine unbestimmte Furcht.

Dann hörte er auf dem Sande die Pantoffeln des Mädchens klappern, oder Madame Arnoux selbst kam ans Gitter. Eines Tages trat er hinter sie, als sie vor dem Rasen kauernd Veilchen suchte.

Die Gemütsart ihrer Tochter hatte sie genötigt, sie ins Kloster zu geben. Ihr Junge verbrachte den Nachmittag in einer Schule, Arnoux veranstaltete lange Déjeuners im Palais Royal mit Regimbart und Freund Compain. Kein Zudringlicher konnte sie überraschen.

Sie waren stillschweigend übereingekommen, daß sie sich nicht angehören durften. Diese Abmachung, die sie vor Gefahr bewahrte, erleichterte ihre Herzensergüsse.

Sie sprach von ihrem früheren Leben in Chartres bei ihrer Mutter; von ihrer Frömmigkeit, als sie ungefähr zwölf Jahre alt war; dann von ihrer Musikleidenschaft, von ihrem Singen, bis in die Nacht hinein, in dem kleinen Zimmer, von dem man über die Wälle sah. Er erzählte ihr von seiner Schwermut auf dem Gymnasium und wie an seinem poetischen Himmel ein Frauenantlitz geleuchtet, so deutlich, daß er es in ihr wiedererkannte, als er sie das erstemal erblickte.

Diese Gespräche umfaßten gewöhnlich nur die Jahre ihres Verkehrs. Er erinnerte sie an unbedeutende Einzelheiten, an die Farbe ihres Kleides zu einer bestimmten Zeit, daran, welche Person eines Tages hinzugekommen war, was sie ein andermal gesagt hatte, und ganz verwundert erwiderte sie:

»Ja, ich erinnere mich!«

Ihr Geschmack, ihre Urteile waren die gleichen. Oft rief, wer dem andern zuhörte:

»Ich auch!«

Dann kamen endlose Klagen über die Vorsehung:

»Warum hat der Himmel es nicht gewollt! Wären wir uns begegnet ...!«

»Ach! wäre ich jünger gewesen!« seufzte sie.

»Nein! ich ein wenig älter!«

Und sie stellten sich ein Leben vor, das ausschließlich der Liebe geweiht war, fruchtbar genug, um die tiefste Einsamkeit auszufüllen, alle Freuden aufzuwiegen, allem Kummer zu trotzen, in dem die Stunden in ununterbrochener gegenseitiger Hingabe schwinden würden, ein Leben, das strahlend und erhaben sei wie das Funkeln der Sterne.

Fast immer hielten sie sich im Freien oben auf der Treppe auf. Die durch den Herbst gelb gefärbten Baumwipfel wölbten sich ungleichmäßig vor ihnen bis zum Rande des blassen Himmels. Oder auch gingen sie bis zum Ende der Allee zu einem Pavillon, in dem als einziges Möbelstück ein graues Leinensofa stand. Schwarze Punkte befleckten den Spiegel, die Wände strömten einen Geruch von Schimmel aus! Und sie saßen da, plauderten mit Entzücken von sich, von anderen, von irgend etwas. Zuweilen fielen Sonnenstrahlen durch die Jalousien und spannten sich von der Decke bis zu den Fliesen wie die Saiten einer Lyra, Staubkörnchen wirbelten in diesen leuchtenden Streifen. Sie unterhielt sich damit, sie mit der Hand zu durchschneiden. – Frédéric ergriff sie sanft, betrachtete das Geflecht ihrer Adern, den Schmelz ihrer Haut, die Form ihrer Finger. Jeder ihrer Finger war für ihn mehr als ein Ding, fast ein Mensch.

Sie schenkte ihm ihre Handschuhe, eine Woche später ihr Taschentuch. Sie nannte ihn »Frédéric«, er sie »Marie«, er betete diesen Namen an, der, wie er sagte, dazu geschaffen sei, in Verzükkung hingehaucht zu werden, und Wolken von Weihrauch und Rosenblüten in sich zu begreifen schien.

Sie kamen überein, den Tag seiner Besuche vorher festzusetzen. Wie zufällig ging sie aus und kam ihm auf dem Weg entgegen.

Verloren in der Sorglosigkeit, die einem großen Glück eigen ist, tat sie nichts, um seine Liebe anzufachen. Während der ganzen

Saison trug sie ein Hauskleid aus brauner Seide, mit Sammet von gleicher Farbe besetzt, ein weites Gewand, das zu der Weichheit ihrer Bewegungen und dem Ernst ihres Gesichts paßte. Überdies ging sie dem Spätsommer der Frauen entgegen, jener Zeit zugleich des Nachdenkens und der Innigkeit, in der mit Beginn der Reife dem Blick ein tieferes Feuer innewohnt, wenn die Glut des Herzens sich mit Lebenserfahrung eint, und in der am Ende seiner Entfaltung das ganze Wesen in der Harmonie seiner Schönheit von Reichtum überfließt. Nie war sie nachsichtiger, milder gewesen. In der Sicherheit, nicht zu fehlen, überließ sie sich einem Gefühl, auf das sie durch ihren Kummer ein Recht erworben zu haben meinte. Es war überdies so schön, so neu! Welch ein Abgrund zwischen Arnoux' Derbheit und Frédérics Verehrung!

Er zitterte, daß er durch ein Wort alles verlieren könnte, was er gewonnen zu haben glaubte; er sagte sich, daß man eine Gelegenheit wieder finden möge, eine Dummheit aber niemals wiedergutmachen könne. Er wünschte, daß sie sich gebe, aber nicht sie zu nehmen. Seine Liebe zu beteuern entzückte ihn wie ein Vorgeschmack des Besitzes, und dann erregte der Reiz ihrer Persönlichkeit mehr sein Herz als die Sinne. Es war eine unbegrenzte Seligkeit, ein solcher Rausch, daß er darin sogar die Möglichkeit eines absoluten Glückes vergaß.

Bald gab es bei ihren Gesprächen lange Zeiten des Stillschweigens. Zuweilen ließ die Scham des Geschlechts einen vor dem andern erröten. Alle Vorsicht, ihre Liebe zu verbergen, enthüllte sie; je stärker sie wurde, desto zurückhaltender wurde ihr Benehmen. In der Übung einer solchen Lüge wurde ihre Empfindsamkeit überreizt. Sie genossen mit Wonne den Duft des feuchten Laubes, sie litten unter dem Ostwind, sie gerieten ohne Ursache in gereizte Stimmung, hatten düstere Vorahnungen; das Geräusch von Schritten, ein Knistern im Getäfel verursachte ihnen Schrekken, als seien sie schuldig; sie fühlte sich an einen Abgrund gedrängt, Gewitteratmosphäre umhüllte sie, und wenn Frédéric Klagen entschlüpften, gab sie sich selbst die Schuld.

»Ja, ich tue unrecht! ich gebe mich wie eine Kokette! Kommen Sie doch nicht mehr!«

Dann wiederholte er dieselben Beteuerungen – und sie hörte sie jedesmal mit Freuden an.

Ihre Rückkehr nach Paris und die Unruhe des Neujahrsfestes unterbrachen ein wenig ihre Zusammenkünfte. Als er wiederkam, hatte er in seinem Auftreten etwas Kühneres. Sie ging jede Minute hinaus, um Befehle zu erteilen, und empfing, trotz seiner Bitten, alle, die sie besuchten. Die Unterhaltung fiel dann auf Léotade, Monsieur Guizot, den Papst, den Aufstand von Palermo und das Bankett des XII. Arrondissements, das Beunruhigung einflößte. Frédéric schaffte sich in seiner Verbitterung Luft, indem er auf die Regierung schimpfte, denn er wünschte, wie Deslauriers, einen allgemeinen Umsturz. Madame Arnoux ihrerseits ward düster.

Ihr Mann, der in den Torheiten, die er beging, jetzt keine Grenzen mehr kannte, unterhielt eine Arbeiterin seiner Fabrik, dieselbe, die man die Bordelaise nannte. Madame Arnoux teilte es Frédéric selbst mit. Er wollte daraus eine Schlußfolgerung ziehen, »da man sie hintergehe«.

»Oh! Das kümmert mich wenig!« sagte sie.

Diese Erklärung schien ihm ihre Intimität vollkommen zu bestätigen. Argwöhnte Arnoux etwas?

»Nein! Jetzt nicht!«

Sie erzählte ihm, daß er sie eines Abends allein gelassen hatte, dann wiedergekommen sei und hinter der Tür gehorcht hatte. Da sie über ganz gleichgültige Dinge sprachen, lebe er seit dieser Zeit in vollster Sicherheit.

»Mit Recht, nicht wahr?« sagte Frédéric bitter.

»Ja, freilich!«

Sie hätte besser getan, ein solches Wort nicht zu sagen.

Eines Tages war sie zu der Stunde, da er gewöhnlich kam, nicht zu Hause. Das war für ihn wie Verrat.

Er ärgerte sich darüber, die Blumen, die er brachte, in ein Glas Wasser gestellt zu sehen.

»Wo wollen Sie denn, daß sie sein sollen?«

»Oh! nicht dort! Übrigens haben sie es da weniger kalt als an Ihrem Herzen.«

Einige Zeit darauf machte er ihr Vorwürfe, daß sie in der Italienischen Oper gewesen war, ohne ihn davon zu benachrichtigen. Andere hätten sie gesehen, bewundert, vielleicht geliebt; Frédéric klammerte sich nur an seinen Argwohn, um mit ihr zu streiten, sie zu quälen; denn er fing an, sie zu hassen, und es war wohl nicht zuviel verlangt, daß sie einen Teil seiner Leiden mittrüge!

Eines Nachmittags (gegen Mitte Februar) traf er sie sehr erregt an. Eugène beklagte sich über Halsweh. Der Arzt hatte jedoch gesagt, es sei nichts, ein starker Katarrh, die Grippe. Frédéric war über das berauschte Aussehen des Kindes erstaunt. Jedoch beruhigte er die Mutter, zählte als Beispiel verschiedene kleine Jungens auf, die an ähnlichen Anfällen gelitten hätten und schnell genesen waren.

»Wirklich?«

»Aber ja doch, ganz gewiß!«

»Ach! wie gut Sie sind!«

Und sie ergriff seine Hand. Er drückte sie fest in der seinen.

»Oh! lassen Sie los!«

»Was tut das, Sie bieten sie doch dem Tröster! ... In diesen Dingen glauben Sie mir gern, und Sie zweifeln an mir ... wenn ich Ihnen von meiner Liebe spreche!«

»Ich zweifle nicht daran, mein armer Freund!«

»Warum dies Mißtrauen, als ob ich ein Elender wäre, fähig, Mißbrauch zu treiben!«

»Oh! Nein!«

»Wenn ich nur einen Beweis hätte!«

»Welchen Beweis?«

»Den man dem ersten besten geben würde, den Sie mir selber bewilligt haben.«

Und er erinnerte sie daran, wie sie einmal an einem Winterabend bei Nebelwetter zusammen ausgegangen waren. Wie lag das alles so fern! Wer hinderte sie denn, sich an seinem Arm zu zeigen, vor aller Welt, ohne Furcht von ihrer Seite, ohne Hintergedanken von der seinen, da niemand sie belästigen konnte?

»So sei es!« sagte sie mit einer tapferen Entschiedenheit, die Frédéric zuerst verblüffte.

Aber er erwiderte lebhaft:

»Wollen Sie, daß ich Sie an der Ecke der Rue Tronchet und der Rue de la Ferme erwarte?«

»Mein Gott! Mein Freund ...«, stammelte Madame Arnoux.

Ohne ihr Zeit zur Überlegung zu lassen, fügte er hinzu:

»Ich dächte, nächsten Dienstag?«

»Dienstag?«

»Ja, zwischen zwei und drei Uhr!«

»Ich werde dort sein!«

In einem Gefühl der Scham wandte sie ihr Gesicht ab. Frédéric drückte seine Lippen auf ihren Nacken.

»Oh! Das ist nicht schön«, sagte sie. »Sie machen, daß es mich reut.«

Er entfernte sich in der Furcht vor dem gewöhnlichen Wankelmut der Frauen. Dann, auf der Schwelle, murmelte er leise, als sei es eine fest verabredete Sache:

»Auf Dienstag!«

Sie senkte die Augen, zurückhaltend und ergeben.

Frédéric hatte einen Plan.

Er hoffte sie, dank Regen oder Sonnenschein, unter einer Tür aufhalten zu können, und einmal in der Tür, würde sie ins Haus eintreten. Die Schwierigkeit bestand nur darin, ein passendes zu finden.

Er machte sich also auf die Suche und las ziemlich in der Mitte der Rue Tronchet von weitem auf einem Schild: Möblierte Zimmer.

Der Diener zeigte ihm, seine Absicht begreifend, sogleich im Zwischenstock ein Zimmer und ein Kabinett mit zwei Ausgängen. Frédéric mietete es auf einen Monat und zahlte im voraus.

Dann ging er in drei Geschäfte, um die seltensten Parfümerien zu kaufen, verschaffte sich ein Stück unechter Guipure, um den scheußlichen rotbaumwollenen Betteppich zu ersetzen, wählte ein Paar blauer Atlaspantöffelchen, und allein die Furcht, taktlos zu erscheinen, ließ ihn seine Einkäufe beschränken. Er kam damit zurück – und andächtiger als einer, der einen Prozessionsaltar schmückt, stellte er die Möbel um, drapierte selber die Vorhänge, stellte Heidekraut auf den Kamin und Veilchen auf die Kommode; er hätte das Zimmer ganz mit Gold pflastern mögen. »Morgen!« sagte er sich. »Ja, morgen! ich träume nicht.« Und er fühlte sein Herz unter dem Rausch seiner Hoffnung hämmern. Als dann alles bereit war, nahm er den Schlüssel an sich, als könne das Glück, das dort schlief, entfliehen.

Ein Brief seiner Mutter erwartete ihn zu Hause.

»Warum eine so lange Abwesenheit? Dein Betragen beginnt lächerlich zu erscheinen. Ich begreife es, daß du anfangs gewissermaßen vor dieser Verbindung gezögert hast; doch überlege dir's!«

Und sie schilderte die Sachlage genau: fünfundvierzigtausend Livres Zinsen. Überdies, »man spreche davon«, Monsieur Roque erwarte eine bestimmte Antwort. Was die junge Person anbetreffe, so sei ihre Lage wahrhaft mißlich. »Sie liebt dich sehr!«

Frédéric warf den Brief hin, ohne ihn zu Ende zu lesen, und öffnete einen anderen. Es waren ein paar Zeilen von Deslauriers:

»Mein Alter!

Die Birne ist reif. Deinem Versprechen gemäß rechnen wir auf dich. Zusammenkunft morgen bei Tagesgrauen, Place du Panthéon. Komme ins Café Soufflot. Ich muß dich vor der Manifestation sprechen.«

»Oh! Ich kenne sie, ihre Manifestationen. Tausend Dank! Ich habe ein angenehmeres Stelldichein.«

Am folgenden Tag war Frédéric schon um elf Uhr ausgegangen. Er wollte noch einen letzten Blick auf die Vorbereitungen werfen; denn, wer weiß, sie konnte durch irgendeinen Zufall früher kommen. Als er aus der Rue Tronchet trat, hörte er hinter der Madeleine ein großes Geschrei. Er trat etwas vor und erblickte im Hintergrund des Platzes, zur Linken, Leute in Blusen und Bürger.

In der Tat hatte ein in den Zeitungen veröffentlichtes Manifest die Teilnehmer des Reformbanketts an dieser Stelle zusammenberufen. Die Regierung hatte fast unmittelbar darauf eine Verkündigung anschlagen lassen, die es verbot. Am Abend vorher hatte die Opposition im Parlament darauf verzichtet, aber die Patrioten, die von diesem Beschluß der Führer nichts wußten, waren, gefolgt von einer großen Menge Neugieriger, zu der Zusammenkunft gekommen. Eine Deputation der Hochschulen hatte sich soeben zu Odilon Barrot begeben. Sie war jetzt im Ministerium des Auswärtigen, und man wußte nicht, ob das Bankett stattfinden würde, ob die Regierung ihre Drohung verwirklichen, die Nationalgarde sich einstellen werde. Man war über die Deputierten sowie über die Regierung erzürnt. Die Menge wuchs mehr und mehr an, als plötzlich der Refrain der Marseillaise in der Luft vibrierte.

Es war die Studentenkolonne, die anlangte. Sie marschierten im Schritt, in zwei Reihen, in bester Ordnung, voller Empörung, mit bloßen Händen, und alle schrien von Zeit zu Zeit:

»Es lebe die Reform! Nieder mit Guizot!«

Sicher waren Frédérics Freunde dabei. Sie würden ihn bemerken und veranlassen, mitzugehen. Schnell flüchtete er in die Rue de l'Arcade.

Als die Studenten zweimal um die Madeleine herummarschiert waren, schritten sie gegen die Place de la Concorde. Sie war voller Menschen, und die gedrängte Menge glich von fern einem schwarzen, wogenden Ährenfeld.

Im gleichen Augenblick stellten sich links von der Kirche Liniensoldaten angriffsbereit auf.

Indes blieben die Truppen auf ihrem Platz. Um ein Ende zu machen, ergriffen Polizisten in Zivil die Widerspenstigsten und führten sie auf die Wache. Trotz seiner Empörung verhielt sich Frédéric still; man hätte ihn mit den anderen abführen können, und er würde dann Madame Arnoux verfehlt haben.

Kurz darauf wurden die Helme der Stadtgardisten sichtbar. Sie schlugen mit flacher Klinge um sich. Ein Pferd stürzte, man lief, um ihm Hilfe zu bringen, und sobald der Reiter wieder im Sattel saß, flohen alle.

Nun trat eine tiefe Stille ein. Der feine Regen, der den Asphalt benetzt hatte, fiel nicht mehr. Die Wolken verzogen sich, von dem Westwind sanft dahingetrieben.

Frédéric begann von neuem in der Rue Tronchet auf und ab zu spazieren und blickte vor und hinter sich.

Endlich schlug es zwei.

»Ah! Jetzt!« sagte er sich, »sie verläßt jetzt ihr Haus, sie nähert sich«; und eine Minute später: »Sie könnte schon hier sein.« Bis drei Uhr versuchte er es, ruhig zu bleiben. »Nein, sie hat sich nicht verspätet; ein wenig Geduld!«

Und in seiner Untätigkeit musterte er die wenigen Läden: eine Buchhandlung, einen Sattlerladen, ein Trauermagazin. Bald wußte er die Namen aller Werke, kannte alles Zaumzeug, alle Stoffe. Als die Händler ihn so beständig auf und ab gehen sahen, waren sie zuerst erstaunt, dann erschrocken und hängten ihre Fensterläden ein.

Ohne Zweifel hatte sie eine Abhaltung und litt auch darunter. Aber welche Freude nachher! – Denn sie würde kommen, das war gewiß! »Sie hat es mir doch versprochen!« Jedoch ihn überkam eine unerträgliche Angst.

In einer unsinnigen Anwandlung ging er ins Hotel zurück, als ob sie dort sein könnte. In demselben Augenblick kam sie vielleicht in die Straße. Er stürzte hin. Niemand! Und er begann wieder das Pflaster zu treten.

Er betrachtete die Spalten im Pflaster, den Ausfluß der Dachrinnen, die Laternen, die Hausnummern über den Türen. Die winzigsten Gegenstände wurden zu Gefährten für ihn, oder eher zu spöttischen Zuschauern, und die regelmäßigen Häuserfronten erschienen ihm unbarmherzig. Er litt unter Kälte an den Füßen. Er fühlte, wie er sich aus Ermattung auflöste. Die rückwirkende Erschütterung seiner Schritte rüttelte sein Gehirn.

Als er auf seiner Uhr sah, daß es vier Uhr war, überkam es ihn wie Schwindel, wie Entsetzen. Er versuchte es, sich Verse herzusagen, irgend etwas zu berechnen, eine Geschichte zu ersinnen. Unmöglich! Madame Arnoux' Bild verfolgte ihn!

Er verspürte Lust, ihr entgegenzugehen. Aber welchen Weg einschlagen, um sich nicht zu verfehlen?

Er sprach einen Dienstmann an, drückte ihm fünf Francs in die Hand, beauftragte ihn, sich zu Jacques Arnoux in der Rue de Paradis zu begeben und den Hausmeister zu fragen, »ob Madame Arnoux zu Hause sei«. Dann stellte er sich an der Ecke der Rue de la Ferme und der Rue Tronchet auf, so daß er gleichzeitig alle beide übersehen konnte. Im Hintergrund der Perspektive glitten wirre Massen über den Boulevard. Zuweilen unterschied er den Federbusch eines Dragoners, einen Frauenhut und strengte seine Augen an, um sie zu erkennen. Ein zerlumptes Kind, das ein Murmeltier in einem Käfig zeigte, bat ihn lächelnd um ein Almosen.

Der Mann mit der Sammetjacke erschien wieder. »Der Hausmeister hat sie nicht ausgehen sehen.« Wer hielt sie zurück? Wenn sie krank wäre, hätte man es gesagt! War es ein Besuch? Nichts leichter, als ihn nicht zu empfangen. Er schlug sich an die Stirn.

»Ach! Bin ich dumm! Es war der Aufruhr!«

Diese natürliche Erklärung erleichterte ihn. Dann plötzlich: »Aber in ihrem Viertel ist es ruhig.« Und ein abscheulicher Zweifel ergriff ihn: »Wenn sie nicht käme? Wenn ihr Versprechen nur eine Redensart war, mich loszuwerden? Nein! Nein!«

Was sie verhinderte, war sicherlich ein außerordentlicher Zufall, eines jener Ereignisse, die jede Voraussicht vereiteln. In diesem Falle hätte sie geschrieben. Und er schickte den Hoteldiener in seine Wohnung, Rue Rumfort, um nachzufragen, ob dort kein Brief sei.

Es war kein Brief gebracht worden. Dieses Ausbleiben von Nachrichten beunruhigte ihn.

Aus der Zahl der Geldstücke, die er zufällig in die Hand nahm, aus den Gesichtern der Vorübergehenden, der Farbe der Pferde las er Vorbedeutungen, und wenn das Anzeichen das Gegenteil verkündete, bemühte er sich, nicht daran zu glauben. In seinen Wutanwandlungen gegen Madame Arnoux beschimpfte er sie mit halblauter Stimme. Dann kamen Schwächeanfälle, bei denen er ohnmächtig zu werden glaubte, und plötzlich neu aufwallende Hoffnung. Sie würde erscheinen. Sie war da, hinter ihm. Er drehte sich um: nichts! Einmal bemerkte er etwa dreißig Schritt entfernt eine Dame von gleicher Gestalt, in gleichem Kleid. Er holte sie ein; sie war es nicht! Es wurde fünf Uhr! Halb sechs! Sechs! Das Gas wurde angezündet. Madame Arnoux war nicht gekommen.

Sie hatte die Nacht vorher geträumt, daß sie schon lange auf dem Trottoir der Rue Tronchet sei. Sie erwartete dort etwas Unbestimmtes, jedoch Bedeutungsvolles, und ohne zu wissen warum, fürchtete sie, bemerkt zu werden. Aber ein verwünschter kleiner Hund, der es auf sie abgesehen hatte, biß in den Saum ihres Kleides. Er war ganz darauf versessen und bellte immer lauter. Madame Arnoux erwachte. Das Bellen des Hundes hörte nicht auf. Sie lauschte. Es kam aus dem Zimmer ihres Sohnes. Sie stürzte mit nackten Füßen hinein. Das Kind hustete; seine Hände glühten, das Gesicht war rot, die Stimme rauh. Die Atembeschwerden verschlimmerten sich von Minute zu Minute. Sie blieb bis zum Morgen über seine Decke gebeugt, um es zu beobachten.

Um acht Uhr kam der Trommler der Nationalgarde und benachrichtigte Arnoux, daß seine Kameraden auf ihn warteten. Er kleidete sich rasch an und ging, indem er versprach, sofort bei Monsieur Colot, ihrem Arzt, vorzusprechen. Um zehn Uhr war Monsieur Colot noch nicht gekommen; Madame Arnoux schickte ihre Jungfer zu ihm. Der Arzt war über Land gegangen, und sein junger Vertreter war auf Besorgungen ausgegangen.

Eugène hielt den Kopf seitwärts auf dem Polster, zog die Augenbrauen fortwährend zusammen und blähte dabei die Nasenflügel auf. Sein armes kleines Gesichtchen wurde weißer als das Bettlaken, und aus seinem Kehlkopf kam bei jedem Atemzug ein immer kürzeres, trockeneres metallisches Pfeifen. Sein Husten glich dem Geräusch jener barbarischen Vorrichtung, die bei Spielzeughunden das Bellen erzeugt.

Tiefe Angst bemächtigte sich Madame Arnoux'. Sie stürzte nach der Klingel, rief um Hilfe und schrie:

»Einen Arzt! Einen Arzt!«

Zehn Minuten später kam ein alter Herr mit weißer Halsbinde und sorgfältig gestutztem, grauem Backenbart. Er stellte viele Fragen über die Gewohnheiten, das Alter und die Gemütsart des jungen Kranken, untersuchte dann seinen Hals, legte den Kopf auf seinen Rücken und schrieb eine Verordnung. Die gelassene Miene dieses Mannes war unerträglich. Er hatte etwas wie einen Einbalsamierungsgeruch an sich. Sie hätte ihn schlagen mögen. Er sagte, daß er abends wiederkommen werde.

Bald fingen die schrecklichen Hustenanfälle wieder an. Zuweilen richtete das Kind sich plötzlich auf. Konvulsivische Zuckungen erschütterten seine Brustmuskeln, und beim Atmen höhlte sich sein Leib nach innen, als ersticke es, wie atemlos von zu starkem Rennen. Dann fiel der Kopf mit weit offenem Munde zurück. Mit unendlicher Vorsicht versuchte Madame Arnoux ihm den Inhalt der Flaschen einzuflößen, Brechwurzelsirup, eine rosafarbene Arznei. Aber mit schwacher Stimme stöhnend, stieß es den Löffel zurück. Man hätte sagen können, es hauche seine Worte.

Von Zeit zu Zeit las sie die Verordnung wieder durch. Die Daten des Rezeptes beunruhigten sie; vielleicht hatte der Apotheker sich geirrt! Ihre Ohnmacht brachte sie zur Verzweiflung. Da kam Monsieur Colots Assistent.

Es war ein junger Mann von bescheidenem Aussehen, neu in seinem Beruf, der seinen Eindruck nicht verbarg. Zuerst war er unentschieden aus Furcht, sich bloßzustellen, und verordnete schließlich, man solle Eis auflegen. Es währte lange, das Eis herbeizuschaffen. Die Blase, die es enthielt, barst. Das Hemd mußte gewechselt werden. All diese Störungen verursachten einen neuen, noch schrecklicheren Anfall.

Das Kind riß sich das Zeug vom Halse, als wolle es das Hindernis, das es erstickte, entfernen. Es kratzte an den Wänden, griff in die Vorhänge seines Bettchens, indem es einen Haltpunkt suchte, um atmen zu können. Sein Gesicht war jetzt bläulich, und sein ganzer in kalten Schweiß gebadeter Körper schien abzumagern. Seine verstörten Augen hefteten sich angstvoll auf die Mutter. Er schlang die Arme um ihren Hals, klammerte sich verzweifelt daran fest; und ihr Schluchzen erstickend, stammelte sie zärtliche Worte:

»Ja, mein Liebling, mein Engel, mein Schatz!«

Dann kamen Augenblicke der Ruhe.

Sie holte Spielzeug, einen Hanswurst, eine Bildersammlung, und breitete alles auf dem Bette aus, um ihn zu zerstreuen. Sie versuchte sogar zu singen.

Sie begann ein Lied, das sie ihm früher vorgesungen hatte, wenn sie ihn beim Wickeln auf jenem gestickten Stühlchen einwiegte. Aber er erschauerte über den ganzen Körper, wie Wasser unter einem Windstoß, seine Augäpfel traten hervor; sie glaubte, er liege im Sterben, und wandte sich ab, um es nicht zu sehen.

Einen Augenblick später hatte sie die Kraft, ihn anzusehen. Er lebte noch. Die Stunden folgten einander schwer, dumpf, endlos, voll Verzweiflung; und sie zählte deren Minuten nur noch nach dem Fortschreiten des Todeskampfes. Die Erschütterungen seiner Brust warfen ihn nach vorn, als müßten sie ihn zerschmettern, schließlich brach er etwas Seltsames aus, das einer Pergamentröhre glich. Was war das? Sie glaubte, er habe ein Stück seiner Gedärme ausgespien. Aber er atmete tief, regelmäßig. Dieses anscheinende Wohlbefinden erschreckte sie noch mehr als alles übrige; sie stand wie versteinert, mit herabhängenden Armen, starren Augen, als Monsieur Colot eintrat. Das Kind war seiner Meinung nach gerettet.

Sie begriff es anfangs nicht und ließ sich den Satz wiederholen. War es nicht nur ein Trost, wie er bei Ärzten üblich ist? Der Doktor ging mit ruhiger Miene fort. Da war es ihr, als würden die Stränge gelöst, die ihr Herz zusammenschnürten.

»Gerettet! Ist es möglich!«

Plötzlich kam ihr der Gedanke an Frédéric klar und unerbittlich. Das war eine Warnung der Vorsehung. Aber der Herr hatte sie in seiner Gnade nicht zu hart strafen wollen! Welche Sühne später, wenn sie in dieser Liebe verharrte! Ohne Zweifel würde man ihren Sohn ihretwegen beleidigen; und Madame Arnoux sah ihn als jungen Mann, in einem Duell verwundet, wie man ihn sterbend auf einer Bahre nach Hause brachte. Mit einem Satze stürzte sie sich auf den kleinen Stuhl, und mit aller Hingabe ihre Seele zum Himmel lenkend, bot sie Gott als Sühneopfer die Preisgabe ihrer ersten Leidenschaft, ihrer einzigen Schwäche dar.

Frédéric war nach Hause zurückgegangen. Er blieb in seinem Sessel und hatte sogar nicht mehr die Kraft, sie zu verwünschen. Eine Art Schlaf überkam ihn, und unter dem quälenden Alp vernahm er das Fallen des Regens und glaubte dabei noch immer dort auf dem Trottoir zu stehen.

Am folgenden Tage sandte er in einem letzten Anfall von Feigheit nochmals einen Dienstmann zu Madame Arnoux.

Sei es nun, daß der Savoyarde die Bestellung nicht ausrichtete oder daß sie zu vielerlei zu sagen hatte, um sich mit einem Wort zu erklären, es wurde dieselbe Antwort gebracht. Diese Unverschämtheit war denn doch zu stark! Ein zorniger Stolz packte ihn. Er schwor sich, sie nicht einmal mehr begehren zu wollen, und wie ein vom Sturm davongetragenes Blatt schwand seine Liebe. Er empfand eine Erleichterung dadurch, eine stoische Freude, dann das Bedürfnis nach ungestümer Betätigung. Aufs Geratewohl schlenderte er durch die Straßen.

Vorstadtleute, mit Gewehren und alten Säbeln bewaffnet, kamen vorüber, einige trugen rote Mützen, und alle sangen die Marseillaise oder die Girondins.

Hier und dort beeilte sich ein Soldat der Nationalgarde, das Rathaus seines Bezirks zu erreichen. Von fern ertönten Trommeln. Man schlug sich am Pont Saint-Martin. In der Luft lag etwas Mutwilliges, Kriegerisches. Frédéric schritt immer weiter. Die Unruhe der großen Stadt machte ihn vergnügt.

Auf der Höhe von Frascati bemerkte er die Fenster der Marschallin; ein toller Gedanke kam ihm, eine Reaktion der Jugend. Er überquerte den Boulevard.

Das Einfahrtstor wurde geschlossen, und Delphine, das Zimmermädchen, war im Begriff, mit Kohle daraufzuschreiben: »Waffen vergeben.« Lebhaft sagte sie zu Frédéric:

»Ah! die Madame ist in einem schönen Zustande! Heute morgen hat sie ihren Groom entlassen, der sie beschimpfte. Sie glaubt, daß man überall plündern wird! Sie birst vor Angst! Um so mehr, als der Herr verreist ist!«

»Welcher Herr?«

»Der Fürst!«

Frédéric trat in das Boudoir. Die Marschallin erschien im Unterrock, das Haar aufgelöst im Rücken, fassungslos.

»Ah! Dank! Du kommst mich zu retten! Es ist das zweite Mal! Aber du forderst niemals deinen Lohn!«

»Bitte tausendmal um Verzeihung!« sagte Frédéric, indem er mit beiden Händen ihre Taille umschlang.

»Wie? Was tust du?« stammelte die Marschallin, über seine Art überrascht und belustigt zugleich.

Er erwiderte:

»Ich folge der Mode, ich reformiere mich.«

Sie ließ sich auf den Diwan niederdrücken und fuhr fort, unter seinen Küssen zu lachen.

Sie verbrachten ihren Nachmittag damit, von dem Fenster das Volk auf der Straße zu betrachten. Dann führte er sie zum Diner in die Trois-Frères-Provençaux. Das Mahl währte lang und war ausgesucht. Sie gingen zu Fuß zurück, da kein Wagen zu haben war.

Bei der Nachricht des Ministerwechsels hatte Paris sich verändert. Alle waren voller Freude; Spaziergänger gingen hin und her, Lampions in jedem Stockwerk verbreiteten eine Tageshelle. Langsam, erschöpft, mit niedergeschlagener Miene, kehrten die Soldaten in ihre Kasernen zurück. Man begrüßte sie durch Zurufe: »Es lebe die Linie!« Sie gingen weiter, ohne zu antworten. In der Nationalgarde dagegen schwangen die Offiziere, rot vor Begeisterung, ihre Säbel und schrien laut: »Es lebe die Reform!«, und dieses Wort brachte die beiden Liebenden jedesmal zum Lachen. Frédéric spöttelte, war sehr munter.

Durch die Rue Duphot gelangten sie auf die Boulevards. Venetianische Laternen, die an den Häusern hingen, bildeten Feuergirlanden. Ein wirres Gewühl bewegte sich darunter, mitten in diesem Dunkel blitzten an manchen Stellen blanke Bajonette auf. Ein großes Getöse erhob sich. Die Menge war zu dicht, ein Umkehren unmöglich; gerade als sie in die Rue Caumartin einbogen, hörten sie plötzlich hinter sich einen Lärm ähnlich dem kreischenden Ton eines ungeheuren Stückes Seide, das man zerreißt. Das war das Kleingewehrfeuer des Boulevard des Capucines.

»Ah! Man erschießt einige Bürger«, sagte Frédéric gelassen, denn es gibt Situationen, in denen der sanftmütigste Mensch von allen andern so losgelöst ist, daß er die ganze Menschheit ohne jedes Mitgefühl zugrundegehen sehen würde.

Zähneklappernd klammerte sich die Marschallin an seinen Arm. Sie erklärte ihre Unfähigkeit, zwanzig Schritte weiterzugehen. Dann, in einem Anfall verfeinerten Hasses und um Madame Arnoux in seinem Herzen noch mehr zu beschimpfen, führte er sie in das Hotel der Rue Tronchet, in die für die andere hergerichteten Zimmer.

Die Blumen waren noch nicht welk. Die Guipure war über das Brett gebreitet. Er entnahm dem Schrank die kleinen Pantoffeln. Rosanette fand diese Aufmerksamkeit sehr zart.

Gegen ein Uhr erwachte sie durch ein fernes Rollen und sah ihn schluchzen, den Kopf im Kissen vergraben.

»Was hast du denn, Geliebter?«

»Es ist das Übermaß des Glücks«, sagte Frédéric. »Ich habe dich schon zu lange begehrt!«

Dritter Teil

I.

Gewehrfeuer riß ihn jäh aus seinem Schlaf. Trotz der inständigen Bitten von Rosanette wollte Frédéric durchaus fort, um zu sehen, was vorgehe. Er schritt die Champs Elysées hinunter, wo die Schüsse gefallen waren. An der Ecke der Rue Saint-Honoré begegneten ihm Männer in Blusen, die riefen:

»Nein! Nicht dorthin! Zum Palais Royal!«

Frédéric folgte ihnen. Das Gitter der Himmelfahrtskirche war niedergerissen. Etwas weiter bemerkte er drei Pflastersteine in der Mitte der Straße, wahrscheinlich der Beginn zu einer Barrikade. Dann sah er Flaschenscherben und Eisendraht, die umherlagen, um die Kavallerie zu behindern. Plötzlich stürzte aus einem Gäßchen ein langer blasser junger Mann, dessen schwarzes Haar über seine mit einer getupften Trikotjacke bekleideten Schultern wallte. Er hielt ein langes Soldatengewehr und lief, einem Mondsüchtigen gleich, geschmeidig wie ein Tiger auf den Spitzen seiner Pantoffeln. Von Zeit zu Zeit hörte man einen Schuß fallen.

Am vorhergehenden Abend hatte der Anblick des Karrens mit fünf Leichen, die man mit andern auf dem Boulevard des Capucines aufgesammelt hatte, die Vorkehrung des Volkes geändert. Während in den Tuilerien die Adjutanten einander folgten und Monsieur Molé, bemüht, ein neues Kabinett zu bilden, nicht zurückkehrte, Monsieur Thiers seinerseits es versuchte, ein anderes zusammenzubringen, und der König zankte und zauderte, Bugeaud das Generalkommando übergab und ihn zugleich hinderte, es auszuüben, gestaltete sich der Aufstand fruchtbar und wie durch einen einzigen Arm geleitet. An den Straßenecken hielten Männer mit einer wahnsinnigen Beredsamkeit Ansprachen an das Volk, andere läuteten mit allen Glocken Sturm, man goß Blei, rollte Patronen, die Bäume der Boulevards, die Bedürfnisanstalten, Bänke, Gitter, Gaslaternen, alles wurde niedergerissen, umgestürzt. Paris war am Morgen mit Barrikaden bedeckt. Der Widerstand hielt nicht an, überall trat die Nationalgarde dazwischen – so daß das Volk um acht Uhr teils durch gütliche Einigung, teils mit Gewalt fünf Kasernen, fast alle Rathäuser und die sichersten strategischen Punkte in seinen Besitz gebracht hatte. Von selbst, ohne Stoß, sank die Monarchie in rascher Auflösung in sich zusammen. Jetzt wurde die Wache am Château d'Eau angegriffen, um fünfzig Gefangene zu befreien, die nicht darin waren.

Frédéric war gezwungen, am Eingang des Platzes haltzumachen. Bewaffnete Gruppen füllten ihn. Kompanien von Linientruppen besetzten die Rues Saint-Thomas und Fromanteau. Eine riesige Barrikade versperrte die Rue de Valois. Der Rauch, der über ihr schwebte, teilte sich, man sah Männer unter lebhaften Gebärden darauf vorüberrennen, dann verschwinden. Das Gewehrfeuer knatterte von neuem. Der Posten erwiderte das Feuer, ohne daß man im inneren Raume jemanden erblickte; die Fenster waren durch eichene Läden geschützt, in die man Schießscharten gemacht hatte. Das Monument mit seinen beiden Stockwerken, seinen beiden Flügeln, seinem Springbrunnen auf dem ersten und der kleinen Tür in der Mitte fing an, unter dem Anprallen der Kugeln sich allmählich mit weißen Flecken zu sprenkeln. Die drei Stufen der Freitreppe blieben leer.

Neben Frédéric stritt sich ein Mann in Freiheitsmütze, die Patronentasche quer über seine Trikotjacke, mit seiner Frau, die ein Kopftuch trug. Sie sagte zu ihm:

»So komm doch zurück! Komm doch!«

»Laß mich in Ruhe!« erwiderte der Mann. »Du kannst die Loge gut allein überwachen. Ich frage Sie, Citoyen, ist das recht? Ich habe überall meine Pflicht getan, 1830, 32, 34 und 39! Heute kämpft man! Ich muß mitkämpfen! Geh!«

Die Hausmeisterin gab schließlich seinen sowie den Vorstellungen eines vierzigjährigen Soldaten der Nationalgarde neben ihnen nach, dessen gutmütiges Gesicht von einem blonden Seemannsbart umrahmt war. Er lud seine Waffe und schoß, indem er sich ruhig mit Frédéric unterhielt, so gelassen mitten in dem Aufruhr wie ein Gärtner in seinem Garten. Ein junger Mann in einer Packleinwandschürze schmeichelte ihm, um Zündhütchen zu erlangen, damit er seine Flinte, einen schönen Jagdkarabiner, den »ein Herr« ihm gegeben hatte, in Gebrauch nehmen könnte.

»Nimm dir welche, hinter mir, auf meinem Rücke«, sagte der Bürger, »und tritt mehr zurück! Du wirst sonst totgeschossen!«

Es wurde zum Angriff getrommelt, gellende Schreie, triumphierende Hurras ertönten. Ein ununterbrochenes Gewoge ließ die Menge schwanken. Zwischen zwei großen Haufen eingeklemmt, überdies außerordentlich gefesselt und unterhalten, rührte Frédéric sich nicht von der Stelle. Die Verwundeten, die fielen, die Toten, die hingestreckt dalagen, glichen nicht wirklichen Verwundeten, wirklichen Toten. Es schien ihm, als wohne er einer Theateraufführung bei.

Mitten im Gewühl, über den Köpfen, bemerkte man einen Greis in schwarzem Frack auf weißem Pferde mit Sammetsattel. In einer Hand hielt er einen grünen Zweig, in der andern ein Papier; beide schwang er hartnäckig. Als er schließlich die Hoffnung, angehört zu werden, aufgeben mußte, zog er sich zurück.

Die Linientruppen waren verschwunden, und die Stadtgarde blieb allein zurück, um den Posten zu verteidigen. Eine Menge Unerschrockener stürzte sich auf die Freitreppe; sie fielen, andere kamen; die Tür zitterte und dröhnte unter den Stößen der Eisenstangen; die Stadtgarde wich nicht. Aber eine Kalesche, die mit Heu angefüllt war und wie eine Riesenfackel brannte, wurde an die Mauer gezogen. Schnell wurde Reisig, Stroh und ein Fäßchen Spiritus herbeigeschafft. Das Feuer stieg an den Steinen empor, das Gebäude fing überall an zu qualmen wie eine Schwefelgrube, und oben zwischen den Geländern der Terrasse drangen mächtige Flammen zischend hervor. Das erste Stockwerk des Palais Royal hatte sich mit Soldaten der Nationalgarde gefüllt. Aus allen Fenstern des Platzes wurde geschossen, die Kugeln pfiffen, das Wasser der geborstenen Fontäne mischte sich mit dem Blut, bildete Lachen auf dem Boden; man glitt in dem Schmutz auf Kleidern, Schakos, Waffen aus. Frédéric fühlte etwas Weiches unter seinem Fuß; es war die Hand eines Sergeanten in grauem Mantel, der mit dem Gesicht im Rinnstein lag. Fortwährend langten neue Volkshaufen an und drängten die Kämpfenden gegen die Wache. Das Schießen wurde eifriger. Die Weinkneipen waren geöffnet; von Zeit zu Zeit ging man hinein, um eine Pfeife zu rauchen oder einen Schoppen zu trinken, dann kehrte man auf seinen Posten zurück, um weiter zu kämpfen. Ein verlaufener Hund heulte und erweckte Gelächter.

Frédéric wankte unter dem Anprall eines Mannes, der mit einer Kugel im Kreuz röchelnd gegen seine Schulter fiel. Dieser Schuß, der vielleicht ihm gegolten, empörte ihn; er drängte sich vor, als ein Soldat der Nationalgarde ihn anhielt:

»Es ist nutzlos! Soeben ist der König fort! Ja! Wenn Sie mir nicht glauben, gehen Sie hin und sehen Sie selbst!«

Eine solche Versicherung beruhigte Frédéric. Die Place du Carrousel sah ruhig aus. Das Hôtel de Nantes stand immer noch ungefährdet, und die Häuser dahinter, die Kuppel des Louvre gegenüber, die lange Holzgalerie zur Rechten und der unbebaute Grund, der sich uneben bis zu den Buden der Standkrämer erstreckte, waren wie eingetaucht in die graue Farbe der Luft dort hinten, wo fernes Gemurmel mit dem Nebeldunst zu verschmelzen schien. Am anderen Ende des Platzes hingegen fiel ein grelles Licht aus einem Wolkenspalt auf die Fassade der Tuilerien, so daß die Fenster des Palastes sich weiß abhoben.

Neben dem Arc de Triomphe lag ein totes Pferd ausgestreckt. Hinter den Gittern plauderten Gruppen von fünf oder sechs Personen. Die Türen des Schlosses standen offen, die Diener auf der Schwelle gestatteten den Eintritt.

Unten standen in einem kleinen Saal Schalen mit Milchkaffee bereit. Einige Neugierige setzten sich scherzend an den Tisch, die anderen blieben stehen, unter ihnen ein Droschkenkutscher. Er ergriff mit beiden Händen ein mit Staubzucker gefülltes Gefäß, warf einen scheuen Blick nach rechts und links und fing dann, die Nase in die Öffnung gesteckt, gierig an zu essen. Am Fuße der großen Treppe schrieb jemand seinen Namen in ein Register!

Frédéric erkannte ihn von hinten.

»Sieh da, Hussonnet!«

»Freilich«, erwiderte der Boheme. »Ich führe mich bei Hofe ein. Eine schöne Posse, was?«

»Wenn wir hinaufgingen?«

Und sie kamen in den Marschallsaal. Die Porträts dieser Berühmtheiten waren alle unversehrt, ausgenommen das Bugeauds, welches am Bauche durchbohrt war. Sie standen da, auf ihre Säbel gestützt, eine Kanonenlafette hinter sich, in drohender Haltung, die zu den Umständen schlecht paßte. Eine große Uhr zeigte zwanzig Minuten nach eins.

Plötzlich ertönte die Marseillaise. Hussonnet und Frédéric beugten sich über das Geländer. Es war das Volk. Es stürzte sich auf die Treppen, und bloße Köpfe, Helme, rote Mützen, Bajonette und Schultern wogten so ungestüm durcheinander, daß einzelne in dieser wimmelnden Masse verschwanden, die brausend unter einem unwiderstehlichen Drang stetig anwuchs wie ein von einer Sturmflut zurückgedrängter Fluß. Oben zerstreuten sie sich, und der Gesang verstummte.

Man hörte nichts mehr als das Stampfen all des Schuhzeuges und das Gesurr der Stimmen. Die harmlose Menge begnügte sich mit Schauen. Doch dann und wann drückte sich ein allzusehr eingeengter Ellbogen in eine Scheibe, oder auch eine Vase, eine Statuette rollte von einer Konsole auf den Boden. Das zusammengepreßte Getäfel krachte. Alle Gesichter waren rot, und der Schweiß rann in großen Tropfen an ihnen herab. Hussonnet bemerkte:

»Die Helden riechen nicht gut!«

»Ach! Sie sind unausstehlich«, erwiderte Frédéric.

Wider Willen weitergestoßen, traten sie in einen Raum, wo an der Decke ein rotsammetner Thronhimmel hing. Auf dem Thron, der darunter stand, saß ein Proletarier mit schwarzem Bart, das

Hemd offen, mit vergnügtem und stupidem Gesicht wie ein Affe. Andere erkletterten die Erhöhung, um sich auf seinen Platz zu setzen.

»Welch ein Wahn!« sagte Hussonnet. »Das ist das souveräne Volk!«

Mit ausgestreckten Armen wurde der Sessel emporgehoben und schwankend durch den ganzen Saal getragen.

»Donnerwetter! Wie er dahinsegelt! Das Staatsschiff schaukelt auf stürmischem Meer! Wie er den Cancan tanzt! Wie er den Cancan tanzt!«

Man war mit dem Thronsessel an eines der Fenster getreten, und unter Pfeifen wurde er hinausgeworfen.

»Armer Alter!« sagte Hussonnet, als er ihn in den Garten fallen sah, wo er rasch wieder aufgegriffen wurde. Nun ward er bis zur Bastille getragen und dort verbrannt.

Da brach ein rasender Jubel aus, als sei anstelle des Throns eine Zukunft unbegrenzten Glückes aufgegangen! Und nun zertrümmerte und zerriß der Pöbel, weniger aus Rache als um seine Besitzergreifung zu betonen, Spiegel und Vorhänge, Kronleuchter, Kandelaber, Tische, Stühle, Tabouretts, alle Möbel bis zu den Zeichenalben, bis zu den Handarbeitskörben. Da man Sieger war, mußte man sich doch unterhalten! Das Gesindel putzte sich spottend mit Spitzen und Kaschmirs heraus. Goldene Fransen waren um Blusenärmel gewickelt, Hüte mit Straußenfedern schmückten die Köpfe von Schmieden, Bänder der Ehrenlegion dienten Dirnen als Gürtel. Jeder befriedigte seine Laune; die einen tanzten, die andern tranken. Im Gemach der Königin pomadisierte sich eine Frau das Haar; hinter einer spanischen Wand huldigten zwei Kartenspieler ihrer Leidenschaft; Hussonnet machte Frédéric auf einen Kerl aufmerksam, der, auf den Balkonrand gestützt, seinen Tonpfeifenstummel rauchte; den rasenden Taumel verstärkte das unausgesetzte Getöse von zerbrechendem Porzellan und Kristallstücken, die beim Aufprallen tönten wie die Platten einer Glasharmonika.

Dann gewann das Toben einen düsteren Charakter. Eine obszöne Neugierde ließ die Menge alle Kabinette, alle Winkel durchstöbern, alle Schubladen aufziehen. Galeerensträflinge wühlten mit ihren Armen in den Betten der Prinzessinnen und wälzten sich darauf herum zum Trost dafür, daß sie sie nicht vergewaltigen konnten. Andere noch finsterere Gestalten schlichen schweigend umher und suchten etwas zu stehlen; die Menge aber war zu zahlreich. Durch die Türöffnungen erblickte man nichts als die dunkle Masse des Volkes in einer Staubwolke zwischen den Vergoldungen. Keuchend kam der Atem aus den Lungen, die Hitze wurde immer drückender, und aus Furcht, zuletzt erstickt zu werden, gingen die beiden Freunde hinaus.

Im Vorzimmer stand auf einem Kleiderhaufen ein Freudenmädchen als Statue der Freiheit, unbeweglich, mit weitgeöffneten Augen, fürchterlich.

Sie waren draußen drei Schritte gegangen, als eine Rotte Soldaten von der Stadtgarde in Mänteln auf sie zukam, ihre Dienstmützen zogen und, alle zugleich ihre ein wenig kahlen Köpfe entblößend, das Volk sehr tief grüßten. Bei diesem Beweis von Achtung warfen die zerlumpten Sieger sich in die Brust. Hussonnet und Frédéric konnten nicht umhin, ein gewisses Vergnügen zu empfinden.

Begeisterte Stimmung erfaßte sie. Sie kehrten zum Palais Royal zurück. Vor der Rue Fromanteau waren Soldatenleichen auf Stroh gestapelt. Unbewegt gingen sie daran vorbei, waren sogar stolz darauf, zu fühlen, daß sie so gute Haltung bewahrten.

Der Palast war überfüllt von Menschen. Im innern Hof brannten sieben Scheiterhaufen. Aus den Fenstern warf man Klaviere, Kommoden und Uhren. Feuerspritzen spien Wasser bis auf die Dächer. Gesindel versuchte die Schläuche mit ihren Säbeln aufzuschneiden. Frédéric forderte einen Polytechniker auf, sich ins Mittel zu legen. Der Polytechniker verstand ihn nicht, schien überdies blödsinnig. Ringsherum in den beiden Galerien überließ der Pöbel sich, der jetzt Herr der Weinkeller war, einer scheußlichen Zecherei. Der Wein floß in Strömen, netzte die Füße, Vagabunden tranken aus Flaschenböden, tobten und schwankten.

»Laß uns fortgehen«, sagte Hussonnet, »dies Volk ekelt mich an.«

Die ganze Länge der Galerie d'Orléans lagen Verwundete auf Matratzen am Boden; Purpurvorhänge dienten ihnen als Decken, Kleinbürgerinnen aus dem Viertel brachten ihnen Fleischbrühe und Wäsche.

»Das tut nichts!« sagte Frédéric, »ich finde das Volk erhaben.«

Das große Vestibül war von einem Strudel rasender Menschen angefüllt. Männer wollten in die oberen Stockwerke hinauf, um die Zerstörung zu vollenden, Soldaten der Nationalgarde, die auf den Stufen standen, bemühten sich, sie zurückzuhalten. Der Unerschrockenste war ein Jäger, barhäuptig, mit gesträubtem Haar, das Lederzeug in Fetzen. Sein Hemd bildete zwischen Rock und Hose einen Bausch, und er schlug mitten unter den anderen erbittert um sich. Hussonnet, der ein scharfes Auge hatte, erkannte von fern Arnoux.

Sie begaben sich nun in den Tuileriengarten, um freier atmen zu können. Sie setzten sich auf eine Bank und blieben einige Minuten mit geschlossenen Augen so benommen, daß sie keine Kraft hatten, zu sprechen. Die Vorübergehenden sprachen sich an. Die Herzogin von Orléans sei zur Regentin ernannt, alles sei vorüber, man empfand jenes Wohlbehagen, das einer raschen Lösung folgt, als plötzlich an jedem Mansardenfenster des Schlosses die Bedienten erschienen und ihre Livreen zerrissen. Sie warfen sie als Zeichen der Abdankung in den Garten. Das Volk verhöhnte sie. Sie zogen sich zurück.

Frédérics und Hussonnets Aufmerksamkeit wurde durch einen großen Burschen abgelenkt, der mit einem Gewehr auf der Schulter raschen Schrittes zwischen den Bäumen dahinschritt. Eine Patronentasche schnürte in der Taille seine rote Joppe zusammen, und ein Taschentuch umwand unter der Mütze seine Stirn. Er wandte den Kopf. Es war Dussardier, er warf sich ihnen in die Arme: »Ah! Welch ein Glück, meine alten Freunde!« Mehr konnte er nicht sagen, so sehr keuchte er vor Freude und Erschöpfung.

Seit achtundvierzig Stunden war er auf den Beinen. Er hatte an den Barrikaden des Quartier Latin gearbeitet, in der Rue de Rambuteau gekämpft, drei Dragoner gerettet, war mit der Abteilung Dunoyer in die Tuilerien eingerückt, hatte sich dann nach der Kammer und darauf zum Rathaus begeben.

»Ich komme von dort! Alles geht gut! Das Volk triumphiert! Arbeiter und Bürger umarmen sich! Ah! Wenn ihr wüßtet, was ich gesehen habe! Was für gute Menschen! Wie ist das schön!«

Und ohne zu bemerken, daß sie keine Waffen hatten:

»Ich war gewiß, euch hier zu treffen! Einen Augenblick ging es schlimm zu, das tut aber nichts!«

Ein Tropfen Blut rann ihm über die Wange, und auf die Fragen der anderen:

»Oh! Nichts! Der Ritz eines Bajonetts!«

»Sie sollten sich dessenungeachtet doch schonen.«

»Bah! Ich bin fest! Was tut das? Die Republik ist ausgerufen! Jetzt wird man glücklich sein! Zeitungsschreiber, die sich vorhin in meiner Nähe unterhielten, sagten, daß man Polen und Italien befreien werde! Keine Könige mehr! Begreift ihr? Die ganze Erde frei! Die ganze Erde frei!«

Und er umfaßte den ganzen Horizont mit einem einzigen Blick, indem er in triumphierender Geste die Arme ausbreitete. Aber eine lange Reihe Männer lief auf der Terrasse entlang, die sich am Wasser hinzog.

»Ah! Zum Teufel auch! Ich vergaß! Die Forts sind besetzt! Ich muß hin, Adieu!«

Er wandte sich, das Gewehr schwingend, zurück, um ihnen zuzurufen:

»Es lebe die Republik!«

Aus den Schornsteinen des Schlosses wirbelten riesige schwarze Rauchwolken funkensprühend empor. Das Läuten der Glokken wirkte von fern wie bestürztes Blöken. Rechts und links, überall feuerten die Sieger Waffen ab. Obwohl kein Krieger, fühlte Frédéric sein gallisches Blut aufwallen. Die magnetische Kraft der enthusiastischen Mengen hatte ihn erfaßt. Er atmete wollüstig die Gewitterluft voller Pulverdampf und erschauerte dabei unter den Ausbrüchen einer grenzenlosen Liebe, einer außerordentlichen, allumfassenden Ergriffenheit, als schlüge das Herz der ganzen Menschheit in seiner Brust.

Hussonnet sagte gähnend:

»Es wäre vielleicht an der Zeit, die Bevölkerungen aufzuklären!«

Frédéric begleitete ihn in sein Bureau an der Place de la Bourse und begann für das Journal de Troyes in lyrischem Stil einen Bericht über die Ereignisse zu verfassen, ein wahres Kunstwerk, das er unterzeichnete. Dann speisten sie zusammen in einer Kneipe. Hussonnet war nachdenklich; die Ausschweifungen der Revolution übertrafen seine eigenen.

Als sie sich nach dem Kaffee zum Rathaus begaben, um Neues zu erfahren, hatte der Narr in ihm wieder die Oberhand bekommen. Er kletterte wie eine Gemse über die Barrikaden und antwortete den Schildwachen mit leichtfertigen patriotischen Scherzen.

Beim Fackelschein hörten sie, wie die provisorische Regierung ausgerufen wurde. Um Mitternacht endlich begab sich Frédéric todmüde nach Haus.

»Nun«, sagte er zu seinem Diener, der ihn auskleidete, »bist du zufrieden?«

»Ja, gewiß, Herr! Aber was mir nicht gefällt, ist dieses Volk!«

Am folgenden Tag beim Erwachen dachte Frédéric an Deslauriers. Er eilte zu ihm. Der Advokat war soeben abgereist, da er zum Kommissar in der Provinz ernannt war. Am Abend des vorhergehenden Tages war er bis zu Ledru-Rollin vorgedrungen und hatte ihm eine Stellung, einen Auftrag entrissen, indem er ihn im Namen der Hochschulen bestürmte. Übrigens wolle er, sagte der Hausmeister, in der nächsten Woche schreiben, um seine Adresse anzugeben.

Hiernach machte Frédéric der Marschallin einen Besuch. Sie empfing ihn sehr erbittert, denn sie zürnte ihm, weil er sie im Stich gelassen hatte. Ihr Groll schwand unter seinen wiederholten Friedensversicherungen. Alles war nun ruhig, und es lag kein Grund zur Furcht mehr vor; er küßte sie, sie bekannte sich zur Republik – wie es schon der Erzbischof von Paris getan hatte und wie es mit bewunderungswürdig raschem Eifer die Richter, der Staatsrat, das Institut, die Marschälle von Frankreich, Changarnier, Monsieur de Falloux, alle Bonapartisten, Legitimisten und eine bedeutende Anzahl Orléanisten taten.

Die Monarchie war so rasch gestürzt, daß die Bürger, als die erste Bestürzung vorüber war, mit einer Art Verblüffung feststellten, daß sie noch am Leben waren. Einige Diebe waren kurzerhand standrechtlich erschossen worden, ohne jegliches Urteil; das schien ein ganz gerechtes Vorgehen. Während eines Monats wiederholte man sich den Satz Lamartines über die rote Fahne, »die nur um das Champ de Mars getragen worden wäre, indes die Trikolore« usw. Alle scharten sich unter deren Schutz; jede Partei sah von den drei Farben nur die ihre – und gelobte sich wohl, sobald sie die stärkste sein würde, die beiden anderen herunterzureißen.

Da alle Geschäfte ruhten, lockten Unruhe und Neugierde jedermann aus dem Hause. Die Nachlässigkeit der Kleidung verminderte den Unterschied des sozialen Ranges. Der Haß verbarg sich, Hoffnungen entfalteten sich wieder, die Menge war voller Sanftmut. Der Stolz auf Rechte, die man sich erobert, leuchtete auf allen Gesichtern. Es herrschte eine Karnevalsfröhlichkeit, ein Treiben wie in einem Feldlager; nichts war unterhaltender als der Anblick von Paris in den ersten Tagen.

Frédéric schlenderte mit der Marschallin am Arm durch die Straßen. Die Rosetten, die alle Knopflöcher zierten, Fahnen, die aus allen Fenstern hingen, Plakate in allen Farben, mit denen die Mauern bedeckt waren, belustigten sie. Hier und da warf sie einige Münzen in die Büchsen für die Verwundeten, die mitten auf der Straße auf einem Stuhl aufgestellt waren. Dann wieder blieb sie vor Karikaturen stehen, die Louis-Philippe als Pastetenbäcker, als Hanswurst, als Hund und als Blutegel darstellten. Aber Caussidières Leute mit ihren Säbeln und Schärpen flößten ihr einige Furcht ein. Dann wieder wurde ein Freiheitsbaum gepflanzt. Die Herren Geistlichen wirkten bei der Zeremonie mit, waren von goldbetreßten Dienern begleitet und segneten die Republik; die Menge fand dies sehr schön. Das Schauspiel, das sich am häufigsten bot, waren Abordnungen von ich weiß nicht was allem, die zum Rathaus zogen, um irgend etwas zu fordern – denn jedes Gewerbe, jede Industrie erwartete von der Regierung das Ende aller Not. Doch muß gesagt werden, daß einige sich nur zur Regierung begaben, um ihr Ratschläge zu erteilen, sie zu beglückwünschen oder ihr ganz einfach einen kleinen Besuch abzustatten, um die Maschine arbeiten zu sehen.

Eines Tages, gegen Mitte März, als Frédéric über den Pont d'Arcole ging, um für Rosanette im Quartier Latin eine Besorgung zu machen, begegnete ihm ein Trupp Männer mit recht sonderbaren Hüten und langen Bärten. An der Spitze der Kolonne schritt als Trommler ein Neger, ein ehemaliges Modell, und der Mann, der das im Winde flatternde Banner mit der Inschrift »Kunstmaler« trug, war kein anderer als Pellerin.

Er machte Frédéric ein Zeichen, er solle auf ihn warten, und erschien darauf fünf Minuten später, da er noch Zeit hatte. Die Regierung empfing gerade die Steinmetzen. Er wollte mit seinen Kollegen die Gründung eines Kunstforums beantragen, einer Art Börse, in der über die Forderungen der Ästhetik verhandelt werden sollte. Erhabene Werke würden geschaffen werden, da die Arbeiter ihr Genie gemeinsam ausbeuten sollten. Bald würde Paris mit riesenhaften Denkmälern bedeckt sein; er würde sie dekorieren, hatte sogar schon eine Gestalt der Republik angefangen. Einer seiner Kameraden holte ihn, denn sie hatten die Abordnung der Geflügelhändler dicht auf den Fersen.

»Welch eine Dummheit!« brummte eine Stimme in der Menge. »Immer Windbeuteleien! nichts Starkes!«

Es war Regimbart. Er grüßte Frédéric nicht, benutzte aber die Gelegenheit, seiner Bitterkeit freien Lauf zu lassen.

Der Citoyen verbrachte jetzt seine Zeit damit, in den Straßen umherzuirren. Er zog an seinem Schnurrbart, rollte die Augen, empfing unheilkündende Nachrichten und verbreitete sie; dabei hatte er nur zwei Redensarten: »Hütet euch, wir werden überflügelt!« oder auch: »Aber zum Donnerwetter auch! man stibitzt uns die Republik!« Mit allem war er unzufrieden, und namentlich damit, daß wir nicht unsere natürlichen Grenzen wiedergewonnen hatten. Schon bei dem Namen Lamartine allein zuckte er die Achseln. Ledru-Rollin fand er »dem Problem nicht gewachsen«, nannte Dupont (de l'Eure) einen alten Esel, Albert einen Idioten, Louis Blanc einen Utopisten, erklärte Blanqui für einen äußerst gefährlichen Menschen und erwiderte auf Frédérics Frage, was hätte getan werden müssen – wobei er ihn beim Arm faßte, als wolle er ihn zerdrücken: »Den Rhein nehmen, sage ich Ihnen, den Rhein nehmen, zum Teufel!«

Dann klagte er die Reaktion an.

Sie zeige jetzt ihr wahres Antlitz. Die Plünderung der Schlösser von Neuilly und Suresne, die Feuersbrunst in Batignolles, die Unruhen in Lyon, alle die Ausschreitungen, die Gründe zur Unzufriedenheit würden jetzt übertrieben. Man füge nun das Zirkular Ledru-Rollins hinzu, den Zwangskurs der Banknoten, die auf sechzig Francs gefallene Rente, schließlich als größte Ungerechtigkeit, als letzten Beweisgrund, als Gipfel der Scheußlichkeit die Steuer der fünfundvierzig Centimes! – Und über alle dem stehe noch der Sozialismus! Obwohl diese Theorien, ebenso neu wie das Gänsespiel, seit vierzig Jahren genügend umstritten waren, um damit Bibliotheken zu füllen, erschreckten sie die Bürger wie ein Hagel von Aerolithen, und man war entrüstet, kraft jenes Hasses, den das Aufkommen jeder neuen Idee herausfordert, eben weil sie eine Idee ist, ein Fluch, aus dem sie später ihren Ruhm schöpft. Daher kommt, daß ihre Feinde immer unter ihr stehen, so mittelmäßig sie auch sein mag.

Damals stieg das Eigentum im Ansehen zu gleicher Höhe wie die Religion und vermischte sich mit dem Gottesbegriff. Die Angriffe, denen es ausgesetzt war, kamen einer Schändung gleich, waren fast etwas wie Menschenfresserei. Trotz der humansten Gesetzgebung, die je bestanden, erschien das Gespenst von 93 abermals, und das Fallbeil der Guillotine schwirrte in allen Silben des Wortes Republik – was übrigens nicht hinderte, daß man sie ihrer Schwäche wegen verachtete. Frankreich, das keinen Herrn mehr fühlte, begann vor Bestürzung zu schreien, wie ein Blinder ohne Stock, wie ein kleiner Junge, der sein Kindermädchen verloren hat.

Von allen Franzosen zitterte am meisten Monsieur Dambreuse. Die neuen Verhältnisse bedrohten sein Vermögen, vor allem aber machten sie seine Erfahrungen zuschanden. Ein so gutes System, ein so weiser König! war es denn möglich! Die Welt mußte zusammenstürzen! Gleich am folgendem Tage entließ er drei Diener, verkaufte seine Pferde, kaufte sich einen weichen Filzhut für die Straße und dachte sogar daran, sich den Bart wachsen zu lassen. Er blieb zu Hause, niedergeschmettert, las mit Erbitterung die Zeitungen, die seinen Anschauungen am feindlichsten waren, und seine Verdüsterung war so groß, daß er nicht einmal die Kraft hatte, über die Witze auf Flocons Pfeife zu lächeln.

Als Stütze der letzten Regierung fürchtete er die Rache des Volkes an seinen Besitzungen in der Champagne. Da fiel ihm Frédérics Abhandlung in die Hände. Nun bildete er sich ein, daß sein junger Freund eine sehr einflußreiche Persönlichkeit sei und daß, wenn er ihm auch nicht dienen, er ihn doch verteidigen könne. So stellte sich denn Monsieur Dambreuse in Begleitung Martinons eines Morgens bei Frédéric ein.

Er sagte, daß dieser Besuch keinen andern Zweck habe, als ihn zu sehen und ein wenig mit ihm zu plaudern. Im ganzen genommen freue er sich über die Ereignisse und nehme von ganzem Herzen »unseren herrlichen Wahlspruch: Freiheit, Gleichheit, Brüderlichkeit an, da er im Grunde immer Republikaner gewesen sei«. Wenn er unter der früheren Regierung mit dem Ministerium stimmte, geschah es einfach, um einen unvermeidlichen Sturz zu beschleunigen. Er schimpfte sogar über Monsieur Guizot, der »uns in eine schöne Klemme gebracht hat, das müssen wir doch zugeben!« Dagegen bewunderte er Lamartine sehr, der sich »prächtig benommen hat, auf Ehrenwort, als bei Gelegenheit der roten Fahne ...«

»Ja, ich weiß«, sagte Frédéric.

Worauf Monsieur Dambreuse seine Sympathie für die Arbeiter zu erkennen gab.

»Denn schließlich sind wir alle mehr oder weniger Arbeiter!« Und er trieb seine Unparteilichkeit so weit, anzuerkennen, daß Proudhon Logik besäße. »Oh! sehr viel Logik! Teufel auch!« Dann sprach er mit der Unbefangenheit einer höheren Intelligenz von der Gemäldeausstellung, wo er das Bild von Pellerin gesehen hatte. Er fand es originell, gut gelungen.

Martinon unterstrich jedes seiner Worte mit bestimmenden Bemerkungen; auch er meinte, man müsse »sich offen der Republik anschließen«, und er sprach von seinem Vater, dem Landmann, spielte den Bauern, den Mann aus dem Volke. Bald kam man auf die Wahlen der Nationalversammlung und die Kandidaten des Bezirks la Fortelle zu sprechen. Der Mann der Gegenpartei habe keine Aussichten.

»Sie sollten seinen Platz einnehmen!« sagte Monsieur Dambreuse.

Frédéric erhob Einspruch.

»Ja warum denn?« Er würde infolge seiner persönlichen Ansichten die Stimmen der »Ultras« erhalten, die der Konservativen seiner Familie wegen. »Und vielleicht auch«, fügte der Bankier lächelnd hinzu, »ein wenig dank meines Einflusses.«

Frédéric wandte ein, daß er nicht wisse, wie er es anzufangen habe. Nichts leichter, er würde sich den Patrioten des Departement d l'Aube durch einen Klub der Hauptstadt empfehlen lassen. Es handle sich nicht darum, ein Glaubensbekenntnis zu verlesen, wie man es täglich sehe, sondern eine ernsthafte Darlegung von Prinzipien.

»Bringen Sie sie mir, ich weiß, was für die Gegend paßt! Und Sie könnten, ich wiederhole Ihnen, dem Lande, uns allen, mir selber große Dienste leisten.«

In solchen Zeiten müsse man sich gegenseitig helfen, und falls Frédéric oder seine Freunde etwas brauchten ...

»Oh! tausend Dank, lieber Herr!«

»Auf Gegenseitigkeit, selbstverständlich!«

Der Bankier war entschieden ein guter Mann.

Frédéric konnte nicht umhin, über seinen Rat nachzudenken, und bald ward er wie von einer Art Taumel geblendet.

Die großen Gestalten des Konvents zogen vor seinen Augen vorüber. Ihm schien, es breche eine herrliche Morgenröte an. Rom, Venedig, Berlin waren in Aufruhr, die Österreicher aus Venedig vertrieben; ganz Europa in Unruhe. Die Stunde war gekommen, sich in die Bewegung zu stürzen, sie vielleicht zu beschleunigen; dann lockte ihn auch das Amtskleid, das, wie man sich erzählte, die Deputierten tragen würden. Er sah sich bereits in einer Weste mit Aufschlägen und dem dreifarbigen Gürtel. Dieser Kitzel, diese Halluzination wurden so stark, daß er sich Dussardier anvertraute.

Die Begeisterung des braven Burschen war nicht zu dämpfen.

»Gewiß! selbstverständlich! Stellen Sie Ihre Kandidatur auf!«

Nichtsdestoweniger fragte Frédéric Deslauriers um Rat. Die blödsinnige Opposition, die den Kommissar in seiner Provinz hemmte, hatte seinen Liberalismus gesteigert. Sofort sandte er ihm ungestüme Ermahnungen.

Frédéric empfand jedoch das Bedürfnis, die Zustimmung einer größeren Anzahl von Personen zu erlangen; eines Tages vertraute er die Sache Rosanette an, in Gegenwart von Mademoiselle Vatnaz.

Sie war eine jener unverheirateten Pariserinnen, die jeden Abend, nachdem sie ihre Stunden gegeben oder versucht haben, kleine Zeichnungen zu verkaufen, armselige Manuskripte anzubringen, mit schmutzigem Rocksaum nach Hause kommen, ihre Abendmahlzeit kochen, sie ganz allein verzehren und dann, die Füße auf einem Fußwärmer gestellt, beim Schein einer unsauberen Lampe von einer Liebe träumen, einer Familie, einem eigenen Herd, von Wohlstand, von allem, was ihnen abgeht. So hatte sie auch, wie viele andere, in der Revolution den Anbruch des Tages der Rache begrüßt – und widmete sich einer zügellosen, sozialistischen Propaganda.

Nach der Vatnaz war die Befreiung des Proletariats nur durch die Befreiung der Frau möglich. Sie verlangte ihre Zulaßbarkeit zu allen Ämtern, die Feststellung der Vaterschaft, ein anderes Gesetzbuch, die Abschaffung oder doch wenigstens »eine vernünftige Regelung der Ehe«. Dann müßte jede Französin verpflichtet sein, einen Franzosen zu heiraten oder einen Greis in Pflege zu nehmen. Die Ammen und Hebammen sollten vom Staat besoldete Beamtinnen sein; es müsse eine Jury bestehen, um Frauenarbeiten zu prüfen, eigene Verleger für Frauen müsse es geben, eine polytechnische Schule für Frauen, eine Nationalgarde für Frauen, alles für die Frauen! Und da die Regierung ihre Rechte verkannte, müßten sie die Gewalt durch Gewalt besiegen. Zehntausend Bürgerinnen, mit guten Gewehren ausgerüstet, könnten das Rathaus zittern machen.

Frédérics Kandidatur schien ihr für ihre Ideen günstig. Sie ermutigte ihn, indem sie ihm in der Ferne den aufsteigenden Ruhm zeigte. Rosanette freute sich, jemanden zu haben, der in der Kammer sprechen würde.

»Und dann gibt man dir vielleicht eine gute Stellung.«

Frédéric, der allen Schwächen unterworfen war, wurde von der allgemeinen Verrücktheit angesteckt. Er schrieb eine Rede und ging zu Monsieur Dambreuse, sie ihm zu zeigen.

Beim Geräusch des großen Tores, das hinter ihm zufiel, wurde ein Vorhang an einem Fenster gelüftet, eine Frau zeigte sich. Er hatte nicht die Zeit, sie zu erkennen; aber im Vorzimmer hielt ihn ein Bild auf, das Bild Pellerins, das augenscheinlich vorübergehend auf einen Stuhl gestellt worden war.

Es stellte die Republik dar oder den Fortschritt oder die Zivilisation, in der Gestalt von Jesus Christus, der eine Lokomotive durch den Urwald fuhr. Nach einer Minute des Anschauens rief Frédéric aus:

»Welch eine Schändlichkeit!«

»Nicht wahr?« sagte Monsieur Dambreuse, der bei diesen Worten hinzugetreten war und glaubte, daß sie sich nicht auf die Malerei, sondern auf die auf dem Bilde verherrlichte Lehre bezögen. Im gleichen Augenblick kam Martinon. Sie gingen in das Kabinett hinüber, und Frédéric zog gerade ein Papier aus seiner Tasche, als Mademoiselle Cécile, die plötzlich eintrat, mit unbefangener Miene fragte:

»Ist meine Tante hier?«

»Du weißt wohl, daß sie nicht hier ist«, erwiderte der Bankier. »Das tut nichts! Tun Sie ganz wie zu Haus, mein Fräulein.«

»Oh! danke, ich gehe wieder!«

Kaum war sie gegangen, gab sich Martinon den Anschein, sein Taschentuch zu suchen.

»Ich habe es in meinem Überzieher vergessen. Entschuldigen Sie mich.«

»Schön!« sagte Monsieur Dambreuse.

Offenbar fiel er auf dieses Manöver nicht herein, schien es vielmehr zu begünstigen. Warum? Doch bald erschien Martinon wieder, und Frédéric begann seine Rede.

Schon bei der zweiten Seite, die das Übergewicht pekuniärer Interessen als eine Schande bezeichnete, machte der Bankier eine Grimasse. Bei der Erörterung der Reformen verlangte Frédéric dann den Freihandel.

»Wie? ... Aber erlauben Sie!«

Er hörte nicht und fuhr fort. Er forderte Vermögenssteuer, progressive Besteuerungsweise, einen europäischen Staatenbund und die Bildung des Volkes, weiteste Förderung der schönen Künste.

»Wenn das Vaterland Männern wie Delacroix oder Hugo hunderttausend Francs Rente bewilligte, wäre das schlimm?«

Das Ganze schloß mit Ratschlägen für die oberen Klassen der Gesellschaft.

»Spart nicht, o ihr Reichen! gebt! gebt!«

Er hielt inne und blieb stehen. Seine beiden sitzenden Zuhörer sagten nichts; Martinon riß die Augen auf, Monsieur Dambreuse war ganz bleich. Schließlich verbarg er seine Erregung unter einem herben Lächeln:

»Ihre Rede ist vollendet!« Und er rühmte sehr die Form, um nicht auf ihren Inhalt eingehen zu müssen.

Diese Heftigkeit seitens eines harmlosen jungen Mannes erschreckte ihn, namentlich als Symptom. Martinon bemühte sich, ihn zu beruhigen. In Bälde werde die konservative Partei Vergeltung üben, ganz sicher. In mehreren Städten hatte man die Kommissare der provisorischen Regierung fortgejagt; die Wahlen waren erst auf den 23. April festgesetzt, man hatte ja Zeit; kurz, Monsieur Dambreuse müsse selbst als Kandidat für das Departement Aube auftreten. Von nun an verließ ihn Martinon nicht mehr, wurde sein Sekretär und bewies ihm die Aufmerksamkeit eines Sohnes.

Sehr zufrieden mit sich kam Frédéric zu Rosanette.

Delmar war bei ihr und teilte ihm mit, daß er sich »endgültig« als Wahlkandidat für das Seinedepartement aufstellen lasse. In einem »an das Volk« gerichteten Plakat, in dem er es duzte, rühmte sich der Schauspieler, daß er es verstehe, »er«, und sich zu seinem Heil »von der Kunst habe kreuzigen lassen«, so daß er nun seine Verkörperung sei, sein Ideal. Er glaubte tatsächlich einen sehr großen Einfluß auf die Massen zu haben, so daß er später in einem Ministerialbüro so weit ging, den Vorschlag zu machen, ganz allein einen Aufruhr zu unterdrücken. Befragt, welche Mittel er anzuwenden gedenke, gab er die Antwort:

»Fürchtet nichts! Ich zeige ihnen meinen Kopf!«

Um ihn zu demütigen, kündigte Frédéric ihm seine eigene Kandidatur an. Sobald er sah, daß es sein zukünftiger Kollege auf die Provinz abgesehen hatte, erklärte der Komödiant, ihm zu Diensten zu stehen, und er erbot sich, ihn in die Klubs einzuführen.

Sie besuchten sie alle, oder fast alle, die roten und die blauen, die wilden und die sanften, die Puritaner, die Zwanglosen, die Mystiker und die Trunkenbolde, diejenigen, wo man den Tod der Könige beschloß, die, wo man die Betrügereien des Spezereihandels aufdeckte, und überall verwünschten die Mieter die Hausbesitzer, die Bluse hatte es auf den Frack abgesehen, die Reichen verschworen sich gegen die Armen. Mehrere wollten Schadenersatz als einstige Opfer der Polizei, andere baten um Geld, um Erfindungen verwerten zu können; oder es gab auch Pläne zu Gemeindehäusern, Projekte zu Bezirksbazaren, Systeme für das öffentliche Glück. Hier und da zuckte ein Geistesblitz aus diesen Wolken von Unsinn, Ausfälle, wie jäh aufspritzender Kot, das Recht in einen Fluch gefaßt und Redeblüten auf den Lippen eines Lumpen, der ein Säbelkoppel über der hemdlosen Brust trug. Zuweilen trat auch ein Herr auf, ein Aristokrat, von demütiger Haltung, der plebejische Dinge sagte und sich die Hände nicht gewaschen hatte, um sie schwielig erscheinen zu lassen. Ein Patriot erkannte ihn, die Tugendhaftesten mißhandelten ihn, und wütend ging er hinaus. Man mußte, um gesunden Menschenverstand zu heucheln, stets die Advokaten verleumden und sich so oft als irgend möglich der Worte »seinen Stein zum Bau beitragen – soziales Problem – Werkstätte« bedienen.

Delmar verfehlte keine Gelegenheit, um das Wort an sich zu reißen; wenn er nichts mehr zu sagen wußte, blieb es seine Zuflucht, sich mit auf der Hüfte geballter Faust aufzupflanzen, den anderen Arm in der Weste, und unvermittelt sein Profil zu zeigen, um seinen Kopf voll zur Geltung zu bringen. Dann brach ein Beifallssturm los, Mademoiselle Vatnaz applaudierte hinten im Saal.

Trotz der Unzulänglichkeit der Redner wagte sich Frédéric nicht hervor. Alle diese Leute schienen ihm zu ungebildet oder zu feindlich gesinnt.

Aber Dussardier stellte Nachforschungen an und teilte ihm mit, daß in der Rue Saint-Jacques ein Klub bestehe, der »Klub der Intelligenz« heiße. Ein solcher Name erwecke gute Hoffnungen. Übrigens werde er Freunde mitbringen.

Er kam mit denen dahin, die er zum Punsch eingeladen hatte; mit dem Buchhalter, dem Weinagenten, dem Architekten, selbst Pellerin war gekommen, vielleicht würde Hussonnet auch erscheinen. Vor der Tür stand Regimbart mit zwei Individuen, von denen der eine sein getreuer Compain war, ein ziemlich kleiner, blatternarbiger Mann mit geröteten Augen, und der zweite ein affenartiger Neger mit außerordentlich starkem Haarwuchs, den er nur als »einen Patrioten aus Barcelona« kannte.

Sie gingen durch eine Allee und wurden dann in einen großen Raum geführt, ohne Zweifel eine Schreinerwerkstatt, deren noch neue Wände nach Gips rochen. Vier parallel aufgehängte Lampen gaben ein unangenehmes Licht. Im Hintergrund stand auf einer Erhöhung ein Schreibtisch mit einer Glocke, unten davor ein Tisch, der die Tribüne vorstellen sollte, und an jeder Seite zwei weitere, niedrigere für die Schriftführer. Die Zuhörer auf den Bänken setzten sich aus alten Farbenklecksern, Aufsichtslehrern und ungedruckten Schriftstellern zusammen. In den Reihen der Röcke mit fettigen Kragen sah man hier und da die Haube einer Frau oder den Kittel eines Arbeiters. Der Hintergrund des Saales war sogar von Arbeitern angefüllt, die wahrscheinlich aus Mangel an Beschäftigung hergekommen oder von Rednern eingeführt waren, um sich Beifall zu sichern.

Frédéric trug Sorge, sich zwischen Dussardier und Regimbart zu setzen, der, kaum auf seinem Platz, die Hände auf den Stock legte, das Kinn auf die Hände stützte und die Lider schloß, während am andern äußersten Ende des Saales Delmar stehend die Versammlung überragte.

Am Tisch des Präsidenten erschien Sénécal.

Der gute Kommis dachte, daß diese Überraschung Frédéric gefallen würde. Sie ärgerte ihn.

Die Menge bezeigte ihrem Präsidenten eine große Ehrerbietung. Er gehörte zu denen, die am 25. Februar die unmittelbare Organisation der Arbeit gewollt hatten. Am nächsten Tag hatte er sich im Prado dafür entschieden, das Rathaus anzugreifen; da jeder sich nach seinem Vorbild richtete – der eine ahmte Saint-Just nach, der andere Danton, wieder einer Marat –, so versuchte er es, Blanqui zu gleichen, der ein Nachahmer Robespierres war. Seine schwarzen Handschuhe, sein kurzgeschnittenes Haar gaben ihm ein strenges, äußerst anständiges Aussehen.

Er eröffnete die Sitzung mit der Erklärung der Menschenrechte und der Bürgerrechte, dem üblichen Glaubensbekenntnis. Dann hub eine kräftige Stimme mit Bérangers »Souvenir du peuple« an.

Andere Stimmen wurden laut. »Nein! nein! nicht das!«

»La Casquette!« begannen im Hintergrund die Patrioten zu brüllen. Und sie sangen im Chor das Lied des Tages:

»Hut ab vor meiner Mütze,
Vor dem Arbeiter auf die Knie!«

Auf ein Wort verstummten die Anwesenden. Einer der Schriftführer schritt zur Prüfung der Briefe.

»Junge Leute kündigen an, daß sie jeden Abend vor dem Panthéon eine Nummer der ›Assemblée nationale‹ verbrennen, und fordern alle Patrioten auf, ihrem Beispiel zu folgen.«

»Bravo! angenommen!« erwiderte die Menge.

»Der Citoyen Jean-Jacques Langreneux, Typograph, Rue Dauphine, möchte, daß den Märtyrern vom Thermidor ein Denkmal errichtet werde.«

»Michel-Évariste-Népomucène Vincent, ehemaliger Lehrer, spricht den Wunsch aus, daß die europäische Demokratie die Spracheinheit einführe. Man könne sich einer toten Sprache bedienen, wie zum Beispiel des vervollkommneten Latein.«

»Nein! kein Latein!« rief der Architekt.

»Warum?« rief ein Repetitor.

Und nun begannen beide Herren eine Diskussion, in die sich andere hineinmischten. Jeder warf ein Wort hinein, um zu blenden, so daß es bald so langweilig wurde, daß viele gingen.

Doch ein kleiner Greis, der unter der ungewöhnlich hohen Stirn eine grüne Brille trug, bat um das Wort. Er habe eine dringende Mitteilung zu machen.

Es war eine Aufstellung über die Steuerverteilung. Zahlen strömten dahin, es nahm kein Ende! Die Ungeduld machte sich anfangs in Murren, in Unterhaltungen Luft; nichts störte ihn. Dann wurde gepfiffen, man rief »Azor«; Sénécal tadelte die Zuhörer; der Redner fuhr fort, wie eine Maschine. Man mußte ihn, um ihm Einhalt zu tun, beim Ellbogen fassen. Der gute Mann schien aus einem Traum zu erwachen, schob gelassen seine Brille hoch und sagte: »Verzeihung! Bürger! Verzeihung! Ich ziehe mich zurück! bitte tausendmal um Entschuldigung!«

Der Mißerfolg dieses Vortrages verwirrte Frédéric. Er hatte seine Rede in der Tasche, aber eine Improvisation wäre besser gewesen.

Endlich verkündigte der Präsident, daß man zur Hauptsache übergehe, zur Wahlangelegenheit. Es würde nicht über die großen republikanischen Listen diskutiert werden. Indessen habe der »Klub der Intelligenz« wohl das Recht, wie jeder andere, eine solche aufzustellen, »trotz der Herren Paschas vom Rathaus«, und die Bürger, die sich um das Mandat des Volkes bewerben, könnten ihre Ansprüche geltend machen.

»Also, los!« sagte Dussardier.

Ein Mann in einer Soutane, kraushaarig, mit heftigem Gesichtsausdruck, hatte bereits die Hand erhoben. Stammelnd erklärte er, Ducretot zu heißen, Geistlicher und Agronom zu sein und Verfasser eines Werkes, betitelt »Düngemittel«. Man verwies ihn an einen Gartenverein.

Dann stieg ein Patriot in einer Bluse auf die Tribüne. Dieser war ein Plebejer, breitschultrig, mit starkem, sehr sanftem Gesicht und langem, schwarzem Haar. Er übersah die Versammlung mit einem fast wollüstigen Blick, warf den Kopf zurück, breitete die Arme aus und begann:

»Ihr habt Ducretot zurückgestoßen, oh! meine Brüder! und ihr habt recht getan, aber es geschah nicht aus Gottvergessenheit, denn wir sind alle fromm.«

Einige hörten mit offenem Munde zu, mit der Miene von Konfirmanden, in ekstatischer Haltung.

»Es geschah auch nicht, weil er Priester ist; denn auch wir sind Priester! Der Arbeiter ist Priester, wie der Gründer des Sozialismus, unser aller Herr, Jesus Christus, es gewesen!«

Der Augenblick sei gekommen, das Reich Gottes zu verkünden! Das Evangelium weise geradezu auf 89 hin! Nach Abschaffung der Sklaverei, Abschaffung des Proletariats. Man habe das Zeitalter des Hasses gehabt, nun beginne das Zeitalter der Liebe.

»Das Christentum ist der Schlußstein des Gewölbes und das Fundament des neuen Gebäudes ...«

»Wollen Sie uns zum Narren halten?« rief der Alkoholagent. »Hat man je einen solchen Pfaffen gesehen!«

Diese Unterbrechung verursachte großen Tumult. Fast alle stiegen auf die Bänke und schrien mit erhobenen Fäusten: »Atheist! Aristokrat! Kanaille!«, während die Glocke des Präsidenten unausgesetzt läutete und die Rufe »Zur Ordnung! zur Ordnung!« sich verdoppelten. Aber tapfer und überdies durch »drei Tassen Kaffee« gestärkt, die er vorher getrunken, stritt er mitten unter den andern.

»Wie, ich! ein Aristokrat? Geht doch!«

Als er sich schließlich erklären konnte, setzte er ihnen auseinander, daß man mit den Priestern niemals Ruhe haben werde. Da man eben von Ersparnissen gesprochen habe, große könne man erzielen durch Abschaffung der Kirchen, Ciborien, aller Gottesdienste.

Jemand hielt ihm vor, daß er sehr weit gehe.

»Ja, ich gehe weit! Aber wenn ein Schiff vom Sturm überrascht wird ...«

Ohne das Ende des Vergleiches abzuwarten, antwortete ihm ein anderer:

»Zugegeben! aber das will heißen, mit einem einzigen Schlag einreißen, wie ein Maurer, ohne Wahl ...«

»Sie beleidigen die Maurer!« brüllte ein mit Mörtel bedeckter Bürger, und im hartnäckigen Glauben, daß man ihn herausgefordert habe, stieß er Beleidigungen aus, wollte sich schlagen, klammerte sich an seine Bank. Drei Mann waren nicht zu viel, ihn an die Luft zu setzen.

Der Arbeiter blieb jedoch immer auf der Tribüne. Die beiden Sekretäre ersuchten ihn, sie zu verlassen. Er erhob Einspruch gegen die Ungesetzlichkeit, die man ihm zufüge.

»Ihr werdet mich nicht abhalten zu rufen: Ewige Liebe unserem geliebten Frankreich! Ewige Liebe auch der Republik!«

»Bürger!« sagte nun Compain, »Bürger!«

Nachdem er durch wiederholtes Rufen des Wortes »Bürger« etwas Ruhe erlangt hatte, stützte er seine beiden roten Hände, die wie Stümpfe aussahen, auf die Tribüne, beugte sich vornüber, kniff die Augen zu und sagte:

»Ich glaube, man müßte dem Kalbskopf eine viel größere Verbreitung angedeihen lassen.«

Alle schwiegen, glaubten mißverstanden zu haben.

»Ja, dem Kalbskopf!«

Dreihundertstimmiges Lachen brach mit einem Schlage aus. Die Decke erzitterte. Vor all diesen vor Vergnügen verzerrten Gesichtern wich Compain zurück. Mit wütendem Tone fuhr er fort:

»Wie! Ihr kennt den Kalbskopf nicht?«

Es war ein Paroxysmus, ein Delirium. Man hielt sich die Seiten. Einige fielen sogar zu Boden unter die Bänke. Compain, der es nun nicht länger aushielt, flüchtete sich neben Regimbart und wollte ihn mit sich ziehen.

»Nein! ich bleibe bis zum Schluß!« sagte der Citoyen.

Diese Antwort brachte Frédéric zum Entschluß; als er zu seiner Unterstützung rechts und links nach seinen Freunden suchte, bemerkte er vor sich Pellerin auf der Tribüne. Der Künstler behandelte die Menge von oben herab.

»Ich möchte doch wissen, wo bei alledem der Kandidat für die Kunst bleibt? Ich habe ein Bild gemalt ...«

»Wir brauchen keine Bilder!« rief brutal ein hagerer Mann mit roten Flecken auf den Wangen.

Pellerin beschwerte sich laut über die Unterbrechung.

Doch der andere fuhr fort mit tragischem Ton:

»Hätte die Regierung nicht schon längst durch eine Verordnung die Prostitution und das Elend abschaffen müssen?«

Da dieses Wort ihm sofort die Gunst des Volkes verschaffte, donnerte er gegen die Verderbtheit der großen Städte.

»Schimpf und Schande! Man müßte die Bürger beim Verlassen der Maison d'Or erwischen und ihnen ins Gesicht speien! Wenn die Regierung doch wenigstens die Liederlichkeit nicht begünstigte! Aber die Stadtzollbeamten benehmen sich gegen unsere Töchter und Schwestern derartig unanständig ...«

Eine Stimme rief von ferne:

»Das ist spaßig!«

»Hinaus!«

»Man zieht aus uns die Steuern heraus, um die Liederlichkeit zu bezahlen! So die hohen Gehälter der Schauspieler ...«

»Mir das!« schrie Delmar.

Er stürzte auf die Tribüne, schob alle beiseite, nahm seine Pose ein, erklärte, daß er solche platte Beschuldigungen verachte, und verbreitete sich dann über die zivilisatorische Mission des Schauspielers. Da das Theater der Herd der nationalen Bildung sei, stimme er für die Reform des Theaters. Vor allem keine Direktionen, keine Vorrechte mehr!

»Ja! keinerlei Art!«

Das Gebaren des Schauspielers erhitzte die Menge; umstürzlerische Anträge kreuzten sich.

»Keine Akademien mehr! kein ›Institut‹!«

»Keine Missionen mehr!«

»Kein Abitur!«

»Nieder mit den akademischen Würden!«

»Behalten wir sie bei«, sagte Sénécal, »aber sie sollen durch das allgemeine Stimmrecht, durch das Volk, den einzigen wahren Richter, verliehen werden!«

Das Wesentliche sei dies übrigens nicht! Zuerst müsse man die Reichen auf das allgemeine Niveau herabgedrückt haben! Und er schilderte sie, wie sie sich mit Verbrechen geradezu vollpfropften unter ihren vergoldeten Zimmerdecken, während die Armen in elenden Dachkammern sich vor Hunger winden und alle Tugenden pflegen. Der Beifall wurde so stark, daß er innehalten mußte. Während einiger Minuten blieb er mit geschlossenen Augen stehen, den Kopf zurückgeworfen, sich gleichsam wiegend auf der Empörung, die er entfachte.

Dann fuhr er in dogmatischem Ton fort, in Sätzen, die gebieterisch klangen wie Gesetze. Der Staat müsse sich der Bank und des Versicherungswesens bemächtigen. Die Erbschaften seien abzuschaffen. Für die Arbeiter sei ein soziales Kapital zu stiften. Viele andere Maßregeln seien für die Zukunft erforderlich. Diese genügten jedoch für den Augenblick; dann kam er auf die Wahlen zurück:

»Wir brauchen lautere Bürger, völlig neue Menschen! Meldet sich jemand?«

Frédéric erhob sich. Ein beifälliges Gesumme entstand, das von seinen Freunden ausging. Aber Sénécal begann mit einer Miene wie Fouquier-Tinville ihn nach seinem Namen, Vornamen, früheren Lebenswandel, Sittenführung auszufragen.

Frédéric antwortete ihm kurz und biß sich auf die Lippen. Sénécal fragte nun, ob jemand etwas gegen diese Kandidatur einzuwenden habe.

»Nein! Nein!«

Aber er selbst, er habe etwas einzuwenden. Alle beugten sich vor und spitzten die Ohren. Der Citoyen, der sich hier bewerbe, habe eine gewisse Summe nicht abgeliefert, die er für eine demokratische Gründung, für eine Zeitung versprochen hatte. Außerdem habe er am 22. Februar, obwohl genügend benachrichtigt, die Versammlung Place du Panthéon versäumt.

»Ich schwöre, daß er bei den Tuilerien war!« rief Dussardier.

»Können Sie schwören, ihm am Panthéon gesehen zu haben?«

Dussardier senkte den Kopf. Frédéric schwieg; seine Freunde waren entrüstet und betrachteten ihn unruhig.

»Können Sie uns wenigstens«, fuhr Sénécal fort, »einen Patrioten angeben, der uns für Ihre Prinzipien einsteht?«

»Ich!« sagte Dussardier.

»Oh! ein anderer! das genügt nicht!«

Frédéric wandte sich zu Pellerin. Der Künstler erwiderte ihm durch ein Übermaß von Gebärden, die sagen sollten:

»Ja, mein Lieber, Sie haben mich abgewiesen! Zum Teufel! was wollen Sie!«

Nun stieß Frédéric Regimbart mit dem Ellbogen an.

»Ja! es ist wahr! es ist an der Zeit! ich gehe hinauf!«

Regimbart stieg jetzt auf die Estrade, wies dann auf den Spanier, der ihm gefolgt war, und sagte:

»Erlaubt mir, Bürger, euch einen Patrioten aus Barcelona vorzustellen!«

Der Patriot machte einen großen Bückling, rollte die glänzenden Augen wie ein Automat und hub an, die Hand auf dem Herzen: »Ciudadanos! mucho aprecio el honor que me dispensáis, y si grande es vuestra bondad mayor es vuestra atención.«

»Ich verlange das Wort!« schrie Frédéric

»Desde que se proclamó la constitución de Cádiz, ese pacto fundamental de las libertades españolas, hasta la última revolución, nuestra patria cuenta numerosos y heróicos mártires.«

Frédéric wollte sich noch einmal Gehör verschaffen:

»Aber Bürger ...!«

Der Spanier fuhr fort:

»El martes próximo tendrá lugar en la iglesia de la Magdalena un servicio fúnebre.«

»Das wird doch zu dumm! niemand versteht etwas!«

Diese Bemerkung erbitterte die Menge.

»Hinaus! Hinaus!«

»Wer? ich?« fragte Frédéric.

»Ja, Sie!« sagte Sénécal majestätisch. »Verlassen Sie den Saal!«

Er stand auf, um zu gehen, und die Stimme des Iberiers verfolgte ihn:

»Y todos los Españoles desearían ver allí reunidas las deputaciones de los clubs y de la milicia nacional. Una oración fúnebre, en honor de la libertad española y del mundo entero, será pronunciada por un miembro del clero de Paris en la sala Bonne-Nouvelle. Honor al pueblo francés, que llamaría yo el primero pueblo del mundo, si no fuese ciudadano de otra nación!«

»Aristokrat!« kreischte ein Lümmel und zeigte Frédéric die Faust. Der stürzte entrüstet hinaus in den Hof.

Er warf sich seine Aufopferung vor, ohne zu bedenken, daß die gegen ihn vorgebrachten Beschuldigungen eigentlich gerechtfertigt waren. Welch fatale Idee war diese Kandidatur doch gewesen! Aber was für Esel, was für blödsinnige Menschen! Er verglich sich mit diesen Männern, und ihre Torheit ließ es ihn leichter tragen, daß man seinen Stolz verwundet hatte.

Dann empfand er das Bedürfnis, Rosanette zu sehen. Nach so viel Häßlichem und so viel hohler Prahlerei mußte ihre liebe Person eine Erholung sein. Sie wußte, daß er sich am Nachmittag in einem Klub vorstellen mußte. Doch als er eintrat, stellte sie ihm nicht einmal eine Frage deswegen.

Sie saß beim Feuer und trennte das Futter aus einem Kleide. Eine solche Arbeit überraschte ihn.

»Ei! was machst du denn da?«

»Du siehst es ja«, antwortete sie trocken. »Ich flicke meine Sachen! Das macht deine Republik!«

»Warum meine Republik?«

»Ist es vielleicht die meine?«

Und sie begann ihm über alles Vorwürfe zu machen, was seit

zwei Monaten in Frankreich vorging, beschuldigte ihn, die Revolution angezettelt zu haben, die Ursache davon zu sein, daß man ruiniert sei, daß die reichen Leute Paris verließen und sie später im Hospital sterben werde.

»Du mit deinen Renten hast gut reden! Übrigens, wenn es so weiter geht, wirst du sie nicht lange mehr haben, deine Renten.«

»Das mag sein«, sagte Frédéric, »die sich am meisten aufopfern, werden immer verkannt, und wenn man nicht sein gutes Gewissen für sich hätte, könnten einem die Esel, mit denen man sich kompromittiert, die Selbstverleugnung verleiden.«

Rosanette sah ihn mit zusammengezogenen Brauen an.

»Ah! Was? Welche Selbstverleugnung? Der Herr hat keinen Erfolg gehabt, wie es scheint? Um so besser! Das wird dir eine Lehre sein, keine patriotischen Schenkungen zu machen. Oh! lüge nicht! Ich weiß, daß du ihnen dreihundert Francs gegeben hast, denn sie läßt sich aushalten, deine Republik! Meinetwegen, amüsiere dich mit ihr, mein Alter!«

Unter dieser Flut von Albernheiten fiel Frédéric aus der ersten Enttäuschung in eine noch viel tiefere.

Er hatte sich in den Hintergrund des Zimmers zurückgezogen.

Sie ging zu ihm hinüber.

»Nun! Denke einmal ein bißchen logisch! In einem Land so gut wie in einer Haushaltung ist ein Herr nötig, sonst macht jeder seinen Schmu. Erstens weiß jedermann, daß Ledru-Rollin tief in Schulden steckt! Was Lamartine anbetrifft, wie willst du verlangen, daß ein Dichter sich auf Politik verstehe? Ah! Du kannst wohl den Kopf schütteln und dich klüger dünken als alle die anderen, es ist dennoch wahr! Aber du streitest ja immer, man kann bei dir kein Wort anbringen! Da ist zum Beispiel Fournier-Fontaine von den Saint-Roch-Warenhäusern, weißt du, wieviel er schuldet? Achthunderttausend Francs! Und Gomer, der Packer gegenüber, auch ein Republikaner, zerschlug die Feuerzange auf dem Kopfe seiner Frau und trank soviel Absinth, daß man ihn jetzt in eine Irrenanstalt geben muß. Und so sind sie alle, die Republikaner! Eine Republik zu fünfundzwanzig Prozent! Ah ja! Prahle nur!«

Frédéric ging. Die Albernheit dieses Frauenzimmers, die sich plötzlich in pöbelhaften Reden enthüllte, widerte ihn an. Er fühlte sich sogar wieder ein wenig Patriot geworden.

Rosanettes schlechte Laune steigerte sich immer mehr. Mademoiselle Vatnaz reizte sie durch ihre Begeisterung. In dem Glauben, eine Mission zu erfüllen zu haben, hatte sie eine wahre Sucht, hochtrabende Reden zu halten, zu predigen. In diesen Dingen viel gewandter als ihre Freundin, überhäufte sie sie mit Beweisgründen.

Eines Tages kam sie, ganz empört über Hussonnet, der sich Zoten im Frauenklub erlaubt hatte. Rosanette fand das Betragen Hussonnets ganz richtig und sagte sogar, daß sie in Männerkleidern hingehen wolle, um »ihnen den Standpunkt klarzumachen, all den Weibern, und sie durchzupeitschen.«

In diesem Augenblick trat Frédéric ein.

»Du wirst mich dorthin begleiten, nicht wahr?«

Und trotz seiner Gegenwart zankten sie sich weiter, indem eine die Bürgerin, die andere die Philosophin spielte.

Nach Rosanettes Meinung waren die Frauen ausschließlich zur Liebe geboren, zum Aufziehen von Kindern, zur Führung eines Haushalts.

Nach Mademoiselle Vatnaz mußte die Frau ihren Platz im Staat haben. Ehemals gaben die Gallierinnen Gesetze, die Angelsächsinnen ebenfalls. Die Frauen der Huronen bildeten einen Teil des Rats. Das Werk der Zivilisation sei eine Sache aller. Alle müßten dazu beitragen, endlich den Eigennutzen durch Brüderlichkeit ersetzen, den Individualismus durch Genossenschaft, die Zersplitterung durch die große Kultur.

»So ist's recht! Du verstehst dich jetzt auf Kultur?«

»Warum nicht? Übrigens handelt es sich um die Menschheit, um deren Zukunft!«

»Kümmere dich doch um die deine!«

»Das ist meine Sache!«

Sie wurden wild, Frédéric schritt vermittelnd ein. Die Vatnaz erhitzte sich und ging zuletzt so weit, den Kommunismus zu verteidigen.

»Welch ein Unsinn!« sagte Rosanette. »Würde denn das jemals durchführbar sein?«

Die andere nannte als Beweis die Essäer, die Herrnhuter, die Jesuiten von Paraguay, die Familie der Pingons in der Nähe von Thiers in der Auvergne, und da sie stark gestikulierte, verfing sich ihre Uhrkette in der Masse ihrer Berlocken an einem kleinen goldenen Schäfchen, das daran hing.

Plötzlich wurde Rosanette außerordentlich bleich.

Mademoiselle Vatnaz fuhr fort, ihr Anhängsel loszumachen.

»Gib dir nicht soviel Mühe«, sagte Rosanette, »jetzt kenne ich deine politischen Ansichten.«

»Was?« erwiderte die Vatnaz, die wie ein junges Mädchen errötete.

»Oh! Oh! du verstehst mich!«

Frédéric begriff nichts. Es mußte tatsächlich zwischen ihnen etwas vorgefallen sein, was wichtiger und intimer war als der Sozialismus.

»Und wenn dem so wäre?« erwiderte die Vatnaz und richtete sich unerschrocken auf. »Es ist ein Darlehen, meine Liebe, Schuld um Schuld!«

»Meiner Treu! Ich leugne die meine nicht ab! Wegen ein paar tausend Francs, es ist nicht der Mühe wert! Ich borge wenigstens, ich bestehle niemand!«

Mademoiselle Vatnaz bemühte sich zu lachen.

»Oh! Ich lege meine Hand dafür ins Feuer.«

»Nimm dich in acht! Sie ist trocken genug, um zu brennen.«

Das alte Mädchen hielt ihr die rechte Hand hin, gerade vors Gesicht.

»Es gibt aber unter deinen Freunden solche, die sie nach ihrem Geschmack finden!«

»Dann sind es Andalusier? Als Kastagnetten!«

»Vettel!«

Die Marschallin machte eine tiefe Verbeugung:

»Man kann nicht reizender sein!«

Mademoiselle Vatnaz antwortete nicht. Schweißtropfen standen auf ihren Schläfen. Ihre Augen hefteten sich auf den Teppich. Sie keuchte. Endlich erreichte sie die Tür, und indem sie sie heftig zuwarf:

»Guten Abend! Sie werden von mir hören!«

»Sehr angenehm!« sagte Rosanette.

Ihre erzwungene Zurückhaltung hatte Rosanette erschöpft. Bebend fiel sie auf den Diwan, stammelte Beschimpfungen und vergoß Tränen. War es die Drohung der Vatnaz, die sie quälte? Ach nein, die war ihr ganz einerlei! Aber was dann? Schuldete die andere ihr vielleicht Geld? Es war das goldene Schäfchen, ein Geschenk, und mitten in ihren Tränen entschlüpfte ihr der Name Delmar. Also! Sie liebte den Komödianten!

»Ja, warum hat sie dann mich genommen?« fragte sich Frédéric. »Wie kommt es, daß er wiederkam? Wer zwingt sie, mich zu behalten? Was hat dies alles zu bedeuten?«

Rosanette fuhr fort, leise zu schluchzen. Sie lag noch immer am Rande des Diwans, auf der Seite, die rechte Wange auf beiden Händen, und schien ein Geschöpf so zart, so leichtfertig, so voller Schmerz, daß er sich ihr näherte und sie sanft auf die Stirn küßte.

Nun versicherte sie ihn ihrer Zärtlichkeit. Der Prinz sei abgereist, sie seien frei. Aber augenblicklich sei sie ... etwas knapp daran. »Du hast es neulich selbst gesehen, als ich mein altes Futter verarbeitet habe.« Keine Equipage mehr! Und damit nicht genug, der Tapezierer drohe, die Möbel des Wohnzimmers und des Salons zurückzunehmen. Sie wisse nicht, was tun.

Frédéric verspürte Lust zu sagen: »Beunruhige dich nicht! Ich werde alles bezahlen!« Aber das Dämchen konnte wieder lügen. Die Erfahrung hatte ihn belehrt. Er begnügte sich einfach damit, ihr Trost zuzusprechen.

Rosanettes Befürchtungen waren nicht unberechtigt, die Möbel mußten zurückgegeben und die schöne Wohnung in der Rue Druot verlassen werden. Sie mietete eine andere auf dem Boulevard Poissonnière, im vierten Stock. Die Raritäten ihres ehemaligen Boudoirs genügten, um den drei Zimmern ein gefälliges Aussehen zu verleihen. Da waren chinesische Rollvorhänge, ein Zelt auf der Terrasse, im Salon ein noch ganz neuer Teppich (ein Gelegenheitskauf) und Sessel in rosa Seide. Frédéric hatte reichlich zu diesen Erwerbungen beigetragen; er empfand die Freude eines Neuvermählten, der endlich ein Haus, eine Frau sein eigen nennt. Da es ihm dort sehr gut gefiel, kam er fast jeden Abend, um dort zu schlafen.

Als er eines Morgens aus dem Vorzimmer trat, bemerkte er im dritten Stock auf der Treppe den Schako eines Nationalgardisten, der heraufkam. Wohin ging er wohl? Frédéric wartete. Der Mann stieg immer weiter die Treppe hinauf, den Kopf etwas gesenkt; er blickte auf. Es war Herr Arnoux. Die Lage war klar. Beide erröteten zu gleicher Zeit, von derselben Verlegenheit ergriffen.

Arnoux fand als erster einen Weg, sich davon zu befreien.

»Es geht ihr besser, nicht wahr?« Wie wenn Rosanette krank sei und er gekommen, um sich nach ihr zu erkundigen.

Frédéric benutzte diese Einleitung.

»Ja, gewiß! Ihr Mädchen hat es mir wenigstens gesagt.«

Er wollte damit zu verstehen geben, daß man ihn nicht empfangen hatte.

Dann blieben sie einander gegenüber stehen, beide unentschlossen sich betrachtend. Es handelte sich darum, wer von ihnen nicht gehen werde. Wieder war es Arnoux, der die Frage entschied.

»Ach was! Ich spreche später noch einmal vor! Wo wollten Sie hin? Ich begleite Sie!«

Als sie auf der Straße waren, plauderte er ebenso ungezwungen wie sonst. Entweder war er nicht eifersüchtig oder viel zu gutmütig, um sich zu ärgern.

Überdies beschäftigte ihn das Vaterland sehr. Er legte jetzt die

Uniform gar nicht mehr ab. Am 29. März hatte er die Büros der »Presse« verteidigt. Als man in die Kammer eindrang, zeichnete er sich durch seine Tapferkeit aus und war bei dem Bankett, das der Nationalgarde von Amiens gegeben wurde, zugegen.

Hussonnet, der immer mit ihm im Dienst war, sprach wie keiner seiner Kürbisflasche und seinen Zigarren zu. Von Natur aus respektlos, gefiel er sich dabei, ihm zu widersprechen, riß den wenig korrekten Stil der Verfügungen, der Konferenzen im Luxemburg herunter, ebenso die Vesuvierinnen, die Tiroler, alles, selbst den Wagen des Ackerbaus, der von Pferden anstatt von Ochsen gezogen und von häßlichen Mädchen begleitet war. Arnoux dagegen verteidigte die Regierung, träumte von einer Fusion der Parteien. Indessen nahmen seine Geschäfte eine schlimme Wendung. Dieser Umstand beunruhigte ihn jedoch wenig.

Frédérics Beziehungen zu Rosanette hatten ihn nicht im geringsten gekränkt; denn diese Entdeckung berechtigte ihn (vor seinem Gewissen) dazu, die Pension, die er ihr seit der Abreise des Fürsten zahlte, wegfallen zu lassen. Er schützte die Schwierigkeit der Verhältnisse vor, stöhnte viel, und Rosanette war großmütig. Nun betrachtete sich Monsieur Arnoux als Geliebter des Herzens – was ihn in seiner Achtung hob und ihn verjüngte.

Da er nicht daran zweifelte, daß Frédéric die Marschallin bezahlte, verfiel er darauf, eine Komödie aufzuführen, trieb es so weit, sich vor ihm zu verbergen, und ließ ihm freie Bahn, wenn sie sich begegneten.

Diese Teilung verletzte Frédéric, und die Höflichkeiten seines Nebenbuhlers schienen ihm ein zu weit geführter Spott. Aber wenn er sich ärgerte, beraubte er sich dadurch jeder Aussicht auf eine Rückkehr zur anderen, und dann war es der einzige Weg, von ihr sprechen zu hören. Der Fayencehändler gedachte ihrer aus Gewohnheit oder vielleicht aus Bosheit gern in seinen Gesprächen und fragte ihn sogar, warum er sie nicht mehr besuche.

Frédéric, der alle Vorwände erschöpft hatte, versicherte, daß er mehrmals vergeblich bei Madame Arnoux gewesen sei. Arnoux blieb davon überzeugt, denn er sprach oft ihr gegenüber sein Erstaunen aus, daß ihr Freund nicht da sei; sie erwiderte dann, sie habe seinen Besuch verfehlt, so daß die Lügen beider sich verstärkten, anstatt sich zu durchkreuzen.

Die Sanftmut des jungen Mannes und die Freude, ihn zum Narren zu halten, veranlaßten Arnoux, ihn um so mehr zu lieben. Er trieb die Vertraulichkeit bis zur äußersten Grenze, nicht aus Geringschätzung, sondern aus wirklichem Vertrauen. Eines Tages schrieb er ihm, daß ein dringendes Geschäft ihn auf vierundzwanzig Stunden in die Provinz rufe, und bat ihn, an seiner Stelle Posten zu stehen. Frédéric wagte nicht, es abzuschlagen, und begab sich auf die Wache beim Carrousel.

Er mußte die Gesellschaft der Nationalgardisten über sich ergehen lassen! Außer einem Zeugsichter, einem drolligen Menschen, der unmäßig trank, schienen ihm alle dümmer als ihre Patronentaschen. Die Hauptunterhaltung drehte sich um den Ersatz des Mannschaftslederzeugs durch Degenkoppel. Andere entrüsteten sich gegen die Nationalwerkstätten. Es hieß: »Wohin treiben wir?« Der, an den die Frage gerichtete war, riß die Augen auf, als stünde er am Rande eines Abgrundes, und wiederholte: »Wohin treiben wir?« Dann rief ein Kühnerer: »Das kann nicht so weitergehen! Es muß ein Ende gemacht werden!« Da dieselben Reden sich bis zum Abend wiederholten, langweilte sich Frédéric tödlich.

Seine Überraschung war groß, als er um elf Uhr Arnoux erscheinen sah, der sogleich erklärte, daß er herbeigeeilt sei, um ihn zu befreien, da sein Geschäft abgewickelt sei.

Er hatte kein Geschäft gehabt. Es war nur ein Vorwand, um vierundzwanzig Stunden mit Rosanette zubringen zu können. Aber der gute Arnoux hatte sich zuviel zugetraut, so daß ihn, als er erschlaffte, Gewissensbisse ergriffen. Er war gekommen, um sich bei Frédéric zu bedanken und ihn zum Souper einzuladen.

»Tausend Dank! Ich bin nicht hungrig! Ich verlange nichts als mein Bett!«

»Ein Grund mehr, um zusammen zu frühstücken! Welch ein Schwächling Sie sind! Jetzt geht man nicht nach Haus! Es ist zu spät! Es könnte gefährlich sein!«

Nochmals gab Frédéric nach. Arnoux, den zu sehen man nicht erwartet hatte, wurde von seinen Waffenbrüdern, hauptsächlich von dem Zeugsichter, verhätschelt. Alle liebten ihn, und er war ein so guter Kerl, daß er die Gegenwart Hussonnets vermißte. Aber er mußte nur für einen Augenblick die Augen schließen.

»Legen Sie sich neben mich«, sagte er zu Frédéric, indem er sich auf das Feldbett ausstreckte, ohne sein Lederzeug abzulegen. Aus Furcht vor Alarm behielt er sogar gegen die Vorschrift sein Gewehr; dann murmelte er ein paar Worte: »Mein Liebling! Mein kleiner Engel!« und schlief rasch ein.

Die noch sprachen, verstummten, und bald herrschte auf der Wache eine tiefe Stille. Von den Flöhen gepeinigt, sah Frédéric sich um. An der gelbgetünchten Wand war in halber Höhe ein langes Brett angebracht, auf dem die Tornister eine Reihe kleiner Erhöhungen bildeten, während die bleifarbenen Gewehre eines neben das andere gestellt waren. Ein Schnarchen erhob sich von den Gardisten her, deren Bäuche sich verschwommen aus dem Dunkel abhoben. Eine leere Flasche und Teller standen auf dem Ofen, drei Strohstühle um den Tisch, auf dem ein Spiel Karten lag. Von einer Trommel mitten auf der Bank hing ein Riemen herab. Der heiße Wind, der von der Tür herkam, machte die Lampe qualmen. Arnoux schlief mit ausgebreiteten Armen; da sein Gewehr ein wenig schräg mit dem Kolben nach unten lag, reichte die Öffnung des Laufes unter seine Achselhöhle. Frédéric bemerkte es und erschrak.

»Aber nein doch! Ich habe unrecht! Es ist nichts zu befürchten! Doch, wenn er stürbe …«

Und sogleich zog eine Flucht von Bildern an ihm vorüber. Er sah sich mit »ihr«, nachts, in einer Postkutsche; dann am Sommerabend am Ufer eines Flusses und unter dem Schein einer Lampe bei ihnen, in ihrem Haus. Seine Gedanken verweilten sogar bei hausväterlichen Berechnungen und Anordnungen, er sah sein Glück vor Augen, glaubte es greifen zu können – und um es verwirklicht zu sehen, brauchte sich nur der Hahn des Gewehrs zu heben! Man konnte ihn mit der Zehenspitze anstoßen, der Schuß würde losgehen, durch einen Zufall, weiter nichts!

Frédéric malte sich diese Vorstellung aus wie ein Dramatiker, der einen Plan entwirft. Plötzlich schien es ihm, sie sei der Verwirklichung nahe, er selber sei im Begriffe, dazu beizutragen, er trage das Verlangen dazu in sich. Eine große Furcht überkam ihn. Mitten in dieser Angst empfand er Freude und tauchte mehr und mehr darin unter, indem er mit Schrecken seine Bedenken schwinden sah. Im Taumel seines Traumes erlosch die übrige Welt für ihn, und er war sich seiner selbst nur durch einen unerträglichen Alp bewußt.

»Trinken wir Weißwein?« fragte der Zeugsichter, der erwachte.

Arnoux sprang auf. Nachdem der Weißwein getrunken war, wollte er für Frédéric Posten stehen.

Dann nahm er ihn zum Frühstück zu Parly, Rue de Chartres, mit. Da er das Bedürfnis hatte, sich zu stärken, bestellte er zwei Fleischplatten, einen Hummer, ein Omelette mit Rum, Salat usw., das ganze befeuchtet mit einem Sauterne von 1819, einem Romanée von 42, ohne den Champagner und die Liköre zum Dessert zu rechnen.

Frédéric widersprach ihm in nichts. Er war befangen, wie wenn der andere auf seinem Gesicht die Spuren seiner Gedanken hätte entdecken können.

Die beiden Ellbogen auf den Rand gestützt und tief herabgebeugt, vertraute Arnoux ihm seine Pläne an, wobei er ihn durch sein Anschauen ermüdete.

Er hatte Lust, alle Dämme der Nordbahn zu pachten, um Kartoffeln darauf zu pflanzen, oder auch einen Riesenumzug auf den Boulevards zu veranstalten, in dem die »Berühmtheiten des Tages« mitmachen sollten. Er wollte dann alle Fenster vermieten, was bei einem Durchschnitt von drei Francs einen hübschen Gewinn abwerfen würde. Kurz, er träumte von einem großen finanziellen Erfolg mit Hilfe eines wucherischen Unternehmens. Gleichwohl war er moralisch, tadelte die Ausschreitungen, die Liederlichkeit, sprach von seinem »armen Vater« und prüfte jeden Abend sein Gewissen, wie er sagte, ehe er Gott seine Seele befahl.

»Ein wenig Curaçao, was?«

»Wie Sie wünschen.«

Was die Republik anlange, so würden die Dinge schon ins Lot kommen; er fand schließlich, daß er der glücklichste Mann auf der Welt sei. Dann vergaß er sich, rühmte Rosanettes Eigenschaften, verglich sie sogar mit seiner Frau. Das sei etwas ganz anderes! Man könne sich von so schönen Schenkeln gar keine Vorstellung machen.

»Auf Ihr Wohl!«

Frédéric stieß mit an. Er hatte aus Gefälligkeit ein wenig zuviel getrunken, überdies blendete ihn die helle Sonne, und als sie zusammen die Rue Vievienne hinaufgingen, berührten ihre Epauletten sich brüderlich.

Zu Haus schlief Frédéric bis um sieben Uhr. Dann ging er zur Marschallin. Sie war mit jemandem ausgegangen. Mit Arnoux vielleicht? Da er nichts anzufangen wußte, setzte er seinen Spaziergang auf dem Boulevard fort, konnte aber nicht über die Porte Saint-Martin hinausgelangen, so viele Menschen waren unterwegs.

Das Elend überließ eine beträchtliche Anzahl von Arbeitern sich selbst, und sie kamen jeden Abend dorthin, wahrscheinlich zur Musterung und in Erwartung eines Signals. Trotz des Verbots von Ansammlungen vermehrten sich diese »Klubs der Verzweifelten« in erschreckender Weise, und viele Bürger begaben sich täglich dorthin, aus Prahlerei oder weil es Mode war.

Plötzlich bemerkte Frédéric drei Schritte von sich entfernt Monsieur Dambreuse mit Martinon. Er wandte sich ab; denn Monsieur Dambreuse hatte sich zum Abgeordneten ernennen lassen, und Frédéric grollte ihm deswegen. Doch der Geldmann hielt ihn an.

»Ein Wort, lieber Herr! Ich bin Ihnen eine Erklärung schuldig.«

»Ich verlange keine.«

»Ich bitte Sie! Hören Sie mich an.«

Es sei keineswegs seine Schuld. Man habe ihn gebeten, gewissermaßen gezwungen. Sofort unterstützte Martinon seine Worte: die Einwohner von Nogent hatten eine Deputation zu ihm geschickt.

»Überdies dachte ich frei zu sein, von dem Augenblick an …«

Ein Gedränge der Menschen auf dem Trottoir zwang Monsieur Dambreuse zurückzuweichen. Eine Minute später erschien er wieder und sagte zu Martinon: »Sie haben mir da wirklich einen Dienst geleistet! Sie werden es nicht zu bereuen haben …«

Alle drei lehnten sich an einen Laden, um bequemer plaudern zu können.

Von Zeit zu Zeit schrie man: »Es lebe Napoléon! Es lebe Barbès! Nieder mit Marie!« Die zahllosen Menschen sprachen sehr laut – und all diese Stimmen wurden von den Häusern zurückgeworfen, es glich der ununterbrochenen Brandung in einem Hafen. Zu gewissen Augenblicken verstummten sie; dann ertönte die Marseillaise. Unter den Torwegen boten geheimnisvoll tuende Männer Dolchstöcke an. Zuweilen blinzelten sich zwei Individuen, die aneinander vorübergingen, zu und entfernten sich darauf rasch. Gruppen von Gaffern nahmen das Trottoir ein, eine dichte Menschenmasse bewegte sich auf dem Pflaster. Ganze Trupps von Polizisten kamen aus den Gassen, um augenblicklich wieder darin zu verschwinden. Hier und dort erschienen kleine rote Fähnchen, Flammen gleich. Kutscher gestikulierten lebhaft auf ihren Böcken und kehrten dann um. Es war ein Gewoge, ein höchst unterhaltendes Schauspiel.

»Wie das alles Mademoiselle Cécile Spaß gemacht hätte!« sagte Martinon.

»Meine Frau liebt es nicht, wie Sie wissen, daß meine Nichte mit uns geht«, antwortete lächelnd Monsieur Dambreuse.

Man hätte ihn nicht wiedererkannt. Seit drei Monaten schrie er:

»Es lebe die Republik!« und hatte sogar für die Verbannung der Orléans gestimmt. Aber die Zugeständnisse sollten aufhören. Er war so aufgebracht, daß er sogar einen Totschläger in der Tasche trug.

Martinon hatte ebenfalls einen. Da das Richteramt nicht mehr unwiderruflich war, hatte er sich vom Gerichtsdienst zurückgezogen und übertraf Monsieur Dambreuse noch an Heftigkeit.

Lamartine war dem Bankier besonders verhaßt, weil er Ledru-Rollin unterstützt hatte, und mit ihm Pierre-Leroux, Proudhon, Considérant, Lamennais, all die Hirnverbrannten, alle Sozialisten.

»Denn, zu guter Letzt, was wollen sie eigentlich? Man hat den Stadteinfuhrzoll auf das Fleisch aufgehoben, ebenso das Zwangsmittel der körperlichen Haft. Jetzt arbeitet man ein Projekt für eine Hypothekenbank aus, neulich war es eine Nationalbank! Fünf Millionen stehen im Budget für die Arbeiter! Aber glücklicherweise ist dies, dank Monsieur de Falloux, nun zu Ende! Glückliche Reise! Sie sollen nur zusehen, daß sie verschwinden!«

In der Tat hatte der Minister der öffentlichen Arbeiten, da er nicht wußte, wie er die hundertdreißigtausend Arbeiter der Nationalwerkstätten ernähren sollte, an diesem selben Tage gerade einen Erlaß unterzeichnet, der alle Bürger zwischen achtzehn und zwanzig Jahren aufforderte, als Soldaten in Dienst zu treten oder auch sich in die Provinzen zu begeben, um dort das Land zu bebauen.

Diese Alternative empörte sie, da sie überzeugt waren, daß man die Republik zerstören wolle. Ein Leben, fern von der Hauptstadt, ging ihnen so nahe wie eine Verbannung. Sie sahen sich dort am Fieber sterben, in wilden Gegenden. Vielen, die an feine Arbeit gewöhnt waren, schien der Ackerbau überdies eine unwürdige Aufgabe; es war ein Köder, ein Hohn, eine formelle Ableugnung aller Versprechungen. Wenn sie widerstanden, würde man Gewalt anwenden, sie zweifelten nicht daran und bereiteten sich vor, ihr zuvorzukommen.

Um neun Uhr strömten die Ansammlungen, die sich bei der Bastille und beim Châtelet gebildet hatten, auf den Boulevard. Von der Porte Saint-Denis bis zur Porte Saint-Martin sah man nichts als ein ungeheures Gewimmel, eine einzige Masse dunklen, fast schwarzen Blaus. Die Männer, die man erblickte, hatten alle glühende Augen, ihre Hautfarbe war blaß, die Gesichter vom Hunger abgemagert und voller Empörung über die Ungerechtigkeit. Unterdessen hatten sich die Wolken geballt, der Gewitterhimmel steigerte die elektrische Spannung der Menge, die unentschlossen durcheinanderbrandete wie ein gewaltiger Wogenschwall. Man spürte in ihren Tiefen eine unberechenbare Kraft, wie die Energie eines Elementes. Dann fingen alle an zu singen: »Lampions! Lampions!« Da mehrere Fenster nicht erleuchtet wurden, warf man mit Steinen die Scheiben ein. Monsieur Dambreuse fand es ratsam, sich zu entfernen. Die beiden jungen Leute begleiteten ihn zurück.

Er sah großes Unheil voraus. Das Volk konnte noch einmal die Kammer überfallen, und bei dieser Gelegenheit erzählte er, wie er am 15. Mai ohne die Aufopferung eines Nationalgardisten den Tod gefunden hätte.

»Aber, ich vergaß! Es ist ja Ihr Freund, der Fayencehändler, Jacques Arnoux!«

Das Gewoge des Aufruhrs habe ihn fast erstickt, da sei er von diesem tapferen Bürger in seine Arme genommen und fortgebracht worden. Seitdem bestand eine Art Beziehung zwischen ihnen.

»Wir müssen dieser Tage zusammen speisen. Da Sie ihn oft sehen, versichern Sie ihn meiner Zuneigung. Er ist ein ausgezeichneter Mensch, der, glaube ich, verleumdet wird; und der Bursche hat Geist! Also, nochmals meine Komplimente! Guten Abend!«

Nachdem Frédéric Monsieur Dambreuse verlassen hatte, begab er sich wieder zur Marschallin. Mit sehr finsterer Miene sagte er ihr, daß sie zwischen ihm und Arnoux wählen müsse. Sie erwiderte sanft, daß sie nicht die Spur »von dem dummen Geschwätz« verstehe, Arnoux nicht liebe, daß ihr gar nichts an ihm gelegen sei. Frédéric hatte das heiße Verlangen, Paris zu verlassen. Sie wies diesen Einfall nicht zurück, und am nächsten Tag reisten sie nach Fontainebleau.

Das Hotel, in dem sie wohnten, unterschied sich von den andern durch einen Springbrunnen, der in der Mitte des Hofes plätscherte. Die Türen der Zimmer gingen auf einen langen Gang, wie in einem Kloster. Das, welches man ihnen gab, war groß, gut möbliert, die Wände mit Kattun bespannt, und still infolge der spärlichen Zahl der Reisenden. Müßige Bürgersleute gingen längs der Häuser dahin. Wenn dann der Abend anbrach, spielten Kinder auf der Straße Barlauf – diese Ruhe nach dem Tumult in Paris erschien ihnen wie ein Wunder, eine Beruhigung.

Frühmorgens gingen sie aus, um das Schloß zu besichtigen. Als sie durch das Gitter eintraten, übersahen sie seine ganze Fassade, die fünf Pavillons mit ihren spitzen Dächern, seine hufeisenförmige Treppe, die sich im Hintergrund des Hofes entwickelt und rechts und links von zwei niedrigen Gebäuden eingesäumt ist. Die Flechten auf dem Pflaster vermischen sich von fern mit den fahlen Tönen der Backsteine, und der ganze Palast, rostfarben wie eine alte Rüstung, hatte etwas königlich Starres, eine gewisse militärische Größe und Traurigkeit.

Endlich erschien ein Diener mit einem Schlüsselbund. Zuerst zeigte er ihnen die Gemächer der Königinnen, das Betzimmer des Papstes, die Galerie Franz' I., den kleinen Mahagonitisch, an dem der Kaiser seine Abdankung unterzeichnete, und in einem der Räume, welche die ehemalige Hirschgalerie zerteilen, die Stelle, wo Christine Monaldeschi ermorden ließ. Rosanette hörte dieser Geschichte aufmerksam zu, dann wandte sie sich zu Frédéric:

»Das geschah jedenfalls aus Eifersucht? Nimm dich in acht!«

Dann durchschritten sie den Ratssaal, den Gardesaal, den Thronsaal, den Salon Ludwigs XIII. Durch die hohen, gardinenlosen Fenster ergoß sich weißes Licht, Staub trübte leicht den Glanz der Fensterriegel, der kupfernen Füße der Konsolen, große Leinwandbezüge bedeckten überall die Sessel. Über den Türen waren Jagdszenen Ludwigs XV. und hier und dort Stickereien, die die Götter des Olymps, Psyche oder die Schlachten Alexanders darstellten.

Wenn Rosanette an den Spiegeln vorüberkam, blieb sie eine Minute stehen, um ihr Haar zu glätten.

Nach dem Wartturmhof und der Kapelle Saint-Saturnin gelangten sie in den Festsaal.

Sie waren geblendet von der Pracht des Gold- und Silberschmuckes der in gleiche Achtecke geteilten Decke, die feiner ziseliert ist als ein Juwel, geblendet von der Überfülle der Gemälde, die die Wände bedecken zwischen dem riesenhaften Kamin, an dem Köcher und Halbmonde das Wappen von Frankreich umgeben, bis zur Musikertribüne, die am anderen Ende die Breite des Saales einnimmt. Die zehn Bogenfenster standen weit offen. Die Malereien schimmerten in der Sonne, und der blaue Himmel schien bis ins Unendliche das Ultramarin der Bögen fortzusetzen. Es schien, als halle aus den Wäldern, deren duftige Wipfel den Horizont säumten, das Echo der Halalis aus den Elfenbeinhörnern herüber und die Klänge der mythologischen Balletts, die unter dem Laub die als Nymphen und Waldgötter verkleideten Prinzessinnen und adeligen Herren versammelten – eine Zeit naiver Wissenschaft, glühender Leidenschaften und prachtliebender Kunst, deren Ideal es war, die Welt in einen Hesperidentraum hinübergleiten zu lassen, und in der die Mätressen von Königen sich mit den Gestirnen vermischten. Die schönste dieser Berühmten hatte sich rechts als jagende Diana malen lassen, und sogar als Diana der Unterwelt, wahrscheinlich um ihre Macht bis jenseits des Grabes anzudeuten. All diese Symbole bestätigen ihren Ruhm, es ist hier etwas von ihr zurückgeblieben, eine schwach vernehmbare Stimme, ein Nachglanz bis in die Gegenwart.

Frédéric überkam in der Betrachtung des längst Vergangenen eine unaussprechliche Lüsternheit. Um seine Begierde abzulenken, betrachtete er Rosanette zärtlich und fragte sie, ob sie nicht diese Frau hätte sein mögen.

»Welche Frau?«

»Diana von Poitiers!«

Er wiederholte:

»Diana von Poitiers, die Maitresse Heinrichs II.«

Sie stieß ein kleines »Ah!« aus. Das war alles.

Ihr Schweigen bewies deutlich, daß sie nichts von ihr wußte, nicht verstand, so daß er aus Gefälligkeit zu ihr sagte:

»Vielleicht langweilst du dich?«

»Nein, nein, im Gegenteil!«

Und mit erhobenem Kinn, die Umgebung mit dem ausdruckslosesten Blick musternd, warf Rosanette das Wort hin:

»Das ruft Erinnerungen wach!«

Jedoch bemerkte man auf ihrem Gesicht eine Anstrengung, einen guten Willen zur Ehrfurcht, und da dies ernste Aussehen sie noch hübscher erscheinen ließ, verzieh ihr Frédéric.

Der Karpfenteich machte ihr mehr Spaß. Eine Viertelstunde lang warf sie Brotstücke ins Wasser, um die Fische emporschnellen zu sehen.

Frédéric hatte sich neben sie unter die Linden gesetzt. Er dachte an alle die Menschen, die in diesen Mauern geweilt hatten: Karl V., die Valois, Heinrich IV., Peter der Große, Jean-Jacques Rousseau und »die schönen Empfindsamen der ersten Ranglogen«, Voltaire, Napoléon, Pius VII., Louis-Philippe; er fühlte sich von diesen ungestümen Toten umgeben, von ihren Ellbogen berührt. Ein solcher Aufruhr der Geschichte betäubte ihn, obwohl er dennoch einen Reiz darin fand.

Nun gingen sie endlich in den Blumengarten. Er hat viereckige Gestalt. Mit einem einzigen Blick übersieht man seine breiten, gelben Alleen, seine Rasenbeete, seine Buchshecken, seine Pyramideneiben, seine niedrigen grünen Gewächse sowie die schmalen Blumenbeete, in denen spärlich verstreute Blumen Flecken auf der grauen Erde bilden. Am Ende des Gartens dehnt sich ein Park aus, der in seiner ganzen Breite von einem Kanal durchflossen wird.

Königliche Residenzen haben eine ganz eigene Melancholie, die ohne Zweifel von ihrer für die kleine Anzahl ihrer Besucher zu stattlichen Ausdehnung herrührt, von der Stille, die man nach so viel Fanfarenklang aus Überraschung empfindet, von ihrer starren Pracht, die durch ihr Alter von der Flüchtigkeit der Dynastien, vom ewigen Elend aller Dinge zeugt – und dieser Anhauch der Jahrhunderte, lähmend, düster wie Mumiengeruch, macht sich selbst bei naiven Geistern fühlbar. Rosanette gähnte maßlos. Sie kehrten ins Hotel zurück.

Nach dem Frühstück stand ein offener Wagen für sie bereit. Sie verließen Fontainebleau. Der Wagen fuhr über einen großen Platz und dann im Schritt eine sandige Straße hinauf bis zu einem Walde von kleinen Fichten. Die Bäume wurden größer, und von Zeit zu Zeit sagte der Kutscher: »Dies sind die siamesischen Zwillinge, der Pharamund, das Königsbukett ...« Er vergaß keine der berühmten Stellen, hielt zuweilen sogar an, um sie bewundern zu lassen.

Jetzt fuhren sie in den Hochwald von Franchard. Der Wagen glitt wie ein Schlitten über den Rasen, Tauben girrten, ohne daß man sie sah; plötzlich erschien ein Kaffeekellner, und sie stiegen vor einem Gartengitter aus, wo runde Tische standen. Dann schritten sie, die Mauern einer verfallenen Abtei zur Linken lassend, über große Felsblöcke und erreichten bald den Boden der Schlucht.

Sie ist auf der einen Seite mit einem Gemisch von Sandstein und Wacholder bedeckt, während der fast kahle Boden sich auf der anderen bis zum Grunde des kleinen Tales senkt, wo sich ein Pfad wie eine blasse Linie im Violettrot des Heidekrauts abzeichnet. Ganz in der Ferne erblickt man einen abgeplatteten Bergkegel und dahinter den Turm eines optischen Telegraphen.

Eine halbe Stunde stiegen sie abermals aus, um die Höhen von Aspremont zu erklimmen.

Der Weg führt im Zickzack zwischen stämmigen Fichten unter zerklüfteten Felsen dahin; dieser ganze Waldwinkel hat etwas

Gedämpftes, ein wenig Wildes, Lauschiges. Man denkt an Einsiedler – die Gefährten mächtiger Hirsche mit einem feurigen Kreuz zwischen dem Geweih –, die mit väterlichem Lächeln die guten Könige von Frankreich empfingen, wenn sie vor ihrer Höhle knieten. Harzgeruch erfüllte die heiße Luft, Wurzeln verflochten sich wie Adern auf dem Boden. Rosanette stolperte darüber, war verzweifelt, dem Weinen nahe.

Aber ganz oben wurde sie wieder fröhlich, als sich unter einem Dach von Zweigen eine Art Ausschank fand, wo Holzschnitzereien verkauft wurden. Sie trank eine Flasche Limonade, kaufte sich einen Stock aus Stechpalmenholz und trat, ohne einen Blick auf die Landschaft zu werfen, die man von der Hochebene aus übersieht, mit einem fackeltragenden Jungen in die Räuberhöhle.

Ihr Wagen erwartete sie in Bas-Bréau.

Am Fuß einer Eiche arbeitete ein Maler in blauer Bluse, den Farbenkasten auf den Knien. Er hob den Kopf und sah sie vorübergehen.

Mitten auf der Anhöhe von Chailly entlud sich eine Wolke und zwang sie, das Verdeck des Wagens heraufzuschlagen. Fast gleich darauf hörte der Regen auf, und das Pflaster glänzte in der Sonne, als sie in die Stadt zurückkehrten.

Reisende, die soeben angekommen waren, teilten ihnen mit, daß in Paris eine blutige Schlacht wüte. Rosanette und ihr Geliebter überraschte das nicht. Dann gingen alle, das Hotel wurde wieder ruhig, das Gas verlöschte, und sie schliefen ein, während der Springbrunnen im Hofe plätscherte.

Am folgenden Tag besuchten sie La Gorge-au-Loup, La Mare-aux-Fées, Le Long Rocher und La Marlotte. Am übernächsten Tag setzten sie aufs Geratewohl ihren Ausflug fort, wie es ihrem Kutscher gefiel, ohne zu fragen, wo sie seien, und oft ohne sich um die berühmtesten Stellen zu kümmern.

Sie fühlten sich so wohl in ihrem alten Landauer, der niedrig wie ein Sofa und mit einer alten verblaßten Leinwand überzogen war! Gräben voller Gestrüpp zogen mit sanfter, anhaltender Bewegung an ihren Augen vorüber. Weiße Strahlen durchschossen wie Pfeile die hohen Farne, bisweilen zeigte sich ein Pfad, der nicht mehr benutzt wurde, wie eine gerade Linie vor ihnen, und hier und dort erhoben sich geschmeidige Gräser. In der Mitte der Kreuzwege streckte ein Wegweiser seine vier Arme aus, Pfähle neigten sich wie tote Bäume, und kleine, krumme Fußwege, die sich unter dem Laub verloren, lockten, sich ihnen anzuvertrauen; im gleichen Augenblick wendete sich das Pferd und bog in sie ein, man versank im Morast. Weiterhin war am Rande der tiefen Furchen Moos gewachsen.

Sie glaubten sich fern von allen anderen, ganz allein. Aber plötzlich kam ein Förster mit seiner Flinte vorüber oder ein Trupp zerlumpter Weiber, die große Reisigbündel auf ihren Rücken schleppten.

Wenn der Wagen hielt, herrschte tiefe Stille. Man vernahm nur das Schnaufen des Pferdes in der Gabeldeichsel und je und je ganz leisen Vogelruf.

An einzelnen Stellen erhellte das Licht den Saum des Waldes und ließ die Tiefen im Schatten, oder es breitete auch, im Vordergrund zu einer Art Dämmerung abgetönt, über die Fernen einen violetten Dunst, eine weiße Klarheit.

Als am Mittag die Sonne senkrecht auf das Laub schien, bespritzte sie es mit Licht, heftete Silbertropfen an die Spitzen der Zweige, wob Smaragdstreifen durch den Rasen und warf goldene Flecken auf die Schichten welken Laubes. Bog man den Kopf zurück, erblickte man den Himmel zwischen den Wipfeln der Bäume. Einige waren von maßloser Höhe und hatten das Aussehen von Patriarchen und Kaisern oder berührten mit den Wipfeln die gewaltigen Stämme wie Triumphbögen, andere wieder, die vom Boden schräg emporwuchsen, glichen Säulen, die nahe daran waren, zu stürzen.

Diese Menge dicker, senkrechter Linien öffnete sich halb. Nun entrollten sich mächtige grüne Wogen in ungleichen Schwellungen bis zu der Oberfläche der Täler, wo die Gipfel anderer Hügel hervortraten. Sie überragten goldene Ebenen, die sich in der Ferne in unbestimmtem, fahlem Licht verloren.

Sie standen auf einer Anhöhe nebeneinander und empfanden, während sie den Wind einsogen, etwas wie Stolz auf ein freieres Leben und zugleich ein Überströmen der Kräfte, eine grundlose Freude.

Die Mannigfaltigkeit der Bäume bot ein wechselndes Schauspiel. Die Buchen mit ihrer glatten weißen Rinde verzweigten ihre Kronen, Eschen bogen weich ihr graugrünes Geäst, zwischen den Weißbuchenschößlingen starrten Stechpalmen wie aus Bronze, dann kam eine Reihe dünner, elegisch sich neigender Birken; die Fichten, symmetrisch wie Orgelpfeifen, schienen zu singen in ihrem unablässigen Wiegetakt. Gewaltige knorrige Eichen reckten sich mit wilder Gebärde aus dem Boden, sie umschlangen sich und standen doch fest auf ihren Stämmen, die Rümpfen glichen, sie warfen sich mit ihren nackten Armen Worte der Verzweiflung, wütende Drohungen zu, wie eine in ihrem Zorn erstarrte Gruppe von Titanen. Drückender wie Erschlaffung und Fieber schwebte es über den Wasserlöchern, deren Spiegel sich zwischen Dorngestrüpp verloren. Das Moos an ihren Ufern, zu denen die Wölfe kamen, um zu trinken, war schwefelgelb, wie verbrannt unter dem Tritt von Hexen, und das ununterbrochene Quaken der Frösche antwortete dem Krächzen der kreisenden Krähen. Dann durchschritten sie eintönige Lichtungen, in denen hier und dort ein junger Baum emporstrebte. Eisenklang ertönte, zahlreiche Schläge dicht hintereinander. Es war eine Gruppe von Steinbrucharbeitern am Hang des Hügels, die die Felsen bearbeiteten, die nun immer zahlreicher wurden und schließlich die ganze Landschaft füllten, bald von kubischer Form, gleich Häusern, dann flach wie Fliesen, die sich stützten, übereinanderhingen, sich ineinanderschoben wie die ungeheuren Ruinen einer verschwundenen Stadt. Aber ihr wildes Chaos erweckte eher den Gedanken an Vulkane, an Sintfluten, an große unbekannte Erdumwälzungen. Frédéric sagte, daß sie seit Beginn der Welt da lägen und bis zu deren Ende liegen bleiben würden. Rosanette wandte den Kopf ab und versicherte, »daß sie das verrückt machen würde«. Sie ging, um Heidekraut zu pflücken. Seine kleinen, violetten, nebeneinander gedrängten Blüten bildeten ungleiche Flächen, während die Erde, die darunter zerbröckelte, am Rande des mit Glimmer gesprenkelten Sandes gleichsam schwarze Fransen bildete.

Eines Tages kamen sie auf die halbe Höhe eines Sandhügels. Seine von Schritten unberührte Oberfläche war von symmetrischen Wellenlinien durchfurcht, und hier und dort starrten wie die Vorgebirge im Bette eines ausgetrockneten Ozeans Felsen empor, die undeutlich die Gestalt von Tierleibern zeigten; große Schildkröten mit vorgestrecktem Kopf, kriechende Seehunde, Flußpferde und Bären. Niemand war da. Kein Laut. Der Sand blendete, von der Sonne bestrahlt – und plötzlich schienen die Tiere sich in diesem Flimmerspiele zu bewegen. Sie kehrten schnell um, flohen vor dem Schwindel, der sie erfaßte, beinahe erschrocken.

Der Ernst des Waldes bemächtigte sich ihrer, und sie hatten Stunden des Schweigens, wo sie sich dem Wiegen der Wagenfedern überließen und wie erstarrt in stiller Trunkenheit verharrten. Den Arm um ihre Taille, hörte er sie plaudern, indes die Vögel zwitscherten, streifte mit demselben Blick die schwarzen Trauben auf ihrem Kapotthut und die Beeren der Wacholdersträucher, die Falten ihres Schleiers, die Wolkengebilde, und wenn er sich zu ihr neigte, mischte sich die Frische ihrer Haut mit dem starken Duft des Waldes. Sie freuten sich an allem, zeigten sich wie eine Merkwürdigkeit die an den Büschen hängenden Sommerfäden, mit Wasser gefüllte Löcher zwischen den Steinen, ein Eichkätzchen auf den Ästen, den Flug zweier Schmetterlinge, die sich verfolgten; oder es ging zwanzig Schritte vor ihnen unter den Bäumen eine Hirschkuh, ruhig, mit edler sanfter Miene, ihr Kälbchen neben sich; Rosanette wäre ihm gerne nachgelaufen, um es zu umarmen.

Einmal erschrak sie sehr, als ein Mann, der plötzlich auftauchte, ihr drei Vipern in einem Kasten zeigte. Sie drängte sich lebhaft gegen Frédéric – und er war glücklich, daß sie schwach sei und er stark genug, um sie zu verteidigen.

An diesem Abend speisten sie in einem Wirtshaus am Ufer der Seine. Der Tisch stand nahe beim Fenster, Rosanette saß Frédéric gegenüber, und er betrachtete ihr feines weißes Näschen, ihre aufgeworfenen Lippen, die klaren Augen, ihr kastanienbraunes, gepufftes Haar, das hübsche ovale Gesicht. Ihr rohseidenes Foulardkleid lag eng an den ein wenig abfallenden Schultern, ihre Hände sahen aus ganz glatten Manschetten hervor und schnitten, schenkten ein und streckten sich auf dem Tischtuch. Man trug ihnen ein Huhn auf, das Flügel und Beine von sich streckte, eine Matelotte von Aalen in einer Kompottschale aus Pfeifenton, sauren Wein, zu hartes Brot, schartige Messer. Alles dies erhöhte das Vergnügen, die Illusion. Sie glaubten sich fast mitten auf einer Reise, in Italien, in ihrem Honigmond.

Bevor sie wieder zurückkehrten, machten sie einen Spaziergang längs des Ufers.

Der zartblaue, wie eine Kuppel gewölbte Himmel ruhte am Horizont auf dem zackigen Rand der Wälder. Gegenüber, am Ende der Wiese, war ein Kirchturm in einem Dorf, und weiter zur Linken bildete das Dach eines Hauses einen roten Fleck auf dem Fluß, der in der ganzen Länge seiner Windung unbeweglich schien. Doch neigten sich Binsen darüber, und das Wasser bewegte sanft die am Ufer zum Tragen der Netze steckenden Stangen, eine Weidenreuse und zwei oder drei alte Boote. Nahe beim Wirtshaus zog ein Mädchen im Strohhut die Eimer aus einem Ziehbrunnen hoch – jedesmal, wenn sie heraufkamen, hörte Frédéric mit unaussprechlicher Freude das Knarren der Kette.

Er zweifelte nicht daran, daß er bis ans Ende seiner Tage glücklich sein würde, so sehr schien ihm sein Glück natürlich, mit seinem Leben und der Persönlichkeit dieser Frau verbunden. Er empfand das Bedürfnis, ihr Zärtlichkeiten zu sagen. Sie erwiderte sie mit reizenden Worten, leichten Schlägen auf die Schulter, Liebkosungen, die ihn erstaunten und zugleich entzückten. Kurz, er entdeckte an ihr eine ganz neue Schönheit, die vielleicht nichts weiter war als ein Abglanz der Dinge ringsum, falls nicht deren geheime Kräfte sie zur Entfaltung gebracht hatten.

Wenn sie sich im Freien ausruhten, streckte er sich aus, legte den Kopf auf ihre Knie, von ihrem Sonnenschirm beschützt. Oder auch lagen sie beide auf dem Bauch, mitten im Gras sich gegenüber, schauten sich an, senkten die Blicke ineinander, glühend einander begehrend, sich immer wieder daran sättigend. Dann schlossen sie halb die Lider und schwiegen.

Zuweilen vernahmen sie Trommelwirbel in der Ferne. Es wurde in den Dörfern Generalmarsch getrommelt, um zur Verteidigung nach Paris zu ziehen.

»Ach! ja! der Aufruhr!« sagte Frédéric mit geringschätzigem Mitleid, da diese ganze Aufregung ihm im Vergleich zu ihrer Liebe und der ewigen Natur erbärmlich schien. Dann plauderten sie von irgend etwas, von Dingen, die sie genau kannten, von Leuten, die sie nicht interessierten, von tausend Nichtigkeiten. Sie unterhielt ihn von ihrer Jungfer, von ihrem Friseur. Eines Tages vergaß sie sich und nannte ihr Alter: neunundzwanzig Jahre; sie werde alt.

Mehrmals, ohne es zu wollen, erzählte sie ihm Einzelheiten von sich selber. Sie war »Ladenfräulein« gewesen, hatte eine Reise nach England gemacht, mit Studien begonnen, um Schauspielerin zu werden; alles das ohne Übergänge, und er vermochte nicht, sich ein Ganzes daraus zusammenzustellen. Sie erzählte mehr davon, als sie eines Tages unter einer Platane am Wiesenrain saßen. Unten am Rande des Weges ließ ein kleines Mädchen, die bloßen Füße im Staube, eine Kuh weiden. Als es sie bemerkte, kam es heran und bat um ein Almosen. Es hielt dabei mit einer Hand sein zerlumptes Röckchen und kraute sich mit der anderen in seinem schwarzen Haar, das sein ganzes braunes, von prachtvollen Augen erleuchtetes Gesicht wie eine Perücke à la Louis XIV. umgab.

»Sie wird einmal sehr hübsch werden«, sagte Frédéric.

»Welch ein Glück für sie, wenn sie keine Mutter hat!« erwiderte Rosanette.

»Was? Wie?«

»Aber ja doch, ohne die meinige ...«

Sie seufzte und begann von ihrer Kindheit zu sprechen. Ihre Eltern seien Seidenweber in la Croix-Rousse gewesen. Sie diente ihrem Vater als Lehrling. Der arme Mann konnte sich noch so sehr abplacken, seine Frau überhäufte ihn mit Schimpfworten und verkaufte alles, um zu trinken. Rosanette sah ihre Stube vor sich mit den Webstühlen, der Länge nach gegen die Fenster gestellt, sah den Kochtopf auf dem Ofen, das mahagonifarben gestrichene Bett, einen Schrank gegenüber und den Hängeboden, wo sie bis zu fünfzehn Jahren geschlafen hatte. Da sei einmal ein Herr gekommen, ein fetter Mann, mit buchsbaumgelbem Gesicht, mit muckerhaftem Gebaren, ganz in Schwarz gekleidet. Ihre Mutter und er hatten ein Gespräch miteinander, und drei Tage darauf ... Rosanette hielt inne, und mit einem Blick, der zugleich schamlos und voller Bitterkeit war:

»War es geschehen!«

Dann, als Antwort auf eine Gebärde Frédérics:

»Da er verheiratet war (in seinem Hause fürchtete er sich zu kompromittieren), führte man mich in das Kabinett eines Gasthauses und sagte mir, ich würde glücklich sein und ein schönes Geschenk erhalten.

Schon an der Tür war das erste, was mir auffiel, ein vergoldeter Kandelaber auf einem Tisch mit zwei Gedecken. Ein Spiegel an der Decke reflektierte sie, und die blauseidenen Wandbehänge gaben dem ganzen Raum das Aussehen eines Alkovens. Erstaunen ergriff mich. Du begreifst, ein armes Geschöpf, das niemals etwas gesehen hatte! Trotzdem ich geblendet war, fürchtete ich mich. Ich wollte wieder weggehen, blieb aber doch.

Die einzige Sitzgelegenheit, die es gab, war ein Diwan vor dem Tisch. Er sank weich unter mir ein; die Öffnung der Heizung im Teppich sandte mir ihren heißen Atem entgegen, und ich blieb sitzen, ohne etwas zu genießen. Der Kellner, der dabeistand, riet mir zu essen. Er goß mir gleich ein großes Glas Wein ein; mich schwindelte, ich wollte das Fenster öffnen, er sagte: ›Nein, Fräulein, das ist verboten.‹ Dann verließ er mich. Der Tisch war mit einer Menge von Dingen bedeckt, die ich nicht kannte. Nichts schien mir gut. Dann machte ich mich über ein Glas mit eingemachten Früchten und wartete weiter. Ich weiß nicht, was ihn verhinderte, zu kommen. Es war sehr spät, wenigstens Mitternacht, ich konnte nicht mehr vor Müdigkeit. Wie ich eines der Kissen fortschiebe, um mich besser ausstrecken zu können, fühle ich unter meiner Hand eine Art Album, ein Heft; es waren obszöne Bilder … Ich schlief darauf, als er eintrat.«

Sie senkte den Kopf und blieb nachdenklich.

Um sie flüsterten die Blätter; in einem Gewirr von Gräsern wiegte sich ein großer Fingerhut, wie eine Welle strömte das Licht über den Rasen, und die Stille wurde in schnellen Zwischenräumen vom Rupfen der Kuh unterbrochen, die man nicht mehr sah.

Rosanette starrte, in Gedanken versunken, mit bebenden Nasenflügeln auf einen Fleck am Boden, drei Schritte vor ihr. Frédéric ergriff ihre Hand.

»Wie du gelitten hast, mein armes Lieb!«

»Ja«, sagte sie, »mehr, als du glaubst! … so daß ich ein Ende machen wollte; man hat mich wieder herausgefischt.«

»Wie?«

»Ach, denken wir nicht mehr daran … ich liebe dich, ich bin glücklich! küsse mich!« Und sie entfernte die am Rande ihres Kleides festgehakten Kletten, eine nach der andern.

Frédéric dachte besonders an das, was sie nicht gesagt hatte. Auf welche Art hatte sie dem Elend entgehen können? Welchem Liebhaber dankte sie ihre Erziehung. Was war bis zu jenem Tage, als er das erstemal zu ihr gekommen war, in ihrem Leben geschehen? Ihr Geständnis schloß jede Frage aus. Er fragte sie nur, wie sie Arnoux' Bekanntschaft gemacht habe.

»Durch die Vatnaz.«

»Warst du es nicht, die ich einmal mit den beiden im Palais Royal gesehen habe?«

Er nannte das genaue Datum. Rosanette dachte nach.

»Ja, richtig! … damals war ich nicht froh!«

Aber Arnoux hatte sich vortrefflich bewährt. Frédéric zweifelte nicht daran; jedoch sei ihr Freund ein sonderbarer Kauz, voller Fehler; er bemühte sich, sie in Erinnerung zu bringen. Sie gab sie zu.

»Schadet nichts! … man liebt es trotzdem, dies Kamel!«

»Auch jetzt noch?« sagte Frédéric.

Sie errötete, halb lachend, halb erzürnt.

»Oh! Nein! das gehört in die Geschichte der Vorzeit. Ich verheimliche dir nichts. Wenn es auch so wäre, mit ihm ist es etwas anderes! Übrigens finde ich nicht, daß du gegen dein Opfer nett bist.«

»Mein Opfer?«

Rosanette faßte ihn am Kinn.

»Freilich!«

Und in der Art der Kinderfrauen lispelnd:

»Wir sind nicht immer artig gewesen! Sind mit seiner Frau Baba gegangen!«

»Ich! Nie im Leben!«

Rosanette lächelte. Dieses Lächeln verletzte ihn, weil er es für einen Beweis der Gleichgültigkeit hielt. Aber sie erwiderte sanft und mit einem jener Blicke, die um eine Lüge flehen:

»Ganz gewiß?«

»Freilich!«

Frédéric schwor auf sein Ehrenwort, daß er niemals an Madame Arnoux gedacht habe, da er zu verliebt in eine andere war.

»In wen denn?«

»Aber in Sie, meine Schönste!«

»Ach! Halte mich zum Narren! Du willst mich necken!«

Er hielt es für ratsam, eine Geschichte zu erfinden, eine Leidenschaft. Er fand umständliche Einzelheiten. Übrigens habe ihn diese Frau sehr unglücklich gemacht.

»Du hast entschieden kein Glück!« sagte Rosanette.

»Oh! Oh! Vielleicht doch!« Er wollte dadurch die Vorstellung von zahlreichen glücklichen Abenteuern erwecken, um ihr eine bessere Meinung von sich zu geben. Rosanette hatte auch nicht all ihre Liebhaber eingestanden, damit er sie mehr achte; denn mitten in den intimsten Geständnissen gibt es immer einen Vorbehalt aus falscher Scham, aus Rücksicht oder aus Mitleid. Man entdeckt bei den andern oder sich selbst Abgründe oder Moräste, die es verbieten, nachzuforschen. Überdies fühlt man, daß man nicht verstanden werden würde; es ist schwer, sich genau auszudrükken, was es auch sei. Darum ist auch ein vollkommener Bund so selten.

Die arme Marschallin hatte niemals einen besseren gekannt. Oft, wenn sie Frédéric ansah, kamen ihr Tränen in die Augen. Dann blickte sie auf oder richtete die Augen in die Ferne, als dämmere ihr dort eine große Morgenröte, Aussichten auf eine grenzenlose Glückseligkeit. Eines Tages gestand sie endlich den Wunsch, eine Messe lesen zu lassen. »Damit sie unserer Liebe Glück bringe.«

Wieso kam es denn, daß sie ihm so lange widerstanden hatte? Sie wußte es selbst nicht. Mehrmals wiederholte er seine Frage, und ihn in ihre Arme schließend, sagte sie:

»Ich fürchtete, dich zu sehr zu lieben, mein Geliebter!«

Am Sonntagmorgen las Frédéric in einer Zeitung in der Verwundetenliste Dussardiers Namen. Er stieß einen Schrei aus, zeigte Rosanette das Blatt und erklärte, sofort sich nach Paris begeben zu wollen.

»Wozu denn?«

»Nun, um ihn zu sehen, ihn zu pflegen!«

»Ich denke doch, daß du mich nicht allein lassen wirst?«

»Komm mit mir.«

»Ah! Ich soll mich in ein solches Getümmel begeben! Danke schön!«

»Jedoch ich kann nicht …«

»Ach was! Als ob es in den Hospitälern an Krankenwärtern

mangelte!« Und dann, was ging denn schließlich den das an? Jeder für sich!

Er war über diesen Eigennutz entrüstet, machte sich Vorwürfe, nicht mit den anderen dort zu sein. Soviel Gleichgültigkeit dem Unglück des Vaterlandes gegenüber hatte etwas Kleinliches, Spießbürgerliches. Seine Liebe lastete plötzlich wie ein Verbrechen auf ihm. Sie schmollten eine Stunde miteinander.

Dann beschwor sie ihn, zu warten, sich nicht der Gefahr auszusetzen.

»Wenn man dich zufällig tötete!«

»Nun, so würde ich nur meine Pflicht getan haben!«

Rosanette sprang auf. Vor allem sei seine Pflicht, sie zu lieben. Er sei zweifellos ihrer überdrüssig! Das hätte ja keinen Sinn! Welche Idee, mein Gott!

Frédéric klingelte, um seine Rechnung zu fordern. Es war aber nicht leicht, nach Paris zurückzukehren. Der Leloirsche Postwagen war soeben abgefahren, die Berlinen Lecomte hatten den Dienst eingestellt, die Eilpost vom Bourbonnais kam erst spät in der Nacht vorüber und wäre vielleicht besetzt, das konnte man nicht wissen. Nachdem er viel Zeit durch diese Nachfragen verloren hatte, kam ihm der Einfall, die Post zu benützen. Der Postmeister weigerte sich, Pferde zu liefern, da Frédéric keinen Paß habe. Schließlich mietete er eine Kalesche (die nämliche, in der sie spazierengefahren waren), und sie langten gegen fünf Uhr in Melun vor dem Hôtel du Commerce an.

Der Marktplatz war voll mit zusammengestellten Gewehren. Der Präfekt hatte den Nationalgardisten untersagt, auf Paris zu marschieren. Die nicht zu seinem Departement gehörten, wollten ihren Weg fortsetzen. Man schrie. Im Gasthof herrschte großer Tumult.

Furchterfüllt erklärte Rosanette, daß sie nicht weitergehen werde, und beschwor ihn abermals, zu bleiben. Der Wirt und seine Frau schlossen sich ihr an. Doch ein biederer Mann, der im Saal speiste, mischte sich darein. Er versicherte, daß die Schlacht in aller Bälde beendet sein werde; überdies müsse man seine Pflicht tun. Nun schluchzte die Marschallin um so mehr. Frédéric war aufgebracht. Er gab ihr seine Börse, umarmte sie rasch und verschwand.

Als er auf dem Bahnhof von Corbeil ankam, wurde ihm mitgeteilt, daß die Insurgenten in Abständen den Schienenstrang zerstört hätten, und der Kutscher weigerte sich, ihn weiter zu fahren, da, wie er sich ausdrückte, seine Pferde »total kaputt« seien.

Durch seine Fürsprache erhielt Frédéric indessen ein schlechtes Kabriolett, das ihn für die Summe von sechzig Francs, das Trinkgeld nicht mitgerechnet, bis an die Barrière d'Italie bringen sollte. Aber hundert Schritt vor der Barrière ließ sein Kutscher ihn aussteigen und kehrte um. Frédéric ging auf der Landstraße dahin, als plötzlich eine Schildwache das Bajonett fällte. Vier Mann packten ihn und schrien: »Das ist einer davon! Vorsicht! Durchsucht ihn! Räuber! Kanaille!«

Seine Verblüffung war so groß, daß er sich auf die Torwache schleppen ließ, die im Rondell sich befand, wo die Boulevards des Gobelins und de l'Hôpital, die Rues Godefroy und Mouffetard zusammenlaufen.

Vier Barrikaden bildeten am Ende der vier Straßen riesige Pflastersteinwälle; Fackeln knisterten hier und dort; trotz des Staubes, der sich erhob, unterschied er Linieninfanterie und Nationalgardisten, alle mit schwarzen Gesichtern, die Uniformen in Unordnung, verstört. Sie hatten soeben den Platz genommen, mehrere Leute standrechtlich erschossen, ihr Zorn dauerte noch an. Frédéric sagte, daß er von Fontainbleau zu Hilfe eines verwundeten Kameraden käme, der Rue Bellefond wohne. Anfangs wollte ihm niemand glauben, man untersuchte seine Hände, beroch selbst seine Ohren, um sich zu vergewissern, daß er nicht nach Pulver rieche.

Dadurch, daß er immer dasselbe wiederholte, gelang es ihm schließlich, einen Hauptmann zu überzeugen, der zwei Füsilieren befahl, ihn auf die Wache des Jardin de Plantes zu bringen.

Sie gingen den Boulevard de l'Hôpital hinunter. Es blies ein starker Wind. Er belebte ihn wieder.

Dann bogen sie in die Rue du Marché-aux-Chevaux. Der Jardin de Plantes bildete zur Rechten eine große schwarze Masse, während zur Linken die ganze Fassade vom Hôpital de la Pitié mit allen seinen erleuchteten Fenstern wie eine Feuersbrunst flammte. Eilige Schatten glitten hinter den Scheiben vorüber.

Frédérics beide Begleiter gingen. Ein anderer brachte ihn zum Polytechnikum.

Die Rue Saint-Victor war ganz finster, ohne jede Gasflamme, ohne ein Licht in den Häusern. Von zehn Minuten zu zehn Minuten vernahm man den Ruf: »Wache! Achtung!« Dieser Ruf mitten in der Stille pflanzte sich fort wie der Widerhall eines Steines, der in einen Abgrund rollt.

Mitunter näherte sich das Geräusch schwerer Tritte. Es war eine Patrouille von wenigstens hundert Mann; Geflüster, unbestimmtes Klirren von Stahl klang aus dieser wirren Masse. Dann verhallte der rhythmische Klang der Tritte und erstarb in der Dunkelheit.

Mitten an den Straßenkreuzungen sah man regungslos einen Dragoner zu Pferde. Von Zeit zu Zeit galoppierte eine Stafette vorüber, dann trat wieder Stille ein. Fahrende Kanonen verursachten auf dem Pflaster von fern ein dumpfes, gewaltiges Rollen; das Herz zog sich bei diesen Geräuschen zusammen, die so ganz anders waren wie all die gewohnten. Sie schienen sogar die Stille zu vergrößern, die so tief war, so vollständig – eine schwarze Stille. Männer in weißen Blusen näherten sich den Soldaten, sagten ihnen ein Wort und verschwanden wie Geister.

Die Wachen am Polytechnikum waren mit Menschen überfüllt. Frauen versperrten die Schwelle, verlangten ihre Söhne oder ihre Männer zu sehen. Man schickte sie in das zu einer Leichenhalle umgewandelte Panthéon – und Frédéric hörte man nicht an. Er versteifte sich, schwor, daß sein Freund Dussardier ihn erwarte, daß er im Sterben liege. Endlich gab man ihm einen Korporal mit, der ihn nach dem Rathaus des XII. Arrondissements am oberen Ende der Rue Saint-Jacques brachte.

Der Panthéonplatz war voll von auf Stroh gelagerten Soldaten. Der Tag graute. Die Biwakfeuer erloschen.

Der Aufstand hatte in diesem Viertel schreckliche Spuren hinterlassen. Der Boden der Straße war von einem Ende zum andern aufgeworfen. Auf den teilweise zerstörten Barrikaden waren Omnibusse, Gasröhren und Karrenräder liegengeblieben, kleine schwarze Lachen an einigen Stellen mußten Blut sein. Die Häuser waren von Geschoßspuren übersät, und ihr Gebälk zeigte sich unter dem abgebröckelten Verputz. Wie Fetzen hingen Jalousien, die noch ein Nagel hielt, herab. Treppen waren eingestürzt, und die Türen, die auf sie führten, öffneten sich ins Leere. Man erblickte das Innere der Zimmer mit ihren zerfetzten Tapeten; feine Gegenstände waren darin manchmal unversehrt geblieben. Frédéric bemerkte eine Stutzuhr, eine Papageienstange, Stiche.

Als er in das Rathaus trat, schwatzten die Nationalgardisten unausgesetzt über die Toten von Bréa und Négrier, über den Volksvertreter Charbonnel und den Erzbischof von Paris. Man sagte, daß der Herzog von Aumale in Boulogne gelandet sei, Barbès aus Vincennes entflohen, daß Artillerie von Bourges anrücke und daß Hilfe aus der Provinz heranströme. Gegen drei Uhr brachte jemand eine gute Nachricht; Parlamentäre der Aufständischen seien bei dem Präsidenten der Nationalversammlung.

Darüber freuten sich alle; da er noch zwölf Francs bei sich hatte, ließ Frédéric zwölf Flaschen Wein holen, in der Hoffnung, dadurch seine Befreiung zu beschleunigen. Plötzlich glaubte man Gewehrfeuer zu vernehmen. Das Zechen wurde eingestellt; man betrachtete den Unbekannten mit mißtrauischen Blicken, es konnte Heinrich V. sein.

Um keinerlei Verantwortung zu haben, schafften sie ihn in das Rathaus des XI. Arrondissements, aus dem man ihn vor neun Uhr morgens nicht entließ.

Er rannte bis zum Quai Voltaire. An einem offenen Fenster

weinte ein Greis in Hemdärmeln mit erhobenem Blick. Friedlich floß die Seine dahin. Der Himmel war ganz blau, in den Bäumen der Tuilerien sangen Vögel.

Frédéric ging über die Place du Carrousel, als eine Tragbahre vorübergetragen wurde. Der Posten präsentierte sofort das Gewehr, und der Offizier sagte mit der Hand an seinem Schako: »Ehre dem unglücklichen Tapferen!« Diese Redensart war beinahe obligatorisch geworden, der sie aussprach, schien immer feierlich bewegt. Eine Gruppe wütender Menschen begleitete die Tragbahre und schrie:

»Wir werden euch rächen! Wir werden euch rächen!«

Die Wagen fuhren auf dem Boulevard, und Frauen zupften vor den Türen Scharpie. Der Aufruhr war jedoch unterdrückt, oder beinahe; eine eben angeschlagene Proklamation Cavaignacs verkündete es. Oben in der Rue Vivienne erschien ein Trupp Mobilgarden. Nun stießen die Bürger Schreie der Begeisterung aus, sie schwenkten die Hüte, applaudierten, tanzten, wollten sie umarmen, boten ihnen zu trinken an, und von den Balkons warfen die Damen Blumen herab.

Endlich um zehn Uhr, in dem Augenblick, wo die Kanonen donnerten, um den Faubourg Saint-Antoine zu nehmen, langte Frédéric bei Dussardier an. Er fand ihn in seiner Mansarde schlafend, auf dem Rücken ausgestreckt. Aus dem Nebenzimmer kam mit geräuschlosen Schritten eine Frau, Mademoiselle Vatnaz.

Sie führte Frédéric beiseite und teilte ihm mit, wie Dussardier verwundet wurde.

Am Sonnabend schrie ein in eine Trikolore gehüllter Junge von einer Barrikade den Nationalgardisten zu: »Werdet ihr auf eure Brüder schießen!« Da sie vorgingen, hatte Dussardier sein Gewehr weggeworfen, die anderen beiseite geschoben, war mit einem Satz auf die Barrikade gesprungen, hatte den Aufrührer mit einem Fußtritt niedergeworfen und ihm die Fahne entrissen. Man hatte ihn unter den Trümmern wiedergefunden, mit durchschossenem Schenkel. Die Wunde mußte erweitert werden, um das Geschoß herauszunehmen. Am selben Abend war Mademoiselle Vatnaz gekommen und hatte ihn seitdem nicht mehr verlassen.

Sie bereitete mit Geschick all das Verbandzeug vor, half ihm beim Trinken, erspähte seine geringsten Wünsche, kam und ging, leichter wie eine Fliege, und betrachtete ihn mit zärtlichen Blicken.

Während zweier Wochen versäumte es Frédéric nicht, jeden Morgen zu ihm zu kommen.

Eines Tages, als er von der Aufopferung der Vatnaz sprach, zuckte Dussardier die Achseln.

»Aber nein! Sie tut's aus Eigennutz!«

»Glaubst du?«

Er erwiderte: »Ich bin dessen sicher!« Er wollte sich nicht deutlicher ausdrücken.

Sie überhäufte ihn mit Zuvorkommenheiten und ging so weit, im die Zeitungen zu bringen, in denen man seine schöne Tat pries. Diese Huldigungen schienen ihn zu belästigen. Er gestand Frédéric sogar seine Gewissensunruhe.

Vielleicht hätte er sich doch auf die andere Seite schlagen sollen, die der Blusen, denn schließlich hatte man den Arbeitern vieles versprochen, das nicht gehalten wurde. Ihre Besieger verabscheuten die Republik, und man war so hart gegen sie gewesen! Zweifellos waren sie im Unrecht, jedoch nicht ganz; und der gute Bursche wurde von dem Gedanken gepeinigt, daß er vielleicht die Gerechtigkeit bekämpft habe.

Sénécal war in den Tuilerien, unter der Terrasse am Rand des Flusses, eingesperrt. All diese Sorgen waren ihm erspart.

Neunhundert Mann waren da eingepfercht, im Unrat, schwarz von Pulver und geronnenem Blut, zähneklappernd vor Fieber, Wutschreie ausstoßend; und die, die verschieden waren, wurden nicht einmal entfernt. Zuweilen, wenn plötzlich ein Schuß fiel, glaubten sie, daß man sie alle standrechtlich erschießen werde, dann warfen sie sich gegen die Mauern, taumelten auf ihren Platz zurück, so abgestumpft durch den Schmerz, daß es ihnen schien, als lebten sie unter einem Alpdruck, einer düstern Halluzination.

Die von dem Gewölbe herabhängende Lampe hatte das Aussehen eines Blutflecks, und hervorgerufen durch die Ausdünstung des Kellers, flackerten kleine grüne und gelbe Flämmchen auf. Aus Furcht vor Epidemien hatte man eine Kommission ernannt. Gleich bei den ersten Stufen schreckte der Präsident vor dem Geruch der Exkremente und Leichen in Abscheu zurück. Wenn die Gefangenen sich einer Kellerluke näherten, stießen die postenstehenden Nationalgardisten, um sie daran zu verhindern, die Gitter zu erschüttern, mit ihren Bajonetten aufs Geratewohl in den Haufen.

Sie waren im allgemeinen unbarmherzig. Die nicht gekämpft hatten, wollten sich hervortun. Die Furcht halte sich aller bemächtigt. Man rächte sich zugleich an den Zeitungen, den Klubs, den Zusammenrottungen, den Doktrinen, an allem, was seit drei Monaten erbitterte. Trotz des Sieges zeigte sich der Triumph der Gleichheit (wie zur Strafe ihrer Verteidiger und zum Hohn ihrer Feinde), einer Gleichheit viehischer Bestien, blutiger Schandtaten, denn der Fanatismus der Interessen glich das Delirium der Not aus; die Aristokratie zeigte die Wutausbrüche des gemeinsten Pöbels, und die baumwollne Zipfelmütze war nicht weniger abscheulich denn die phrygische. Der öffentliche Verstand war gestört wie nach den großen Umwälzungen in der Natur. Intelligente Leute wurden dadurch geistesschwach für ihr ganzes Leben.

Der alte Roque war sehr tapfer, fast verwegen geworden. Am 26. war er mit den Gardisten von Nogent nach Paris gekommen, und anstatt mit ihnen wieder abzuziehen, hatte er sich der Nationalgarde, die in den Tuilerien kampierte, angeschlossen. Er war damit sehr zufrieden, daß man ihn als Schildwache an die Terrasse am Ufer gestellt hatte. Hier wenigstens hatte er sie unter sich, diese Halunken! Er freute sich über ihre Niederlage, über ihre Niedrigkeit, und konnte es nicht unterlassen, sie zu schmähen.

Einer unter ihnen, ein Jüngling mit langem blondem Haar, drückte sein Gesicht an das Gitter und bat um Brot. Monsieur

Roque gebot ihm Schweigen. Aber der junge Mann wiederholte mit kläglicher Stimme:

»Brot!«

»Hab' ich denn welches!«

Andere Gefangene erschienen an der Kellerluke mit ihren struppigen Bärten, ihren funkelnden Augen; alle stießen sich und brüllten: »Brot!«

Der alte Roque war sehr entrüstet, daß seine Autorität nicht anerkannt wurde. Um sie einzuschüchtern, legte er auf sie an, und von der Menge, die ihn erstickte, bis an das Gewölbe gehoben, schrie der junge Mann, den Kopf hintenüber geneigt, nochmals:

»Brot!«

»Hier ist welches!« sagte der alte Roque und feuerte sein Gewehr ab.

Ein furchtbares Geheul ertönte, dann herrschte Stille. Am Rande des Kübels war etwas Weißes geblieben.

Darauf kehrte Monsieur Roque in seine Wohnung zurück, denn er besaß Rue Saint-Martin ein Haus, in dem er sich ein Absteigequartier vorbehalten hatte. Die durch den Aufruhr an der Vorderseite seines Grundstückes verursachten Schäden hatten nicht wenig dazu beigetragen, ihn wütend zu machen. Es schien ihm, als er es wiedersah, daß er den Schaden übertrieben habe. Die Handlung, die er soeben begangen, beruhigte ihn wie eine Entschädigung.

Seine Tochter öffnete ihm selber die Tür. Sie sagte ihm gleich, daß seine lange Abwesenheit sie beunruhigt habe, sie hatte ein Unglück gefürchtet, eine Verwundung.

Dieser Beweis kindlicher Liebe rührte den alten Roque. Er war erstaunt, daß sie sich ohne Catherine auf den Weg gemacht hatte.

»Ich habe sie fortgeschickt, um eine Besorgung zu machen«, erwiderte Louise.

Sie erkundigte sich nach seiner Gesundheit, nach allem möglichen, dann fragte sie ihn in gleichgültigem Ton, ob er nicht zufällig Frédéric begegnet sei.

»Nein, keine Spur!«

Seinetwegen allein hatte sie die Reise unternommen.

Jemand ging auf dem Gang.

»Ah! Entschuldige …«

Und sie verschwand.

Catherine hatte Frédéric nicht gefunden. Seit einigen Tagen sei er abwesend, und sein intimer Freund, Monsieur Deslauriers, wohne jetzt in der Provinz.

Zitternd, ohne zu sprechen, kam Louise wieder herein. Sie stützte sich auf die Möbel.

»Was hast du? Was hast du denn?« rief ihr Vater.

Sie gab durch Zeichen zu verstehen, daß es nichts sei, und faßte sich mit großer Willensanstrengung.

Der Speisewirt gegenüber brachte die Suppe. Aber der alte Roque hatte eine zu heftige Erregung überstanden. »Es wollte nicht rutschen«, und beim Nachtisch hatte er eine Art Ohnmacht. Man ließ schnell einen Arzt holen, der einen Arzneitrunk verschrieb. Dann, als er im Bett lag, verlangte Monsieur Roque so viele Decken wie möglich, um zu schwitzen. Er stöhnte und ächzte.

»Danke, meine gute Catherine! – Küsse deinen armen Vater, mein Täubchen! Ah! Diese Revolution.«

Da seine Tochter ihn schalt, sich aus Angst um sie krank gemacht zu haben, erwiderte er:

»Ja, du hast recht. Aber es geht über meine Kräfte! Ich bin zu empfindsam!«

II.

In ihrem Boudoir, zwischen ihrer Nichte und Miß John, hörte Madame Dambreuse Monsieur Roque von seinen militärischen Strapazen erzählen.

Sie biß sich auf die Lippen, schien zu leiden.

»Oh! Es ist nichts! Das geht vorüber!«

Dann, mit anmutiger Miene:

»Wir werden einen Ihrer Bekannten, Monsieur Moreau, zum Diner haben.«

Louise zitterte.

»Dann nur noch einige Intime, Alfred de Cisy unter anderen.«

Und sie lobte seine Manieren, sein Gesicht und hauptsächlich seine Sitten.

Madame Dambreuse log weniger, als sie glaubte; der Vicomte dachte an Ehe. Er hatte es Martinon gesagt, hinzugefügt, daß er sicher sei, Mademoiselle Cécile zu gefallen, und daß seine Eltern sie nicht abweisen würden.

Um eine solche vertrauliche Mitteilung zu machen, mußte er über die Mitgift gar günstige Einzelheiten wissen. Nun hatte aber Martinon den Verdacht, daß Cécile Monsieur Dambreuses natürliche Tochter sei, und es wäre wahrscheinlich sehr gewagt gewesen, aufs Geratewohl um ihre Hand anzuhalten. Diese Kühnheit bot Gefahren; bis jetzt hatte Martinon sich so benommen, daß er sich nicht kompromittiert hatte, überdies wußte er nicht, wie er sich der Tante entledigen sollte. Cisys Ausspruch brachte seine Absichten zur Reife, er hatte dem Bankier seine Bitte vorgetragen, der, da er kein Hindernis sah, Madame Dambreuse soeben davon in Kenntnis gesetzt hatte.

Cisy erschien. Sie erhob sich und sagte:

»Sie vergessen uns ... Cécile, shake hands!«

Im selben Augenblick trat Frédéric ein.

»Ah! Endlich! Sieht man Sie wieder!« rief der alte Roque. »Dreimal bin ich diese Woche mit Louise bei Ihnen gewesen.«

Frédéric war ihnen sorgfältig aus dem Wege gegangen. Er schützte vor, daß er seine Tage bei einem verwundeten Kameraden verbringe. Seit langem hielten ihn überdies eine Menge Dinge auf, und er erfand allerlei Geschichten.

Glücklicherweise kamen jetzt die Gäste: zuerst Monsieur Paul de Grémonville, der Diplomat, den er auf dem Ball gesehen hatte, dann Fumichon, jener Industrielle, dessen konservative Ergebenheit ihn eines Abends so empört hatte; die alte Herzogin von Montreuil-Nantua folgte ihnen.

Aber im Vorzimmer erhoben sich zwei Stimmen.

»Ich bin dessen gewiß«, sagte die eine.

»Liebe schöne Dame! Liebe schöne Dame!« erwiderte die andere. »Ich bitte, beruhigen Sie sich!«

Es war Monsieur de Nonancourt, ein alter Stutzer, der aussah, als sei er in Cold Cream mumifiziert, und Madame de Larsillois, die Gemahlin eines Präfekten unter Louis-Philippe. Sie zitterte furchtbar, denn sie hatte soeben auf einer Drehorgel eine Polka gehört, die als Signal für die Aufständischen diene. Viele Bürger hatten derartige Einbildungen; man glaubte, daß Männer in den Katakomben den Faubourg Saint-Germain in die Luft sprengen wollten, aus den Kellern erklang Getöse, an den Fenstern geschahen verdächtige Dinge.

Indessen waren alle bemüht, Madame de Larsillois zu beruhigen. Die Ordnung sei wiederhergestellt, nichts mehr zu befürchten. »Cavaignac hat uns gerettet!« Als wären die Greuel des Aufruhrs nicht zahlreich genug gewesen, übertrieb man sie noch. Auf seiten der Sozialisten waren mindestens dreiundzwanzigtausend Galeerensträflinge – nicht weniger! Man zweifelte gar nicht daran, daß es vergiftete Lebensmittel gegeben habe, daß Mobilgardisten zwischen zwei Planken zersägt worden seien und daß Inschriften auf Fahnen zum Plündern und Brandstiftung aufforderten.

»Und noch etwas anderes!« fügte die Ex-Präfektin hinzu.

»Oh! Meine Liebe!« sagte Madame Dambreuse aus Schamhaftigkeit und wies mit einem Blick auf die drei jungen Mädchen.

Monsieur Dambreuse trat mit Martinon aus seinem Arbeitszimmer. Sie wandte den Kopf und erwiderte den Gruß Pellerins, der auf sie zukam. Unruhig betrachtete der Künstler die Wände. Der Bankier nahm ihn beiseite und gab ihm zu verstehen, daß er für den Augenblick sein revolutionäres Bild hätte verstecken müssen.

»Gewiß!« sagte Pellerin, denn sein Mißerfolg im Klub der Intelligenz hatte seine Ansichten geändert.

Sehr höflich gab ihm Monsieur Dambreuse zu verstehen, daß er andere Arbeiten bei ihm bestellen werde.

»Aber bitte! ... – Ah! lieber Freund! Welch ein Glück!«

Arnoux und Madame Arnoux standen vor Frédéric.

Es überkam ihn wie ein Schwindel. Rosanette hatte ihn mit ihrer Bewunderung für die Soldaten den ganzen Nachmittag gereizt; und seine alte Liebe erwachte wieder.

Der Haushofmeister meldete, daß aufgetragen sei. Mit einem Blick befahl Madame Dambreuse dem Vicomte, Cécile den Arm zu geben, sagte leise zu Martinon: »Elender!«, und man begab sich in den Speisesaal.

Unter den grünen Blättern einer Ananas war ein Goldkarpfen aufgetischt, dessen Maul an einen Rehbraten stieß, während sein Schwanz eine Krebspyramide berührte. Feigen, riesige Kirschen, Birnen und Weintrauben (die ersten Früchte des Pariser Obstgartenbaues) türmten sich in Altmeißner Fruchtkörben zu Pyramiden. Hier und dort mischte sich in Abständen ein kleiner Blumenstrauß mit dem hellen Glanz des Silberzeugs; die weißseidenen Rollvorhänge an den Fenstern waren heruntergelassen und verbreiteten ein weiches Licht in dem Raum, der durch zwei Fontänen, in denen Eisstücke lagen, gekühlt wurde. Zwei stattliche Diener in Kniehosen servierten.

All dies schien nach den Aufregungen der vergangenen Tage um so schöner. Man gab sich dem Genusse der Dinge wieder hin, die man zu verlieren gefürchtet hatte, und Nonancourt gab dem allgemeinen Gefühl Ausdruck, indem er sagte:

»Ah! Hoffen wir, daß die Herren Republikaner uns gestatten werden, zu speisen!«

»Trotz ihrer Brüderlichkeit!« fügte der alte Roque hinzu.

Diese beiden Ehrenmänner saßen zur Rechten und zur Linken von Madame Dambreuse. Ihr gegenüber saß ihr Gatte zwischen Madame de Larsillois, mit dem Diplomaten neben sich, und der alten Herzogin, mit Fumichon als Nachbarn. Dann folgten der Maler, der Fayencehändler, Mademoiselle Louise, und dank Martinon, der ihm seinen Platz genommen hatte, um sich neben Mademoiselle Cécile zu setzen, war Frédéric neben Madame Arnoux.

Sie trug ein schwarzes Barègekleid, einen Goldreif um das Handgelenk und, wie am ersten Tage, als er bei ihr gespeist hatte, etwas Rotes im Haar, einen Fuchsienzweig, der in ihrem Haarknoten eingeflochten war. Er konnte nicht unterlassen, ihr zu sagen: »Es ist lange her, seit wir uns nicht gesehen!«

»Ah!« erwiderte sie kalt.

Er hob wieder mit einer Weichheit in der Stimme an, die die Unverschämtheit seiner Frage milderte:

»Haben Sie zuweilen an mich gedacht?«

»Warum sollte ich das?«

Diese Antwort verletzte Frédéric.

»Sie haben vielleicht schließlich recht.«

Doch er bereute es schnell und beteuerte, keinen einzigen Tag verlebt zu haben, ohne von seiner Erinnerung an sie gequält worden zu sein.

»Von alle dem glaube ich gar nichts, mein Herr!«

»Sie wissen jedoch, daß ich Sie liebe!«

Madame Arnoux erwiderte nichts.

»Sie wissen, daß ich Sie liebe!«

Sie schwieg noch immer.

»Nun denn, so geh zum Teufel!« dachte sich Frédéric.

Er blickte auf und gewahrte am anderen Ende des Tisches Mademoiselle Roque. Sie hatte es für niedlich gehalten, sich ganz in Grün zu kleiden, eine Farbe, die grausam von dem Ton ihres roten Haares abstach. Ihre Gürtelschnalle saß zu hoch, ihre Halskrause zwängte sie ein. Dieser Mangel an Eleganz hatte wohl zu Frédérics kalter Begrüßung beigetragen.

Neugierig beobachtete sie ihn von fern, und Arnoux, der neben ihr saß, verschwendete umsonst seine Galanterien an sie; er brachte nicht drei Worte aus ihr heraus. Er verzichtete nun darauf, ihr zu gefallen, und hörte der Unterhaltung zu. Sie drehte sich jetzt um die Ananas-Purées des Luxembourg.

Nach Fumichon besaß Louis Blanc ein Herrschaftshaus Rue Saint-Dominique und weigere sich, an Arbeiter zu vermieten.

»Was ich sonderbar finde«, sagte Nonancourt, »ist, daß Ledru-Rollin auf den Krongütern jagt!«

»Er schuldet einem Goldschmied zwanzigtausend Francs!« fügte Cisy hinzu. »Man behauptet sogar ...«

Madame Dambreuse unterbrach ihn. »Ach! Wie häßlich ist es, sich über Politik zu ereifern! Ein junger Mann, pfui! Geben Sie sich doch lieber mit Ihrer Nachbarin ab!«

Nun griffen die gesetzten Leute die Zeitungen an.

Arnoux verteidigte sie. Frédéric mischte sich hinein, nannte sie Handelshäuser wie andere auch. Ihre Mitarbeiter seien gewöhnlich Dummköpfe oder Windbeutel, er behauptete, sie zu kennen, und bekämpfte die großmütigen Gefühle seines Freundes mit Sarkasmen. Madame Arnoux bemerkte nicht, daß das eine Rache gegen sie war.

Indessen marterte der Vicomte seinen Geist, um Mademoiselle Cécile zu erobern. Zuerst schlug er seinen künstlerischen Geschmack breit, indem er die Form der geschliffenen Karaffen und die Gravierungen der Messer tadelte. Dann sprach er von seinem Stall, seinem Schneider und seinem Hemdenmacher. Zuletzt ging er auf das Thema Religion über und fand Gelegenheit, zu verstehen zu geben, daß er allen seinen religiösen Pflichten nachkomme.

Martinon griff es besser an. Er wandte keinen Blick von ihr und lobte in eintöniger Weise ihr Vogelprofil, ihr fades blondes Haar, ihre zu kurzen Hände. Das häßliche junge Mädchen schwelgte in dieser Flut von Schmeicheleien.

Man konnte nichts verstehen, da alle sehr laut sprachen. Monsieur Roque verlangte »eine eiserne Faust«, um Frankreich zu regieren. Nonancourt bedauerte sogar, daß das politische Schafott abgeschafft sei. Man hätte all diese Lumpen in Massen töten sollen!

»Es sind sogar Feiglinge«, sagte Fumichon. »Ich sehe keine Tapferkeit darin, hinter Barrikaden zu kämpfen!«

»Übrigens, sprechen Sie uns doch von Dussardier!« sagte Monsieur Dambreuse, sich an Frédéric wendend. Der gute Kommis war jetzt ein Held wie Sallesse, die Brüder Jeanson, die Frau Péquillet usw.

Ohne sich bitten zu lassen, erzählte Frédéric die Geschichte seines Freundes; es warf eine Art Glorienschein für ihn ab.

So kam man natürlich dazu, verschiedene Züge von Mut zu erörtern. Nach der Ansicht des Diplomaten sei es nicht schwer, dem Tode die Stirn zu bieten, ein Beweis dafür wären Duellanten.

»Man kann sich auf den Vicomte berufen«, sagte Martinon.

Der Vicomte wurde sehr rot.

Die Gäste sahen ihn an, und Louise, erstaunter als die anderen, murmelte:

»Was ist denn das?«

»Er hat vor Frédéric die Segel gestrichen«, erwiderte Arnoux ganz leise.

»Sie wissen etwas, mein Fräulein?« fragte sogleich Nonancourt, und er sagte Madame Dambreuse ihre Antwort, diese neigte sich etwas vor und blickte Frédéric an.

Martinon wartete nicht auf Céciles Fragen. Er sagte ihr, daß diese Angelegenheit eine unqualifizierte Person betreffe. Das junge Mädchen rückte ein wenig auf seinem Stuhl, wie um die Berührung mit diesem Wüstling zu fliehen.

Die Unterhaltung hatte wieder begonnen. Starke Bordeauxweine wurden herumgereicht, man wurde lebhaft. Pellerin war ärgerlich auf die Revolution wegen des spanischen Museums, das endgültig verloren sei. Das war es, was ihn als Maler am meisten betrübte. Bei diesem Wort sprach ihn Monsieur Roque an.

»Sind Sie nicht der Schöpfer eines sehr hervorragenden Bildes?«

»Vielleicht! Welches?«

»Es stellt eine Dame in einem ... ein wenig nun ... leichten Kostüm dar, mit einer Börse und einem Pfau dahinter.«

Nun wurde Frédéric purpurrot. Pellerin gab sich den Anschein, nicht zu hören.

»Allein, es ist doch von Ihnen! Denn Ihr Name steht darunter, und eine Inschrift auf dem Rahmen besagt, daß es Eigentum des Monsieur Moreau sei.«

Eines Tages, als der alte Roque und seine Tochter ihn bei sich zu Hause erwarteten, hatten sie das Porträt der Marschallin gesehen. Der gute Mann hatte es sogar für ein »Gothisches Bild« gehalten.

»Nein!« sagte Pellerin grob, »es ist das Bildnis einer Frau.«

Martinon fügte hinzu:

»Einer ›sehr lebenden‹ Frau! Nicht wahr, Cisy?«

»Ach, ich weiß es nicht.«

»Ich glaubte, Sie kennen sie. Aber wenn es Ihnen peinlich ist, bitte ich tausendmal um Entschuldigung!«

Cisy senkte den Blick und bewies durch seine Verlegenheit, daß er mit Bezug auf das Porträt eine klägliche Rolle gespielt haben mußte. Was Frédéric anbelangte, so konnte das Modell nur seine Mätresse sein. Es war dies eine jener Überzeugungen, die sich sofort bilden, und die Gesichter der Anwesenden bestätigten es klar.

»Wie er mich belog!« sagte sich Madame Arnoux.

»Darum hat er mich also verlassen!« dachte Louise.

Frédéric dachte, daß diese beiden Geschichten ihn kompromittieren würden; als man im Garten war, machte er Martinon Vorwürfe darüber.

Der Liebhaber von Mademoiselle Cécile lachte ihm ins Gesicht.

»Ach! durchaus nicht! es wird dir nützen! Geh nur vor!«

Was wollte er damit sagen? Überdies, warum dies Wohlwollen entgegen seinen Gewohnheiten? Ohne irgendwie Aufschluß darüber zu geben, begab er sich in den Hintergrund, wo die Damen saßen. Die Herren standen, und Pellerin entwickelte mitten unter ihnen seine Ideen. Am günstigsten für die Kunst sei eine einsichtsvolle Monarchie. Die modernen Zeiten widerten ihn an, »wenn es nur wegen der Nationalgarde wäre«, sehnte er sich das Mittelalter, Ludwig XIV. zurück. Monsieur Roque beglückwünschte ihn zu seinen Ansichten, gestand sogar ein, daß sie all seine Vorurteile gegen die Künstler beseitigten. Aber von Fumichons Stimme angezogen, entfernte er sich bald. Arnoux versuchte auseinanderzusetzen, daß es zwei Arten von Sozialismus gebe, eine gute und eine schlechte. Der Industrielle sah keinen Unterschied darin, bei dem Wort Eigentum wirbelte ihm der Kopf vor Entrüstung.

»Es ist von der Natur vorgeschriebenes Gesetz! Die Kinder hängen an ihrem Spielzeug, alle Völker sind meiner Meinung, alle Tiere; selbst der Löwe, könnte er reden, würde sich für das Eigentum erklären! Ich zum Beispiel, meine Herren, habe mit einem Kapital von fünfzehntausend Francs angefangen! Dreißig Jahre lang, müssen Sie wissen, stand ich regelmäßig um vier Uhr morgens auf. Ich hatte eine teuflische Mühe, um mein Vermögen zu schaffen! Und da will man mir behaupten, daß ich nicht Herr darüber sei, daß mein Geld nicht mein Geld ist, kurz, daß Eigentum Diebstahl ist!«

»Aber Proudhon …«

»Lassen Sie mich zufrieden mit ihrem Proudhon! Wäre er da, ich glaube, ich erdrosselte ihn!«

Er hätte ihn erdrosselt. Namentlich nach den Likören kannte sich Fumichon nicht mehr, und sein schlagflüssiges Gesicht war nahe daran, zu platzen, wie ein Geschoß.

»Guten Tag, Arnoux«, sagte Hussonnet, der hurtig über den Rasen dahinschritt.

Er brachte Monsieur Dambreuse das erste Blatt einer Broschüre, »Hydra« betitelt. Der Boheme vertrat darin die Interessen eines reaktionären Kreises, der Bankier stellte ihn als solchen seinen Gästen vor.

Hussonnet belustigte sie mit der Behauptung, daß die Talghändler dreihundertzweiundneunzig Gassenjungen bezahlten, um jeden Abend »Lampions!« zu schreien, spottete über die Grundsätze von 89, über die Freimachung der Neger, die Redner der Linken. Er trieb es selbst so weit, vielleicht in einem Gefühl von naivem Neid gegen diese Bürger, die so gut gespeist hatten, Prudhomme auf einer Barrikade darzustellen. Die Karikatur gefiel nur mittelmäßig; die Gesichter wurden lang.

Überdies sei es nicht der Moment, zu scherzen, Nonancourt sagte es, indem er an den Tod Seiner Hochwürden Monsignore Affre und des Generals Bréa erinnerte. Man sprach immer wieder davon, leitete Beweise davon ab. Monsieur Roque nannte das Hinscheiden des Erzbischofs »das Erhabenste, was es gab«; Fumichon gab dem Offizier die Palme, und anstatt einfach diesen Doppelmord zu beklagen, stritten sie darum, welcher von beiden Anlaß zu größerer Entrüstung gebe. Darauf wurde ein zweiter Vergleich zwischen Lamoricière und Cavaignac gezogen; Monsieur Dambreuse pries bei dieser Gelegenheit Cavaignac, Nonancourt Lamoricière. Keiner von der Gesellschaft, Arnoux ausgenommen, hatte sie am Werk gesehen. Nichtsdestoweniger sprachen alle ein unwiderrufliches Urteil über ihr Vorgehen aus. Frédéric hatte sich ablehnend verhalten und gestand, daß er nicht zu den Waffen gegriffen habe. Der Diplomat und Monsieur Dambreuse nickten ihm beifällig zu. In der Tat, den Aufruhr bekämpft, hieß die Republik verteidigt zu haben. Das Endergebnis, obwohl günstig, festigte sie, und nun, da man die Besiegten losgeworden, wünschte man dasselbe von den Siegern.

Kaum im Garten angelangt, hatte Madame Dambreuse Cisy vorgenommen und ihn wegen seiner Ungeschicklichkeit gescholten. Als sie Martinons ansichtig wurde, verabschiedete sie ihn, sie wollte von ihrem zukünftigen Neffen den Grund zu seinen Scherzen über den Vicomte wissen.

»Es liegt keiner vor.«

»Und alles das zum Ruhm von Monsieur Moreau! Zu welchem Zweck?«

»Zu keinem. Frédéric ist ein reizender Mensch. Ich habe ihn sehr gern.«

»Ich auch! Er soll kommen! Holen Sie ihn!«

Nach zwei oder drei nichtssagenden Redensarten begann sie ihre Gäste leicht herabzusetzen; das zum Zweck, ihn über sie zu stellen. Er versäumte es nun auch nicht, die andern Frauen etwas durchzuhecheln, eine geschickte Art, ihr Komplimente zu sagen.

Doch verließ sie ihn hin und wieder, es war Empfangsabend, einige Damen kamen; dann kehrte sie auf ihren Platz zurück, und die zufällige Anordnung der Sitze gestattete ihnen, nicht belauscht zu werden.

Sie gab sich munter, ernst, melancholisch und vernünftig. Die Vorgänge des Tages interessierten sie nur wenig, es gäbe ganz andere, weniger vorübergehende Gefühlszustände. Sie beklagte sich über die Dichter, die die Wahrheit entstellten, dann hob sie die Augen zum Himmel und fragte ihn nach dem Namen eines Sterns.

Man hatte zwei oder drei chinesische Laternen in die Bäume gehängt, der Wind bewegte sie, farbige Strahlen zitterten auf ihrem weißen Kleid. Sie hielt sich, wie gewöhnlich, ein wenig in ihrem Fauteuil zurückgelehnt. Vor ihr stand ein Schemel, auf dem die Spitze eines schwarzen Atlasschuhes zu sehen war; mitunter sagte Madame Dambreuse ein lauteres Wort, einige Male lachte sie.

Diese Koketterien trafen Martinon nicht, der mit Cécile beschäftigt war, aber sie trafen die kleine Roque, die mit Madame Arnoux plauderte. Diese war die einzige unter all den Frauen, deren Manieren ihr nicht wegwerfend erschienen. Sie hatte sich neben sie gesetzt, dann, einem Mitteilungsbedürfnis nachgebend:

»Spricht Frédéric Moreau nicht gut?«

»Sie kennen ihn?«

»Oh! Sehr gut! Wir sind Nachbarn, er hat mit mir gespielt, als ich noch ganz klein war.«

Madame Arnoux warf einen langen Blick auf sie, der bedeutete: »Ich hoffe doch, daß Sie ihn nicht lieben?«

Der des jungen Mädchens erwiderte ohne Verwirrung: »Ja!«

»Sie sehen ihn also oft?«

»Ach nein! Nur wenn er zu seiner Mutter kommt. Seit zehn Monaten war er nicht mehr dort! Und er hatte doch versprochen, pünktlicher zu sein.«

»Man muß den Versprechungen von Männern nicht zu viel Glauben schenken, mein Kind.«

»Aber mich hat er nicht hintergangen!«

»Wie andere!«

Louise erschauerte: »Sollte er dieser Frau vielleicht auch etwas versprochen haben?«, und ihr Gesicht verzog sich in Haß und Argwohn.

Madame Arnoux fürchtete sich fast vor ihr, sie hätte ihre Worte gern zurückgenommen. Dann schwiegen beide.

Da Frédéric gegenüber auf einem Klappsessel saß, betrachteten sie ihn, die eine verstohlen, von der Seite, die andere freimütig, mit offenem Munde, so daß Madame Dambreuse zu ihm sagte:

»Drehen Sie sich doch ein wenig, damit sie Sie sehen kann!«

»Wer denn?«

»Nun, Monsieur Roques Tochter!«

Und sie neckte ihn mit der Liebe dieser jungen Provinzialin. Er wehrte sich dagegen, versuchte es, darüber zu lachen.

»Ist es denkbar! Ich bitte Sie! Ein so häßliches Ding!«

Jedoch empfand er eine Freude maßloser Eitelkeit. Er gedachte jener anderen Soiree, da er, das Herz voller Demütigung, fortgegangen war. Tief atmete er auf, er fühlte sich in seiner richtigen Umgebung, fast in seinem Gebiet, als ob alles, das Dambreusesche Herrschaftshaus mit inbegriffen, ihm gehörte.

Die Damen bildeten einen Halbkreis um ihn und hörten ihm zu; um zu glänzen, sprach er sich für die Wiedereinführung der Ehescheidung aus, die so leicht sein müsse, daß man einander verlassen und immer wieder zueinander zurückkehren könne, sooft man nur wolle. Sie widersprachen, andere flüsterten, man hörte leise Ausrufe im Dunkel am Fuß der mit Waldrebe überwachsenen Mauer. Es klang wie ein Gegacker fröhlicher Hennen, und er entwickelte seine Theorie mit jener Sicherheit, die das Bewußtsein des Erfolges verleiht. Ein Diener brachte ein Servierbrett mit Eis in die Laube. Die Herren traten näher. Sie sprachen von den Verhaftungen.

Nun rächte sich Frédéric an dem Vicomte, indem er ihm weismachte, daß man ihn vielleicht als Legitimist gerichtlich verfolgen werde. Der andere warf ein, daß er sich nicht aus seinem Zimmer gerührt habe; sein Gegner häufte die schlechten Aussichten nur so, selbst die Herren Dambreuse und de Crémonville hatten ihren Spaß daran. Dann machten sie Frédéric Komplimente, bedauerten jedoch, daß er seine Fähigkeiten nicht zur Verteidigung der Ordnung anwandte; sie schüttelten ihm herzlich die Hand; er könne in Zukunft sich auf sie verlassen. Endlich, als alle gingen, verneigte sich der Vicomte sehr tief vor Cécile:

»Mademoiselle, ich habe die Ehre, Ihnen guten Abend zu wünschen.«

Sie erwiderte trocken:

»Guten Abend!« Aber sie sandte Martinon ein Lächeln.

Um seine Diskussion mit Arnoux fortzusetzen, schlug der alte Roque ihm vor, ihn »sowie Madame« zu begleiten, da ihr Weg der gleiche sei. Louise und Frédéric gingen voran. Sie hatte seinen Arm genommen, und als sie sich von den anderen ein wenig entfernt hatten:

»Ah! Endlich! Endlich! Wie ich den ganzen Abend gelitten habe! Wie bös diese Frauen sind! Welche hochmütige Mienen!«

Er wollte sie verteidigen.

»Erstens hättest du beim Hereinkommen wohl mit mir sprechen können, wo du seit einem Jahr nicht mehr gekommen bist!«

»Es ist nicht ein Jahr«, sagte Frédéric, glücklich, sie bei dieser Einzelheit zu fassen, um dem anderen auszuweichen.

»Meinetwegen! Die Zeit ist mir lang erschienen, das ist's! Aber während dieses schauderhaften Diners hätte man meinen können, du schämtest dich meiner! Ach! Ich verstehe, ich habe nicht, was man braucht, um zu gefallen, wie jene.«

»Du irrst!« sagte Frédéric.

»Wirklich! Schwöre mir, daß du keine von ihnen liebst!«

Er schwor.

»Liebst du mich nur allein?«

»Aber gewiß doch!«

Diese Versicherung machte sie fröhlich. Sie hätte sich in den Straßen verirren mögen, um die ganze Nacht mit ihm umherzuwandern. »Ich habe mich zu Haus so geängstigt! Man sprach von nichts als von Barrikaden! Ich sah dich blutüberströmt auf den Rücken fallen! Deine Mutter lag zu Bett mit ihrem Rheumatismus. Sie wußte von nichts. Ich mußte schweigen! Ich ertrug es nicht länger! Da nahm ich Catherine.«

Nun erzählte sie ihm von ihrer Abreise, dem ganzen Weg und der Lüge ihrem Vater gegenüber.

»Er nimmt mich in zwei Tagen mit zurück. Komm morgen abend wie zufällig und benutze die Gelegenheit, um nun um meine Hand anzuhalten.«

Niemals hatte Frédéric der Gedanke an eine Heirat ferner gelegen. Überdies erschien ihm Mademoiselle Roque als ein ziemlich lächerliches Persönchen. Welch ein Unterschied mit einer Frau wie Madame Dambreuse! Eine ganz andere Zukunft war ihm beschieden! Er war heute seiner Sache sicher; so war es denn auch nicht der Moment, sich hinreißen zu lassen zu einer Entschließung von solcher Wichtigkeit. Er mußte jetzt positiv sein – und dann, er hatte Madame Arnoux wiedergesehen. Doch brachte ihn Louisens Freimütigkeit in Verlegenheit. Er erwiderte:

»Hast du dir den Schritt wohl überlegt?«

»Wie?« rief sie aus, starr vor Überraschung und Entrüstung.

Er sagte, daß sich gegenwärtig zu verheiraten tatsächlich eine Torheit wäre.

»Also du willst mich nicht?«

»Aber du verstehst mich nicht!«

Und er erging sich in einem wüsten Wortschwall, um ihr begreiflich zu machen, daß ihn höhere Rücksichten abhielten, daß er endlose Geschäfte habe, ja sogar sein Vermögen gefährdet sei (Louise schnitt alles mit einem klaren Wort ab), endlich, daß politische Umstände sich entgegenstellten. Das vernünftigste sei also, sich eine Weile zu gedulden. Die Dinge würden sich schon ordnen, wenigstens hoffte er es, und da er keine Gründe mehr fand, tat er, als erinnere er sich plötzlich, daß er seit zwei Stunden bei Dussardier sein sollte.

Dann, als er die anderen gegrüßt hatte, verschwand er in der Rue Hauteville, ging um das Gymnase herum, kam auf den Boulevard zurück und sprang die vier Treppen zu Rosanette hinauf.

Monsieur und Madame Arnoux verließen den alten Roque und seine Tochter am Eingang der Rue Saint-Denis. Schweigend gingen sie weiter; er war vom vielen Schwatzen erschöpft, und sie empfand eine große Müdigkeit; sie stützte sich sogar auf seine Schulter. Er war der einzige Mensch, der während des Abends anständige Gesinnungen gezeigt hatte. Sie war voller Nachsicht gegen ihn. Allein gegen Frédéric hegte er einen kleinen Groll.

»Hast du seine Miene bemerkt, als von dem Porträt die Rede war? Sagte ich dir nicht, daß er ihr Geliebter sei? Du wolltest mir nicht glauben!«

»Ja, ja, ich hatte unrecht!«

Zufrieden über seinen Triumph, ließ Arnoux nicht nach.

»Ich möchte sogar wetten, daß er uns vorhin nur verlassen hat, um sie aufzusuchen! Er ist jetzt bei ihr! Er verbringt die Nacht dort!«

Madame Arnoux hatte ihre Kapuze sehr tief herabgezogen.

»Aber du zitterst ja!«

»Weil mich friert!« erwiderte sie.

Sobald ihr Vater eingeschlafen war, trat Louise in Catherines Zimmer und rüttelte sie an der Schulter.

»Steh auf! ... schnell! ... schneller! und hole mir eine Droschke.«

Catherine sagte ihr, daß es zu dieser Stunde keine mehr gebe.

»So wirst du mich selber hinbringen!«

»Wohin denn?«

»Zu Frédéric!«

»Nicht möglich! Wozu?«

Um ihn zu sprechen. Sie könne nicht warten. Sie müsse ihn sogleich sehen.

»Wo denken Sie hin? So mitten in der Nacht in einem Hause vorzusprechen! Überdies schläft er jetzt!«

»Ich werde ihn wecken!«

»Aber das schickt sich nicht für eine junge Dame!«

»Ich bin keine junge Dame! Ich bin seine Frau! Ich liebe ihn! Komm, lege deinen Schawl um!«

Catherine stand an ihrem Bett und überlegte. Endlich sagte sie:

»Nein! ich will nicht!«

»Wohlan, bleibe hier! Ich gehe hin!«

Wie eine Natter glitt Louise die Treppe hinunter. Catherine stürzte ihr nach und holte sie auf dem Trottoir ein. Ihre Vorstellungen waren vergeblich, und sie folgte ihr, indem sie noch ihre Jacke zuknöpfte. Der Weg schien ihr außerordentlich lang. Sie klagte über ihre alten Beine.

»Überdies, mich treibt nicht derselbe Grund wie Sie!«

Dann wurde sie gerührt.

»Armes Herz! Du hast doch nur deine Käthe, siehst du!«

Von Zeit zu Zeit überfielen sie neue Bedenken.

»Ach! Sie verführen mich da zu etwas Schönem! Wenn Ihr Vater aufwachte! Herr des Himmels! Wenn nur kein Unglück geschieht!«

Vor dem Theâtre des Variétés hielt sie eine Patrouille von Nationalgardisten an. Louise sagte sofort, daß sie mit ihrem Mädchen nach der Rue Rumfort ginge, um einen Arzt zu holen. Man ließ sie vorbei.

An der Ecke der Madelaine begegneten sie einer zweiten Patrouille, und als Louise dieselbe Erklärung gegeben hatte, erwiderte einer der Bürger:

»Handelt es sich um eine Krankheit von neun Monaten, mein Kätzchen?«

»Gougibaud!« rief der Hauptmann, »keine Zoten, wenn Sie in Reih und Glied sind! – Gehen Sie weiter, meine Damen!«

Trotz des ausdrücklichen Befehls wurden weitere Witze gemacht.

»Viel Vergnügen!«

»Meine Empfehlung an den Arzt!«

»Hütet euch vor dem Wolf!«

»Sie lieben zu scherzen«, sagte Catherine laut. »Sie sind eben jung!«

Endlich langten sie bei Frédéric an. Louise zog mehrmals kräftig an der Glocke. Die Tür wurde halb geöffnet, und der Hausmeister antwortete auf ihre Frage:

»Nein!«

»Aber er muß zu Bett gegangen sein!«

»Ich sage Ihnen nein! Es wird jetzt beinahe an drei Monaten, daß er nicht mehr zu Haus schläft!«

Und das kleine Fenster der Loge fiel scharf herab wie das Messer einer Guillotine. Sie blieben im Dunkeln, unter dem Gewölbe. Eine wütende Stimme schrie ihnen zu:

»Geht doch hinaus!«

Die Tür öffnete sich wieder; sie traten auf die Straße.

Louise war genötigt, sich auf einen Prellstein zu setzen, und den Kopf in den Händen, weinte sie bitterlich und von ganzem Herzen. Der Tag graute, Karren fuhren vorüber.

Catherine führte sie zurück, indem sie sie stützte, sie küßte und ihr allerlei gute Dinge sagte, die sie aus ihrer Erfahrung schöpfte. Man dürfe sich nicht so viel Kummer um der Liebhaber willen machen. Wenn sie diesen nicht bekäme, würde sie schon andere finden!

III.

Als sich Rosanettes Begeisterung für die Mobilgardisten gelegt hatte, wurde sie wieder reizender als je, und Frédéric nahm unvermerkt die Gewohnheit an, mit ihr zusammenzuleben.

Das beste vom Tage war der Morgen auf der Terrasse. Im Batistmieder, barfuß in ihren Pantöffelchen, ging und kam sie, reinigte das Bauer ihrer Kanarienvögel, gab ihren Goldfischen Wasser und gärtnerte mit einer Feuerschippe in der mit Erde gefüllten Kiste, aus der ein Gitterwerk mit Kapuzinerkresse ragte, das die Mauer schmückte. Dann lehnten sie sich nebeneinander auf ihren Balkon und betrachteten die Wagen und die Vorübergehenden, dabei wärmten sie sich in der Sonne, machten Pläne für den Abend. Er war höchstens zwei Stunden vom Hause abwesend. Dann gingen sie in irgendein Theater in eine Prosceniumsloge; Rosanette mit einem großen Blumenstrauß in der Hand lauschte der Musik, während Frédéric, zu ihrem Ohr geneigt, ihr lustige oder galante Dinge erzählte. Zu anderen Malen nahmen sie einen Wagen und fuhren in den Bois de Boulogne; sie gingen dann spät, bis Mitternacht spazieren. Endlich kehrten sie durch den Arc de Triomphe und über die große Avenue zurück. Sie sogen die Luft ein, über sich die Sterne und vor sich bis zum äußersten Ende der Perspektive all die Gaslampen, die einer schnurgeraden Doppelreihe leuchtender Perlen glichen.

Wenn sie ausgehen wollten, mußte Frédéric immer auf sie warten; es nahm viel Zeit in Anspruch, bis sie die Bindebänder ihres Kapotthutes unter dem Kinn geknüpft hatte; dabei lächelte sie sich selbst vor ihrem Spiegelschranke zu. Dann schob sie ihren Arm in den seinen und zwang ihn, sich neben ihr zu spiegeln.

»Wir nehmen uns gut aus, so nebeneinander! Ach! Liebster, ich könnte dich aufessen!«

Er war jetzt ihre Sache, ihr Eigentum. Sie trug auf ihrem Antlitz ein unausgesetztes Strahlen, zugleich schien sie schmiegsamer in ihren Formen, schmachtender. Ohne sagen zu können, worin, fand er sie jedoch verändert.

Eines Tages teilte sic ihm als eine sehr wichtige Neuigkeit mit, daß der Herr Arnoux einer früheren Arbeiterin seiner Fabrik ein Weißwarengeschäft eingerichtet habe. Jeden Abend käme er hin, »gäbe sehr viel aus, und vor kaum einer Woche habe er ihr eine Zimmereinrichtung aus Palisander geschenkt.«

»Woher weißt du das?« sagte Frédéric.

»Oh, ich bin dessen ganz sicher!«

Delphine hatte ihrem Auftrage gemäß Erkundigungen eingezogen. Sie liebte also Arnoux sehr, da sie sich so stark mit ihm beschäftigte! Er begnügte sich damit, ihr zu antworten:

»Was kümmert dich das?«

Rosanette sah bei dieser Frage überrascht aus.

»Aber die Kanaille schuldet mir Geld! Ist es nicht eine Schmach, ihn Betteldirnen ausstatten zu sehen?«

Dann mit einem Ausdruck triumphierenden Hasses:

»Übrigens hält sie ihn hübsch zum Narren! Sie hat drei andere Liebhaber. Um so besser! Wenn sie ihn nur bis zum letzten Heller aufzehrt, das freute mich!«

Arnoux ließ sich mit der Nachsicht greisenhafter Leidenschaft tatsächlich von der Bordelaise ausbeuten.

Seine Fabrik ging nicht mehr; die Gesamtheit seiner Geschäfte war erbärmlich, so daß er, um sie wieder in Gang zu bringen, zuerst daran dachte, ein »Café chantant« zu gründen, in dem nur patriotische Sachen gesungen werden sollten. Hätte der Minister ihm eine Subvention bewilligt, so wäre das Unternehmen ein Herd der Propaganda und zugleich eine Quelle des Gewinns geworden. Da aber die Machthaber gewechselt hatten, war es ein Ding der Unmöglichkeit. Jetzt träumte er von einer großen militärischen Hutfabrik. Die Mittel, um anzufangen, fehlten ihm.

In seiner Häuslichkeit war er auch nicht glücklicher. Madame Arnoux war ihm gegenüber weniger milde, zuweilen sogar ein wenig rauh. Marthe stellte sich immer auf die Seite des Vaters. Das erhöhte den Mißklang, und es wurde unerträglich im Hause. Oft verließ er es früh am Morgen, verbrachte den Tag mit langen Spaziergängen, um sich zu betäuben, und speiste dann in einem ländlichen Gasthaus, wo er sich seinen Betrachtungen überließ.

Frédérics fortdauernde Abwesenheit störte seine Gewohnheiten. Darum erschien Arnoux eines Tages nachmittags und beschwor ihn, er solle sie besuchen wie ehemals; jener versprach es.

Frédéric wagte nicht, zu Madame Arnoux zurückzukehren. Er

hatte das Gefühl, als ob er sie verraten habe. Aber dies Verhalten war sehr feige. Ausreden waren keine zu finden. Es mußte ein Ende nehmen! Und eines Abends machte er sich auf den Weg.

Da es regnete, war er eben in die Passage Jouffroy getreten, als ihn unter dem Licht der Schaufenster ein kleiner dicker Mann mit einer Mütze anredete.

Ohne Mühe erkannte Frédéric Compain, jenen Redner, dessen Antrag im Klub so viel Gelächter hervorgerufen hatte. Er stützte sich auf den Arm eines Individuums in roter Zuavenmütze, mit sehr langer Oberlippe, orangegelbem Teint und kleinem Kinnbart, der ihn mit großen Augen voller Bewunderung ansah.

Compain war zweifellos stolz auf ihn, denn er sagte:

»Ich stelle Ihnen diesen Kerl da vor! Er ist ein Schuster und einer meiner Freunde, ein Patriot! Trinken wir etwas zusammen?«

Als Frédéric dankte, wetterte er sofort über den Antrag Rateau, ein Manöver der Aristokratie. Um ein Ende zu machen, müsse man wieder mit 93 beginnen! Dann erkundigte er sich nach Regimbart und einigen anderen, ebenso berühmten wie Masselin, Sanson, Lecornu, Maréchal und einem gewissen Deslauriers, der in den Fall der jüngst vorgefallenen Karabinerunterschlagung in Troyes verwickelt sei.

Das alles war Frédéric neu. Mehr wußte Compain nicht. Er verließ ihn und sagte: »Auf bald, nicht wahr? Sie sind doch dabei?«

»Bei was?«

»Beim Kalbskopf!«

»Welcher Kalbskopf?«

»Ah! Sie Schelm!« erwiderte Compain und gab ihm einen Klaps auf den Bauch.

Und die beiden Terroristen verschwanden in einem Café. Zehn Minuten später dachte Frédéric nicht mehr an Deslauriers. Er stand auf dem Trottoir der Rue Paradis vor einem Hause und schaute nach dem Schein einer Lampe hinter den Vorhängen im zweiten Stockwerk.

Endlich stieg er die Treppe hinauf.

»Ist Herr Arnoux zu Hause?«

Das Zimmermädchen antwortete: »Nein! aber treten Sie doch trotzdem ein.«

Und plötzlich eine Tür öffnend: »Madame, es ist Monsieur Moreau!«

Sie erhob sich, bleicher als ihre Halskrause. Sie zitterte.

»Was verschafft mir die Ehre … eines so … unvorhergesehenen Besuchs?«

»Nichts! das Vergnügen, alte Freunde wiederzusehen!«

Und indem er sich setzte: »Wie geht's dem guten Arnoux?«

»Sehr gut! Er ist ausgegangen.«

»Ah! ich verstehe! immer noch seine alten Abendgewohnheiten; ein wenig Zerstreuung!«

»Warum auch nicht? Nach einem anstrengenden Geschäftstage hat der Kopf das Bedürfnis, auszuruhen!«

Sie rühmte sogar ihren Mann als Arbeiter. Dieses Lob reizte Frédéric; er wies auf ein Stück schwarzen Tuches, das mit flachen feinen Husarenschnüren von blauer Farbe benäht war und auf ihren Knien lag: »Was machen Sie da?«

»Eine Jacke, die ich für meine Tochter herrichte.«

»Übrigens, ich sehe sie nicht, wo ist sie denn?«

»In einem Pensionat«, erwiderte Madame Arnoux.

Tränen traten ihr in die Augen; sie hielt sie zurück und nähte schnell. Um sich Haltung zu geben, hatte er ein Heft der »Illustration« von dem Tisch neben ihr genommen.

»Diese Karikaturen von Cham sind sehr drollig, nicht wahr?«

»Ja.«

Dann fielen sie wieder ins Schweigen zurück.

Ein heftiger Windstoß erschütterte plötzlich die Scheiben.

»Welch ein Wetter!« sagte Frédéric.

»In der Tat! Es ist sehr liebenswürdig von Ihnen, daß Sie bei diesem furchtbaren Regen gekommen sind!«

»Ach, ich! ich mache mir nichts daraus! Ich bin nicht wie jene, die er offenbar abhält, zu ihren Stelldichein zu kommen!«

»Zu welchen Stelldichein?« fragte sie naiv.

»Sie erinnern sich nicht?«

Ein Frösteln überlief sie, und sie senkte den Kopf.

Sanft legte er die Hand auf den Arm.

»Ich versichere Ihnen, daß Sie mir viel Schmerzen verursacht haben!«

Sie erwiderte mit einer Art Klage in der Stimme: »Aber ich war in Angst um mein Kind!« Und sie erzählte ihm von der Krankheit des kleinen Eugène, von allen Ängsten jenes Tages.

»Danke! Danke! Ich zweifle nicht mehr! Ich liebe Sie wie immer!«

»Nein, nein! es ist nicht wahr!«

»Warum?«

Sie blickte ihn kalt an.

»Sie vergessen die andere! Die, die Sie zum Rennen führen! Das Weib, deren Porträt Sie haben, Ihre Mätresse!«

»Nun, ja denn!« rief Frédéric. »ich leugne nichts! Ich bin ein Elender! Hören Sie mich an.« Wenn er sie gehabt, geschah es aus Verzweiflung, wie man Selbstmord begeht. Übrigens habe er sie sehr unglücklich gemacht, um sich an ihr für seine eigene Schande zu rächen. »Welch eine Marter! Begreifen Sie nicht?«

Madame Arnoux wandte ihm ihr schönes Gesicht zu, reichte ihm die Hand, und sie schlossen die Augen, einem Rausche hingegeben, der wie ein Einwiegen war, süß und grenzenlos. Dann blieben sie, sich anschauend, nebeneinander sitzen.

»Konnten Sie denn glauben, daß ich Sie nicht mehr liebte?«

Sie antwortete mit leiser Stimme, in der Zärtlichkeit klang:

»Nein, trotz allem fühlte ich im Grunde meines Herzens, daß es unmöglich sei, daß eines Tages das Hindernis zwischen uns beiden schwinden würde!«

»Ich auch! und ich hatte ein Verlangen, Sie wiederzusehen, daß es mich fast tötete.«

»Einmal«, fuhr sie fort, »bin ich im Palais Royal an Ihnen vorübergegangen.«

»Wirklich?«

Und er sprach von dem Glück, das er empfand, als er sie bei Dambreuse wiedergefunden.

»Aber wie ich Sie an jenem Abend haßte, als ich fortging!«

»Armer Junge!«

»Mein Leben ist so traurig!«

»Und das meine! ... Wenn es nur Kummer, die Unruhe, die Demütigungen wären, alles, was ich als Frau und Mutter ertrage, da man ja doch sterben muß, so würde ich mich nicht beklagen; was so furchtbar ist, ist meine Einsamkeit, ohne einen Menschen ...«

»Aber ich bin da, ich!«

»Oh! ja!«

Unter einem zärtlichen Schluchzen hatte sie sich erhoben. Sie breitete ihre Arme aus, und stehend umschlangen sie sich in einem langen Kuß.

Der Fußboden knackte. Eine Frau stand neben ihnen, Rosanette. Madame Arnoux hatte sie wiedererkannt; ihre weitgeöffneten Augen prüften sie voll Überraschung und Empörung. Endlich sagte Rosanette:

»Ich komme, um mit Monsieur Arnoux über Geschäfte zu sprechen!«

»Sie sehen, daß er nicht hier ist!«

»Ah! richtig!« erwiderte die Marschallin. »Ihr Dienstmädchen hatte recht! Bitte tausendmal um Vergebung!«

Und zu Frédéric gewendet:

»Du bist hier, du?«

Dieses Duzen vor ihr ließ Madame Arnoux erröten, wie ein Schlag ins Gesicht.

»Ich wiederhole Ihnen, daß er nicht hier ist!«

Da sagte die Marschallin, die sich da und dort umsah, in gelassenem Ton:

»Gehen wir nach Hause? Ich habe eine Droschke.«

Er gab sich den Anschein, als höre er nicht.

»Laß uns gehen! Komm!«

»Ach! ja! das ist eine Gelegenheit! Gehn Sie! Gehn Sie!« sagte Madame Arnoux.

Beide gingen. Sie neigte sich über das Geländer, um ihnen noch nachzusehen, und ein schneidendes, herzzerreißendes Lachen traf sie von der Treppe herunter. Frédéric schob Rosanette in die Droschke, setzte sich ihr gegenüber und sprach auf dem ganzen Weg kein Wort.

Er selbst war die Ursache dieser Gemeinheit, deren Schmach auf ihn zurückfiel. Er empfand die Schande einer vernichtenden Demütigung zugleich mit dem Kummer über seine verlorene Glückseligkeit; er war daran, sie endlich zu gewinnen, nun war sie ihm unwiderruflich, unerreichbar geworden! – und durch die Schuld dieser hier, dieses Frauenzimmers, dieser Dirne. Er hätte sie erdrosseln mögen; er erstickte. Zu Hause angelangt, warf er seinen Hut auf ein Möbel, riß seine Krawatte herunter.

»Ah! du hast eben etwas Sauberes angestellt, gestehe es!«

Stolz pflanzte sie sich vor ihm auf:

»Nun? Und dann? Wo ist das Unrecht?«

»Wie? Du spürst mir nach?«

»Kann ich dafür? Warum gehst du zu anständigen Frauen, um dich zu amüsieren?«

»Ganz gleich! Ich will nicht, daß du sie beleidigst.«

»Wodurch habe ich sie beleidigt?«

Er hatte nichts zu erwidern, und mit noch mehr Haß in seinem Ton: »Doch, damals, auf dem Champs de Mars.«

»Ach! Du langweilst einen mit deinen alten Flammen!«

»Elende!«

Er hob die Faust.

»Töte mich nicht! Ich bin schwanger!«

Frédéric wich zurück.

»Du lügst!«

»Aber so sieh mich doch an!«

Sie nahm einen hohen Leuchter und zeigte ihr Gesicht.

»Verstehst du dich darauf?«

Kleine gelbe Flecken verunreinigten ihre Haut, die seltsam aufgetrieben war. Frédéric stellte die Tatsache nicht in Abrede. Er öffnete das Fenster, machte ein paar Schritte auf und ab und sank dann in einen Lehnstuhl.

Dies Ereignis war ein Unglück, das einmal ihren Bruch hinausschob – und dann alle seine Pläne durchkreuzte. Überdies erschien ihm der Gedanke, Vater zu werden, lächerlich, unmöglich. Aber warum? Wenn anstatt der Marschallin ...? Und er vertiefte sich so in seine Träumerei, daß er eine Art Halluzination hatte. Er sah da, auf dem Teppich vor dem Kamin, ein kleines Mädchen. Es war Madame Arnoux ähnlich und ein wenig auch ihm – brünett und weiß, mit schwarzen Augen, sehr langen Brauen, ein rosa Band in dem lockigen Haar! (Oh! Wie er es geliebt hätte!) Und er meinte seine Stimme zu vernehmen: »Papa! Papa!«

Rosanette, die sich eben entkleidet hatte, näherte sich ihm, bemerkte eine Träne an seinen Wimpern und küßte ihn ernst auf die Stirn. Er erhob sich und sagte:

»Mein Gott! Man wird diesen Wurm nicht töten.«

Nun fing sie an, lebhaft zu plaudern. Sicherlich würde es ein Junge sein! Man werde ihn Frédéric nennen! Seine Ausstattung müsse in Angriff genommen werden – und als er sie so glücklich sah, überkam ihn Mitleid. Da er jetzt keinen Zorn mehr empfand, wollte er den Grund des vorhin unternommenen Schrittes erfahren.

Es sei geschehen, weil Mademoiselle Vatnaz ihr gerade an diesem Tage einen seit langem protestierten Wechsel geschickt hatte, und sie war zu Arnoux geeilt, um sich Geld zu holen.

»Ich hätte dir welches gegeben!« sagte Frédéric.

»Es war doch einfacher, dort zu holen, was mir gehört, und der anderen ihre tausend Francs zu geben.«

»Ist das wenigstens alles, was du ihr schuldest?«

Sie erwiderte: »Gewiß!«

Am folgenden Tage um neun Uhr abends (der vom Hausmeister bezeichneten Stunde) begab sich Frédéric zu Mademoiselle Vatnaz.

Er stieß sich im Vorzimmer an aufgestapelten Möbeln. Aber ein Geräusch von Stimmen und Musik leitete ihn. Er öffnete eine Tür und geriet mitten in einen Rout. Vor dem Piano, das eine bebrillte Dame spielte, stand Delmar, feierlich wie ein Oberpriester, und deklamierte eine menschenfreundliche Dichtung über die Prostitution. Seine dumpfe Stimme rollte dahin und ward von den zusammen angeschlagenen Akkorden getragen. Eine Reihe von Frauen, durchweg in dunkle Farben gekleidet, ohne Kragen und Manschetten, hielt die Wand besetzt. Fünf oder sechs Männer, alles Denkerköpfe, sah man da und dort auf Stühlen. In einem Lehnstuhl saß ein ehemaliger Fabeldichter, eine Ruine – und der scharfe Geruch zweier Lampen mischte sich mit dem Aroma der Schokolade, die in Schalen auf dem Spieltisch stand.

Mademoiselle Vatnaz stand an einer Ecke des Kamins, um die Hüften eine orientalische Schärpe, Dussardier gegenüber am andern Ende; er sah aus, als sei ihm seine Situation ein wenig peinlich, außerdem schüchterte diese künstlerische Umgebung ihn ein.

War die Vatnaz fertig mit Delmar? Vielleicht nicht. Sie schien jedoch auf den guten Kommis eifersüchtig zu sein. Als Frédéric sie um eine kurze Unterredung bat, gab sie ihm ein Zeichen, mit ihnen in ihr Zimmer zu gehen. Nachdem die tausend Francs aufgezählt waren, forderte sie noch die Zinsen.

»Das ist nicht der Rede wert!« sagte Dussardier.

»Schweige!«

Diese Feigheit eines sonst so mutigen Mannes war Frédéric wohltuend wie eine Rechtfertigung der seinen. Er brachte den Wechsel zurück und sprach nie wieder von dem ärgerlichen Auftritt bei Madame Arnoux. Aber von jener Zeit ab enthüllten sich ihm alle Mängel der Marschallin.

Sie hatte einen unverbesserlichen schlechten Geschmack, war von unbegreiflicher Faulheit, von der Unwissenheit einer Wilden, die so weit ging, daß sie den Doktor Desrogis für sehr berühmt hielt und sehr stolz war, ihn und seine Gattin zu empfangen, weil sie »verheiratet« waren. In pedantischer Weise belehrte sie Mademoiselle Irma, ein armes, unbedeutendes, mit dünner Stimme behaftetes Geschöpf, das einen »sehr anständigen« Herrn, einen ehemaligen Zollbeamten und geschickten Kartenkünstler, zum Beschützer hatte, über Lebensfragen. Rosanette nannte ihn »mein Dickerchen«. Auch konnte Frédéric die Wiederholung ihrer albernen Ausdrücke nicht ertragen, wie »Ja, Kuchen!«, »Hol dich der Teufel!«, »Man hat niemals wissen können!« usw., und sie bestand hartnäckig darauf, morgens ihre Nippsachen mit einem Paar alter, weißer Handschuhe abzustäuben. Er war besonders empört über ihr Benehmen gegen ihr Mädchen – dessen Lohn unaufhörlich im Rückstand war und das ihr sogar Geld lieh. An den Tagen, da sie abrechneten, keiften sie miteinander wie zwei Hökerinnen, und dann versöhnten sie sich wieder unter Küssen. Das Alleinsein mit ihr wurde lästig. Es war ihm eine Erleichterung, als die Abendgesellschaften der Madame Dambreuse wieder begannen.

Die war ihm wenigstens amüsant! Sie kannte die Intrigen der Gesellschaft, Botschafterwechsel, das Personal der Schneiderinnen; wenn ihr Gemeinplätze entschlüpften, geschah es in einer so gebräuchlichen Form, daß man ihre Worte als gefällige Anpassung oder als Ironie nehmen konnte. Man mußte sie unter zwanzig Personen plaudern sehen, von denen sie keine übersah, wie sie Antworten hervorlockte, die sie wünschte, und die gefährlichen vermied! Die einfachsten Sachen, von ihr erzählt, schienen vertrauliche Mitteilungen; ihr geringstes Lächeln erweckte Träume, ihr Zauber war wie das erlesene Parfüm, das sie gewöhnlich benützte, vielteilig und schwer in Worten auszudrücken. Frédéric empfand in ihrer Gesellschaft jedesmal die Freuden des Entdekkens, und doch fand er sie stets in der gleichen heiteren Laune, die dem Spiegelglanze kristallklarer Gewässer glich. Aber warum war ihr Benehmen gegen ihre Nichte von solcher Kälte? Sie warf ihr zuweilen sogar recht seltsame Blicke zu.

Sobald von Heirat die Rede war, hatte sie Monsieur Dambreuse gegenüber die Gesundheit »des lieben Kindes« eingewendet und war sogleich mit ihr ins Bad nach Balaruc gefahren. Nach ihrer Rückkehr ergaben sich neue Vorwände; der junge Mann habe keine Stellung, diese große Liebe scheine nicht ernsthaft, man laufe keine Gefahr, wenn man warte. Martinon hatte geantwortet, daß er warten werde. Sein Benehmen war hochherzig. Er rühmte Frédéric. Er tat mehr: Er gab ihm Auskunft über die Mittel, Madame Dambreuse zu gefallen, wobei er durchblicken ließ, daß er durch die Nichte die Gefühle der Tante kenne.

Monsieur Dambreuse seinerseits, weit entfernt, Eifersucht zu zeigen, umgab seinen jungen Freund mit Zuvorkommenheiten, fragte ihn in verschiedenen Dingen um seinen Rat, war um seine Zukunft besorgt, so daß er ihm eines Tages, als vom alten Roque die Rede war, mit pfiffiger Miene ins Ohr sagte:

»Sie haben recht getan.«

Und Cécile, Miß John, die Dienerschaft, der Hausmeister, nicht einer, der in diesem Hause nicht liebenswürdig gegen ihn gewesen wäre. Er kam jeden Abend hin und vernachlässigte Rosanette. Ihre zukünftige Mutterschaft stimmte sie ernster, sogar ein wenig traurig, als quäle sie eine Unruhe. Auf alle Fragen antwortete sie:

»Du täuschst dich! Mir geht es gut!«

Es handelte sich um fünf Wechsel, die sie früher unterschrieben hatte; da sie nicht wagte, es Frédéric nach der Bezahlung des ersten zu sagen, war sie abermals zu Arnoux gegangen. Dieser hatte ihr schriftlich den dritten Teil seiner Einnahmen von der Gasbeleuchtung der Städte des Languedoc (einem wunderbaren Unternehmen!) versprochen, ihr jedoch eingeschärft, sich dieses Briefes nicht vor der Versammlung der Aktionäre zu bedienen; die Versammlung wurde von Woche zu Woche verschoben.

Allein, die Marschallin brauchte Geld. Sie wäre lieber gestorben, als Frédéric darum zu bitten. Sie wollte es nicht von ihm. Es hätte ihre Liebe beeinträchtigt. Er bestritt wohl die Kosten des Haushalts; aber ein für den Monat gemieteter Wagen und andere Aufwendungen, die unvermeidlich waren, seit er bei Dambreuse verkehrte, verhinderten ihn, mehr für seine Mätresse zu tun. Zwei- oder dreimal, als er zu ungewöhnlicher Stunde heimkehrte, schien es ihm, als sehe er männliche Rücken durch die Türen verschwinden; oft ging sie auch aus, ohne sagen zu wollen, wohin sie gehe. Frédéric machte keinen Versuch, die Dinge zu ergründen. An einem der kommenden Tage würde er eine endgültige Entscheidung treffen. Er träumte von einem anderen Leben, das anregender und würdiger sein werde. Ein solches Traumbild stimmte ihn nachsichtig zugunsten des Hauses Dambreuse.

Es war eine intime Zweigniederlassung der Rue de Poitiers. Er traf dort den großen M. A., den berühmten B., den tiefsinnigen C., den beredten Z., den gewaltigen Y., die alten glänzendsten Zierden des linken Zentrums, die Paladine der Rechten, die Burggrafen des goldenen Mittelwegs, die ewigen Schwachköpfe der Komödie. Ihre abscheulichen Reden entsetzten ihn ebenso wie ihre kleinliche, unversöhnliche, gewissenlose Gesinnung – alle diese Leute, die für die Konstitution gestimmt hatten, bemühten sich jetzt, sie niederzureißen. Und sie waren in großer Erregung, erließen Manifeste, Schmähschriften, verfaßten Biographien; die Fumichons, von Hussonnet verfaßt, war ein Meisterwerk. Nonancourt beschäftigte sich mit der Propaganda auf dem Lande, Monsieur de Grémonville bearbeitete den Klerus, Martinon gewann die bürgerliche Jugend für die Sache. Jeder betätigte sich nach seinem Vermögen, selbst Cisy. Da er jetzt an ernste Dinge dachte, fuhr er den ganzen Tag in Angelegenheiten der Partei im Kabriolett herum.

Wie ein Barometer zeigte Monsieur Dambreuse beständig die letzte Veränderung der Partei an. Man konnte nicht von Lamartine sprechen, ohne daß er den Ausspruch eines Mannes aus dem Volke zitierte: »Genug der Gesänge!« Cavaignac war in seinen Augen nur noch ein Verräter. Der Präsident, den er drei Monate hindurch bewundert hatte, begann in seiner Achtung zu sinken (da er in ihm nicht »die nötige Energie« fand); weil er immer einen Retter brauchte, gehörte seine Dankbarkeit seit dem Vorfall im Konservatorium Changarnier: »Gott sei Dank, Changarnier, ... hoffen wir, daß Changarnier ... Oh! Nichts zu befürchten, solange Changarnier ...«

Man pries vor allem Monsieur Thiers wegen seines Buches gegen den Sozialismus, in dem er sich ebenso als Denker wie als Schriftsteller gezeigt habe. Man lachte unmäßig über Pierre Leroux, der in der Kammer Stellen aus den Philosophen zitiert hatte, machte Witze über die Reihe der Phalansterier. Man unternahm es, der »Foire aux Idées« Beifall zu spenden, und verglich die Autoren mit Aristophanes. Frédéric ging auch hin, wie die anderen!

Der politische Wortschwall und das gute Leben stumpften ihn moralisch ab. So mittelmäßig ihm auch diese Persönlichkeiten erschienen, so war er doch stolz darauf, sie zu kennen, und wünschte sich insgeheim das Ansehen eines Bürgers. Eine Mätresse wie Madame Dambreuse würde es ihm verschaffen.

Er begann alles zu tun, was dazu nötig war.

Er suchte ihr auf ihrem Spaziergang zu begegnen, versäumte nicht, sie im Theater in ihrer Loge zu begrüßen; da er die Stunde wußte, wo sie sich zur Kirche begab, stellte er sich in melancholischer Haltung hinter einen Pfeiler. Über den Nachweis von Raritäten, Mitteilungen über ein Konzert, den Austausch von Büchern oder Zeitschriften fand ein beständiger Wechsel von Briefchen zwischen ihnen statt. Außer seinen Abendbesuchen machte er ihr zuweilen einen weiteren gegen Ende des Tages, und seine freudige Erregung steigerte sich, wenn er nacheinander durch das große Portal, über den Hof, durch das Vorzimmer und die beiden Salons endlich in ihr Boudoir gelangte. Dieser Raum war verschwiegen wie ein Grab, warm wie ein Alkoven; man stieß sich an gepolsterten Möbeln, und allerlei andere Sachen standen hier und dort herum: Schränkchen, Wandschirme, Schalen und Tablette aus Lack, Schildpatt, Elfenbein und Malachit, kostspielige Kleinigkeiten, die oft erneuert wurden. Es waren auch einfache darunter, drei Uferkiesel von Etretat als Briefbeschwerer, eine irische Haube, die an einem chinesischen Wandschirm hing, und doch harmonierten all diese Dinge miteinander; die Vornehmheit des Ganzen machte sogar einen starken Eindruck, der vielleicht der Höhe der Decke, der reichen Pracht der Portièren und den langen Seidenfransen zuzuschreiben war, die über die vergoldeten Stäbe der Tabourets herabflossen.

Sie saß beinahe immer auf einer kleinen Causeuse neben dem Blumentisch, der die Fensternische ausfüllte. Er nahm auf dem Rand eines Rollsesselchens Platz, machte ihr die unentbehrlichsten Komplimente, und sie blickte ihn mit ein wenig zur Seite geneigtem Kopfe und lächelndem Munde an.

Er las ihr Gedichte vor, in die er seine ganze Seele legte, um sie zu rühren und sich bewundern zu lassen. Sie unterbrach ihn mit einer verächtlichen oder praktischen Bemerkung, und ihre Unterhaltung kam unablässig auf das ewige Thema der Liebe zurück! Sie fragten sich, was sie erwecke, ob die Frauen sie tiefer empfänden als die Männer, wie sie sich darin unterschieden. Frédéric war bemüht, seine Meinung zu äußern, ohne seicht oder derb zu werden. Es wurde daraus eine Art Kampf, der zuweilen angenehm unterhielt, zuweilen langweilte.

An ihrer Seite empfand er nicht jenes Entzücken seines ganzen Wesens, das ihn zu Madame Arnoux hinzog, auch nicht die heitere Verwirrung, in die ihn anfangs Rosanette versetzt hatte. Aber er begehrte sie wie etwas Außergewöhnliches, schwer zu Erlangendes, weil sie vornehm, weil sie reich, weil sie fromm war – und er sich vorstellte, sie habe Feinheiten der Empfindung, selten wie ihre Spitzen, trage Amulette auf ihrer Haut und sei schamhaft in der Verderbtheit.

Er bediente sich seiner alten Liebeserfahrungen. Er erzählte ihr, als sei er von ihr dazu begeistert, alles, was Madame Arnoux ihn ehemals hatte empfinden lassen, seine Sehnsucht, seine Befürchtungen, seine Träume. Sie nahm es auf wie jemand, der an solche Dinge gewöhnt ist; ohne ihn vollkommen abzuweisen, gewährte sie doch nichts, und es gelang ihm nicht besser, sie zu verführen, als Martinon, sich zu verheiraten. Um mit dem Liebhaber ihrer Nichte ein Ende zu machen, beschuldigte sie ihn, er habe es nur auf das Geld abgesehen. Sie bat sogar ihren Mann, ihn auf die Probe zu stellen. Monsieur Dambreuse erklärte also dem jungen Mann, daß Cécile als Waise armer Eltern weder »Aussichten« noch eine Mitgift hätte.

Martinon, der nicht daran glaubte oder zu weit gegangen war, um sich zurückziehen zu können, oder in jener idiotischen Starrköpfigkeit, die Eingebung eines Genies ist, erwiderte, daß sein väterliches Erbe, fünfzehntausend Livres Zinsen, ihnen genügen würde. Diese unerwartete Uneigennützigkeit rührte den Bankier. Er versprach ihm die Kautionssumme für eine Steuereinnehmerstelle und verpflichtete sich, ihm die Stelle zu verschaffen. Im Mai 1850 heiratete Martinon Mademoiselle Cécile. Es wurde kein Ball veranstaltet. Am gleichen Abend reisten die jungen Leute nach Italien ab. Frédéric machte Madame Dambreuse am nächsten Tage einen Besuch. Sie schien ihm bleicher als sonst. Sie widersprach ihm mit Bitterkeit in zwei oder drei unwichtigen Dingen. Alle Männer seien übrigens Egoisten.

Es gebe dennoch ergebene Ritter, wenn auch nur ihn zum Beispiel.

»Ach was! Wie alle andern!«

Ihre Lider waren gerötet, sie weinte. Dann, indem sie sich bemühte zu lächeln:

»Entschuldigen Sie mich! Ich habe unrecht! Mir kam ein trauriger Gedanke!«

Er verstand nichts von alledem.

»Das tut nichts! Sie ist weniger stark, als ich dachte«, sagte er sich.

Sie klingelte, um sich ein Glas Wasser bringen zu lassen, trank einen Schluck und beklagte sich, daß man sie schlecht bediene. Um sie zu unterhalten, bot er sich als Diener an, behauptete, imstande zu sein, Teller herumzureichen, die Möbel abzustauben, Leute anzumelden, kurz, ein Kammerdiener oder besser ein Leibjäger zu sein, obwohl diese Mode vorüber sei. Er wäre gern hinten auf ihrem Wagen gesessen, mit einem Hut mit Hahnenfederbusch.

»Und wie ich Ihnen zu Fuß majestätisch folgen würde mit einem Hündchen auf dem Arm!«

»Sie sind lustig«, sagte Madame Dambreuse.

Sei es nicht eine Torheit, alles ernst zu nehmen? Es gebe schon genug Elend, man brauche es nicht zu schaffen. Nichts sei die Qual eines Schmerzes wert. Madame Dambreuse zog die Brauen hoch, in einer Art unbestimmter Zustimmung.

Diese Gleichheit der Empfindung machte Frédéric kühner. Seine früheren Enttäuschungen machten ihn jetzt scharfsichtig. Er fuhr fort:

»Unsere Großväter wußten besser zu leben. Warum nicht dem Impulse folgen, der uns treibt?« Die Liebe sei ohnehin an sich keine so bedeutende Angelegenheit.

»Aber was Sie da sagen, ist unmoralisch!«

Sie hatte sich wieder auf die Causeuse gesetzt. Er saß auf dem Rand zu ihren Füßen.

»Sehen Sie nicht, daß ich lüge! Um den Frauen zu gefallen, muß man entweder die Gleichgültigkeit eines Narren heucheln oder tragische Leidenschaft! Sie machen sich über uns lustig, wenn man ihnen einfach sagt, daß man sie liebt! Ich finde diese Übertreibungen, die sie unterhalten, eine Entweihung der wahren Liebe, in einem Maße, daß man nicht mehr weiß, wie man sich ausdrükken soll, besonders vor denen … die … sehr viel Geist haben.«

Sie betrachtete ihn durch die halbgeschlossenen Lider. Er senkte die Stimme und neigte sich zu ihrem Gesicht.

»Ja, Sie machen mir angst! Ich beleidige Sie vielleicht? … Ich bitte um Verzeihung! … Ich wollte das alles nicht sagen! Es ist nicht meine Schuld! Sie sind so schön!«

Madame Dambreuse schloß die Augen, und er war über die Leichtigkeit seines Sieges überrascht. Das leise Rauschen der großen Bäume im Garten verstummte. Regungslose Wolken zogen lange rote Streifen über den Himmel, und es war wie ein allgemeines Stillstehen der Dinge. Da kamen ihm undeutlich ähnliche Abende solchen Schweigens wieder in die Erinnerung. Wo war es …?

Er kniete nieder, ergriff ihre Hand und schwor ihr ewige Liebe. Dann, als er fortging, rief sie ihn mit einem Wink wieder zurück und sagte ganz leise:

»Kommen Sie zum Diner wieder! Wir werden allein sein!«

Als Frédéric die Treppe hinunterging, meinte er ein anderer Mensch geworden zu sein, daß balsamische Treibhausluft ihn umwoge, daß er nun endgültig in die Welt vornehmer Ehebrüche und hoher Intrigen eingetreten sei. Um den ersten Platz darin zu behaupten, genügte eine Frau wie diese. Augenscheinlich lüstern nach Macht und Betätigung, an einen mittelmäßigen Mann verheiratet, dem sie ungeheure Dienste geleistet hatte, wünschte sie wohl einen starken, um ihn zu leiten. Nichts war jetzt unmöglich! Er fühlte sich fähig, zweihundert Meilen zu Pferde zurückzulegen, mehrere Nächte hintereinander zu arbeiten, ohne zu ermüden; sein Herz floß über vor Stolz.

Auf dem Trottoir vor ihm ging ein Mann in einem alten Paletot mit gesenktem Kopf und so bekümmertem Aussehen, daß Frédéric sich umwandte, um ihn zu sehen. Der andere hob sein Gesicht. Es war Deslauriers. Er zögerte. Frédéric fiel ihm um den Hals.

»Ach! Mein armer Alter! Wie! Bist du es?«

Und er schleppte ihn nach Haus und stellte ihm viele Fragen auf einmal.

Der Ex-Kommissar von Ledru-Rollin erzählte zuerst von den Qualen, die er erlitten. Als er den Konservativen die Brüderlichkeit gepredigt und den Sozialisten Achtung vor den Gesetzen, hatten die einen auf ihn geschossen und die anderen einen Strick gebracht, um ihn zu hängen. Nach dem Juni habe man ihn brutal abgesetzt. Er hatte sich an einem Komplott beteiligt, an der Sache mit den in Troyes beschlagnahmten Waffen. Aus Mangel an Beweisen hatte man ihn freigelassen. Dann hatte ihn das Exekutivkomitee nach London geschickt, wo er sich während eines Banketts mit seinen Genossen geohrfeigt hatte. In Paris wieder angekommen …

»Warum kamst du nicht zu mir?«

»Du warst immer abwesend! Dein Diener hatte eine geheimnisvolle Miene, ich wußte nicht, was ich denken sollte, und dann wollte ich nicht als Besiegter wieder erscheinen.«

Er hatte an den Türen der Demokratie geklopft, sich angeboten, ihr mit der Feder zu dienen, mit dem Wort, durch Taten, überall hatte man ihn abgewiesen, man mißtraute ihm, und er war genötigt gewesen, seine Uhr, seine Bibliothek und seine Wäsche zu verkaufen.

»Es wäre besser, auf den Pontons von Belle-Isle zu krepieren wie Sénécal!«

Frédéric, der gerade seine Krawatte knüpfte, schien durch diese Nachricht nicht sehr bewegt.

»So! Dieser gute Sénécal ist deportiert?«

Deslauriers erwiderte, indem er mit neidischem Blick die Wände musterte: »Nicht jeder hat dein Glück!«

»Entschuldige mich«, sagte Frédéric, ohne die Anspielung zu beachten, »aber ich speise in der Stadt. Es wird für dich gekocht werden, bestelle dir, was du willst! Nimm auch mein Bett!«

Vor einer so vollkommenen Herzlichkeit schwand Deslauriers' Bitterkeit.

»Dein Bett? Aber … das wird dich stören!«

»O nein! Ich habe andere!«

»Ah! Sehr gut«, erwiderte der Advokat lachend. »Wo dinierst du?«

»Bei Madame Dambreuse.«

»Sollte … zufällig … etwa …?«

»Du bist zu neugierig«, sagte Frédéric mit einem Lächeln, das diese Vermutung bestätigte.

Er sah nach der Stutzuhr und setzte sich dann wieder.

»Es ist nun einmal so! Man darf nicht verzweifeln, alter Volksverteidiger!«

»Daß sich Gott erbarm! Mögen andere sich damit abgeben!«

Der Advokat haßte die Arbeiter, unter denen er in seiner Provinz, einer Kohlengegend, gelitten hatte. Jede Fördergrube hatte eine provisorische Behörde ernannt, die ihm Befehle gab.

»Überdies ist ihr Benehmen überall reizend gewesen: in Lyon, in Lille, in Le Havre, in Paris! Denn nach dem Beispiel der Fabrikanten, die die ausländischen Erzeugnisse ausschließen wollen, verlangen diese Herren, daß man die englischen, deutschen, belgischen und savoyardischen Arbeiter ausweise! Was ihre Intelligenz anlangt, wozu diente während der Restauration ihre berühmte Genossenschaft? 1830 sind sie in die Nationalgarde eingetreten, ohne auch nur genug gesunden Menschenverstand zu besitzen, sie zu beherrschen! Sind die Zünfte nicht gleich nach 1848 sofort mit ihren Fahnen erschienen? Sie verlangten sogar eigene Volksvertreter für sich, die nur für sie gesprochen hätten! Gerade so wie die Deputierten für den Zuckerrübenbau, die sich nur um Zuckerrüben kümmern! – Ach! Ich habe genug von diesen Kerls, die sich nacheinander vor dem Schafott Robespierres, den Stiefeln des Kaisers und dem Regenschirm Louis-Philippes niederwarfen, dieses Lumpenpack, das stets dem ergeben ist, der ihm Brot ins Maul wirft! Man schreit immer über die Bestechlichkeit von Talleyrand und Mirabeau, aber der Dienstmann da unten würde das Vaterland um fünfzig Centimes verkaufen, wenn man ihm verspräche, seinen Gang mit drei Francs zu bezahlen. Ah! Welch ein Fehler! Wir hätten Europa an allen vier Ecken in Brand stecken sollen!«

Frédéric entgegnete ihm:

»Es fehlte der Funken! Ihr wart einfach kleine Spießer, und die besten unter euch Pedanten! Was die Arbeiter anlangt, so können sie sich beklagen, denn wenn man eine Million ausnimmt, die von der Zivilliste unterschlagen wurde und die ihr ihnen mit der niedrigsten Fuchsschwänzerei aufgedrungen habt, so habt ihr für sie nichts gehabt als Phrasen! Das Dienstbuch bleibt in den Händen des Arbeitgebers, und der Besoldete ist (selbst vor dem Gesetz) der Untergebene seines Herrn, da man seinem Wort keinen Glauben schenkt. Kurz, die Republik scheint mir veraltet. Wer weiß? Der Fortschritt ist vielleicht nur durch eine Aristokratie oder durch einen Mann zu verwirklichen! Die Initiative kommt immer von oben! Das Volk ist unmündig, was man auch sagen mag!«

»Es ist vielleicht wahr«, sagte Deslauriers.

Nach Frédérics Ansicht strebte die große Masse der Bürger nach Ruhe (er hatte im Hause Dambreuse Fortschritte gemacht), und alle Aussichten seien für die Konservativen. Jedoch fehle es dieser Partei an neuen Männern.

»Wenn du dich bewürbest, so bin ich überzeugt ...«

Er beendete den Satz nicht. Deslauriers begriff, strich sich mit den Händen über die Stirn, dann sagte er plötzlich:

»Aber du? Nichts hindert dich! Warum solltest du nicht Abgeordneter werden?«

Infolge einer Doppelwahl sei im Departement de l'Aube eine Kandidatur frei, Monsieur Dambreuse, der in den gesetzgebenden Körper wiedergewählt war, gehörte zu einem anderen Bezirk.

»Willst du, daß ich mich damit befasse?«

Er kannte viele Schankwirte, Volksschullehrer, Ärzte, Kanzlisten und ihre Vorgesetzten.

»Außerdem kann man den Bauern aufbinden, was man will!«

Frédéric fühlte seinen Ehrgeiz wiedererwachen.

Deslauriers fügte hinzu:

»Du könntest wohl in Paris eine Stellung für mich finden.«

»Oh! Das wird durch Monsieur Dambreuse nicht schwer sein.«

»Da wir von Kohlen sprachen«, begann der Advokat wieder, »was wird denn aus seiner großen Gesellschaft? Eine Beschäftigung dieser Art würde mir zusagen! Und ich könnte ihnen nützlich sein, aber doch meine Unabhängigkeit bewahren.«

Frédéric versprach, ihn an einem der nächsten drei Tage bei dem Bankier einzuführen.

Seine vertraute Mahlzeit mit Madame Dambreuse war etwas Köstliches. Sie lächelte ihm von der andern Seite des Tisches zu, über einen Korb mit Blumen im Schein der Hängelampe. Das Fenster stand offen, und man sah die Sterne. Sie sprachen sehr wenig, wohl, weil sie sich selbst nicht trauten; aber sobald die Diener den Rücken kehrten, sandten sich ihre Lippen einen Kuß. Er sprach von seiner Absicht auf eine Kandidatur. Sie billigte sie, verpflichtete sich sogar, Monsieur Dambreuse zu veranlassen, dafür zu arbeiten.

Abends erschienen einige Freunde, um sie zu beglückwünschen und zu bemitleiden: Sie müsse wohl sehr traurig sein, ihre Nichte nicht mehr bei sich zu haben? Es sei übrigens sehr richtig von den Neuvermählten gewesen, auf Reisen gegangen zu sein, später kämen Hindernisse, die Kinder! Aber Italien entspreche nicht den Vorstellungen, die man sich davon mache. Aber sie seien im Alter der Illusionen! Und die Flitterwochen verschönten ja alles!

Die beiden letzten Gäste waren Monsieur de Grémonville und Frédéric. Der Diplomat wollte nicht gehen. Endlich, um Mitternacht, erhob er sich. Madame Dambreuse machte Frédéric ein Zeichen, mitzugehen, und dankte ihm für seinen Gehorsam mit einem Händedruck, der anmutiger war als alles andere.

Die Marschallin stieß einen Freudenschrei aus, als sie ihn wiedersah. Seit fünf Uhr erwarte sie ihn. Er gab als Entschuldigung einen notwendigen Gang im Interesse Deslauriers' an. Sein Gesicht hatte einen triumphierenden Ausdruck, einen Glanz, der Rosanette blendete.

»Vielleicht kommt es von deinem schwarzen Frack, der dir so gut steht, aber ich habe dich noch niemals so schön gefunden! Wie schön du bist!«

In einem Ausbruch von Zärtlichkeit schwor sie sich, keinem anderen mehr gehören zu wollen, was auch kommen mochte, und sollte sie im Elend krepieren!

Ihre schönen feuchten Augen funkelten von einer so übermächtigen Leidenschaft, daß Frédéric sie auf seine Knie zog und sich sagte: »Welch ein Schuft bin ich doch!« Wobei er sich seiner Verderbtheit beifällig bewußt war.

IV.

Als Deslauriers sich bei ihm einfand, dachte Monsieur Dambreuse daran, sein großes Kohlenunternehmen wieder ins Leben zu rufen. Aber die Fusion aller Gesellschaften in eine einzige ward ungern gesehen; man schrie über Monopol, als ob zu solchen Betrieben nicht ungeheure Kapitalien notwendig wären!

Deslauriers, der soeben eigens das Werk von Gobet und die Artikel Monsieur Chappes im Journal des Mines gelesen hatte, wußte in der Frage vollkommen Bescheid. Er wies nach, daß das Gesetz von 1810 zugunsten der Konzessionsinhaber ein unvertauschbares Recht schaffe. Übrigens könne man dem Unternehmen einen demokratischen Anstrich geben: den Kohlenring verhindern sei ein Attentat gegen die Grundsätze der Gesellschaftsbildung selbst.

Monsieur Dambreuse vertraute ihm Notizen an, damit er einen Bericht schreibe. Was die Bezahlung seiner Arbeit anlangte, so machte er Versprechungen, die um so schöner waren, als sie unbestimmt lauteten.

Deslauriers kam von dort zu Frédéric zurück und berichtete ihm über die Unterredung. Außerdem hatte er an der Treppe Madame Dambreuse gesehen, als er wegging.

»Ich mache dir mein Kompliment, Donnerwetter ja!«

Dann sprachen sie von der Wahl. Es mußte etwas ausgeheckt werden.

Drei Tage später erschien Deslauriers mit einem Schriftstück in Form eines vertraulichen Briefes, das für die Zeitungen bestimmt war und in dem Monsieur Dambreuse die Kandidatur ihres Freundes billigte. Von einem Konservativen unterstützt und einem Roten herausgestrichen, mußte die Kandidatur gelingen.

Wie hatte der Kapitalist ein solches Machwerk unterzeichnen können? Der Advokat hatte es ohne das geringste Bedenken aus eigenem Antrieb Madame Dambreuse gezeigt. Diese hatte es sehr gut gefunden und das weitere übernommen.

Dieser Schritt überraschte Frédéric, indes billigte er ihn. Da Deslauriers sich mit Monsieur Roque mündlich ins Benehmen setzen mußte, erzählte er ihm von seiner Stellung Louise gegenüber.

»Sag ihnen alles, was du willst, daß meine Angelegenheiten in Verwirrung sind, ich müsse sie ordnen; sie ist jung genug, um zu warten!«

Deslauriers reiste ab, und Frédéric hielt sich für einen außerordentlich geschickten Menschen. Er empfand übrigens eine lebhafte Befriedigung, eine tiefe Genugtuung. Seine Freude, eine reiche Frau zu besitzen, wurde durch keinen Kontrast getrübt, das Gefühl stand im Einklang mit der Umgebung. Sein Leben war jetzt voller Wonnen überall.

Die größte vielleicht war es, Madame Dambreuse in ihrem Salon unter anderen Menschen zu betrachten. Der Anstand ihrer Bewegungen ließ ihn von anderen Situationen träumen. Während sie in kühlem Tone plauderte, erinnerte er sich ihres Liebesgestammels; all die Achtung ihrer Tugend genoß er wie eine Huldigung, die ihm galt, und er hatte zuweilen Lust zu rufen:

»Aber ich kenne sie besser als ihr! Sie ist mein!«

Ihr Verhältnis galt bald als eine abgemachte, hingenommene Tatsache. Madame Dambreuse zog Frédéric während des ganzen Winters in die große Welt.

Meist traf er vor ihr ein und sah sie eintreten, mit nackten Armen, den Fächer in der Hand und Perlen im Haar. Sie blieb auf der Schwelle stehen (das Türfutter umgab sie wie ein Rahmen) und machte blinzelnd eine unentschiedene Bewegung, um zu entdecken, ob er da sei. Sie nahm ihn in ihrem Wagen mit heim, der Regen peitschte die Scheiben, wie Schatten glitten die Vorübergehenden im Schmutze vorbei, und aneinandergepreßt sahen sie das alles undeutlich, mit einer ruhigen Geringschätzung. Unter verschiedenen Vorwänden blieb er noch eine gute Stunde in ihrem Zimmer.

Madame Dambreuse hatte vornehmlich aus Langeweile nachgegeben. Aber dieser letzte Versuch sollte nicht umsonst sein. Sie wollte eine große Liebe, sie begann, ihn mit Schmeicheleien und Zärtlichkeiten zu überhäufen.

Sie schickte ihm Blumen, stickte ihm einen Stuhl, sie schenkte ihm eine Zigarrentasche, ein Schreibzeug, tausend kleine Dinge zum täglichen Gebrauch, so daß nicht eine einzige seiner Handlungen unabhängig blieb von der Erinnerung an sie. Diese Aufmerksamkeiten entzückten ihn anfangs und erschienen ihm bald ganz natürlich.

Sie stieg in eine Droschke, schickte sie beim Eingang einer Passage fort, ging am andern Ende wieder hinaus, glitt mit einem Doppelschleier vor dem Gesicht die Hausmauern entlang, erreichte die Straße, wo Frédéric aufpaßte und rasch ihren Arm nahm, um sie in seine Wohnung zu führen. Seine beiden Diener waren aus, der Hausmeister machte Besorgungen, sie sah sich überall um; nichts zu befürchten! Und sie stieß einen Seufzer aus, wie ein Verbannter, der sein Vaterland wiedersieht. Das Glück machte sie kühner. Ihre Zusammenkünfte wurden häufiger. Eines Abends erschien sie sogar plötzlich in großer Balltoilette. Diese Überraschungen konnten gefährlich sein; er tadelte sie wegen ihrer Unvorsichtigkeit, überdies mißfiel sie ihm. Ihre dekolletierte Taille entblößte ihre magere Brust zu sehr.

Er erkannte nun, was er sich bis jetzt verheimlicht hatte, die Enttäuschung seiner Sinne. Er heuchelte darum nicht weniger starke Glut, doch mußte er, um sie zu empfinden, das Bild von Rosanette oder Madame Arnoux heraufbeschwören.

Diese Atrophie seiner Gefühle ließ ihm einen völlig klaren Kopf, und mehr denn je trachtete er nach einer hohen Stellung. Da er eine solche Stütze hatte, war es wohl das wenigste, daß er sich ihrer bediente.

Gegen Mitte Januar trat Sénécal eines Morgens in sein Kabinett.

Auf seinen überraschten Ausruf erwiderte er ihm, daß er Deslauriers' Sekretär sei. Er brachte ihm sogar einen Brief. Dieser enthielt gute Nachrichten, jedoch tadelte er ihn auch wegen seiner Nachlässigkeit, er müsse hinkommen.

Der zukünftige Abgeordnete sagte, daß er sich am übernächsten Tag hinbegeben werde.

Sénécal gab seiner Ansicht über diese Kandidatur keinen Ausdruck. Er sprach von sich und über die Angelegenheiten des Landes.

So jämmerlich sie auch seien, freute er sich darüber, da man dem Kommunismus entgegentreibe. Erstens kämen die Behörden ganz von selbst dazu, da ja täglich immer mehr Angelegenheiten von der Regierung verwaltet würden. Was das Eigentum betreffe, so hatte die Konstitution von 48 trotz ihrer Schwäche es nicht geschont; im Namen des öffentlichen Wohles konnte von nun ab der Staat das nehmen, was ihm gutdünkte. Sénécal sprach sich zugunsten der Autorität aus, und Frédéric erkannte seine Reden als die Übertreibung seiner eigenen Worte Deslauriers gegenüber. Der Republikaner wetterte sogar über die Unzulänglichkeit der Massen.

»Robespierre führte, indem er für die Rechte einer geringen Anzahl eintrat, Ludwig XVI. vor den Nationalkonvent und rettete das Volk. Der Ausgang der Dinge machte sie rechtsgültig. Die Diktatur sei zuweilen unerläßlich. Es lebe die Tyrannei, vorausgesetzt, daß der Tyrann das Gute schafft!«

Ihre Unterredungen währten lange, und beim Abschied gestand Sénécal (dies war vielleicht der Zweck des Besuchs), daß Deslauriers sich wegen des Schweigen des Monsieur Dambreuse sehr ärgere.

Aber Monsieur Dambreuse sei krank. Frédéric sah ihn alle Tage, da er, als Intimer, zu ihm vorgelassen wurde.

Die Absetzung des Generals Changarnier hatte den Bankier sehr aufgeregt. Er wurde am gleichen Abend von einer großen Hitze in der Brust und einer Beklemmung befallen, so daß er nicht zu liegen vermochte. Blutegel führten eine sofortige Erleichterung herbei.

Der trockene Husten schwand, der Atem wurde ruhiger, und acht Tage später sagte er, als er eine Tasse Fleischbrühe schlürfte:

»Ah! Es geht besser! Aber ich hätte beinahe die große Reise gemacht!«

»Nicht ohne mich!« rief Madame Dambreuse und deutete mit diesen Worten an, daß sie ihn nicht hätte überleben können.

Anstatt zu antworten, sandte er ihr und ihrem Liebhaber ein sonderbares Lächeln, in dem zugleich Entsagung, Nachsicht und Ironie lagen, sogar etwas wie ein heiterer Vorbehalt.

Frédéric wollte nach Nogent abreisen, Madame Dambreuse widersetzte sich, und er packte seine Sachen, je nach dem Stand der Krankheit, aus und ein.

Plötzlich spie Monsieur Dambreuse viel Blut. Die »Koryphäen der Wissenschaft« wurden zur Konsultation berufen, ohne jedoch eine andere Behandlung ins Auge zu fassen. Seine Beine schwollen an, und die Schwäche nahm zu. Er hatte mehrmals den Wunsch geäußert, Cécile zu sehen. Sie lebte mit ihrem Gatten, der vor einem Monat zum Steuereinnehmer ernannt war, am anderen Ende von Frankreich. Er befahl ausdrücklich, sie kommen zu lassen. Madame Dambreuse schrieb drei Briefe und zeigte sie ihm.

Sogar der Krankenschwester vertraute sie ihn nicht an. Sie verließ ihn nicht eine Sekunde, legte sich nicht mehr zu Bett. Die Leute, die sich beim Hausmeister einschrieben, erkundigten sich mit Bewunderung nach ihr, und die Vorübergehenden waren bei dem Anblick der Unmengen von Stroh, das unter den Fenstern auf der Straße lag, von Respekt ergriffen.

Am 12. Februar, um fünf Uhr, hatte er einen furchtbaren Bluthusten. Der wachhabende Arzt wies auf die Gefahr hin. Man eilte schnell zu einem Priester.

Während Monsieur Dambreuse beichtete, sah seine Gattin ihn neugierig vor fern an. Danach legte der junge Arzt ein Zugpflaster auf und wartete.

Das durch Möbel verdeckte Licht der Lampen erhellte das Zimmer unregelmäßig. Frédéric und Madame Dambreuse beobachteten am Fußende des Lagers den Sterbenden. In einer Fensternische sprachen der Arzt und der Priester leise miteinander; die Krankenschwester murmelte kniend Gebete.

Endlich vernahm man ein Röcheln. Die Hände erkalteten, das Gesicht begann zu erbleichen. Zuweilen holte er plötzlich ganz tief Atem, dann wurde das Atemholen immer seltener, zwei oder drei wirre Worte entschlüpften ihm, er hauchte einen leisen Seufzer aus, verdrehte gleichzeitig die Augen, und der Kopf fiel seitwärts aufs Kissen zurück.

Alle blieben eine Minute lang regungslos.

Madame Dambreuse näherte sich und schloß ihm die Lider ohne starke Bewegung mit der Selbstverständlichkeit einer Pflicht.

Dann breitete sie die Arme aus, wand sich im Krampf verhaltener Verzweiflung und verließ, auf den Arzt und die Krankenschwester gestützt, das Gemach. Eine Viertelstunde später ging Frédéric in ihr Zimmer hinauf.

Hier herrschte ein undefinierbarer Duft, der Anhauch der zarten Dinge, die es enthielt. In der Mitte des Bettes lag ausgebreitet ein schwarzes Kleid, das sich scharf von der rosafarbenen Bettdecke abhob.

Madame Dambreuse stand an der Ecke des Kamins. Ohne heftige Trauer bei ihr zu vermuten, glaubte er sie ein wenig betrübt und fragte mit wehmütiger Stimme:

»Du leidest?«

»Ich? Ganz und gar nicht.«

Als sie sich umwandte, bemerkte sie das Kleid und prüfte es; dann bat sie ihn, sich keinen Zwang aufzuerlegen:

»Rauche, wenn du Lust hast! Du bist bei mir!«

Und mit einem tiefen Seufzer:

»Ah! Heilige Jungfrau! Welche Erlösung!«

Dieser Ausruf überraschte Frédéric. Er erwiderte, ihr die Hand küssend:

»Wir waren doch frei!«

Diese Anspielung auf die Ungezwungenheit ihrer Liebe schien Madame Dambreuse zu verletzen.

»Ach! Du weißt nicht, was für Dienste ich ihm geleistet, noch in welchen Ängsten ich gelebt habe!«

»Wie?«

»Freilich! War das eine Sicherheit, stets diesen Bastard um sich zu haben, ein Kind, das nach fünf Jahren der Ehe ins Haus gebracht wurde und das ihn ohne mich sicherlich zu einer Dummheit verleitet hätte?«

Nun setzte sie ihm ihre Verhältnisse auseinander. Sie hatten unter Ausschließung der Gütergemeinschaft geheiratet. Ihr Vermögen belief sich auf dreimalhunderttausend Francs. Monsieur Dambreuse hatte ihr kontraktlich für den Fall, daß sie ihn überlebe, fünfzehntausend Livres Renten nebst dem Eigentum des Herrschaftshauses zugesichert. Aber kurze Zeit darauf hatte er ein Testament gemacht, in dem er ihr sein ganzes Vermögen vermachte, sie schätzte es, soweit es sich beurteilen ließ, auf mehr als drei Millionen.

Frédéric machte große Augen.

»Das war der Mühe wert, nicht wahr? Ich habe übrigens dazu beigesteuert! Es war mein Gut, das ich verteidigte, Cécile hätte mich auf ungerechte Weise beraubt.«

»Warum ist sie nicht gekommen, ihren Vater noch einmal zu sehen?« fragte Frédéric.

Bei dieser Frage musterte ihn Madame Dambreuse und sagte dann in trockenem Ton:

»Weiß ich's? Mangel an Gefühl wahrscheinlich! Oh! Ich kenne sie! Sie soll auch von mir keinen Heller haben!«

Sie störte doch wirklich kaum, wenigstens seit ihrer Heirat.

»Ah! Ihre Heirat!« sagte Madame Dambreuse hohnlächelnd.

Und sie war sich selbst böse, dieses erzdumme Ding, das eifersüchtig, eigennützig, eine Heuchlerin war, zu gut behandelt zu haben. »Alle die Fehler ihres Vaters!« Sie verleumdete ihn mehr und mehr. Keiner von so bodenloser Falschheit wie er, zudem unbarmherzig, hart wie ein Kieselstein, »ein schlechter Mensch, ein schlechter Mensch!«

Selbst die klügsten Leute machen Fehler. Madame Dambreuse hatte soeben einen begangen dadurch, daß ihr Haß so übergekocht war. Frédéric saß ihr gegenüber in einem Lehnstuhl und überlegte entrüstet.

Sie erhob sich, setzte sich sanft auf seine Knie.

»Du allein bist gut! Ich liebe nur dich!«

Bei seinem Anblick wurde sie weich, eine nervöse Reaktion trieb ihr Tränen in die Augen, und sie murmelte:

»Willst du mich heiraten?«

Zuerst glaubte er nicht verstanden zu haben. Dieser Reichtum betäubte ihn. Sie wiederholte lauter: »Willst du mich heiraten?«

Endlich sagte er: »Zweifelst du daran?«

Dann überkam ihn eine Scham, und um dem Verstorbenen eine Art Abbitte zu tun, erbot er sich, bei ihm zu wachen. Aber da er sich dieser frommen Regung schämte, fügte er in ungezwungenem Tone hinzu: »Es wäre vielleicht schicklicher.«

»Ja, vielleicht wohl«, sagte sie, »wegen den Dienstboten!«

Man hatte das Bett vollständig aus dem Alkoven gezogen. Die Schwester saß am Fußende, zu Häupten stand ein Priester (es war ein anderer), ein großer hagerer Mensch, von spanischem, fanatischem Aussehen. Auf dem mit einer weißen Serviette bedeckten Nachttisch brannten drei Kerzen.

Frédéric nahm einen Stuhl und betrachtete den Toten.

Sein Gesicht war strohgelb, etwas blutiger Schaum stand an seinen Mundwinkeln. Er trug ein seidenes Tuch um den Kopf, eine Trikotjacke und ein silbernes Kruzifix auf der Brust zwischen den gekreuzten Armen.

Es war zu Ende, dieses Dasein voller Aufregungen! Wie viele Gänge hatte er wohl in Bureaus gemacht, wie viele Zahlen aneinandergereiht, Geschäfte zusammengemanscht, Berichte angehört! Wie viele Reden, Lächeln, Bücklinge! Denn er hatte Napoléon, den Kosaken, Ludwig XVIII., 1830, den Arbeitern, allen Regierungen zugejauchzt, denn er liebte die Macht so sehr, daß er gerne dafür bezahlt hätte, sich selbst zu verkaufen.

Aber er hinterließ das Besitztum von la Fortelle, drei Fabriken in der Picardie, den Wald von Crancé im Departement Yonne, ein Gut in der Nähe von Orléans, bewegliche Habe von beträchtlichem Wert.

Frédéric zählte sich so Monsieur Dambreuses Vermögen auf, und nun sollte es ihm gehören! Zuerst dachte er daran, »was man sagen werde«, an ein Geschenk für seine Mutter, an seine zukünftigen Gespanne, an einen alten Kutscher seiner Familie, der sein Hausmeister werden sollte. Die Livree würde natürlich nicht dieselbe sein. Das große Empfangszimmer würde sein Arbeitszimmer werden. Nichts stand im Wege, wenn man drei Wände niederreißen ließ, im zweiten Stock eine Bildergalerie einzurichten. Vielleicht wäre es möglich, unten einen Saal mit türkischen Bädern einzubauen. Was nun Monsieur Dambreuses Bureau anlangte, ein unangenehmer Raum, wozu konnte der dienen?

Der Priester, der sich eben schneuzte, oder die Schwester, die das Feuer nachlegte, unterbrachen jäh diese Phantasien. Aber die Wirklichkeit bestätigte sie; der Leichnam war immer noch da. Seine Lider hatten sich wieder geöffnet, und die Pupillen, obwohl in schleimige Dunkelheit gehüllt, hatten einen rätselhaften, unerträglichen Ausdruck. Frédéric glaubte etwas wie ein Urteil über sich darin zu lesen, und er empfand beinahe Gewissensbisse, denn er hatte sich über diesen Mann nie zu beklagen gehabt, der im Gegenteil … »Ach was! Ein alter Gauner!« Und er betrachtete ihn näher, um sich zu stählen, indem er ihm in Gedanken zurief:

»Nun was? Habe ich dich denn getötet?«

Unterdessen las der Priester sein Brevier, die Schwester schlummerte unbeweglich, die Dochte der drei Kerzen wurden länger.

Während zweier Stunden vernahm man das dumpfe Rollen der Karren, die zur Markthalle fuhren. Durch die Scheiben schimmerte es heller, eine Droschke kam vorüber, dann eine Herde Eselinnen, die auf dem Pflaster dahintrotteten, Hammerschläge, Rufe umherziehender Händler, Trompetensignale ertönten, und alles vermischte sich schon in die einzige, große Stimme des erwachenden Paris.

Frédéric besorgte nun die Gänge. Er begab sich zuerst aufs Bürgermeisteramt, um den Todesfall zu melden, dann, als der Leichenschauer einen Totenschein ausgestellt hatte, ging er abermals aufs Bürgermeisteramt, um anzugeben, welchen Friedhof die Familie wählte, und sich mit dem Beerdigungsinstitut zu verständigen.

Der Beamte zeigte ihm eine Zeichnung und ein Programm, dieses enthielt die verschiedenen Beerdigungsklassen, erstere veranschaulichte alle die Einzelheiten der Ausschmückung. Wünschte man einen Leichenwagen mit Galerie oder mit Federbüschen, Flechten für die Pferde, Reiherbüschel für die Lakaien, Initialen oder ein Wappenschild, Trauerlampen, einen Mann, um die Ehrenabzeichen zu tragen, und wieviel Trauerkutschen?

Frédéric war freigebig, Madame Dambreuse wollte an nichts sparen.

Nun ging er zur Kirche.

Der Vikar für die Leichenzüge begann damit, die Ausbeutung des Beerdigungsinstituts zu tadeln, so sei zum Beispiel der Beamte für die Ehrenabzeichen wirklich unnötig; viele Kerzen wären wünschenswerter! Man einigte sich über eine stille Messe mit Musik. Frédéric unterschrieb, was abgemacht war, mit der für ihn haftenden Verpflichtung, alle Kosten zu bezahlen.

Darauf ging er ins Hôtel de Ville wegen Ankaufs der Begräbnisstätte. Eine solche von zwei Meter Länge auf ein Meter Breite kostete fünfhundert Francs. Sollte es eine halbhundertjährige Überlassung sein oder eine dauernde?

»Oh! Eine dauernde!« sagte Frédéric.

Er nahm die Sache ernst, gab sich viel Mühe. Im Hof des Hauses erwartete ihn ein Grabmalbildhauer, um ihm Berechnungen und Pläne von griechischen, ägyptischen, maurischen Grabmalen zu unterbreiten. Aber der Architekt des Hauses hatte mit Madame Dambreuse bereits darüber verhandelt, und auf dem Tisch im Vestibül lagen allerlei Prospekte bezüglich der Reinigung der Matratzen, der Desinfektion der Zimmer sowie verschiedener Einbalsamierungsverfahren.

Nach dem Diner ging er nochmals wegen der Trauerkleidung der Diener zum Schneider, und noch einen letzten Gang hatte er zu besorgen. Er hatte nämlich Biberhaarhandschuhe bestellt, und allein solche von Flockseide waren schicklich.

Als er am nächsten Morgen um zehn Uhr kam, füllte der große Salon sich mit Leuten, und fast jeder sagte mit trauriger Miene, indem er einen anderen anredete:

»Noch vor einem Monat habe ich ihn gesehen! Mein Gott! Es ist unser aller Schicksal!«

»Ja, aber sehen wir zu, daß es so spät als möglich sei!«

Dann stieß man ein kleines Lachen der Befriedigung aus, und es entspannen sich Gespräche, die den Umständen ganz fern lagen. Der Zeremonienmeister in schwarzem Frack à la française, Kniehosen mit Mantel, Trauerbinden, Degen zur Seite und Dreispitz unterm Arm, grüßte nun und sprach die üblichen Worte.

»Meine Herren, wenn es Ihnen gefällig ist.«

Man brach auf.

Es war der Tag des Blumenmarktes auf dem Madelaineplatz. Das Wetter war klar und mild, und der Wind, der ein wenig die Leinwandbuden rüttelte, blähte das riesige, schwarze, am Kirchenportal befestigte Tuch an den Rändern auf. Der Wappenschild von Monsieur Dambreuse in einem Sammetviereck war dreimal darauf angebracht. Er zeigte in schwarzem Felde einen goldenen linken Arm mit silberbehandschuhter Faust, darüber die Grafenkrone und die Devise: Auf allen Wegen.

Die Träger stiegen mit dem schweren Sarg die Treppe hinauf, und man trat ein.

Die sechs Kapellen, das Hemizykel sowie die Stühle waren schwarz verhangen. Der Katafalk am unteren Ende des Chors bildete mit seinen hohen Kerzen einen einzigen Herd von gelben Lichtern. An den beiden Ecken brannten auf zwei Kandelabern Weingeistflammen.

Die Hochgestelltesten nahmen am Hochaltar Platz, die anderen im Schiff; der Gottesdienst begann.

Einige ausgenommen, war die religiöse Unwissenheit aller so groß, daß der Zeremonienmeister ihnen von Zeit zu Zeit Zeichen machen mußte, sich zu erheben, niederzuknien, sich wieder zu setzen. Die Orgel und zwei Kontrabässe wechselten mit den Stimmen ab; in den Pausen vernahm man das Murmeln des Priesters am Altar, dann begann Musik und Gesang von neuem.

Ein mattes Licht fiel durch die drei Kuppeln, aber die offene Tür sandte eine waagrechte Flut weißen Lichtes herein, die alle die entblößten Köpfe traf, während oben, in halber Höhe des Schiffes, ein Schatten schwebte, der von dem Reflex des Goldes der Strebebogenrippen und Kapitelblätter durchbrochen wurde.

Um sich zu zerstreuen, hörte Frédéric auf das »Dies irae«, betrachtete die Anwesenden, versuchte die zu hoch angebrachten Malereien zu sehen, die das Leben Magdalenas darstellten. Glücklicherweise setzte sich Pellerin neben ihn und begann sofort mit Bezug auf die Fresken einen langen Vortrag. Die Glocke ertönte. Man verließ die Kirche.

Der Leichenwagen, mit herabhängenden Draperien und hohen Federbüschen geschmückt, schlug den Weg zum Père Lachaise ein. Ihn zogen vier bis zu den Hufen in große, silbergestickte, schwarze Pferdedecken gehüllte Rappen mit geflochtenen Mähnen und Federbüschen auf den Köpfen. Ihr Kutscher, in hohen Reitstiefeln, trug einen Dreimaster mit langem, herabwallendem Krepp. Die Bahrtuchschnüre wurden von vier bedeutenden Persönlichkeiten gehalten: einem Quästor der Deputiertenkammer, einem Mitglied des Generalrats des Departements Aube, einem Abgeordneten der Kohlengesellschaft – und Fumichon, als Freund. Die Kalesche des Verstorbenen und ein Dutzend Trauerkutschen folgten. Die Geladenen füllten dahinter die Mitte des Boulevards.

Die Vorübergehenden blieben stehen, um alles zu sehen, Weiber mit ihren Kindern auf dem Arm stiegen auf Stühle, und Leute, die in den Cafés Bier tranken, zeigten sich mit einem Billardqueue in der Hand an den Scheiben.

Der Weg war lang – und wie bei feierlichen Gastmählern, wo man anfangs zurückhaltend und dann mitteilsamer wird, ließ die allgemeine Haltung nach. Man sprach nur noch von der dem Präsidenten verweigerten Geldbewilligung der Kammer. Monsieur Piscatory habe sich zu bitter gezeigt, Montalembert, »prachtvoll, wie gewöhnlich«, und die Herren Chambolle, Pidoux, Creton, endlich die ganze Kommission hätten vielleicht dem Rat der Herren Quentin-Bauchard und Dufour folgen sollen.

Diese Unterhaltungen wurden in der Rue de la Roquette fortgesetzt, die von Läden gesäumt ist, in denen man nur Ketten aus buntem Glas und schwarze, mit Mustern und goldenen Buchstaben bedeckte Schilder sieht, so daß sie Tropfsteinhöhlen oder Fayencehandlungen gleichen. Doch vor dem Friedhofsgitter angelangt, verstummten augenblicklich alle.

Mitten unter den Bäumen erhoben sich die Gräber, gebrochene Säulen, Pyramiden, Tempel, keltische Steindenkmäler, Obelisken, etruskische Grabgewölbe mit erzenen Türen. Man sah in einigen etwas wie Trauerboudoirs, mit einfachen Gartenlehnsesseln und Klappstühlen, Spinnweben hingen wie Fetzen an den Kettchen der Urnen, und Staub bedeckte die Seidenbänder und die Kruzifixe. Überall zwischen den Geländern, auf den Gräbern gab es Immortellenkränze und Leuchter, Vasen, Blumen, schwarze Scheiben, die Goldbuchstaben zierten, Gipsstatuetten, kleine Knaben und Mädchen oder kleine Engel, die vermittelst eines Messingdrahtes in der Luft schwebten; mehrere hatten sogar ein Zinkdach über dem Kopf. Riesige schwarz, weiß und himmelblaue Kabel aus gesponnenem Glas hingen in langen Schlangenwindungen, wie Boas, von der Spitze der Grabsäulen bis zu den Fliesen herab. In der Sonne funkelten sie zwischen den schwarzen Holzkreuzen – und der Leichenwagen rollte über die breiten

Wege, die gepflastert sind wie die Straßen einer Stadt. Dann und wann knarrten die Achsen. Kniende Frauen, deren Kleid im Grase nachschleppte, hielten leise Zwiesprache mit den Toten. Ein weißlicher Rauch stieg aus dem Grün der Eiben. Es waren die Reste reichlicher Spenden, die man verbrannte.

Das Grab von Monsieur Dambreuse war in der Nachbarschaft von Manuel und Benjamin Constant. Der Boden senkt sich an dieser Stelle jäh als steiler Abhang. Man hat die Wipfel grüner Bäume zu seinen Füßen, weiterhin die Schlote der Dampfgebläse, dann die ganze große Stadt.

Frédéric konnte die Landschaft bewundern, während die Reden gehalten wurden.

Die erste war im Namen der Deputiertenkammer, die zweite im Namen des Generalrats des Departements Aube, die dritte im Namen der Kohlengrubengesellschaft des Departements Sâone-et-Loire, die vierte im Namen der Ackerbaugesellschaft des Departements Yonne, und noch eine wurde im Namen einer Philantropischen Gesellschaft gehalten. Endlich war man gerade dabei, fortzugehen, als ein Unbekannter eine Rede im Namen der Gesellschaft der Antiquare von Amiens zu lesen begann.

Und alle benutzten sie die Gelegenheit, um gegen den Sozialismus zu wettern, als dessen Opfer Monsieur Dambreuse gestorben war. Das Schauspiel der Anarchie und seine Aufopferung für die öffentliche Ordnung hatten seine Tage verkürzt. Man rühmte übermäßig seine Kenntnisse, seine Rechtschaffenheit, seine Großmut und selbst seine Schweigsamkeit als Volksvertreter, denn wenn er auch kein Redner war, besaß er dafür diese tüchtigen, tausendmal mehr vorzuziehenden Eigenschaften usw. … Dazu alle die Worte, die gesagt werden müssen: »Vorzeitiges Ende – ewige Trauer – das andere Vaterland – adieu, oder nein, lieber auf Wiedersehen!«

Die mit Steinen vermischte Erde fiel hinab, und es sollte von ihm in der Gesellschaft nicht mehr die Rede sein.

Man sprach noch ein wenig von ihm, als man den Friedhof hinunterging, und tat sich keinen Zwang an, ihn abzuschätzen. Hussonnet, der in den Zeitungen über das Leichenbegängnis zu berichten hatte, wiederholte sogar im Scherz alle die Reden – denn der gute Dambreuse war einer der hervorragendsten »Gratifikationsannehmer« der letzten Regierung gewesen. Dann brachten die Trauerkutschen die Männer zu ihren Geschäften zurück; die Feier hatte nicht lange gedauert, man empfand es wohltuend.

Müde kehrte Frédéric nach Haus zurück.

Als er sich am nächsten Tage im Hause Dambreuse einstellte, teilte man ihm mit, daß Madame unten im Bureau arbeite. Bunt durcheinander lagen die Kartons, die Schubladen waren aufgezogen, Geschäftsbücher nach rechts und links umhergeworfen, eine Papierrolle mit der Aufschrift »Aussichtslose Außenstände« lag am Boden, er wäre fast darüber gefallen und hob sie auf. Madame Dambreuse verschwand, wie begraben, in dem großen Lehnstuhl.

»Nun? Woran sind Sie denn? Was gibt's?«

Sie erhob sich mit einem Satz.

»Was es gibt? Ich bin ruiniert, ruiniert! Hörst du?«

Monsieur Adolphe Langlois, der Notar, hatte sie auf seine Kanzlei gebeten und ihr ein Testament vorgelegt, das ihr Mann vor ihrer Heirat gemacht hatte. Er vermachte alles Cécile, und das andere Testament war verloren. Frédéric wurde sehr blaß. Sie habe sicher schlecht gesucht?

»Aber so sieh doch!« sagte Madame Dambreuse, auf den Raum weisend.

Die beiden durch Hammerschläge zertrümmerten Geldschränke standen offen, das Pult war durchsucht worden, die Wandschränke durchwühlt, die Binsenmatten ausgeschüttelt. Plötzlich stieß sie einen gellenden Schrei aus und stürzte in eine Ecke, wo sie eben eine kleine Kassette mit Messingschloß erblickt hatte; sie öffnete sie – nichts!

»Ah! Der Elende! und ich, die ihn mit soviel Hingabe gepflegt hat!«

Dann brach sie in Schluchzen aus.
»Vielleicht ist es irgendwo anders?« sagte Frédéric.
»Ach nein! Es war hier, in diesem Geldschrank. Ich habe es noch kürzlich gesehen! Es ist verbrannt! Ich bin dessen sicher!«
Eines Tages, zu Beginn seiner Krankheit, war Monsieur Dambreuse hinuntergegangen, um Verschiedenes zu unterzeichnen.
»Damals muß er die Gemeinheit begangen haben!«
Vernichtet sank sie auf einen Stuhl. Eine trauernde Mutter konnte an einer leeren Wiege nicht kläglicher jammern als Madame Dambreuse vor den klaffenden Geldschränken. Doch schien ihr Schmerz – trotz der Niedrigkeit des Motivs – so tief, daß Frédéric sie zu trösten versuchte, indem er ihr sagte, daß sie trotz allem doch nicht dem Elend preisgegeben sei.
»Es ist doch das Elend, da ich dir kein großes Vermögen bieten kann!«
Sie hatte nur noch dreißigtausend Livres Zinsen, ohne das Herrschaftshaus zu rechnen, das etwa achtzehn- bis zwanzigtausend wert war. Obwohl dies für Frédéric Überfluß bedeutete, empfand er dennoch eine Enttäuschung. Adieu, ihr Träume und du, vornehmes Leben, das er geführt haben würde! Die Ehre zwang ihn, Madame Dambreuse zu heiraten. Er überlegte einen Augenblick, dann sagte er zärtlich:
»Ich habe doch wenigstens dich!«
Sie warf sich in seine Arme, und er drückte sie mit einer Rührung an seine Brust, in der etwas Selbstbewunderung lag.
Madame Dambreuse, deren Tränen versiegt waren, hob ihr vor Freude strahlendes Gesicht und ergriff seine Hände:
»Ah! ich habe nie an dir gezweifelt! ich rechnete darauf!«
Diese vorzeitige Gewißheit über etwas, was er als besondere Großmut empfand, mißfiel dem jungen Mann.
Dann führte sie ihn in ihr Zimmer, und sie schmiedeten Pläne. Frédéric müßte daran denken, sich vorwärtszubringen. Sie gab ihm selbst für seine Kandidatur bewundernswerte Ratschläge.
Der erste Punkt sei, zwei oder drei Redensarten über Volks-

wirtschaft zu wissen. Er müsse eine Spezialität wählen, zum Beispiel die Gestüte, mehrere Denkschriften über eine Frage von lokalem Interesse verfassen, immer Postbureaus und Tabakverschleiße zu seiner Verfügung haben, eine Menge kleiner Gefälligkeiten erweisen. Monsieur Dambreuse habe sich darin als wahres Vorbild gezeigt. So hatte er einmal auf dem Lande seinen Familienwagen voller Freunde vor dem Laden eines Schuhflickers halten lassen, hatte für seine Gäste ein Dutzend Schuhe gekauft und für sich ein Paar schrecklicher Stiefel – die hatte er sogar den Mut gehabt, vierzehn Tage lang zu tragen. Diese Anekdote erheiterte sie. Und in wiederauflebender jugendlicher Anmut, Geist und Laune erzählte sie noch andere.

Sie billigte seine Absicht einer unmittelbaren Reise nach Nogent. Ihr Abschied war zärtlich, dann murmelte sie noch einmal auf der Schwelle:

»Du liebst mich, nicht wahr?«

»Ewig!« erwiderte er.

Zu Hause erwartete ihn ein Dienstmann mit der in Bleistift geschriebenen Mitteilung, daß Rosanette am Niederkommen sei. Er war seit mehreren Tagen so beschäftigt gewesen, daß er nicht mehr daran gedacht hatte. Sie hatte sich in eine Spezialanstalt in Chaillot begeben.

Frédéric nahm eine Droschke und fuhr hin.

An der Ecke der Rue de Marbeuf las er auf einer Planke in großen Buchstaben: »Privat-Heil- und Entbindungsanstalt, geleitet von Madame Alessandri, Hebamme erster Klasse, frühere Schülerin der ›Maternité‹, Verfasserin mehrerer Werke usw.« In der Mitte der Straße wiederholte sich an einem kleinen Halbtor das Schild (ohne das Wort Entbindung): »Heilanstalt von Madame Alessandri«, mit allen ihren Titeln.

Frédéric ließ den Klopfer fallen

Ein Zimmermädchen von dem Aussehen einer Soubrette führte ihn in den Salon, der mit einem Mahagonitisch, roten Sammetsesseln und einer Stutzuhr unter einer Glasglocke ausgestattet war.

Fast unmittelbar darauf erschien Madame Alessandri. Sie war eine große Brünette von vierzig Jahren mit schlanker Taille und schönen Augen, weltgewandt. Sie meldete Frédéric die glückliche Entbindung der Mutter und führte ihn in ihr Zimmer hinauf.

Rosanette lächelte glückselig, und wie benommen von dem Aufwallen der Liebe, die sie überwältigte, sagte sie mit leiser Stimme: »Ein Knabe, da, da!« Und wies auf eine Wiege neben ihrem Bett.

Er zog die Vorhänge zur Seite und erblickte inmitten des Weißzeugs etwas Gelblichrotes, außerordentlich Verschrumpftes, das schlecht roch und schrie.

»Küsse ihn!«

Er erwiderte, um seinen Widerwillen zu verbergen:

»Aber ich fürchte ihm weh zu tun!«

»Nein, nein!«

Da küßte er mit spitzen Lippen sein Kind.

»Wie er dir gleicht!«

Und mit ihren beiden schwachen Armen hing sie sich in überfließendem Gefühl, wie er es nie gesehen, an seinen Hals.

Die Erinnerung an Madame Dambreuse überkam ihn. Und er warf es sich wie eine Ungeheuerlichkeit vor, dieses arme Wesen zu verraten, das ohne Zweifel in der ganzen Freimütigkeit seiner Natur liebte und litt. Während mehrerer Tage leistete er ihr bis zum Abend Gesellschaft. Sie fühlte sich glücklich in diesem verschwiegenen Hause; die Fensterläden der Fassade blieben sogar beständig geschlossen, ihr Zimmer, mit bunter Leinwand bespannt, ging auf einen großen Garten.

Madame Alessandri, deren einziger Fehler war, die berühmtesten Ärzte als ihre intimen Freunde zu bezeichnen, umgab sie mit Aufmerksamkeiten; ihre Gefährtinnen, beinahe alles junge Mädchen aus der Provinz, langweilten sich sehr, da sie niemand besuchte. Rosanette merkte, daß man sie beneidete, und sagte es Frédéric mit Stolz. Allein, man mußte leise sprechen; die Zwischenwände waren dünn, und alle standen, trotz des beständigen Spieles auf den Klavieren, auf der Lauer.

Endlich wollte er nach Nogent abreisen, als er von Deslauriers einen Brief erhielt.

Zwei neue Kandidaten hatten sich präsentiert, der eine konservativ, der andere rot, ein dritter, wer er auch sein mochte, habe keine Aussichten. Es sei Frédérics Schuld, er habe den günstigen Augenblick vorübergehen lassen, hätte früher kommen, sich regen müssen. »Man hat dich nicht einmal im Landwirtschaftlichen Verein gesehen!« Der Advokat tadelte ihn, keine Beziehungen zu den Zeitungen zu haben. »Ach! wenn du früher meinen Rat befolgt hättest! Wenn wir ein eigenes, öffentliches Blatt gehabt hätten!« Darauf beharrte er. Übrigens würden viele Leute, die aus Rücksicht für Monsieur Dambreuse zu seinen Gunsten gestimmt hätten, ihn jetzt im Stich lassen. Deslauriers gehörte zu diesen. Da er von dem Kapitalisten nichts mehr zu erwarten hatte, ließ er seinen Schützling fallen.

Frédéric brachte Madame Dambreuse seinen Brief.

»Du bist also nicht in Nogent gewesen?«

»Warum?«

»Weil ich Deslauriers vor drei Tagen gesprochen habe.«

Da der Advokat von dem Tode ihres Gatten wußte, war er gekommen, um Notizen über die Kohlengesellschaft zurückzuerstatten und ihr als Geschäftsführer seine Dienste anzubieten.

Madame Dambreuse wollte wissen, wie er seine Zeit seit ihrer Trennung verbracht.

»Ich bin krank gewesen«, erwiderte er.

»Du hättest mich wenigstens benachrichtigen können.«

»Oh! es war nicht der Mühe wert«; außerdem hatte er eine Menge von Zusammenkünften, Störungen, Besuchen gehabt.

Von nun an führte er ein Doppelleben, schlief gewissenhaft bei Rosanette und verbrachte die Nachmittage bei Madame Dambreuse, so daß ihm mitten am Tage kaum eine Stunde für sich blieb.

Das Kind war auf dem Lande untergebracht, in Andilly. Jede Woche besuchten sie es.

Das Haus der Amme lag oben im Dorf, hinten in einem Hof,

der dunkel war wie ein Brunnen, mit Stroh auf der Erde, Hühner hier und dort, einem Gemüsekarren unter dem Schuppen. Rosanettes erstes war, ihren Säugling ungestüm zu küssen, und wie von einer Art Fieber ergriffen, ging sie und kam, versuchte die Ziege zu melken, aß grobes Brot, sog den Geruch des Düngers ein, wollte ein wenig in ihr Taschentuch tun.

Dann machten sie weite Spaziergänge; sie trat bei den Baumgärtnern ein, riß die über die Mauern herabhängenden Fliederzweige ab, rief den Zugeseln vor den kleinen Wagen: »Hü, Eselchen!« zu, blieb stehen, um durch ein Gitter das Innere der schönen Gärten zu betrachten; oder auch die Amme nahm das Kind, legte es in den Schatten unter einem Nußbaum, und die beiden Frauen schwatzten stundenlang tödliche Albernheiten.

Frédéric saß neben ihnen und betrachtete auf den Abhängen die quadratischen Weinanpflanzungen, die hier und da von dem dicht belaubten Wipfel eines Baumes unterbrochen wurden, die staubigen Wege, gleich graufarbenen Bändern, die Häuser, die ihre roten und weißen Flecken in dem Grün ausbreiteten. Zuweilen dehnte sich am Fuße der mit Laubbäumen bedeckten Hügel der Rauch einer Lokomotive wie eine riesenhafte Straußenfeder, deren dünnes Ende davonflog.

Dann fiel sein Blick wieder auf seinen Sohn. Er stellte sich ihn als jungen Mann vor, er würde ihn zu seinem Gefährten machen, aber vielleicht würde er ein Dummkopf sein, ganz gewiß ein unglücklicher Mensch. Seine uneheliche Geburt würde ihn immer bedrücken, es wäre besser für ihn, nicht geboren zu sein, und Frédéric murmelte: »Armes Kind!«, das Herz von einer unbegreiflichen Traurigkeit erfüllt.

Oft versäumten sie den letzten Zug. Dann schalt Madame Dambreuse ihn wegen seiner Unpünktlichkeit. Er erzählte ihr eine Geschichte.

Auch Rosanette gegenüber mußte er es tun. Sie begriff nicht, womit er alle seine Abende zubrachte, und wenn man zu ihm schickte, war er niemals zu Hause! Eines Tages, als er zu Hause war, erschienen beide fast zu gleicher Zeit. Er hieß die Marschallin fortgehen und verbarg Madame Dambreuse, indem er sagte, daß er seine Mutter erwarte.

Bald belustigten ihn diese Lügen; er wiederholte der einen den Schwur, den er eben der andern geleistet, schickte ihnen zwei gleiche Buketts, schrieb ihnen zur selben Zeit und stellte dann Vergleiche zwischen ihnen an – eine dritte war in seinen Gedanken immer gegenwärtig. Die Unmöglichkeit, sie zu besitzen, rechtfertigte in seinen Augen seine Untreue, deren Genuß durch das Wechselspiel erhöht wurde. Je mehr er eine von ihnen hintergangen hatte, desto mehr liebte sie ihn, wie wenn ihre Liebe sich gegenseitig anfachte und eine jede ihn in einer Art Wetteifer die andere vergessen machen wollte.

»Bewundere mein Vertrauen!« sagte eines Tages Madame Dambreuse zu ihm und entfaltete ein Papier, in dem man ihr mitteilte, daß Monsieur Moreau ehelich mit einer gewissen Rose Bron lebte. »Ist das zufällig das Fräulein vom Rennen?«

»Welche Abgeschmacktheit!« erwiderte er. »Zeig her!«

Der in Antiqua geschriebene Brief war nicht unterzeichnet. Madame Dambreuse hatte am Anfang diese Mätresse geduldet, die ihren Ehebruch deckte. Doch als ihre Leidenschaft sich steigerte, hatte sie auf einen Bruch bestanden, was nach Frédéric längst geschehen war. Als er mit seinen Beteuerungen zu Ende war, erwiderte sie mit blinzelnden Lidern, zwischen denen ein Blick funkelte wie eine Dolchspitze unter Musseline:

»Nun, und die andere?«

»Welche andere?«

»Die Frau des Fayencehändlers?«

Er zuckte verächtlich die Achseln. Sie forschte nicht weiter.

Aber einen Monat später, als sie von Ehre und Treue sprachen und er (aus Vorsicht etwas unbestimmt) die seine rühmte, sagte sie: »Es ist wahr, du bist ehrlich, du gehst nicht mehr hin.«

Frédéric, der an die Marschallin dachte, stotterte:

»Wohin denn?«

»Zu Madame Arnoux.«

Er beschwor sie, ihm zu sagen, woher sie diese Auskunft habe. Sie kam von ihrer zweiten Schneiderin, Madame Regimbart.

Also sie kannte sein Leben, und er wußte nichts von dem ihren!

Er hatte jedoch in ihrem Ankleidezimmer das Miniaturbild eines Herrn mit langem Schnurrbart entdeckt: War es derselbe, über den man ihm früher eine gewisse Selbstmordgeschichte erzählt hatte? Aber es gab kein Mittel, mehr darüber zu erfahren! Wozu auch übrigens? Frauenherzen sind wie jene kleine Geheimschreine voll ineinandergeschachtelter Schubfächer; man müht sich, bricht sich die Nägel ab und findet auf dem Grund eine verdorrte Blume, ein Krümchen Staub – oder Leere! Und dann fürchtete er vielleicht, zu viel darüber zu hören.

Er mußte Einladungen ablehnen, wenn sie nicht mit ihm gehen konnte, sie hielt ihn an ihrer Seite fest, fürchtete, ihn zu verlieren; und trotz dieser täglich innigeren Vereinigung enthüllten sich plötzlich wegen unbedeutender Dinge, wie Wertschätzung einer Person, eines Kunstwerks, Abgründe zwischen ihnen.

Sie hatte eine Art, Klavier zu spielen, die korrekt war und hart. Ihr Spiritualismus (Madame Dambreuse glaubte an Seelenwanderung in die Sterne) hinderte sie nicht, ihre Kasse bewundernswert zu führen. Sie war hochmütig gegen ihre Leute, ihre Augen blieben trocken vor den Lumpen der Armen. Ein naiver Egoismus klang aus ihren gewohnten Redensarten: »Was liegt mir daran? Ich werde mich wohl hüten! Habe ich das etwa nötig!« und aus tausend unanalysierbaren, gehässigen, kleinen Handlungen. Sie hätte hinter Türen gehorcht, sie mußte ihren Beichtvater belügen. Aus Herrschsucht wollte sie, daß Frédéric sie sonntags zur Kirche begleite. Er gehorchte und trug das Buch.

Der Verlust ihrer Erbschaft hatte sie bedeutend verändert. Diese Spuren von Kummer, die man dem Tode Monsieur Dambreuses zuschrieb, machten sie interessant, und wie ehemals empfing sie viele Leute. Seit dem Wahlmißerfolg Frédérics begehrte sie für sie beide einen Botschafterposten in Deutschland; daher sei das erste, was getan werden müsse, sich den herrschenden Ideen zu unterwerfen.

Die einen wünschten das Kaiserreich, die anderen die Orléans, wieder andere den Grafen von Chambord; aber alle stimmten in der Dringlichkeit der Dezentralisation überein. Um dies zu erreichen, wurden mehrere Mittel vorgeschlagen, wie: Paris in eine Menge großer Straßen zu teilen, um Dörfer darin zu errichten, den Sitz der Regierung nach Versailles zu verlegen, die Schulen nach Bourges übersiedeln zu lassen, die Bibliotheken aufzuheben, alles den Divisionsgenerälen anzuvertrauen – und man pries das Land, da die Analphabeten natürlich mehr Vernunft haben als die andern! Der Haß steigerte sich: Haß gegen die Volksschullehrer und Weinhändler, gegen die Klassen der Prima, gegen den Geschichtsunterricht, gegen die Romane, die roten Westen, die langen Bärte, gegen jede Unabhängigkeit, jede individuelle Kundgebung; denn »das Prinzip der Autorität« mußte wieder aufgerichtet werden, mochte sie im Namen von wem immer ausgeübt werden, woher immer kommen, wenn es nur Kraft, Autorität sei! Die Konservativen sprachen jetzt wie Sénécal. Frédéric kannte sich nicht mehr aus, und er fand bei seiner früheren Mätresse dieselben Redensarten, von denselben Männern vorgetragen.

Die Salons der »Galanten Damen« (ihre Bedeutung stammt aus jener Zeit) waren neutrales Gebiet, wo die Reaktionäre verschiedener Richtungen sich trafen. Hussonnet, der sich der Verlästerung seiner berühmten Zeitgenossen widmete (ein gutes Mittel zur Wiederherstellung der Ordnung), regte bei Rosanette die Lust an, ebenso ihre Abende zu haben wie andere. Er wollte Berichte darüber schreiben und führte zuerst einen ernsten Mann, Fumichon, ein; dann erschienen Nonancourt, Monsieur de Grémonville, Monsieur de Larsilloix, Ex-Präfekt, und Cisy, der jetzt Agronom war, Niederbretagner und Christ, mehr denn je.

Es kamen außerdem frühere Liebhaber der Marschallin, der Baron de Comaing, Comte de Jumillac und einige andere; die Freiheit ihres Benehmens verletzte Frédéric.

Um sich als Herr des Hauses geltend zu machen, vergrößerte er den Hausstand. Es wurde ein Groom genommen, die Wohnung gewechselt und neues Mobiliar angeschafft. Diese Ausgaben waren nützlich, um seine Heirat seinem Vermögen gegenüber weniger ungleich erscheinen zu lassen. Es nahm auch in erschreckender Weise ab – und Rosanette verstand nichts von alle dem!

Als gesunkenes Bürgermädchen schwärmte sie für häusliches Leben, für ein kleines, friedliches Heim. Einstweilen war sie zufrieden, einen »Empfangstag« zu haben, und sagte: »Die Weiber!«, wenn sie von ihresgleichen sprach, wollte eine »Dame von Welt« sein, hielt sich für eine solche. Sie bat ihn, nicht mehr im Salon zu rauchen, versuchte es, nach vornehmem Brauch, ihn die Fasttage einhalten zu lassen.

Schließlich log sie in ihrer Rolle, denn sie wurde ernst, und selbst vor dem Schlafengehen zeigte sie immer einige Melancholie, wie man mitunter Zypressen vor der Tür eines Wirtshauses findet.

Er entdeckte die Ursache davon; sie träumte von Ehe – auch sie! Frédéric geriet außer sich. Zu alledem erinnerte er sich ihrer Dazwischenkunft bei Madame Arnoux, und dann hegte er, wegen ihres langen Widerstandes, noch Groll gegen sie.

Er forschte darum nicht weniger nach ihren früheren Liebhabern. Sie verleugnete alle. Eine Art Eifersucht überkam ihn. Er ärgerte sich über die Geschenke, die sie erhalten hatte, die sie erhielt – und während ihr Grundwesen ihn mehr und mehr reizte, zog eine herbe, tierische Sinnenlust ihn zu ihr hin; Trugbilder einer Minute, die sich in Haß auflösten.

Ihre Worte, ihre Stimme, ihr Lächeln, alles begann ihm an ihr zu mißfallen, besonders ihre Blicke, diese ewig klaren, dummen Frauenaugen. Er war ihrer zuweilen derartig überdrüssig, daß er sie ruhig hätte sterben sehen können. Aber wie sich erzürnen? Sie war von einer Sanftmut, die einen zur Verzweiflung brachte.

Deslauriers erschien wieder und erklärte seinen Aufenthalt in Nogent mit Verhandlungen zwecks Ankaufs einer Rechtsanwaltspraxis. Frédéric war glücklich, ihn wiederzusehen; er war doch jemand! Er nahm ihn als Dritten in der Gesellschaft auf. Der Advokat speiste von Zeit zu Zeit bei ihnen, und wenn es zu kleinen Streitigkeiten kam, erklärte er sich immer für Rosanette, so daß Frédéric einmal zu ihm sagte:

»Ei! So schlafe doch mit ihr, wenn es dir Spaß macht!« So sehr wünschte er einen Zufall herbei, der ihn von ihr befreie.

Gegen Mitte Juni erhielt sie einen Zahlungsbefehl, in dem Maître Athanase Gautherot, Gerichtsvollzieher, sie aufforderte, viertausend Francs, die sie Mademoiselle Clémence Vatnaz schuldete, zu zahlen, andernfalls er am nächsten Tag zur Pfändung schreiten würde.

In der Tat war von den vier früher unterzeichneten Wechseln nur ein einziger bezahlt – das Geld, das ihr seit der Zeit in die Hände gekommen war, hatte sie für andere Bedürfnisse verbraucht.

Sie eilte zu Arnoux. Er wohnte jetzt Faubourg Saint-Germain, und der Hausmeister kannte die Straße nicht. Sie begab sich zu mehreren Freunden, traf niemand und ging verzweifelt nach Haus. Frédéric wollte sie nichts sagen, sie zitterte, daß diese neue Geschichte ihrer Heirat hinderlich sein könnte.

Am nächsten Morgen stellte sich Monsieur Athanase Gautherot in Begleitung von zwei Gehilfen ein. Der eine bleich, mit verschlagenem, mißgünstigem Gesicht, der andere mit Stehkragen, sehr straff gespannten Stegen an den Beinkleidern, einem schwarzen Taffetfingerling am Zeigefinger – und alle beide gemein schmutzig, mit fettigen Rockkragen und zu kurzen Ärmeln.

Ihr Vorgesetzter dagegen, ein sehr schöner Mensch, begann sich wegen seiner peinlichen Mission zu entschuldigen und betrachtete dabei das Zimmer, »voll hübscher Sachen, auf mein Wort!« Er fügte hinzu, »außer denen, die man nicht pfänden kann«. Auf einen Wink verschwanden die beiden Gehilfen.

Dann verdoppelte er seine Komplimente. War es zu glauben, daß eine so … reizende Person keinen wirklichen Freund habe! Ein gerichtliches Versteigern sei ein wahres Unglück! Man erhole sich nie danach! Er versuchte sie zu erschrecken; dann, als er sie bewegt sah, nahm er einen väterlichen Ton an. Er kenne die Welt, er habe mit all diesen Damen zu tun gehabt; und während er sie nannte, prüfte er die Bilder an den Wänden. Es waren alte Bilder des biederen Arnoux, Skizzen von Sombaz, Aquarelle von Burieu, drei Landschaften von Dittmer. Rosanette kannte offenbar deren Wert nicht. Maître Gautherot wandte sich zu ihr:

»Passen Sie einmal auf! Um Ihnen zu zeigen, daß ich ein guter Kerl bin, wollen wir eines tun: Überlassen Sie mir diese drei Dittmers da, und ich bezahle alles! Einverstanden?«

In diesem Augenblick trat Frédéric, der von Delphine im Vorzimmer eben unterrichtet worden war und die zwei Gehilfen gesehen hatte, mit brutaler Miene, den Hut auf dem Kopf, ins Zimmer. Maître Gautherot nahm seine Würde wieder an und rief, da die Tür offen geblieben war: »Also, meine Herren, schreiben Sie auf! In dem zweiten Zimmer, sagen wir: ein Eichentisch mit zwei Auszügen, zwei Büfetts ...«

Frédéric unterbrach ihn mit der Frage, ob es nicht einen Ausweg gebe, die Pfändung zu verhindern.

»Oh! Gewiß! Wer hat die Möbel bezahlt?«

»Ich.«

»Wohlan, stellen Sie eine gerichtliche Rückforderung, dadurch gewinnen Sie immer Zeit.«

Maître Gautherot beendete schnell seine Schreibereien, und im Protokoll lud er Mademoiselle Bron zur Entscheidung vor den Richter; dann zog er sich zurück.

Frédéric sagte kein Wort des Vorwurfs. Er betrachtete die auf dem Teppich zurückgelassenen schmutzigen Stiefelspuren der Gehilfen und sagte, zu sich selber sprechend:

»Es wird Geld beschafft werden müssen!«

»Ach mein Gott! Wie bin ich dumm!« rief die Marschallin.

Sie durchwühlte eine Schublade, nahm einen Brief und eilte zur Geschäftsstelle der Gesellschaft zur Beleuchtung des Languedoc, um ihre Aktien zedieren zu lassen.

Nach einer Stunde kam sie wieder. Die Papiere waren an einen anderen verkauft! Der Angestellte hatte erwidert, nachdem er ihr Papier, Arnoux' schriftliches Versprechen, geprüft: »Diese Urkunde weist Sie keineswegs als Eigentümerin aus. Die Gesellschaft erkennt so etwas nicht an.« Kurz, er hatte sie abgewiesen; sie erstickte vor Wut, Frédéric müsse auf der Stelle Arnoux aufsuchen, um die Angelegenheit ins reine zu bringen.

Aber Arnoux würde vielleicht glauben, er komme, um indirekt die fünfzehntausend Francs seiner verlorenen Hypothek einzukassieren, und dann schien ihm diese Forderung eine Schandtat einem Manne gegenüber, der der Liebhaber seiner Mätresse gewesen war. Er wählte einen Mittelweg, begab sich ins Dambreusesche Haus, um dort die Adresse von Madame Regimbart zu erfahren, und sandte ihr dann einen Dienstmann mit dem Auftrag, nach dem Café zu fragen, in dem der Citoyen jetzt Stammgast sei.

Es war ein kleines Café auf der Place de la Bastille, wo er sich den ganzen Tag rechts hinten in der Ecke hielt, sich nicht rührte, als sei er ein Teil des Anwesens.

Nachdem er der Reihe nach eine kleine Tasse Café, Grog, einen Bischof und selbst Wein mit Wasser durchgekostet, war er zum Bier zurückgekehrt und ließ alle halbe Stunde das Wort »Bock!« fallen, da er seine Sprache aufs unentbehrlichste eingeschränkt hatte. Frédéric fragte ihn, ob er bisweilen Arnoux sehe.

»Nein!«

»Ei, warum denn nicht?«

»Ein Idiot!«

Vielleicht trennte sie die Politik, und Frédéric glaubte recht zu tun, sich nach Compain zu erkundigen.

»Welch ein Vieh!« sagte Regimbart.

»Wieso?«

»Sein Kalbskopf!«

»Ach! sagen Sie mir doch, was der Kalbskopf bedeutet!«

Regimbart hatte ein mitleidiges Lächeln.

»Blödsinn!«

Nach einer langen Pause fuhr Frédéric fort:

»Er ist also ausgezogen?«

»Wer?«

»Arnoux!«

»Ja, Rue de Fleurus!«

»Welche Nummer?«

»Verkehre ich denn mit den Jesuiten?«

»Wieso Jesuiten?«

Der Citoyen erwiderte wütend:

»Mit dem Gelde eines Patrioten, mit dem ich ihn bekannt machte, hat dieses Schwein einen Handel mit Rosenkränzen begonnen.«

»Nicht möglich!«

»Gehen Sie hin und sehen Sie selbst!«

Nichts wahrer. Durch einen Schlaganfall geschwächt, hatte sich Arnoux der Religion zugewandt; übrigens »war immer ein Hang zur Religion in ihm gewesen«. Sein Krämergeist, verbunden mit der Naivität, die ihm eigen war, hatte ihn veranlaßt, sich dem Handel mit religiösen Gegenständen zu widmen; dadurch wollte er sein Seelenheil und auch sein Vermögen sichern.

Es fiel Frédéric nicht schwer, sein Geschäft zu entdecken, auf dessen Schild stand:

»Aux arts Gothiques – Wiederherstellung von Kirchenschmuck – Kirchenzierat – Polychrome Bildwerke – Dreikönigsweihrauch usw. usw.«

An beiden Ecken des Glaskastens standen zwei in Gold, Zinnober und Himmelblau bemalte Statuetten, ein heiliger Johannes der Täufer mit seinem Schaffell und eine heilige Genoveva mit Rosen in ihrer Schürze und einem Spinnrocken unter dem Arm. Dann Gipsgruppen: eine fromme Schwester, die ein kleines Mädchen unterrichtet, eine kniende Mutter neben einem Bettchen, drei Schüler vor dem Tisch des Herrn. Das hübscheste war eine Art Hütte, die das Innere der heiligen Krippe mit dem Esel, dem Ochsen und dem auf Stroh, auf wirklichem Stroh gebetteten Jesuskinde darstellte. Von oben bis unten Etageren, auf denen man dutzendweise Medaillen, alle Arten Rosenkränze, Weihwasserkessel in Form von Muscheln und die Bilder von den Zierden der Kirche sah. Unter ihnen traten besonders Monseigneur Affre und der heilige Vater hervor, beide lächelnd.

Mit gesenktem Kopf saß Arnoux an seinem Ladentisch und schlummerte. Er war erstaunlich gealtert, hatte an den Schläfen einen Kranz roter Bläschen, auf die der Reflex der von der Sonne getroffenen goldenen Kreuze fiel.

Frédéric ergriff eine große Traurigkeit vor diesem Verfall. Aus Aufopferung für die Marschallin jedoch überwand er sich und trat vor. Im Hintergrund des Landes erschien Madame Arnoux. Da machte er kehrt.

»Ich habe ihn nicht gefunden«, sagte er als er zurückkehrte.

Und er mochte noch so oft wiederholen, er werde sofort um Geld an seinen Notar in Le Havre schreiben, Rosanette geriet in Wut. Nie habe man einen so schwachen, schlaffen Menschen gesehen; während sie tausend Entbehrungen zu ertragen habe, täten andere sich gütlich.

Frédéric dachte an die arme Madame Arnoux und stellte sich die herzzerreißende Mittelmäßigkeit ihres Heimes vor. Er hatte sich an den Schreibtisch gesetzt, und da Rosanettes keifende Stimme sich immer noch hören ließ, rief er:

»Ach! Um Himmels willen, schweig!«

»Willst du sie etwa verteidigen?«

»Nun ja!« rief er aus, »denn woher kommt diese Erbitterung?«

»Aber du, warum willst du nicht, daß sie bezahlen? Aus Furcht, deine alte Flamme zu betrüben, gesteh es nur!«

Er hatte Lust, sie mit der Stutzuhr zu erschlagen, die Worte gingen ihm aus. Er schwieg. Rosanette, die im Zimmer auf und ab ging, fügte hinzu:

»Ich werde deinem Arnoux einen Prozeß anhängen. Oh! ich brauche dich nicht!«; und mit spitzen Lippen: »Ich werde mir Rat holen.«

Drei Tage später kam Delphine ungestüm herein:

»Madame, Madame, es ist ein Mann draußen mit einem Kleistertopf, der mir Furcht einjagt.«

Rosanette begab sich in die Küche und sah einen Schnapphahn mit blatternarbigem Gesicht, gelähmtem Arm, dreiviertel betrunken, der etwas stammelte. Es war der Zettelankleber von Maître Gautherot. Da der Einspruch gegen die Pfändung zurückgewiesen war, kam es natürlich zur Versteigerung.

Für die Mühe, die Treppe heraufgekommen zu sein, forderte er zuerst einen Schnaps; dann bat er um eine andere Gunst – um Theaterbilletts, da er Madame für eine Schauspielerin hielt. Dann verbrachte er mehrere Minuten damit, unverständliche Augenwinke zu geben; endlich erklärte er, für vierzig Sous die Ecken der Anschläge abreißen zu wollen, die unten bereits an der Tür angeklebt waren. Rosanette war darauf mit ihrem Namen angegeben, eine außergewöhnliche Schärfe, die den ganzen Haß der Vatnaz offenbarte.

Diese war früher zartfühlend gewesen, hatte selbst in einer Herzensnot an Béranger geschrieben, um einen Rat von ihm zu erhalten. Aber sie war in den Stürmen, die der Kampf ums Dasein mit sich bringt, hart geworden, hatte der Reihe nach zuerst Klavierunterricht gegeben, einem Kosttisch vorgestanden, war Mitarbeiterin an Modezeitungen gewesen, hatte Zimmer untervermietet, Spitzenhandel unter den Frauen der galanten Welt getrieben – wo ihre Verbindungen ihr gestatteten, vielen Leuten gefällig zu sein, Arnoux unter anderen. Früher hatte sie in einem Handelshaus gearbeitet.

Dort zahlte sie die Löhne der Arbeiterinnen aus, für deren jede es zwei Büchlein gab, von diesen blieb eines stets in ihren Händen. Dussardier, der aus Gefälligkeit das einer gewissen Hortense Baslin führte, stellte sich eines Tages gerade in dem Moment an der Kasse ein, als Mademoiselle Vatnaz die Abrechnung dieses Mädchens brachte: 1682 Francs, die der Kassierer ihm ausbezahlte. Jedoch am vorhergehenden Tage hatte Dussardier nur 1082 Francs in das Büchlein der Baslin eingetragen. Er forderte es unter einem Vorwand zurück, und da er diese Diebstahlsgeschichte begraben wollte, sagte er ihr, daß er es verloren habe. Die Arbeiterin gab die Lüge harmlos an die Vatnaz weiter; diese sprach, um sich zu vergewissern, mit gleichgültiger Miene mit dem braven Kommis davon. Er begnügte sich damit zu antworten: »Ich habe es verbrannt«; das war alles. Kurze Zeit darauf verließ sie das Haus, ohne an die Vernichtung des Buches zu glauben, und bildete sich ein, daß Dussardier es aufbewahre.

Bei der Nachricht von seiner Verwundung war sie mit der Absicht zu ihm geeilt, es zurückzunehmen. Dann, da sie trotz der sorgfältigsten Nachforschungen nichts entdeckt hatte, ergriff sie Achtung und bald Liebe für diesen treuen, gutmütigen, heldenhaften und starken Burschen! Ein solches Glück in ihrem Alter war unverhofft. Sie stürzte sich mit wahrem Menschenfresserheißhunger darauf – und sie hatte darüber die Literatur, den Sozialismus, »die trostreichen Lehren und Utopien der Großmut«, ihre Vorträge über die Aufhebung der untergeordneten Stellung der Frau, alles, selbst Delmar aufgegeben. Schließlich bot sie Dussardier an, sich ehelich mit ihm zu verbinden.

Obwohl sie seine Mätresse war, war er keineswegs in sie verliebt. Überdies hatte er ihren Diebstahl nicht vergessen. Dann war sie zu reich. Er schlug sie aus. Da sprach sie ihm weinend von den Träumen, die sie gehegt; sie hatte ein Konfektionsgeschäft für sie beide eröffnen wollen. Sie habe die ersten unentbehrlichen Mittel, die sich, in der kommenden Woche, um viertausend Francs vermehren würden; und sie erzählte ihm von ihrem gerichtlichen Vorgehen gegen die Marschallin.

Dussardier verstimmte das, seines Freundes wegen. Er gedachte der ihm auf der Wache angebotenen Zigarrentasche, der Abende am Quai Napoléon, so vieler angenehmer Plauderstunden, der geliehenen Bücher, der tausenderlei Gefälligkeiten Frédérics. Und er bat die Vatnaz, davon abzustehen.

Sie spottete über seine Gutmütigkeit und zeigte dabei einen unbegreiflichen Abscheu gegen Rosanette; sie wünschte sich nur ein

Vermögen, um später mit ihrer Karosse über sie hinwegfahren zu können.

Diese Abgründe von Bosheit erschreckten Dussardier, und als er den Tag der Versteigerung mit Sicherheit erfahren hatte, ging er aus. Schon am nächsten Morgen trat er in verlegener Haltung bei Frédéric ein.

»Ich muß mich bei Ihnen entschuldigen.«

»Weshalb denn?«

»Sie müssen mich für einen Undankbaren halten, mich, von dem sie ...« Er stammelte. »Oh! Ich werde sie nicht wiedersehen, ich werde nicht ihr Mitschuldiger sein!« Und als Frédéric ihn ganz erstaunt anblickte: »Sollen nicht die Möbel Ihrer Mätresse in drei Tagen verkauft werden?«

»Wer hat Ihnen das gesagt?«

»Sie selber, die Vatnaz! Aber ich fürchte, Sie zu verletzen ...«

»Unmöglich, lieber Freund!«

»Ach! Es ist wahr, Sie sind so gut!«

Er reichte ihm verstohlen eine kleine lederne Brieftasche.

Es waren viertausend Francs darin, seine ganzen Ersparnisse.

»Wie! Aber nein! – nein! ...«

»Ich wußte wohl, daß ich Sie kränken würde«, erwiderte Dussardiers mit einer Träne an den Wimpern.

Frédéric schüttelte ihm die Hand, und der gute Bursche fuhr mit trauriger Stimme fort:

»Nehmen Sie sie an! Machen Sie mir die Freude! Ich bin so verzweifelt! Ist denn nicht ohnehin alles aus? – Ich glaubte, als die Revolution ausbrach, daß man glücklich sein werde. Erinnern Sie sich, wie schön es war! Wie man frei aufatmete! Aber wir sind mehr gesunken denn je.«

Und, den Blick zu Boden geheftet:

»Jetzt töten sie unsere Republik, wie sie die andere, die römische, getötet haben! Und das arme Venedig, das arme Polen, das arme Ungarn! Welche Greuel! Zuerst hat man die Freiheitsbäume umgehauen, dann das Wahlrecht eingeschränkt, die Klubs geschlossen, die Zensur wieder eingeführt und das Unterrichtswesen den Pfaffen überlassen, bis auch die Inquisition wiederkommt. Warum auch nicht? Konservative wünschen uns doch die Kosaken! Man verurteilt die Zeitungen, wenn sie gegen die Todesstrafe schreiben, Paris strotzt von Bajonetten, sechzehn Departements sind im Belagerungszustand – und die Amnestie ist abermals verworfen!«

Er preßte die Stirn in beide Hände, dann breitete er die Arme wie in großer Seelenangst aus:

»Wenn man es aber versuchte. Wenn man es ehrlich meinte, könnte man sich verständigen! Aber nein! Die Arbeiter taugen auch nicht mehr wie die Bürger! In Elbœuf haben sie neulich ihre Hilfe bei einer Feuersbrunst verweigert. Elende schimpfen Barbès einen Aristokraten! Damit man sich über das Volk lustig mache, wollen sie Nadaud, einen Maurer, zum Präsidenten ernennen, ich bitte Sie! Und es gibt kein Mittel dagegen, keine Hilfe! Alles ist gegen uns! – Ich habe niemals Böses getan, und dennoch, es lastet mir wie ein Stein auf der Brust. Ich werde verrückt, wenn es so weitergeht. Ich habe Lust, mich töten zu lassen. Ich sage Ihnen, daß ich mein Geld nicht brauche! Sie geben es mir zurück, Herrgott! Ich leihe es Ihnen.«

Von der Notwendigkeit gezwungen, nahm Frédéric schließlich seine viertausend Francs an. So hatten sie von seiten der Vatnaz nichts mehr zu befürchten.

Aber Rosanette verlor bald darauf ihren Prozeß gegen Arnoux, aus Eigensinn bestand sie darauf, Berufung einzulegen.

Deslauriers erschöpfte sich, ihr begreiflich zu machen, daß Arnoux' Versprechen weder eine Schenkung noch eine regelrechte Zession bedeutete; sie hörte gar nicht zu und fand das Gesetz ungerecht; es sei, weil sie eine Frau wäre, die Männer hielten immer unter sich zusammen! Jedoch folgte sie schließlich seinem Rat.

Er tat sich im Hause so wenig Zwang an, daß er mehrmals Sénécal zum Diner mitbrachte. Diese Ungeniertheit mißfiel Frédéric, der ihm Geld vorstreckte, ihn selbst von seinem Schneider kleiden ließ; und der Advokat gab seine alten Röcke dem Sozialisten, dessen Existenzmittel unbekannt waren.

Er wollte indessen Rosanette gern dienlich sein. Eines Tages, als sie ihm zwölf Aktien der Kaolingesellschaft zeigte (jenes Unternehmens, durch das Arnoux zu dreißigtausend Francs verurteilt worden war), sagte er ihr:

»Aber das ist verdächtig! Das ist herrlich!«

Sie habe ein Recht, ihn zur Zahlung ihrer Schuldforderung vor Gericht zu laden. Sie würde zuerst beweisen, daß er solidarisch verpflichtet sei, die ganzen Passiva der Gesellschaft zu zahlen, da er persönliche Schulden für Gesamtschulden erklärt hatte, schließlich, daß er mehrere Wechsel der Gesellschaft unterschlagen hatte.

»Alles dies macht ihn nach Artikel 586 und 587 des Handelsgesetzes des betrügerischen Bankerotts schuldig, und wir werden ihn einstecken lassen, verlassen Sie sich darauf, mein Herzchen.«

Rosanette warf sich ihm um den Hals. Er empfahl sie am nächsten Tag an seinen früheren Vorgesetzten, denn er konnte sich selber nicht mit dem Prozeß beschäftigen, da er notwendig in Nogent zu tun hatte; Sénécal sollte ihm im Falle der Dringlichkeit schreiben.

Seine Verhandlungen wegen Ankaufs einer Praxis waren ein Vorwand. Er verbrachte seine Zeit bei Monsieur Roque, wo er begonnen hatte, nicht nur ihren Freund zu loben, sondern ihn auch soviel wie möglich in Haltung und Sprache nachzuahmen. Dadurch hatte er sich Louisens Vertrauen gewonnen, während er das des Vaters sich sicherte, indem er gegen Ledru-Rollin loszog.

Wenn Frédéric nicht zurückkehrte, geschehe es, weil er in der vornehmen Gesellschaft verkehre, und nach und nach teilte Deslauriers ihnen mit, daß er eine andere liebe, daß er ein Kind habe, daß er ein Frauenzimmer erhalte.

Louisens Verzweiflung war grenzenlos, die Entrüstung von Madame Moreau nicht minder stark. Sie sah ihren Sohn zu der Tiefe eines unbestimmten Abgrundes dahinwirbeln, war in ihrem Anstandsgefühl verletzt und empfand es fast als eine persönliche

Entehrung. Plötzlich aber veränderte sich ihr Gesichtsausdruck. Auf die Fragen, die man über Frédéric an sie richtete, antwortete sie mit spöttischer Miene:

»Es geht ihm gut! Sehr gut!«

Sie wußte von seiner Heirat mit Madame Dambreuse. Der Zeitpunkt dafür war festgesetzt, und er dachte nun darüber nach, wie er Rosanette die Sache beibringen sollte.

Gegen Mitte des Herbstes gewann Rosanette ihren Prozeß in der Angelegenheit der Kaolinaktien; Frédéric erfuhr es, als er vor seiner Tür Sénécal begegnete, der vom Termin kam.

Man hatte Monsieur Arnoux all der Betrügereien schuldig befunden, und der Ex-Repetitor bezeigte eine solche Freude darüber, daß Frédéric ihn am Weitergehen hinderte, indem er ihm versprach, Rosanette alles auszurichten. Er trat mit geärgerter Miene bei ihr ein.

»Nun! Jetzt bist du wohl zufrieden?«

Aber ohne auf seine Worte achtzugeben, sagte sie:

»Sieh doch!«

Und sie zeigte ihm das Kind, das in einer Wiege beim Feuer lag. Sie hatte es am Morgen so elend bei der Amme angetroffen, daß sie es mit nach Paris genommen hatte.

Seine Glieder waren außerordentlich abgemagert und seine Lippen mit weißen Punkten bedeckt, die innen im Munde wie geronnene Milch aussahen.

»Was hat der Arzt gesagt?«

»Ach! Der Arzt! Er behauptete, die Reise hätte seine ... ich weiß nicht mehr, ein Namen auf -itis ... verschlimmert, er hätte den Mundschwamm. Kennst du das?«

Frédéric zögerte nicht, »gewiß« zu antworten, und fügte hinzu, daß es nicht schlimm sei.

Aber abends erschreckte ihn das kraftlose Aussehen des Kindes und das Zunehmen jener weißlichen, Schimmel gleichenden Flecken, wie wenn das Leben, das den armen kleinen Körper schon verlasse, nichts als eine Materie zurückgelassen hätte, auf dem diese Wucherung gedieh. Seine Händchen waren kalt, es konnte nicht mehr trinken, und die Amme, eine andere, die der Portier aufs Geratewohl in einem Mietsbureau geholt hatte, wiederholte: »Es scheint mir sehr schwach, sehr schwach!«

Rosanette blieb die ganze Nacht auf.

Am Morgen holte sie Frédéric.

»Komm und sieh es an. Es regt sich nicht mehr.«

In der Tat, es war tot. Sie nahm es, schüttelte es, umschlang es, indem sie ihm die süßesten Namen gab, bedeckte es mit Küssen und Tränen, drehte sich verzweifelt um sich selbst, raufte sich das Haar, schrie laut auf – und ließ sich auf den Rand des Diwans fallen, wo sie mit offenem Munde blieb, während eine Flut von Tränen aus ihren starren Augen stürzte. Dann sank sie in eine Betäubung, und es wurde still im Zimmer. Stühle waren umgeworfen, zwei oder drei Servietten lagen umher. Es schlug sechs Uhr. Die Nachtlampe erlosch.

Frédéric starrte das alles an und glaubte fast, daß er träume. Sein Herz krampfte sich vor Bangigkeit zusammen. Ihm schien, als sei dieser Tod nur erst ein Anfang und als müßte ein viel größeres Unglück hereinbrechen.

Plötzlich sagte Rosanette mit weicher Stimme:

»Wir wollen es erhalten, nicht wahr?«

Sie wünschte, es einbalsamieren zu lassen. Viele Gründe sprachen dagegen. Der beste war nach Frédéric, daß es bei Kindern in so zartem Alter unausführbar sei. Ein Bild wäre besser. Sie nahm den Vorschlag auf. Er schrieb ein Wort an Pellerin, und Delphine eilte damit zu ihm.

Pellerin kam sofort, er wollte durch seinen Eifer jede Erinnerung an sein Betragen auslöschen. Zuerst sagte er:

»Armer, kleiner Engel! Ach! mein Gott, welches Unglück!«

Allmählich jedoch, da der Künstler in ihm die Oberhand gewann, erklärte er, man könne mit diesen rassigen Augen, diesem fahlen Gesicht nichts anfangen, es sei ein richtiges Stilleben, es gehöre viel Fähigkeit dazu; und er murmelte:

»Oh! Nicht so einfach, nicht so einfach!«

»Wenn es nur ähnlich wird«, warf Rosanette ein.

»Ei! Ich pfeife auf die Ähnlichkeit! Nieder mit dem Realismus! Das Geistige ist's, was man malt! Laßt mich! Ich werde mir vorzustellen versuchen, was es hätte sein sollen.«

Die Stirn in der linken Hand, den Ellbogen in der rechten, überlegte er; dann plötzlich:

»Ah! Eine Idee! Ein Pastell! Mit farbigen, fast ganz verwischten Halbtönen kann man an den Rändern eine schöne Modellierung erreichen.

Er schickte das Zimmermädchen nach seinem Kasten, dann begann er, mit einem Stuhl unter den Füßen und einem zweiten neben sich, in großen Zügen so ruhig zu entwerfen, als arbeitete er nach einem Gipsmodell. Er pries den kleinen heiligen Johannes von Correggio, die Infantin Rosa von Velasquez, das milchige Fleisch von Reynolds, die Vornehmheit von Lawrence und namentlich das Kind mit langem Haar auf dem Schoß der Lady Glower.

»Übrigens, kann man etwas reizender finden als diese kleinen Kröten? Der Typus des Erhabenen (Raphael hat es mit seinen Madonnen bewiesen) ist vielleicht eine Mutter mit ihrem Kinde!«

Rosanette ging schluchzend hinaus, und Pellerin sagte sogleich:

»Nun, und Arnoux! … Sie wissen, was vorgefallen ist?«

»Nein, was denn?«

»Es mußte übrigens so enden!«

»Was ist's denn?«

»Er ist jetzt vielleicht … bitte um Entschuldigung!«

Der Künstler erhob sich, um den Kopf der kleinen Leiche höher zu legen.

»Sie sagten …« begann Frédéric wieder.

Und Pellerin kniff die Augen zusammen, um seine Maße besser zu nehmen.

»Ich sagte, daß unser Freund Arnoux jetzt vielleicht eingesteckt ist!«

Dann in zufriedenem Ton:

»Sehen Sie einmal her! Ist's recht?«

»Ja, sehr gut! Aber Arnoux?«

Pellerin legte seinen Stift fort.

»Soweit ich verstanden habe, wird er gerichtlich von einem gewissen Mignot verfolgt, einem intimen Freund Regimbarts; ein guter Kopf das, he? Welch ein Idiot! Stellen Sie sich vor, daß eines Tages ...«

»Ei! Es handelt sich nicht um Regimbart!«

»Es ist wahr. Nun also, Arnoux sollte bis gestern abend zwölftausend Francs auftreiben, wenn nicht, war er verloren.«

»Oh! Das ist vielleicht übertrieben«, sagte Frédéric.

»Nicht im allergeringsten! Es scheint mir sehr ernst zu sein, sehr ernst!«

Rosanette erschien in diesem Augenblick mit heißen, wie von Schminke geröteten Lidern. Sie stellte sich neben den Karton und betrachtete ihn. Pellerin gab durch Zeichen zu verstehen, daß er um ihretwillen schweige. Aber ohne darauf zu achten, sagte Frédéric:

»Jedoch, ich kann nicht glauben ...«

»Ich wiederhole Ihnen, daß ich ihn gestern getroffen habe«, sagte der Künstler. »Um sechs Uhr abends, Rue Jacob. Er hatte vorsichtshalber sogar seinen Paß und sprach davon, sich in Le Havre einzuschiffen, er mit seiner ganzen Familie.«

»Wie, mit seiner Frau?«

»Selbstverständlich! Er ist zu guter Familienvater, um ganz allein zu leben.«

»Und Sie sind dessen sicher?«

»Zum Teufel auch! Wo wollen Sie denn, daß er zwölftausend Francs hergenommen hätte?«

Frédéric ging zwei- oder dreimal durchs Zimmer. Er keuchte, biß sich auf die Lippen, dann ergriff er seinen Hut.

»Wohin gehst du?« fragte Rosanette.

Er antwortete nichts und verschwand.

V.

Er brauchte zwölftausend Francs, oder er würde Madame Arnoux nicht wiedersehen. Bis jetzt war ihm eine unversiegbare Hoffnung geblieben. War sie nicht gleichsam seines Herzens Schlag, seines Lebens Inhalt? Einige Minuten taumelte er in quälender Bangigkeit auf dem Trottoir dahin, und doch war er glücklich, nicht mehr bei der anderen zu sein.

Woher das Geld beschaffen? Frédéric wußte aus eigener Erfahrung, wie schwer es ist, es auf der Stelle zu bekommen, um welchen Preis es auch sei. Ein einziger Mensch konnte ihm helfen, Madame Dambreuse. Sie hatte immer einige Banknoten in ihrem Sekretär.

Er ging zu ihr, und in keckem Ton:

»Kannst du mir zwölftausend Francs leihen?«

»Wozu?«

Es sei das Geheimnis eines anderen. Sie wollte es wissen. Er gab nicht nach. Beide waren hartnäckig. Schließlich erklärte sie, nichts geben zu wollen, ehe sie nicht den Zweck erführe. Frédéric errötete tief. Einer seiner Kameraden habe einen Diebstahl begangen, die Summe müsse heute noch zurückerstattet werden.

»Wie heißt er? Sein Name? Nun, sein Name?«

»Dussardier!«

Und er warf sich ihr zu Füßen und beschwor sie, nichts davon zu verraten.

»Was denkst du von mir?« erwiderte Madame Dambreuse. »Man möchte glauben, du seist der Schuldige. Höre doch auf mit deinen tragischen Gesten! Hier, da hast du sie! Und mögen sie ihm Gutes bringen!«

Er eilte zu Arnoux. Der Händler war nicht in seinem Laden. Aber er wohnte noch immer Rue Paradis, denn er hatte zwei Wohnungen.

In der Rue Paradis beteuerte der Portier, daß Monsieur Arnoux seit gestern abwesend sei, was Madame anlange, so wage er nichts zu sagen. Frédéric stürzte mit Blitzesgeschwindigkeit die Treppe hinauf und legte sein Ohr an das Schloß. Endlich wurde ihm geöffnet. Madame sei mit Monsieur abgereist. Das Dienstmädchen wußte nicht, wann sie wiederkommen würden, ihr Lohn sei ausbezahlt; sie selbst gehe fort.

Plötzlich vernahm man das Knarren einer Tür.

»Aber es ist jemand da!«

»Oh! Nein, mein Herr! Es ist der Wind.«

Nun zog er sich zurück. Immerhin, ein so rasches Verschwinden war unerklärlich.

Da Regimbart mit Mignot intim befreundet war, konnte er ihn vielleicht aufklären. Frédéric fuhr zu ihm, Rue de l'Empereur, in Montmartre.

Sein Haus hatte ein Gärtchen an der Seite; ein Gitter, dessen Zwischenräume mit Eisenblechplatten ausgefüllt waren, umhegte dieses. Eine Freitreppe ließ die weiße Fassade stattlicher erscheinen; wenn man auf dem Trottoir vorüberging, sah man die zwei Zimmer des Erdgeschosses; das erste war ein Salon, mit Damenkleidern auf allen Möbeln, während sich in dem zweiten Madame Regimbarts Arbeiterinnen aufhielten.

Alle waren davon überzeugt, daß Monsieur große Geschäfte, vornehme Verbindungen habe, daß er ein ganz außergewöhnlicher Mensch sei. Wenn er mit seinem Hut mit hochgestülpten Rändern, dem ernsten, langen Gesicht und seinem grünen Gehrock über den Flur ging, unterbrachen sie ihre Arbeit darüber. Überdies versäumte er nie, einige ermutigende Worte, eine Höflichkeit in Gestalt einer Sentenz an sie zu richten – und später in ihrer Häuslichkeit fühlten sie sich unglücklich, weil sie ihn als Ideal vor sich sahen.

Keine jedoch liebte ihn wie Madame Regimbart, eine kleine, intelligente Person, die ihn mit ihrem Geschäft unterhielt.

Sobald Monsieur Moreau seinen Namen genannt hatte, kam sie eiligst, ihn zu empfangen, da sie durch die Dienstboten wußte, was er bei Madame Dambreuse galt. Ihr Mann »käme im Augenblick nach Hause«; und wie er ihr folgte, bewunderte Frédéric das Aussehen der Wohnung und den Überfluß an Wachstuch, der darin herrschte. Dann wartete er einige Minuten in einer Art Bureau, wohin der Citoyen sich zurückzog, wenn er nachdenken wollte.

Sein Empfang war weniger mürrisch als sonst.

Er erzählte Arnoux' Geschichte. Der ehemalige Fayencenfabrikant hatte Mignot, einen Patrioten und Besitzer von hundert Aktien des »Siècle«, beschwatzt, indem er ihm klarmachte, daß, vom demokratischen Gesichtspunkt, die Geschäftsführung und die Schriftleitung des Blattes geändert werden müsse. Unter dem Vorwand, seinen Antrag bei der nächsten Versammlung der Aktionäre durchzusetzen, hatte er fünfzig Aktien von ihm gefordert und angegeben, er wolle sie sicheren Freunden übergeben, die ihn mit ihren Stimmen unterstützen würden. So würde Mignot keine Verantwortung haben, sich mit niemand überwerfen; und schließlich solle er, wenn alles gut abgelaufen sei, eine gute Stelle in der Verwaltung erhalten, die ihm zum mindesten fünf- bis sechstausend Francs einbringen werde. Die Aktien wurden ausgehändigt. Aber Arnoux hatte sie sofort veräußert und sich für das Geld an einem Handel mit kirchlichen Gegenständen beteiligt. Daraufhin Einwendungen von seiten Mignots, Ausflüchte von Arnoux; schließlich hatte der Patriot ihm mit einer Klage wegen Betruges gedroht, wenn er nicht die Papiere oder die entsprechende Summe, fünfzigtausend Francs, zurückerstatte.

Frédéric blickte verzweifelt drein.

»Das ist noch nicht alles«, sagte der Citoyen. »Mignot, der ein guter Mensch ist, wollte sich mit einem Viertel begnügen. Neue Versprechungen Arnoux', neue Possen natürlich. Kurz, vorgestern vormittag hat Mignot ihn gemahnt, ihm binnen vierundzwanzig Stunden zwölftausend Francs zu zahlen, unbeschadet der übrigen Summe.«

»Aber ich habe sie!« sagte Frédéric.

Der Citoyen wandte sich langsam um: »Prahlhans!«

»Bitte sehr! Sie sind in meiner Tasche. Ich bringe sie.«

»Wie sie drauflosgehen! Himmeldonnerwetter! Übrigens ist es zu spät, die Klage ist eingereicht und Arnoux abgereist.«

»Allein?«

»Nein! mit seiner Frau. Sie wurden auf dem Havre-Bahnhof gesehen.«

Frédéric wurde außerordentlich bleich. Madame Regimbart glaubte ihn einer Ohnmacht nahe. Er bezwang sich und hatte selbst die Kraft, zwei oder drei Fragen über die Angelegenheit zu stellen. Regimbart war darüber sehr betrübt, da alles dies der Demokratie schade. Arnoux sei immer ein sittenloser, unordentlicher Mensch gewesen.

»Ein wahrer Strohkopf! Er brannte die Kerze an beiden Enden an! Die Weiber haben ihn zugrunde gerichtet! Ich bedaure ihn nicht, aber seine arme Frau!« Denn der Citoyen bewunderte die tugendhaften Frauen und hielt viel von Madame Arnoux. »Sie muß sehr gelitten haben!«

Frédéric wußte ihm Dank für dieses Mitgefühl; als habe er ihm einen Dienst erwiesen, schüttelte er ihm warm die Hand.

»Hast du die notwendigen Gänge alle gemacht?« fragte Rosanette, als sie ihn wiedersah.

Er habe nicht den Mut gehabt, erwiderte er, und sei aufs Geratewohl durch die Straßen gegangen, um sich zu betäuben.

Um acht Uhr begaben sie sich ins Speisezimmer, doch saßen sie sich in beharrlichem Schweigen gegenüber. Dann und wann stießen sie einen Seufzer aus und schickten ihre Teller fort. Frédéric trank Branntwein. Er fühlte sich ganz zerrüttet, zerschlagen, vernichtet, hatte nur noch das Bewußtsein einer grenzenlosen Müdigkeit.

Sie holte das Porträt. Rot, Gelb, Grün und Indigo stießen in grellen Flecken aufeinander und gaben dem Ganzen etwas Grauenhaftes, das fast den Spott herausforderte.

Überdies war der kleine Tote jetzt nicht mehr zu erkennen. Der violette Ton seiner Lippen erhöhte noch die Blässe der Haut; die Nasenflügel waren noch dünner geworden, die Augen noch tiefer eingesunken, sein Köpfchen ruhte auf einem blauseidenen Kissen zwischen Kamelienblüten, Herbstrosen und Veilchen. Dies war ein Einfall des Zimmermädchens gewesen, und so hatten sie es beide andächtig zum letzten Schlaf gebettet. Auf dem mit einer Guipuredecke behangenen Kamin standen abwechselnd vergoldete Leuchter und geweihte Buchsbaumsträußchen, an den Ekken brannten Räucherkerzen in den zwei Vasen; alles dieses bildete mit der Wiege eine Art Ruhealtar; Frédéric mußte an seine Nachtwache bei Monsieur Dambreuse denken.

Alle Viertelstunde etwa öffnete Rosanette die Vorhänge, um ihr Kind zu betrachten. Sie sah es vor sich, wie es nach einigen Monaten zu gehen begann, dann in der Schule, mitten im Hof beim Barlaufspiel, dann zwanzig Jahre alt, als jungen Mann; und alle diese Bilder, die sie sich schuf, waren ihr wie ebenso viele Söhne, die sie verloren hätte – das Übermaß des Schmerzes vervielfältigte ihre Mutterschaft.

Frédéric, regungslos im anderen Sessel, dachte an Madame Arnoux.

Sie war wohl in der Eisenbahn, das Gesicht an der Scheibe eines Wagenfensters, und blickte auf die Landschaft hinaus, die hinter ihr nach Paris zu entschwand. Oder auch auf Deck eines Dampfschiffes, wie das erstemal, als er ihr begegnet war; aber dies Schiff fuhr in grenzenlose Fernen nach Ländern, die sie nicht mehr verlassen sollte. Dann wieder sah er sie in einem Gasthauszimmer, auf dem Fußboden Koffer, die Tapeten zerfetzt, die Tür unter den Windstößen erzitternd. Und dann? Was würde aus ihr werden? Eine Erzieherin, Gesellschafterin, vielleicht eine Kammerfrau? Sie war allen Zufälligkeiten des Elends ausgesetzt. Daß er ihr Schicksal nicht kannte, quälte ihn. Er hätte sich ihrer Flucht widersetzen oder ihr nachreisen sollen. War er nicht ihr eigentlicher Gatte? Und bei dem Gedanken, daß er sie niemals wiederfinden werde, daß es ganz zu Ende sei, daß sie unwiederbringlich verloren war, fühlte er sich gleichsam selbst vernichtet. Die Tränenflut, die seit dem Morgen sich gesammelt hatte, strömte über.

Rosanette merkte es.

»Ach! Auch du weinst! Du hast Kummer!«

»Ja, ja! ich habe Kummer ...!«

Er drückte sie an sein Herz, und beide schluchzten und hielten sich umschlungen.

Auch Madame Dambreuse weinte, bäuchlings auf ihrem Bette liegend, den Kopf in den Händen.

Olympe Regimbart, die am Abend gekommen war, um ihr das erste farbige Kleid anzupassen, hatte von Frédérics Besuch erzählt und sogar davon, daß er zwölftausend Francs bereitgehalten habe, die für Monsieur Arnoux bestimmt gewesen seien.

Also dies Geld, ihr eigenes Geld, sollte die Abreise der andern verhindern, um sich eine Mätresse zu erhalten.

Zuerst hatte sie einen Wutanfall; sie beschloß, ihn wie einen Lakaien fortzujagen. Ein Strom von Tränen beruhigte sie. Es war besser, alles im Herzen zu verschließen, nichts zu sagen.

Am nächsten Tage brachte Frédéric die zwölftausend Francs zurück.

Sie bat ihn, das Geld für seinen Freund zu behalten, falls er dessen bedürfe, und fragte ihn vieles über diesen Herrn. Wer habe ihn zu solch einem Vertrauensbruch verleiten können? Zweifellos ein Weib! Die Frauen bringen euch zu jedem Verbrechen.

Dieser spöttelnde Ton brachte Frédéric aus der Fassung. Er empfand schwere Gewissensbisse wegen seiner Verleumdung. Was ihn beruhigte, war, daß Madame Dambreuse die Wahrheit nicht erfahren konnte.

Sie blieb aber hierin hartnäckig; denn am übernächsten Tage erkundigte sie sich schon wieder nach seinem kleinen Kameraden, dann nach einem anderen, nach Deslauriers.

»Ist er ein zuverlässiger und intelligenter Mensch?«

Frédéric lobte ihn.

»Bitten Sie ihn, an einem der nächsten Vormittage zu mir zu kommen, ich würde ihn gern in einer Sache um Rat fragen.«

Sie hatte eine Rolle alter Papiere gefunden, die regelrecht protestierte Wechsel von Arnoux enthielten und die Madame Arnoux unterzeichnet hatte. Es waren dieselben, wegen deren Frédéric einst Monsieur Dambreuse während seines Frühstücks aufgesucht hatte. Obwohl der Bankier ihre Einlösung nicht gerichtlich verfolgt hatte, war auf seinen Antrag doch vom Handelsgericht nicht allein Arnoux' Verurteilung ausgesprochen worden, sondern auch die seiner Frau, die nichts davon wußte, da ihr Mann es nicht für ratsam hielt, sie dies wissen zu lassen.

Das war eine Waffe! Madame Dambreuse war nicht darüber im Zweifel. Aber ihr Notar würde ihr vielleicht raten, zu verzichten; sie hätte irgendeinen Dunkelmann vorgezogen, da erinnerte sie sich dieses langen Kerls mit dem frechen Gesicht, der ihr seine Dienste angeboten hatte.

Harmlos richtete Frédéric ihren Auftrag aus.

Der Advokat war entzückt, mit einer so vornehmen Dame in Verbindung zu treten. Er eilte zu ihr.

Sie teilte ihm mit, daß ihre Nichte in alle Rechte eingetreten sei, ein Grund mehr, diese ausstehenden Schulden zu liquidieren, die sie zurückbezahlen wolle, da ihr daran liege, das Ehepaar Martinon durch ein tadelloses Verhalten zu beschämen.

Deslauriers begriff, daß ein Geheimnis dahintersteckte; er überlegte sorgfältig, während er die Wechsel prüfte. Madame Arnoux' Name, von ihr selbst geschrieben, brachte ihm ihre ganze Person vor Augen und die Beleidigung ins Gedächtnis, die sie ihm zugefügt hatte. Da sich jetzt Gelegenheit zur Rache bot, warum sie nicht ergreifen?

Er riet nun Madame Dambreuse, die aussichtslosen, zur Erbmasse gehörigen Schuldforderungen versteigern zu lassen. Ein Strohmann würde sie unter der Hand aufkaufen und dann einklagen. Er verpflichtete sich, diesen Mann zu stellen.

Als Frédéric gegen Ende November durch die Straße der Madame Arnoux ging, blickte er zu ihren Fenstern empor und bemerkte an der Tür einen Anschlag, auf dem in großen Buchstaben stand:

»Versteigerung einer schönen Einrichtung, bestehend aus Küchengerät, Leib- und Tischwäsche, Hemden, Spitzen, Unterröken, Beinkleidern, französischen und indischen Kaschmirs, einem Piano von Erard, zwei Eichentruhen im Renaissancestil, venezianischen Spiegeln, chinesischen und japanischen Töpfereien.«

»Es ist ihre Einrichtung«, sagte sich Frédéric, und der Portier bestätigte seine Vermutung.

Wer versteigern ließ, wußte er nicht. Aber der Taxator, Maître Berthelmot, würde vielleicht Auskunft geben.

Der Beamte wollte anfangs nicht sagen, welcher Gläubiger die Versteigerung angeordnet hatte. Frédéric drang in ihn. Es sei ein Herr Sénécal, Geschäftsagent; und Maître Berthelmot ging in seiner Gefälligkeit so weit, ihm sein Exemplar der »Petites Affiches« zu leihen.

Als Frédéric zu Rosanette kam, warf er es offen auf den Tisch.

»Da, lies!«

»Nun, was denn?« sagte sie mit so ruhigem Gesicht, daß er außer sich geriet.

»Ah! geh mir mit deiner Unschuld!«

»Ich verstehe nicht.«

»Bist du es, die Madame Arnoux' Sachen versteigern läßt?«

Sie las die Ankündigung noch einmal.

»Wo steht ihr Name?«

»Nun! es ist ihre Einrichtung, du weißt es besser als ich!«

»Was liegt mir daran?« sagte Rosanette und zuckte die Achseln.

»Was dir daran liegt? Du rächst dich eben, das ist alles! Das ist die Folge deiner Nachstellungen! Bist du ihr gegenüber nicht so weit gegangen, daß du sogar bei ihr eindrangst? Du, ein Mädel von niedrigster Herkunft. Die heiligste, reizendste, beste Frau! Warum bist du darauf versessen, sie zugrunde zu richten?«

»Du irrst, ich versichere es dir!«

»So geh doch! Als ob du nicht Sénécal nur vorgeschoben hättest!«

»Dummes Zeug!«

Da riß die Wut ihn hin.

»Du lügst! du Elende! du bist eifersüchtig auf sie! Du besitzt ein Strafurteil gegen ihren Mann! Sénécal hat sich schon einmal mit deinen Geschäften befaßt. Er haßt Arnoux, und euer beider Haß vereinigt sich. Ich sah seine Freude, als du deinen Prozeß in der Kaolinangelegenheit gewannst. Wirst du das auch noch leugnen?«

»Ich gebe dir mein Wort!«

»Oh! ich kenne es, dein Wort!«

Und Frédéric erinnerte sie an ihre Liebhaber, nannte sie beim Namen und gab ausführliche Einzelheiten. Rosanette wich erbleichend zurück.

»Das überrascht dich! Du hieltst mich für blind, weil ich die Augen zudrückte. Jetzt habe ich genug davon! Man stirbt nicht am Verrat einer Frau deiner Gattung! Wenn sie zu arg werden, zieht man sich zurück, es hieße sich herabwürdigen, wenn man sie strafte.«

Sie rang die Hände.

»Mein Gott, was hat ihn nur so verändert?«

»Niemand anders als du selbst!«

»Und alles das wegen Madame Arnoux!« rief Rosanette weinend.

Er erwiderte kalt:

»Ich habe immer nur sie geliebt!«

Bei dieser Kränkung versiegten ihre Tränen.

»Das zeugt von deinem guten Geschmack! Eine Person reifen Alters mit süßholzfarbigem Teint, plumper Taille, Augen groß wie Kellerluken und ebenso leer! Wenn dir so etwas gefällt, so gehe doch wieder hin zu ihr!«

»Darauf wartete ich nur noch! Ich danke dir!«

Rosanette blieb regungslos, erstarrt über dieses ungewöhnliche Gebaren. Sie ließ sogar die Tür sich wieder schließen; dann erreichte sie ihn mit einem Satz im Vorzimmer und umschlang ihn mit den Armen:

»Aber du bist toll! du bist verrückt! das ist albern! ich liebe dich!« Sie beschwor ihn: »Mein Gott, im Namen unseres Kindchens!«

»Gestehe, daß du es warst, die diesen Streich gespielt hat!« sagte Frédéric.

Sie beteuerte nochmals ihre Unschuld.

»Du willst es also nicht zugeben?«

»Nein!«

»Nun, so lebe wohl! und für immer!«

»Hör mich an!«

Frédéric wandte sich um.

»Wenn du mich besser kenntest, würdest du wissen, daß mein Entschluß unwiderruflich ist.«

»Oh! Oh! du kommst doch zurück zu mir!«

»Nie im Leben!«

Und er schlug heftig die Tür zu.

Rosanette schrieb an Deslauriers, daß sie seiner sofort bedürfe.

Eines Abends, fünf Tage später, kam er zu ihr; als sie ihm von ihrem Bruch erzählt hatte, warf er hin:

»Weiter nichts! Schönes Unglück!«

Sie hatte anfangs geglaubt, er würde ihr Frédéric wieder zurückbringen können, jetzt war alles verloren. Durch seinen Hausmeister hatte sie von seiner baldigen Heirat mit Madame Dambreuse gehört.

Deslauriers sprach ihr Mut zu, zeigte sich sogar seltsam munter, zu allerlei Possen aufgelegt, und bat, da es sehr spät war, um die Erlaubnis, die Nacht auf einem Lehnstuhl verbringen zu dürfen. Am nächsten Morgen fuhr er nach Nogent zurück, indem er ihr sagte, er wisse nicht, wann sie sich wiedersehen würden, binnen kurzem sei vielleicht eine große Veränderung in seinem Leben zu erwarten.

Zwei Stunden nach seiner Rückkehr war die ganze Stadt in Aufruhr. Man erzählte sich, daß Monsieur Frédéric Madame Dambreuse heiraten werde. Die drei Fräulein Auger hielten es nun nicht länger aus, sie begaben sich zu Madame Moreau, die die Nachricht mit Stolz bestätigte. Der alte Roque wurde krank davon, Louise schloß sich ein. Es ging sogar das Gerücht, sie sei verrückt.

Indessen konnte Frédéric seinen Kummer nicht verbergen. Wohl um ihn zu zerstreuen, verdoppelte Madame Dambreuse ihre Aufmerksamkeiten. Jeden Nachmittag fuhr sie mit ihm in ihrem Wagen spazieren; einmal, als sie über die Place de la Bourse fuhren, kam sie auf den Einfall, zum Scherz in das Versteigerungslokal der Taxatoren zu gehen.

Es war der 1. Dezember, der Tag, an dem die Versteigerung von Madame Arnoux' Sachen stattfinden sollte. Er erinnerte sich des Datums und gestand seinen Widerwillen dagegen, indem er den Ort wegen des Lärms und der Menge für unerträglich erklärte. Sie wünschte nur einen Blick hineinzuwerfen. Das Coupé hielt. Er mußte ihr wohl oder übel folgen.

Im Hof sah man Waschtische ohne Schüsseln, Lehnstuhlgestelle, alte Körbe, Porzellanscherben, leere Flaschen, Matratzen; Männer in Blusen oder schmutzigen Gehröcken, ganz grau von Staub, mit gemeinen Gesichtern, einige mit Leinensäcken auf den Schultern, plauderten in getrennten Gruppen oder riefen sich lärmend an.

Frédéric betonte die Unannehmlichkeiten, die ein Weitergehen mit sich bringen werde.

»Ach was!«

Sie stiegen die Treppe hinauf.

Im ersten Saal rechts prüften Herren mit dem Katalog in der Hand Bilder; in einem andern wurde eine Sammlung chinesischer Waffen verkauft; Madame Dambreuse wollte wieder hinuntergehen. Sie blickte nach den Nummern über den Türen und führte ihn bis ans Ende des Ganges in einen von Menschen angefüllten Raum.

Er erkannte sofort die beiden Etageren, die früher im »l'Art Industriel« gestanden hatten, ihren Arbeitstisch, alle ihre Möbel! Im

Hintergrunde, der Größe nach aufgestapelt, bildeten sie vom Fußboden bis zu den Fenstern einen breiten Aufbau, und an den anderen Seiten des Raumes hingen die Teppiche und die Vorhänge gerade an den Wänden herab. Darunter waren Stufen, auf denen alte Männer saßen und schliefen. Zur Linken war eine Art Ladentisch aufgerichtet, wo der Auktionator in weißer Halsbinde stand und nachlässig einen kleinen Hammer schwang. Ein junger Mann neben ihm schrieb, und weiter unten stand ein kräftiger Kerl, der die Mitte hielt zwischen einem Handlungsreisenden und einem Verteiler von Kontremarken und die Möbel ausrief. Drei Burschen trugen sie auf einen Tisch, vor dem eine Reihe von Trödlern beiderlei Geschlechts saß. Hinter ihnen ging die Menge hin und her.

Als Frédéric eintrat, gingen gerade die Unterröcke, die Brust- und Taschentücher, sogar die Hemden von Hand zu Hand und wurden dann zurückgegeben. Zuweilen warf man sie sich von weitem zu, und plötzlich flog etwas Weißes durch die Luft. Dann wurden ihre Kleider verkauft, einer ihrer Hüte, dessen geknickte Feder herabhing, dann ihr Pelzwerk, zuletzt drei Paar Stiefeletten – und die Verteilung dieser Heiligtümer, in denen er dunkel die Form ihrer Glieder erkannte, schien ihm eine Schandtat, als habe er Raben ihren Leichnam zerfleischen sehen. Die mit Atemdünsten geschwängerte Luft des Saales machte ihm übel. Madame Dambreuse bot ihm ihr Riechfläschchen an; sie unterhalte sich sehr gut, sagte sie.

Maître Berthelmot verkündete den Preis. Der Ausrufer wiederholte ihn gleich darauf lauter, und die drei Gehilfen warteten gelassen den Schlag des Hammers ab und trugen dann den Gegenstand in einen angrenzenden Raum. So verschwanden nacheinander der große blaue Teppich mit dem Kamelienmuster, den ihre reizenden Füßchen gestreift, wenn sie ihm entgegenkam; die kleine gestickte Bergère, in der er ihr immer gegenübersaß, wenn sie allein waren; die beiden Kaminschirme, deren Elfenbein durch die Berührung ihrer Hände viel glatter geworden war; ein Sammetnadelkissen, das noch von Stecknadeln starrte. Es war, als schwänden Teile seines Herzens mit diesen Dingen, und die Eintönigkeit der gleichen Stimmen, der immer wiederkehrenden Gebärden ließen ihn in Müdigkeit erstarren, er empfand eine düstere Betäubung, eine Auflösung seiner selbst.

Seide knisterte an seinem Ohr; Rosanette berührte ihn.

Sie hatte von Frédéric selbst von dieser Versteigerung erfahren. Da sie ihren Kummer überwunden hatte, war ihr der Gedanke gekommen, Nutzen für sich daraus zu ziehen. Sie kam zu diesem Schauspiel in einer weißen Atlasweste mit Perlenknöpfen, einem Falbelkleid, engen Handschuhen und siegesbewußter Miene.

Er erbleichte vor Zorn. Sie betrachtete die Frau, die ihn begleitete.

Madame Dambreuse hatte sie erkannt, eine Minute musterten sie sich gründlich von oben bis unten, um einen Fehler, einen Mangel zu entdecken – die eine beneidete vielleicht die andere um ihre Jugend, und diese ärgerte sich über den erlesenen Geschmack, die aristokratische Einfachheit ihrer Rivalin.

Endlich wandte Madame Dambreuse mit einem unbeschreiblich unverschämten Lächeln den Kopf ab.

Der Ausrufer hatte ein Klavier geöffnet – ihr Klavier! Stehend spielte er mit der rechten Hand eine Tonleiter und setzte das Instrument mit zwölfhundert Francs an, ging dann auf tausend herunter, auf achthundert, auf siebenhundert.

In mutwilligem Ton machte sich Madame Dambreuse über den Kasten lustig.

Nun setzte man ein kleines Kästchen mit silbernen Medaillons, Beschlägen und Schließen vor die Trödler, dasselbe, das er bei seinem ersten Diner in der Rue de Choiseul gesehen hatte, das dann bei Rosanette gewesen und wieder zu Madame Arnoux zurückgekommen war. Oft während ihrer Unterhaltungen hatten seine Augen darauf geruht, es war mit seinen teuersten Erinnerungen verknüpft, und seine Seele zerfloß in Ergriffenheit, als Madame Dambreuse plötzlich sagte:

»Ei! das werde ich kaufen!«

»Aber es ist nichts Besonderes«, erwiderte er.

Sie fand es im Gegenteil sehr hübsch, und der Ausrufer pries seine Feinheit:

»Ein Kleinod der Renaissance! Achthundert Francs, meine Herren! Fast ganz aus Silber! Mit ein wenig Kreide wird es wieder blank!«

Und als sie sich durch die Menge drängte, sagte Frédéric:

»Welch ein seltsamer Einfall!«

»Sind Sie böse darüber?«

»Nein, aber was kann man mit solcher Nippsache anfangen?«

»Wer weiß? vielleicht Liebesbriefe hineintun.«

Ihr Blick machte die Anspielung sehr deutlich.

»Ein Grund mehr, Toten nicht ihre Geheimnisse zu rauben.«

»Ich glaubte sie nicht so tot.« Deutlich fügte sie hinzu: »Achthundertachtzig Francs!«

»Was Sie tun, ist nicht recht«, murmelte Frédéric.

Sie lachte.

»Aber, liebe Freundin, es ist die erste Bitte, die ich an Sie richte!«

»Aber wissen Sie auch, daß Sie kein liebenswürdiger Ehemann sein werden?«

Jemand machte gerade ein höheres Gebot, sie hob die Hand:

»Neunhundert Francs!«

»Neunhundert Francs!« wiederholte Maître Berthelmot.

»Neunhundertzehn ... fünfzehn ... zwanzig ... dreißig!« kreischte der Ausrufer und überflog unter ruckweisen Kopfbewegungen die Anwesenden mit seinem Blick.

»Gebt mir den Beweis, daß meine Frau vernünftig ist«, sagte Frédéric.

Sanft zog er sie zur Tür.

Der Auktionator fuhr fort.

»Weiter, weiter, meine Herren, neunhundertdreißig! ist ein Käufer da zu neunhundertdreißig?«

Madame Dambreuse war an der Türschwelle angelangt; sie blieb stehen und rief mit lauter Stimme:

»Tausend Francs!«

Ein Frösteln ging durch die Menge, es herrschte Stille.

»Tausend Francs, meine Herren, tausend Francs! Niemand bietet mehr? Einverstanden? Tausend Francs! – Zugeschlagen!«

Der Elfenbeinhammer fiel hernieder.

Sie gab ihre Visitenkarte, das Kästchen wurde ihr gereicht. Sie steckte es in ihren Muff.

Frédéric hatte das Gefühl, als ob sein Herz vereise.

Madame Dambreuse hatte seinen Arm nicht losgelassen; sie wagte es nicht, ihm ins Gesicht zu sehen, bis sie auf der Straße waren, wo ihr Wagen auf sie wartete.

Wie ein Dieb auf der Flucht warf sie sich hinein; dann, als sie saß, wandte sie sich zu Frédéric. Er hatte seinen Hut in der Hand.

»Sie steigen nicht ein?«

»Nein, Madame!«

Er grüßte sie kalt, schloß die Wagentür und gab dem Kutscher das Zeichen zur Abfahrt.

Zuerst empfand er ein Gefühl der Freude und der wiedergewonnenen Freiheit. Er war stolz darauf, Madame Arnoux gerächt zu haben, indem er ihr ein Vermögen zum Opfer brachte, dann war er über seine Tat erstaunt, und eine grenzenlose Zerschlagenheit überkam ihn.

Am nächsten Morgen brachte ihm sein Diener die letzten Nachrichten. Der Belagerungszustand war verhängt, die »Assemblée« aufgehoben, und ein Teil der Volksvertreter war in Mazas. Die öffentlichen Angelegenheiten ließen ihn gleichgültig, seine eigenen beschäftigten ihn zu sehr.

Er schrieb an Lieferanten, um verschiedene Einkäufe rückgängig zu machen, die für seine Verheiratung, eine, wie ihm jetzt schien, etwas unedle Spekulation, bestimmt waren; und Madame Dambreuse verabscheute er, weil er ihretwegen beinahe eine Niederträchtigkeit begangen hätte. Darüber vergaß er die Marschallin, dachte nicht einmal an Madame Arnoux – dachte nur an sich, an sich allein –, verloren in den Trümmern seiner Träume, krank, bekümmert, entmutigt und voller Haß gegen die verlogene Welt, in der er so viel gelitten hatte; ersehnte die Frische des Grases, die Ruhe der Provinz, ein wunschloses Dasein unter dem Schutze des elterlichen Daches, umgeben von aufrichtigen Herzen. Am Mittwoch abend ging er endlich aus.

Zahlreiche Ansammlungen waren auf den Boulevards zu sehen. Von Zeit zu Zeit wurden sie von einer Patrouille zerstreut; war sie vorbei, so entstanden sie von neuem hinter ihr. Man redete frei heraus, man schrie den Truppen ohne weiteres Scherze und Beschimpfungen zu.

»Wie! wird man sich nicht schlagen?« sagte Frédéric zu einem Arbeiter.

Der Mann in der Bluse erwiderte ihm:

»Wir sind nicht so dumm, um uns für die Bürger töten zu lassen! Mögen sie für sich selbst sorgen!«

Ein Herr brummte, indem er den Vorstädter schief ansah, vor sich hin: »Die Sozialistenschufte! Wenn man sie diesmal nur ausrotten könnte!«

Frédéric war so viel Groll und Dummheit unverständlich. Sein Ekel vor Paris wurde dadurch gesteigert. Am übernächsten Tag fuhr er mit dem ersten Zug nach Nogent.

Bald verschwanden die Häuser, die Landschaft breitete sich aus. Allein in seinem Abteil, die Füße auf dem Sitz gegenüber ausgestreckt, grübelte er über die Begebenheiten der letzten Tage, über seine ganze Vergangenheit nach. Die Erinnerung an Louise überkam ihn.

»Sie liebte mich! ich hatte unrecht, dieses Glück nicht zu ergreifen …! Was tut's! Denken wir nicht mehr daran!«

Dann, fünf Minuten später:

»Doch, wer weiß? … Später, warum nicht?«

Seine Träume schweiften wie seine Blicke in unbestimmte Fernen.

»Sie war naiv, eine Bäuerin, beinahe eine Wilde, aber so gut!«

Je mehr er sich Nogent näherte, um so mehr kam sie ihm nahe. Als der Zug durch die Wiesen von Sourdun fuhr, erblickte er sie, wie einst, unter den Pappeln, wenn sie am Rande der Weiher Binsen schnitt; man war angekommen, er stieg aus.

Nun lehnte er sich auf das Geländer der Brücke, um die Insel und den Garten wiederzusehen, wo sie an einem sonnigen Tage zusammen spazierengegangen waren – und die Betäubung, die sich seiner durch die Reise und die frische Luft bemächtigte, die Schwäche, die ihm von den kürzlich erlebten Aufregungen geblieben war, versetzten ihn in eine Art Rausch; er sagte sich:

»Vielleicht ist sie ausgegangen; wenn sie mir begegnete!«

Die Glocke von Saint-Laurent läutete, auf dem Platz vor der Kirche war eine Ansammlung von Armen, eine Kalesche, die einzige des Ortes (jene, die zu Hochzeiten benutzt wurde), stand da. Plötzlich erschien unter der Kirchentür eine Anzahl Bürger in weißer Halsbinde, unter ihnen die Neuvermählten.

Er glaubte an eine Sinnestäuschung. Aber nein! Sie war es doch, Louise! – in einen weißen Schleier gehüllt, der von ihrem roten Haar bis zu den Fersen herabfiel. Und er war es, wahrhaftig, Deslauriers! – in blauem silberbesticktem Frack, dem Amtskleid eines Präfekten. Warum nur?

Frédéric verbarg sich im Winkel eines Hauses, um den Zug vorbeiziehen zu lassen.

Vernichtet, besiegt, beschämt ging er zur Bahn und fuhr nach Paris zurück.

Sein Droschkenkutscher versicherte ihm, daß vom Château d'Eau bis zum Gymnase Barrikaden errichtet seien; er fuhr durch den Faubourg Saint-Martin. An der Ecke der Rue de Provence stieg Frédéric aus, um sich auf die Boulevards zu begeben.

Es war fünf Uhr, und ein feiner Regen rieselte herab. Bürger standen auf dem Trottoir auf der Seite des Opernhauses. Die gegenüberliegenden Häuser waren geschlossen. Niemand war an den Fenstern zu sehen. In der ganzen Breite des Boulevards galoppierten Dragoner mit verhängten Zügeln, auf ihre Pferde gebeugt, den blanken Säbel in der Hand. Die Roßhaarschweife ihrer Helme und ihre großen weißen Mäntel, die hinter ihnen herflogen, glitten durch das Licht der Gaslampen, die unter dem Wind im Nebel flackerten. Lautlos, entsetzt, sah ihnen die Menge nach.

Zwischen den Reiterangriffen kamen Polizistengruppen, um die Zuschauer in die Straßen zurückzutreiben.

Aber auf den Stufen von Tortoni stand ein Mann – Dussardier –, von fern erkenntlich an seinem großen Wuchs, unbeweglich wie eine Karyatide.

Einer der Polizisten, der an der Spitze der Gruppe ging, bedrohte ihn mit seinem Degen.

Der andere trat um einen Schritt vor und schrie:

»Es lebe die Republik!«

Mit ausgebreiteten Armen fiel er auf den Rücken.

Ein Brüllen des Entsetzens erhob sich aus der Menge. Der Polizist warf einen Blick in die Runde; entsetzt erkannte Frédéric Sénécal in ihm.

VI

Er begab sich auf Reisen. Er lernte die Melancholie der Postdampfer kennen, das fröstelnde Erwachen unter dem Zelt, die betäubende Empfindung, die Landschaften und Ruinen verursachen, die bittere Kunst, Zuneigungen abzutöten.

Er kam zurück.

Er verkehrte in Gesellschaft, er liebte andere. Aber die Erinnerung an die erste ließ ihm diese Erlebnisse schal erscheinen, und dann waren das Ungestüm des Begehrens, die Urkraft der Leidenschaft ihm verlorengegangen. Sein geistiger Ehrgeiz hatte ebenfalls nachgelassen, Jahre verstrichen, und er ertrug den Müßiggang seines Geistes und die Trägheit seines Herzens.

Gegen Ende März 1867, als er beim Einbruch der Nacht allein in seinem Arbeitszimmer saß, trat eine Frau herein.

»Madame Arnoux!«

»Frédéric!«

Sie faßte ihn bei den Händen und zog ihn sanft gegen das Fenster, betrachtete ihn und sagte wieder und wieder:

»Er ist's! Doch, er ist's!«

Im Halbdunkel der Dämmerung sah er nur ihre Augen unter dem schwarzen Spitzenschleier, der ihr Gesicht verhüllte.

Sie legte eine kleine Brieftasche aus granatrotem Sammet auf den Kamin und nahm Platz. Keiner von beiden versuchte zu sprechen, sie lächelten sich nur an.

Endlich stellte er ihr eine Menge Fragen über sie selbst und ihren Mann.

Sie wohnten weit hinten in der Bretagne, um sparsam leben und ihre Schulden bezahlen zu können. Arnoux sei jetzt beinahe immer krank, er sehe aus wie ein Greis. Ihre Tochter sei in Bordeaux verheiratet und ihr Sohn in Garnison in Mostaganem. Nun hob sie den Kopf: »Aber ich sehe Sie wieder! Ich bin glücklich!«

Er versäumte nicht, ihr mitzuteilen, daß er bei der Kunde von ihrem Unglück zu ihnen geeilt sei.

»Ich wußte es!«

»Wieso?«

Sie habe ihn auf dem Hof gesehen und sich versteckt.

Dann, mit bebender Stimme und langen Pausen zwischen den einzelnen Worten:

»Ich fürchtete mich! ... ja ... ich fürchtete Sie ... ich fürchtete mich vor mir selbst!«

Diese Enthüllung löste in ihm einen Sturm des Begehrens. Sein Herz pochte wild. Sie fuhr fort:

»Verzeihen Sie, daß ich nicht früher kam.« Dann deutete sie auf die kleine, granatrote, mit Goldpalmen bestickte Brieftasche: »Ich habe sie eigens für Sie gestickt. Sie enthält jene Summe, für die die Grundstücke von Belleville bürgen sollten.«

Frédéric dankte ihr für das Geschenk; erhob aber Widerspruch, daß sie sich deswegen zu ihm bemüht habe.

»Nein! Deswegen bin ich nicht gekommen! Mir lag viel an diesem Besuch, nun werde ich wieder zurückkehren – nach da unten.«

Und sie erzählte ihm von dem Ort, in dem sie wohnte.

Es sei ein niedriges, einstöckiges Haus mit einem Garten voll mächtigem Buchs. Eine doppelreihige Kastanienallee erstrecke sich bis zum Gipfel des Hügels, von dem man die See erblicke.

»Dort setze ich mich auf die Bank, die ich ›Frédérics Bank‹ genannt habe.«

Dann sah sie sich die Möbel, die Nippsachen, die Bilder an, mit Begier, um sie in ihrem Gedächtnis mitnehmen zu können. Das Bild der Marschallin war durch einen Vorhang halb verhüllt. Aber das Gold und Weiß, das sich aus dem Dunkel abhob, zog sie an.

»Mir scheint, ich kenne diese Frau?«

»Unmöglich!« sagte Frédéric. »Es ist ein altitalienisches Gemälde.«

Sie gestand, daß sie gern an seinem Arm ein wenig durch die Straßen ginge.

Sie gingen aus.

Zuweilen beleuchtete das Licht der Läden ihr blasses Profil, dann umgab sie wieder die Dunkelheit. So schritten sie dahin mitten unter Wagen, Menschenstrom und Lärm, ohne sich voneinander ablenken zu lassen, ohne etwas zu hören, denen gleich, die auf dem Land auf einer dicken Schicht toter Blätter zusammen wandeln.

Sie erzählten sich von den vergangenen Tagen, den Diners zur Zeit des »Art industriel«, Arnoux' Angewohnheiten, seine Art, die Spitzen seines Stehkragens heraufzuziehen, sich Stangenpomade auf dem Schnurrbart zu zerdrücken; noch anderes, Vertrauteres, Tieferes. Wie hatte sie ihn entzückt, als er sie zum erstenmal singen hörte! Wie schön sei sie am Tage ihres Namensfestes in Saint-Cloud gewesen! Er erinnerte sie an den kleinen

Garten in Auteuil, an die im Theater verbrachten Abende, an eine Begegnung auf den Boulevards, an ehemaliges Dienstpersonal, an ihre Negerin.

Sie staunte über sein Gedächtnis. Dann sagte sie zu ihm:

»Ihre Worte erscheinen mir zuweilen wie ein fernes Echo, wie der Klang einer Glocke, den uns der Wind zuträgt, und wenn ich in den Büchern von Liebe lese, habe ich das Gefühl, als ob Sie bei mir seien.«

»Alles, was man darin als übertrieben tadelt, haben Sie mich empfinden lassen«, sagte Frédéric. »Ich verstehe die Werther, denen Charlottens Butterbrote nicht unappetitlich waren.«

»Armer, lieber Freund!«

Sie seufzte; dann, nach langem Stillschweigen:

»Es tut nichts, wir haben uns heiß geliebt.«

»Ohne einander jedoch anzugehören!«

»Es ist vielleicht besser so«, erwiderte sie.

»Nein! Nein! Welch ein Glück wir genossen hätten!«

»Oh! Ich glaube es, mit einer Liebe wie der Ihren!«

Und sie mußte in der Tat sehr stark sein, um eine so lange Trennung zu überdauern!

Frédéric fragte sie, wie sie es bemerkt hätte:

»Es war eines Abends, als Sie mir das Handgelenk zwischen Handschuh und Krause küßten. Ich sagte mir: ›Aber er liebt mich ja … er liebt mich.‹ Doch ich hatte Furcht davor, mich dessen zu vergewissern. Ihre Zurückhaltung war so anziehend, daß ich Sie wie eine ungewollte, stete Huldigung genoß.«

Er bedauerte nichts, seine früheren Leiden waren ausgeglichen.

Als sie nach Haus zurückgekehrt waren, nahm Madame Arnoux ihren Hut ab. Die auf einer Konsole stehende Lampe beleuchtete ihr weißes Haar. Das war wie ein Stoß gerade vor die Brust.

Um ihr seine Enttäuschung hierüber zu verheimlichen, setzte er sich ihr zu Füßen, ergriff ihre Hände und sagte ihr Zärtlichkeiten.

»Ihre Person, ihre geringsten Bewegungen schienen mir gegenüber der Welt von übermenschlicher Bedeutung. Wie der Staub, so erhob sich mein Herz hinter Ihren Schritten. Sie weckten in mir die Empfindung einer sommerlichen Mondnacht, wenn alles nur Wohlgeruch ist, weiche Schatten und weiße Schleier, alles ohne Grenzen. Die Wonne des Fleisches und der Seele waren für mich in Ihrem Namen enthalten, ich sprach ihn mir vor und versuchte, ihn auf meinen Lippen zu küssen. Darüber hinaus habe ich mir keine Träume aufgebaut. Sie waren für mich Madame Arnoux, so wie Sie waren, mit Ihren beiden Kindern, zärtlich, ernst, blendend schön und so gütig! Dies Bild löschte alle andern aus. Nur der Gedanke daran! – hatte ich doch immer tief im Herzen die Musik Ihrer Stimme und die Pracht Ihrer Augen!«

Mit Entzücken nahm sie diese Anbetung hin, für die Frau, die sie nicht mehr war. Frédéric berauschte sich an seinen Worten und glaubte wirklich, was er sagte. Madame Arnoux saß mit dem Rükken gegen das Licht; sie beugte sich zu ihm nieder. Auf seiner Stirn spürte er die Liebkosung ihres Atems, durch seine Kleider die unbestimmte Berührung ihres ganzen Körpers. Sie drückten sich die Hände, die Spitze ihrer Stiefelette stand ein wenig unter ihrem Kleid hervor, da sagte er beinahe ohnmächtig:

»Der Anblick ihres Fußes erregt mich!«

Ein Gefühl der Scham veranlaßte sie, sich zu erheben. Dann, unbeweglich und mit dem sonderbaren Tonfall der Schlafwandler: »In meinem Alter! Er! Frédéric! ... Keine ist je so geliebt worden wie ich! Nein! Wozu ist die Jugend nütze? Mich kümmert sie nicht! Ich verachte sie alle, die hierherkommen!«

»Oh! Es kommen kaum noch andere!« erwiderte er aus Gefälligkeit.

Ihr Gesicht strahlte, sie wollte wissen, ob er sich verheiraten werde. Er schwor: niemals!

»Wirklich? Warum nicht?«

»Ihretwegen«, sagte Frédéric und schloß sie in seine Arme.

Und sie ruhte so mit zurückgeworfenem Oberkörper, halb offenem Munde und erhobenen Augen. Plötzlich stieß sie ihn mit einem Ausdruck der Verzweiflung zurück; er beschwor sie, ihm Antwort zu geben; sie sagte und senkte den Kopf dabei:

»Ich hätte Sie gern glücklich gemacht.«

Frédéric argwöhnte, daß Madame Arnoux gekommen sei, um sich ihm hinzugeben, und ein Begehren, stärker als je, wild, leidenschaftlich, bemächtigte sich seiner. Jedoch empfand er etwas Unaussprechliches, eine Hemmung, wie Schrecken vor Blutschande. Noch eine andere Furcht hielt ihn zurück, die Furcht, später mit Ekel daran zurückzudenken. Überdies, welch eine Schererei würde er damit haben! – und teils aus Vorsicht, teils um sein Ideal nicht herabzuwürdigen, drehte er sich auf dem Absatz um und fing an, sich eine Zigarette zu wickeln.

Sie betrachtete ihn, aufs höchste erstaunt.

»Wie feinfühlig Sie sind! Es gibt keinen wie Sie! Es gibt keinen wie Sie!«

Es schlug elf Uhr.

»Schon!« sagte sie; »viertel nach elf gehe ich.«

Sie setzte sich wieder, aber sie behielt die Stutzuhr im Auge, er ging weiter rauchend auf und ab. Beide hatten sich nichts mehr zu sagen. Es gibt einen Augenblick bei Trennungen, wo die geliebte Person schon nicht mehr bei uns ist.

Endlich, als der Zeiger schon fünfundzwanzig Minuten vorgerückt war, nahm sie langsam ihren Hut bei den Bindebändern.

»Adieu, mein Freund, mein lieber Freund! Nie werde ich Sie wiedersehen! Das war mein letzter Schritt als Frau. Meine Seele wird Sie nicht verlassen. Möge all der Segen des Himmels auf Ihnen ruhen!«

Und sie küßte ihn auf die Stirn wie eine Mutter.

Aber sie schien etwas zu suchen und bat ihn um eine Schere. Sie löste ihren Kamm, all ihr weißes Haar fiel herab. Mit grobem Schnitt trennte sie an der Wurzel eine lange Strähne ab.

»Behalten Sie sie! Adieu!«

Als sie das Zimmer verlassen hatte, öffnete Frédéric sein Fenster; Madame Arnoux stand auf dem Trottoir und winkte eine Droschke heran, die vorbeifuhr.

Sie stieg ein. Der Wagen verschwand.

Und das war alles.

VII

Zu Anfang dieses Winters saßen Frédéric und Deslauriers beim Kaminfeuer und plauderten zusammen, aufs neue vereint durch verhängnisvolle Wesensverwandtschaft, die sie sich immer wieder finden ließ.

Der eine gab kurze Auskunft über seinen Bruch mit Madame Dambreuse, die sich mit einem Engländer wiederverheiratet hatte. Der andere erzählte, ohne zu sagen, wie er dazu gekommen war, Mademoiselle zu heiraten, daß seine Frau eines Tages mit einem Sänger entflohen sei. Um die Lächerlichkeit des Vorfalls etwas abzuschwächen, hatte er sich in seiner Präfektur durch ein Übermaß von Amtseifer kompromittiert. Man hatte ihn abgesetzt. Dann war er nacheinander Vorstand der Kolonisation in Algier gewesen, Sekretär eines Paschas, Verwalter einer Zeitung, Annoncenvermittler, um schließlich als juristischer Berater einer Industriegesellschaft Anstellung zu finden. Frédéric seinerseits lebte in kleinbürgerlichen Verhältnissen, nachdem er zwei Drittel seines Vermögens vergeudet hatte.

Dann erkundigten sie sich gegenseitig nach ihren Freunden.

Martinon war jetzt Senator.

Hussonnet bekleidete eine hohe Stellung und hatte alle Theater und die ganze Presse unter sich.

Cisy, der ganz in der Religion aufging, war Vater von acht Kindern und bewohnte das Schloß seiner Ahnen.

Pellerin war, nachdem er sich mit Fourriérismus, mit Homöopathie, mit Tischrücken, mit gotischer Kunst und mit Malerei im Dienste der Menschheitsideale beschäftigt hatte, Photograph geworden, und auf allen Mauern von Paris sah man ihn abgebildet in schwarzem Frack, mit winzigem Körper und dickem Kopf.

»Und dein Intimus Sénécal?« fragte Frédéric.

»Verschwunden! ich weiß nichts von ihm! Und du, deine große Leidenschaft, Madame Arnoux?«

»Sie muß jetzt mit ihrem Sohn, der Jägerleutnant ist, in Rom sein.«

»Und ihr Mann?«

»Gestorben, im vorigen Jahr.«

»Holla!« sagte der Advokat.

Dann, sich an die Stirn schlagend:

»Übrigens bin ich neulich in einem Laden der guten Marschallin begegnet mit einem kleinen Knaben an der Hand, den sie angenommen hat. Sie ist Witwe eines gewissen Monsieur Oudry und sehr dick, enorm. Welch ein Verfall! Sie, die früher eine so schlanke Taille hatte.«

Deslauriers verheimlichte ihm nicht, daß er sich ihre Verzweiflung zunutze gemacht hatte, um sich selbst darüber zu vergewissern.

»Wie du es mir übrigens erlaubt hattest.«

Dies Geständnis war ein Ausgleich für das Schweigen, das er über seinen Versuch bei Madame Arnoux bewahrte. Frédéric hätte ihm verziehen, da er ja mißlungen war.

Obwohl ein wenig ärgerlich über diese Enthüllung, tat er belustigt, und der Gedanke an die Marschallin erweckte den an die Vatnaz.

Deslauriers hatte sie nie gesehen, so wenig wie viele andere, die zu Arnoux kamen, jedoch erinnerte er sich ganz gut Regimbarts.

»Lebt er noch?«

»Kaum! Jeden Abend, ohne Ausnahme, schleppt er sich von der Rue de Grammon bis zur Rue Montmartre vor die Cafés, entkräftet, gebückt, ausgehöhlt, ein Gespenst!«

»Nun, und Compain?«

Frédéric stieß einen Freudenschrei aus und bat den ehemaligen

Abgeordneten der provisorischen Regierung, ihm das Geheimnis des Kalbskopfes zu erklären.

»Das ist ein englischer Import. Als Parodie auf die Feierlichkeit der Royalisten am 30. Januar stifteten die Unabhängigen ein jährliches Bankett, bei dem Kalbsköpfe verspeist und Rotwein aus Kalbsköpfen getrunken wurde, wobei man Toaste auf die Ausrottung der Stuarts ausbrachte. Nach dem Thermidor gründeten Terroristen eine ganz gleichartige Brüderschaft, was bezeugt, daß die Dummheit ansteckt.«

»Du scheinst die Politik jetzt sehr ruhig zu nehmen?«

»Folgen des Alters«, sagte der Advokat.

Und nochmals überblickten sie ihr Leben.

Sie hatten es beide verfehlt, der eine mit seinem Traum von Liebe, der andere mit seinem Traum von Macht. Was mochte wohl der Grund sein?

»Vielleicht«, sagte Frédéric, »hielten wir uns nicht ganz an die gerade Richtung.«

»Für dich mag dies der Fall sein. Ich hingegen habe durch Übermaß an Redlichkeit gesündigt, ohne mir über tausend nebensächliche Dinge Rechenschaft geben zu wollen, die stärker sind als alles andere. Ich hatte zuviel Logik und du zuviel Gefühl.«

Dann klagten sie den Zufall an, die Umstände, die Zeit, in der sie geboren waren.

Frédéric fuhr fort:

»Es ist nicht das geworden, auf was wir damals in Sens hofften, als du eine kritische Geschichte der Philosophie schreiben wolltest und ich einen großen mittelalterlichen Roman über Nogent, zu dem ich das Thema bei Froissard gefunden hatte: Wie Messire Brokars de Fénestranges und der Bischof von Troyes Messire Eustache d'Ambrecicourt überfielen. Weißt du noch?«

Sie sahen den Schulhof wieder, die Kapelle, das Sprechzimmer, den Fechtsaal unten am Fuß der Treppe, die Gesichter der Aufsichtslehrer und der Schüler, einen namens Angelmarre aus Versailles, der sich Stege aus alten Stiefeln schnitt, Mirbal und seinen roten Backenbart, die beiden Lehrer für Linear- und Kunstzeichnen, Varaud und Suriret, die immer in Streit waren, und den Polen, einen Landsmann von Copernicus, Wanderastronom mit einem aus Pappe hergestellten Planetensystem, dessen Vorführung mit einer Mahlzeit im Speisesaal honoriert worden war – dann einen furchtbaren Rausch auf dem Spaziergang, die Pfeifen, die sie rauchten, die Preisverteilung, die Ferienfreuden.

Während der Ferien von 1837 waren sie bei der Türkin gewesen.

So nannte man ein Frauenzimmer, deren wahrer Name Zoraide Turc war. Viele Leute glaubten, sie sei eine Muselmanin, eine Türkin, was die Poesie ihrer Anstalt am Ufer des Flusses, hinter dem Wall, noch erhöhte. Selbst mitten im Sommer war Schatten um ihr Haus, das daran kenntlich war, daß ein Glasgefäß mit Goldfischen neben einem Topf Reseden an einem Fenster stand. Mädchen in weißen Jacken, mit Schminke auf den Wangen und langen Ohrringen klopften an die Scheiben, wenn man vorüberging, und abends sangen sie leise mit rauher Stimme auf der Türschwelle.

Dieser Ort der Verderbnis warf einen phantastischen Glanz auf den ganzen Bezirk. Man bezeichnete ihn durch Umschreibungen wie »Der Ort – Sie verstehen schon – eine gewisse Straße – unten an den Brücken«. Die Bäuerinnen der Umgegend zitterten für ihre Männer, die Bürgersfrauen fürchteten ihn für ihre Mägde, weil die Köchin des Herrn Unterpräfekten dort überrascht worden war, und selbstverständlich war es das geheime quälende Verlangen aller Jünglinge.

Eines Sonntags nun, während man zur Vesper gegangen war, pflückten Frédéric und Deslauriers, nachdem sie sich vorher das Haar hatten brennen lassen, Blumen im Garten von Madame Moreau, gingen dann durch die Tür, die auf die Felder führte, und kamen nach einem langen Umweg durch die Weinberge über die Fischerei zurück und stahlen sich zu der Türkin hinein; dabei hielten sie immer noch ihre großen Sträuße in der Hand. Frédéric bot den seinen an, wie ein Bräutigam seiner Braut. Aber die Hitze dort, die Furcht vor dem Unbekannten, eine Art Gewissensbisse und sogar das Entzücken, mit einem Blick so viele Frauen auf einmal zu seiner Verfügung zu sehen, erregten ihn so, daß er sehr blaß wurde und stehenblieb, ohne etwas zu sagen. Alle lachten belustigt über seine Verlegenheit; in dem Glauben, daß man sich über ihn lustig mache, entfloh er, und da Frédéric das Geld hatte, war Deslauriers wohl oder übel genötigt, ihm zu folgen.

Man sah sie herauskommen. Das gab eine Geschichte, die drei Jahre später noch nicht vergessen war.

Sie erzählten sich die Sache ausführlich, jeder vervollständigte die Erinnerungen des andern, und als sie zu Ende waren, sagte Frédéric:

»Es ist das Schönste, was wir erlebt haben!«

»Ja, vielleicht wohl! Es ist das Schönste, was wir erlebt haben!« sagte Deslauriers.